# 国门之外

GUOMEN ZHIWAI

孟广顺◎著

中国工人出版社

# 第一章

钟铁军走出国门是有遗传基因的。从他这一代往上数二十一代，祖上的名字叫钟达盛，身材魁梧，年轻力壮。因练就一身好功夫，便成为当年郑和下西洋舟师战船上的前营统领。永乐十年（1412 年）十一月，明成祖朱棣命三宝太监郑和与副使王景弘驾海舶四十，率众二万七千余人，第四次出使满刺加、爪哇、占城、苏门答剌等国，在苏门答剌遭到苏干剌率军截杀。钟达盛亲手生擒苏干剌。船队休整一个月后，绕过阿拉伯半岛，航行到东非麻林迪。

钟达盛是个血气方刚的汉子。常年随船队在大海上漂泊，面对洪涛接天，巨浪如山的险恶环境，他没有被吓倒。可船队停靠在东非海岸线的那一夜，他却跪倒在了一个皮肤黝黑、貌美如花的女人脚下，舟师前营统领从此消失了。他当了逃兵。凭借一身功夫与航海技艺以及对东方大明王朝的熟知，那个陌生的国度和黑人部落族群接纳了他。当日那个漂亮女人并不简单，她是酋长的女儿。他们接连生了三个孩子，过着相对平稳的日子。转眼三年过去了，一日从北方突然来了一支手持长矛与砍刀、骁勇善战的军队，于是，一场族群地盘争夺战开始了。一夜之间，钟达盛所在部落的男人和老人全部被杀光，茅屋也被大火烧尽。年轻的姑娘和女人，双手被拴上绳子，押到军队里供统领们玩赏。钟达盛带着妻子和孩子跑进了森林，但最后还是被追兵抓到。妻子被掳走，三个孩子惨死在士兵的屠刀之下，他也被长矛抵住了脑袋："快滚回你的国家去，这里不再归你所有。"士兵狂叫着在他面前立起一块石头赶他离开那方土地。虽有一身武艺，可寡不敌众，他只好落荒而逃。

钟达盛跑到红海边的一个村落住了下来。他日思夜想，盼着大明王朝的船队再次到来。四年后，郑和率领的船队第五次出海，钟达盛终于在海岸线上盼来了航船。于是，他重新加入舟师回到了南京。从这时起，他才清楚，旧时的国门，不过是块立在高高山梁上的石碑，用来标记所谓的国界。

是的，自古至今，每个地段和每一寸土地都是在狼烟四起、战火纷飞中拼杀出来的。胜利者要么骑着骏马，手举战刀，跑马占地；要么用枪顶住对方的头颅，逼其签下契约。原本属于你的那片土地、森林、河流、高山甚至女人、蓝天和空气，转眼就变成了我的。而地下铺排的烈烈忠骨，随着时间的推移，都被遗忘在历史的长河里。但是，始终不变的是国门神圣不可逾越的信念。

自郑和下西洋踏出海上丝绸之路六百多年后的一天，人们忽然发现，那些来自东方其他国度的黄种人和西方的白种人以及走出非洲的黑种人，都一窝蜂似的涌进了中国。中国人也成群结队，一批又一批走进他们的国度。

身为钟达盛二十一代孙的钟铁军，很清楚当今世界互融共通的大势，各国的国门比之前任何时代都敞得更开。钟铁军从二十来岁随中铁工程局走出国门到现在，一共出过四次国。头一次像他的祖上一样当了逃兵，其他三次差点死在异国他乡。

第一次，钟铁军没有走出去。要去的国家是非洲南部的安哥拉。当时，大学毕业参加工作刚满三年的他，技术员是他唯一的身份。他人很聪明，英语水平高，还会非洲某个国家的小语种。每当遇到看不惯的人和事时，他常会歪着头用英语骂人。如果对方会英语，他就用小语种，总之不能让对方听懂，到底是夸人还是骂人，只有他自己知道。妻子杨琳是医学院的高才生，如花似玉，分配时没选择去医疗单位，被钟铁军拉来了中铁。公司机关所在地在长江以南的一个中等城市。那时房价还不高，钟铁军家里凑钱买了一套两居室当新房，一年前他们结了婚。年轻人光想着玩，没考虑过要孩子。所以，杨琳一直没有怀上。见钟铁军常用外语骂人，杨琳说他：“外语是用来搞海外经营的，不是用来骂人的，要骂你就让对方听明白，也算明人不说暗话，不要当阿 Q。”

钟铁军“嘻嘻”一笑，说：“我要明着骂，不把领导得罪了？再说，我用小语种骂两句，还能练练呢，不然时间一长全忘了。”

领导选钟铁军出国，看中他是个外经人才。适逢安哥拉铁路项目中标，第一批出国人员，全局共选了五十名职工。指挥长路同和当时的职务，是钟铁军所在公司的副总经理，算是他的顶头上司。路同和在公司楼下碰到钟铁军，问道："想不想跟我去非洲？"

钟铁军皱着眉头，说："听说非洲到处是战争和瘟疫，各种病太多。我刚结婚不久，万一死在那里，我老婆年纪轻轻的就守寡，还是不去了吧。"

路同和说："郑和率船队七下西洋，也没得病。"

钟铁军笑着说："郑和是太监。"

路同和没再说话，转身走进了大楼，猜想钟铁军还会来找他。此后几天，要出国的人个个兴高采烈。他们大多抱有两种心态，既可以开开眼界，真实地拥抱一下非洲，还可以比国内多拿两倍的工资，多挣些钱，一举两得。钟铁军听着那些人开心的鼓噪，又开始动心了。

冬天的夜里，南方屋里没有暖气，冷飕飕的。钟铁军钻进被窝对杨琳说："我要出去挣钱。"

杨琳听后一惊，说："你要想好，那可是非洲，远隔千山万水。我不要钱，只要你这个人。"

钟铁军将她搂在怀里，说："没有钱，你光要我这个人有什么用？将来有了孩子用啥养活？"

当晚，杨琳熟睡之后，他仍热血沸腾，怎么都睡不着，便从被窝里爬起来，去翻看有关非洲的书籍，想对那个陌生的地方有些新的认识。他从另一个房间搬来地球仪，在灯光下查找安哥拉的位置。看着看着，他发现了东非的坦桑尼亚和赞比亚，忽地他想起了坦赞铁路。二十世纪七十年代，五万多名中国铁路职工，用七年时间在东非大地上，创造出了如此伟大的壮举。钟铁军的伯父就死在了铁路工地，埋在了异国他乡的土地上。这让他想去非洲走一走看一看的念头更加强烈。

那一夜，钟铁军才知道，自十五世纪西班牙就占领了休达，欧洲列强开始对非洲进行殖民统治，约十九世纪末至二十世纪初达到巅峰。除埃塞俄比亚和利比里亚之外，百分之九十五的非洲领土遭到列强瓜分，资源长期被掠夺。四百多年的殖民统治，有两千多万非洲黑人被贩运到美洲当奴隶。在法国、英国、德国、比利时、意大利、葡萄牙、西班牙七个殖民统治国中，英吉利和法兰西最厉害，殖民的非洲国家最多，地盘最大。钟铁军感到很奇怪，一个拥有八十四个民族，在人类进化史上，从古猿到森林古猿、拉玛古猿，再到能人、直立人、智人、现代人都存在过的大陆，怎么能那么轻而易举地被西方国家瓜分了呢？

钟铁军骂道："列强原来不光要瓜分中国，连非洲都给瓜分了。"

想着骂着，觉得解气了，他又去寻找另一个答案。天亮时分，钟铁军翻箱倒柜找出一本神话传说。至今留在他记忆里的是，那本书上说，地球的板块结构隐藏着史前密码。在几轮文明和人类出现之前，地球七大洲被七个天神所主宰。这轮人类文明曙光出现时，其他六个天神把各大板块的天空、大地、江河、湖海、山川、森林都交给了人类管理，飞升回了天国，唯独主宰非洲大陆的天神不慎打开了潘多拉盒子。于是，祸害、灾难和瘟疫等所有不好的东西，瞬间遍布非洲大地，在人类中蔓延肆虐，死神的步履如飞，在人间狂奔。这个天神没能回到天国，便把自己化成非洲版图，世世代代向人类低头忏悔与谢罪。

钟铁军觉得这个传说一点儿也不靠谱，但很有意思，更多的是好玩。不过，再看地球仪上的非洲版图结构，突然觉得确实有点像个低垂的头颅。这让他感到了非洲的某种神秘和特殊的吸引力。

杨琳起床前，伸胳膊一摸，旁边的枕头是空的，下床抓起睡袍裹在身上，蹑手蹑脚走进另一个房间，发现钟铁军正望着地球仪发愣，问道："你一夜没睡就摆弄这个球了？"

钟铁军眨了眨眼睛，微笑着从椅子上站起来，搂住她的细腰，说："我想去非洲，可又舍不下你怎么办？"

杨琳把脸贴在他的肩膀上，娇滴滴地说："不想让你去，出去一年回不来一次，去干啥呀？"

钟铁军最终还是下了很大决心，鼓起勇气去找到路同和，说："指挥长，我想好了，跟你去安哥拉。"

路同和站起来倒了一杯水端给他，笑着说："知道你会来找我，好啊。出去一年回来休一次假，忍得住不？"

钟铁军说："忍得住。"

路同和说："忍得住就好，别想老婆想疯了。"

钟铁军就这样决定了去非洲。临走的前几天，路同和带领所有出国人员，先去检验检疫局检查身体，抽血化验打疫苗，一道程序都不少，最后每人领回一个红本和黄本，表明身体正常，没有传染病。晚上，公司在食堂里摆了几桌宴席为他们饯行，把家属们都请来了。喝到半截，路同和从工作人员手里接过一摞护照，站在众人面前打开，一本本地念名字，然后发给大家，说："这是咱们的通行证，可要保管好。如果丢了，到国外就成了黑户。"

看着褐红色的小本本，出国人员和他们的女人们，抑制不住离别的情绪，"哇"地哭出了声来。先是几个女人在哭，后来全屋的女人都哭了起来。男人们流着泪互相碰杯，喝壮行酒，好像马上赶赴刑场似的，场面很悲壮。钟铁军没喝酒，把护照拿在手上一直掂量。杨琳坐在他身边，说："我心里难受，咱不去行不行？"

钟铁军心里酸酸的，把她揽入怀中，说："我想想。"

钟铁军这一想，想出了问题。路同和率领出国人员接受了公司机关领导和全体人员的送行，提着大包小包先从上海虹桥机场飞到深圳，在海关等待办理出关手续。安检时，他把所有人集合在一起点名，忽然发现少了一个队员，五十多人你看我，我看你，扳着指头一数，结果丢了个钟铁军。

有人喊："钟铁军可能上厕所了。"

路同和焦急地边骂边命令道："真是懒驴上套，不是拉就是尿，赶紧去找。"

话一出口，呼啦啦去了三五个人，前后跑遍几处洗手间，都没发现钟铁军的影子，回来报告："钟铁军没在厕所里。"

路同和头发竖了起来，脸上浸出汗珠，焦虑地问："他的行李咋也不在？"

答案很肯定："人带着行李在机场失踪了。"

瞬间，出国人员乱作一团。路同和让副指挥长戴国兴立即跑去机场派出所报案。警察查遍机场每个角落，最后查到钟铁军已经登上了飞往上海的航班。

钟铁军在机场失踪的消息，很快传到了集团公司。董事长夏江在电话里对路同和大发雷霆，好一顿臭骂："路同和，让你当指挥长带团队出去，连个钟铁军都看不住，把这么大一个国外铁路项目交给你，怎么能让组织放心？”

路同和有口难辩，想跟夏江做些解释，但无济于事。

夏江很生气，继续说：“出国修铁路是国家战略，承担着国家使命和国家荣誉，选你这个副总经理当指挥长，是我看走了眼，你还是回来吧。”



路同和被集团公司紧急召回，嘴都气歪了，又不得不乖乖回到苏州，因此还挨了个处分。副指挥长戴国兴接替他担任指挥长，率领项目人员走出了国门。

钟铁军从深圳机场离队，消失在茫茫人海里，直接买了飞回上海的机票。出国安检的那一刻，他心里蓦然有些发慌，甚至吓唬自己会得瘟疫或者死亡。钱历来不是那么好挣的。钱挣到手，命没了，不值，何况家中还有个美貌的妻子。人这一辈子怎么都是过，何必为钱而死呢？想着，他浑身不安，内心充满恐惧，脚步也就停在了国门之内。当他出现在家门口时，杨琳简直惊呆了，“啊”了一声，说：“你……你咋回来了？其他人呢？”

钟铁军进屋把行李箱放在门厅里，说：“其他人我不知道，反正我不去了。”

杨琳一听头“嗡”地大了，说：“这……咋跟单位交代？”

钟铁军说：“有啥好交代的，守着你和能够活命比啥都好。”

随后，钟铁军连睡了三天。他没想过临时溜号会产生怎样的后果，路同和的前程基本被他毁得差不多了。三天后，杨琳得知路同和挨了处分，拉着钟铁军去他家道歉。路同和不拿正眼瞧他，说：“钟铁军，你行。以后不论我在国内还是国外干指挥长，要谁都不会要你。”

杨琳觉得很没面子。回家的路上，耷拉着脑袋没理钟铁军。看她真生气，钟铁军紧追两步向她解释了一大堆。杨琳头也不回，嫌他丢人，说：“出去前你应该想好。现在央企都在往外走，这次不出去，将来国外工程多了，还是要出去。”埋怨他毁了路同和，同样也毁了自己。

从此，钟铁军身上被打上了“逃兵”的烙印。公司上下都很反感他。自那天起，他在家待岗半年。杨琳虽然在心里怨恨他不该这么没出息，但毕竟是自己的丈夫，为了她才选择跑回来的。于是，嘱咐钟铁军在家好好看书学点东西，日后有机会俩人一起去国外干。

后来，钟铁军也有些后悔，可已经没有挽回的余地。一个月以后，和他一起毕业被分配到中铁工程局的同学王子浩从工地休假回来，知道钟铁军郁闷，想请他出去喝酒消磨时光。恰逢表弟张放提着土特产从老家来看他，钟铁军就喊上张放和在机关物资设备部工作的老乡李小兵，几个人在附近找了家饭馆，点了一桌菜，要了两瓶白酒喝起来。王子浩端着酒杯，说："我想去都没被选上，你咋这么傻，干吗跑回来？"

钟铁军一口闷下，瞟了他一眼，说："一想去非洲，我就害怕。"

李小兵低着头，摆弄着酒杯，说那么多人一起出去，害怕啥啊。直言自己也想去国外干工程，整天泡在机关没啥意思。此时，唯有张放不敢吭声。他清楚自己的地位和身份，充其量是个农民工，面对这种场面很是发怵，不知道该说什么。憋到最后，才说将来有一天，钟铁军要有出国的机会，也把他带出去，不论多累的活，他都不怕。钟铁军听着摇起头来，告诉张放不知道将来公司还让不让他出去。

王子浩说："争取啊，有好项目咱们一起走。"

那一顿酒，钟铁军听懂了王子浩一个异想天开的念头，到了国外更容易弄钱，有了钱就可以想办法移民，或者拉一支队伍辞职单干，专做国外工程，挣外国人的钱，彻底改变自己的身份。钟铁军霎时有些瞧不起他了，说自己没有这样的想法，单位再不好，也要终生服务于这里，爱企业就是爱祖国。明确对王子浩说，以后即便是有出国的机会，也不会跟他一块出去。钟铁军认为，王子浩的这种念头，比他当逃兵从深圳机场跑回来更危险，也更可怕。趁着酒兴，两个同学竟因观点不同掰扯起来。王子浩嘲讽钟铁军那么爱国有觉悟，干吗出关时当逃兵。钟铁军反唇相讥，说当逃兵没逃到国外去，更比移民叛国强百倍。两人谁也不服谁，闹得局面有点儿不可收拾。李小兵和张放赶紧放下酒杯相劝，可他俩谁都不听。最后，酒杯也摔了，不欢而散。

那半年，除了在家给杨琳做饭、打扫卫生，体验了一把当男保姆的感受，抽空就看书和上网查阅资料。有一天，忽然心血来潮，他竟找出《古兰经》《圣经》和一本名叫《塔木德》的书来看。虽然自己不是穆斯林和基督徒，但又想深研一下这些经的教义，说不定哪天能够派上用场。上网一查，才清楚《塔木德》是流传三千三百多年的羊皮卷，更是一部犹太人至死研读的书籍，仅次于《圣经》。这使他想起了上大学时听说过的“约柜”。那是古代以色列民族的圣物——上帝跟以色列人所订立的契约。这份契约，由先知摩西在西奈山上从上帝耶和华那里得来的两块十诫石板，连同一根摩西的哥哥亚伦曾经用过的发芽的手杖和一金罐吗哪，一起放在了一个里外用金包裹的皂荚木造的约柜里。约柜放在哪里，那个地方就代表有神的同在。约柜在旧约时代以色列人的心目中，就是神同在的象征。当以色列人在旷野里流浪时，约柜一直放在流动圣殿的至圣所内，直到大卫王于耶路撒冷兴建圣殿为止。然而，在公元前六世纪，约柜却神秘地失踪了。

钟铁军对约柜的下落产生了兴趣。他上网搜到了 1936 年的一则新闻，报道说法国一家保险公司，接到中东一个神秘组织的投保，声称那个神秘失踪的约柜，就藏在战火绵延的埃塞俄比亚，因为担心其在战争中意外受损，特意投保。这个传说从来没有被证实过，但埃塞俄比亚正统的基督徒，都相信约柜就保存在阿旭目的圣玛利亚教堂，由一个神父守候，外来人不能进入，约柜是否存在也无法证实。

杨琳下班回来时，发现钟铁军在看这些东西，奇怪地问：“你的信仰变了吗？”

钟铁军把书收起来，关闭网页，说：“我的信仰里只有共产主义，永远不会变。”

杨琳说：“你信共产主义干吗还看这些书？”

钟铁军说：“看看无妨，非洲除了信基督就是信伊斯兰，多了解一些非洲人的宗教信仰，将来出去，不至于冒犯当地的民俗和宗教。”

杨琳认为他讲得在理，提醒说知道是怎么回事就行了，别把精力和时间花在读这些书上。时隔三年后的夏天，钟铁军脑子里装满了奇奇怪怪的知识，没去成非洲，却在杨琳鼓动下，随集团公司项目人员去了阿富汗。

这是钟铁军第一次真正走出国门。公司再次选中钟铁军出国，当然是他的外语水平占了优势。与上次去非洲安哥拉相比，他这次出去得比较痛快。临行前，杨琳帮钟铁军拉着行李箱，把他送到前来接人的中型面包车上。钟铁军上去时，车内已挤满了其他出国人员。他站在车门口犹豫了片刻，扭头看了杨琳一眼，才抬脚钻进去。把行李箱放好后，又折身来到门口，双手把着门边，弓着身子深情地凝望杨琳。杨琳自然依依不舍，说：“想我就休假回来，但这次出去千万不能往回跑了，丢不起人。”

钟铁军“嘿嘿”一笑，说阿富汗历来是“帝国的坟场”，除了极端组织，还有外国驻军，十分混乱，这一走能不能回来还两说呢。这一句话把杨琳的眼泪说出来了。瞧她流泪，钟铁军心里开始变得慌乱，跳下车伸手帮杨琳抹去脸上的泪珠，安慰她说阿富汗离中国很近，出了新疆就到，再说那里有驻外使馆，都是为中国企业服务的，能够随时找到组织，有强大的祖国做后盾，什么都不怕。这番话才让杨琳心里踏实许多，给他递去一个微笑。汽车缓缓驶出机关院门口的那一刻，钟铁军透过咖啡色的玻璃窗膜，看到杨琳和十几个女人，一只手朝汽车挥动，另一只手抹着鼻翼两侧滚落下来的泪水。

是的，阿富汗与中国新疆接壤，对每个出国人员来说，在心理距离上是个天大的宽慰。钟铁军那半年的闲暇时间，不仅读了几部经书，还看了不少历史。他坐在面包车的最后一排，从随身携带的皮包里掏出一张折叠的世界地图，展开后顺着新疆往西找，立刻找见了阿富汗，接着又找到了项目所在地昆都士省。他们要去那里修建一条世界银行贷款的公路，至少要待上两年。

地图越看越有意思，让钟铁军想起了汉代时期的西域三十六国，以及当时堪称四大帝国之一的贵霜帝国和他们的开国皇帝丘就却。这个原先生活在祁连山下的大月氏族群，分为休密、双靡、贵霜、肸顿、都密五部歙侯，先是被匈奴冒顿单于派右贤王领兵西征，被迫逃至伊犁河与楚河流域，后又遭老上单于协助乌孙国驱赶，只好几度西迁，越过天山和帕米尔西部，在阿姆河畔定居下来。丘就却吞并了其他四部歙侯，成就了贵霜大业。从西往东数，与罗马帝国、帕提亚高原的安息帝国和屹立在东方的大汉王朝，并列成为四大帝国，领土面积大得吓人，喀布尔便是贵霜帝国的首都。钟铁军幻想着，假如自己生在那个时代该多好，一定要当一个像张骞或苏武那样的使者，游走于各国之间，也蹚出一条陆地上的丝绸之路来。

钟铁军和项目上的十几名管理人员，从上海直飞乌鲁木齐。他们与上百号劳务工，在新疆会合后再转机出境。这次，表弟张放没能出来，因为不是他所在的劳务队。经过一天的折腾，终于飞到了喀布尔。这里从首都到各省，不像中国有四通八达的公路、铁路、航空和水运构成的立体交通网，大部分是土路，连省道的标准都达不到，更没有便捷的交通工具，他们只好租了几辆黄色的客车一路向北，半夜才在昆都士落脚，累得筋疲力尽。

第二天，当地公路局官员前来慰问对接。他们身穿白色的长袍，头上盘着粉红色方格或黑色的头巾，讲着一口英语，面容和蔼，极为友好。没有会议室，双方就坐在临时搭建的帐篷里说话。会谈到半截，对方要做礼拜，找个僻静的地方铺上白布，转身跪在地上念起经来。

项目经理很蒙，拉住钟铁军，问道："他们这是啥意思?"

钟铁军那半年没有白看书，说："做礼拜。人家就这习俗，一天要做四次。"

整个对接过程，钟铁军担起了翻译的角色，把那些不懂外语的职工和民工听得目瞪口呆，不停地朝他伸大拇指。自此，项目上大到与外方沟通、工程技术资料翻译，小到职工和民工外出办个人私事，都离不开他了。后来的工程之所以能够顺利开工，与钟铁军出色的翻译有很大关系。

杨琳最担心的是钟铁军的安全。钟铁军牵挂的则是她一个人在国内的生活。到达目的地后，他费了很大劲才找到一家所谓的电信局，其实是个临街的小门脸，帮项目上的所有人员，当然包括民工，每人办了一张能够与国内联系的手机卡。充值后，他第一个打给杨琳报平安。听到他的声音，杨琳的心情才渐渐平静下来。钟铁军说，工地一忙，啥样的烦恼全会忘掉，连想家的时间都没有，寂寞也会被赶跑。第二个电话，他打给了王子浩。钟铁军跟他开玩笑，说："组织为啥不选你出来，怕你叛国。"王子浩正在大桥工地上，气得跑到一边骂他，说："阿富汗是埋葬人的地方，当心你的小命。"这种嬉笑怒骂是他们同学间常有的交流方式。在手机里嘘寒问暖，相互劝慰关爱了半天，钟铁军嫌话费太贵，让王子浩抓紧挂了。

在这个战火连年不断的地方，突发和意外很是平常。每当听到哪里又发生了汽车炸弹恐怖袭击，死人无数的消息时，项目上的每个人的心都是紧张的，不知道自己的生命会不会受到威胁。项目驻地建在公路下面，背后是条不大的小河，流淌着清澈的河水，两岸长满少有的绿草。偌大的院子里，一到傍晚收工，便停满各种机械设备，周围拉着铁丝网，民工也住在同一座由彩钢房和帐篷混搭而成的营地内，一看就知道是为了加强安全防卫。

彩钢房的原材料，全部是从新疆通往阿富汗的口岸直接拉过来的。钟铁军不怕死，但他知道生命比啥都重要。安装时，他非让厂家在房间里开两个门，一个正门，一个后门。厂家为难，不想给他加工。项目经理纳闷儿，问他："哎，你咋出这种幺蛾子？"钟铁军不说为啥，只讲有用。经理本来不想让厂家给他开，但拧不过他，又需要他当随身翻译，就命厂家在他住的房间后面开了个小门，其他房间一切照旧。那个小门，是钟铁军为自己提前留出的后路。他想，万一哪天遭到恐怖袭击，小门便是逃生通道，不至于被堵在里面挨子弹。项目部从当地一家安保公司花钱雇用了两名保安，在工地和营区荷枪实弹地昼夜值守。尽管如此，也没能防住那些不要命、受过洗脑的极端武装分子。

施工展开后的某个下半夜，钟铁军说什么也睡不着，就穿好衣服走出房间，来到院子门口，用英语跟值夜班的保安聊天，说他想学打枪。保安手里端的是 AK47，枪膛里装满了子弹。见是中方人员，便笑脸相迎，聊了起来。保安将关了保险的枪递到钟铁军手里，教他如何瞄准，又教他装卸子弹。钟铁军很得意，把枪抓在手里，稀里哗啦一遍遍拉动枪栓，竟能轻易将弹匣卸下来再装上。从此，他知道了枪的基本构造与使用。摆弄一阵子，不经意间，他打开了保险。在灯光下光顾看枪了，枪口却歪斜着对准了保安。

保安慌忙推开枪管，赶紧把枪从他手里夺过来，说："Aim at the enemy, not people on your side. I' m your friend.（枪口要对准敌人，不能对准自己人，我是你的朋友。）"

钟铁军不好意思地朝他竖起大拇指，说："We are friends forever.（咱们是永远的朋友。）"

快天亮时，四周一片寂静，整个院子都在沉睡之中。钟铁军躺在床上终于有了一丝困意，但并没睡着，他隐隐约约听到有汽车驶来的声音。不大会儿工夫，那声音消失在院子外面的公路上。他警觉地竖起了耳朵，又听到一阵细微杂乱的脚步声，还伴有枪械拉动的声响。他意识到可能要发生什么。于是，蹑手蹑脚地来到门前，拉开一条缝，用英语朝保安喊："Friend, I hear the footsteps of wolves.（朋友，我听到了狼的脚步声。）"

院子里没人应答。钟铁军伸头看见那名保安正趴在地上，枪口对着门外。原来，保安早已发现了这一情况，只见七八个晃动的人影，正朝院子逼近。他们怀里都抱着 AK47，身上别着长刀。保安断定是武装分子，火速打开保险，把子弹推上膛，对那些闯进来的人喊话：“This is a Chinese company’s construction site. Please leave here immediately.（这里是中国公司的工地，请你们立即退出去。）”

那些头上裹着花巾、用黑布蒙面的武装分子根本不听，值班保安首先开火，阻止了他们的进入，可抵不住几支枪管同时向他扫射。保安还没打完枪膛里的子弹，就直挺挺地倒在地上，血流了一地。钟铁军想跑出去捡保安手中的AK47，但那支枪已被一名武装分子背在了肩上，还用手里的另一支AK47对着保安补了一枪。

枪声震醒了项目部所有人员，大家很是慌乱。钟铁军明白恐怖袭击正在发生。他看见项目经理和几个民工，都光着身子从屋里跑出来，就挥手示意他们赶紧逃命。员工们没有经历过如此骇人的场景，当场吓傻了，腿脚不听使唤，片刻后才躲到自己房间里去，将门关好。钟铁军没顾上穿衣服，折身回到房间，把前门栓死后，又搬了两把椅子将门顶住，然后拉开后面的小门冲出去。他弓着身子穿过铁丝网，朝河边跑去，那里刚好有个自然形成的土坑。钟铁军滚进坑里，趴在里面瞪大眼睛回头看营地，身上被铁丝网划出一道道流血的口子，但他并没有察觉，也没觉得疼，只听到了此起彼伏的枪声。

一连串的枪声是武装分子站在院子里，对准六七个房间拼命扫射传出的。他们疯了，像毫无人性的冷血动物，空气里充斥着血腥味。另一名保安闻声赶来，躲在墙角后朝武装分子开枪射击。那些袭击者叽里呱啦叫嚷着，边朝保安打枪边往院子外跑，迅速撤回公路边爬上了汽车。

钟铁军趴在土坑里，看见两辆汽车一前一后，开着大灯驶去，车后扬起一阵尘土。他观察了一会儿，才从土坑里爬上来，光着身子心惊胆战地弯腰朝营地走去，嘴里不停地骂那些该死的袭击者。他从后面的小门回到房间后，穿好衣服从前门走了出去。借着光亮，他发现彩钢房的外墙已被打成了马蜂窝。项目部所有人员都聚集在院子里，不少农民工“哇哇”地哭起来。钟铁军和项目经理、书记挨个房间察看，被扫射的那几间房内，尸体横七竖八，有的死在床上，有的倒在地上，一共死了十四个人。项目经理数着数着禁不住放声大哭。大家分成几组，眼里含着泪，把遇难者的遗体抬到院子里摆成一排，一些职工跑回宿舍，从床铺上抽下颜色不一的被单盖在了遇难者的遗体上。

钟铁军看着现场的惨状，精神有些崩溃了，泪水也哗地流下来。他想起了那名教他打枪的保安，眨眼工夫就去了另一个世界，让人很难接受。于是，他朝那名保安走去。另一名活下来的保安，把自己那把AK47放在地上，蹲在死去的保安旁边，想把他的尸体翻过来仰面朝上。也许是对此类的袭击司空见惯了，活着的保安眼里已经没有眼泪，只充满了仇恨。钟铁军蹲下身子，含泪帮那名幸存的保安把死者翻过身来。两人的手都被那名保安的鲜血浸染红了。

幸存的保安双膝跪地，朝着夜空双手合十，嘴里默念经文，为死者祈祷。良久，对钟铁军说："Friends，don't cry. My colleague's noble soul has ascended to heaven. They denied the truth，turned their backs on the right path，and killed him. Believe that they cannot escape from the net of truth.（朋友，别流泪。我同事高贵的灵魂已经升入天堂。那些人否认真理，背弃正道杀了他。你要相信，他们逃不出真理的法网。）"

钟铁军点着头，抹去了眼泪，谢了他的勇敢。项目部的人围拢过来，将手里的被单盖在死去的那位保安身上，把他抬到了十四具尸体的旁边。

这一突发情况不仅惊动了中铁最高层，更惊动了国家领导人和外交部。天亮后，阿方政府和中国驻阿使馆人员以及当地军警都赶了过来，各种车辆在公路边停成了一排。

路同和与王子浩听到工地遭袭死人的消息，震惊得半天没有说出话来。他们想打电话给项目经理和钟铁军，但手机一直处于占线状态。杨琳拿着手机坐在客厅的沙发上，焦虑不安，只哭不说话。钟铁军安慰杨琳说，老天给他准备了个土坑，没安排他进鬼门关。杨琳哭着催他赶快回来。钟铁军称死都死过了，回不回去不重要，重要的是赶快把遇难者的遗体运回国内。

钟铁军是整个项目与当地政府和驻外使馆以及联合国援助团等国际组织联系沟通的重要成员。那名牺牲的保安，当天被一辆救护车拉走了。十四名中国遇难者的遗体，由钟铁军和项目部派出人员乘专机护送魂归了故里。

多年以后，这场恐怖袭击的血腥场面，仍在钟铁军和所有现场人员脑海里挥之不去。回到国内后，近半年时间，钟铁军只能靠安眠药才能入睡，睡梦中还常常惊醒。杨琳知道他受了刺激和惊吓，每每遇到这种时候，便把他的头拉进怀里，亲吻着额头安慰他。

这样的温存，后来成了一种习惯。钟铁军每夜只有把脸贴在杨琳的怀里，才能安然入睡。为了改变这种状态，二人决定要个孩子。

一年后，他们有了一个儿子，起名叫钟锋。这一年，钟铁军二十八岁。他时常把孩子举在空中，小家伙被逗得“咯咯咯”笑个没完。钟铁军享受到了当父亲的快乐，心想，为了儿子也要好好地活着。

自此，过去所有的不幸和痛苦，被父子之情覆盖了。

在阿富汗经历的这场生死，令组织相信了钟铁军的忠诚、敬业与聪明。尤其在彩钢房后面开的那个小门，也成了他的一个神话与传说，但路同和并没有扭转对他持有的成见，甚至认为钟铁军过于聪明，万一哪天出国被他卖了自己还被蒙在鼓里。当然，将来有没有出国当指挥长的机会，路同和自己并没有把握。

之后，钟铁军被调到集团海外部工作了六年，并由一般干部提拔为海外经营科科长。此时，中国已经进入高铁时代，运营里程超过两万公里，每年通车里程在四千公里以上，彻底改变了世界高铁格局，令各国对中国刮目相看。东南亚和西方国家纷纷与中国合作，上马了一大批高铁和铁路项目。中国高铁走出去，实质上是中铁代表中国走出去。只要有人住的国家，就能看到中铁和中国其他企业的影子，这让西方国家感到担忧与害怕。其实，自古至今，中国都是个本分与实诚的国度，只想给世界带来和平与幸福。

钟铁军岗位与职务的变化，意味着他将长期在海外经营战线上，与各个国家和身份不同、肤色各异的人打交道，这样既可以享受国外充足的阳光，又可以体验异国风情，还有可能实现他去非洲看坦赞铁路和去埃塞俄比亚探寻“约柜”的梦想。这一切，都是因他的语言天赋和阿富汗的那场经历。他的人生与仕途，恰似一块魔方，在变化中被彻底改变。但起初，他并不愿从事海外经营，太危险，也太劳顿。干到第三年，他觉得乏味厌烦了，想撂挑子。王子浩从工地跑回来，请他喝酒，说很多人想去搞海外经营，但不是那块料，领导看上他，说明他还是个人才，如果他不想去就推荐自己去。钟铁军斜愣着脑袋看他，说：“你也不是那块料，还说别人。你非要搞海外，我把岗位让给你。”

王子浩说：“你好好在国外揽几个项目，咱俩一起出去。”

钟铁军说："跟你出去当卖国贼啊？"

后来，钟铁军想退出海外经营岗位的想法，传到了夏江耳朵里。夏江约他来办公室一趟，恰巧那天路同和正在里边汇报工作。夏江见钟铁军进来，说："全局就你一个会两门外语，业务又挺精。你小子不想做海外业务，是怕苦怕累和怕死吧？"

钟铁军认真地说："我是死过的人，什么都不怕，只想在国内干个项目。"

路同和说："夏董，上次他逃跑，我看透他了，指望不上，除非给他提个官。"

钟铁军内心对路同和怀有愧疚之意，没有反驳。夏江盯着钟铁军问："给你提个科长干不干？"

钟铁军说："那我也不干，给我换个岗位吧。"

夏江有些恼怒，看了他一眼，说："提个科长还不干，年纪轻轻的学会挑三拣四了 。"

钟铁军执拗地说不是挑，是真不想干海外。夏江说不行，这是一级组织，海外科科长有个空位，提他当科长，干也得干，不干也得干，不容推辞，让他等着，马上开会研究。

毫无悬念，钟铁军在海外科科长的位置上又干了三年，工作倒来了劲头。美国旧金山奥克兰海湾大桥是美国一座标志性大桥，其间，大桥东段出现了一次钢桁梁断裂，为了保留大桥，他们找日本寻求帮助，日本人说断裂的大桥无法修复只能炸掉重建。美国人不愿意，把希望寄托在中国人身上。中国企业花了六十四亿美金，修复了这座海湾大桥。

这件事过后不久的一天上午，正当许多美国民众在大街上悠闲地走着的时候，只听轰然一声巨响，众人慌忙逃窜，大街上遍地是血。顿时，神经过敏的美国人以为又遭遇了"911"式的恐怖袭击，警车和救护车拉着警报赶到现场，原来横架在大街两侧的过街天桥突然坍塌了。他们一边拉起警戒线一边吃惊地喊叫："My god！ How could it be like this ？（我的天哪！怎么会是这个样子？）"

一个中年大胖子挤在围观的民众里，说："People are all pressed in photos below. This overpass weighs 950 tons. See the poor bridge building technology of the United States of America. （人压在下面都成相片了，这座天桥有九百五十吨

重，看看咱们美利坚合众国糟糕的造桥技术吧。）”

美国市政管理部门和造桥公司论证商议了半个月，最后形成一致意见：这样的工程只能请中国人修。随后，他们派出一个谈判小组，携带一大堆有关天桥的资料，包机飞往了中国。在酒店里接待他们的正是钟铁军的经营小组。美方人员说：“You Chinese have the best technology in areas of building bridges and roads. We sincerely invite your company to undertake the construction of this overpass，and we will offer a reasonable price. （你们中国造桥修路技术天下第一，我们真诚地邀请贵公司能够承接这座天桥的施工，价格好谈。）”

钟铁军虽然官职不大，却是中方首席主谈。他翻看了一眼业务单，稍加沉思后说：“If this overpass were built by us Chinese，there wouldn't be such a tragic accident. You have acknowledged the capability and level of bridge construction of we Chinese，but our company has too many business orders. If you really want to build this bridge，I can make a registration. You need to make an appointment to line up. （如果我们中国人建这座天桥，不会发生这样惨痛的事故。我们建桥的能力和水平阁下已经承认，但是我公司的业务订单太多，贵国真想建设这座桥的话，我可以做好登记，你们需要预约排队。）”

美方代表望着他，竟半天无语。钟铁军心里想，你美国从不把世界其他国家放在眼里，不是很牛吗？我们中国人比你更牛。对方很是无奈，沮丧地离开谈判桌。美国人果真等了一年，钟铁军如期拿到了这个项目，他感到无比的自豪。

此后，钟铁军随经营团队飞往非洲，在一轮接一轮的谈判较量中，终于揽到东非 A 国一条超百亿的铁路项目。他本想抽出两天时间，去埃塞俄比亚看看“约柜”，但没有时间，连夜随团队飞到马里，去与政府谈一个公路合作项目。

这是他第三次真正出国。钟铁军了解，马里是西非面积第二大国家，同时又是世界最不发达的国家之一，在全球一百六十九个国家综合发展排名中列到一百六十位。世界历来如此，越落后的国家越乱。几年前的大部分时间，马里北部被极端武装分子占领着，部分武装分子与基地组织有关联，随后他们被由法国领导的军事行动驱逐，但当地仍不时发生暴力事件。钟铁军和团队第一次来到这个国家，是在那年三月，巴马科一座颇受外国人士欢迎的酒店遭到袭击，造成五人死亡，一个极端组织声称对此负责。

事情就发生在那个周五的早晨。当马里首都巴马科刚刚迎来第一缕阳光时，丽笙酒店大堂里已人头攒动。这家国际连锁酒店的总部设在比利时布鲁塞尔，它是巴马科最好的五星级酒店，共有一百九十个房间，通常的入住率达九成左右，安检承包给了一家私人公司。头天入驻这里的有中国人、法国人、美国人、科特迪瓦人、土耳其人、阿尔及利亚人、俄罗斯人、德国人、塞内加尔人、加拿大人、西班牙人、马里人和印度人等。钟铁军和他的三名上司夜里到达马里，从机场坐出租车来到酒店，办完入住手续，提着行李进到房间，天已微亮，稍加洗漱便倒床睡去。

钟铁军有睡懒觉的习惯，这个习惯救了他一命。当钟铁军正蜷缩在柔软的被窝里做着美梦时，同行的其他三人已去了大堂餐厅。谁都没想到，一件震惊世界的大事即将发生。酒店门口忽然开来一辆外交人员乘坐的专车，速度很快，“吱”的一声停在了门卫面前。门卫是一位黑人小伙儿，他对前来酒店的每一位客人都很有礼貌。当他习惯性地上前为客人拉开车门时，从车里跳下来十个端着冲锋枪的蒙面枪手。他惊恐地退到一边，眼瞧着那些人进入酒店大厅。他们嘴里说着听不清的语言，随手便朝两名保安“叭叭”开了两枪，保安还没反应过来便应声倒下了。袭击者又用枪对准所有人，逼他们把手抱过头顶，向餐厅一角集中。

正在餐厅用餐的人包括钟铁军的三名团队成员，被突如其来的灾祸惊呆了，抓着餐具的手停在半空不敢放下。两名法国人和一名美国人迟疑不动。钟铁军的三名伙伴也学他们，纹丝不动地坐在餐椅上。枪手又喊了两遍，接着便是一梭子弹扫来，三个人和法国人及美国人都歪倒在座位上，鲜血喷洒在了餐桌和椅子上。此时，其他就餐的人已被逼赶到餐厅的一处角落里。部分信教的外国人，马上冲着枪手背出某种经文，枪手一挥枪杆，就把他们放了。其他不会背诵经文的外国人，全被劫持成了人质。

大堂里的枪声惊醒了钟铁军。他从被窝里慌忙爬起来，赶紧穿上衣服，不敢迈出房间半步。走廊和房间里出现了呛人的烟味，网络时断时续。他从床头柜上抓起电话打给前台，电话占线。再打三名同事的手机，都没人接听。这时，他听到袭击者在走廊里的讲话：“Are you loaded? Go! Every house.（装好子弹了吗？走！搜遍每个房间。）”

接着，传来一阵子弹上膛的声音。钟铁军想起了在阿富汗营地独设的那个小门。他清楚房间有个通往后阳台的门，可这是七楼，跳下去会被摔得粉身碎骨，霎时冷汗浸满了额头。看遍屋里每个角落，没有藏身之处，唯一活命的机会就是钻到床底下避难。尽管如此，他还是没能躲过搜查。门被撞开后，钟铁军在床下看到几双大脚转来转去。突然床单被撩起来，一张黑脸紧贴着地面与他形成对视。那张黑脸瞪着他，露出两排雪白的牙齿："Come on out，boy. Don't try to escape from our search.（出来吧小子，别想逃过我们的搜查。）"

钟铁军从床下面爬出来，双手抱过头顶走出房间。走廊里的外国人像他一样，头被枪顶着，脸上惊恐万分。钟铁军心头一沉，暗思自己这次是否还有生还的希望。

# 第二章

钟铁军与团队三名同事失去了联系。他不知道餐厅里已有马里、法国等国的二十多名客人被打死，三名同事和比利时外交官员就在其中。

七楼的所有客人，被集中在三层一间大会议室内，大门两侧站着两名个子很高的黑人袭击者。他们手里端着枪，随时都有开枪的可能。钟铁军偷偷扫了一眼，会议室里大约有一百七十人，其中有三名亚洲人。他不敢确定他们的国籍和身份，便挪动身子，渐渐靠拢过去，用英语悄悄问他们是日本人还是韩国人。那三人用英语悄声回答，称是中国人。钟铁军喜出望外，改口用普通话说是同胞，称自己在中铁工作。四个人顿时像见到了亲人，相互有了依靠。钟铁军小声问："你们看过一些经书吗?"

那三个中国人摇头，说："我们只信共产党。"

钟铁军说："我是央企员工，更信共产党，但这帮家伙一定跟某个组织有关。"

站在门口的一名枪手发现他们在嘀咕，挥动着枪支，挤过蹲在地上的人群走来，用枪指着钟铁军四个人，说："This is not a coffee shop. Do you want to go to heaven? Shut up if you don't.（这里不是咖啡屋。你们是不是想去天堂？不想去就闭上你们的臭嘴。）"

钟铁军蹲在地上双手抱头，瞪着那名枪手，顺口背出一段经文，其中一句是"我们只求你襄助，你所襄助者的路，不是受谴怒者的路，也不是迷误者的路。"

那三名中国人也像钟铁军那样，两手抱头，跟他学着背这几句话，但很不熟练，丢三落四，只能断章取义。那名枪手看着他们，疑惑地愣了，然后笑着说：“OK，boy. It seems that you are not heretics. I can keep you from the bullets，but you can't go out for the moment.（好吧，小子，看来你们不是异教徒。我可以不让你们吃枪子儿，但暂时不能出去。）”



钟铁军和其他被劫持者，足足等了九个小时。肚子早已经饥肠辘辘，可这里没吃的，也没有水。有几个外国老年妇女，在惊吓和饥饿中昏倒在地，袭击者并没理会她们。突然，会议室外传来了密集的枪响。钟铁军看了看手表，已是下午三点。当地防暴警察赶到酒店，在一楼与袭击者发生了对峙。特种部队赶来后强攻了酒店。袭击者不了解酒店的设计结构，慌忙往楼上跑，有四个枪手躲进了七楼的两个房间。接着，法国和美国特种部队也来增援，把酒店围得水泄不通。

钟铁军看到窗外全副武装的美国大兵和法国军人，便朝那三个同胞递去眼色，说：“有救了，增援部队来了。”其他人也看到了走廊里士兵们晃动的身影，会议室里顿时有些骚动不安。其中一名外国男人抱着头站起来，扬着下巴用英语朝门口那两名袭击者说：“Hateful young man，may God forgive your sins and give back freedom to the travelers.（可恶的年轻人，但愿上帝能宽恕你们的罪行，把自由还给这里的每一位客人吧。）”

其中一名袭击者举着枪喊道：“Get down or I'll blow your head off.（蹲下，不然打烂你的脑袋。）”

此时，特种部队士兵已经悄然出现在门外，他们将会议室两侧的门推开了一条逢，用带有红外线瞄准仪的特种枪对准两名歹徒的脑袋。钟铁军见此情形大胆地站起来，吸引歹徒的注意力，喊道：“Hey，there is a saying that in the East we should put down the butcher's knife to become a Buddha. Please don't bring evil to the world with your gun.（哎，我们东方有句话，叫放下屠刀，立地成佛。请不要用你手里的枪把邪恶带给世界。）”

两名袭击者当即把枪口瞄准了钟铁军。几乎同时，特种部队士兵敏捷地蹿过来，从背后勒住袭击者的脖子，托住了他们的枪管，一梭子弹歪歪斜斜地射向了屋顶。

钟铁军和被劫持的所有人质获救了。美国特种部队将他们转移到安全地点。此时酒店七楼响起了猛烈的枪声，原来躲在房间里的四名袭击者拒捕，与警方交火，最终被击毙。马里总统宣布全国进入十天的紧急状态。活动在马里北部的某组织，在推特上发布消息宣布对此次事件负责，他们誓言让西非地区陷入不稳定。

钟铁军被解救之后，来到一楼大堂。这才发现三名上司，直挺挺地与死去的那些外国人躺在一起。他顷刻间泪崩，跪在尸体旁边号啕大哭："天啊，为什么总让我们遇上这样的灾难?"他泣不成声，脑子里一片空白，发誓再也不来非洲了。

事发时，国内正是半夜。钟铁军蹲在被劫持的上百人中，偷偷给王子浩发了条微信。信息就像原子弹爆炸般，霎时散播开来。大家听说发生了如此大的事件，震惊得不知所措。杨琳收到信息后，撩开被窝腾地坐起来，觉得天都要塌了，连忙跳下床去客厅打开电视看新闻。新闻里只提到死了三名中铁高管，没说是谁。对照钟铁军他们到达马里的时间、班次和入住的酒店，一点儿都不差。杨琳哭着给钟铁军打了一夜电话，始终没有得到回音，直到后来新闻滚动再播报时，被打死的人中没有出现钟铁军的名字，杨琳的情绪才稍好点儿。六岁的儿子钟锋夜里尿尿，从卧室跑出来，迷迷瞪瞪地喊妈妈陪他去睡觉，杨琳这才领着钟锋走进卧室。

那夜，夏江、路同和和王子浩、李小兵等后方人员，都在为钟铁军担心。中铁最高层连夜开会，启动了应急预案，派人员赶赴了非洲。像阿富汗那次的突发事件一样，三名中铁高管的尸体被飞机运回了国内。

下葬那天，所有接到通知的中铁人，不论正在做什么工作，也不论在什么样的场合，都为死去的同伴默哀了三分钟。死者的家属望着离去的亲人，悲痛欲绝。参加葬礼的干部职工，胸前佩戴着白色的小花，心沉到了无底的深渊。他们意识到，走出去是要付出生命代价的，每个人都要做好流血与牺牲的思想准备。

钟铁军又一次活了下来，并成为关注的焦点。他从国外回来，参加完同事的葬礼，选在周末孩子不上学的日子，让王子浩陪着，带杨琳和钟锋回了趟苏北老家。又叫张放去镇里的店铺买了几刀黄纸，到村西爷爷奶奶及曾祖父母的坟上各烧了三炷高香，往祖坟上培了些新土。一般认为，祖上阴德厚重，后人才能一次次地躲过劫难。

烧完纸和香，张放陪杨琳带着钟锋先回村里去了。钟铁军和王子浩伫立在坟前，发出一阵慨叹。王子浩说A国铁路项目正在启动，集团公司马上要组织队伍出国，问钟铁军去不去。钟铁军称这辈子再也不想去国外了。王子浩说："项目是你们揽下来的，其他三个当事人都奉献了，你不出去谁能理清项目的情况？"



钟铁军说："谁去当指挥长谁理。"

王子浩说："那不是我管的事，反正我吃了定心丸，这次铁定要出去。"

钟铁军说："你也想去死啊？"

王子浩拿眼瞪他，说："还没出去你就咒我，变态了？"

钟铁军面无表情，说："我没变态，但有后遗症。你不知道美军在中东患有综合征啊？我现在就有点儿。"

听说钟铁军带媳妇儿子回来省亲，左邻右舍的大人小孩，全跑来嘘寒问暖。钟铁军的老家在苏北农村，一排坐北面南的红砖房，配建了几间东厢房，大门开在东南角，四周拉着院墙。王子浩随钟铁军回到家中的时候，院子里已站满了熟悉和不熟悉的诸多面孔。父母亲六十上下，身上穿得倒是干净利落，张罗着大家进屋。杨琳则忙着给乡亲们沏茶倒水。一位老妇腿脚不太利索，由一个三十多岁的汉子扶着，见钟铁军进来，拉住他的手直夸他福大命大，那股热乎劲儿让钟铁军实在难为情。寒暄半天，才问他什么时候走，将来还出不出国。如果出去，让钟铁军把她身边的这个孙子带出去找个活干，省得整天在家闲着。钟铁军瞄了瞄眼前那人，问他叫什么，多大了，以前在哪儿干过。汉子一口一个"叔"地称呼着钟铁军，自报家门说叫安保国，高中毕业后一直跟随外村的包工头在高铁工地上打工，高铁通车后没接上新活，就回来了。

王子浩问："你干过啥活？"

安保国恳切地说："什么活我都能干，还能开挖掘机和装载机，打道砟、立模板、绑钢筋、铺轨排、搞精调等，不会白吃包工头的饭。"

王子浩两眼一亮，说："好啊，也想去国外啊？"

安保国欣喜若狂，毫不含糊地说去。王子浩拉拉钟铁军的衣角，说这个人到了国外有大用，可以让他组织一支劳务队，带些民工出去。钟铁军说："那你出国后用，我不出去。"王子浩当即留下了电话号码，告诉安保国随后联系。其他乡亲见王子浩答应把安保国带出去，也围上来，七嘴八舌要求把各家的年轻壮劳力都带走。钟铁军应付不过来，只觉头皮发炸嗡嗡直响。

很长一段时间，没有人看出钟铁军多么悲观，他时常笼罩在死亡的阴影里，总是郁郁寡欢。夜里，又像从阿富汗回来那样，不在杨琳怀里便无法入睡。

夏江时常琢磨钟铁军，认为他能经历生死考验，是条硬汉。没过多久，他便把钟铁军调入成立不久的国际公司，提拔他当了副总经理。宣布命令前，他专门找钟铁军谈话，肯定了一番他对A国铁路项目承揽和拓展海外市场做出的贡献，鼓励他要坚定走出去的决心。在夏江的眼中，钟铁军是个有经验、懂业务、会外语、敢担当、头脑灵活的特殊人才，搞海外工程不能少了这样的人。钟铁军则认为，夸他一大堆，无非想将来继续让他去国外冒险，心里不怎么舒服。但在大会上表态时，对组织的信任与提拔使用，他仍然表示感激，表现出为企业献身出力的崇高理想与觉悟。他的提拔与任用，不说业务如何，仅凭所经历的几次生死，已经足以令所有人对他佩服得五体投地。

夏江的人事布局，考虑了方方面面的综合因素，尤其是对新承揽的A国铁路项目，十分具有前瞻性。铁路全长八百多公里，要在东非大地跨境，一直延伸到坐落在红海边的港口。总包方博顿公司在A国政府督导下，催促集团公司抓紧组织人马出国上场。夏江前前后后权衡承接这个项目的利弊，不仅是新建，还有既有线改造翻新，接到手的却是二包活，只有甩掉中介才有可能完成任务，否则有扯不完的皮。从A国考察回来，夏江心里有了数，他决定把几个公司都派上去，按不同的工程类别，设置出一套完整的项目管理架构。在离A国港口不超三十公里的地方建一座大型物流基地，专门负责国内运达材料的接收与转运。另设两处轨排基地，负责轨枕生产。碎石场在沿线选址，自己建场自己生产供应。夏江看完施组安排，工期只有两年，高峰期项目施工与管理人员至少需要六七千人，很有必要在管区中间设一所工地医院，分部设卫生所，施工队设卫生室，保证出国人员患病能够得到及时救治。人力资源处从全局精选出一批各专业表现突出的干部，拉出一长串名单，后面还附有每个人的简历与业绩，厚厚的一本子。逐个审完后，夏江叫秘书通知钟铁军到他办公室来。

正值中午，钟铁军还在国际公司食堂里吃饭，看是夏江叫他，一刻也不敢耽误，撂下饭碗，赶了过去。夏江早已在办公室等着他，见钟铁军进来，热情地起身跟他打招呼。夏江先问了些有关项目跟踪承揽过程中的细节，然后把想甩掉中介公司，直接对A国政府、军方和铁路局的想法说了出来，问他有何意见。钟铁军思忖后，说甩掉中介当然好，但这叫背信弃义，他不想出面去谈这件事儿。夏江虽然听了很不高兴，但仍然肯定他的说法："你讲得有道理。博顿公司是境外企业，以商务为主，旗下没有施工队伍，充其量是个皮包公司，把揽到的项目往外转一把，该提的费用提完后一走了之。而咱们去国外干工程是代表国家，不甩掉他们，将来扯起皮来工程无法实施。国外没小事，稍不注意就酿成外交事件，最后承担责任的是咱们。所以，不敢有丝毫马虎。"

钟铁军说："这事您定。如果决定甩掉他们，也不能在这个时候去谈，项目展开后双方出现的矛盾越大，对咱们越有利，到时再直接与A国政府谈，让政府出面与他们解约，这样才能水到渠成。"

夏江听得很专心，不时点头，而后笑着起身转到钟铁军背后，拍了拍他的肩膀，说："嗯，你小子不愧是从事外经工作的老手，很注重策略嘛。"

聊到末了，钟铁军问夏江准备让谁去当指挥长。夏江告诉他，戴国兴已有了国外干项目的经验，指挥长第一人选是路同和，准备让他跟戴国兴搭班子带队伍出去。钟铁军突感意外，说："路同和?！他行吗?"

夏江愕然地问："你认为他不行？去安哥拉那次，因为你从深圳逃跑，路同和被窝在国内好几年，戴国兴干完一个项目都从国外回来了，他还被晾在一边，这次要把他用到国外这个铁路项目上去。"见钟铁军没吭声，夏江话题一转，把组建工地医院的设想和盘托出，称已选定杨琳出国当院长，因为她是学医出身，问钟铁军同不同意。钟铁军睁大眼睛连连摆手，说："千万别考虑我们两口子，我儿子刚上一年级，没人带。再说，我出生入死几回了，想起来就后怕，还是选其他人去吧。"

面对钟铁军的严词拒绝，夏江照顾了他的情面，既没训斥，也没答应。他知道在国外的经历，可能真给钟铁军造成了伤害。这时，路同和敲门进来，很急迫的样子，看钟铁军在，只点了点头。夏江示意他跟钟铁军并排坐下，直截了当问："来找我，是想去当A国铁路项目指挥长吧?"

路同和"嗯嗯"地应着，称是来争取这个岗位的，要到国外展示一把自己的项目管理才能，如果让他去管这个项目，一定不给集团丢脸。夏江笑了，问他是不是听说了什么。路同和说啥也没听到，就是想去雪洗安哥拉那次带给他的耻辱。夏江扭头看着钟铁军，意思是都过去六七年了，路同和还在记恨此事呢，说："铁军，上次全是因为你，这次你跟他出去将功补过吧。"

路同和一听夏江又叫钟铁军跟他出国，马上接过话茬，表示坚决不要他。屋里的气氛陷入尴尬。钟铁军有些难堪，瞥了路同和一眼，站起来说："你可以不要我，但国外工程，你不能不要国际公司参建吧？再说，我现在是国际公司的班子成员，不是你身边的马仔，也没想过跟你出去，干吗那么敏感，对过去的事情何必揪住不放呢？"

路同和瞪起眼来，说："钟铁军，我很佩服你的牛劲儿，过去没提处级干部时你都敢坑我，现在你官当得比以前大，我更用不起你了，你愿跟谁干跟谁干，别在我手下干就行。"

两人话不投机，钟铁军转身走了。夏江望着门口钟铁军消失的身影，脸拉得老长，从表情上能看出对路同和的不满，说："同和，你心眼是不是小了点儿？世上没有完人，钟铁军有毛病和缺点，但他是个人才。这个项目又是他揽的，到国外你不用他，靠你和戴国兴，很多事情能摆平吗？"

路同和心里憋着口气，辩称只要让自己和戴国兴去当指挥长和书记，没有解决不了的问题，离了钟铁军工程照样干。夏江有一丝恼怒，指着他说："那你给我数数，看在全局能不能挑一个搞海外工程比钟铁军更优秀的人来。"路同和被这句话噎住了，眨巴着眼睛愣了好一会儿。

冬天的傍晚很凉，天黑得早。杨琳下班回到家做好饭，找了几个大一点的铁盆把炒好的菜扣上用来保温。见钟铁军迟迟不回来，就坐在小椅子上陪儿子学习。钟锋边低头做作业边问："妈妈，有人说你和我爸要去国外，我上学咋办？"

杨琳伸手摸了摸他的头，说没有定呢，让他安心学习。少顷又说，实在不行把他送回老家，让爷爷奶奶带。钟锋听后嘟嘴说不想回老家，他要跟爸爸妈妈在一起。杨琳的心忽地沉了下来。

钟铁军回到家，三口人才开始吃饭。杨琳说机关的人都在传，夏江选中她去 A 国项目当工地医院院长，不知真假。钟铁军说是真的，还征求了他的意见，他没同意。钟锋扒着碗不吃了，先是气呼呼地说不回老家上学，接着哭起来。杨琳连忙哄他，往他嘴里喂饭，钟锋抬胳膊一扫，把饭撒了一地。杨琳心里发酸，没有呵斥他。钟铁军把钟锋揽在怀里，说："儿子，爸爸妈妈哪里也不去，就守着你上学。"

夜里，钟铁军和杨琳钻进被窝后商量，为了孩子坚决不去国外。然而，这个决定没撑过第二天。上班后，两人同时接到通知，要求他们去集团机关参加A国铁路项目上场动员会。会议室里挤满了将要出国的人员。夏江和集团领导亲临会议，鼓劲动员的话讲了两个小时，最后是由三四个出国人员代表表态发言，其中就有钟铁军。他事前毫无思想准备，上台后不知说啥，只站在主席台上来回扫视全场，发现路同和、戴国兴和夏江等领导和机关各部门部长坐在第一排，后面坐着杨琳、王子浩、李小兵和国际公司的第五小刚以及参加工作不久的女会计赵雅清。坐在台下的其他上百号人，大多面孔生疏，不用想肯定都是出国人员。见他愣着不讲话，杨琳急得直咬牙。王子浩朝他喊："铁军，说两句，快说！"

钟铁军缓缓神，开口说道："没啥可说的，出国对我来说已经不陌生，这次我不想出去。"说完，他走下台去，全场一片哗然。局领导与路同和、戴国兴以及国际公司主管都很意外。夏江表现得很冷静，从座位上站起来，朝后扭着身子救场："钟铁军经历的危险太多，不想出去是完全可以理解的。出国的同志都要向他学习，发扬大无畏的精神，争当国外工程的急先锋。"末了，夏江扯开嗓子问大家有没有信心。全场人的情绪被调动起来，齐声高呼："有！"

会议开得虽有瑕疵，但还算圆满。夏江憋在心里的气发不出来，散会后把钟铁军和杨琳单独叫到办公室，说："钟铁军，今天安排你上台表态，本想让你现身说法给大家鼓鼓劲儿，没想到你没起到好作用，反而泄了大家的气，你真以为离了你不行是不是？"

杨琳心里扑通扑通地跳得厉害，不敢开口，直瞅夏江的脸色。夏江又问："你们两口子是不是真不想出去？"

钟铁军说："孩子小，没人管，真的走不开。"

杨琳说钟锋不愿回老家上学。夏江大为光火，说："光你们家里有困难？出国人员哪个没困难？有的父母七老八十躺在床上没人照顾，人家照样出去。还有去工地医院的女同志，刚生完孩子二话不说也答应去。你家孩子是孩子，别人家的孩子就不是孩子了？没一个像你们两口子不讲政治、不顾大局的，我看你们的前途也就到此为止了。”

杨琳见情势不对，赶紧改口说去，并拉拉钟铁军，也叫他表个态，但钟铁军始终没把话说出口。夏江缓和了一下气氛，说：“钟铁军，看你是个好苗子，才让你去当国际公司分部的项目经理，咋就不识好歹呢？”

钟铁军低着头深思片刻后，终于开口同意去了。夏江说：“这还像个处级干部。行了，你们既然说去，那就去找路同和与戴国兴报到。家里的困难，集团公司会专门安排人，给每个出国人员的家庭提供帮助。”

离开夏江办公室，钟铁军一直埋怨杨琳，怪她嘴快，不该向夏江承诺，发牢骚说：“你愿出去你出去，我留在国内照顾儿子。”杨琳满脸不高兴，说他都答应出去了，咋转眼又变了呢？钟铁军称当着夏江的面儿，只能采用缓兵之计。杨琳说：“你对我就那么放心啊？万一像你一样遇到袭击事件我死了咋办？”

钟铁军哑然了，骂她胡说。杨琳称没胡说，如果钟铁军舍不下她，那俩人就一块去。钟铁军问钟锋咋办？杨琳很是无奈，坦言没啥好办法，先送回老家让他爹妈看着上学。以后有机会或条件允许，再把钟锋带去A国，与当地的孩子一起读书，过去一些出国职工的子女有这么办的。

“那么多人去非洲，工地不设医院确实很危险。”杨琳说，“不怪董事长发火，出去的都是兄弟姐妹，我当院长的打退堂鼓，从良心上说不过去。”

也许是杨琳的话，触动了钟铁军内心深处的某个点。他没再争执，更清楚自己不想再出国的原因，是前些年吃尽了苦头，不光是长途飞行的劳累，还有那些不可预知的死里逃生的事件，但最终他还是尊重了杨琳的意见。出国前的半个月，他和杨琳把钟锋送回老家，在当地小学办理了入学手续。钟锋“哇哇”哭个不停，拉着杨琳和钟铁军不让他们走。想想一年见不到孩子，杨琳伤心极了，泪珠子“啪嗒啪嗒”往下掉。离开老家临上车前，钟铁军父母强行把钟锋抱住，杨琳和他才得以逃脱。

孩子犹如一根丝线牵着母亲的神经。钟锋“妈妈！妈妈！”的叫喊声不绝于耳。回城的车上，杨琳哭了一路，咋劝也劝不住，泪水直往下落。钟铁军安慰她说，出国就别老想着孩子，不然会得抑郁症，钟锋是他爹妈的亲孙子，要她放一百个心。

那半个月，即将出国的人员都在经历与亲人离别的痛苦，甚至有人写好遗书留给了父母与妻儿，好像真的一去不复返了。从海关到机场、检验检疫局以及远洋公司，到处都能看到中铁工程局的人来回穿梭，跑办物资设备、人员签证、防疫等各种手续。没几天，采购运往海外的第一批物资装备拉到码头，装上了船只。巨大的远洋货轮，需要一个多月的时间，穿越惊涛骇浪，漂洋过海抵达东非。

离出国的日子越来越近。这天，路同和与戴国兴一起找到夏江，婉转地提出国际公司最好选派其他人去当分部经理，既然钟铁军不想出去，干脆把他安排在国内项目上。夏江知道路同和因那次出国怨恨钟铁军，问戴国兴："你也认为钟铁军不好管吗？"戴国兴和路同和面面相觑，说钟铁军想法太多，万一到国外再撂挑子甚至溜号，他跟路同和还要承担责任。

夏江反问道："是吗？他现在的身份是国际公司的副总经理，你们相信他会这么做？"

路同和与戴国兴都称对钟铁军心里没底。夏江说："现在不是换人的时候，让他到国外试试。如果不行，我自然会把他调回国内来。"

这个答复没能满足路同和与戴国兴的心愿，俩人悻悻地回去了。他们前脚刚走，钟铁军后脚就迈进了夏江的办公室，申请把王子浩和李小兵调到国际公司分部，一个管现场，一个管物资设备。

夏江瞥了他一眼说："钟铁军，你自己的问题还没解决好，还想着解决别人的事。"

钟铁军纳闷，问啥事没解决。夏江既不能说路同和与戴国兴不想要他当分部经理，又不能拒绝他的请求，于是让钟铁军去找人力资源部。第二天，王子浩和李小兵果然接到通知，去向钟铁军报到了。

钟铁军打发王子浩联系同村的安保国，商量如何组织劳务队赴非洲工地，嘱咐说别忘了让表弟张放加入劳务队一起往外走。王子浩很得意，当即通知安保国和张放赶到公司见面。王子浩问能组织多少人？安保国回答要多少有多少，至少不低于一百五十人。王子浩坚决不要那些滥竽充数、光拿钱干不了活的懒汉，也不让招顾头不顾腚的愣头青，以免到国外惹乱子。安保国承诺说，只招安分守己、叫干什么就干什么、有专业特长比较听话的民工。王子浩避开张放，把他叫到一边，问劳务队里有没有自己的会计。安保国说有，是自己人。王子浩神秘地笑着说："兄弟，咱们出去既要干好活，更要挣到钱。以后在国外的花销就指望你了，如果用钱能倒出来不？"

安保国明白他的意思，满口答应将来亲自操办，一定做到神不知鬼不觉。王子浩叮嘱他不要跟任何人提及此事，即便是钟铁军也不准透露半个字，只能天知地知你知我知。

出国干活的消息一散发出去，附近各村的壮劳力都赶来了，把安保国和张放家的门槛都踏破了。他俩分别询问审查每个人的身板、年龄、婚姻状况、专业、病史，凡得过传染病、高血压、心脏不好的人全刷掉。过关被录用的人逐一登记后，约好时间和地点，就去省城照相办护照打疫苗。村里有个叫刘柱的孤儿，二十一二岁，个头不高，早年死了爹娘，从小无依无靠，一直跟随安保国和村里的其他大人外出务工。与安保国虽不同族，却排一个辈分。听说其他人被招去出国修铁路，急匆匆跑到安保国家里，说："保国哥，带我出去吧，我能吃苦。"

安保国说："去非洲，远着呢。"

"那我也去，只要有口饭吃就行。"

"万一死在那里，谁替你收尸啊？"

刘柱毫不迟疑地说："你就是我亲哥，要真死在那里，你把我就地埋了。"

安保国见他很执拗，觉得这孩子可怜，与张放商量后，啥话没说，掏出三百块钱递给他，叫他追去省城找照相办护照的那些人。刘柱接过钱，朝安保国和张放深深鞠了个躬，然后冲出了门。张放望着门外，有些担心，说："保国，咱招了这些人，就得对他们负责，出去多少就得回来多少，能做到吗？"

安保国叼起一支烟，说："连我自己都不敢保证能活着回来，在国外遇到天灾人祸可真说不准。"

张放说："如果出现差池，我表哥和王子浩会受连累。"

安保国说："要考虑这些就别出去了，在国内谁敢保证不会有个三长两短？机会难得，走吧。"

两百人的劳务队，几乎在一夜之间组织起来，与家人告别后，整装待发。钟铁军对王子浩的执行力是满意的，但他没料到的是，王子浩从这时起，已经开始打自己的小算盘了。后来，张放从安保国口中得知，王子浩出国是想通过劳务队套现挣钱，便把这消息告诉了钟铁军。虽然过去曾连笑带骂训斥过王子浩，但他始终不相信这位老同学会那么做，就把张放的话搁在了耳旁。

这天上午，钟铁军去局机关找路同和报到，路同和正忙着做出国前的各种准备，扫了一眼钟铁军说道："你来找我干什么?"钟铁军说跟他去非洲，弥补前次去安哥拉的过失。路同和不给他好脸，直起身子回到桌前，端起水杯抿了口茶，漫不经心地说："说实话，你不想去，我更不想要你，还是去找董事长留在国内好。"

钟铁军自知理亏，赶忙提起水壶帮他倒水，说："路指挥，我把儿子都送回老家读书了，我们两口子一起走。我现在以国际公司副总经理、A 国铁路项目分部经理的身份来向你报到。"

路同和呵呵一笑，说："哦，董事长信任你，所以官提得快。不过，我要求的分部经理必须是多面手，既能对外公关，又能带队伍打突击。"

钟铁军说："我去过很多个国家，知道怎么跟外国人打交道。至于如何在国外带队伍，你可以教我呀。"

"我可教不了你，"路同和斜愣着眼神瞥他，说完从桌子上抓起厚厚一本资料甩到他面前，"整条铁路八百多公里长，国际公司的管区三百二十公里，限你两天把资料翻译成中文，再弄个完整的施组给我和戴书记，能完成吗?"

钟铁军接过资料掂了掂，头皮直发炸，说一个五人的团队花半个月工夫才能弄完的事，两天谁能做出来?他觉得路同和有点儿故意针对他。路同和伸手把资料夺过去，说就这么急，出国前要带上，你们国际公司是专门干这活的，有的是外语人才。钟铁军听出路同和的话里有话，如果两天内完不成，说明钟铁军不是个称职的分部经理，到时向夏江提出叫国际公司换人便有了理由。

钟铁军知道路同和是用这一手试探和考验自己。于是，笑了笑，说："行，路指挥，按你的指示办，两天内我不吃不睡也给你交卷，行吧?"

钟铁军憋了一肚子火，回到公司后气呼呼地将一摞资料扔在桌子上，思考了片刻后，他拨打了王子浩、第五小刚、李小兵和杨琳的手机，把他们全都叫进了办公室。钟铁军龇着牙，伸出两个指头说："翻译成中文和咱们管区的施组，就给两天时间，太狠了。”

王子浩三个男人目瞪口呆，摇着头异口同声说完不成。杨琳把资料翻开看了看，明白路同和是在抓他把柄，说：“都别回去了，从现在起开始加班。”

钟铁军又叫来五个做翻译的小姑娘，他自己带头翻译，每人领受了任务抱走一摞。王子浩和第五小刚、李小兵负责看图做施组，杨琳负责后勤保障。一连两日，不出屋，不睡觉，盒饭伺候，施组和资料翻译汇总时间竟没超过四十八小时。

话说钟铁军抱着材料一离开，路同和便把戴国兴喊进了办公室，说：“老戴，我怎么这么烦钟铁军这小子。他把我坑得够呛，苦都没地方诉。这次我也得让他尝尝苦头。两天弄不出来，我就要求把他换掉，打心里不愿他跟着咱出去，你得支持我呀。”

戴国兴清楚事情的原委，不想因为钟铁军而使两人出国搭班子产生隔阂，附和称肯定支持。路同和扬了扬手，讥讽说累死也弄不出来，他没那个本事。

资料弄完已是第三天凌晨六点。钟铁军等人又一夜没睡，他简单洗了把脸，打着哈欠把资料装上车，带着王子浩和杨琳去了机关。路同和与戴国兴刚进办公大楼，发现钟铁军抱着一摞资料去了夏江办公室，心里很纳闷儿，嘀咕半天也没猜出到底咋回事儿。路同和给外事人员安排完设备与劳务队出国手续相关工作，还没顾上沏茶，钟铁军三人推门进来，把资料和施组摊在了桌子上。

路同和指着资料问：“这是弄完了还是原窝抱回来了？”

钟铁军强打精神说弄完了，资料翻译加施组一样不落，请路同和与戴国兴审查，他们要回去睡觉。戴国兴瞪大眼睛直喊神速，问钟铁军刚才去给夏江送了啥资料。王子浩说翻译材料与施组，两天时间做了两份，给夏江送去一份，让他抽空看看。路同和十分惊讶，责怪说：“夏董没说要看资料与施组，咋给主管领导送去了呢？你这是给我和老戴上眼药啊。”

钟铁军说：“岂敢。让夏董掌握一下现场施工组织方案，有利于将来科学决策，支持的力度会更大。”

戴国兴板起脸说：“钟铁军，你这招可不咋样啊，要送也得由我或老路去送啊，你亲自送给夏董，越级了。”

杨琳把话接过来，说："指挥长、书记，还没出去你们就开始折腾铁军，那么大堆资料又翻译又做施组，天大的本事也搞不完。幸亏铁军组织一帮人，苦战两天三夜才好不容易做出来，这回不耽误你们出国的事了吧？"

路同和自觉无趣，称利用出国前这几天，组织工程专家好好审审，如果评审通不过还得重来。钟铁军听后有些恼火，说通过不了，他就不出去了。戴国兴见气氛变得有些不融洽就打圆场，说："哎，铁军，不是这个意思，我和老路相信你们的水平与能力，审查时你们也派人来参加。"



杨琳不高兴，说："时间紧，翻译任务重，免不了出差错。就像咱们每个人的身体，现在都很棒，可出国后环境一变，谁敢保证不生个病闹个灾什么的。我是工地医院院长，你们有病的时候，我一定会全力医治。"

杨琳这一席话的分量很重，把路同和与戴国兴说愣了，俩人听出了其中的含义。路同和有点儿尴尬，不再说啥，催他们抓紧回去休息。等钟铁军三个人离开后，戴国兴对路同和说："看到了吧，两口子都不是善茬儿，他老婆在用话点咱俩。甭说，出国后还真离不开她。"他暗示路同和，对过去的那个处分，别再纠结了。

钟铁军和日夜加班的那些人，回家整整睡了一天一宿，杨琳连饭都没起来做，幸亏家里有早先备好的方便面，两人用水泡泡将就了两顿。第二天醒来，杨琳收拾大包小包的东西，钟铁军赶去参加路同和召集的专家论证会。满屋子人，王子浩示意他进去。抬眼一瞧，夏江和两名局领导都坐在里头，他悄悄进去坐在了门口。专家和部门人员对施组是肯定的，路同和本想发表不同看法，却被夏江打断，摆手让他先停停，接着喊钟铁军："你是分部经理，到了国外具体由你实施，你说说这个施组方案为啥这么安排？"

钟铁军站起来，抹把脸消除一下疲劳，解释道："我们的管区共三百二十公里，四座车站改造，按A国要求的两年工期计算，每个劳务队承担二十公里土建与旧线路翻新计划，需要十六个路基队伍，四个站改队，五个人工铺架队伍。项目部设在中间地段。三个碎石加工场，每百公里设一处，石源地运距不能超过三十公里，当然要看当地石料是否达标。小型搅拌站和搅拌设备越多越好。建一处大型轨枕轨排场，设备全部从国内采购，走海上运输。高峰时施工管理人员不能少于两千人，否则无法实现按期通车目标。"

专家们听着钟铁军的阐述，朝他投来赞许的目光。夏江笑着说："嗯！

这个施组充分考虑了国外的特殊条件、环境和担负的任务多少，编得不错。你出去要严格按施组组织施工，关键是人员、设备和物资要到位。”

这话堵住了路同和与戴国兴的嘴。他俩没再表达不同看法。散会后，夏江把路同和与戴国兴叫进办公室，说：“同和、国兴，到了国外要把钟铁军用好，不能因为个人恩怨影响了大局，项目干得如何就全看你俩了。”对这种提醒，路同和心知肚明，立即表态一定按照夏江的指示推进。

此后几天，王子浩、第五小刚、李小兵和两名翻译人员，跟随戴国兴带领的第一批前站队伍一百多人出发了。临走时，钟铁军交代王子浩他们，去后先与A国担任军方最高指挥官和国家重建办公室主任的巴布扎将军，项目所在地哈瓦佳州长，国家铁路局里斯克局长以及港务局、总包方博顿公司联系，并把这些人的联系方式告诉了他。王子浩认真地记录下来，然后随大队人马去了机场。

钟铁军、杨琳和第二批出国人员，利用有限的时间，与公司分管外事、劳务和工程管理的人员，一起跟安保国、张放等劳务队，谈判并签订了国外施工劳务合同。刘柱随安保国第一次见领导，掩饰不住喜悦，指着钟铁军，问安保国这人是谁。安保国说：“咱们一个村的，快喊钟经理。”

刘柱毕恭毕敬地向钟铁军行了个大礼。钟铁军说：“嗯，我知道你，到了国外别害怕。”

刘柱笑嘻嘻地说：“我才不害怕呢，反正我家就我一人，不回来都行。”

张放说让他娶个黑姑娘当老婆，在非洲安家。刘柱腼腆地忙称不行，说养不起。钟铁军笑着逗他，说在国外娶媳妇省钱，好养活，到时帮他介绍一个。刘柱听后不好意思地直往张放身后躲。

安保国说：“叔说的是真的，出去别想家，要当师傅带好当地的黑人，教他们干活。到时哪个黑姑娘看上你，就跟我们说。”

刘柱年纪轻，根本没想过娶媳妇的事儿，没把这些话当真。安保国拿上合同与张放和刘柱匆匆回到村里，催促出国的民工做好出国准备。

再后来，公司机关又像前些年去安哥拉那样，摆了几桌宴席，为路同和等第二批出国人员饯行。有的职工依依惜别，泪洒当场。工地医院的女职工们，与父母和亲人抱头痛哭，场面悲伤极了。那些民工们，大都一次准备了两年以上的生活用品与衣服，连鞋袜、肥皂、洗头水、毛巾、牙膏都成捆成盒地往蛇皮袋和行李箱里塞，他们知道这一走恐怕一年后才能回来探亲。

钟铁军和杨琳天天与儿子钟锋手机视频，问他的学习情况以及父母的身体状况。每通一次电话就流一回泪，杨琳哭得很伤心。这天，集团负责外事的人员来了通知，并把联程机票送到她和钟铁军手里。她意识到，路同和带领的第二批出国人员马上就要启程了，自己将与工地医院成员汪静等一批医护人员，以及项目分部女会计赵雅清等人远赴非洲了。



路同和与其他人陆续提着大包小包走进机舱。钟铁军找到座位放好行李等杨琳进来。杨琳挎着背包站在舷梯上，久久不肯进去。远处的跑道上，一架架飞机正在起飞，发动机轰隆隆刺破天际的声响震耳欲聋，但她全然没有感知到那些声音的存在，只顾转身眺望蔚蓝的天空与起伏的山峦。或是一股乡愁涌上心间，或是想起了儿子钟锋和年迈的父母，更或是看到了脚下的这片土地，她恋恋不舍地流下了两行热泪。

汪静提着行李最后一个上飞机，在机舱口碰到杨琳，见她泪光盈盈，说："姐，进去吧，快起飞了。"

杨琳抹着眼泪点了点头，但仍站着不动。最后还是被出来找她的钟铁军拉着走进机舱。大约半个小时后，飞机开始缓缓滑行驶入跑道。当她扭头透过窗户看到下面的楼宇、大地和乡村越来越远，也越来越小时，脸上堆满了泪水。

# 第三章

飞机在万米高空将连续飞行十二个小时，凌晨三点降落在开罗机场。跟随杨琳一起出发的，还有工地医院几名年轻的医生和护士，他们都是第一次出国，既新鲜又忐忑。想到要去一个曾经充满战乱且陌生、贫穷与落后的国家，存留在心底更多的是恐慌与惆怅，不敢想象未来几年的工作、生活会是什么样子，也不清楚会有怎样的不幸与结果。

杨琳坐在靠窗的位置，久久未能从对儿子钟锋的牵挂情绪中缓过来。她看着窗外，不知不觉倒在了钟铁军的肩头上睡着了。钟铁军侧身拉下遮光板，把她搂在怀里，盖上毛毯，轻吻着她的额头看她睡去。钟铁军习惯看她睡觉时迷人的样子，但此时却发现她的眼窝里噙着两滴泪珠。于是，轻轻帮她抹去。不知过了多久，他也撑不住了，困得实在厉害，便搂着杨琳把头仰靠在座椅上睡去。

路同和坐在钟铁军和杨琳前面，与他们相隔两排。他从座位上起来，跨过一名外国女乘客去洗手间。那名女士用英语跟他对话，他不会，身边没有翻译人员，只好“OK！OK！”地朝对方点头。

飞机不新不旧，属于相对落后的那种，在云层里颠簸得厉害。空乘人员全是说着英语的黑人与白人，有几个空姐年纪较大，身材偏胖。她们腰里扎着航空公司特制的围裙，装束整洁，对乘客说话和声细语，在过道里推着小车，询问每一排乘客的需要。同行的医护人员，身边虽然没有翻译，但对空姐给予的热情照顾都能够呼应。而坐在后排的民工则没有他们淡定从容。安保国和张放、刘柱等一百多名民工，对第一次坐飞机出国干活很是兴奋，互相之间说说笑笑，声音较大。每有空姐从眼前走过，他们都会从头到脚打量，然后窃窃私语，引得前面的外国乘客时不时扭头瞅他们。

安保国坐在靠过道的位置，张放和刘柱坐在里边。一名年轻的黑人空姐推着小车来到安保国面前，用英语问他想喝什么。安保国听不懂，先摇头后点头，空姐用手指着小车里的饮品又问了一遍，他这才意识到肯定是问想喝啥。小车上的饮品全标注着外文，安保国看不懂，又不能不应，伸长脖子瞅个没完，最后指了指矿泉水。空姐明白了他的需求，边帮他倒边用英语问："Sir，is this your first trip to Africa?（你们是第一次去非洲吗?）"

安保国不敢回答，转头问张放空姐在说什么。张放摇头，说他也听不懂，叫安保国别搭腔。刘柱更是傻傻地望着空姐不敢讲话。空姐微笑着又问："Are you working in Africa or on business?（先生，你们去非洲打工还是做生意?）"张放捅捅安保国，让他告诉空姐最好讲中国话。他们没想到空姐会说汉语，直接把话接了过去，说："好的先生，既然你们不会英语，那我就讲中文。"

安保国、张放、刘柱及前后排的民工兴奋起来，终于又回到了熟悉的环境。刘柱第一次与黑人近距离接触，只听说过黑人的肌肤细得像面粉，似绸缎，就想亲自感受一下，于是壮着胆子问能不能握握手。空姐露出两排雪白的牙齿，笑着给刘柱递过饮料，大方地伸出纤细的手，说："中国朋友，你好!"

刘柱急忙伸出手与空姐相握。"真滑溜。"刘柱羞红着脸跟安保国和张放说。其实，在接触到空姐肌肤的那一刻，他浑身一阵战栗。这是平生第一次触摸女人产生的自然生理反应，更何况摸的还是个外国女人。

空姐和善地说："非洲繁茂的草原，湿润的空气，蔚蓝的天空和厚重的文化与历史，滋养了我们的心灵。我们的皮肤是上帝赐给的最好礼物，欢迎你们到非洲来。"

刘柱与空姐握手的那一幕，恰被一个身材肥胖、站在饮料车前的白种男人看见。那胖子用鄙视的眼光瞧着刘柱和安保国他们，对空姐说："They're lowlife，stupid like pigs.（他们是下等人，蠢得像猪。）"

空姐十分惊讶，停下了手头的工作，说："Sir，all passengers are at my service. Please respect their dignity.（先生，所有乘客都是我的服务对象，请尊重他们的人格。）"

白人又说："Miss，your services are valuable and should not be wasted at the low.（小姐，你的服务是有价值的，不应该浪费在下等人身上。）"

空姐继续往前推着饮料车，过道很窄，白人只能往后退。"Chinese friends are noble，and they had supported Africa selflessly. I believe that so many of them go to Africa are to help us.（中国朋友是高贵的，他们曾经无私地支援过非洲，我相信他们这么多人赴非洲，一定是去帮助我们。）"空姐据理力争。

还在睡梦中的钟铁军和杨琳，被一阵吵嚷声惊醒。听到吵声的路同和与汪静、赵雅清等人，已沿过道朝后面走去。不知什么时候，安保国、张放、刘柱和众多民工，好似弄懂了那个外国胖子的羞辱之意，愤怒地站起来，把胖子堵在了过道中间，有的甚至爆了粗口。其他乘客也被吵醒，站在各自座位前一片指责，场面一度混乱。安全员和乘务长赶来劝解，制止事态的扩大与激化。那胖子仍目空一切，喋喋不休。路同和挤过人群来到安保国和张放面前，先介绍了自己的身份，安抚民工们坐下，之后用普通话对女乘务长说了许多，但都没能翻译给那个外国胖子听。路同和问汪静和赵雅清会不会英语，俩人说会，可没法当翻译。胖子满嘴像机关枪似的说着英语，问路同和是干什么的，为什么要偏向安保国和张放他们。空姐和乘务人员不敢翻译胖子的话，只能对他好言相劝。这时，项目分部几个外语较好的人，省去翻来倒去的传话，用英语直接质问和责怪胖子。胖子招架不住，涨红着脸更来气了，言语更加激烈。路同和见事态不能平息，就想起了钟铁军。此时，钟铁军和杨琳已站在路同和身后，听清了事情的原委。路同和皱着眉头，指着胖子，说："我不会英语，跟那头肥猪说话太费劲，你用英语跟他交涉。"

钟铁军让其他人闪开，上前用英语问："Sir，you think you're better than anyone else just because you are fat?（先生，你以为自己体胖就比别人高贵吗?）"

胖子听到这话气急败坏地从饮料车上抓起一桶可乐嘣地拧开，"咕咚咕咚"连喝两口，然后在钟铁军面前晃了两下，说："Who Are you? As stupid as they are?（你是谁？也跟他们一样蠢吗?）"

"The dumbest people in the world don't know they're dummies.（世界上最蠢的人往往不知道自己是蠢货。）"钟铁军说，"If you think my workmates are inferior，why don't you take a private plane for the upper class?（如果你认为我们的工友是下等人，那你这个上等人为什么不去坐上等人的专机?）"

“No! No! I’m sorry to be on this flight with you!（不！不！我很不幸与你们同机!）”胖子气恼地说，“Do you know what your partner did? He’s touching the woman’s hand.（你知道你的同伴做了什么吗？他在摸女乘务员的手。）”

那名黑人空姐指着刘柱说:“No! He is my friend and I would like to shake hands with him.（不！他是我的朋友，我愿意与他握手。）”

钟铁军说:“You came to China. You must have taken our high-speed train. Those high-speed trains were built by me and my fellow workers with our hands. Perhaps your country and your government are asking us to help you build a high-speed rail line for your country.（你到中国来，想必坐过我们的高铁。那些高铁就是我和我的工友建造出来的。也许你的国家和政府，正在请求我们去帮助你们建高铁。）”

胖子听后立刻露出惊愕的神情，说:“Are you Chinese high-speed rail builders?（你们是中国高铁建设者?）”

“Yes. We’re going to help Africa build a railroad!（是！我们去帮助非洲修铁路!）”

胖子一脸愧意，微笑着朝钟铁军伸出大拇指，自责地说:“I’m sorry! I’m sorry! I misjudged your intentions，and I accept your punishment.（对不起！对不起！是我误解了你们的好意，我愿意接受你们的惩罚。）”

争吵就这样在钟铁军的对话中戛然而止，双方握手言和。空乘人员与那名空姐对钟铁军的沟通能力极度赞赏。待舱内恢复平静，钟铁军提醒安保国和其他民工，要时刻注意自己的形象与礼节。路同和回到座位后，扭头眯眼看了钟铁军老半天，那眼神透出了对他的肯定和赞许，说:“嗯，没想到你还真行，以后遇到啥事你要多出面，别往后躲噢。”

飞机降落后，路同和一行人办完转机手续，在候机大厅里候机。虽然是凌晨，但联程转机的人还是很多。安保国他们完全没有睡意，对外面的世界充满了好奇，坐在装满衣物却不太讲究的行李包上，盯着那些从眼前走过的外国人，并不停地议论着。

“过去咱们在山沟里一干就三年，拿头母猪当貂蝉，”一名中年民工盯着眼前的外国女人，眼里放绿光，“看看外国女人，那个漂亮，还是出来长长见识好哇。”

“哎，她们又高又大，前凸后翘，这些女人是咋长的？”刘柱说。

大家被刘柱这番话给愣住了，谁都没料到这个乳臭未干的破孩子，竟能想象出这些东西，便开始起哄嘲笑他。张放说：“人家吃的是牛肉，喝的是马奶；咱们吃的是粮食，喝的是井水。外国人高头大马，就是那样的种。”刘柱手里搓着根纸捻，听后眨着眼睛，使劲儿想这些外国女人究竟咋长成的那样。

安保国问：“兄弟，想女人了？”

刘柱羞怯地摇头，说：“不想。”

安保国说：“你也老大不小了，如果不想就是有病。到了国外，如果真有女人相上你，等娶媳妇那天，你没爹没娘，哥来管你。”

民工们围在一起，东拉西扯漫无边际地瞎聊，勾起了几个中年民工对老婆和孩子的思念。有人看再聊这类话题对其他人的情绪有影响，就从包里掏出扑克招呼着打牌。几个工友凑上前脱掉鞋垫在屁股下，席地而坐玩了起来。这时，两名全副武装的警察朝他们走来，一男一女，身上配着枪盒与对讲机，腰里吊着警棍，来到他们身后说：“I’m sorry. Please put your shoes on in public. Go to the seat to rest，and do not disturb or upset other passengers.（对不起，这里是公共场合，请你们把鞋穿上，到座位上休息，不要打扰和影响其他旅客。）”

那几个民工听不懂，神情慌张地站了起来。警察又用英语说了一遍，仍是如此。张放和安保国想上前解围，无奈不会英语，催民工收起扑克牌。警察又说：“Before you leave here，I hope you can get rid of your bad habits.（离开这里之前，希望你们能丢掉坏习惯。）”

候机的时间漫长且无聊。钟铁军搂着杨琳坐在远处的椅子上，等待天亮登机。他从困顿中醒来上厕所，发现两名警察站在那群民工面前不动，径直走了过去。安保国和张放见他来，心里有了底气。钟铁军用英语与警察交流了半天，最后说：“I’m sorry，they will strictly abide by the rules of the airport，and this will not happen again.（对不起，他们会严格遵守机场的管理规定，不会再出现类似情况。）”

警察朝钟铁军微笑着点点头，说：“Well，my friend，you’re good. Have a nice trip!（嗯，朋友，你很优秀，祝你们旅途愉快!）”

警察说完，朝另一个方向走了。钟铁军站在原地瞪着那些民工，问刚才谁脱的鞋，谁参与了打牌。大家你看我，我看你，没人吭声。“咱们现在已经到了国外，这里是国际机场，不是自家的炕头，想咋样就咋样，"钟铁军说，"出来前教过你们，为啥不长记性呢？"民工们个个低着头，既不说话，也不看他，他更来气了。"跟着出来能注意点形象素质，给长点脸不？"

一名年轻民工说："中国大妈还在美国机场里跳广场舞呢。"

钟铁军瞪了那人一眼，说："你也去跳呀！"



那名民工缩着脖子不敢再吱声。钟铁军又说："咱们只要一出国门，代表的就不是自己，而是整个中国。让外国人瞧不起，你们脸上好看是不是？"

安保国和张放见他发火，急忙起身打圆场，要求民工多加注意，劝钟铁军抓紧去休息。钟铁军被尿憋得受不了，走出几步又转过身来，指着民工们说："从今以后，你们谁再敢丢中国人的脸，谁就给我滚回去。"

钟铁军的一顿训斥，让民工们安静下来。又等了很久，东方天际渐渐露出一丝橘红色的霞光。还未到登机的时间，大家打起了瞌睡，东倒西歪躺了几排座椅。钟铁军如厕后回到杨琳身边。路同和与汪静、赵雅清以及分部、工地医院的那些职工，在与他们相隔几排的椅子上仰面大睡，小有鼾声。他们全然不知这一夜发生了什么。

又过了两个多小时，天大亮了，机场也开始忙碌起来，广播里传来他们登机的信息。于是，这群人再次拎起大包小包涌向登机口排队。

飞机接续飞行了六个小时。路同和、杨琳、汪静、赵雅清、安保国、张放和刘柱等人第一次来非洲，新鲜得要命。进入A国领空后，他们好奇地透过舷窗往外瞧，上面是蔚蓝的天空、刺眼的阳光，下面是一望无际、起伏不平的红色、黄色和绿色区块。那是肥沃的平原与土地，高大的山峦、湖泊与河流。地面上一条硕大无比的"刀痕"引起了大家的好奇。

"那是什么？"后排的汪静问。

这声音引起了杨琳的注意。她扭头看窗外，问钟铁军为什么会有这样的景致。"哦，那是著名的东非大裂谷，几乎跨越了东非所有国家，"钟铁军说，"长度相当于地球周长的六分之一，是世界上最大的裂谷带，被称为地球表皮上的一条大伤痕。"

"快看，快看！"杨琳头朝后叫喊，"下面真漂亮，景色好美。"

路同和听到杨琳的叫声，也忍不住朝外瞧，回头问钟铁军下面咋这么多三角形？钟铁军朝前趴着身子，介绍说大裂谷整个形状可画成不规则三角形，最深达两公里，宽三十到一百公里不等，全长有六千公里，是世界上最长的不连续谷，由探险家古格里所命名。南点在莫桑比克入海口，西北点远到苏丹约旦河，北点可进入死海。

钟铁军简单回答了路同和的问题，因为他也没记住裂谷的具体分支。只是隐隐约约记得，东支好像南起希雷河河口，经马拉维湖，向北纵贯东非高原中部和埃塞俄比亚高原中部，直达红海北端。西支南起马拉维湖西北端，经坦噶尼喀湖、基伍湖、蒙博托湖等，直到苏丹境内的青尼罗河谷。路同和后来查资料才了解，大裂谷是一座天然储水库，集中了非洲三十多个湖泊。因为裂谷处于非洲板块和印度洋板块交界处，大约三千万年前，两个板块张裂拉伸产生巨大的张力，地壳发生大断裂形成了裂谷。由于抬升运动不断进行，地壳断裂不断产生，地下熔岩不断涌出，渐渐形成了高大的熔岩高原，火山则变成众多山峰，断裂的下陷地带则成为大裂谷的谷底。

钟铁军告诉路同和，A国纬度跨度和海拔高度差距较大，虽地处热带，但各地温度冷热不均。每年六至九月为大雨季，十至一月为旱季，二至五月为小雨季。不同季节和地区降雨也不均匀，经常出现局部干旱，气温范围在九点七度到二十五度，年平均温度仅十六度。路同和这时才感到，钟铁军是个很有心的家伙，从事几年海外经营，让他早就做熟了功课，心里虽对他存有成见，积压着怨气，却暗暗有点儿欣赏他了。此时，杨琳更仰慕自己的丈夫了，问道："铁军，都说咱们的祖先在非洲，是吗？"

"知道露西吗？"

杨琳摇头称不清楚。钟铁军说："好，我来告诉你吧。露西是阿法南猿中最著名的化石。三百二十万年前，她就生活在下面这块阿法盆地。盆地曾经演化了一亿年，生命从此发源，人类的祖先从这里散布到全世界，最古老的人类化石、大名鼎鼎的阿法南猿露西（Lucy），就是1974年约翰逊（D. C. Johanson）等人组成的考察队在这里发现的。化石的主人是一位年仅二十岁的女性，更是已知最早的人类。露西的完整性达到百分四十，十万年前的古人类化石中还从来没发现过如此完整的。所以，她是人类共同的祖先，一位三百二十万岁的母亲。"

这一路，杨琳听得很是入迷，顺着钟铁军的讲述，不停地追问有关人类起源的话题。钟铁军只好不厌其烦地跟她讲人科和晚期智人的起源。这当然指的是现代人，很多科学家支持非洲起源说。现代人类的祖先，自一百万至两百万年前，直立人从非洲扩散到世界其他大陆后，分别独立演化为现代非洲人、亚洲人、大洋洲人和欧洲人，在每个地方连续进化，从而产生了现代人。约在一百多万年前，东非直立人进入中国后，经过四万年连续演化，这部分古人类逐渐分支，产生了五十六个民族，同时附带了少量与境外人群的杂交，十万年前的北京猿人仍是中国人的祖先。

杨琳边听边陷入了久远的思考，直至机舱里传来下降广播通知，她才不得不与钟铁军、路同和等乘客系好安全带，打开遮光板，调直座椅靠背。从空中鸟瞰窗外，将要降落的机场就在前方，看上去十分简陋。航站楼不过是一片普通的矮房子，地面也只有一条黑色的跑道，完全没有中国机场的豪华与气派。东侧散落着布局凌乱的城市街道和茅屋，偶尔耸立起几座大楼。奔跑在街道和马路上的各种车辆，像蚂蚁一样移动着。西侧有一条不知东西还是南北向逶迤的山脉一直延绵伸展。

到达目的地A国，已是当地时间下午两点半。从中国飞来的航班并不止这一架，通关大厅里排起了长队。路同和一行人提着大包小包挤在队伍里。他们发现，在进港的人群中，除了外国人外，还有许多不认识的中国人。钟铁军瞄一眼便知道，那些人大都是来非洲做生意的商人和中国企业在海外的员工。一名三十来岁、身着西装、看上去很是精神的男士排在前面，手里拿着中国护照，回头看了几眼钟铁军，问他是不是从中国来的。钟铁军说自己是中铁人，来这里修铁路，问对方是做什么的。那人很惊讶，自我介绍称是博顿公司新派来的职业经理，叫舒其瑞，与中铁是合作伙伴，项目部设在物流基地，让钟铁军有事随时去找他。钟铁军笑着与他握了握手，然后拉住身后的路同和进行了一番介绍。路同和很兴奋，告诉对方从国内启运的设备物资马上到岸，请他多关照与支持，回头再去拜访他。舒其瑞客套地称是自家人，都是为了干好这条铁路，所有的事情都好办。汪静和杨琳躲在钟铁军身后，问："他是咱们的业主？"

钟铁军说："嗯！合作方，人家是总包单位，以后到达港口的物资卸货发货都要与他打交道。"

整个通关过程花了一个多小时。舒其瑞跟随博顿公司接机的人先走了。钟铁军把大家集中在大厅里，等待王子浩来接机。安保国和张放带几个人跑到门外去抽烟。门口挤满了三五成群的黑人，见他们出来，叫嚷道："hey，hey，you，you.（嘿，嘿，你，你）。"

安保国和民工不懂英语，就装作没听见。那黑人见他们没有反应，便停止了叫喊。当地人有个习惯，无论男女老少，当外国人经过时，总是会叫上几句。一些有礼貌的会说："Hello ，China.（你好，中国）。"没礼貌的会说："hey，hey，you，you，Money（那个，那个，你，你，给钱）"或者问："where are you going?（你去哪里?）"

安保国等人没有理会那黑人，黑人见状又折回来盛气凌人地说道："I'm calling you，all right?（我叫你们呢，没听见?）"

安保国和张放懒得搭理，想扭头回大厅，但那黑人气急败坏地上前，拍了一下安保国的肩膀说："Where are your fucking manners? I'm talking to you.（你有没有礼貌，我在跟你们说话。）"

安保国有些胆怯，仔细打量那黑人一番，发现他身着一件宽松的白色T恤，破烂不堪的裤子配一双耐克鞋，显得颇为寒酸。头上扎着一根根竖起来的脏辫子，眉宇间流露着毫不掩饰的愠怒神色，于是开口问："有事吗?"

黑人见安保国开始跟他讲话，觉得自己占了上风，傲慢地说："Listen，when foreigners leave the airport，they have to pay 200 yuan for the entrance fee，and hire a personal guide.（听着，外国人出了机场的门除了要付两百块钱进场费外，还须雇一个私人向导。）"

安保国和张放不知道对方在讲什么，只是不停地摇头，说："我们不知道你想干什么?"

此时，路同和、杨琳、汪静、赵雅清以及其他人都在静静地等候接机人的到来。钟铁军与王子浩不停地联系，骂他缺乏时间观念，完全没有注意到安保国和张放正被那名黑人纠缠。无意间来到门口时，才发觉他们惹上了麻烦，便挂掉手机迎上去，把安保国等人拉到身后，说："他们要钱，私下收费，并不是非给不可。"他站在那个黑人面前，敷衍说："Oh，we don't need you as a guide.（哦，我们不需要你做向导。）"

这话激怒了黑人。他恶狠狠地说："All right，I don't want to see you here again.（好吧，别让我在这里再看到你们。）"

钟铁军清楚，很多私人向导喜欢找中国人的茬，不仅因为中国人有钱，消费水平高，小费给得大方，还因为大部分中国人语言不通，会直接付钱，过当地黑人这一关。一来二去，把这群黑人惯成了如今的模样。他们回到大厅，路同和问发生了啥事。钟铁军把前因后果说了一遍，杨琳把安保国和张放以及出去的几个民工骂了一顿，让他们乖乖地待着。



戴国兴和王子浩等接机人员迟迟未到，钟铁军只好陪路同和到门外去看看，刚一出门，一群黑人又迅速围住了他俩，其中一个头领晃着干瘦的身子站在他们面前。钟铁军估摸着应该是那个私人向导的大哥。果然，此人和那个私人向导同一副嘴脸，他轻蔑地说道：“Chinese，right? I'm in charge here. My men just came in and told me that you treated him like shit. I'm telling you，there are rules here. I don't care if you're with a travelling group or backpackers. You come here and you follow our rules. If you don't want to talk，you can go to the police station next door.（是中国人吧，我是这里的主管，我手下刚刚过来跟我说你们对他的态度很恶劣。我告诉你们，这里有这里的规矩，我不管你们是跟团来的还是背包客，到这里来就要遵守我们的规矩。如果你们不想好好谈的话，可以到旁边的警察局去坐坐。）”

路同和与钟铁军扫了一眼围上来的这群黑人，除了跟他俩讲话的主管外，左右两边各有两个壮汉，腰间配有部落专用的短刀。路同和感到一阵惊怵，而钟铁军并不太在意，顺着黑人所指的方向看去，机场外是个黑漆漆的草棚，并不像有警察局的样子。钟铁军懂得这是地霸，挺直腰板说：“I'd like you to get to the bottom of this first. Don't insult us just by listening to your own people.（我希望你最好先搞清楚事情的经过，不要光听自己手下的话就来对我们出言不逊。）”

那黑人朝其他几个手下叽叽喳喳说些什么。路同和瞅着他们问钟铁军：“这里的黑人都这样吗?”

钟铁军拉他躲开那些人，说：“几乎见了外国人都要东西，当然给钱最好。这里是他们的地盘。”

“妈的，别理他们。”

钟铁军观察着对方，对路同和说：“他们有五个人，光天化日之下，谅他们不敢轻举妄动，咱们进去。”

“Stop!（站住!）”黑人头领离开那几个人，凑到了路同和与钟铁军跟前。虽然也一头脏辫，却相当沉稳，不紧不慢地说："It was you and my friend who had a fight?（刚刚是你和我朋友之间闹了点矛盾?）"

钟铁军不知道黑人头领指的是什么，但直觉告诉他，和这个人讲话不可以像之前那样态度强硬。他突然看到旁边的黑人手里拿着一支步枪，马上意识到他们是雇佣兵。黑人头领又说道："Can you tell me what's going on?（可以告诉我发生了什么事吗?）"

见这阵势，钟铁军告诉自己关键时刻不能尿，坚信周围这么多人，他们不敢拿他和路同和怎么样，说："Actually, it's very simple. The personal guide was very unfriendly to my colleagues and me. I'm not saying that I don't follow your rules. But at least we have the right to choose who will be our guide. With his bad attitude, I don't need to be friendly to him. We're here to help you build a railroad. You should show us some respect.（其实事情很简单，那个私人向导对我和我的同事很不友好，我没说不遵守你们的规矩，但至少我们有权利选择谁来做向导，像他这样态度恶劣，我没必要给他们好脸色看。我们是来帮你们修铁路的，你们应该给我们起码的尊重。）"

说完，钟铁军又重复了刚才安保国几个人与前面黑人发生争执的经过。黑人头领一副古井无波的样子，沉默片刻后说："All right. I've got the lay of the land. I'm sorry about their behavior. You're here to help us build the railroad. I promise no one will bother you again. Here, you write down my number. You can call me if you have any problem.（好的。这件事情我大致了解了。我对他们的行为表示抱歉，你们是来帮助我们修铁路的，我保证以后没人再来打扰你。这样，你记一个我的号码，有任何问题你都可以打我电话。）"

路同和问那黑人要干啥，钟铁军告诉他对方要留联系方式，但心里再也不想见他们，就边装模作样记录他的号码边问道："Do you know General Barbuza?（你们认识巴布扎将军吗?）"

"General Barbuza?（巴布扎将军?）"黑人头领瞪大眼睛说，"He's the head of our national army. Do you know him?（他是我们军队的最高长官，你们认识他?）"

钟铁军笑着说："We're the team of foreign experts he hired. He will provide protection for us at the railway construction site.（我们是他聘请来的外国专家团

队，他将在铁路工地为我们提供保护。）”

黑人头领即刻愣住了，转身指着前面那个黑人骂道：“Damn you，you messed with the wrong people. Let's go. We got a problem.（该死的家伙，你招惹了不该招惹的人。走吧，我们碰到了硬茬儿。）”

那帮人对钟铁军连说两声对不起，火速离开了。路同和感到莫名其妙，问他怎样对付的那些黑人。钟铁军说，他们更怕军队和巴布扎将军。路同和抹了抹额头上的汗，说：“在这样的国家干活，每天都要冒险。”

俩人重新回到进港大厅。王子浩给钟铁军打来电话，说他和李小兵、第五小刚正在来机场的路上。路同和问：“戴书记呢？他咋不来？打电话不通，急出一身热汗。”

王子浩说：“戴书记一直在协调接机事项。”

机场离集团公司A国铁路建设工程指挥部有几百公里。为了接机和今后施工便利，戴国兴找到主管国家重建办公室和军办的巴布扎将军，送给他一些贵重的礼物，请他出动军用直升机把路同和接到工地，这是最快最便捷，也是最安全的办法。巴布扎将军坦然接受了礼物，与戴国兴握了手。他个子很高，皮肤黝黑，看不出多大年龄，身着浅绿色的军装，头戴高耸的军帽，手枪别在腰间，讲一口流利的英语。他打着手势说：“All right. I have the authority to arrange the army helicopters. How many do you need?（好的。我有权调动军办的直升机，要几架？）”

戴国兴说就要一架。巴布扎说：“All right，I'll send you two. There's a special tarmac at the airport. We can take off now. I just have the time to accompany you to pick up Commander Lu.（好吧，我给你派两架，机场有专用停机坪。现在就飞，我刚好有时间，可以亲自陪你去接路指挥长。）”

戴国兴谢过巴布扎将军，告诉他既然派两架直升机，那就一架送路同和到集团公司A国铁路建设工程指挥部，另一架送钟铁军和杨琳等医护人员到项目分部和工地医院所在地。

王子浩与李小兵、第五小刚找到一家汽车出租公司，租了四辆大巴车，三辆拉民工，一辆拉行李。开大巴车的司机，其中一个外号叫“大牙”。据说他参加过内战和对外战争，是个九死一生命很大的年轻人。王子浩、李小兵、第五小刚和一名年轻翻译坐在他的车上。在从首都到机场坑坑洼洼的土路上，大牙边开车，边眉飞色舞地讲述他在战场上的故事，称战争期间，他和团长曾在一座山上发现了一颗钻石夜明珠。说着，两手撒开方向盘，比画着夜明珠的体积与大小。又说，首领把那颗硕大的夜明珠，以五千万美元价格卖给了一名法国商人，结果全充当了军费。王子浩三个人和青年翻译惊得张大了嘴巴。

“Aha! There are not only treasures and mines in our country, but also innumerable poisonous snakes and beasts such as lions, elephants and crocodiles, and certainly more beautiful women.（啊哈！我们国家既有宝藏，也有地雷，还有狮子、大象、鳄鱼等数不清的毒蛇猛兽，当然更有美女。）”

大牙十分得意，发出一阵狂笑，说如果王子浩他们需要漂亮女人可以随时提出来，他会把美女送到工地，当然要付费。王子浩通过翻译告诉大牙，他们不需要女人，只需要能跟着干活的当地员工和弄到手可以卖钱的夜明珠，越多越好，问大牙能不能帮他搞一颗。

“Ha, you're greedy, but I don't know where that thing is.（哈，你好贪婪，但我不知道哪里有那玩意儿，）”大牙瞥了一眼王子浩，接着说，“I hope the light of the night pearl will illuminate your railway construction site, but it is guarded by gods. Good luck.（但愿夜明珠的光芒能照亮你们的铁路工地，可有神灵守护它，祝你好运。）”

李小兵问什么样的神灵守护夜明珠。大牙朝他做个鬼脸，说：“Our forests, swamps, lakes, mountains and trees are primitive and natural. There are pythons everywhere. They can bind your body, tighten you until you're suffocated. Then open their mouths, slowly, swallow your whole body into their stomach, and use their special stomach acid to corrupt your body into feces, and you can't even find a bone.（我们这里的森林、沼泽、湖泊、大山和一草一木，都是原始自然的，到处都可以见到蟒蛇。它能缠住你的身体，把你越勒越紧，直到窒息而死，然后张开血盆大口，吞进肚子里，再用特有的胃酸把你的尸体腐化成粪便拉出来，连骨头都找不到一根。）”

李小兵觉得这话恶心，心里直骂他太油了。第五小刚问他除了开车还会干啥。

“I'm a multiplayer, can drive not only cars, but also forklifts, excavators, and do all other works. I also learned mine clearance when I was a soldier. The mines the enemy planted during the war, you know?（我是个多面手，不光会开汽车，还会开铲车、挖掘机，所有的活都会干。我当兵时还学会了排雷。打仗时敌人埋下的地雷，知道吗?）”大牙说，“I' m not a lazy schmuck. If, I said if you need a driver like me at the construction site, you can hire me to drive all kinds of vehicles. I can take you to find the night pearl when we are free, what do you say?（我可不是个好吃懒做的笨蛋加饭桶。如果，我是说如果工地需要像我这样的司机，你们可以聘我去开各种车，有空我带你们去寻找夜明珠，怎么样?）”

自此，A国有夜明珠的事深深印在了王子浩的脑子里。他希望自己能有这样的好运。路同和等人在大厅里已经等了近两个小时，个个饥肠辘辘，人困马乏。这时，两架直升机从候机楼上空掠过。当直升机缓缓降落在停机坪上的时候，四辆大巴也开到了门口。

巴布扎将军带着两名荷枪实弹的士兵，在戴国兴和翻译陪同下来到大厅，先与路同和等人握手。而后戴国兴把钟铁军、杨琳、汪静、赵雅清等人介绍了一番。巴布扎将军说：“In the name of His Excellency the President, I welcome our Chinese friends. You can take the helicopter I sent to the construction site. I will wait for the good news of the opening of your railway construction.（我以总统阁下的名义，欢迎中国朋友的到来。你们可以乘坐我派来的直升机去工地，我会等待你们铁路开工的好消息。）”

钟铁军问：“我们也坐直升机去工地吗?”

戴国兴说：“我和路指挥、集团铁路工程指挥部人员坐一架，你们分部和医院的人坐另一架。”

王子浩强调租了四辆大巴车，都在外面等着。杨琳埋怨来得太晚，快急死了。李小兵解释称，从北部工地到首都一千多公里，路上颠了三天才在首都租到车，紧赶慢赶总算没耽误太多时间。钟铁军按照戴国兴的指示，让李小兵、第五小刚和翻译随民工坐大巴回工地。

“I' ll have they two escort you.（我让他们两个押车护送你们，）”巴布扎将军将两名士兵喊到跟前，“Get in the car with your Chinese friends. Be quick.（你们随中国朋友上车，快上车。）”

集团公司A国铁路建设工程指挥部与项目分部所在地，相距几百公里。路同和与戴国兴及钟铁军、王子浩、杨琳等人来坐直升机，当天飞抵了工地。李小兵则带安保国、张放、刘柱和所有民工坐上前三辆大巴车。两名士兵一个坐在前车，一个殿后坐在行李车上。第一辆车由大牙驾驶。大堆的行李集中在第四辆车上，第五小刚和两名民工陪同士兵，看守着行李一路行进。安保国和张放、刘柱及车上的民工都不敢与黑人司机和士兵对话。他们只用中国话讲家乡的人和事，互相开着玩笑。大牙和司机、士兵听不懂，不得不用英语问翻译："Hey，man，are they making fun of us?（哎，伙计，他们是在取笑我们吗?）"

李小兵通过翻译告诉大牙，车上的人在讲修建铁路的故事。大牙笑着，说："I want to work on the railroad with you guys. If I learn the techniques，I can marry a more beautiful woman.（我也想跟着你们修铁路。我掌握了这门技术，就能娶到更漂亮的女人。）"

李小兵欢迎他加入铁路建设行列，或许将来能成为真正的朋友。大牙无奈地称，他家在很远很远的山区，离铁路工地有两百多公里的路。父亲早年去世，家里很穷，只有母亲和五个兄弟姐妹相依为命，所以他才去当兵。现在又退伍回到了部落，全家靠他一个人挣钱养家糊口。

"I'm an optimist.（我是个乐天派，）"大牙认真地说，"I was almost killed for several times in battle，and no difficulty can beat me up. So，I hope you can take me in，and I'll be a qualified construction worker，will you?（在战场上死过几回，再大的困难也压不倒我。所以，我希望你们能收留我，我会成为一名合格的员工，可以吗?）"

李小兵听后不敢表态，称得由经理决定能不能收留他。大牙对此充满信心。安保国说："李部长，让这老黑跟我们学吧，我队里要他。"

李小兵说："马上要在当地招工，不是他一个，是一批，要对他们进行培训才能上岗。"

此时，东非正值雨季。天气时好时坏，一会儿大雨滂沱，一会儿太阳炽烤大地，车内闷得喘不过气来。刘柱和民工们对非洲十分好奇，沿途看了一路的风景。路边散居的村落和蘑菇状的茅草屋映入他们的眼帘。时而有围块大红布的黑人妇女，头上顶个大筐，手里牵着孩童站在路边等车队过去。大一点的孩子，身上披块红布，站在广阔肥沃的草地上赶着牛群放牛。就这样，一千多公里的路程，车队在泥泞和坑坑洼洼的土路上，慢慢腾腾地奔跑了三天。他们穿过了森林、沼泽、山路和黑人居住的部落。中途曾遇到几拨黑人出来劫道，都被两名士兵用枪吓住了。赶到工地，已是第四天的早晨。

集团公司A国工程建设指挥部，设在铁路沿线的中间地段。开始，在老火车站租了一栋破旧的站房，用来办公与居住。后来，站房要拆除，便在附近找了块地，用彩钢板围建起一个院落。路同和到达指挥部后，先与戴国兴商量完工作，接着开会研究布置各项目分部需要展开的临建。他知道，除了国际公司占据大里程方向三百多公里管区外，其他四百多公里管区，从起点开始，由路桥公司和其他分部担负施工，沿线还设有几处大型轨排厂和轨枕厂，需要建两百多座临时设施，占地面积加起来达六十多万平方米。部分施工队与项目分部的最远距离有上百公里之遥，当然离集团公司工程指挥部更远。尽管先期到达的前站队伍早已开始场平与临建施工，但仍无法满足开工需要。路同和认为，虽然集团公司先行安排了两千多万元上场费，但临设太多不够用，只能去找总包方博顿公司协调资金，因为博顿公司与A国政府签署的合同内容有融资性质，用后期的铁路运营来实现收益。可谁去做博顿公司的工作呢？戴国兴说只有钟铁军，他从开始就介入了这个项目，直至承揽到手。路同和说：“行，钟铁军在机场又新认识了博顿公司新来的项目经理舒其瑞，让他陪着去。”

钟铁军坐直升机到达工地后，围着项目部驻地转了两圈，发现王子浩倒是在线路附近租了个不错的院子，但里边没有建筑，用彩钢板搭建了办公区、卫生所和宿舍、食堂。工地医院设在集团公司工程建设指挥部那端，距离分部好几百公里，设施还在完善之中。汪静和其他医护人员分别去了工地医院和各施工队医务室，边安家边对已到达工地的职工进行防疫检查，杨琳则在项目分部住了一夜，第二天将搭乘去集团工程建设指挥部的皮卡车回工地医院。

随后，钟铁军喊来赵雅清，将她和财务室安排在隔壁，这样方便工作。赵雅清觉得离领导越近越有安全感。她打扫完卫生，安置好办公用具，架好蚊帐后，在办公桌与床头之间拉起一道布帘，用来区隔私人空间。杨琳含泪走进来，一屁股坐在床边。赵雅清纳闷，问她咋了？杨琳说想儿子，手机信号不好，视频老被卡断，急哭了。赵雅清劝她，说：“杨姐，你不能这样，钟经理看你难过，他会不安心的。”

王子浩一步迈进来，低头看杨琳，说：“咋还哭了呢？出来才几天啊。”

杨琳抹掉眼泪，说：“你离婚了没孩子，不了解俺当娘的心里是啥滋味。”

王子浩说：“雅清，帮你杨姐装个卫星电话，等有信号再打，出来了别想那么多，何必让自己受煎熬呢。”

此时，车队刚把安保国和张放、刘柱及民工们，拉到由从国内海运过来的帐篷和集装箱临时混搭而成的劳务队驻地。这是森林深处一处巨大的空场，四周没有村庄和建筑，全是直插天际的古树，阴森可怕，远处还有一条奔流的大河。铁路就在丛林深处穿过。在集装箱里安顿完行李，刘柱随安保国、张放出来，站在空场上朝远处眺望，雨水从树叶上滴落下来，砸在他们的脸上。一群乌鸦落在树梢上，发出阵阵难听的叫声。刘柱让翻译问大牙说：“这里会不会闹鬼？”

大牙收拾完大巴车，瞥着他嘻嘻地笑，说：“No ghosts，just serpents and mongrels，and armed robbers. Be careful or they will kill you.（没有鬼，只有毒蛇和猛兽，还会有持枪抢劫的强盗，小心要了你的小命。）”

李小兵安慰说：“大牙胡说，别听他的。”

安保国说：“我们有上百人呢，没那么胆小，你们走吧。让大牙兄弟把李部长和第五小刚送回项目部去。”

李小兵和第五小刚到达项目部后，王子浩见大牙来了，称赞他一路辛苦。李小兵说他想留在工地跟队伍干活。王子浩拍着巴掌，说：“让他留下，不然咱们咋知道哪里有夜明珠？”

钟铁军和杨琳从屋里出来，上下打量大牙。此时的大牙完全没有了驾车时玩世不恭的碎嘴与顽皮，显得十分拘谨，他很礼貌地朝钟铁军点了点头。王子浩和李小兵把大牙介绍给钟铁军，称他想留下来。钟铁军问他能带多少当地黑人来工地务工。大牙想了想，说：“I’ve got plenty of black brothers. If necessary，I can go back to my tribe and bring them here as apprentices.（我的黑人兄弟多得是。如果需要，我可以回到部落把他们领过来当学徒。）”

钟铁军扬了扬手，说：“Go ahead. Get anyone who wants to come out，but only those who have no criminal records.（去吧，把愿意出来的年轻人都领过来，但必须没有犯罪前科。）”

大牙因得到钟铁军的许可而喜出望外，连夜开车往所在部落赶。钟铁军把招聘当地劳务人员的任务交给了王子浩，这正是王子浩巴不得的事情。大牙对他来说是个有用的人，他一心想在东非高原上寻找梦寐以求的夜明珠，有当地黑人的引导，那将意味着财富。至于到底有没有夜明珠，是否上了大牙的当，他始终没琢磨过。

安保国等人没料到，钟铁军会同意大牙去找当地黑人来务工。他们到达后的几天，由于时差的原因，每天昏昏沉沉，加上处在海拔两千四百米的高原地区，除了从国内带来的方便面，就是当地用一种农作物制作的发酵食品英杰拉，没有别的什么可吃的，干起活来身上乏力。又过了两天，刘柱找人要了些原料和专用的酱汁学做那种名叫英杰拉的食品。他先把苔麸发酵，在劳务队食堂里，用面糊在平底锅上摊成圆饼，卷起再切成小段，极像中国的煎饼。刘柱很得意，把做好的英杰拉送给每个人尝味。因为发酵，英杰拉酸得有点儿倒牙，实在难以吞咽。安保国刚咬一口就扔了出去，说刘柱做出来的像臭狗屎，太难吃，让他把精力用在干活上。

刘柱说："吃不好，睡不好，哪有心思干活。"

钟铁军知道会出现这种情况。于是，让李小兵联系远在首都的物流基地，询问从国内海运来的物资有没有到港，并打电话找路同和，准备向集团工程建设指挥部借些面粉和食物。路同和回答说，指挥部从国内带来的米面粮油等食物也所剩无几，只能等这批物资到达。博顿公司恰好在物流基地办公，路同和就让钟铁军跟他一起去拜访那位舒经理。因为当初这个活是钟铁军承揽的，最清楚博顿公司的运作套路，深入了解一下他们的融资情况，以便要求拨付工程款。

路同和的意思很明了，不能无节制地从国内往海外打钱垫资。前站队伍完成的临建已不少，全部由集团公司用人民币换成外汇打到海外账户进行垫资，一分钱的计价款也未拿到。若持续下去，将带来很大风险，后续工程必须利用总包方的拨款施工。钟铁军明白，路同和要把这个球踢给他。

# 第四章

路同和与钟铁军带领队伍到达工地不久，A 国大选开始了。这是几年一次的大事，每次都史无前例。总统和本届政府为了争取连任，访遍了各州和较大的部落，用宏大的国家重建计划和改造、新建铁路争取民众的投票支持，国内的反对党则不断地制造着混乱。几个州相继发生骚乱，最严重的州府还演变成了暴力冲突，死伤不少人。

此时的东非大地阴雨连绵，铁路项目在每天必有的一场或几场淅淅沥沥的雨中陆续开工。这一天，路同和、戴国兴和钟铁军听到一个消息，项目所在州州长哈瓦佳的弟弟，大白天被一伙歹徒枪杀在自家院子里。当时，他的弟弟带着保镖刚回到家中，车还没停稳，一架民用直升机就降落在院子外，七八个全副武装的蒙面家伙，端着 AK47 和冲锋枪，跳下直升机冲过来踹开门，先干掉保镖，再闯进院子对他弟弟一顿扫射。可怜的州长弟弟全身被打成了马蜂窝，血流满地，当场毙命。这起恐怖事件轰动了全国，遭到各界强烈的谴责。这对年轻的州长是个极大的打击。

大选委员会和反对派竞争对手很清楚，中国公司和员工是一股庞大的力量，就像联合国的“五常”那样，如果能争取到中国支持，这一票很关键，也很重要。于是，分别派人来工地进行演讲、规劝和拉拢。路同和与戴国兴初来乍到，搞不懂当地选举的游戏规则，其他人更晕，只有钟铁军还算个明白人，就把他叫到集团指挥部商量。路同和发愁地问：“你说说，咱们的票投给哪一方啊？”

钟铁军问：“这个铁路项目谁给咱们的？”

戴兴国说："当然是现任总统、政府和州长了。"

钟铁军很自信，说："那还有什么可说的。现任总统和国家政府、州政府在做有利于咱们两国和本国人民的事情。相信我，能连任，因为有民众支持。"

"那不投给反对派了?"

"当然。但要让大家严格保密，不然会吃枪子。"

那些天，每个路段都有劳务队干活。工地临建基本完善，施工逐渐展开。路同和与戴国兴乘车在土路和便道上绕来绕去，花了二十天时间才看完沿线的现场。几个分部统计上报的数字，把他们吓了一跳，平整场地六十多万平方米，驻地达十几万平方米。上千公里的施工便道、便桥、进场道路修好启用了，沿线围起了铁栅栏。轨枕厂、轨排厂、碎石场的场地，该用混凝土硬化的，全部进行了硬化。路基清表完成了，两百多公里既有老旧线路上的钢轨也拆了。劳务队驻防和交通都具备了条件，沿途摆满了由博顿公司提供和从当地租赁的一千多台套设备。这期间，每天从国内来的劳务队、民工及管理人员，达上百人之多，集团公司指挥部和各分部专门安排人员负责接机。一些被中介骗到国外的民工，进港后不见有人接机，滞留在机场多日，全被各分部收编带回了工地。

没出一个月，工地上的人员数量猛增到几千人。沿线部落和村庄里的男女老幼，见来了那么多修铁路的中国人，就把自己打扮得花花绿绿，每天穿着拖鞋，跑来工地，站在拉起的栅栏外面，一边捂嘴哧哧地笑，一边好奇地看民工们干活。这时，会有壮年民工跟黑人开几句玩笑，但互相听不懂对方说的是啥。身穿米黄色警示背心、正在拆轨的刘柱，时常把目光落在那些年轻女孩身上，冲她们喊："哎，嫁给我吧，美丽的姑娘，跟我到中国去。"那些女孩像是能猜出他的意思，只"哈哈哈"地笑着往大人身后躲。安保国、张放和其他民工逗刘柱，说："小子，什么时候学会拈花惹草了?"

刘柱笑着说："跟黑人斗嘴，像猜闷，好玩极了。"

此后的一天，钟铁军陪同路同和、戴国兴去大使馆和经商处拜访，专门汇报铁路施工安排，进行了项目任务报备，请示了相关问题。大使和经商处的同志很热情，给他们交代了大选期间的注意事项。可回到工地后，接到州府通知，要求所有参建人员，去集团工程指挥部和各自的项目分部投票，在那里专门设立了投票站，有军警和士兵把守，并且有大选委员会的工作人员旁站点验。路同和清楚，参加选举投票，意味着央企参与了当地政治，事后有一定的政治风险；不投票又得罪了当地政府甚至A国的执政党，刚上场的项目有可能会半途而废。天啊，简直进退维谷。

路同和焦急地说："这可咋办？选票咱们能投吗？"

没人能回答这个问题，他不得不打电话请示董事长。夏江觉得事情很棘手，把握不好到底行还是不行，更吃不准投票会带来何种负面影响，只好含糊其词让他看着办。路同和没了主意，对此更加担心，就征求钟铁军的意见，问他若投票是否合法。钟铁军说中铁人的规矩是，在海外从不参与当地政治，但州政府设站让投票必然合法，咱们是被动的一方，在国外修铁路、干项目，与当地政府是互相依存。路同和与戴国兴商量后还是不敢擅自做主，又打电话询问请教一大圈，结果还是模棱两可。有的说可以投，有的说不能投。旁站的黑人和端枪的军警、士兵等了很久，仍不见有人行动，急得大声叫嚷："Chinese，are you voting or not？（中国人，你们到底投不投？）"

路同和额头上浸满汗珠，阴沉着脸，再次问钟铁军："你说吧，投还是不投？"

钟铁军说："为了生存，管他三七二十一，投了再说。"

路同和终于下定决心，说："好，那就投。如果出问题，我来背处分。"

每张票都印有几行英文，大家拿在手里翻来覆去看，除了钟铁军和翻译，没有多少能看懂的人。但知道是大选，他们一个学一个，在投票栏里的其中一栏填了赞成票，然后排起长队，把手中的票折叠好塞进了投票箱。毫无悬念，全体人员把赞成票投给了应该投的政府和行政长官。

一日下午，钟铁军吩咐李小兵去上千公里外的物流基地办理到港物资设备业务后，喊上王子浩、第五小刚去实地察看如何自建碎石场。刚到工地，手机突然响了，路同和让他赶到集团公司工程建设指挥部，第二天陪他去一趟州政府。钟铁军看了看手表，已是下午五点多，太阳都快落山了。但他不敢耽误，又想着工地医院设在集团指挥部附近，近一个月没见到杨琳，很是想念，于是，向王子浩和第五小刚简单做了交代，当即出发。他们所在的位置离集团工程建设指挥部还有五百多公里路程，既要绕道穿越丛林、沼泽地，还要路过两个较大的部落。王子浩担心钟铁军的安全，把自己从国内找来的司机吴大友喊来，说："你换车，跟经理去集团指挥部。"

钟铁军看吴大友身材魁梧，十分精干，但仍摆手说不用换司机。王子浩急赤白脸地说："嘿，我不害你。大友当特警出身，会功夫，路上保你不出事。"拗不过王子浩，二人收拾了一下开车上路了。

去集团工程建设指挥部需要绕行很远，俩人都是第一次行车走这样的路。钟铁军坐在帕拉丁越野车的副驾驶上，吴大友打开手机上的卫星导航，一路穿行在远离铁路线的密林深处。从前这里连年战争，所有的路都被来往车辆压得稀巴烂，年久失修，坎坷不平，极其难走，车速始终提不起来，钟铁军在车里被晃得直打瞌睡。没走多远，手机信号消失了，卫星导航失去了作用。密林遮天蔽日，日落后更加幽暗，偶尔从周围传来一阵鬼哭般的鸟声，令人不寒而栗。吴大友扭头瞄了瞄钟铁军，怕他睡着，说："经理，你身上带钱了吗?"

钟铁军强打起精神，回答带了，但不多，一旦遇到劫匪，会被抢个精光，然后问吴大友是不是真当过特警。吴大友说："当过五年。站过岗，放过哨；抓过贩毒的、杀人的，也抓过腐败分子。"

从吴大友的话语中，钟铁军能听出他十分留恋部队的生活。两人正漫无边际地聊着，吴大友突然把车停了下来，两眼注视着前方。

钟铁军问："咋啦?"

吴大友惊骇地说："经理，你看前面。"

钟铁军顺着车灯看过去，只见六七头大象挡在了道路中央，正甩着长长的鼻子凝视着他们的车。"快！把车灯关掉！"钟铁军说，"不能把大象招过来，他们会攻击我们，越野车也经不住他们踩。"

吴大友迅速关闭了车灯，可为时已晚。头象发出雷霆般低沉的吼叫，朝车辆冲过来。吴大友有些惊慌，说："经理，大象冲过来了，咱跳车跑吧。"

钟铁军说："不能下车，无路可逃，把门关好。"

刹那间，另外几头大象也吼叫着，跟在头象后面朝越野车跑来。钟铁军和吴大友感到车身像发生了地震在左右摇晃，那是头象在用两根稀有的长牙挑动汽车产生的晃动。吴大友急中生智，再次打开车灯并发动了车子，说："经理，我们不能等死，你坐好。"

这时，象群已围在车前挡住了去路，他不得不挂上倒挡快速倒车。车往后退，大象往前追。吴大友瞅准车后面的一个空场，迅速掉头后朝来的方向飞速驶去，这才把象群远远甩在了后面。

吴大友把越野车停在两公里外的地方，下车检查车子，发现前保险杠已被大象顶得翘了起来。他抬脚踹了两下，但无法复原。两人浑身冒着冷汗，钟铁军下车递给吴大友一支烟压惊。吴大友问："经理，咱还去吗？"

钟铁军掏出手机打给路同和，但仍没信号，只好把手机装回口袋，说："路指挥等着呢，这里不可多待，森林里有狼，走吧。"

大约过了一个小时，前方道路上没了大象的影子，他们启动车辆继续前行。钟铁军说，他看过非洲一则有关象群攻击人类的报道，一个村镇的居民曾遭到过七十多头大象的攻击，农作物绝收。一名年轻小伙子正在地里耕作，被几头大象围攻，最后只好爬上大树，抱住树身不敢下来。大象则在下面用长牙拼命抵摇树身，晃得他差点儿掉下来摔死。整整三天两夜，直到大象把地里的庄稼吃完散漫地离开后，他才顺着树干下到地面逃过一劫。

"我注意过这方面的报道。"吴大友心有余悸地说，"今天咱们算幸运。印度经常有老虎大象闯进村里伤人。非洲国家很多地方，狮子、大象、河马也时常闯入居民区和农田，毁坏庄稼，攻击人类。我们要多加小心，但愿大家平安无事。"

"是啊，战争结束了，一些动物开始返回原来的领地，但他们却发现了人类。"钟铁军说。

汽车驶出密林时，已是夜幕沉沉。钟铁军和吴大友边行车边吃了两个面包充饥。密林之后，二人翻过一座大山，几十公里长凹凸不平的沼泽地路段又出现在了面前。借助灯光的照射，吴大友瞪大眼睛盯住前面的路况，小心翼翼地踏着油门，让两个轮子骑着中间和右侧被过往车辆辗压后隆起的硬路肩，让车稳当地通过。钟铁军死死地抓住车门上的扶手，目不转睛地帮吴大友看路。道路两旁是黑乎乎空旷的沼泽地，里面长满了齐腰深的芦苇和各种杂草。远处忽然传来狼群的阵阵吼叫，接着车前车后有无数个光点在移动。那是狼的眼睛在夜间发出的光亮，其中有好几对光点离行驶中的越野车越来越近。吴大友和钟铁军再次紧张了。他们知道狼群比大象更可怕。沼泽地一点退路都没有。这段路程，只要四只车轮稍微一偏，车子立马会陷在两侧的泥沼里，狼群会即刻扑过来，它们不但能用钢牙咬破轮胎，还会用利爪抓烂玻璃。而在这种渺无人烟的沼泽地里，没人能赶来救援，等待他俩的只有死亡。吴大友让钟铁军系好安全带，抓牢扶手。如果狼群冲过来，他决意撞出一条血路。

“狼群过来了，”钟铁军指着前方说，“他们是受保护的动物。”

“那我们也不能等死！”吴大友双手紧握方向盘，紧咬牙关说，“他奶奶的，来吧，我要撞死他们。”

第一头狼龇牙咧嘴朝车子扑过来。吴大友猛踩油门，把狼撞翻掉在了中间车辙里。第二头狼紧接着扑上来，结果撞在了车轮上。吴大友毫不心慈手软，驾车直接从狼身上轧了过去。第三、第四头狼纵身一跃蹿到前车盖上，挡住了吴大友和钟铁军的视线。两只狼露出凶残的目光，用前爪拍打着挡风玻璃。钟铁军心里发紧，急切地问：“咋办？”

吴大友没有回答，盯着车顶上的狼，快速加油后猛踩刹车，凭着惯性把两头狼甩到了车下。后面的几头狼仍不甘心，依旧朝车子上猛扑，其中一头狼跳到车上，用两只前爪扒住了车后的备胎，但最后还是被吴大友的急刹车甩在了地上。车子颠颠簸簸跑出一两公里，狼群没有得逞，失望地站在泥泞的路上，看着越野车远去。

钟铁军和吴大友一刻也不敢停留，快速驶出沼泽地路段。他俩从反光镜里看到，那些光点离他们越来越远。钟铁军这才松了口气，扭头一看，吴大友大汗淋漓，问道：“害怕了？”

“这回真害怕了，”吴大友说，“我要对你和杨医生负责。经理，你说咱们在国内好好的，舍命跑到这里来干啥呀？”

“中国企业都在跟随一带一路往外走，咱不能落后啊！”钟铁军说，“你当兵为了祖国，咱中铁人舍命出来也是为了祖国。”

吴大友点了点头，认同钟铁军的观点。他在心里一直默念，让老天保佑他俩，希望剩余的路途不会再出现要命的变数。钟铁军看了看表，已是晚上九点多钟，手机有了信号，就先打电话给路同和与杨琳报平安，路上遇到的惊险一个字也没提。在离集团指挥部不到一百公里时，路况越来越好。汽车驶过两个部落时，漆黑一片，没有看到有人出现，两人心里踏实下来，心情放松了许多。

不知过了多久，吴大友从反光镜里瞅见后面有两束灯光照射，跟车的速度很快。他以为是和他们一样跑长途的车辆。于是，兴奋地对钟铁军说："嘿，咱路上有做伴的了。"

钟铁军扭头看反光镜，发现那辆车开得飞快，一下子超车蹿到了他们前头，然后又放慢了速度，夜色中无法分辨出车里坐了几个人。吴大友借着光亮看出这是一辆当地牌照的车。这辆车一直慢悠悠地压着他们，几次按喇叭都无济于事。钟铁军凭着在海外的经验和A国混乱的治安状况，脑子里闪过一个不祥的念头，提醒吴大友："哎，小心这车，不太像好人。"

吴大友满不在乎地说："呵呵，他们不会比狼和大象更凶狠。"

话音刚落，那辆车还在缓缓行驶，便从车的两边蓦然跳下四个身材高大的黑人，其中两个手里分别抱着冲锋枪。钟铁军和吴大友见四个黑影朝他们的车围过来，心头一紧，意识到这是遇到持枪抢劫的匪徒了。前面的车停在了路中央，是辆大皮卡，很破旧，车厢都已变形，明显是多次碰撞损坏造成的。两个持枪的蒙面黑人，嘴里叽里呱啦说着土著语，挥动枪械将钟铁军的越野车逼停。紧接着，一支枪口隔着车窗对准了吴大友，边叫喊边示意他落下窗玻璃。钟铁军沉着地用英语说："Friend, you want money or the car?（朋友，劫财还是劫车?）"

吴大友说："他们肯定是抢钱。"

黑暗中，钟铁军与贴近车门的一个黑人对视着，那人眼里透出凶险的目光，犹如狼的眼睛。黑人往车里晃动了两下枪管，说："Give me all your money, or you're not leaving here.（把你们所有的钱都拿出来，不然别想离开这里。）"

其他三个黑人站在车旁，怒气冲冲地也跟着乱叫。钟铁军感到走投无路，说："大友，把身上的钱都给他们吧，保命要紧。"

吴大友瞄一眼那支伸进来的冲锋枪，发现保险并没有打开，说："经理，咱们不能等死，你坐好。"

说着，吴大友将左手伸出窗外，猛力扼住了那名黑人的喉咙。他的手劲儿很大，像把钳子死死地掐住了对方的气管，匪徒猝不及防，瞬间动弹不得。趁此机会，吴大友右手快速挂挡，加大油门朝前车撞去，直把那辆皮卡车撞得东倒西歪滚到路边，越野车以最快速度向前开去。钟铁军让关掉车灯，不给匪徒提供参照。吴大友迅速关掉所有灯光，借着月光在夜幕里行驶。车后的四名匪徒失去了目标，摸黑胡乱朝帕拉丁行驶的方向"叭叭叭"

地一阵狂扫，子弹穿透后车窗玻璃，从车顶上方飞了出去，汽车的反光镜被击碎了。

到达集团工程建设指挥部已是夜里十点多。杨琳从工地医院赶到指挥部，与路同和、戴国兴一起等候钟铁军。见他迟迟不到，心里不免有些慌乱，担心路上出了啥事儿，心里做了最坏的打算。越野车亮着大灯开进院里，钟铁军和吴大友一下车，便被杨琳、路同和、戴国兴团团围住，看到帕拉丁前后玻璃都被击碎了，这才明白路上遭遇了不测。



杨琳声音哆嗦，问道："这是咋了？"

钟铁军摇了摇头，说："我和大友差点死在路上，车被劫匪打烂了。"

路同和"哎呀"了一声，说："遇到劫匪你俩还能活着回来，命真大啊。"

杨琳朝路同和撒怨气，说："指挥长，都是因为你，他不往指挥部赶，路上也不会遇到抢劫的匪徒啊。"

戴国兴说："杨琳，话可不能这么说，匪徒有时还持枪到工地上抢钱抢物呢。钟铁军去阿富汗那次，夜里睡觉不也赶上匪徒杀人吗？"

说完，戴国兴就要去食堂为钟铁军和吴大友张罗饭菜。钟铁军说已经吃过面包，天晚不吃了。吴大友围着车转了几圈，抬脚踢了踢四只轮胎，安然无恙。又借着灯影把车看了个遍，车顶除子弹穿过留下的枪眼，前后挡风玻璃均已破碎不堪，前保险杠也撞掉了。

"嫂子，庆幸吧。我和经理能活着回来就不错了。"吴大友对杨琳说。"简直不是人走的路，大象、狼群攻击都遇上了，幸亏劫匪的冲锋枪没打开保险。"

钟铁军、杨琳和吴大友被路同和邀到屋里，戴国兴为他们沏了杯茶，说是从国内带来的龙井。钟铁军抿了一口，问路同和去州政府有啥事。路同和称州长哈瓦佳让秘书打电话叫他去，估计与大选和征地有关，因为沿线所有土地都在每个部落的黑人手里，完全私有。另外，还想让钟铁军陪着一起去见见巴布扎将军和博顿公司的舒其瑞。

钟铁军说："那你和戴书记去呗，干吗非得拉上我啊？"

戴国兴说，他要留下来协调处理工地上的事，再说自己英语不好，跟黑人交流起来有语言障碍，不如钟铁军顺畅。钟铁军一再推辞，称管区内很多事需要理顺，黑人员工招聘还要亲自面试，时间不够用。见钟铁军带有情绪，路同和不耐烦地扬手说：“你把事情往后搁搁，先陪我把外面的事搞明白再说。”

钟铁军从心底里不愿陪路同和去州政府，本想强调更多的理由推掉，但被杨琳劝住了。钟铁军说：“行，我陪着去，那就一趟把所有的事情全办了，让巴布扎将军给咱们工地上派些士兵，与保安公司签订安保合同，派些保安来。再去见见警察局长，让沿线的警察不要找咱们的麻烦。”

路同和与戴国兴听了钟铁军的建议，直赞他想得周到，说有些事情他们两人真没考虑到，心里都要把钟铁军当神供了。

那一夜，钟铁军跟杨琳回到了附近的工地医院。杨琳一人一间宿舍，安了张大床。两人进屋把窗帘拉上，稍加洗漱便急急慌慌地钻进蚊帐，好好亲热了一番。杨琳隔壁住着汪静。彩钢房不隔音，朦朦胧胧中她听到声响，知道钟铁军来了，浑身禁不住片刻的燥热，瞬间觉得整个脸颊在发烧，竟没听到搁在床上的手机一直在震动。缓过神后，她抓起手机接听，里边传来一名护士急促的声音：“汪姐，你快来吧，国际公司分部三名员工遭到野蜂攻击刚送来，一个已经神志不清，需要抢救。”

汪静急忙穿上衣服，抓起搭在椅子靠背上的白大褂就要出门，忽然想应该把这事儿向杨琳报告。她出屋反锁上房门，走到窗前正想敲窗，只听杨琳在屋里喊道：“汪静，有事啊？”

汪静想了想，对着窗户说：“杨姐，没事。姐夫来了，你睡吧，我去病房看看。”

杨琳知道汪静夜里去病房一定有急诊，也要起床下地。钟铁军却搂着她说：“你不用去，有事她们会向你报告。”

杨琳说：“万一有病人她处理不了咋办？”

“处理不了自然会叫你。”钟铁军不愿她走，赖叽叽地说，“咱俩相隔几百公里，见一面比天上的牛郎织女还难。好不容易来这一趟，你就踏踏实实好好睡一觉。”

杨琳嗔怪道：“照你这么说，工地上这些人，一年回不了一趟国，连老婆的影子都摸不到，那咋办？”

钟铁军冲她笑笑，说：“时间长不见面，会忘了自己婆娘长得啥样儿了。唉！我们都是可怜人哪，你就行行好吧。”

杨琳的心忽地软了，想钟铁军讲得有道理，没再执拗，顺势倒在了他怀里。

从宿舍到病房，距离很短，但蚊虫很多，直往脸上扑。汪静到达急诊时，三名被野蜂攻击的员工，脸和头肿得很大，眼睛已经睁不开。其中一名年轻的小伙子意识有些模糊。



“快！把液输上。”汪静指挥着其他人，“把他们的头发剪了，赶紧抹蛇药。”

接着，开始抽血化验量体温，三个员工疼得“娘哎娘哎”地直叫唤。汪静问怎么会被蜇成这样。开车送他们来的黑人站在旁边摊开双手，很得意地说：“Every year，there are people get stung to death by wild bees in my tribe. I drive fast，there were neither beasts nor robbers on the road. I’m a real lifesaver，because they don’t rob black people. Ha-ha，Wang Zihao，what do you say?（我们部落每年都有人被野蜂群蜇死。我开车跑得快，路上既没遇到猛兽，也没遇到劫匪。劫匪不抢我们当地人，我可真是他们的救星。哈哈，王子浩，你说是不是？”）

一名女护士问：“这个黑人是谁？”

此时的王子浩躺在床上，满脸肿胀，痛苦得要死，撇着嘴说：“他叫大牙，刚从部落里领干活的黑人回来。我们是在工地草丛里被蜇的。钟铁军在这儿吗？”

汪静说：“他又治不好你们的病，在不在没关系，我们会对你负责的。”

那名意识模糊的小伙子渐渐清醒过来了，用手摸了摸脸和头，又用双手捂住裤裆，呜呜地哭。汪静问他还哪儿不舒服，小伙子喊：“我要见我婶，我婶在这里。”

医生护士都愣住了，问谁是他婶。王子浩说：“你们杨院长。他们是一个村的，快去把杨琳叫来吧。刘柱，你忍着点啊。”

汪静问他还哪儿疼，刘柱捂住裤裆不说话，她立马就明白了他伤在了哪。

“把他裤子脱了。”

按照汪静的吩咐，两名女护士上前要扒刘柱的裤子，可他死死护住裆部不让脱，又喊：“我要见我婶。”

汪静说："你现在是病人，我们是医生，想活命就别害臊。"

说着，汪静弯腰伸手"噌"地解开了刘柱的腰带，把他裤子扒下来，所有人都被惊呆了。刘柱下身被蜇肿得像根棒槌。大牙见状伸长脖子瞧着，紧皱眉头，说："No，no，no，damn it! The bees don't want him to have a wife or even have a woman，Jesus.（不不不，该死！野蜂群不想叫他娶老婆找女人了，天啊。）"随即捂住嘴笑起来。

"我要死了。"刘柱捂面大叫。"婶啊，你快来救我。"

此时，钟铁军在被窝里睡得正香。杨琳看了看表，已是凌晨三点，但她始终没有听见汪静回到宿舍的声音，心想一定有急重症病人，便偷偷爬起来穿好衣服，掩上门去了病房。走进急救室一看，王子浩三个人在床上躺着，当时就急了，埋怨汪静为什么不向她报告。汪静说看她和钟铁军睡下了，以为送来就医的病人不会太严重，所以没打扰他们。王子浩和另一名职工已经逐渐平静，唯独刘柱哭天喊地。他下身已被抹完药，上面搭了块一次性医用蓝布，见杨琳进来，"哇"地哭出了声："婶，她们扒了我的裤子，我没脸见人啊。"

杨琳掀开蓝布看了看又盖上，让汪静和护士去取冰块帮他局部降热，安慰说："刘柱，不扒你裤子怎么帮你治伤啊？这是护士的工作，她们都不害羞，你是男的害啥臊啊？"

刘柱说长这么大从没让哪个女人看过这个地方。杨琳、汪静和姑娘们全都笑了。王子浩起先还"哎哟哎哟"地叫唤，听了护士们的笑声像吃了止疼药，脸上和头顶顿时不觉得疼了，说："刘柱，不扒你裤子没法抹药消肿，过不了几天你那里就烂掉了，让你尿尿都尿不出来，还不谢谢护士和你婶。"

杨琳说："好了刘柱，别这么多事。你没有父母和兄弟姐妹，这儿都是你的亲人啊。治好后回工地干活去。"

刘柱紧接着问道："婶，我将来还能娶媳妇传宗接代吗？"

汪静微笑着说："你担心啥啊，又没蜇断，啥都不影响。我们又不害你，好好治病。"

刘柱用肿成一条缝的眼睛看着汪静，觉得她很美，给人一种从未有过的亲切和温柔，问以后能不能喊她姐。

"汪静比你大，以后再见面喊她汪姐好了。"杨琳说完转身看王子浩，问他咋也被蜇成这般模样。王子浩哭丧着脸说，没想到工地草丛里有野蜂窝，刘柱撒尿一腿蹚进去，刚解开裤子就招来了野蜂，“嗡嗡嗡”追着他们蜇，打也打不掉，赶也赶不完，个个抱头鼠窜，狼狈至极。当时劳务队赶来好多人，有人打电话向钟铁军报告，可怎么也打不通。多亏大牙从部落里拉那些来工地打工的黑人路过，把他们架上车送来了医院。杨琳对大牙好一顿夸奖。大牙嘿嘿乐着，露出一口白牙，显得有一丝腼腆。



“Mrs. Manager，oh，let me call you Dean Yang，can I?（经理夫人，哦，让我称呼你杨院长好吗?）”大牙边说，边冲王子浩伸出大拇指，“Manager Wang is very brave. He led us to the land expropriation. When we were chased by wild bees，he stood in the front to protect the young man Mr. Liu，otherwise the young man would have suffered even more. He was really great.（王经理很勇敢，带领我们去征地，被野蜂追的时候，他用身体挡住了这位姓刘的年轻人，要不然年轻人会更惨。他人棒极了。）”

杨琳通过翻译才听懂大牙说得是啥意思，对王子浩说：“行，子浩。我家钟铁军没白把你挖过来，像个当领导的样子，好好养着，护士每天会给你们换药。”

王子浩问钟铁军在指挥部还是在医院。杨琳说他和吴大友路上差点儿把命丢了，正在宿舍睡觉呢。王子浩催杨琳把他喊过来，大牙把部落里的人拉来了，他要跟钟铁军交代一下，问要不要派大牙开车去接他。杨琳说宿舍和病房在一个院里，没几步路，开车接什么呀，钟铁军睡醒找不见她，自己会过来。

钟铁军平常睡觉就沉，赶上路遇惊险，全身疲惫不堪。杨琳偷偷爬起来去病房，他全然不知。等翻身再去搂抱杨琳，才发现杨琳不在床上，就迷迷瞪瞪地拉开灯坐起来，缓了缓神，想杨琳一定去了病房，便下床穿好衣服去了门诊。进到急救室，他看到王子浩和刘柱三个人打着吊瓶，几乎都被剪成了光头，脸上和头上糊满发黑的药泥，人不人，鬼不鬼，让人发蒙，指着刘柱下身盖住的蓝布问咋了。杨琳说快被野峰蜇残废了，上着药呢。

刘柱看到钟铁军，像见了亲人，声泪俱下“叔！叔！”地叫个不停。钟铁军拍了拍他的肩膀，叫他听医生的话好好治疗，问安保国和张放在没在工地。刘柱说他们被派去平整轨排厂场地了。钟铁军转头问王子浩和那名职工咋被蜇伤的，王子浩就重复了一遍刘柱如何在草丛里捅了野蜂窝。接着，把大牙叫到跟前，介绍说他拉来了上百号黑人，可以与安保国和张放的劳务队组成混合工班，师带徒领着黑人干。钟铁军转身问大牙：“Is that true?（真是这样吗?）”

大牙在钟铁军面前很拘束，说：“Yeah，I got a brother from the tribe.（是的，我从部落里拉来了黑人兄弟。）”

“No!（不!）”钟铁军说。“That's not what I asked. They got stung by the bees，were you really went to land expropriation?（我问的不是这个，他们被野蜂蜇，真是去征地吗?）”

大牙摇头耸了耸肩，望着钟铁军，表现出一副为难的样子。钟铁军清楚，一些地段征地尚未进行，去村里征地需要找当地酋长做村民的说服工作，更需要准备好钱或其他补偿物，他猜想王子浩他们被野蜂蜇，一定另有原因。于是说：“Big Teeth，you have to tell me the truth. Where did they go? If you lie，you're going to take your tribe fellow back the way you brought them in.（大牙，你要跟我说实话，他们到底去了哪里?若撒谎，你就把部落里的人怎么拉来的再怎么拉回去。）”

大牙无奈地晃了晃脑袋，说：“Well，Manager Wang is extremely interested in night pearls. He asked those two to accompany and I lead the way to the mountains. Actually I don't know where to find them，then we got attacked by the wild bees. I drove them to the hospital immediately or they will be dead of being poisoned.（好吧，王经理对夜明珠情有独钟，他喊了那两个人陪同，让我带他们去山上找。其实我也不知道哪儿有这玩意儿，结果还被野蜂攻击了。我赶紧开车拉他们到医院来，否则他们会中毒而死的。）”

钟铁军听完没有说话，转身瞪着王子浩说：“子浩，项目刚开工这么忙，你却让大牙带着去找夜明珠，偷鸡不成反蚀把米，赔了夫人又折兵，有你的。”

杨琳和医护人员听到这个原因都惊住了，数落王子浩作为项目副经理不该这么做。王子浩吃力地张嘴想跟钟铁军解释，被杨琳呵斥，说：“哼!要知道你们是这样被蜇的，都不该给你们治，白浪费了药品。说好了，医药费自己掏。”

钟铁军瞪了一眼杨琳，让她不要再说话，扭头对大牙说：“Looks like

you're an honest man, Big Teeth. The tribesmen can stay as apprentices in An Baoguo's service team. You'll do exactly as what you're told. Got it?（大牙，看来你是个诚实的人，部落里拉来的人可以留下，跟在安保国劳务队里当学徒，教你们怎么干就怎么干，记住了?）”

大牙喜出望外，握住钟铁军的手，说：“Thank you，Manager Zhong，for providing us with working opportunities. My brothers in my tribe and I will learn from our Chinese friends，and try to be a qualified railroad worker in the future.（谢谢你钟经理，你给我们提供了就业机会。我和我部落里的兄弟会好好向中国朋友学，将来争取成为一名合格的铁路工人。）”

“Don't get excited so fast，Big Teeth. I need to interview each of you when I get back to decide whether to hire you.（先别高兴大牙。能不能用你们，需要等我回去对每个人进行面试。）”钟铁军补一句说，“If those people don't have any skills，or they're too dumb to learn new things，I will have to send them back to your tribe.（如果那些人没有半点技术，学不会东西，只能让他们再回到你的部落去。）”

大牙两眼看着房顶，说：“All right，manager，we're at your disposal.（好吧经理，我们听从你的安排。）”

钟铁军没再对王子浩多说什么，看他们个个伤得不轻，稍加训斥几句便回宿舍休息了。天刚微亮，附近村庄大喇叭里传来了穆斯林教长伊玛目的诵经祷告声。钟铁军在冗长的祷告声中迷迷糊糊睡着了。杨琳和护士们刚安顿好王子浩、刘柱他们，突然又接到五百公里以外，路桥分部司机出车祸的求救，路同和与戴国兴也被折腾起来。指挥部联系到直升机后，杨琳、汪静和另两名护士背上药箱，装上担架，乘飞机赶往出事地点。天亮时，直升机才降落，受伤司机抽搐不停。她们迅速用担架把伤者抬上飞机，边飞边抢救。直升机在空中抖动得厉害，人都站不稳，输液的针头对不准血管，扎了好几遍。直升机的噪声很大，汪静她们互相听不清对方说什么，只能打手势交流。杨琳紧紧抓住那名受伤司机的手，怕他坚持不住，更担心中途失去生命。等直升机飞回来，司机住进工地医院时，太阳已经从东方升起来了。钟铁军不知道后来发生的事，只晓得那一夜杨琳没再回到宿舍。

早晨起来，路同和与戴国兴先去病房，看望了王子浩、刘柱和那两名被野蜂蜇及出车祸受伤的职工。回来后，直接进食堂招待钟铁军吃早餐。师傅做的中餐馒头加稀饭，外加两盘咸菜。吃完饭，钟铁军打发吴大友回工地，叮嘱他路上多加小心，然后坐上一辆丰田越野车，在崎岖的道路上颠簸几小时，跟路同和去了州政府。其所在地还达不到中国县级市的建设标准与规模，除大街主干道铺设一层薄薄的沥青路面外，其他街道全是土路，车辆过后尘土飞扬。路的两侧摆着用彩花布支成顶棚的小摊，满身脏兮兮的男人和女人们穿着拖鞋守着摊位，叫卖各种各样的食材和商品。还有些黑人三五成群聚在街头，观看来往的过客，目光里透着一种令人难以琢磨的希冀。当路同和与钟铁军乘坐的越野车穿过大街时，几个年轻黑人和孩子围上来挡住了他们的去路。一个孩子问："Do you have money?（带钱了吗?）"

钟铁军落下车窗玻璃，摆手说："No.（没有。）"

又一个黑人青年问："Do you have medicine?（你带药了吗?）"

"No.（没有。）"

黑人青年不高兴，带着怒气说："Then why are you here? Do you have any blood?（那你们为什么来这里？你有血吗?）"

钟铁军说："Everybody's got blood in them, but they can't give it to you for selling.（人人身上都有血，但不能给你去卖钱。）"

那青年又说："No! I want that blood to save lives. My two-year-old sister is very sick. If we don't get some blood, she's gonna die.（不！我想要那血来救人。我两岁的妹妹病得很重，再不输血，她就要死了。）"

那青年的眼睛里露出不该有的恐惧、失望与无助。这让钟铁军突然想起了《圣经·旧约》中记载的那个婴儿摩西。他当时被母亲放在蒲草箱里，独自漂流在尼罗河上。若不是法老女儿将他从尼罗河中救出，才三个月大的摩西肯定无法存活，更不用说日后可以完成带领以色列人脱离埃及奴役的伟大使命。

此时，钟铁军想自己应该为那青年做点什么，让他从混乱的迦百农世界里爬出来。他对路同和说想给那青年一些钱，让他回去给妹妹治病。路同和说，谁知道那黑人讲的是真是假。钟铁军没听路同和的，掏出几十美金将胳膊伸出窗外递给了那个青年。青年接过钱，感激地直朝他们鞠躬，眼神是真诚的。这一举动惹来了更多的黑人，有青年、孩子和老人，越野车被人群围在了中央。路同和埋怨道：“都是你惹的祸，咱们别想走了。”

钟铁军朝车外的黑人挥手，喊道：“We're going to visit the Governor. Please step aside and let the car pass.（我们要去见州长，请你们让开，让车过去。）”

那些黑人根本不听，一双双黑色的大手伸展在空中，把路围得水泄不通。路同和万分焦急，对车外围堵的黑人骂骂咧咧。这时，几辆军用卡车忽然驶来，上面载满全副武装的士兵，开到越野车前停住了。士兵们端着枪从车上跳下来，那些黑人迅速闪开躲到了一边。一名士兵很有礼貌地朝越野车行了歪歪斜斜的军礼，打着手势让他们离开，路同和落下车窗谢过士兵，径直开车去了州政府。

州政府办公地，不过是栋极其普通的二层小楼，前面有个拉着围墙和铁丝网的院子。路同和与钟铁军赶到时，着实吓了一跳。他们看到，院外大门口两侧堆着用沙袋垒起的掩体，沙袋上架着机枪，两名士兵分别趴在掩体后如临大敌，做着瞄准和随时开枪射击的姿势。另有两名士兵背着AK47，在掩体内注视着过往的行人与车辆。如此看来，大选期间的社会治安让人很担忧。路同和没见过这种阵势，生怕那些士兵把他和钟铁军当成匪徒开枪射击，下车后对着士兵，用几个不连贯的英语单词表明自己的身份，并连连对他们挥手示意，心里害怕得要命。

钟铁军走在前头，口齿伶俐地用英语向挡在入口的带班士官讲明来意，并掏出护照给对方看。那士官接过去翻看了一遍还给钟铁军，说：“Ah，welcome China Railway's friends. Governor Khawaja is waiting for you on the second floor. Come in，please.（啊，欢迎中铁的朋友。哈瓦佳州长在二楼等着你们，请进。）”

路同和从士官带着笑容的脸上，判断出自己和钟铁军是受欢迎的客人，紧绷的神经松弛了下来。士官走在前头领他们上楼。路同和对钟铁军说：“哎，等会儿见到州长，你给我当翻译。万一有问题我回答不上来，你要及时补充，咱不能在他面前露怯。”

钟铁军应着，称州长不会提其他问题，只会问工地还有哪些困难。路同和说那就把征地、安保、用工都提出来，让哈瓦佳帮助解决。钟铁军说见到州长让路同和提，他来配合。

哈瓦佳办公室在二楼一侧的最里边，设了三道岗，每一道都有士兵把守。士官领着路同和和钟铁军来到哈瓦佳办公室。推门进去，哈瓦佳办公桌后还站着两名佩带枪支的贴身护卫。此时，哈瓦佳正仰面斜躺在高高的靠背椅子上，两条腿在桌子底下伸得很直，仅头部高出桌面，看来他个子不高。路同和与钟铁军站在门口朝里瞧，只看到桌子对面露出一颗脑袋。

“州长上午好。”路同和谦逊地问候着，自报家门后，又介绍了钟铁军。这一切都是由钟铁军做的翻译。哈瓦佳靠在椅子上纹丝不动，用一口流利的英语问：“Who did you vote for in the general election?（这次大选你们把票投给了谁?）”

路同和听不懂，拉拉钟铁军，问哈瓦佳讲得啥。钟铁军把哈瓦佳的话翻译给他听，让他赶紧回答。路同和说：“我们投给了正义的一方，当然是阁下您。”钟铁军翻译时还补加了一句，说：“To the ruling parties that do good work for both our countries.（投给了那些为我们两国做有益工作的执政党。）”

哈瓦佳笑了，把手中的笔扔在桌子上，直起身子稍愣片刻站起来，走近他俩互相握手。路同和与钟铁军这才明白，哈瓦佳打电话叫他们来的目的，是想了解中铁员工在这次大选中的态度与立场。

“All right, we're friends and brothers, and I wish you all the best on this railroad project.（好了，咱们是朋友加兄弟，愿你们在这个铁路项目上旗开得胜。）”哈瓦佳说，“Any problem that you need my government or I to work out, just let us know. I would like to serve for the Chinese enterprises.（有什么需要我和我的政府解决的问题，请你们提出来，我愿意为中国企业服务。）”

听了这话，路同和把原先想好的所有问题都提了出来。哈瓦佳不厌其烦地一一做了回答，并拿起电话通知相关人员。几个部门主管先后进来，毕恭毕敬地向他请示，然后又退了出去。钟铁军听得明白，那些部门涉及劳工管理、土地管理、安保和法律事务。哈瓦佳让路同和与钟铁军回头去找各部门对接。钟铁军转达了路同和的谢意，哈瓦佳从茶水台上沏了两杯咖啡端给他俩。“Some western countries have been spreading rumors that your country is engaged in economic colonization. You create a debt crisis on our continent in order to gain control over other countries.（一些西方国家一直在造谣，说你们中国在搞经济殖民，对我们非洲制造债务危机，以达到控制他国的目的。）”哈瓦佳说，“I don't think so. It's a smear campaign. From the model you build this railway, you have taken the method combining investment financing and construction. It' s a project based on the mutually discussion, construction and utilization. Not only provide we developing countries with rare developing opportunities, but also new motive power for the developed world to emerge from the economic depression. It' s a great idea. I appreciate China and more importantly, your brilliant achievements. （我可不这么认为，这是在抹黑你们。从这条铁路模式看，你们采取了投融资加建设，完全是共商共建共享，不仅为我们这些发展中国家提供了难得的发展机遇，也为发达国家摆脱经济低迷提供了新的动力。这是一个很伟大的设想。我赞赏中国，更赞赏中国取得的辉煌成就。）”



路同和问哈瓦佳这是他个人的观点还是代表国家。哈瓦佳称不仅是他个人这样想，更代表国家主流力量。这条铁路是总统亲自批准的项目，完全中国标准的确定与实施，将直接影响后续近三千公里的铁路建设。

“At first, after the field trip, western experts think that, to build a modern electrification railway from ports at zero altitude to East African Plateau, which has an average elevation of more than two thousand and five hundred meters, would be impossible. （当初，西方专家实地考察后认为，从零海拔的港口到平均海拔超过两千五百米的东非高原，建设一条现代电气化铁路比登天还难。）”哈瓦佳说，“But you Chinese company is measuring the geological and hydro logical data along the railway design lines step by step, overcoming technical difficulties one by one. It is simply incredible. （而你们中国公司却在一步步地丈量铁路设计沿线地质水文资料，攻克一个个技术难关，简直不可思议。）”

路同和通过钟铁军翻译，说：“Yes, sir. The meter rail railways that the westerners helped you build in the past had suffered irreparable damage in the war. The lines are seriously aging, and breaking down constantly. Nowadays more materials can only be transported by large container vehicles, and the transportation cost is higher. From south to north, the national highway has only two lanes, where the traffic congestion happens all day. The trucks are heavy loaded, and large truck overturn accidents occur frequently. Therefore, it' s an honor to be able to build this railway. But workers in your country' s have a very bad habit that they do not like to save money. They always slip away and disappear after they get paid. We have to find workers to replace them for their jobs. However, those guys will come back after they spent all their money, which really cause us a headache.（是的，阁下。过去西方人帮助你们建设的米轨铁路，在战争中遭到了不可修复的破坏，线路严重老化，故障不断。现今更多的物资只能通过大型集装箱汽车运输，运输成本较高。从南到北，国道仅有两个车道，整日交通拥堵，车辆超载，甚至经常出现大型货车翻车事故。所以，我们能够修建这条铁路很荣幸。但贵国劳工有个很坏的习惯，他们不知道存钱，拿到工资就找不到人了，我们不得不临时找人顶替他们手头的工作。可那些人花个精光后又回来了，我们很头痛。）”

哈瓦佳端着咖啡哈哈大笑，说：“They don't want money. They want women and good food. That's why we're poor. So, yeah, those bad habits are not enough to promote civilization and progress in our country.（他们不要钱，要的是女人和好吃的食物，这就是贫穷的原因。所以，他们的坏习惯还不足以推动我们国家的文明与进步。）”

哈瓦佳称赞中国有着完善的劳动制度，可他们国家的《劳工法律》对劳工的工作时间和权益也有翔实的要求，工作日超过八小时部分，工资按一点五倍结算，节假日加班要付两至三倍工资。这是受西方历史的影响。工地上的当地黑人劳工，有着很强的法律维权意识，就像征用土地一样，最好不要招惹他们。否则，会把他和政府甚至中铁一起告上法庭。

# 第五章

那天，哈瓦佳州长来了兴致，不停地在屋里走来走去，边说边比画。

“All right. You can enjoy the 13-months of sunshine in a year here. I sincerely thank you for your support. And I will also offer my support in the construction of the railway.（好了，你们就在这里好好享受一年十三个月的阳光吧。我真诚感谢你们的支持，在铁路建设中，我同样会支持你们。）”他说。

路同和以为会见马上要结束了，不料哈瓦佳竟问他是否知道一年十三个月的来历。他和钟铁军回答略知一二。哈瓦佳很自信地摇了摇头，称他们了解得远远不够。在欧洲漫长的中世纪里，A 国作为基督教国家，却被伊斯兰势力完全包围了。欧洲宫廷充满了关于 A 国神秘的传说，说它如何富有，宫廷如何豪华，国王拥有一口“生命之泉”，让他一直活了五百六十二岁。十五世纪末，率先探索海洋的葡萄牙人向 A 国派来了第一位代表，这里的面貌才得以真实书写。A 国的历法来源于儒略历。一年十三个月，是因为他们习惯使用“格利高里历”，并根据 A 国的自然、宗教等实际，对古罗马历法进行了调整，将一年分成十三个月，前十二个月每月三十天，第十三个月平年五天，闰年六天。

路同和出于客套，对哈瓦佳州长的介绍表达了一番感激，同时提出征地需要他出面协调。哈瓦佳很愉快地同意了，但又说哪怕项目得到总统的支持，也并不意味着地方会绝对服从中央的行政命令。各州的州长、部落酋长、地方议员和村长，均由当地选民选举产生，总统没有任命的权力。土地征用，总统也没有直接管辖权，上级的行政命令在部落是无效的，州政府官员更在乎地方上的意见。酋长、村长和议员会像电视上英国下议院辩论那样，就该路段的就业、安全及环境保护等议题进行长达几个小时的讨论，除非村民愿意把土地供给铁路使用。路同和与钟铁军知道征地难度，被哈瓦佳州长说得头皮更紧了。

“We'll follow the local rules. I was robbed by some black people with guns on the way here. How can you ensure the safety of our construction personnel in a more effective way?（我们会遵循当地的规矩，我在来的路上遭到黑人的持枪抢劫，怎么能够更加有效地保证我方施工人员的安全呢?）”钟铁军说。

哈瓦佳站起来，微笑着说：“You can go to General Barbuza. He's a friend of mine. Not only soldiers can be sent to the site to keep you safe，but also he will introduce you a reliable security firm.（你们可以去找巴布扎将军。他是我的朋友，不但会派士兵到现场保护你们的安全，还会给你们介绍可靠的安保公司。）”

哈瓦佳说完，拿起电话打给了巴布扎将军，用一口当地的土著语，很认真地探讨了老半天。钟铁军听出他是在给对方交代有关事宜，从语气里能猜到，巴布扎将军是同意的。

路同和、钟铁军与哈瓦佳告别后，直接去了负责国家重建的军办，门口同样壁垒森严。因在机场见过他俩，巴布扎将军亲自来到门口，极有礼貌地把他们迎进办公室，一名黑人勤务兵立即端来了咖啡。他说哈瓦佳州长在电话里都跟他交代了，问路同和需要多少士兵。路同和讲不出具体数量，就问钟铁军。

“At least 800.（至少八百。）”钟铁军说，“Of course，the more the better，General.（当然越多越好，将军。）”

路同和掐指一算，全线八百公里长，每公里一个士兵，对这个靠谱的要求不住地点头称道。巴布扎称沿线再配一个团的排雷兵。战争期间敌人布了许多各式各样的地雷，都埋在草丛和一尺以下的土层里，稍不注意就会引爆炸死人。

“Is that enough? I'll give you more if it's not enough，you don't have to pay for it.（够吗？不够我可以再给你们增加，军费不用你们支付。）”

“Well，thank you very much，General.（那太感谢您了，将军。）”钟铁

军代替路同和回应说，“Soldiers and deminers can start with these. We’d like to sign contracts with several good security companies. They can send some smart security guards on the site, together with our soldiers, and the security problems would be of no problem. What do you say, General?（士兵和排雷兵可以先派这些，我们想再与几家好的安保公司签订合同，由他们再派些精干的保安长驻工地，配合士兵防卫就没问题了。您说呢，将军？）”



巴布扎笑着向钟铁军伸出大拇指，从桌子上抽出一支古巴雪茄点着，说：“All right. If that’s what you and Commander Lu have agreed on. I’ll inform the police chief, Mr. Combe. He used to fight with me in the war. He will send the best security personnel to the site as I instruct. As I also represent the President, to exercise the operational and command authority over the national reconstruction and the railway project.（好吧。如果这是你和路指挥的共同意见，那我立即通知警察局长康姆先生，他曾经跟我打过仗，会按我的指示，把最优秀的保安人员派到工地，因为我还代表总统，行使对国家重建和这个铁路项目的运行与指挥权。）”

随即，巴布扎把副官叫了进来，让他通知康姆局长，说路同和与钟铁军会去找他，叮嘱康姆一定要满足工地需要。路同和看事情进展很顺利，心里十分高兴，就说士兵和排雷兵以及保安进驻工地之事，指挥部可由戴国兴负责对接，问钟铁军各分部谁来联系。钟铁军说国际公司项目分部，内部人员由王子浩负责，当地黑人让大牙接洽，这样便于黑人之间的沟通。路同和把这种安排反馈给巴布扎将军后，巴布扎将雪茄搁在烟缸里，脸上露出惊喜，从将军椅上站起来，双手击掌，说：“Ah, Big Teeth is a very brave soldier in my team, I liked him a lot. But he left the army and went back to his tribe. Since he’s taking tribesmen to your construction site, you can send him to reach me if you had anything that need my help.（啊哈，大牙是我手下一名很勇敢的士兵，我很喜欢他，可惜退伍回到了他的部落。现在，他带部落的人去你们工地了，有事可以叫他来找我。）”

钟铁军这时才知道，那个大牙竟与巴布扎有这种关系，心想以后在工地跟士兵和保安人员的接触，所有问题便可迎刃而解了。路同和也才清楚钟铁军的项目分部有大牙这么个当地员工，当即想把大牙要到指挥部去，今后对外打交道，有大牙在可以省很多心。他向钟铁军提出了这个建议。钟铁军扭头看着路同和，机智地说大牙刚来，还不知道他表现如何，等分部试用后，确实表现好再放过去。路同和嫌他奸，就催他别试用了，试用到项目结束，再放给指挥部还顶屁用。钟铁军敷衍说，先把重要的事情让巴布扎将军解决完，大牙的事回去内部好商量。于是，俩人问国家重建办公室给总包方博顿公司累计拨了多少资金。巴布扎说已经拨了五千万美元预付款。俩人惊呆了。上场以来，集团指挥部和几个分部从临建到拆轨，再到建设轨排厂和海运来的物资设备，计价加投入达上亿资金，光工程量至少也有上千万美元。而博顿公司一分计价款没给过，钱用到哪儿去了呢？

巴布扎将军问："They didn't pay you for the project?（他们没付你们工程用的资金吗？）"

路同和回答当然没有，前期集团已经为这条铁路垫付了大量资金，正想找博顿公司商讨支付工程款，因为工地上快揭不开锅了，希望巴布扎将军能够提供帮助。巴布扎说博顿公司在 A 国共承包开建了三十个项目。一些项目进度缓慢，令人遗憾。就铁路项目而言，他们在所签的合同条款中明确承诺负责融资。现在看来，博顿公司没有提供足够的资金支持，总统先生很不满意，严重影响了我国企业的声誉，他正要找博顿公司交涉。

正说着，博顿公司新来的总经理舒其瑞被一名士兵领了进来。双方互相对视着，都对对方出现在这种重要场合感到惊愕。舒其瑞寒暄后试探性地问道："呵呵，真是无巧不成书，二位这是……？"

路同和客气地说："哦，我和钟经理见完将军，正要去物流基地拜访你，没想到你过来了，就算咱们借将军的光正式见面了呗。"

巴布扎威风凛凛地站在椅子后面，直截了当问："Mr. Shu, I'm here on behalf of the President. Some of your projects aren't going well, and the President has asked me to convey his displeasure. In particular, the railways, where your company has been slow in raising fund, the army had paid you fifty million dollars, but Commander Lu did not receive the money that should have been given to them. What did you do with the money? I'd love to hear your explanation.（舒先生，我受总统的委托正要找你。你们有的项目进展不理想，总统让我转达他对你们的不满。特别是铁路，贵公司融资迟迟不到位，军办给你们支付了五千万美元，而路指挥却没有收到应该拨付给他们的款项，请问那些资金用到

了何处？我很想听到你的解释。）”

舒其瑞很尴尬，不高兴地瞅瞅路同和，转脸面带笑容，说道：“Oh，General Barbuza，the company has already made a capital plan for our partner，the China Railway Administration，fund transferring is being processed. The group is in contact with the bank for the financing problems. All the relevant projects are also being implemented and pushed forward.（哦，巴布扎将军，公司已经为我们的合作伙伴中铁局做好了资金计划，正在办理拨款手续。融资问题，集团正在与银行接洽。有关项目也在努力实施和推进中。）”



舒其瑞的回答可谓天衣无缝。钟铁军与路同和明白，多半是逢场作戏，临时应付。路同和问：“指挥部提交给你们的计价单和拨款计划，想必贵方收到了吧。”

舒其瑞白了他一眼，冷淡地点了点头，接着反问路同和为何要来巴布扎将军这儿，提这种不该提的诉求。钟铁军把话接过去，表明自己是这个铁路合作项目的当事人，参与了合同的起草与签订，让舒其瑞回去好好看看双方之间的合同条款，博顿公司负责融资，中铁局负责 EPC 设计与施工。按合同约定，每月底要进行验工计价与拨款。从上场到现在，指挥部和各分部完成的工程量已达两三千万美元，可一分钱也没收到，博顿公司已经构成违约。说到最后，钟铁军问舒其瑞该如何处理。舒其瑞很生气，但又不得不在巴布扎将军面前佯装笑脸，说：“好好好，咱们内部事务好商量，等回基地具体谈如何？”

路同和认为舒其瑞说得在理，就叫钟铁军不要再当着巴布扎将军的面儿提此事。舒其瑞掏出资料，本来要向巴布扎将军汇报关于另一项目进展缓慢的原因及安排，但被巴布扎打断了。巴布扎从办公桌后绕到舒其瑞与路同和面前，说：“Mr. President and the government were re-elected in the national election. The railway must be open within 24 months. Now that everything is ready，the ribbon-cutting ceremony will be at the Jeepla Station in three days. Mr. President，the speaker，the minister of government and the railway chief will attend the ceremony in person. You both sides need to get prepared from today on. This is a command that I give you.（总统先生和这届政府在全国大选中获得了连任，这条铁路务必在二十四个月内开通。现在条件已经成熟，三天后要在吉普拉车站举行开工剪彩，

总统先生和议长、政府部长、铁路局长等，会亲自到场参加仪式，请你们双方即日起抓紧准备。这是我下达给你们的命令。）”

路同和、钟铁军和舒其瑞领受了巴布扎将军代表总统下达的指示，感受到巨大压力。离开巴布扎办公室后，他俩先去见了警察局长康姆，并与安保公司签订了合同，又去找国家铁路局里斯克局长，向他通报要在吉普拉车站举行开工剪彩仪式的安排与打算。里斯克早已接到了通知，说：“All right. I strongly believe in your ability and recognize your responsible attitude. It is just that your partner, Burton Company, has had a negative impact on your company's credit. I hope your image can be positively changed through this grand ceremony. I'll wait for your good news.（好的。我非常坚信你们的组织能力，并认可你们的负责态度，只是你们的合作伙伴博顿公司对贵公司的信用造成了负面影响，希望通过这次盛大仪式改变你们的形象。我会等待你们的好消息。）”

路同和与钟铁军始终没弄清楚，博顿公司怎么会突然间引起A国上层的不满，担心铁路项目会不会受影响。于是，两人驱车赶到驻扎在物流基地的博顿公司舒其瑞办公室。虽然整个项目的物流分部、设计组和各分部物流协调组，都设在这座占地达五十万平方米的基地里，但内部设施却大不相同。博顿公司管理人员的办公与居住条件非常完善。舒其瑞的办公室是个带有卫生间的套间，摆着张会议桌，上面精致的花瓶里还插着一支鲜艳的花，十分讲究。在靠角落的地方，配有饮水机和冰箱等齐全的电器，比铁路工地上的条件不知要好出多少倍，这令路同和与钟铁军吃了一惊。

舒其瑞此时脸色阴沉，在屋里踱着步子给国内打电话汇报工作，声调时急时缓，既没给路同和、钟铁军让坐，也没沏茶，良久才挂断手机，走到门口叫来一对手拿文件袋的年轻男女。等路同和与钟铁军与他们面对面坐下时，舒其瑞才开口说：“作为合作方，我要向你们提出抗议。有什么解决不了的问题，还要捅到巴布扎将军那里？”

路同和瞬间愣住了，不知道该怎么回答。钟铁军说：“舒总，我们只问了问军办给你们拨了多少资金，并没说你方的坏话，是巴布扎将军对贵方不信任才谈及此事。国家铁路局里斯克局长对你方的融资能力也有所担心，请问铁路资金何时能到位？”

舒其瑞稍加沉思，说：“融资不是我关心的事，我在现场只负责对军办和你方的结算。”

路同和说：“既然如此，我们上报的工程量和投资计价单，你们最终审核数是多少？能否拿给我们看看？”

舒其瑞没有直接回答，而是把目光投向坐在他身边的年轻女部下。

“审多少是我们的事情，”说话的女部下脸上毫无表情，“至于融资能不能到位，这是我方的商业机密，你们不应该问这么幼稚的问题。当前，能为你们拨付的资金只有一千万美元。”



“一千万美元？”路同和皱眉说，“我们前期投入达上亿元人民币，完成投资在三千万美元以上，拨一千万差距太大，我方不予接受。”

舒其瑞欠了欠身子，说：“路指挥，作为合作方，希望你们能理解一下我方融资的难度。尤其我方前期给你方工地调拨了众多机械设备，价值超过两千万美元。军办是给我方账户支付了五千万美元的工程款，但你们要知道，我方同时承建三十多个项目，不可能把这笔资金全部拨给你们，只用到铁路项目上。这一千万美元，主要用于将军布置的开工典礼，外加工地上的日常生活支出。不足部分，我方认为贵公司作为合作方，应该进一步加大投入。这样，才能共同渡过难关。”

“你方已经构成违约，”钟铁军生气地站起来说，“一千万美元，除去开工典礼支出，剩下的钱，连我们几千名职工的基本工资和吃饭都不够，这是在坑我们。如果这样，开工仪式我们不搞了。你方是总包单位，你们自行组织吧。路指挥，咱们走。”

说完，钟铁军拉着路同和往门外走。舒其瑞见他大发雷霆，急忙起身拉住路同和予以挽留，答应先拨一千万，把开工典礼做完再想办法。同时向路同和与钟铁军通报，典礼结束后，他们提供给铁路项目的部分设备，需从工地调回，协调给博顿公司自己滞后的项目使用。

“什么？”路同和惊异地望着舒其瑞说，“把你们的设备调回来？”

“是的。”舒其瑞那名年轻男部下说，“这是集团的决定。”

钟铁军问：“你能跟我说说为什么吗？”

舒其瑞说：“我们三十个项目要统筹安排，统一调配。眼前最大的任务是把开工典礼搞出声势，不能丢了咱们双方的脸面。”

路同和与钟铁军跟舒其瑞的这次洽谈很不愉快，双方在资金问题上没能达成一致。俩人嘟囔着走出博顿公司办公区，去了物流基地。听说他们来，负责卸货和转运物资的李小兵赶了过来。路同和和钟铁军看到，通过集装箱从国内海运来的钢材、水泥、钢轨、油料等各种材料以及几千台中小型设备与零配件，在偌大的露天物流存放区内堆积如山，火车头、铺架机、轨排和碎石生产线、钢结构厂房，有的已停放在基地内，有的还在卸船。整个码头一字形排列着几十辆运输车，十几台吊车与叉车，处处机器轰鸣，车水马龙，川流不息。各项目分部的物资转运人员，有男有女。男的带领从当地雇用来的黑人，手抬肩扛卸货，挥汗如雨。女的则在仓库里负责配发。一群持枪士兵，则在码头卸船货地点和物资堆放处来回巡防。路同和问李小兵物资是怎么发放的。李小兵说不等不靠，只要物资到港，所有人三班倒，边卸船，边发料。从码头吊装、登记、捆绑、运输到库区接卸、点收、分类以及发放，随时配送给各施工点。路同和指着小山似的物资骂道："怪不得巴布扎将军和里斯克局长都对博顿公司不满意，他们只知道朝军办催要资金，也不想想咱们投入多大。光采购这些物资设备就花出去十几亿，后面还会更多，博顿公司若一毛不拔，回头还得再找他们算账。"

李小兵气哼哼地说："是啊，他们把仓储场地租给咱们，催要租金倒是很积极，对海运到港的物资设备却从不关心，哪有这样的合作方？"

钟铁军此时却在想另一件事情。他觉得博顿公司另有打算，不仅仅是无法按期履约拨付工程款，更有可能会违约或毁约。看得出来，他们对A国所承诺的融资出了问题，难以向巴布扎交代，只有想办法脱身。于是，提醒路同和回去与戴国兴商量，开会拿出万全之策，及时向董事长夏江报告。

"你与转运站其他分部的人联合起来，"钟铁军走前对李小兵说，"仓储场地一寸都不能被收走，到港物资设备必须如期到工地。"

路同和回到指挥部，电话向夏江汇报了巴布扎的命令。按照夏江的指示，暂且把与博顿公司的分歧搁置到一边，将各分部的人员与设备集中到吉普拉车站一侧的空地上，忙了两天两夜。那是巴布扎将军与里斯克局长以及哈瓦佳州长共同选定的地点，经过了总统批准认可。

指挥部按照中国高铁开工典礼仪式标准，搭起了一个宽大的主席台，红色的背景墙上，用中英两种文字标注着这一段铁路的开工典礼仪式，地上铺着红地毯。主席台前的空场，划出职工方队和设计、监理方队区。将最前端的位置，安排给了前来参加仪式的 A 国嘉宾和记者。两侧排列着从工地上开来的运输车和装载机、挖掘机等大型机械。机械后面竖着写满豪言壮语的巨大标语牌。红蓝交叉的彩旗，在东非高原季风吹拂下不停地摇曳飘舞，悬浮在空中的气球也来回晃动。他们还租来了音响，备足了鞭炮，盛况空前。

路同和与戴国兴头天下午检查时，钟铁军和路桥、轨排等分部的经理们正头戴安全帽，带领职工和黑人劳工平整场地，排兵布阵。大牙从推土机驾驶楼里露出半拉脑袋，时不时把头伸出来朝钟铁军挥手。路同和与戴国兴看到了他的这一举动，指着推土机问这个黑人是谁。钟铁军说他就是大牙，从部落里带来的其他黑人还没决定全部留下，大牙会开多种机械，先把他拉了上来。这时，巴布扎将军、警察局康姆局长、哈瓦佳州长、铁路局里斯克局长以及博顿公司舒其瑞等高管，分别来到了仪式现场。随巴布扎将军和康姆局长前来的还有大量的士兵与保安。他们与路同和、戴国兴和钟铁军握手并轻轻地拥抱。巴布扎将军毫无疑问对此是满意的，他指着主席台说："Ah，I see the beauty of China. Mr. President and the ministers must have enjoyed it.（啊，我看到了中国的风采。总统先生和前来的部长们一定很欣赏。）"

舒其瑞凑到巴布扎跟前，说："Oh，your request is too much，we have to fight with the staff of China Railway Bureau for two days and nights，otherwise it is difficult to submit a satisfactory answer to you.（哦，将军阁下的要求太高了，我们不得不与中铁局的职工共同奋战两个昼夜，否则难以向您交一份满意的答卷。）"

"No!（不!）"巴布扎说，"It's not you，it's Lu，Dai and Zhong，it's their work. I like them. And you have to pay the money you need to raise to the site as soon as possible，otherwise，Burton Company will lose credibility.（不是你们，是路、戴和钟他们奋战的结果。我喜欢他们。而你们要把融资的钱赶快支付到工地。否则，博顿公司将失去信誉。）"

在大庭广众之下，巴布扎没有给舒其瑞留半点情面。舒其瑞黑着脸从人群里退出来，把路同和、戴国兴和钟铁军叫到一旁，告诉他们一千万美元已经打到指挥部账户上。看他这会儿如此谦卑的样子，钟铁军哈哈大笑，说："舒总，你真是牛不知道角弯，马不知道脸长。往前凑还抢功，巴布扎将军他们精着呢。"

舒其瑞脸上没有笑容，说："好好，算我抢功行了吧？你要清楚咱们是一家。"

路同和冷峻地说："在外国人面前，咱们宁可省吃俭用，花钱也要花得大方。但在咱们内部，要亲兄弟明算账。有句老话说得好，酒中不语真君子，财上分明大丈夫，有账不怕算。只是一条，设备不能调。"

就在这一天，巴布扎将军答应的八百名士兵，全部荷枪实弹地来到了工地。警察局康姆局长，也把安保公司应派的所有保安人员分配到了各分部。那些士兵和保安都是皮肤油光发亮的黑人。哈瓦佳州长把当地的酋长、地方议员、村长全叫到了现场，工地一时沸腾了。

大牙平整完场地跳下车，擦了擦汗，远远地站在外围推土机旁观看前来的官员们。他忽然发现了巴布扎，便兴奋地跑过去，扒拉开士兵"啪"地敬了个礼，用土著语说："将军，我是你的士兵，你还记得我吗？"

巴布扎将军眼睛一亮，高兴地搂住他的肩膀，用英语说道："Ha，Big Teeth. God，I didn't expect to see you here，brave soldier.（哈，大牙。上帝呀，我没想到能在这儿见到你，勇敢的士兵。）"

所有人被这一幕惊呆了，纷纷转头望着大牙和将军。

巴布扎招呼路同和、戴国兴和钟铁军及其他人，说："Look at this. Big Teeth is such a good boy，he used to fight with me in the battles that were so dangerous. You can trust him in taking over the 800 soldiers I sent you. If he does not return to his tribe，there will be no problem for him to be a regimental commander.（你们看啊，大牙是个多么优秀的孩子，他曾跟我出生入死。你们可以让他接管我派给你们的八百名士兵，他若不回他的部落，干个团长一点问题也没有。）"

钟铁军走近大牙说："You've been admitted. Do your job well.（你被录取了，好好干吧。）"

大牙既惊喜又担忧，问道："How about my brothers?（我的那些兄弟呢？）"

"I don't have time to think about them right now. We will talk about it after the ceremony，and go to work now.（现在没空考虑他们的事儿，搞完典礼再说，快去干活。）"钟铁军说。

路同和通过翻译对巴布扎将军说："Secretary Dai and I are going to leave Big Teeth in the General Command Department of A National Railway Construction of the Group Company.（我和戴书记要把大牙留在集团公司A国铁路建设总指挥部工作。）"

钟铁军"嗯嗯"地点着头，对巴布扎将军说："Commander Lu said that we should let Big Teeth play a good role at our division. Big Teeth will go back to the project department with me after he finishes the job here.（路指挥说，让大牙在我们分部好好发挥作用，等干完活跟我回项目部。）"

"OK!（好的。）"

"OK! That's good.（那就好。）"

戴国兴感到一阵疑惑，问钟铁军："大牙和将军都OK、OK什么呀？"

钟铁军说："赞成你们的想法。"

路同和多了个心眼，说："你可别糊弄我和戴书记，别欺负我们这些不会讲英语的人。"

钟铁军诡异地笑着说："将军说大牙可以先回项目部，把他带来的黑人劳工敲定完再说。"

钟铁军对路同和与戴国兴撒了谎，但俩人相信了他的鬼话。第三天，开工典礼如期举行。当地的黑人们从没见过如此宏大的场面。一大早，附近上万名民众像过盛大的节日，身着传统服装纷纷赶来，有的男人头上戴顶遮阳帽，在欢快的音乐声中载歌载舞，踏着节奏屁股扭动得非常卖力，简直热闹非凡。从工地选调来的几百名职工，全部统一着装，头戴安全帽，早早就列队入场了。他们等待着这一庄严的时刻。警察局和州政府的官员以及当地酋长、议员、村长已先期到达，夹道欢迎这位总统。他是这条铁路修复与新建的决策者和坚定的推动者。夫人随总统一同前来。在人群外下车后，由巴布扎、国家铁路局局长里斯克等陪同，沿着民众闪出的一条夹道朝主席台方向走去。后来，他的脚步停留在了工程示意图展板前。路同和、戴国兴与钟铁军早已站在那里迎候。总统高兴地指着示意图，问了许多工程方面的问题，路同和代表中铁局做了详尽的回答，并汇报了施组。总统最关心工期，要求铁路务必在二十四个月内通车，这是他对全国人民的承诺，严肃地问能否按期完成。路同和毫不迟疑地作了保证。因为他知道，这条铁路除了地处高原海拔，跨越河流、森林、草原和沼泽地外，设计时速一百六十公里的线路，施工难度并不大，完全能够组织好。

葡萄牙籍总监理莎菲亚是位中年白人女士，安全帽遮盖了她的一头银发。此时，她就挤在总统身边，等总统和巴布扎将军以及内阁部长们离开展板走向主席台后，她拉住钟铁军，说道："You Chinese are all crazy. It will take 15 years to complete such a difficult project in our country.（你们中国人都是疯子，这么艰难的工程，在我们国家要十五年才能完成。）"

钟铁军笑答道："We're not crazy, we're infrastructure freaks, the whole world knows !（我们不是疯子，是基建狂魔，全世界都知道！）"莎菲亚眨了一下美丽的眼睛，然后对着钟铁军嫣然一笑。

总统在开工典礼仪式上发表了热情洋溢的致辞。当天，各大新闻媒体就向全国发布了铁路开工的消息，引起了民众对这条铁路的关注与肯定。从这天起，路同和、钟铁军和项目上的所有人员都明白，工程推进一刻也不能再停滞。在上千公里的施工便道上，几千台各种各样的车辆，载满不计其数的物资设备和工人来往不绝。一座座矮小的褐色山梁，在机械轰鸣与喧嚣声中，被打开缺口拉成了铁路的路基轮廓。沿线几处轨排和轨枕厂，吊装起了大型龙门吊及搅拌站。蓝顶大跨彩钢房内，也安装上了先进的自动生产线。如果不是一群黑人劳工在工地上轮着铁锹干活，很难让人辨认出这是在非洲大陆还是在中国。

铁路路基延伸进了繁茂的森林。大牙第一个跑回远在深山的部落，规劝酋长把族群和村庄迁到铁路两旁去。那里不但有他们熟知且喜欢用来烹食的各种野生动物，还有一条穿过密林宽阔的青尼罗河，出了森林，上下游便是绿色的大山和草地。铁路桥梁将从这条大河上跨越过去。

"好吧，亲爱的孩子，"酋长欣慰地用土著语说，"我们的族群历来逐水而居，即使是现在这里人烟稀少，也没离开村落前面的这条小河，还有山上的林木。为了生存，马赛马拉草原上的牛羚群，都不惜丢掉性命，每年跨过马拉河去找最丰美的水草。既然铁路会给部落带来繁荣，那我们就搬过去。"

于是，酋长带领部落里的大人小孩，来到了森林里的铁路线旁边，伐木造梁，筑土为墙修建起房舍，不几日便形成了一个新的村落。

自这个部落建成以后，钟铁军发现，管区沿线两旁的新建村落越来越多。他很是好奇。一天上午去工地时，他顺便拐下路基，带上从物流基地回来的李小兵和大牙，去了一个尚未建成的新部落探访。酋长是位长者，身着一件兽皮做成的披风，头上戴顶插着彩色羽翎的高耸冠冕，一口白牙，拄一根用硬木雕刻而成象征权力的金杖。见钟铁军来，一群黑人男女和孩子围了上来。酋长只会讲土著语，由大牙翻译，问钟铁军部落里的男人能否去铁路工地打工。那些黑人家中的家当少得可怜，只有一口脏糊糊的黑铁锅和少许的碗勺。搬出来就可以改变以往打猎取食、以物易物的原始生活方式，男人们打工，每月能够获得补贴家用的固定收入。钟铁军应允了酋长，但要经过面试和培训。酋长面带笑容，叽里呱啦地说个不停。钟铁军问他为啥要把部落搬到铁路沿线来。酋长说他们原住在较远的山脚下，因为战乱很少与外族来往。现在重修和新建铁路，表明战争已经结束了，这才决定把部落迁移到这里来。钟铁军猛然明白，修建这条铁路在 A 国民众中的影响力是多么巨大。

大牙带来的那些人，应聘的职位大多是司机。而工地迫切需要的却是机械手、测量工、工程师和普通工人。面试下来，一半人不符合标准，被钟铁军刷掉回到了部落。不过，他们已不再回到原先那个偏僻的地方，而是回到临近铁路森林里新建成的村庄中。大牙在招录的人中推荐了一个叫杰姆斯的男人当头儿。那人年轻力壮，五大三粗，能把留下来的黑人劳工管教好。他和被招录的族人被混编到了安保国和张放的劳务队中。后来才知道，杰姆斯是大牙的堂哥。

王子浩和刘柱没赶上开工典礼。大牙把他们从医院接出来回到工地时，已经到处热火朝天。钟铁军把王子浩狠狠骂了一顿，告诫他不得再去寻找夜明珠，分工让他当副经理兼管碎石场建设，第五小刚任副经理兼总工，李小兵任物资设备部长。钟铁军对大牙说："When the soldiers, the demining engineers and the security guards are here, you can be the contact person between the army and the tribe. You can't let the soldiers and the security guards go wrong here. You can go to General Barbuza when necessary, he's good to you.（士兵和排雷的工程兵、保安都来了以后，你就作军队和部落间的联系人，不能让士兵和保安在咱们这儿出岔子，必要时你去找巴布扎将军，他对你很好。）"

大牙嘻嘻地笑着说："This is what I'm good at. I can handle the General, the soldiers and the security guard. I would like to be at your service.（这可是我最拿手的工作。将军、士兵和保安我都可以搞定，我愿意为你效劳。）"

在去工地的路上，吴大友则劝王子浩："王经理，夜明珠能当饭吃吗？咱能不能以后不去找那玩意儿？"

王子浩说："嘁，你懂啥。夜明珠能卖大价钱，找到一颗咱啥也不愁了。你跟我好好开车，有了钱我带你一起移民。"

吴大友摇头说："我父母和老婆孩子都在国内，我不移民，国外有什么好。"

王子浩说："国外不好，那些有钱人为什么都不在国内待？傻死你吧，没见过世面。"

打这时起，吴大友从心里再也瞧不起王子浩。他认为作为一名央企员工，不该起这种念头。回到项目部后，吴大友找钟铁军，让给他调个车。钟铁军问为啥，吴大友把王子浩想找夜明珠卖钱移民的事说了出来。钟铁军把这事记在了心里。过了很多天，项目部人员还没起床，钟铁军敲开王子浩宿舍的门，进去后一把撩开他的蚊帐，套他说："哎，我发现一座山上有夜明珠，你跟不跟我去把它弄回来？"

王子浩当时还迷迷瞪瞪，一听夜明珠便来了精神，直目瞪眼问："在哪？我跟你去，咱现在就出发。"说着，慌里慌张找衣服穿。

钟铁军顿时火了，扯住裤腿把他掀翻在床上，骂道："找你个球。想靠夜明珠发家是不是？"

王子浩直喊冤枉，穿好衣服跳下床来，说："你呀你，如果有，咱何必不要呢？遇到识货的，卖个好价钱。卖不出去带回国当个玩意儿，每天夜里看个亮光心里也痛快。"

钟铁军气得不行，说："从今天起，你带人去建碎石场。先找石源，看哪里的石头符合道砟标准，别找不到夜明珠再被地雷炸死。"

赵清雅的宿舍夹在钟铁军和王子浩办公室兼宿舍中间。他俩说的这些，隔着彩钢板墙能听得一清二楚。刚洗漱完打开房门，钟铁军正好从门口路过，她站在门口问刚才咋了。钟铁军说没啥，让她别管闲事。赵清雅嗔怪地"嗯"了一声，向他汇报说项目部账户上没钱了，提出来的现金仅够伙食费，集团工程建设指挥部又打不来计价款，月底马上要给员工发工资，请示他咋办。钟铁军沉闷半天，只说句"知道了"就没下文了，赵雅清在后面又问了一句："工资表做好了，用什么发啊？"

钟铁军确实无法给赵雅清一个确切的回答。他清楚博顿公司没付款，路同和与戴国兴就没钱拨付给各项目分部，但劳务队上场以来完成的计价和铁路需要征用的大量土地，没钱是难以解决的，他担心工地刚掀起的大干高潮，会因资金短缺停下来。早饭后开完例会，把一天的工作安排好，钟铁军拿手机打给路同和，问能不能给拨些资金。路同和在电话里发火，称他还在发愁呢，博顿公司不但不支付工程款，还发来了调运设备书面通知，叮嘱钟铁军一台都不准调走。



钟铁军说："我早预料到了。现在看来，他们违约可能性极大。之前他们已经三次去物流基地和转运站强行拉运设备。我在国内跟夏董说过，要想干得顺，必须成为直接与军办签订合同的总包方。"

开工典礼后的那些日子，博顿公司一直焦头烂额。他们自己独立承担的项目工期严重滞后，承诺的资金始终没到位，引起各方不满。尤其这条铁路，答应的融资规模太大，快把他们压趴了，于是决定把铁路转给能够带来资金、有实力的其他企业。除了拨给集团指挥部的一千万美金用于开工典礼，其他计价款分文未付。半个月前，舒其瑞按照集团指示，几次带人开着吊车、拖板车到物流基地、转运站打算强行调运设备，可钟铁军对李小兵有过交代，他和基地其他项目分部的人员早有防备，双方发生了激烈的争执，博顿公司最后以行动失败而告终。现在，博顿公司要对铁路下手了。

在一个雨过天晴的下午，路同和接到了舒其瑞打来的电话。"路指挥，物流基地和转运站的设备你们的人员不给调，还差点打了我们的人。我方提供给你方铁路项目使用的上百台自卸车、挖掘机和发电机，天黑之前务必让我方调走。如果不答应，我方将调动部队强行运出，而且不再支付计价款和核定的工资，谁阻拦就抓谁。我方调运设备的吊车和运输车已在去工地的路上，请你马上通知现场。"

路同和本想与舒其瑞进一步沟通，但对方挂断了电话，根本没给他机会。路同和收起手机，去找戴国兴和指挥部其他领导共同商量。博顿公司提供的大部分机械设备，都在国际公司分部工地上。戴国兴建议赶紧通知钟铁军加强应对。钟铁军回他话说，不给支付计价款和工资，一台设备也不会让他们调走，让路同和与戴国兴等待消息，要做好不可能再继续合作的思想准备。撂下电话，钟铁军边乘车往工地跑，边通知王子浩、第五小刚、安保国、吴大友、张放、刘柱、大牙、杰姆斯到指定地点集合。数千民工和当地劳工仅一袋烟的工夫，便呼啦啦聚集到了一块。第五小刚命司机将少量停在驻地院子里等待维修的设备开到路基上，然后职工和民工们在路基下依次排开，站成一堵人墙，挡住了上工地的路口。

钟铁军把大牙喊到跟前，说："Big Teeth，bring all the soldiers and security guards in here in case there were a conflict. But we're not acting if they are not, understand?（大牙，你把随队的士兵和保安都召集到这里来，以防发生冲突，但对方不动咱们不动，明白吗?）"

大牙咧嘴笑笑，说："I'll call up the soldiers and the security guard. I'll also call Chief Combe at the police station and the security commander department, asking them to send a patrol car here.（我会把士兵和保安召过来，并且会给警察局康姆局长和保安司令部打电话，让他们派巡逻车过来。）"

接着，大牙跟堂哥杰姆斯咿咿呀呀地说了好一会儿。杰姆斯马上把黑人劳工聚拢在一起，比比画画像要围猎一个狮群，那些黑人即刻"噢噢噢"地吼叫开来。

钟铁军走到安保国和张放、刘柱身边，问道："等会儿有人来调设备，万一士兵和保安带着枪来抓人，你们不要怕。"

刘柱憨憨一笑，说："害怕个球，让他们先抓我。就是杀了我，也不会让他们的车挪出工地半步。"

安保国说："行了，刘柱。你还是个小屁孩，没找老婆呢，有事轮不到你，等会儿你躲得越远越好。"

刘柱执拗地说："医院把我伤治好了，往后躲对不起我婶。"

张放推他一把，说只要不给钟铁军添乱就谢天谢地了，别再惹是生非。此时，吴大友始终站在钟铁军身后，万一发生冲突，他会全力保护钟铁军。

舒其瑞没料到，打给路同和的那个电话，让对方有了足够的时间准备。他亲自带车来到工地，见钟铁军等人在场，职工和民工组成的人墙封堵了路口，吊车和拖板车只好停在路边等候。舒其瑞与钟铁军、王子浩等人打了一阵子嘴仗，一个要钱，一个要设备，争执不清。舒其瑞指挥开吊车和拖板车的黑人，要强行硬冲。杰姆斯带黑人劳工冲到吊车与拖板车前，用土著语跟黑人驾驶员辩理，随即把黑人司机从车里拽了下来，博顿公司其他人也被民工们团团围住，双方表现出剑拔弩张的架势。

舒其瑞感到敌众我寡，急得原地转圈，他利用与军方建立起来的联系，先拨通了军队某部的电话，显然不是巴布扎将军。之后与钟铁军扯起皮来，暗暗等待军队的到来。钟铁军猜出他在调动军队，也命大牙抓紧联系附近的随队士兵，并通报给巴布扎将军。整整两个多小时，舒其瑞调动的七十名士兵带着枪，乘军车赶来了，枪口对准了现场员工。不知哪个家伙扣动了扳机，“嘣”地一枪射向了空中，众人在惊诧中往后退了几步。



杰姆斯跟大牙朝那名士兵走去。大牙从士兵手中夺过枪，用土著语说自己也是正儿八经当兵的出身，并且是巴布扎将军的得力助手，参加过对外作战，劝那黑小子不要对现场人员鸣枪示警。说着，枪口朝上“叭叭叭”一个连射，将枪里的子弹全打光了。那名士兵看到这样的情景，顿时愣在了原地。大牙把枪使劲砸在了他的胳膊上，说：“Put the gun away，brother，or you’ll be in trouble.（兄弟，把枪收起来吧，不然你会有麻烦的。）”

杰姆斯瞪了那家伙一眼，指着身后说：“This is our construction site，and my tribe is on the other side of the forest. Do you want to be shot dead by the random arrows?（这是我们的工地，我的部落就在森林那边，你想被乱箭射死吗?）”

其他士兵见状都像泄了气的皮球。这时，随队士兵和保安，在大牙的召唤下端着枪赶到，远处也传来了巡逻车警笛的鸣叫声。员工和荷枪实弹的士兵、保安从外到内形成三层合围，将舒其瑞调来的部队堵在了中间。双方士兵彼此认识，但他们在执行各自的任务，因此表情严肃，互不相让，拉动枪栓的声音与双方人员相互指责的声音声混成了一片。

剑拔弩张的武装对峙足有两个小时。太阳落山后，天逐渐黑下来。舒其瑞见继续僵持无济于事，就通过卫星电话请示集团，草草收兵撤离了工地。王子浩、大牙、杰姆斯、安保国、张放、刘柱等人和黑人劳工们一片欢腾。

大牙把随队士兵和保安打发回了各自的地段，告诉他们谁要对工地造成危害，就狠狠惩罚谁。当然，最高兴的莫过于钟铁军。他当即给路同和打电话报告说，工地设备保住了。路同和与戴国兴把电话打回国内，向夏江汇报说钟铁军在这场设备保卫战中立了大功。

钟铁军清楚，双方的合作不会再往前走。那又会是怎样的一种情形呢?结局只有一种，双方进行彼此的资金与资产清算，此外别无其他选择。

# 第六章

八月的东非高原，不时传来隆隆的雷声。眨眼之间，大雨伴着雷声从天而降。霎时间，野外一片汪洋，道路上水流成河。旱季里几近干涸的河水暴涨，淹没大片农田，数百公顷的土地浩波荡漾。河边路旁的村落，家家户户四面环水，一间间房屋独立于水中，简单的木桥连接着房屋与道路，俨然一个水上村庄。

雨越下越大。铁路沿线多个施工队驻地和轨排厂、轨枕厂及搅拌站也被洪水淹没与围困，工地成为泥沼，所有机械设备动弹不得。与博顿公司的矛盾和纠纷在逐步升级，由最初的分歧、争议到后来的对峙，各执己见，拖而未决，工地不得不停工待命。

“Hey，guys，are you staying or going back to the tribe?（嘿，伙计们，你们留下来还是回部落?）”杰姆斯将一块伞盖大小的塑料布撑过头顶挡雨，蹚着积水，在雨中边走边对黑人劳工们喊，“Anyway，I’m not leaving. No matter how long it takes for us to get back to work，I don’t want to go back to the tribe. At least we can have delicious lunch here.（反正我不走，不管多久复工，我也不想再回部落去，这里起码有可口的午餐。）”

黑人们躲在路基下面的密林里，六神无主。听到杰姆斯的建议都表示愿意继续留在工地。“That’s good. You have to obey my management. If you decide to stay，I’ll report to Manager Zhong and Captain An Baoguo.（这样很好！你们得服从我的管教。如果留下来，我就去向钟经理和安保国队长报告。）”杰姆斯说道。

因为他们是当地土著人，身边不用士兵跟随，匪徒从来不抢劫黑人。安保国和张放蹲在驻地彩钢房内，面对突如其来的停工更加挠头。从国内跟随他俩来的一百多名壮劳力，还没有拿到前两个月的工资，现在又要停工。他们弄不清事情的原委，冒雨堵在门口，质问安保国和张放工程到底还干不干，什么时候能发工资，家里等着寄钱回去给孩子交学费。张放站在门内，怕民工们淋雨得病，邀他们进屋，可那些人站在雨中不动，只等安保国答复。安保国很郁闷，走到门口说道："大家别吵好不好？什么时候复工我也不清楚，欠你们的工资一分也少不了。愿意留下来接着干的，可以跟我去轨排厂帮工。谁想回国可以提出来，我帮你们买机票。"

民工们见他这么说，不再吭声。张放劝大家各回各的宿舍歇着等候通知。人散去后，张放说："这么闲着稳不住他们，找我表哥看能不能要点儿钱，先把工资给大家发了。"

安保国寻思良久，说："指挥部不拨款，你表哥从哪儿去弄钱，他又不是开银行印钞票的，没准比咱还发愁呢，等等再说吧。"

"行，有空我先去问问表哥。"张放说。

这当口，刘柱正在驻地门卫室，与两名随队士兵和大牙一起躲雨。他从小就对枪感兴趣，从其中一名士兵肩上摘下枪，端在手中来回摆弄，并对着门外的密林瞄准。他不知道枪的保险开着，用力一勾板机，子弹"叭"地飞出了枪膛。枪响过后，却发现杰姆斯站在大门口，双手举过头顶，嚷道："No！No！You want my life？I didn't break any law.（不！不！你是想要我的命吗？我没有犯法。）"

大牙和两名士兵都惊呆了，迅速从刘柱手中夺过枪。刘柱被杰姆斯的身影和自己勾响的枪声吓傻了，全身麻木地站在那里一动不动。杰姆斯走进来，瞪大眼睛看他，说："My God，it's you，funny man？Can your dick still hold up your crotch？(我的天哪，怎么是你？没谱的小伙子，你的老二还能把裤裆撑起来吗？)"说着，杰姆斯和大牙及那两名士兵哈哈大笑。

刘柱听不懂，一个劲儿地点头道歉，用手比画着让他们学说汉语。大牙磕磕巴巴地说了句"好的"，然后用英语说："You haven't been a soldier，don't mess with the guns in the future. It will kill lives，unless you want to go to prison.（你没当过兵，以后不要乱动枪械，这会要了人命，除非你想进监狱。）”

枪声震惊了驻地所有人。黑人劳工成群结队来到驻地门卫室。劳务队有人以为劫匪来了，躲到屋里不敢出来。有的则慌慌张张冲出帐篷朝后面跑，翻过围栏钻进了密林。安保国和张放听到枪声浑身一紧，急匆匆跑出来，问谁打的枪。刘柱不敢吱声，两名士兵指着他打手势，安保国和张放看懂了是刘柱所为。大牙故显轻松，用英语说：“The gun went off, and luckily it missed my cousin.（枪走火了，幸好没打中我堂哥。）”

安保国把刘柱拽出来，绷着脸一脚踢在他屁股上，骂道：“找死呀你，滚回屋里去。”

杰姆斯用身子挡住刘柱，说道：“Never mind, we're used to the gun shooting and flying bullets. It's his first shooting. He didn't hurt anybody. Just let him go.（不要紧，我们都习惯了枪响和子弹乱飞。他是第一次打枪，没有伤人，就饶过他吧。）”

黑人围了过来。张放问咋都来了？杰姆斯解释称，黑人劳工都愿意留下来继续工作，随时可以安排他们干活。安保国很感动，让翻译说：“Good, then stay. We get to work if there's work to do; if not, we can teach you how to work.（好，留下来吧。有活干活，没活跟着我们学习，教你们怎么干。）”

后来的日子，安保国除安排几个民工与士兵一起看守工地外，把所有黑人劳工集中在一起，蹲在密林树荫下，亲自给他们讲授施工课。再后来，张放让从国内来的人员带来一些光盘，每天晚上在队里播放些武打片，不但民工和黑人劳工看上了瘾，还引来了附近的村民，有的竟嚷着要学中国功夫，整个队的中外劳务工都稳住了，但这并没有真正解决全线的停工问题。

张放去项目部找钟铁军，朝他要整个队的工资。钟铁军很为难，把隔壁的赵雅清喊到办公室。一谈钱，赵雅清急哭了，说项目部连吃饭的钱都快没了，哪有钱给劳务队发工资？张放很不好意思，哭丧着脸要走，被钟铁军拉住，告诉他手头没有钱，正向公司写报告请求资金支持，但钱何时能从国内汇来不清楚。临走时，钟铁军把自己的银行卡拿给张放，让他把卡里的钱提出来，先把黑人的工资发了，剩下的再给国内民工发，如果不够每人少发点，以后再补。

张放正要出门，王子浩从外面回来，瞅着他手中的银行卡，问从哪里弄的。张放说钟铁军给的，让拿去给民工发工资。他不信，用疑惑的眼神扭头瞧赵雅清和钟铁军。赵雅清说："这是经理个人的卡。现在是最困难的时候，你也应该把自个儿的钱先拿出来紧工地用。"

王子浩假装哭穷，说："没钱也不是咱们的错。再说我真没有钱，有钱也不够民工糟蹋的，还是算了吧。"

钟铁军指着他连骂带臊，说："你个财迷的玩意儿，用你一分钱就像割你身上的肉。钱是你祖宗啊，把这么死？现在不拿出来应急，你别后悔，以后用钱别找我和雅清。"

王子浩说："行行行，让雅清先把我工资扣了应急吧。"

赵雅清说："项目部也没钱发工资，你让扣也扣不了啊。"

张放把这一切都看在眼里。他认为王子浩是个靠不住的人，便没再说啥，出屋开着皮卡回队里去了。当天下午，民工和当地黑人听说要发工资，高兴得手舞足蹈，"嗷嗷嗷"地叫着在围栏里跳起舞来。这个消息很快传到附近的村庄，霎时来了一群年轻的姑娘。她们双手扒住围栏，露出雪白的牙齿，频频朝排队领工资的男人们微笑示意，并大呼小叫与之挥手。刘柱不懂男女之事，站在院子里奇怪这些女人来干啥。

大牙边朝围栏外张望，边对姑娘们挤眉弄眼，说："Well，they like men who can earn money，and we can enjoy life later. It will be a wonderful，intoxicating moment.（啊，她们喜欢会挣钱的男人，等一会儿我们可以去享受人生了，那是很美妙、很令人陶醉的时刻。）"

安保国安抚完国内的民工，在院里维持着上百号黑人劳工的秩序。张放和从国内外聘来的男会计则站在彩钢房内，门口挡了张桌子。他俩一个叫名字，一个按照花名册点数现金，把钱发到每个人手里。那些领到钱的黑人劳工，咧着大嘴哈哈笑着，立马冲向院外的围栏。其中有几个男人当即把钱塞给了头上梳着好多条辫子的姑娘们，然后搂着她们离开了驻地。

大牙和杰姆斯排在最后。他俩拿到钱后，安保国让大牙把钱送回家改善家人的生活。大牙两眼盯着钱，说："This is the money earned by my hard working. I' m not like those people who go to play with women whey they have money，I' m going to make a good life for my family.（这是我的血汗钱。我不像那些人有了钱去玩女人，我要让我的家人过上好日子。）"

安保国让翻译问杰姆斯："James, how do you spend your money?（杰姆斯，你的钱怎么花呢?）"

杰姆斯笑笑，说："Oh, I'm not married yet, and I have no children. I also need women, but never spend all my money on women. The women here are casual and cheap. If you have no cash you can pay on credit. So, I'll leave half the money for my family, and I'll have fun with the rest. That's it.（哦，我还没结婚，也没孩子。我也需要女人，但从不把钱全部花在女人身上。我们这里的女人很随便，也很便宜。可以没有现金，也可以赊账。所以，我会留一半钱给家人，剩余的我会用于享乐。就是这样。）"

安保国说："This is not good. Especially the salary paid to you is from the private money of our managers this time. If you go to find women after you get paid, we'll consider how to pay you next time.（这样不好。特别是这次发工资，是我们经理自己掏腰包给你们支付的钱。下次若领了工资去找女人，那就要考虑如何给你们发。）"

大牙和杰姆斯都明白了他的意思。杰姆斯羞愧地说："Well, I'm going to talk to those guys and let them know that the money doesn't come easy.（好吧，我要教育教育那帮家伙，让他们知道钱来得不易。）"

那一夜，大牙跑回部落，把钱送回了家中。杰姆斯则将一半钱给了家人，另一半在外面跟女人厮混到很晚，而好几个黑人劳工一夜未归。安保国明知他们去找女人了，但毫无办法规劝。第二天一早，安保国、张放、刘柱和随队翻译开着皮卡车要出门，突然来了个黑皮肤、蓝眼睛的姑娘。很明显，她不是当地纯正的黑人，是个混血。她用身子挡在车前不让挪动。刘柱走上前问为啥挡路?可那姑娘只会讲土著语，谁也听不懂。安保国把大牙找来。大牙与姑娘说了几句，跑回帐篷叫来杰姆斯，叫他把姑娘劝走。杰姆斯走到姑娘面前，用土著语嘀嘀咕咕，但姑娘始终不肯离开，边嚷边朝他伸手要钱。大牙问道："Did you pay on credit for her last night?（你昨晚赊她账了吗?）"

杰姆斯犹豫了一下，说："Yeah, I paid her on credit. I'll pay her when I get my salary next time.（是的，我赊了她账，下次发工资再给她。）"

大牙生气地说道："No! No! You sleep with her, but you don't pay. Jesus, are you really my cousin?（不！不！你睡了人家，不给人家钱。老天，你还是

我的堂哥吗?)”

杰姆斯低着头，说钱用光了，没办法。姑娘嘴里嘟囔个不停，把手伸向了刘柱。安保国让翻译问大牙，那姑娘要多少钱？大牙说五美金就够。安保国气恼地从口袋里掏出钱递给杰姆斯，让翻译对他说：“James，you said you would talk to the others about this，why don't you talk into yourself first? If this happens again，there will be no place for you here. Send her away.（杰姆斯，你还说要教育别人，咋不先把自己教育好？以后再有这种事，这里就没你的岗位了，赶紧把她打发走。）”

杰姆斯把钱塞到那姑娘手里，姑娘拿到钱笑嘻嘻地躲到了一边。张放让翻译告诉杰姆斯说：“I'm going to take back the five dollars from your salary next month and give it back to the Captain. Big Teeth，you've got to discipline your romantic cousin.（我要从你下个月的工资里扣回这五美金还给队长。大牙，你要好好管教管教你这位风流堂兄。）”

大牙摊开双手说：“He's an adult. He won't listen to me. The grown-up men of our tribe all find women.（他是大人了，不听我的。我们部落的成年男人，都会找女人。）”

张放生气地骂他啥玩意儿，说这样的风俗不可理解。钟铁军听说了这件事。他把安保国和张放叫到项目部，说：“要知道黑人发了工资去找女人，我那张卡就不该给你们。”张放辩称他和安保国也没想到黑人会这样，穷得要死还不懂得存钱。

王子浩听到吵吵嚷嚷，转身拐进钟铁军办公室，说：“咱救急不救穷。以后能不用自己的钱给黑人发工资，尽量不用自己的钱，那是肉包子打狗有去无回。”

安保国说：“王经理，还没用你的钱呢你就发牢骚。真用了你的钱，我们施工队可就不能活了，快把你的钱守好，一分钱也别往外借。”

王子浩说：“哎，保国，我没说不借给你钱。你要自己用钱尽管开口，我没钱再找你们队里要嘛。”

这种状况一直持续了几个月。整条线减少了管理机构，项目部和施工队能合并的合并了，人员该压减的也压减了。项目部想出许多办法展开生产自救，甚至带领当地黑人用种菜的方式来维持稳定，以度过困难时期，但与博顿公司的清算，仍然是一场中等规模的拉锯战。安保国劳务队顾及与钟铁军是同村人的面子，安分守己地听候项目部的安排，黑人劳工们也很争气，这令钟铁军很宽心。而那些几个月领不到工资的中方劳务队，可就不像安保国的队伍这么安分了。

再一日，钟铁军接到路同和的电话，声音火急火燎，像天塌了似的，通知他立即赶往中国驻 A 国大使馆。他当时很蒙，问啥事儿。路同和说："你们项目分部国内来的桥梁劳务队，因工资没有及时发放，三十个人跑去大使馆上访静坐了。你啥也别干，赶快带人先把他们接回来。这是命令，听清没有?"

钟铁军又气又恨，铁青着脸说知道了。当即把王子浩、第五小刚、赵雅清、吴大友等人叫到会议室，问赵雅清保险柜里还有多少钱。赵雅清说："加上伙食费不到五十万。"

"都带上。"钟铁军说，"你也跟着去，现在就走。"

钟铁军吩咐第五小刚留在项目部，与他们保持联系。这空当，大牙随张放来项目部办事还没回队里去，钟铁军便安排他开车带路，拉着自己和赵雅清以及一箱子现金准备出发，让吴大友拉着王子浩一同前往。王子浩不以为然，说民工爱去去呗，谁也没拦着他们，跑去上访还让去接，真有病。他要去寻找石源，不想去大使馆。赵雅清满脸不悦，说："王副经理，你不跟着去，我和经理还要带那么多钱，万一出个岔子，我们连个帮手都没有。"

钟铁军瞪着他，心烦意乱地说："好好好，去寻找你的石源吧，我用不起你。"憋闷片刻又鄙视说，"看你那样儿，一点敏感性都没有。在国外干活，民工上访是大忌，不及时处理会酿成政治事件，影响国与国之间的关系，懂吗?"

大牙很乐意干这个活儿。他十分清楚当地的治安状况不好，问："Boss, do you need to get two soldiers to follow us?（头儿，需不需要叫上两个士兵跟我们押车?）"

钟铁军说："Do you need a soldier as you drive?(你开车还用得着士兵吗?）"

大牙说："I don't have a gun, I'll have no way to deal with the robbers on the road.（我没有枪，路上遇到劫匪我可没招儿。）"

王子浩催大牙，说："You go and borrow a gun from a soldier or a security guard. Don't forget the bullets.（你去找士兵或保安借支枪来，别忘了子弹。）”

大牙听后，跑去门口找到警戒的士兵，借了支冲锋枪提在手中，又从那名士兵身上摘下一挂装好的子弹斜挎在肩上，以确保途中的安全。

很多事情就是这样，你准备好了未必会发生，不准备时往往又会突然出现。大牙身上挂满了子弹，枪放在两个前座的中间。赵雅清坐在后面，望着横在她身边乌黑的枪口直害怕。收音机里正大声地播放着非洲歌曲。大牙单手把住方向盘，伴着歌曲节奏摇头晃脑，透出了黑人天生的快乐本性。

钟铁军没理会他，思考着怎样处理好这批上访的民工。赵雅清则担心遇到劫匪，不时扭头看放在后座上装满钱的箱子，想万一被劫就全完了。几个小时以后，他们的越野车顺利到达了首都，什么事儿也没发生。路过前方的检查站时，车被堵住了。从前面走来一名手里拿着警棍的胖警察，他让大牙把窗玻璃落下去，然后将头伸进来窥探，发现了坐在车里的钟铁军和赵雅清。本想张嘴说什么，又见车上不仅放着枪，大牙身上还挂着一长串子弹，脸色马上就变了，很客气地朝他们笑笑，说：“If you have business to do in the capital, you must hurry and leave without wasting your precious time.（你们如果去首都办事，那就赶快走吧，不再耽误你们宝贵的时间。）”

大牙把头伸出窗外，指着后面说：“The SUV was with us and let him go.（那辆越野车跟我们是一起的，也放它过去。）”

“Alright. You've got Chinese in your car, no one will bother you.（好吧。你车上有中国人，没人敢惹你们。）”胖警察说。

“Dude, you're such a talker.（老兄，你真会说话，）”大牙风趣地说，“The local people often rob the Chinese, they are not afraid to provoke the Chinese, but dare not provoke the gun around me, I am right?（当地人经常打劫中国人，他们不是不敢惹中国人，而是不敢惹我身边这杆枪，我说得没错吧?）”

胖警察边催促前面的司机快开车，边扭头朝大牙挤眼睛，说：“You've got balls. Those idiots in front of you have cleared the way. Just leave fast.（算你有种。前头那些蠢货把路让开了，你快开吧。）”

三个黑人青年站在车旁，其中一人手里提着长长的包裹，里边明显藏着东西。他们边听大牙与警察对话边交头接耳。钟铁军瞅着三人的表情与动作，预感情况不是很妙，催大牙赶快走。大牙不屑一顾，说：“They're just punks. They dare not do anything. Don't be afraid. （他们不过是小混混，不敢怎么样，不用怕。）”

说完，咬着牙故意朝车外那三个青年亮了亮挎在身上的子弹，并用右手对准他们做出开枪的姿势，嘴里还“叭”地发出一句声响。

大使馆大门禁闭，门口有黑人哨兵站岗与巡逻，门外挡着一排预防恐袭车辆冲撞的防护装置。那装置用很粗的树干拼接而成，上面错落有致地钉满了用钢筋加工的尖刺。钟铁军发现三十个民工，三五成群蹲在使馆外的树荫下说笑，有两个民工站在传达室外的窗户下，正与工作人员交涉。钟铁军气得脸色发青，让赵雅清和大牙在车上看守钱箱，命吴大友开车去寻租一辆大巴等候拉人，然后与王子浩一起跑到门口联系使馆经商处，工作人员将他俩放了进去。民工们见钟铁军来了，情绪很激动，从地上站起来，拥向门口堵他。

大约半个小时，大门开了。钟铁军和王子浩刚从使馆出来，便被民工们团团围住。钟铁军问民工是谁带头跑到这里来的，民工们七嘴八舌称没人带，是自己主动来的，拖欠工资长达几个月，只好来找使馆，总有说理的地方。

王子浩说：“咱们出来代表国家，别在这儿静坐，丢不起国家的脸。”那帮人不听大道理，追问什么时候给解决问题。钟铁军问他们队长为什么没来。一个年轻小伙子说：“噢，你说我们于长山于队长啊，他让我们来的。”

钟铁军压住心中的怒火说：“好，不管谁让你们来的，咱们先离开这里去转运站，到了那里你们把诉求说出来，能当场解决的当场解决，怎么样？”

有两个刺头挥动胳膊嚷着不走，要求当场解决。王子浩说：“行，谁去转运站谁就能拿到工资。”

听到这话，一些民工含糊了。钟铁军听到有人低声嘀咕：“咱们跟他俩走。在这儿也闹不出啥名堂来，去转运站发不了工资再回来。”于是，民工们嚷着叫着，称如果骗他们不兑现，会打着横幅来使馆。

李小兵接到钟铁军的电话，当时就腾好了会议室。大巴车开进物流基地转运站后，他将钟铁军、王子浩和民工领了进去。民工们火气很大，站没站相，坐没坐相，嘴里不停地发牢骚甚至谩骂，又拍桌子，又踢凳子，对钟铁军和王子浩大发脾气。吴大友和赵雅清提着钱箱在前，大牙端着枪跟进来，坐在民工后面，右腿翘在凳子上，手中的枪竖在大腿上，破旧的拖鞋露出几个脚趾头，用一种凶狠的目光扫视着每个人。民工们见他身上背着长串子弹，以为他是士兵，心里有些害怕，都瞪大眼睛哑然了。钟铁军怕民工们逆反波动，催大牙到外面去。大牙笑着说："No! I' m an honest man. I' m not going to do anything to them, just let them know that our guns can kill people.（不！我是个老实人，不会对他们怎么样，让他们知道咱手里的枪能打死人就可以了。）"说着，故意"哗啦"一声拉动了枪栓。

王子浩借机说："他是个脾气很暴躁的家伙，在战场上打死过不少敌人。他的枪子儿不长眼，大家千万别激怒他。"

民工们瞥着他窃窃私语。钟铁军指着吴大友和赵雅清说："我今天代表集团指挥部和项目部，带着办公室管机票的，财务管钱的会计来给你们解决问题。要回国、要发工资都可以，你们有啥意见现在可以提。赵会计，把箱子打开。"

赵雅清站起来，费力地将箱子上的两个锁扣打开，又将箱子转了个个儿，让民工们看到箱子里面是货真价实的钞票。王子浩说："这些钱是项目部的伙食费，外加经理和我们几位个人的钱。经理说不吃不喝也要把大家的工资给发了，这样还不行吗?"民工们安静下来，一脸自责的神情。

民工上访终于平息下来，他们又重新回到了工地。钟铁军问民工，于长山为什么叫他们去使馆上访。民工说于长山逼着大家签字，不来的拿不到工资，所以就来了。钟铁军这才明白原来是于长山挑拨队里的民工。"这兔崽子。"他恼怒地骂出声来，甚至想回到工地，把于长山的桥队直接打发回国。吴大友说："经理，我带人去找姓于的，给他点教训。"

钟铁军想了想说："算了吧，事情过去后再说。"

路同和与戴国兴接到使馆上访问题处理结果情况报告时，俩人正在集团工程建设指挥部处理另一起上访事件。路桥分部国内来的一家施工队，也因工程款不到位导致拖欠劳务队工资，上百人到国家铁路局里斯克局长办公室上访、静坐，造成恶劣影响，引起A国政府、国家重建办公室和军方的高度关注。把他们接回来后，指挥部和分部共同组织几轮谈判，均无结果。那帮人根本不理，大呼小叫，情绪愤怒到极点。有的提出要钱，有的联名申请回国，连续两天在办公区和食堂吵闹。好端端的集团工程建设指挥部被搞得乌烟瘴气，令路同和与戴国兴焦头烂额。最后一轮谈判实在无法进行，路同和生气地起身要离开，被民工堵在了食堂门口。混乱中不知哪个家伙用钢筋横扫过来，划在他头顶上，当场流了许多血。

杨琳和汪静听说指挥长受伤，提着急救药箱，叫了几个医护人员匆忙赶到指挥部。路同和被几名职工守护在宿舍，满头是血，捂住伤口的手已被染红了。杨琳与汪静用剪刀剪去伤口周围的头发，蘸着碘伏和酒精帮他消毒和包扎。路同和并没喊疼，只恨得咬牙切齿。杨琳说：“哎呀，指挥长，你与民工发生冲突划不来，那些人素质低，不管不顾，还不是自己吃亏。”

路同和说：“我也不想管他们的事，但他们去静坐上访，影响太坏了。谁让我是指挥长呢。铁军不是也去使馆接他们分部的民工了吗？他不当项目经理，哪用操这份心？”

汪静说：“是呀，都是为了咱央企往外走。受的这种洋罪谁能理解？”

杨琳边收拾好药箱边说：“我家那口子在首都还没回来呢，天天替他担心。”

几个人正聊着，路同和的手机响了，是钟铁军打进来的。路同和心中的气没处撒，就对着手机大发脾气，勒令钟铁军必须管住所有带出来的劳务队和在当地雇用的黑人劳工，并称已向集团董事长夏江发了紧急电报，与博顿公司的纠纷到了非解决不可的地步。钟铁军在电话里告诉路同和，自己还在首都，想去找找巴布扎将军，请国家重建办公室重新梳理协调与博顿公司的合同和经济关系。路同和赞成钟铁军的想法，催他抓紧去，盼着能有个好的解决办法，尽快结束这种停工待命的艰辛、尴尬、进退两难的被动局面。

实际上，全线停工是中铁工程局被逼无奈慎重做出的一项决定。路同和暗暗钦佩钟铁军的智慧，先前他早已把博顿公司看穿了。自停工之日起，路同和便以集团公司工程建设指挥部的名义下发通知，鉴于博顿公司的工程款一直不能按合同支付，导致停工、停机、待料与待配件的现象极其严重，成本大幅增加，要求各分部和施工队做好所有基础资料，以便跟博顿公司进行清算。与此同时，他和戴国兴带上钟铁军再次去物流基地找了舒其瑞。

谈判还是在原来的会议室里进行。路同和有礼有节地说：“按照现场计价，付清所有工程欠款，并全部结清所欠职工工资和劳务费后，可以根据双方签订的合同协商解决处理现场物资设备等问题。”

舒其瑞说：“我们要调回部分设备，你们不予配合。现在找我们要钱，我做不了主啊。说实话吧，铁路项目资金需求量太大，我集团确实没有融到资金，只有把有限的资金和要素，集中到重点项目打歼灭战，不然博顿公司在A国全盘皆输，名誉扫地。这一点希望你们能理解。”



戴国兴质问道：“你的意思是说工程款无法支付了，对不对？”

舒其瑞说：“可以这么理解。能不能支付，这要看博顿集团给铁路项目账户单独拨不拨款，我想这种可能性不大。”

钟铁军说：“舒总，我想问你们从政府获得的那笔工程款用到哪里去了呢？”

舒其瑞斜眼看了看他，说：“这本来是商业秘密，不妨在此透露一下。我方给你们拨不了款的原因，是因为A国大量项目上马，政府资金和工程款已经捉襟见肘，我们也只好把收到的那笔款项，先付给国内来的其他分包商。铁路项目融资量太大，我们不能搞那些无效益的投入。集团背得动就背，背不动就扔，只能如此。”

钟铁军说：“如果铁路全线停工，造成的损失或引起群体事件，谁来承担后果？”

舒其瑞一时没能回答上来，稍加思忖，反问道：“你说呢？咱们双方是联合体，一荣俱荣，一损俱损，大不了共同承担。”

现场谈判进行得很不顺利，路同和与戴国兴没了主意，问钟铁军咋办。钟铁军说：“钱掌握在博顿公司手里，说什么都没有用，那就把铁路停了。只要一停工，该轮到他们着急了。”

于是，路同和与戴国兴决定全线停工，并向国内作了汇报。果然，没出钟铁军所料。停工没几日，舒其瑞接到博顿公司通知，几次召集路同和、戴国兴及各分项目经理开会，要求必须复工，但谈到实质性问题，舒其瑞便回避不再说话了。路同和、戴国兴和钟铁军认准，博顿公司的资金链出了大问题。路同和甚至都做好了退出A国市场、集体回国的打算。

在这种非常时期，后方比前方更加焦虑不安。集团公司和参建子公司，先后多次收到路同和、钟铁军和其他分部各自发给国内的紧急电报，称现场资金、物资、设备和人员严重短缺，请示后方予以支持。夏江看完一份一份告急电报，急得直骂娘，当即把海外部、财务部等部门的负责人叫到会议室，亲自口述给博顿公司的函件内容，用强硬的语气陈述了形势的紧迫性和民工上访的严重性。“工程款对双方共同履约、维护企业形象至关重要，这句话要写上。”夏江面上不动声色，心里却骂龟孙子。最后强调说：“把应支付款项的数额和日期都写明，立即发给他们。”

函件刚发走，夏江回到办公室拿起手机便打给了博顿公司董事长，说：“关于工程款问题，我们还是面谈为好，以免双方造成误会。”对方答应尽快提交董事会研究。此后，夏江再也没有收到博顿公司的回复。对方的理由是必须充分权衡垫资风险的承受能力。夏江决定飞过去见面谈。

第三天，夏江订了一张往返机票，带领随行人员飞往香港。他们一下飞机便被接去博顿公司装饰豪华的会议室，里边已经坐满了对方人员。寒暄过后，夏江客气地说：“咱们双方在沟通和节拍上，都出现了不一致。你方对我方有意见，我们对你们也有防备，彼此互不信任。我真诚希望这次来能当面解决问题。”

博顿公司董事长长得肥头大耳，但极其睿智，说：“您说得很对。这次您能亲自飞过来，说明您对该项目非常重视，本人不胜感激。对本工程有何打算，贵方尽管提出来。咱们畅所欲言，把问题谈透，以便推动双方的深度合作。”

夏江明知这些话冠冕堂皇，但又找不到对方丝毫纰漏，说：“那恕我开门见山。咱们双方在合同履行过程中产生了诸多分歧。由于贵方资金不到位，造成了我方已加工采购的物资设备无法兑付交货，设计费用欠付，致使供货厂家及合作单位极为不满，严重影响了我方的信誉。目前面临停工危险，民工和当地雇员上访、静坐事件频发，更影响了国家声望。所以，请求贵方能按合同及时拨付计价资金和工程预付款。”

博顿公司一方故作为难，说：“这个嘛，我想咱们双方既然是联合体，在我方资金紧张的情况下，贵方也应该筹资垫付一部分，以缓解现场资金短缺，或者你方垫付的款项，可以算我们借贵公司的往来，你看如何，夏董?”

夏江见对方把皮球踢了回来，并且咬住双方是联合体，还要求把垫付资金视作他们的借款，问题变得猛然复杂起来。他呵呵一笑说：“对不起。咱们双方签订的合同条款中，我方不负责融资和垫资，只负责工程施工。再说我方是央企，上级对境外垫付资金有很严格的限制，哪怕一分钱也必须经上级审批，并受到监管。至于算贵公司借款，上级明令规定不允许把钱借给私企和境外公司。所以，这两条路都行不通。”

对方听后有些不悦，但故作平静，问夏江怎么办。夏江镇定地说：“因贵方工程款迟迟未支付，工程进度明显滞后，A 国已严令我方上报工期拖延的原因，我方不想把责任推到贵公司头上。所以，我想咱们双方还是按合同办事，请你方抓紧筹资，把该拨付的款项全部拨过来为好。”



这场面对面的谈判没收到任何效果，博顿公司简单地招待了一顿晚餐。席间双方没有更多的交流，而后夏江便匆匆回到了公司总部。殊不知，双方在资金问题上的矛盾分歧与公开化，以及其他中国企业在 A 国承建的公路、桥梁、医院、住房等项目工期拖延与个别质量问题，不仅被 A 国反对党抓住了把柄，更令西方国家狐狸一样的鼻子嗅到了可乘之机。

就在钟铁军要去见巴布扎将军的前一天，A 国的报纸刊登了反对党抨击总统和政府的文章，表达了对中国企业的愤怒与不满，黑人们都看到了。文章指名道姓，称如果不是中国人独揽这些工程，而让其他承包商参与进来，那国家重建也不至于被迫接受建造结构单一的村镇、风格雷同的房屋和见不到进度的铁路。更令人难以接受的是，反对党竟把中国企业承建的工程与政治挂钩。还呼吁要把整个国家从桎梏中解救出来，第一步应该同巴黎俱乐部厘清账目。这时的西方大国和某些国家政府，纷纷表示愿意提供货款参与 A 国的重建项目。他们这么做的目的，当然是告诉世人，中国不是唯一的选择。总统对博顿公司融资失信和铁路项目停工失望了，命令政府寻找替代贷款，并指定了团队，前往阿拉伯进行贷款谈判。

钟铁军从大使馆听到了这些不好的消息，也从报纸上看到了反对党发表的文章与言论。他之所以敢跟路同和与戴国兴提出去见国家重建办公室的重量级人物，主要是获得的信息是准确的，更是不可拖延的。处理完民工上访事件，钟铁军让王子浩用车把赵雅清带回工地，他和大牙要去军办。

大牙问：“To meet the General?（是去见将军吗?）”

钟铁军说：“Yes，to the General. The gun and the bullets with you can’t be brought in，or you and the soldier who lent them to you will be unlucky.（是的，去见将军。这支枪和你身上的子弹不能带进去，不然你和借枪的士兵都会倒霉。）”

“Yes.（是的，）”大牙说，“Don’t let the General see the gun and the bullets, I will hide them in the car. (不能让将军看到枪和子弹，我藏在车上。)"

钟铁军担心枪和子弹被黑人偷走。大牙嘿嘿笑着说:"I parked on the edge of the gate to see who had the guts to steal the guns and bullets from the car in front of the soldiers, unless he wants to go hell. (我把车停在门岗边上，看谁有这种胆量，当着士兵的面偷车上的枪和子弹，除非他想下地狱。)"

大牙把子弹从身上卸下来，与那支枪一起藏在了后座的垫子底下。到达军办后，他与士兵交涉，把车停在了岗哨旁边，并专门交代站岗的士兵，自己是巴布扎将军的部下，让他们把车看好。那些士兵搞不懂俩人到底是何方神圣，说着当地土著语让大牙放心，随后便带两人进了巴布扎办公室。

"Ha, Big Teeth? (哈，大牙?)"巴布扎将军从椅子上起身，笑着把大牙和钟铁军邀到会议桌旁坐下，"Are you coming for the railway project? (你们是为铁路项目来的吗?)"

大牙谦卑地说:"Yes, Manager Zhong would like to meet you to discuss about the progress of the railway project. (不错，钟经理想见您，讨论有关铁路项目进展的事儿。)"

钟铁军发现国家铁路局局长里斯克、州长哈瓦佳都在，并且手里拿着他在大使馆里看到过的那张报纸，心中不免一阵慌乱。"You're just in time. (你们来得正好,)"巴布扎将军从桌上抓起铺在面前的那张报纸，递到钟铁军面前，"Manager Zhong, look at it yourself. It is unfortunate that the President, Mr. Risk, Mr. Khawaja, I, and the government have all been attacked by the opposition for your mistakes and those of the Burton Company. (钟经理，你自己看吧。因为你们和博顿公司的失误，总统、我、里斯克、哈瓦佳以及政府，都受到了反对派的攻击，这是个不幸的事件。)"

钟铁军虽然已经看到过这张报纸，但他佯装不知道，展开报纸看了看又搁在桌子上，说:"I'm very sorry, General. We didn't expect it to be so serious. (非常抱歉，将军。我们没想到事态会这么严重。)"

哈瓦佳州长问道:"Manager Zhong, when will your work be resumed? What we want is the progress. (钟经理，你们的工地何时能复工呢? 我们要的是进度。)"

钟铁军说:"We'd love to get back to work right away, but Burton hasn't paid us for the project. Our staff at the site do not have the money to eat, they already start to grow vegetables to maintain the status. （我们很想马上复工，但博顿公司一直没给我们拨付工程款。现场员工没钱吃饭，都开始种菜维持现状了。）”

里斯克局长一脸愠怒，站起来说：“We believe in China and do not want Western countries to be involved in railway repair and new construction，nor do we want the opposition to take the lead. Is the conflict between you and Burton irreconcilable?（我们相信中国不想让西方国家参与铁路修复和新建，更不想让反对派抓住把柄做文章，难道你们与博顿公司的矛盾不可调和了吗?）”

钟铁军很难回答这个问题，思考半天说：“The cause of the contradiction is not us. Our own investment，plus the amount of work done earlier，has reached more than ＄200 million. But Burton's financing went wrong. We couldn't get the money they were supposed to pay，and all the work on the site couldn't be carried out. The cooperation with Burton could be said to have come to an end. （矛盾的起因不在于我们。我们自身投入加上前期完成的工程量，已达两亿美金以上。可博顿公司融资出了问题，我们得不到他们应拨付的款项，现场所有工作都无法开展，与博顿公司的合作可以说走到了尽头。）”

巴布扎将军沉思后问：“What is your plan?（你们的计划是什么?）”

钟铁军回答：“We'd like to sign a contract directly with the government to reduce unnecessary chatter，because it's too late. （我们想直接与政府签合同，减少不必要的扯皮，因为工期已经来不及了。）”

巴布扎将军与里斯克局长、哈瓦佳州长用土著语交流了很长时间，最后说：“All right，Mr. Zhong. Your attitude is positive and sincere. We will fully consider your opinion. We also want to end this unsatisfactory mess sooner. The National Assembly has decided to send a letter to the highest level of your group，hoping that we will establish a direct relationship on this item. But I will report to the President. Big Teeth，am I right?（好吧，钟先生。你的态度是积极而真挚的，我们会充分考虑你的意见。我们也想早点结束这种不尽如人意的混乱局面。国家议会已经决定给你们集团最高层发一份函件，希望咱们双方就本项目建立直接的关系，但我要向总统报告。大牙，你说我讲得对吗?）”

大牙连连点头，说：“Right，General. I am at the construction site and know that they had no money. Manager Zhong paid the local workers with his personal money. They are working for our country（很对，将军。我在工地清楚他们手里没钱。钟经理把他个人的钱拿出来给当地劳工发工资，他们在为咱们国家出力。）”

巴布扎将军和里斯克、哈瓦佳给了一个明确的答复，令钟铁军喜出望外。出了军办，钟铁军当即把这个利好的消息，直接汇报给了路同和与董事长夏江。这个意想不到的信息，把夏江乐坏了。他如释重负，把钟铁军好一顿夸奖，指示他跟路同和要严守秘密，一切按巴布扎将军说的去做。回工地的路上，大牙开着车兴奋得要命。他为能够受到巴布扎将军的亲切接见而感到自豪。

“Boss（头儿,）”大牙说，“You put me in the right position. I’m a responsible person, and I’ll follow you and the General from now on.（你用我用对了。我是个负责任的人，以后我会追随你和将军。）”

钟铁军没有直接回到工地，他想去工地医院看看妻子。杨琳许久未见丈夫，听到消息，赶紧从医院病房跑回宿舍，一头扎进钟铁军怀里，激动得直掉泪。

杨琳关掉灯，侧卧在钟铁军身旁，头枕着他的右臂，听到了男人不均匀的喘息。她说钟锋在老家想他们想得直哭，放学后天天跟乡下的孩子捉迷藏和打闹，回到家不爱学习，两个老人没有能力辅导他的作业，这让她很焦虑。钟铁军深知她在替儿子担忧，用胳膊圈住她温润的脖颈儿，想让她休假回国看看儿子和老人。杨琳不愿意，说一方面工地停工，职工情绪不好，有的产生了抑郁和心理障碍，来工地医院请求疏导的就不少。再者，她放心不下钟铁军，担心他工作压力过大，万一有个三长两短，家里的天就塌了。钟铁军说解决了与博顿公司的矛盾，工地很快就会复工，到那时人山人海大干突击，受伤得病的员工也会随之增多。项目部卫生所缺少医生，叫她再增派人员。杨琳说把汪静派过去，还可以从各方面监督照顾着他点儿，问钟铁军行不行。钟铁军闭着双眼笑着说好，汪静是个大方知性的姑娘，遇到受伤的病人能够温暖人心，有利于救死扶伤。此时的汪静虽然已经躺下睡觉，但睡得并不沉，时而会竖起耳朵仔细聆听隔壁细微的声音，忽然感到耳根阵阵发热，想没准儿杨琳和钟铁军在议论或说她什么，但绝没料到要把她派到国际公司分部卫生所去。

第二天早上，杨琳没有喊醒钟铁军，想让他多睡会儿，吃过饭喊上汪静去了病房。钟铁军起来的时候，大牙早已把车擦好开到医院门外等他。钟铁军要去见路同和与戴国兴，就命大牙把车开到集团工程建设指挥部院里去。

钟铁军传递过来的振奋人心的消息，让路同和与戴国兴当晚彻夜未眠，俩人坐在办公室里，叫食堂炒了几个菜，又提来一瓶从国内带来的白酒，边喝边商量下一步的对策。到了下半夜，院子里忽然传来一阵狗叫，路同和一惊。在这个时段，常常会有黑人单独或结伴闯进来偷东西。路同和嘴上叼支烟，披上外衣走出去。院子里发电机的声音隆隆作响，照明灯的光线昏暗，视线很不好。他转了一圈，没有发现有啥异常，才解开裤子站在灯影下方便。突然，从对面冒出一句生疏的声音："你撒尿呢？"

路同和被吓一跳，急忙提上裤子，定神朝四周寻觅，只见一个黑影从发电机房那边移动过来。"见鬼！"路同和问，"你谁？"

两个背枪的黑影来到灯下，原来是一名年轻的士兵和大牙。路同和疑惑地问："干什么？"

"上班，"大牙用中文蹦单词回答，"狗叫，抓小偷。"

路同和长长喷出一口酒气，拍拍胸脯说："你俩真黑，可吓死我了。好吧，那你们继续，我得回屋去。"

钟铁军来到集团指挥部时，路同和与戴国兴还在宿舍酣睡，他大声敲门，才把路同和吵醒。钟铁军说："巴布扎将军秘书来电话你没接，通知咱们现在去总统府参加一个很重要的会议。"

"啊！"路同和浑身一激灵，扣着上衣纽扣说，"差点误大事。走，现在出发。"

# 第七章

路同和、戴国兴和钟铁军三人赶到总统府时，巴布扎将军、里斯克局长、哈瓦佳州长、康姆局长及交通部的几位部长，还有舒其瑞和博顿公司的高管，均已在会场就座。主持会议的是总统府首席顾问兼总统特使，他年岁不是很大，留着一头带卷的短发。钟铁军上前介绍了三个人的身份，那人轻轻地说了句："Sit down（坐吧）"，挥手示意他们坐在第二排。然后，用平和的声调说："The President is meeting with the officials of the World Bank, and he asked me to hold the meeting today. The main topic is railway rehabilitation and the advancement of new projects. Recently, Mr. President is dissatisfied with the excessive delays in the financing and progress of the cooperation between Chinese enterprises in railway projects. From today on, the president will take steps to reconsider working with Burton Company on the railway project to find a more effective solution.（总统正在接待世界银行的官员，他委托我主持今天的会议。主要议题是铁路修复与新建项目的推进。近一时期，总统先生很不满意中企在铁路项目合作中出现的融资与进度过分拖延。从即日起，总统将采取相关措施，重新考虑与博顿公司在铁路项目上的合作，寻求更有效的解决途径。）"

顾问的一席话，令舒其瑞实在坐不住了，当即举手站起来，表明自己的身份后，说："Mr. Advisor, I'm Shu Qirui, chief representative of Burton. I'd like to make a detailed statement about what Mr. Consultant just said, could I?（顾问先生，我是博顿公司首席代表舒其瑞，我想就顾问先生刚才的讲话作一个详细的陈述，可以吗？）"

顾问望着他，仍十分平和地说：“No more statements. Both the presidential palace and the reconstruction office have a clear understanding of your situation. Trust our judgment. This is a briefing for you today, and you need to understand and respect the President's decision. General Barbuza, do you have anything else to say?（不用再陈述了。你们的情况总统府和国家重建办公室都掌握，要相信我们的判断能力。今天算是对你们的情况通报，你们要理解并尊重总统的决定。巴布扎将军，您还有什么要阐明的吗？）”

路同和、戴国兴与钟铁军大感欣慰，对解决与博顿公司的纠纷更加充满了信心。他们把热切的目光投向了巴布扎。将军站起来，很谦逊地扫视一下会场，说：“The Office fully endorses and supports the President's decision, and his will is the action of the nation. Director Risk, Governor Khawaja, Chief Combe and I have all done our best to advance the railway project, but I deeply regret that Burton's own mistakes have delayed the project. Therefore, the Reconstruction Office and the National Railway Administration will work together to facilitate the implementation of new approaches as soon as possible, in accordance with the wishes of the President.（国家重建办公室完全赞成并支持总统的决定。他的意志就是全国民众的行动。我和里斯克局长、哈瓦佳州长以及康姆局长，都在铁路项目推进中尽其所能，但由于博顿公司自身出现的失误而耽误了项目进程，对此深表遗憾。所以，国家重建办公室和国家铁路局将按总统先生的愿望齐心协力，尽快寻找新的途径加以落实。）”

巴布扎将军说完，扭头朝路同和与钟铁军眨了眨眼睛。他们十分明白将军的意图，心照不宣地朝他微微一笑。

会议时间很短。离开总统府时，巴布扎将军给了钟铁军一份文件，里边装着两页纸。打开一看，一份是发给夏江的函件，内容没有提及博顿公司，而是基于铁路项目目前现状与存在的问题，督促他与国家重建办公室建立直接关系。看到这些字眼，路同和、戴国兴和钟铁军高兴得差点叫出声来。他们给巴布扎将军深深地鞠了一躬。巴布扎将军把他们送到门口，说：“I hope and believe that we can be good partners.（我希望并相信咱们能够成为良好的合作伙伴。）”

这一幕恰恰被舒其瑞和博顿公司的高管看在了眼里。他们怒目横眉瞪着路同和、戴国兴与钟铁军，冲他们“哼”了一声，也从文件夹里掏出一份函件递给钟铁军，说：“是你们在背后搞鬼，我也给你们发一份通知。我集团与 A 国的合同仍然有效。从今天起，你们不但要全部撤出铁路项目，你们的转运站也要从我们管理的物流基地搬出去，我要对那里实行军管，咱们走着瞧。”

钟铁军怒视着舒其瑞，说：“舒总，我们没说你们一句不好，完全是总统府的决定。你们失信在先，怪不得我们。”

舒其瑞根本不听钟铁军解释，转头对巴布扎将军说：“General, don't you think the presidential palace is doing too much? This would lead to diplomatic events. I'm protesting.（将军，你不觉得总统府这样做太过分了吗？这样会引起外交事件。我要抗议。）”

巴布扎将军显然怒了，不由自主地将手伸向了腰间的枪套，可他还是冷静下来，说：“Well, if you don't reflect on what you've done wrong and still protest, then do it. I am being responsible for our country, people and the railway projects. If you protest, I'll have the presidential office send a letter to your foreign ministry to solve your problems through diplomatic channels. I think it's the best solution.（好吧，你不反思你们的错误行为，还要抗议，那就抗议吧。我是对我们的国家、人民和铁路项目负责。如果你抗议，那我会让总统府给你们外交部发函，通过外交途径来解决你们的问题。我认为这是最好的解决方案。）”

此时，舒其瑞意识到，毫无意义的抗议已经无济于事。听完巴布扎将军这番话，他站在原地久久没动，彻底没有了底气，他清楚博顿公司在铁路项目合作上大势已去，没有挽回的余地了。

路同和、戴国兴与钟铁军回到工程建设指挥部，先打电话到国内向夏江汇报了会议的相关情况，并谈及国家重建办公室的函件内容。夏江告诉他们，集团已经复函，他准备亲自来 A 国沟通。如果有可能，他会争取与国家重建办公室重新签订铁路项目施工合同。这是一个鼓舞人心的重大突破与举动。路同和与钟铁军如同盼到了星星和月亮般的高兴，但他们的高兴未免早了些。第二天，大家正在会议室里研究舒其瑞的那份函件会带来多大影响时，钟铁军忽然接到了李小兵的电话，告诉他物流基地已经处于军管状态，所有人不得进出，任何物品不得动用，上街买菜也必须由士兵监管，要求放弃一切，撤离人员。

舒其瑞绕过巴布扎，动用了他们熟悉的部队，当然合同没有完全解除，也给了博顿公司如此的胆量和充足的理由。路同和担心铁路沿线营地被封，让钟铁军又找巴布扎。将军命令派去的八百名随队士兵，不得参与对铁路项目的管制，更不能干扰中方员工的正常生活与工地看守。士兵们对将军的指令唯命是从，各项目分部驻地才免遭军管。

对物流基地的军管持续了一个多月，这让那些处处受限制的转运站职工苦不堪言。夏江深知肩上的担子有多重，成败在此一举。他带着使命飞抵A国后，由路同和、戴国兴和钟铁军陪着，立即去拜会了总统府、重建办和交通部，并与巴布扎将军、里斯克局长和哈瓦佳州长，进行了长达几个小时的会晤与谈判。终于在一天下午，总统亲自出席，夏江代表中方，与巴布扎将军重新签订了铁路项目总承包合同，并明确了资金来源和工期。总统府专门举行晚宴，盛情款待了夏江一行，并当即发函通知博顿公司，废止了原来签订的那份施工合同。

“It's a day of victory.（这是胜利的一天!）”总统端着红酒与夏江碰杯，“The restoration and construction of the railway carries the great expectations of the people of the country for me and the government, when I will take the train to the railway opening ceremony and announce to the country that you are a trusted and reliable qualified contractor.（铁路修复和建设，承载着全国民众对我和政府的巨大期望，届时我会坐火车参加铁路通车仪式，向全国宣布你们是一支信得过且可靠的合格承包商。）”

夏江和路同和、戴国兴对这场精心安排的高规格接待倍感欣慰，只有钟铁军明白，这一切都是巴布扎将军和里斯克局长在背后亲手操办。他们是总统命令的坚定执行者和铁路项目的支持者。这个消息火速传到了工地和转运站每一名职工的耳朵里。在集团工程建设指挥部开完复工大干动员会，夏江执意要看工地，路同和、戴国兴安排离指挥部最近的线路让他走一圈。夏江满面春风，说：“自接这个项目与博顿公司打交道起，疲惫得很啊。哎，这下轻松多了，要给钟铁军记上一功。”

路同和与戴国兴感到纳闷儿，问夏江为啥要把功记到钟铁军头上。夏江眺望着远方的山脉和森林，说：“是钟铁军首先想到了要甩掉拐杖，成为直接的承包商。没有他的提醒，我还真不知道该如何处理与博顿公司的关系。这小子有智慧啊。”

临回国前，夏江把钟铁军和杨琳一块叫到指挥部吃了顿饭，仍然是大牙开车拉他去。饭桌上坐着路同和、戴国兴和其他分部经理与书记。夏江端着酒杯谁也没敬，唯独敬了钟铁军夫妻俩，笑呵呵地问道：“铁军，物流基地在博顿公司手里看着，你说怎样才能解除军管，我们接过来呢？”

钟铁军说：“董事长，路指挥和戴书记有的是办法，这个得问他们。”

路同和说：“我正在考虑怎么接管呢，还没想出更好的主意，既然董事长让你说，你就说吧。”

其他人都眼瞅着钟铁军，七嘴八舌催他快讲。夏江说：“别人怎么说我不想听，我就想听听你的意见。”

杨琳拉了钟铁军一把，催他别卖关子快说。钟铁军喝下杯中酒，说：“没有更好的办法，只有找巴布扎将军。”

“哎，说到点子上了！”夏江夸他说，“别人跟巴布扎将军不熟，看来这个任务还得你去完成，并且要快。军管嘛，军队首领不发话，谁能解除得了？再说接管博顿公司管理的物流基地和资产，也需要士兵来维持秩序，别再推，就你了。”

话音未落，一桌子人都鼓起掌来，嚷叫着给钟铁军敬酒。钟铁军又一次被推到了最前沿。再一日，他找路同和要了两包从国内带来的明前龙井，又找杨琳要了块女人用的杭州丝巾搁在车上，让大牙开车先去机场送走夏江，接着去了军办。

不过，这次大牙没有借枪和子弹，一身轻松。他和钟铁军被哨兵带进将军办公室，巴布扎正抽着雪茄翻看一本简报。大牙笑嘻嘻地说：“Don't you mind me and our boss bothering you again, General?（将军，我和我们头儿又来打扰您了，您不会介意吧？）”

巴布扎站起身，让钟铁军和大牙坐在侧面的椅子上，说：“Oh, Big Teeth, you're my good soldier. You are wherever the railroad builders go. My door is always open, only to welcome, minding is not a military style.（哦，大牙，你真是我的好士兵。铁路建设者走到哪儿，你跟到哪儿。我的大门始终是敞开的，只会欢迎，介意不是军人的风格。）”

钟铁军把茶叶和丝巾放在巴布扎面前，讲明丝巾是专门送给他夫人的礼物。这些都是非洲人喜欢的物品。巴布扎将军抓起茶叶闻来闻去，如获至宝，又拆开礼盒观赏给夫人的丝巾，笑逐颜开地说："Clever friend, you are really a gift picker. My wife will be happy enough as to go back to the youth.（聪明的朋友，你可真会送东西，我太太会高兴得回到年轻时候。）"而后紧接着问钟铁军有没有需要他帮助的事儿。

钟铁军说："Dear General, I'm here today not for the railway project.（亲爱的将军，我今天来还是为铁路项目推进。）"

巴布扎说："You are a serious person, I believe you. The thirteen-kilometer railway line, will either go through the National Wetland Park or will have to make the art hall move. We can only choose one of the two plans. However, the two places all cause us headache, one facing wildlife conservation and the other facing art hall requisition. I know you guys have the power to fix this.（你是个做事认真的人，我相信你。十三公里的铁路线，要么从国家湿地公园穿过，要么把艺术殿搬走，二者选其一，需要你们抓紧勘察确定方案。不过，这两个地方都令人头疼，一处面临野生动物保护，另一处面临艺术殿征迁。我知道你们有能力解决这一切。）"

钟铁军说已经通知了设计单位，马上会有团队飞过来。"Fine.（很好。）"巴布扎说，"Do you have any other problems to deal with?（还有什么麻烦需要处理吗?）"

钟铁军说："Yes, General. We have established a direct contractual relationship and the contract with Burton has been annulled. But the logistics base is still in the hands of their side, the military management has not been removed. We cannot take over the base and the assets. We will need General's personal support and assistance, otherwise we still cannot start the railway construction.（是的，将军。咱们双方已经建立直接的合同关系，与博顿公司的合同也已废止。但是物流基地到现在还控制在对方手里，军管尚未解除，我们无法接管基地和资产，还需将军亲自出面予以支持和协助，否则铁路还是无法展开施工。）"

巴布扎右手托腮愣了愣，说："You're right. I read the briefing. Then on behalf of the reconstruction office and myself, I'll help you disarm the military control and send someone to assist you and supervise the transfer of the assets. (你说得很对，我看到了简报。那我以国家重建办公室和我个人的名义，协助你们解除军管，并派人监督进行资产移交。)”

等巴布扎说完，大牙看到钟铁军脸上露出了笑容，开口说："General, you are so wise that you never embarrass my boss. Do you need me to salute to you? (将军，您真英明，从不让我的头儿为难，需要我给你敬礼吗?)”

巴布扎上前摸着大牙的头，说："There are no soldiers in the army wearing slippers. Looks like your family is very poor, your salute is no longer a formal military salute. Follow Zhong's lead, he'll give you food and money, and you'll be able to have a wife. (部队里没有穿拖鞋的士兵。看来你家里很穷，行礼也不再是正规的军礼。那你就跟着钟先生好好干吧，他会让你有饭吃、有钱赚，以后能够娶上老婆的。)”

钟铁军与巴布扎将军告别后，离开了国家重建办公室。大牙驾驶着越野车摇头晃脑，十分得意，说："Boss, you should be satisfied, the General trust you and me. I also made some contribution, do you think so ? (头儿，您应该满意，将军信得过我和你。我也是一名功臣，你说对吗?)”

钟铁军憋不住笑了，说："Yes, it's a credit. (对，功不可没。)”

大牙说:"Then you should reward me with something, or lend me something. (那你该奖励我点儿东西，或借样东西给我。)”

"What do you want? (想要啥?)”

"Shoes. Cloth shoes, leather shoes, or travel shoes, all can do. (鞋。布鞋、皮鞋、旅游鞋都行，)" 大牙说，"My toes are exposed with my slippers, and the General said they were indecent. (我的拖鞋露着脚趾头，将军说很不雅。)”

"What size do you wear ? (你穿多大号?)”

"Forty-two yards. (四十二码。)”

钟铁军说："I don't have shoes of that size unless I go to the market. (我没有那么大的鞋，除非到市场去买。)”

大牙摊开两手，显得很无奈，说："Go to the market to buy? I don't have any money. Otherwise you can lend me a coat. I'll go back to meet my girlfriend. Without proper shoes and clothes, a man can't marry a wife and will be a bachelor.（到市场去买？我可没钱。要不你借我件上衣穿也行，我要回去见我女朋友。没有像样的鞋和衣服，男人是娶不到老婆的。）”

钟铁军说：“Don't you all have cows for wives here? Do you have a cow at home?（你们这里不是都用牛换老婆吗？你家里应该有牛吧？）”

大牙说：“Yes，with a dozen of cows we can marry a woman. And if I had more than a hundred cows，I could marry the king's daughter. Unfortunately，I don't have those cows.（是的，十几头牛就能换个女人。如果有一百多头牛，我就可以娶首领的女儿了。可惜，我家里没有那么多牛。）”

钟铁军说：“All right，go back and I'll manage to reward you with a pair of shoes and a new top.（好吧，回去我想法奖励你一双鞋和一件新的上衣。）”

钟铁军返回到集团工程建设指挥部，将跟巴布扎将军沟通的情况如实作了汇报。路同和与戴国兴兴奋不已，商量怎样配合国家重建办公室实现物流基地和资产移交。钟铁军提醒说，博顿公司不会善罢甘休，应该多准备一些人手，哪怕去助威也好。路同和当场通知其他分部，除了转运站原有职工外，再把工地上的职工和民工拉到基地去应对。

与博顿公司处于胶着状态，是在三天以后。钟铁军走后，巴布扎将军便以国家重建办公室的名义，对博顿公司下达了通报，要求他们全面移交，并解除军管状态。舒其瑞和四十多名博顿公司的高管及员工，仍自认为是总包方，有理由不执行国家重建办的指令，采取不接触、不配合、不移交的策略。他们的判断完全失误了，以致产生了愚蠢的行为。物流基地五十多万平方米宽阔的场地上，囤积着各种机械设备和大量的工程所需物资。这不是一个小数目，都是从国内用集装箱走海上运输抵达港口的。中铁人和国家重建办公室以及军方，不会眼睁睁地看着这些稀缺的物资与设备，堆在那里失去应有的价值和作用，继续把铁路项目耽误下去。所以，实施进一步行动是必然的。

第二天，钟铁军从李小兵那里得到消息，博顿公司的人还是老样子，没有任何动作，所有设备材料仍不允许动用，也不提供任何物资与资产清单。钟铁军请路同和、戴国兴带领其他分部前往助威的职工与民工，赶到物流基地去。王子浩、第五小刚、吴大友和劳务队安保国、张放、刘柱等民工，纷纷乘车赶去物流基地转运站与李小兵会合。

到达不久，巴布扎将军、里斯克以及康姆局长也来了，身后还跟着不少士兵和保安。他们的脸色都不好看，自然是在生博顿公司的气。里斯克让钟铁军把舒其瑞从屋里喊出来，问他为什么不撤出场地并向中铁移交资产。舒其瑞及手下的高管与员工个个怒气冲冲，对巴布扎、里斯克和康姆大声叫嚷，直言他们受到了不公平的屈辱对待，要求政府和国家重建办公室继续履行原来的合同，还把路同和、戴国兴、钟铁军推到了一边。职工们愤怒至极，想将那些人围起来，被戴国兴制止了。

巴布扎将军在原地转了个圈，对舒其瑞说："I'm disappointed at you. Since you don't obey the decisions of the president and the government, it proves that we made the wrong choice. Look at the projects you've contracted, none of which has been delivered on time, and the government has lost its authority in the eyes of the public. To be honest, I hate you guys.（我对你们很失望。你们既然不服从总统的决策和政府的裁定，说明当初国家重建办公室选错了对象。看看你们承包的每一项工程吧，没有一项能按期交工的，搞得政府在民众心目中失去了威信。说实话，我很反感你们。）"

舒其瑞说："General, I accept your criticism, but you can't be biased against us. Our company is the general contracting party, the site is shared by our partners. And the assets are also purchased jointly by both parties, which are managed by us. So, we cannot hand them over in this way.（将军，我接受您的批评，但您不能对我们抱有偏见。我公司是总承包方，场地归我们合作双方共有，资产也是双方共同购置的，由我方管理，所以我们不能就这样交给他们。）"

"The general contractor is now them, not you.（总包方现在是他们，而不是你们！）"巴布扎话语中带有一丝愠怒，"The space is provided free of charge by the government to both of you. Both of you have paid for the assets, but you owe them much more money for the works than you have spent on these assets. So, the space and assets should be handed over to them as soon as possible.（场地是政府无偿提供给你们双方使用的，你们双方都花了钱，可你们欠他们的工程款，比你们花钱添这些资产要多得多。所以，场地和资产要尽快交给他们。）"

舒其瑞等博顿公司的人吵个不停，路同和、戴国兴与职工们也据理力争，双方再次针锋相对。康姆和里斯克局长劝说仍不见效，场面虽然没有失控，但情况非常糟糕。巴布扎发怒了，将双方人员呵斥一顿，最后说："I don't want to see such endless arguments. Manager Shu Qirui, tomorrow I come here again, hoping to see that they have completely taken over everything here.（我不想看到你们这样无休止的争吵。舒其瑞经理，明天我再来这里，希望看到他们已经完全接管了这里的一切。）"



第三天，里斯克局长主动打电话给钟铁军，寻问场地和资产移交情况。钟铁军称博顿公司仍然按兵不动，没有任何进展。里斯克说："All right. General Barbuza and I have lost patience and will send troops to the site soon. You get ready to take over.（好吧。我和巴布扎将军已经失去了耐心，马上会派士兵去现场，你们做好接管的准备。）"

从里斯克的话里，钟铁军捕捉到了一个很重要的细节与信息，接管即将进入关键阶段。于是，他找到路同和与戴国兴，通知所有人马上赶到基地去，并做好预防冲突的准备。王子浩、第五小刚、吴大友和安保国、张放、刘柱及民工，自从那天来后没再返回工地，留在转运站凑合了两晚。舒其瑞和博顿公司的员工未曾想到，上午十点多钟，五辆军用卡车载着上百名士兵开进了物流基地。在一名军官指挥下，那些持枪的士兵跳下车，先封锁了办公区。之后，有一部分士兵闯进博顿公司的办公室，把舒其瑞和其他人赶到了外面的空场上集中起来。那名军官指挥路同和、戴国兴和钟铁军、李小兵等转运站的职工去占领办公用的每一间房子。博顿公司其他人站在外面被吓坏了。舒其瑞冲军官发火，不停地吼叫："This is an illegal act that ignores international rules. I strongly disagree. Please let us go back to the room.（你们这是无视国际规则的违法行为，我强烈抗议，请让我们回到房间里去。）"

军官根本不听，双手插在腰间，站在原地指挥士兵们维持秩序。其他人也学舒其瑞冲军官大喊大叫。舒其瑞又重复了一遍上面说过的话。军官转过身来，掏出手枪走近舒其瑞，由于身高差距较大不得不弯腰，两只因过于瞪大而露出眼白的双目抵近舒其瑞的眉骨，说："Go hell. You despise my country, my president and my government, disobey the General's orders. We should have cleared you earlier. Better shut your mouth, I've had enough of the buzz of you flies.（见鬼去吧。你蔑视我的国家、总统和政府，违背将军的指令，早该把你们清出去。最好闭上你的臭嘴，我听够了苍蝇嗡嗡嗡的叫声。）"

舒其瑞心里扑腾扑腾跳得厉害，头皮阵阵发紧。其他人也不再吵闹。两个年轻的女员工在用颤抖的手抹眼泪。空场上立时安静了下来。他们明白这样的结局与恶果，只有自己来承担。

路同和、戴国兴和钟铁军看遍了每个房间。里边设施非常齐全，办公设备应有尽有，但不清楚资产清单放在何处。舒其瑞早让人把清单锁在了一个抽屉里。从办公区来到空场距离虽短，可士兵们端着枪跟在后面为他们警戒。路同和正要去跟舒其瑞交涉，巴布扎将军和里斯克局长的车开到空场停在了他面前。将军和里斯克下车后，径直朝舒其瑞走过去。那名军官立正给将军敬了个礼。

“I never break my word.（我从不食言！）”巴布扎看了一眼舒其瑞，然后说，“As I said yesterday，I want to see a full takeover of the space and assets today. I don't want to send soldiers，but you're overconfident. If you want to get out of here safely，you'll have to hand it over to them. That's the last word for you from Director Risk and I.（昨天我说过，今天要看到场地和资产全面接管。我不想派士兵来，但你们太过于自信。如果想平安离开这里，那你们就去给他们办理移交。这是我和里斯克局长对你们的最后忠告。）”

舒其瑞瞪着巴布扎、里斯克和那名军官，愤愤不平，大嚷：“You don't have the right to kick us out，I want justice.（你们没有权力赶我们走，我要公平。）”

路同和走到舒其瑞跟前，说道：“我们求的就是公平。难道工程款被你们拿去买狗粮就公平了吗？”

舒其瑞忍无可忍，恶狠狠地先朝路同和脸上一口唾沫，又挥拳打在他脸上，边骂边冲到那名军官身边，去夺他腰间的手枪。空场上顿时风云再起，双方推推搡搡，在冲突中乱作一团。王子浩、第五小刚、吴大友、安保国、张放和刘柱用身子挡住钟铁军。大牙要冲上去与博顿公司那些人直面交锋，钟铁军拉住他说：“Big Teeth，you don't need to be involved in our argument.（大牙，不需要你参与我们双方的争执。）”

大牙很不理解，问：“Why? You are my friend，and I will help you. It's you who offer me a job and pay me salary，and your business is my business.（为什么？你是我的朋友，我要帮助你。是你在给我提供工作岗位和发工资，你的事就是

我的事。)”

“No!(不!)”钟铁军说,“This is the internal affairs of our partners.(这是我们合作双方的内部事务。)”

大牙摇着头,很不理解地摊开两手,说:“You're a weirdo. They're a threat to you.(你真是个怪人,他们对你人身构成了威胁。)”

这时,一声枪响,把所有人都震住了。巴布扎将军右手拿枪举在半空里,左手指着舒其瑞,大怒道:“Take this damn guy to the barracks, don't let him get a gun.(把这个该死的家伙押到军营去,不能让他抢到枪。)”

几名持枪士兵急步跑过来,拧住舒其瑞的胳膊,将他押上军车开走了,其他士兵和军官仍然在执行警戒任务。博顿公司员工瞬间变得很乖巧,没人再敢反抗与对峙。

“If you don't want to go to the barracks, from now on, hand over to the new general contractor.(如果你们不想到军营里去,那就从现在开始,给新的总承包商办理移交手续,)”巴布扎对博顿公司员工说,“Director Risk and I are here to wait for the final result of you two parties.(我和里斯克局长在这里等候你们双方的最终结果。)”

物流基地和转运站的设备物资与资产,在巴布扎将军和里斯克局长以及士兵的监督下,终于实现了全面接管,但留下一个很大的难题。路同和原来被上访民工划伤的头部刚好,又被舒其瑞当着众人的面儿狠狠打了一拳,还被吐了一脸口水。他认为这是有生以来受到的莫大耻辱,气得快要跳起来,叮嘱现场军官回到军营,一定让舒其瑞吃尽苦头。那名军官称如何处置舒其瑞,要听上级的命令。所谓上级当然是指巴布扎将军或是他的直接上司。

等物流基地恢复平静,巴布扎和里斯克以及士兵们收队离开后,戴国兴、钟铁军、王子浩、第五小刚、李小兵等人,聚集在会议室里,讨论下一步如何组织施工,并从精神上对路同和安抚一番。钟铁军强调要懂得感恩,中铁工程局能走出国门,毕竟是博顿公司帮的忙。现在,甩掉了拐杖,独自拿下了铁路项目,可舒其瑞被士兵带去了军营,其他撤离的人员还没有安身之处。都是中国人,在海外更是亲如兄弟。舒其瑞为了维护本公司利益,纯粹是各为其主,所以想去把他从军营里弄出来。

钟铁军这番话,让在场的人陷入了沉思,多数人认为他讲得有道理。中国企业走出去，就应该在海外抱团联手，不能让外国人看笑话。所以，大家都赞成他去把舒其瑞弄出来的想法。路同和开始没吭声。他觉得挨了打的脸还在隐隐作痛，更憎恨舒其瑞仇视他时的那种可恶表情。等一屋子人叽叽喳喳说得不想再说后，他开口道："钟铁军，我不同意你去把他弄出来。他当时如果抢到军官的手枪，我肯定没命了，就连你们也保不齐要横尸当场。所以，他是个恶人。你不是菩萨，用不着大发慈悲，说什么都不能去救他。"

戴国兴坐在路同和身边，看他不乐意，便迎合说："铁军，算了。老路说得对，毕竟咱们两方有很深的矛盾和裂痕。刚发生冲突，你就去救姓舒的，好像咱们输了理，他们成了正义的一方，我们的脸往哪儿搁？再说，万一被西方媒体逮住大肆炒作，弄得全世界都知道咱们与博顿公司搞内讧，抢了人家的饭碗，到时确实收不了场。"

钟铁军眨巴着眼睛，说："书记，你跟指挥长想得也没错。可我认为咱们应该将心比心，如果咱们处在他的角度会怎么做？我想救他，与单位无关，完全是我个人的想法与行为，起码要讲点人道吧？"

路同和涨红着脸，说："个人想法也不行，因为你是这条线的分部经理。"

钟铁军听着很憋气，站起来与路同和杠上了，说："我个人的事，你也管啊？"

"管，这件事我非管不可，并要管到底！"路同和怒吼道，"你什么时候替我考虑过？为了公家的事，我就这么白白挨打了吗？"

钟铁军气得说不出话来，差点咬破嘴唇。第五小刚、李小兵、安保国和张放不住地朝他使眼色，王子浩在桌子底下猛拉他的衣角。最后，钟铁军服软说："你是指挥长，我不跟你争，听你的还不行吗？"

路同和指着他说："那今儿当着大伙的面儿，你要保证不去救舒其瑞。"

钟铁军看了看大家，说："我保证。"

会议散后，王子浩、第五小刚、李小兵、安保国、张放等人来到办公区外的空场，围在钟铁军身边，百般劝他。但是他们根本不了解钟铁军，他想好的事情从不会改变。王子浩拉他一起回工地，称很多事需要做。钟铁军却问王子浩身上带钱没有。王子浩摸了摸口袋，掏出一千美元，问："你要钱干吗？"

钟铁军从他手里抢过来，说先借用一下。让王子浩率其他人先回去，顺便把汪静从医院带回项目部卫生所。至于为什么要带汪静，王子浩没问，钟铁军也没做任何解释。

钟铁军把大牙留下来，对他说："Big Teeth，come on，let's go to find General Barbuza.（大牙，走，咱再去找巴布扎将军。）"

大牙不解，问："Boss，it's over. Why go to the General? I haven't got any shoes yet.（头儿，事情结束了，还去找将军干吗？我还没鞋穿呢。）"

钟铁军直接钻进了车里，说："You'll have your shoes and clothes.（会有你的鞋和衣服的。）"

"Will you give me those?（你给我吗？）"

"I already called my wife.（我已经打电话告诉我老婆，）"钟铁军说，"I'll have my colleagues from China buy them and bring them to you.（让从中国来的同事买后带过来，然后送给你。）"

"Great，boss.（太好了，头！）"大牙激动不已，"I'm so lucky to meet you!（遇到你真是我的幸运！）"

钟铁军和各分部的人走后，路同和回到了集团工程建设指挥部。戴国兴把杨琳从医院叫过来看路同和的伤势。杨琳提出要对他进行一次全面检查，路同和清楚自己没多大毛病，坚持不做，对杨琳说好好管管钟铁军。杨琳惊讶地问钟铁军又捅了啥娄子。路同和把发生的不愉快讲给她听，并加重语气叫她盯住钟铁军，千万不能去救舒其瑞。杨琳听后心里很不痛快，离开指挥部就掏出手机打给钟铁军，问他在哪儿。钟铁军回答正在回工地的路上。杨琳说："汪静被王子浩接走了，你回去把她安排好。"到末了，杨琳才提醒他不要去救那个姓舒的。钟铁军很不耐烦，叫她少管男人的事，这话把杨琳堵得憋了一肚子火。

大牙把越野车停在了岗哨前。那些黑人士兵对他俩已经很熟悉了，直接将他俩带到了巴布扎将军办公室。除平常老见的哈瓦佳州长没在以外，国家警察局康姆局长和铁路局里斯克局长都在。钟铁军走进去时，他们在大声地笑，里边的气氛很轻松，肯定是在回顾当天这场冲突的细节，聊以解嘲，因为钟铁军听到他们说出了舒其瑞的名字。

大牙嘻嘻笑着说："General，I'm so sorry，I'm here with my boss again. I think you must be annoying us.（将军，真对不起，我和头儿又来了。我想您

肯定烦死我们了。）”

巴布扎将军从椅子上站起来，与大牙和钟铁军握手，说。“No! Big Teeth, you and your boss are popular friends here. （不！大牙，你和你的头儿是受欢迎的朋友。）”

钟铁军连声道谢。里斯克侧脸问道：“Manager Zhong, the handover is finished. Why don't you go back to the construction site?（钟经理，移交全部结束了，你为什么还不回工地?）”

钟铁军说：“I have one more mission left unfinished. （我还有一项任务没完成。）”

“What mission?（什么任务?）”

“Burton's Shu Qirui was taken to the barracks, and I hope that General would let him out. （博顿公司舒其瑞被带去了军营，我想请将军把他放出来。）”

康姆欠了欠身子，盯着钟铁军说:“Are you crazy? The guy was going to grab a gun to kill people. The General just ordered to take him to the barracks in the morning, and you're now asking him to let him out now, are you mocking at the General?（你疯了吗? 那个家伙要抢枪杀人，将军上午刚下令把他带回军营，你现在就要求放他出来，这是在嘲笑将军吗?）”

“No! No! No!（不！不！不!）”钟铁军急忙解释说,“Shu Qirui is doing his job for his company and is an excellent executor. His loyalty to Burton is worth learning. （舒其瑞在为自己的公司尽职，是个难得的执行者。他对博顿公司的忠诚值得我们学习。）”

康姆思考片刻后说：“Hmm! You speak very well. （嗯！你讲得好极了。）”

大牙见缝插针，帮腔说:“General, Shu Qirui and my boss are good friends.（将军，舒其瑞跟我头儿是好朋友。）”

钟铁军对巴布扎说：“Shu Qirui is very good, I have a life and death relationship with him, so I want to help him out. （舒其瑞非常优秀，我跟他有生死之交，所以想请您放他出来。）”

巴布扎与里斯克、康姆三个人互相对视着，屋里一阵沉默。里斯克问道：“Will his coming out be a threat to the railway project?（他出来对铁路项目推进会不会有威胁?）”

钟铁军回答："No. In the morning，because the interests of Burton's company had been abandoned，he made a perverse mistake on the spur of the moment.（不会。上午因为博顿公司的利益问题，所以他才一时冲动，犯下了超出常理的错误。）"

康姆问："Could him stay another day in the camp?（能不能让他在军营里再多待一天?）"



"No！（不!）"钟铁军说，"I want him out now，and let him go with me.（我想现在就请放他出来，让他跟我走。）"

巴布扎将军右手摸着下巴，说："Since you say so，fine. Big Teeth，you accompany manager Zhong and my adjutant to the camp. Bring Shu Qirui out now. I do not want to cause any diplomatic incidents for the opposition to attack.（既然你这么说，那好吧。大牙，你陪钟经理跟我的副官去军营，现在就把舒其瑞那小子放出来，我也不想酿成外交事件，受到反对党的攻击。）"

钟铁军给巴布扎、康姆和里斯克三人鞠了躬。快要退出办公室时，巴布扎喊住他，面带笑容说："Dear Zhong，you are the best Chinese I have ever seen. I didn't expect you to beg me and speak for your opponent in front of Combe and Risk. I'm very touched by your kindness and dedication. I am sure to make you a foreign friend. I think Shu Qirui will regret.（亲爱的钟，你是我见到的最好的中国人。没想到你能来求我，并在康姆、里斯克面前替对手说话。你的善良与执着让我很感动。你这个外国朋友我交定了。我想舒其瑞会后悔的。）"接着，朝钟铁军扬了扬手："Go，go.（去吧，快去。）"

巴布扎将军的副手个子很高，军帽戴得有些歪斜，看不出多大年龄。他的车在前面带路，大牙开车在后面跟着。出了城区，又穿过一个卖牛的集市，拐几道弯后来到驻扎在郊外的一处兵营。那里地势较高，四周拉着铁丝网。站在军营大门口，可以望见周围起伏的丘陵和村庄。门岗哨兵荷枪实弹，见是巴布扎将军副官的车，麻利地拉开挡在大门前的防护杆，让他们顺利通过了。车开到第一排营房前的时候，钟铁军看见在物流基地指挥戒严的那名军官，他已接到军办的通知，跟另外几个军官一起等候副官的到来。副官下车后与他们一阵寒暄。不等介绍，那名军官已微笑着迎上来与钟铁军握手。

副官问：“You know each other?（你们认识?）”

“We just met in the morning. （上午刚认识,）”军官回答，“He is the general contractor for the railway project. （他是铁路项目的总承包方。）”

副官点了点头，又说：“OK! What about the brought-in Chinese? The General ordered to let him go. （好！那名被带来的中国人呢？将军让放了他。）”

“Come with me. （跟我来,）”军官在前头带路，领着副官和钟铁军往营房后头走，“The soldiers bolted him to the tree behind the house. （士兵们把他栓到屋后大树上了。）”

钟铁军说：“Are you punishing him?（你们在体罚他吗?）”

“No. We respect him. （不。我们很尊重他,）”军官说,“There is no better place to be held in the barracks except for in the dark. I gave him lunch at noon, but he didn't eat, and insulted people in bad words, then was beaten by the soldiers. Oh, he's like a soldier, very strong. （军营里除了黑屋子，没有更好的地方关押。中午我给他饭吃，他不吃，还骂人，被士兵打了。呵，他像个军人，很刚强。）”

钟铁军说：“Soldiers shouldn't hit people. （士兵不该打人。）”

“Yes, I punished that soldier. （是的，我惩罚了那名士兵。）”

拐过营房后，副官和钟铁军远远看到，靠近墙根的一棵咖啡树下，舒其瑞坐在地上，双手被绳子捆绑着，仰面靠在树干上一动不动。顿时，钟铁军心里很酸楚。他看不清舒其瑞的双眼是睁着还是闭着。不论怎样，舒其瑞坚定不移地相信一点，军方不会让他死在兵营里。他们走在没有水泥硬化的红色地面上，副官突然边掏腰间的手枪边喊道：“Shu Qiri, get up. （舒其瑞，快起来。）”

舒其瑞听到了喊声，缓缓扭过头来。只见副官站在原地举枪向他瞄准，那名军官和钟铁军霎时惊呆了。“No!（不!）”舒其瑞忽地从树下站起来大叫，“I don't want to die. Don't shoot. （我不想死，别开枪。）”

没等他再喊，副官双手握枪朝大树方向扣动了扳机。随着四连发射击迸裂的枪响，舒其瑞倒在了咖啡树下。

# 第八章

枪声打破了兵营的宁静。士兵们以为发生了袭击，在混乱中慌忙跑回宿舍。所有枪支整齐地排列在贴墙的枪械架上。他们知道哪一支枪属于自己，很快抓在手中，拥挤着朝营房后面跑去。

钟铁军和那名军官被枪声吓出一身冷汗，震惊之中朝咖啡树快步跑去。副官却走到离咖啡树不远的墙根下，弯腰抓起一条头部还在流血的蟒蛇，然后拉着蟒蛇来到舒其瑞和钟铁军面前。舒其瑞已被吓晕过去，躺在地上像做了一场噩梦。等睁开眼发现是钟铁军时，眼泪唰地流下来，怀疑地问："我还活着?"

钟铁军帮他解开双手，说："活着，没事。"

"Get up，lucky young man.（起来吧，幸运的年轻人,）"副官将手枪插进腰间的枪套，把三米多长的蟒蛇扔在地上，"This python is crawling to you，that's why I shot. If we didn't come，you'll be strangled and swallowed.（这条蟒蛇正爬向你，所以我才开枪。我们不来，你会被它勒死并吞进肚子里。）"

舒其瑞在钟铁军的搀扶下站起来，眼里含着泪，看见被打死的蟒蛇，浑身不停地战栗。"Thank you，sir.（谢谢你，长官!）"钟铁军握住副官的手说，"You saved my friend's life.（是你救了我朋友的命。）"

副官很客气地朝钟铁军挤了挤眼睛，意思是不用客气。舒其瑞悲喜交集，连向副官鞠躬。"Young man.（年轻人,）"副官拍着舒其瑞的肩膀说，"From now on you are free. You must thank your ardent friend for asking the General to let you go.（从现在起你自由了。你要感谢你这位热心的朋友，是他求将军放你出去的。）”

大牙和持枪的士兵们从营房那边冲过来。他们抓起蟒蛇的尾巴，在空中转着圈甩来甩去，蛇血四溅。最后，大牙把蟒蛇抢过来套在脖子上，说：“I’m going to take it back and cook a pot of snake meat for dinner.（我要把它带回去，晚餐可以煮一锅蛇肉吃了。）”

钟铁军和舒其瑞告别副官与那名军官后走出军营。大牙把死去的蟒蛇扔在越野车后备厢里，开车直接去了物流基地。舒其瑞称要回那里收拾自己的物品。他凄楚了一路，感到后怕，问钟铁军：“你为什么要来救我？”

钟铁军说：“因为咱们都是中国人，博顿公司帮助过我们单位。”

舒其瑞紧紧握住钟铁军的手不松开。他感受到了一股热流和亲切的力量。良久，又问他的那些同事怎么样。钟铁军告诉他，都已经做了妥善安排，被博顿公司接到另一个项目上去了。

“舒总，你有什么打算？”钟铁军问。

舒其瑞说：“我想离开这里回国，或者……”

虽然话没有说明白，但钟铁军已经猜到，他有可能会离开博顿公司，至于去向何方，那是他个人的选择。于是，钟铁军掏出从王子浩那里借的一千美元塞给他，说：“拿着吧，舒总。”

舒其瑞推开钟铁军的手，说：“我不需要你们给我补偿。”

钟铁军再次塞给他，说：“与单位和项目无关。作为朋友，这是我个人的一点心意，路上总要花费。”

舒其瑞被安全送抵物流基地，拧不过钟铁军，勉强把钱收下了。他记住了这份情谊，临别时万分感激地说：“铁军，我欠你一条命。”

与舒其瑞告别后，钟铁军喊上大牙离开了。车子路过集团工程建设指挥部和工地医院，但他没有进去。他和大牙连夜开车回了工地。因为他预感到，自己偷偷去救舒其瑞的这件事还没有完结。

回到项目部已是凌晨一点。驻地院子里的灯光影影绰绰，员工们都已睡下了。赵雅清宿舍里的灯还在亮着，她在等钟铁军回来。钟铁军进屋刚脱掉上衣，赵雅清就进来了。

“咋还没睡？”钟铁军问，“汪静呢？”

赵雅清汇报说已将汪静安排在了卫生所宿舍。森林、沼泽和湿地公园地带没信号，电话打不通，她和杨琳担心他路上出事，所以一直在等。赵雅清问他去哪了。钟铁军说没去哪儿。

赵雅清说："那杨姐咋说你去救博顿公司姓舒的了？"

钟铁军一愣，问："我老婆说的？"

"杨姐说李小兵给她打了电话，他在物流基地看见了姓舒的，那人收拾完东西走了，去了哪儿不清楚。"

钟铁军"噢"了一声没再说话。见夜已深，就催她回去休息。赵雅清出门时，嘱咐他保重自己。钟铁军记住了那一刻她的眼神。

那一夜，由于疲劳过度，钟铁军浑身酸疼，辗转反侧睡不着。他先在脑子里把白天发生的一幕幕过了一遍，又想合同签订后工期这么紧，工地如何才能组织大干。再后来，就揣摩舒其瑞会去哪里，以及路同和知道他被救出来后会有怎样的表现。就这样，一直迷迷糊糊、半睡半醒到天亮。

第二天早上，大牙把搁在越野车后备厢里的那条蟒蛇抱出来，扔在了项目部食堂门口。吃早饭的职工发现后，个个惊悚不已。赵雅清和汪静拿着饭盒刚要进食堂，被蟒蛇吓得魂飞魄散，立马跳起来。大牙哈哈笑着，上前提起蟒蛇故意追她们，她俩火速蹿进食堂，躲到王子浩和第五小刚身后。

"Big Teeth，take the python away.（大牙，把蟒蛇弄走！）"钟铁军拿着碗站在大牙身后说，"We won't eat the thing，you take it.（我们不吃这玩意儿，你把它拿回去吃吧。）"

大牙倍感意外，说："Why don't you eat it? It's natural food. Good stuff. People in my tribe often catch pythons，wild boars，hares，pheasants and all the animals they can eat，which are food sent by God.（你们为什么不吃？这可是天然食材，好东西。我们部落里的人经常逮蟒蛇、野猪、野兔、野鸡和所有能吃的动物，这是上帝赐予我们的美食。）"

说完，大牙把蟒蛇重新抱上车，送给了杰姆斯。他们在劳务队伙房里将蟒蛇剁成段煮了，当地黑人劳工们美美地饱餐了一顿。

钟铁军走进食堂盛好饭，与王子浩和第五小刚坐在一起吃。王子浩问那一千美元用到没有，钟铁军说花光了。王子浩有些心疼，惊讶地说："真花光了？"

"谁骗你，真花光了。"

“你是送人了吧？”

钟铁军只顾低头吃饭，没抬眼看他，承认送人了。王子浩追问送谁了，钟铁军急躁地讽刺道：“你可真烦。不就一千美元嘛，借你的到时还你，管我送谁。”

王子浩很尴尬，说：“好，只要你一不送黑女人，二不送舒其瑞，为了工作送谁都行。”

“我送舒其瑞了，怎么着吧？”

王子浩、第五小刚、汪静和赵雅清听后愕然了。

第五小刚轻声问：“你把他救出来了？路指挥不是不让去救他吗？”

钟铁军瞥第五小刚一眼没再吱声，把他们全晾在了一边。从那眼神里，王子浩和第五小刚相信他不是开玩笑，而是真的。

王子浩说：“铁军，你摊上大事了。哼！等着瞧吧，看我说得准不准。”

这话让王子浩说准了。消息走漏得很快。吃过饭，钟铁军正在召集各工区和施工队开工程例会，杨琳打来电话，问他昨天为啥要去救舒其瑞，路同和知道了此事，在指挥部发火呢，还要找他算账。钟铁军很生气，责怪杨琳不该管这事，当场把手机摔在了桌子上。杨琳再打，他拿起来看看就是不接，气得杨琳只好打给汪静，让钟铁军用汪静的电话接。汪静不敢，就双手捂住手机，俯在赵雅清耳边小声嘀咕。赵雅清接过手机，说：“杨姐，别打了，经理正开会呢。”说完就摁断了。

钟铁军虽然在讲话布置工作，只瞟了瞟赵雅清和汪静，但清楚她俩一定是接了杨琳的电话。于是，提醒所有人，有关项目部领导的事一律不得外传。汪静和赵雅清知道点的是她俩，脸上一阵阵发热，低头不再言语。手机再振动时，钟铁军看是路同和打进来的，第一次没接。间隔几秒钟，手机又振动，他想了想抓起手机接听，里边传来了路同和的吼叫声：“钟铁军，你本事真大呀。自己项目的事都管不过来，还去管博顿公司舒其瑞的事，你这是在打我的脸呀！”

钟铁军只听不言，路同和在手机里哇哇乱叫，火气很大。最后，给钟铁军扣了顶帽子，说他不讲政治，缺乏组织观念和大局意识，犯自由主义，叫他必须写出深刻检查交给戴国兴，等待指挥部党工委研究处理。钟铁军紧绷着脸，拿着手机走出会议室。屋里人透过窗户，看到他情绪激动，在电话里跟路同和争辩。王子浩与赵雅清跟出去，劝他不要多说，可钟铁军不听。王子浩不得不强行把他的手机抢过来，向路同和道了句歉，然后挂断，接着将钟铁军拉进会议室。

钟铁军没有心思继续开会，坐在椅子上骂道："妈的，让我写检查，还与政治挂上钩了。你们大家说说，我救舒其瑞救错了吗？博顿公司帮过咱们，咱们不能忘恩负义。即使他不是博顿公司的人，没帮咱们，同为中国人，看到同胞在国外落难，你能见死不救、不提供力所能及的帮助吗？何况舒其瑞还是因为咱们双方发生争执被士兵带走的。"

他的每句话都带气，但在场的人觉得句句在理，认为路同和确实敏感得有点儿过分了。王子浩怕钟铁军与路同和僵持下去无法收场，规劝说："铁军，俗话说，马行无力皆因瘦，一人难挡八面风。我看算了吧，别跟他较这个劲了。写个检查又咋了？胳膊拧不过大腿。马上大干，以后的征拆、计价拨款，都得经过路指挥同意才行，忍一忍吧。"

钟铁军嘲讽着说："树怕空心，人怕没良心。我不能做没有良心的事。检查我写，看看指挥部到底怎么处理我。"

钟铁军利用空闲时间，草草写了份检讨，在自己名字和日期落款上摁好手印后，让人捎到指挥部交给了戴国兴。他一直纳闷，路同和究竟是怎么知道的这件事。后来的一天，杨琳来项目分部检查卫生防疫，直嘟囔钟铁军是大傻子，凭啥因为舒其瑞偏要跟路同和闹别扭。钟铁军责骂她不懂感恩，夫妻俩为此还吵了一架。杨琳心里不痛快，委屈得流泪。赵雅清和汪静见状，劝钟铁军把她亲自送回去。回到医院恰巧碰到戴国兴，钟铁军便问对他如何处理。

戴国兴说："老路在气头上，处不处理以后再说，别当回事儿。"

钟铁军从戴国兴嘴里打听到，原来舒其瑞被放出来后，心里感到愧对路同和，离开物流基地时专门打电话向他道歉。路同和恍然大悟，知道了钟铁军最终还是去找巴布扎将军把他放出来了，生气钟铁军当着众人的面儿，许下的承诺全是谎言，觉得自己在职工心目中丧失了应有的尊严。

钟铁军陪杨琳回医院后，汪静找王子浩问被蜇伤的刘柱在哪里。刘柱虽然是个民工，但他的懵懂让汪静感到好笑，住院期间天天跟在屁股后头"汪姐！汪姐！"地叫，给她留下了很深的印象，认为他很率真、很有意思，想看看他怎么样了。王子浩说刘柱被劳务队派去看守车站和料库了。

自停工之日起，工地一直处于看守阶段。说是停工，其实不过精简了部分人员，放慢了施工速度。沿线规划的几个大型轨排厂和轨枕厂，正是在停工的这几个月时间完善投产的。生产轨枕的重型设备和三十二米长的龙门吊，以及铺轨机、轨料、扣件、光缆、机电设备等，也是在这段最艰难的日子里海运过来再运抵现场安装调试的。这期间还招录培训了部分当地黑人技工与劳务。这些黑人劳工有生以来，从没有见到过规模如此庞大、设备那么先进，有着多条自动化生产线的现代化大型工厂。他们都想来厂里打工，跟着中国人学技术，将来用学到的技术保住自己的饭碗并养活家庭。这为复工做好了充分准备。但是，沿线近百处驻地和施工点都需要派人守护。安保国和张放商量后，就把刘柱和同村一名叫陈立国的中年民工派去了车站。那里设有一座料库。一老一少心情大好，白天结伴到处转悠，自己做饭，晚上躺在被窝里还唠嗑到很晚，把天上地下、国内国外听到的事聊完没得说了，又把那些打记事起知道的村里每户人家的事，陈谷子烂芝麻翻出来狂聊。每天都重复着这种生活。不久，两人便厌倦了。

一天，杰姆斯和几个黑人下班后，来到车站找刘柱。语言不通，比画半天刘柱才弄懂，杰姆斯要带他去看看他们的部落。刘柱欣喜若狂，对陈立国说："哎，你先看着，我得出去遛遛，不然真憋疯了。"

陈立国年长，本不同意刘柱去，经不住刘柱软磨硬泡，只好松口，交代当天必须回来。杰姆斯和几个黑人满嘴讲土著语，用肢体语言告诉陈立国要留刘柱在部落里住一晚，陈立国听不懂，就扬手放他们走了。

那一晚，陈立国等到半夜，刘柱也没回来，他急得骂娘。睡到下半夜，陈立国听到外面有动静，起床后顺手抓根铁棍，走近料库摁开电灯开关一看，发现附近村庄里的几个黑人，趁着黑咕隆咚的夜晚撬开了库房门，正在偷扣件和轨料。他举起铁棍大喝一声，把那几个黑人吓跑了。再躺下后，那些可恶的黑人进行报复，从外面扔进来许多大小石块，砸得窗户和房门叮当响。一夜惊魂，陈立国恨不得等刘柱回来把他吃了。

第二天上午，刘柱回到车站，怀里抱着只小猩猩，身边跟着个黑姑娘。陈立国气得想上吊，问他为啥当天不回来，夜里料库都快被当地黑人偷光了。刘柱很吃惊，把小猩猩放下来，直向陈立国道歉。可陈立国不依不饶，指着小猩猩和黑姑娘问咋回事。那姑娘听不懂汉语，但能从陈立国发怒的脸上猜出来他和刘柱之间发生了什么。小猩猩被族人抓来要烤熟吃掉，刘柱当场劝住，把小猩猩留下抱了回来。刘柱本人也向陈立国做了这样的解释。陈立国气愤地说："你要娶这黑姑娘吗？"



刘柱说："她叫卡娅，是杰姆斯的堂妹，跟我来看看。我想娶中国老婆，不想生混血的小黑孩。"

陈立国说："从今以后，这只小猩猩和黑女人你来养。你做你的饭，我做我的饭，各吃各的。"

刘柱来了气，说："做就做，小猩猩好可怜，我养他，要训练他学干活。"

俩人就这样闹崩了，互相不搭理，都看对方不顺眼。不但各做各的饭，刘柱睡觉也换了地方，抱起被褥和蚊帐搬到库房去了。小猩猩成了他的唯一伙伴。卡娅在那里吃了顿午饭便走了。后来，卡娅几乎每天都来看刘柱，跟他学做饭，并喂养小猩猩。跟刘柱学会几个中文单词后，她竟对刘柱说："我爱你。"

刘柱愣问："什么？你爱我？"

卡娅又重复了一句，说："我爱你。"

刘柱吓得浑身哆嗦，苦笑着边摇头捂鼻子，边抬手挑弄她的脏辫子，说："不行不行，你太黑，也太脏，平均六个月才洗一次澡。我受不了，娶不起你。"

卡娅听不懂，莫名其妙地瞪着他。小猩猩很有灵性，是个懂得感恩的高级动物。它蹲在地上，仰头望着他们。等刘柱说完，忽然抓住他的手搭在卡娅手背上。卡娅高兴地用英语说："The gorilla knows I love you.（小猩猩知道我爱你。）"她蹲下身把小猩猩抱在了怀里，后悔族人不该把它抓来吃，因为它是人类的近亲与朋友。

刘柱说："卡娅，既然你喜欢他，我给他起个名，就叫'小森林'吧。"

后来的一天深夜，当地黑人又悄悄掐断铁丝网，钻进院里偷东西。陈立国和刘柱先后巡逻几遍，因为在夜幕下看不清黑人躲在哪里，便回屋睡觉去了。小森林靠灵敏的耳朵，听到外面有人在拆铝合金门窗，便"吱吱吱"狂叫不止，在刘柱床边跳来跳去，伸展双臂连拍带打把他吵醒。刘柱起来抓根铁棍冲出去，小森林跑在前面，朝暗中的小偷发怒乱叫，跳起来猛扑到一名黑人的后背上，用长臂打黑人的头和脸。黑人不知道是啥东西，吓得落荒而逃。等陈立国赶到，小森林和刘柱已驱赶了所有偷盗者，保住了财产。

天亮后，陈立国给小猩猩端来食物，说：“以后咱俩养小森林，但我不养那黑姑娘。”

刘柱说：“我也不养她，但她有点儿想赖上我，你说咋办？”

陈立国不正眼瞧他，说：“你招的，自己看着办，我不管。反正你没爹没娘，要不你给黑人当上门女婿。”

刘柱说：“算了吧，干完铁路我就回国。”

再一日，汪静找了个理由，让劳务队安排人，一同前往沿线驻地和车站进行防疫检查，安保国叫张放陪着直接去了车站。实际上，汪静出于关心，是想去看看刘柱，并给他带一些好吃的食品去。到达车站后，张放发现刘柱和陈立国分开灶吃饭，问咋回事儿。陈立国说刘柱从部落弄回来只小猩猩，还带回来一个黑姑娘，气得张放当时要把刘柱撤回去。汪静穿一身白大褂走进库房时，小森林龇牙咧嘴冲她叫，把汪静吓得直往后躲。定神再瞧，看见卡娅在学做饭。刘柱把小猩猩呵斥到一边，激动地喊了声“汪姐”。汪静红着脸问卡娅是谁。刘柱一五一十说出了原委。卡娅端着炒好的菜走到汪静跟前，指着刘柱还是说那几个单词：“我——爱——你！”

汪静沉下脸来，问：“她说她爱你。你蜇伤完全好了？”

刘柱很是羞涩，说：“好了，姐。卡娅乱讲，您别听她的。”

汪静没再多说，搁下带去的食品，让刘柱留着吃，嘱咐他一定要注意卫生防疫，非洲的传染病太多。刘柱恋恋不舍，问她为什么现在就走。汪静说：“有卡娅陪你，我不多待了。”

刘柱似乎明白了她的意思，正想说些感谢的话，劝她多留会儿，可卡娅嘴里说出一长串听不懂的土著语，急得吱哇乱嚷，又崩单词：“我爱你。”

刘柱把她推到一边，说：“卡娅，以后别说你爱我，我没想过。你只适合在非洲生活，我不需要娶黑人做老婆。”

汪静这次见到刘柱，心里说不出是啥滋味。她知道自己绝不可能爱上一个民工，但卡娅的出现，又令她很不开心。不久，刘柱也找了个理由，告诉陈立国浑身疼得厉害，要回卫生所看病。其实，也是专门跑去见汪静，还把小森林带在身边。见到汪静后，又不知该说啥，问："姐，那天你见卡娅在，是不是生我气了？"

汪静温和地笑着说："我生你啥气。恋爱是你的自由，找个黑人做老婆也不错，姐祝贺你。"

刘柱说："我才不找黑人呢。我喜欢姐姐，你别嫌我穷，我会努力的。"

汪静当时气得很想扇他，又怜悯刘柱是个孤儿，医生的职业道德让她忍住了性子，说："你胡说啥呢？有句话知不知道？"

刘柱诙谐地说："我知道自己什么都不是，可不想吃天鹅肉的癞蛤蟆，就不叫癞蛤蟆了。再说，我蜇伤的那个地方，长这么大就你一个人看过。"

汪静"扑哧"笑了，说："以后不许跟姐贫嘴，卡娅要真爱你，你就娶她，然后把她带回国内。"

小猩猩与汪静已不再陌生，安静地蹲在他们身旁。汪静又说："你连自己都养活不了，还养只猩猩。你回国是把它带走还是扔在这里？"

刘柱俯身摸了摸小猩猩的脑袋，说："我不把它从部落里带回来，他们就把它杀掉煮着吃了。走时，我再把它放回森林。"

汪静听刘柱这么说，微笑着点点头，认可他的这一做法，蹲下身子，也去抚摸小森林。失去父母的小森林，乖巧地伸出长臂搂住她的削肩，像要在她这里寻找母爱。汪静受到很大触动。她看到了眼前这个还有些稚嫩的民工善良的内心，犹如她和所有的医护人员，用自己特有的温存去同情呵护每一个病人。她想，也许刘柱与小森林是同病相怜吧。对一个孤儿来说，富有同情心比什么都重要，他应该有个好的结局。

没过两天，工地上的人都知道刘柱在看守地养了只小猩猩，并且小猩猩还会帮他抓小偷。更令人惊诧的是，竟能在这么短时间内拉扯上一个黑人姑娘，而那个姑娘还爱上了他，真有点不可思议。就为这事，安保国把张放狠狠训了一顿，嫌他明知刘柱养小猩猩，并与部落姑娘在一起也不加制止，这是故意放纵。随后，安保国又把刘柱叫回来，训斥道："刘柱，你哪来这么大胆子，敢去部落抱只猩猩回来？还把杰姆斯堂妹领回车站，又学做饭，又教她学说中国话，是不是已经跟那姑娘睡到一张床上了？"

刘柱被训得哭笑不得，说："保国哥，你冤枉我。我和立国哥看守车站整天闲得慌。部落里的人要吃小猩猩，我觉得它可怜，才把它抱回来做个伴。卡娅只是来车站找我玩，我根本没跟她上过床。”

安保国听后气得原地打转，说：“都说那个卡娅爱上了你，你个屁孩子从没谈过恋爱，知道什么是爱吗？”

刘柱摇头称不知道，只说好喜欢汪静。安保国急了，指着他说：“再胡说我揍你。人家汪医生是什么人，你是什么人，也不撒泡尿照照自己。你跟我出来，我就要对你负责。”

训到最后，安保国叫刘柱把小猩猩还给黑人，逼他表态以后再也不跟卡娅来往，如果不照做就让他回国。说着，一脚把小猩猩踢出老远。小森林颤抖着身子，蹲在地上抱起双臂直视刘柱。

“你别踢它！”刘柱说，“它也没有父母。”

刘柱抱起小森林走了。他没有回看守地，而是带着小森林去了项目部卫生所，见到汪静诉了一肚子委屈。汪静安慰说：“刘柱，安队长是为你好，不养就不养，把小猩猩送回森林去吧，复工后你没时间照料他。再说猩猩身上带有病毒，搞不好会传染人。”

小森林像是能听懂汪静的话，蹲在刘柱身边一直不停地流泪。刘柱抱起小猩猩，说待一段时间再看，现在送它回去肯定死定了。“行吧，”汪静拿出两瓶84消毒液递给刘柱，说：“那你注意消毒才行。你若得了传染病，就会传染给劳务队其他人，这可是不得了的事。”

刘柱说：“我哪儿那么容易得传染病，卡娅也从没得过那类病。”

“卡娅是黑人。”汪静说，“人家适应了在这种环境里生存，你能跟她比吗？”

刘柱说：“好好好，我听姐的，以后不跟她来往了。”

这时，大牙、杰姆斯和两个黑人，架着一名脚踝受了轻伤的黑人劳工来到卫生所，叫汪静帮他治疗。汪静和另一名医护人员，赶紧让那名黑人坐在凳子上，蘸着碘伏和酒精帮他消毒、抹药与包扎。刘柱抱起小森林想离开，却被大牙拦住了，大牙说：“Hey，hey，Liu Zhu，don't go. This is the favorite food in our tribe. How did you get it?（嘿，嘿，刘柱，你别走。这是我们部落最爱吃的美食，怎么被你领来了？）”

杰姆斯对大牙说：“Oh，buddy，the chief of the tribe agreed that he could bring the baby orangutan back，and that he also brought my cousin，Kaya。（呵，

兄弟，是族长同意他把小猩猩带回来的，他还领回了堂妹卡娅。）”

大牙不解，冲刘柱说：“Kaya? Well, boy, since Kaya left our tribe with you, you have to find a way to marry her.（卡娅？哎，小子，卡娅既然跟你走出了我们的部落，那你就要想办法娶她。）”

这天，钟铁军刚好从医院回来，杨琳给项目部卫生所带了许多药，让他交给汪静。正在汪静和刘柱为难之际，钟铁军提着箱子一步迈了进来。



“Oh, boss.（哦，头儿！）”大牙吃惊地说，“You're back in time. James and I were talking about Liu going to our tribe and bringing back the orangutan and his cousin, Kaya. He will have to marry Kaya.（你回来得正是时候。我和杰姆斯正在说刘柱去我们部落，带回了这只猩猩和堂妹卡娅。他要娶卡娅才行。）”

钟铁军把药交给汪静，看了一眼小森林，问刘柱是不是这回事儿。刘柱怕见他，说：“叔，小森林是我带回来的，卡娅是主动跟我来玩的。保国哥已经骂我了。”

钟铁军朝他屁股上踢了一脚，对大牙和杰姆斯说：“Big Teeth, Liu Zhu is my nephew, he did not say that he would marry Kaya. You told James to go back and tell Kaya that she shouldn't come to visit Liu Zhu anymore, and we don't need women workers at the construction site at present.（大牙，刘柱是我侄子，他没说娶卡娅。你让杰姆斯回去跟卡娅说，以后不要再到刘柱这里来了，工地目前不需要女劳工。）”

大牙说：“Boss, that's not working. Liu may not marry Kaya, but at least you need to get a job for her. She can bear hardships. She can do a lot of work.（头儿，那不行。刘柱可以不娶卡娅，起码也得给她安排个工作。她能吃苦，会干许多活。）”

钟铁军说：“May be later, but not now.（那以后再说，现在不行。）”

“All right. Your call, boss.（好吧。听您的，头儿！）”大牙又说，“Then let Liu Zhu keep the orangutan. We haven't had dinner yet.（那让刘柱把这只猩猩留下，我们还没有吃晚餐呢。）”

钟铁军问刘柱：“大牙要晚上把猩猩吃了，给他们吗？”

“我不给！”刘柱说，“他们不能把小森林吃掉，它也是条命。我要把它训练成一只会干活的猩猩。”

钟铁军讽刺地说："训练个屁，连你自己都没训练好，还想训练动物。回去看你的车站吧。"

汪静说黑人吃野生动物太恶心，不能给大牙和杰姆斯，催刘柱赶紧走。刘柱趁机抱起小森林溜掉了。

"Big Teeth, you need to get rid of the habits of eating wild animals.（大牙，你们要改掉吃野生动物的习惯，）"钟铁军说，"We don't like your killing diet. At least we won't allow you to do that at the site.（我们不喜欢你们那种带有杀戮的饮食习惯。起码在工地不会让你们那么做。）"

大牙说："We don't grow crops, so we don't have much food to eat. We have changed a lot since we come to the site.（我们不会种庄稼，没有多少粮食吃。到工地来已经改变了很多。）"

刘柱带着小森林回到看守驻地。一连好几天，不知什么原因卡娅真的没有再来，刘柱却又翘首以盼等她。自此以后，钟铁军给项目部作出一项规定，不准任何人私自去黑人部落，更不允许单独与黑人女性私下来往。这不仅涉及员工人身安全，更关乎央企的名声。王子浩对此有不同看法和意见。他认为职工出国上项目，一年见不到老婆一回，很难耐得住寂寞。男女之事是两相情愿，只要不得病影响施工，男人愿意找，就让他们找去，反正也花不了几个钱。钟铁军指着他骂："你这熊玩意儿，再好的队伍也会被你带坏。既然你同意这么做，那你咋不去？"

王子浩半开玩笑半认真地说："还没挣到钱呢。挣到钱，我找最漂亮的姑娘，然后在非洲安个家。"

钟铁军说："你不就想着那一千美金吗？钱拨下来发了工资我给你。"

王子浩说："去去去，那一千美金是小钱，我看不到眼里，要弄就弄把大的。"

钟铁军糊涂了，问："弄把大的？多大是大？你想咋弄法？"

王子浩白了他一眼，诡诈地笑笑，称要出去办件事。当天晚上，他在项目部吃完饭，叫上吴大友开车去了劳务队，把安保国和张放叫到一起，说从国内来的桥梁劳务队队长于长山捣乱，鼓动民工去大使馆静坐闹事，又说钟铁军不好出面，要自己去警告他。安保国和张放一个跟钟铁军是同村街坊，一个是亲戚，俩人听后立马就恼了，骂于长山不讲仁义，非要一起去教训他。当下，喊了七八个民工，跟随王子浩去了近百公里外的桥梁队驻地。

于长山个子不高，人很瘦，看上去老实巴交，不像耍心眼的奸人。这天闲来没事，他找来队里的会计和技术员，把从国内带来的最后两瓶酒喝了，没醉但有点儿身不由己。正要出门，被安保国和张放堵在了屋里。几个大汉将他拽出来拖上车，开到了离驻地几公里外的森林边上。于长山清醒过来后，看着这几个陌生的面孔，不知道他们是从哪儿冒出来的，吓得不轻。张放把他从车上推下来，王子浩站在暗处问他为什么要鼓动民工去大使馆上访。他起初不承认，王子浩故意说："不承认是不是？那我们回去，你一个人走回驻地吧。"



于长山见他们要走，差点儿吓尿裤子。深更半夜，正是森林和沼泽地里野兽出没寻食吃的最佳时机，让他一个人走回驻地等于白白送死。他灵机一动，赶忙拉住王子浩和安保国的手认错。安保国质问他是不是中国人，带他出来挣钱，还鼓动民工去闹事，良心何在？于长山一会儿磕头，一会儿抹泪，哭哭啼啼装出一副可怜样，言称以后再也不做对不起项目的事。王子浩说长记性就行，要罚他五万块钱，再有下次就滚回国内去。于长山认栽，问罚款交给谁，王子浩从口袋里掏出早已写好的银行卡号递给他，让他第二天把钱打到卡上。

于长山后悔得要命，被送回驻地后，几乎一夜没睡。第二天上午，火急火燎地催会计，按王子浩给的卡号把钱汇了过去。

几天之后，钟铁军才知道王子浩和安保国、张放带人去找于长山算账，气得他把几个人叫到项目部，拍着桌子大骂说，马上要复工大干，在这时候却因早已平息的风波去惹是生非，会给劳务队的稳定造成影响。王子浩三人开始不觉得有何不妥，说对吃谁坑谁的人不能手软，不然这么多劳务队都瞅个机会起来造反。钟铁军说，过错是项目拖欠民工工资造成的，不怨他们，做事怎么不动脑子啊。别扭半天，张放才承认罚了于长山五万块钱。

"罚他钱了？"钟铁军惊异地问，"钱呢？"

王子浩坐不住，说打到他卡上了。钟铁军一脚把椅子踢翻在地，怒骂："王子浩啊王子浩，你是项目副经理，于长山再有错，你能叫他往你卡上打钱吗？再说也没想罚他款，我看你是想自己贪。"

王子浩不服，气哼哼地说："行行行，是我吃错了药，多管闲事好不好？

记住，钟铁军，以后没人再管你的烂事，遇到事你自己扛吧。”

钟铁军清楚同学之间吵归吵，闹归闹，但心是相通的。他们都不会真生对方的气。再一天，项目部召开大干动员会时，钟铁军把于长山叫到办公室，将王子浩吐出来的钱递到他面前，说：“长山，民工去大使馆闹事确实不应该，但事情已经解决，就不罚你款了，只要以后带着队伍好好干，不会让你吃亏。”于长山很感动，说啥也不去拿桌子上的钱。钟铁军抓起来硬塞给他，让他回去为大干做准备。于长山接过钱，感激涕零地赶忙给钟铁军鞠躬。

铁路终于复工，看守的日子结束了，转眼也到了冬天。这个季节的非洲正值旱季，炎热干燥，尘土飞扬。随着复工，每天都有从国内来的大量施工队和民工被各分部接到现场。堆放在物流基地的工程物资和大批设备，也被大型拖板车和各种不同的拉货车，穿过国家公园、青尼罗河、草原、沼泽地和森林，在坎坷不平的公路上绕行一千多公里，最后卸在沿线的施工点、仓库、轨排和轨枕厂。工地每一个区段，都有许多头戴安全帽、身穿橘黄色马甲、操作机器和手持工具的中国工人与黑人劳工。他们个个都在卖力地干活，把原有的旧轨该拆的都拆了，等待建设新的铁路。往日的冷清与萧条已不复存在。这也打乱了沿途部落与村庄黑人们散漫的生活节奏和单调宁静的气氛。

项目复工后，李小兵被集团工程建设指挥部任命为物流基地及各分部转运站的总负责人，所有到港的工程物资、设备和医疗用品，统归他调度。钟铁军找王子浩商量，让吴大友担任车队队长，既负责整个项目的物资材料与设备运输，也要负责车队跑长途期间的安全，并让大牙和杰姆斯推荐了几个熟悉路况，善于跟警察、士兵打交道的黑人司机。钟铁军安排王子浩、第五小刚在几个施工点搭建了长二十米、宽四米的帐篷作为工地课堂，把七八十名黑人集中起来，采用电视教学的方法，结合画面，声文并茂地先用汉语描述出来，再通过外聘的翻译，全面细致地翻译成英语或土著语讲给黑人听。多数黑人是打猎高手，但从没接触过铁路施工。他们不懂得什么是混凝土施工工艺，更搞不清钢筋绑扎制作有哪些规范与流程。岗前培训，使钟铁军掌握的英语和小语种有了用武之地。听他的课黑人不费劲，如痴如醉，却似懂非懂。然后就去工地实地教学。那些从原始部落里走出来的黑人，终于学会了该如何使用工具和操作机械修铁路。这种技能将使他们受用一生。他们把中国老师看成了神，见了面儿毕恭毕敬。

从国内新增派到项目上的人，果真按照杨琳的交代，捎来一双四十二码的旅游鞋和一身上衣，让人带给了钟铁军。“Big Teeth，keep these for what you have done to help.（大牙，看在你出力的份上，拿去穿吧！）”钟铁军将大牙喊到办公室说，“But you have to keep it a secret，you can't tell anyone that I sent you these. Because you black people like to ask for things when they see the Chinese. I can't deal with it if all of you come to me for those things.（但你要保密，不能告诉别人是我送你的，因为你们黑人见到中国人就要东西。假如都来找我要，我可受不了。）”

大牙把鞋和衣服拿在手里看了又看，不敢相信这是真的，摇头清醒了一下脑子，说：“Boss，you are my God. I won't tell anyone. With this new pair of shoes，I no longer need to wear slippers to work. With these beautiful clothes，my girlfriend will marry me.（头儿，你真是我的上帝。我不会告诉别人的。有了这双新鞋，我可以不用再穿拖鞋来上班，再加上漂亮的衣服，我女朋友一定会嫁给我。）”

大牙当晚回到部落，穿上新鞋和衣服跑去另一个村庄与一位姑娘约会了。第二天回到劳务队，杰姆斯和所有黑人兄弟，望着他一身新装个个瞪大了眼睛。那些人弄不清楚他从哪儿买来的中国货，大牙也不给他们透露鞋和衣服的来源，趾高气扬地在那群黑人兄弟面前，显摆他这时的富有。再去见钟铁军时，钟铁军让他联系巴布扎，催将军赶紧把排雷兵派到工地来，因为内战和对外战争都是沿着铁路线打的，路基和两侧的沼泽地、森林、山坡、草原等所经之处，少说也埋有几百万颗各种型号的地雷。复工后必须排雷先行，设计紧跟，征地快进。大牙很听话，跑出去给巴布扎将军打去了电话。将军做事历来干脆利落，当即答应了大牙，并让他转告钟铁军，一个团的排雷兵力随叫随到。

施工队和士兵进驻车站后，陈立国和刘柱回到了劳务队，也把小森林带回来了。民工们第一次见到真猩猩，很好奇，都喂他吃的，还逗他学抽烟、喝汽水，把他当成了劳务队的一员。时间长了，小森林对民工们也不再陌生，随意在他们中间跳来跳去玩耍。没过多久，陈立国身体出了毛病。丛林中蚊子飞虫成灾，成群结队攻击人，赶不走，打不完，叮得民工浑身上下都是红色肿包，奇痒无比，用药也不见效，持续几天才能下去。黑人习惯了这样的自然环境，他们不怕。刘柱见状想出了个有效的办法，把旧蚊帐找出来，剪成一个半径五十厘米的圆，在边上缝一条束口绳，做成一个轻便的头罩。后来，大家都学他，戴着头罩去工地，俨然成了白色蒙面人。汪静和医护人员去工地防疫，看到他们的样子甚感好笑，一打听原来是刘柱的发明，对他大加赞赏，说："想不到你还有这种脑子。"

刘柱在头罩里傻笑，说："汪姐，我是为了不再被蜂蜇，被虫咬，让你省心。"

汪静心里暗喜，嘴上却说："被虫咬的人多了，不差你一个。"

刘柱说："那也不想让你再替我操心。"

走时，汪静单独把刘柱叫到一边，给了他几瓶防蚊虫叮咬用的风油精，并问卡娅又来找他没有。刘柱说卡娅来过，想在工地找份工作。汪静说卫生所只有三个人，忙不过来。如果卡娅真想出来打工，可以到卫生所当帮手，帮着消毒打扫卫生和接待病人，但必须经过钟铁军同意。

刘柱说："那我去找我叔。"

汪静问："你这么积极把卡娅弄过来，是不是真想娶她？"

刘柱说："得了吧。姐，我自己连家都没有，才不会娶她呢。不过，卡娅不是坏女孩，她来了准能帮上你。"

汪静答应了卡娅来卫生所。第二天，刘柱果真找到钟铁军，说："叔，卫生所缺人，汪姐想找个帮手，刚好卡娅想出来打工，给点钱黑人就满足。你看能不能让她来？"

钟铁军思索后问道："凭啥叫她来？"

刘柱说："不凭啥，卡娅对我很好。"

"跟她上床了？"

"没有，真没有。我那地方蜇伤后不敢轻易硬。"

钟铁军呵呵笑了，说："刘柱，咱是一个村的爷儿们，不是自己的事，别给我添这种麻烦。"

刘柱苦求说："叔啊，就当是我自己的事吧。我去卡娅家里看过，穷得叮当响，好可怜。"

钟铁军拿眼斜视着他，摇头说："非洲百分之八十的人都在贫困线以下，你可怜得过来吗？"

刘柱说："我不管别人，你可怜卡娅就算可怜我，行不？"

钟铁军半开玩笑半认真地说："行。但我有个条件，她必须嫁给你，你也必须娶她，把她带回老家去。"

刘柱慌了，摆手说："可别。叔，我不想找黑人做老婆。汪姐知道了，她会生气的。"

"她生啥气？你想汪静会嫁给你个打工仔吗？"

刘柱解释自己并没多想。经不住刘柱软磨硬泡，又看他可怜兮兮的样子，钟铁军最终同意了。

卡娅由大牙和杰姆斯领着来到了卫生所。汪静将她接收下来，让她当临时助工，月工资一千五百元人民币，把卡娅乐坏了。卡娅说她的族人会巫术，常给村庄里的人治病。她知道密林里哪些林草树木有药效。汪静看卡娅挺勤快，还对医药看病有所了解，倒感谢起刘柱来，而大牙和杰姆斯只感谢钟铁军。他们认为是钟铁军给了他俩面子，压根儿没想到会是刘柱起的作用。

后来，卡娅跟杰姆斯说，她能来打工是刘柱帮着找的钟经理。杰姆斯这才信以为真，拍着刘柱的肩膀，通过翻译跟他说："You're a good man, helped my cousin, and I'm in favor of Kaya marrying you.（你是个好人，帮了我堂妹，我赞成卡娅嫁给你。）"

刘柱无奈地说："我根本没想过找老婆，只想帮助你们。"

陈立国就是在这段时间生病的。一连几天，安保国、张放和民工们收工回到森林驻地时，发现附近的村庄，接连不断有死人从村子里被抬出来，放在一个空旷的地方，架上木材直接烧了。起初，他们弄不清那个村庄里出了什么事，后来大牙和杰姆斯说村里有人得霍乱，已经死了六七个村民。安保国和民工们吓坏了。刘柱用手机打给汪静，急慌慌地说村里有人得霍乱死了，民工怎么办。汪静知道是传染病，当即向钟铁军做了汇报。钟铁军问过杨琳后，指示安保国把劳务队赶紧撤出来。

安保国和民工们搬离了原驻地，但仍没有走出森林。随后，杨琳带集团工程建设指挥部医疗防疫组来工地巡回医疗和检查，给大家做了一番详细介绍与解答，告诉他们世界上最多的传染病都在 A 国。非洲的气候条件，容易产生很多自然疫源性疾病，比如艾滋病、疟疾、结核病、黄热病、昏睡病、霍乱、埃及血吸虫病、马尔堡病毒、尼罗河病毒、芒果蝇病等。不论外国人来这里工作还是旅游，都要加强防范，否则死亡就会降临到头上。

陈立国开始并不害怕，但随着时间的推移他越来越担心。尤其从车站回到驻地后的一天早上，他忽然发现尿血，怀疑自己得了某种传染病，快被吓蒙了。安保国派车把他拉到卫生所，但那里没有先进的医疗设备与器具，杨琳和汪静无法对他进行全面检查，只好把他送到工地医院。B 超机没照出个结果，只能用手按压他的小腹，敲敲他的后腰，却没有查出原因。钟铁军打电话问杨琳："他到底得的啥病？可不能让他死在国外。"

"肯定膀胱有问题。"杨琳说，"检查不出来，还是让他回国吧。"

那些日子，春节一天天临近，从国内来的和回国的人很多。杨琳把陈立国的病情向路同和与戴国兴汇报了一遍，他们同意她把陈立国送回去。已经出来八九个月，杨琳想儿子快想疯了。钟铁军内心实在焦虑，说："你回国休假吧，回去看看爸妈和儿子，也把陈立国的病好好治治，不然我无法给村里人交代。"

杨琳安排完医院的工作，当下订了她和陈立国回国的机票，大牙和张放开车把他们送到机场。在那个明媚的上午，自从俩人离开家乡后，第一次登上了回国的飞机。

# 第九章

杨琳和陈立国一路辗转，二十多个小时后飞机落地。

到达上海虹桥机场后，杨琳先从包里拿出口罩让陈立国戴上。取完行李从机场出来，她叫了辆出租车，先把陈立国送到市医院，向值班医生介绍了病情，办完住院手续安顿好，并通知他家人赶来陪护后，才乘车直奔乡下公婆家。她要去看儿子和老人。平日里繁忙的高速公路上车辆稀少，下了高速也没见多少行人。

杨琳与儿子和公婆一见面，双方就抱头痛哭。钟锋流着泪问："妈妈，我想你和爸爸。你们不要我了吗?"

杨琳的心被刺得很疼，把儿子搂在怀里，直亲他的脸蛋，说："要你，好儿子。爸爸妈妈都要你。"

杨琳在老家待了十几天，专门陪伴孩子和老人。此后，她拉出一个药单，去局里找董事长夏江，要求再给工地医院配些急需的药品和器械。在那样一个容易暴发大规模瘟疫的国家和地区，万一发生疫情，她拿什么应对和处理？她跟路同和、戴国兴通电话，提醒他们要把工地疫情防控提上议事日程，同时提出工地医院现有的药品和医疗设备无法满足未知疫情的需要，必须加大投入。路同和、戴国兴对她的建议很上心，叫她拿出一份计划，由集团工程建设指挥部向集团打报告。杨琳把那份计划单递到夏江面前，说："董事长，这些药品和设备需要再投入二百多万元，您看能不能特批一下，派人采购回来，最好我回去时物资也能到港。"

夏江眼睛盯着计划单一眨一眨，问："那边会发生疫情吗?"

杨琳说："A 国各种病都有。到现在陈立国还没确诊到底得的啥病，万一是传染病，药品和设备不够，我可负不起这个责任。"

夏江被她的话噎住，想了想说："你的这个计划能不能稍缓缓？"

杨琳觉得受到了轻视，站起来说："董事长，你叫我去当工地医院院长，又不给我批钱买药品和设备，工地上有了事还要追我的责，这工作咋干啊？"

夏江站起来，说："行。你去看看那个姓陈的民工病情咋样，让我考虑考虑。"

杨琳带着一肚子气离开夏江办公室，打车去了市医院泌尿科病房。陈立国检查完膀胱、肾和前列腺，医生说他膀胱里长了个菜花状的物体，初步确诊为膀胱肿瘤，不排除膀胱癌的可能性。结论一出，陈立国当场崩溃了，与老婆孩子和兄弟姐妹抱头痛哭了两天，还写下遗嘱，要跟老婆离婚，等他死了让自己的女人再找个好人家。杨琳赶到时，陈立国满脸都是泪，拉住她的手不放，说："杨院长，你说我可咋办，医生要我做手术把膀胱切掉，体外挂个尿袋子，那我还不如死了好。"

杨琳安慰陈立国别担心，她再去找医生看看结果和治疗方案。主治医生是位姓乔的中年男教授。杨琳先介绍了自己的身份，问陈立国是不是就确诊为膀胱癌，还有没有别的办法治。

乔教授说："要进一步检查，可以先做个活检，再研究方案。"

陈立国被再次推进泌尿室，做了最后一次膀胱镜检查。杨琳和陈立国盼着能扭转以前的诊断结果。活检需要三天，那是最难熬的日子。杨琳把陈立国扶到病床上躺下休息，说："结果出来，我会找乔教授。"

第三天，杨琳早早到了医院。乔教授手里拿着活检报告，说："嗯，他不是膀胱肿瘤，活检结果是虫卵。"

杨琳大吃一惊，说："这么说是寄生虫在膀胱里筑巢引起的？"

"对。在非洲工作有这种可能。"

杨琳长长松了口气。她没想到老天爷跟陈立国开了个天大的玩笑，幸亏没做手术把膀胱切掉，否则可要了他的命。杨琳问："到底是什么虫卵能钻进膀胱里筑巢呢？"乔教授摇摇头说，他从没见过这种病例。于是，把杨琳叫到办公室，从书架上找出一部大书，翻开里边的插图让她看。

杨琳惊骇地说："埃及血吸虫病？"

乔教授肯定地回答："是。埃及血吸虫。它的虫卵通过尿道进入膀胱，在膀胱里筑巢繁殖，所以才出现病人尿血的症状，并且很容易造成误诊。"

一场虚惊后，陈立国终于安心了。他对杨琳和钟铁军感恩戴德，认为如果不是钟铁军和杨琳让他回国治疗，可能早就踏上了黄泉路。



杨琳在拿到确诊结果第一时间复印了一份活检化验单，再次去找夏江："董事长，你看看，陈立国得的是埃及血吸虫病，中国没有。更何况其他传染病比这种病更厉害。"

夏江接过活检化验单，看后吓了一跳，长长叹口气，把化验单还给杨琳，又从抽屉里拿出一份清单，说："你要的那些药品和设备都采购回来了，去找保障部验收一下，随这批材料一起装船海运走。"

清单有好几页，杨琳的目光落在上面久久不肯挪开。她兴高采烈地跑去保障部仓库，打开集装箱挨个点验了一遍，压在心底的石头方才落地。当她回到A国时，这批药物和设备就会抵达港口，并经转运站配送到工地医院和卫生所。

杨琳休假一个月，时间很快过去。她不得不再次与儿子钟锋和公婆告别。虽然儿子长高长胖了，但她放心不下这二老一少，嘱咐钟锋要听爷爷奶奶的话，不要到危险的地方去，更不要跟同学打架。钟锋很懂事地答应了她，走时却扑在妈妈怀里不让她离开。杨琳眼泪刷刷地往下流，哄他说妈妈不走，得回单位开会。这样，钟锋才放松了警惕。等把他送进学校，杨琳回到家给公婆放下准备好的钱，两个老人把她送到门外，眼泪汪汪地目送她离去。刘柱家里没人，杨琳去跟安保国和陈立国的家人打完招呼，又提着东西跑到张放家，看了看钟铁军的这房亲戚。之后，她才回到自己家中收拾行李，准备当天夜里的长途飞行。

经过二十多个小时的飞行，杨琳回到工地医院的时候，钟铁军正在集团工程建设指挥部，带领由王子浩、第五小刚牵头组成的现场勘察设计小组，与刚来不久的设计团队对接，共同开展线路地形地质勘测。第一次进场勘测时，博顿公司没有拨付工程款，设计工作进行到一半便中断了。现在要复工，设计人员二次进驻，总共来了七八十人，由一名叫洪勇波的副院长和一名叫黄山的总体带队，他们分成几组同时进行实地勘察，任务是用最短的时间和最快的速度，对全线新建铁路的线位与桥、涵和路基，采用中国标准拿出最佳设计方案。各区段都在热切企盼他们尽快交付图纸。

路同和问："勘察需要集团指挥部提供什么帮助？"

洪勇波望着铺在桌子上的卫星地图十分发愁，沿线除了密林、沼泽地、丘陵、大山、河流外就是草原。线位和碎石场选址，最好有架直升机，先从空中勘察，然后再进行地面实地勘测，需要三辆越野车。另外，到处埋有地雷，还需要排雷兵。的确，这将是非常艰巨而危险的野外作业。过去，围绕铁路展开的内战和对外战争持续多年，沿线各类建筑物惨遭破坏，所有桥梁无一幸免被炸断，青尼罗河上的特大桥两端虽还矗立在岸上，中部却早已落入水中。坦克、装甲车残骸散落在铁路两侧的密林、山岗和草原上。部落和村庄战时都迁走了，人烟稀少，当年的惨烈程度可见一斑，战后一些土著居民才陆续迁回来。所埋的几百万甚至几千万颗地雷，既有跳雷、步兵雷，还有反坦克地雷和炮弹，威力大得吓人，每年都有许多当地黑人触雷而亡。战争结束后，A 国专门设立了国家排雷委员会，巴布扎将军是这个机构的最高指挥官。

钟铁军深知勘察设计的难度，提出直升机和越野车由集团指挥部负责联系和统一调配，分部全力配合，并提供向导。洪勇波问谁能当向导。钟铁军说大牙和杰姆斯。于是，大牙被派给了王子浩，让他俩先跟随洪勇波乘坐直升机进行空中勘察。又从于长山桥梁队所带的黑人劳务中，抽调了两个分别叫塔曼和多米里的黑人，与杰姆斯和他同村的另外几个黑人劳工，一起派给了第五小刚，叫他们配合黄山和设计人员进行陆地勘察。这些黑人都是好猎手，熟悉当地的地形地貌，适合在丛林、沼泽地带路当向导。

临出发前，大牙又向随队的士兵，借了一支冲锋枪和子弹挂在身上。钟铁军问："Hey，Big Teeth，do you need a gun for a helicopter survey？（哎，大牙，坐着直升机勘察需要带枪吗？）"

大牙擦拭着枪管嘿嘿一笑，说："Boss，if you get lost in the woods or in the marshes，you'll suffer without a gun.（头儿，万一在森林或沼泽地迷路，没枪是要吃亏的。）"

王子浩对钟铁军说："别管他了。你不参加我们的勘察吗？"

钟铁军说不爱坐直升机，让他和大牙去，把碎石场位置选好，附近必须有石料。王子浩则指着钟铁军说，不爱坐直升机是假，想去见杨琳是真。钟铁军拍了王子浩一巴掌，把他推出了办公室。

直升机飞抵后，勘察队兵分两路出发了。钟铁军跑去医院见杨琳，先问儿子钟锋和父母如何，又问起陈立国的病情来。杨琳不能提儿子，一提就掉泪，但又没办法，安抚钟铁军放心。至于陈立国的病情，杨琳告诉他还在治疗，正日渐好转。钟铁军看她忙，提出来要回项目部。杨琳假装生气嗔怪他："噢，来见我一面就这样走了？"

钟铁军明白她的意思，温存笑着说："那我吃过午饭再走。"

中午，俩人回到宿舍，免不了一番亲热。杨琳提醒他，复工后上来的职工和劳务队多了，必须加强医疗防疫，杜绝黑人在食堂里吃野生动物，避免工地发生传染病。钟铁军说："我哪能管得了这个？黑人啥都吃，连猩猩猴子都吃。"

杨琳说："谁要在工地吃野生动物，就把谁辞掉，让他们回部落里去吃。"

"行行行，我管住工地食堂，不让你操心。"

杨琳又说："听汪静说，刘柱不仅弄来只小猩猩，还弄来个叫卡娅的姑娘到卫生所当助工，他想干嘛？"

"他想干嘛我哪知道？反正这小子挺有主意的。"

"那你让他把猩猩放走，别养那玩意儿，容易染病。"

"我让他放走他就放走啊？他说还要训练小猩猩学干活呢。"

回项目部的路上，钟铁军顺便路过安保国劳务队的工地。安保国正带领刘柱和民工归拢拆下来的旧钢轨，那只小猩猩则静静地蹲在旁边看工人们干活。钟铁军让安保国把刘柱喊过来。刘柱见到钟铁军欣喜若狂。钟铁军指着小猩猩说："刘柱，你婶让你把它放走，怕它染病。"

刘柱嘿嘿一乐说："是我婶说的吗？"

安保国训斥道："这还会有假，叔能骗你吗？把它放走吧。"

刘柱扭头看着小森林，很不情愿地说："我都养了它这么长时间，它也跟队里的人混熟了，我正在教它干活。"

"干个狗屁！"钟铁军说，"指望猩猩把铁路修起来，还要咱们干什么？"

刘柱说："将来可以让它学排雷啊。"

钟铁军心想，教小猩猩学排雷倒是很好，可它也得能学会啊。安保国笑着说："叔，先让他养着吧，也不危害咱们，看刘柱能把它驯化成啥样儿。"

钟铁军说："行。刘柱，你养归养，但要弄出传染病来我可饶不了你。"

这话把刘柱吓住了。收工后，他带着小森林去找汪静，问猩猩会不会有病传染给人。卡娅在旁边两眼直直地看他，仔细琢磨俩人的对话，观察他们的动作与表情。汪静说："动物身上都有病毒，最好不养。"

卡娅嘻嘻笑着打手势，磕磕绊绊地用中文说："你不养……送给……我吧，我带回部落。"

刘柱蹙着眉，说："给你？带回部落？我就是从部落里带回来的，你让它去送死啊。小森林，打她。"

小猩猩似乎能听懂刘柱的话，猛然蹿跳到卡娅脖子上，抱住她的头直拍，把卡娅打得哇哇乱叫。"下来，小森林。"听到刘柱的喊声，小猩猩果真放开卡娅跳下来。

"行啊，刘柱！"汪静说，"小森林还真听你的话，以后把它驯得会干活，你就可以偷懒了。"

刘柱抱起小森林，说："汪姐，将来我要教它学拆地雷。"

后来，刘柱让大牙找来一名排雷兵，他跟那名士兵学拆雷，然后又按照排雷兵教的驯化小猩猩。

此时，大牙正跟王子浩和十三名设计勘察在直升机上，沿着铁路走向低空飞行。巨大的噪声，惊醒了草原上正在午睡的狮子、大象、长颈鹿、羚羊等各种动物。飞临广阔的无人区沼泽地和茂密的原始森林后，从直升机俯视下去，洪勇波和王子浩以及勘测队员们，虽然看到了一望无际的绿色森林与草原等各种自然美景，但进入他们视野更多的是沿途原来的村庄，所有的建筑都没有屋顶，四面墙壁残留着硝烟熏黑的痕迹。不用说，是战争烧毁了这些村子。高大的树木遮天蔽日，把线路捂得严严实实，铁路两侧杂草丛生，施工根本无从下手。

大牙对他生活的这片森林、沼泽、河流、草原以及山谷已经习以为常，扯开嗓子说："Hey, you guys, you know what's down there? In addition to the dilapidated railroad and the land that doesn't grow many crops, there are resourceful underground mines, beasts and my people. If there were enough time, I suggest you take a good walk around here.（哎，亲爱的伙计们，你们知道下面有什么

吗？除了有这条破旧的铁路和长不了多少庄稼的土地外，还有挖掘不完的矿藏、野兽和我的族人。如果时间允许的话，我建议你们抽时间好好转一转。）”

洪勇波边对照地图透过舷窗俯视地面，边说："All right，Big Teeth，you're very hospitable. However，our task now is to finish the railway survey.（行啊，大牙，你真的很热情好客。不过，我们现在的任务是如何把铁路勘察做完。）”

大牙笑道："I admire your attitude and ability；I will be a good guide for you.（我很佩服你们的工作态度和能力，我会为你们当好向导的。）”

在强大气流的作用下，直升机在空中抖动得很厉害。王子浩拉住大牙，贴近他的耳朵问："Big Teeth，can we see the night pearl during the day?（大牙，咱们白天能看到夜明珠吗？）”

大牙摇头说："No. You're a real moneygrubber. You cannot see the night pearl by day. It glows only at night. Are you crazy about it?（不能。你可真是个财迷。即便是火眼金睛，白天也看不见夜明珠，它只在夜里发光，你想它想疯了吧？）”

直升机飞行在湿地公园上空，其高度能让勘察队员看清地面上的山川草木。几颗顶端长着新芽的古树，孤独地耸立在湿地上。被直升机轰隆隆的巨响惊动奔跑的非洲野牛群，忽然停下来眺望前方，数不清的牛角羚在狮群追逐下拼命地逃命，场面极其壮观。队员们看到了之前只有在纪录片里才能看到的场景，惊喜万分。直升机从南往北飞行，飞过弯曲的青尼罗河后，进入一片开阔的区域。舱舷的右侧，便是太阳升起的地方，出了国家湿地公园的边界，就是州府所在地，那里耸立着少许的楼房。在州府北郊，有一座带有庭院的独立房舍，一条公路从院落门前铺向远方。

"你们看，"洪勇波指着地面喊，"那座房子应该是地图上标注的艺术殿。"

大牙侧面看着右前方，说："Yes. When I was a soldier，I used to patrol for the house. It is a famous art hall. An American man travelled all over Africa，collected many ancient antiques and works of art and built the museum for travelers and archaeologists to visit. He spent a lot of money，but also made a lot of money from the foreigners. Do we need to descend here?（是的，我当兵时曾经为这座房子巡逻，那是著名的艺术殿。一个美国佬走遍非洲各地，收藏了大量古董和艺

术品，建了这座博物馆，供旅游和考古学家前来参观。他花了很多钱，但也赚了很多外国人的钱。需要飞机在这里降落吗？）”

“Yes. the railway line is going through here. （是的。铁路线位要从这里经过，）”洪勇波说，“Let the pilot land; we'll look through this place. （让机师找个空地降落，我们要看看这个地方。）”

飞行员是个微胖的黑人，头上戴着无线电耳机，双手紧紧握着操纵杆，扭头望了一下地面，说：“Okay, we can land there. （好吧，那里可以降落。）”

那座庭院的主人叫哈尼，是位古稀老人，留一脸西方人特有的络腮胡子。他站在庭院里，看到直升机呼啸而来，降落在了大门外面的草坪上，打发一名青年黑人男佣出来看。洪勇波、王子浩和大牙等人打开舱门跳下来，黑人青年跑过来，问大牙这群人是谁，为什么直升机要在这里降落。

大牙指着洪勇波和勘察队员，说他们都是中国人，是来进行铁路勘察的，然后问主人在不在。黑人男佣说在，需要去通报一声，说完跑回庭院去了。大牙对洪勇波和王子浩说：“It is a rare chance to come here. You can go in and take a look. （来这里的机会难得，你们可以进去看一看。）”

这时，哈尼叼着雪茄从院子里走出来，非常热情地跟大家打招呼。洪勇波很有礼貌地问候他，并介绍了这队人马的身份。哈尼邀请他们进去做客，并强调有一条不成文的规矩：“Please understand that I receive no more than fifteen guests at a time. （请你们理解，我每次只接待不超过十五位客人。）”

哈尼边说边清点人数。王子浩说：“We're 15 people. （我们正好十五人。）”

“All right, you can all go in. （好吧好吧，你们都可以进去。）”

“Oh, old man, do you remember me? （哎，老头，你还记得我吗？）”大牙嘻嘻笑着说，“I used to be a soldier, and I had been patrolling for your museum. （我曾经当过兵，在这里为你的博物馆巡逻过。）”

哈尼吸着雪茄想了想，微笑着伸出手，说：“Yeah, I remember. Hello, Big Teeth, how can you come here with the Chinese? （嗯，我想起来了。你好啊大牙老弟，你怎么会跟中国人来这儿？）”

大牙握住哈尼的手，说：“I'm working on the railway site now. I am familiar with everything here and am a good guide. （我现在铁路工地打工。随他们进行铁

路勘察，我熟悉这里的一切，是个好向导。）”

洪勇波和队员们跟随哈尼走了进去。职业敏感令洪勇波等人对这座设计风格独特的房子及院落更感兴趣。他们发现，大门门框上雕有精美的花纹，门上的铜钉代表着主人的富有程度，明显带有阿拉伯色彩。整座房子是现代与非洲风格的混搭，其泥土构架来源于非洲，确切地说是马里建筑的风格加一些现代元素。墙外装饰图案非常漂亮，看似普通的几何图案，是尼日利亚酋长宫殿的花样和清真寺花样的混搭，可见哈尼的良苦用心。



走进里面的花园庭院，哈尼介绍说：“There are nine different rooms with 5,000 African antiques, most of which are the only copy in the world. To be exact, this is an African heritage museum of art, and every detail of the room goes through me, from Moroccan brass to Swahili-style bath basins.（这里有九个不同的房间，藏有五千件非洲各国古董，且多为孤品。确切地说，这里是一座非洲遗产艺术博物馆，房间的每个细节都经过我深思熟虑，从摩洛哥的黄铜器具到斯瓦希里风格的澡盆。）”

洪勇波和勘察队员被哈尼收藏的艺术品和精心设计所震撼。哈尼自豪地说：“Unfortunately, a lot of good things are lost. Africans have been modernized, and primitive ancient art is dying out. Most of my collections are now material and cultural heritage, such as the Kenyans, who used to decorate walls with materials from Massachusetts's, and now the habit has been abandoned. Nigerian costumes, wooden tombstones in Madagascar and Congo's ceremonial daggers have all disappeared.（令人遗憾的是，很多好东西都失传了。非洲人已经逐渐现代化，原始的古老艺术都在消亡。而我所收藏的如今大多都成了物质文化遗产，比如肯尼亚人之前布置墙面使用的是来自马萨诸塞的材料做成的墙饰，现在已被遗弃。尼日利亚的服饰、马达加斯加的木质墓碑、刚果的礼仪匕首都已经找不到了。）”

哈尼自称二十几岁就来到非洲，亲历了非洲的发展与动荡，甚至一度因濒临破产而患上抑郁症。如今，他虽然年逾古稀，但几十年的坚持，让这里成了非洲地区的艺术宝库，自己希望生意能够慢慢好转。

洪勇波和队员对哈尼一番赞赏后，用汉语谈起了铁路选线。因为中国人来得多了，哈尼能听懂部分汉语。他说：“Dear gentlemen, I have objected the proposal of Governor Khawaja that the government will take this land and demolish the museum for the reason that the new railway line is going through my house. I suggest that the railway go the way from the National Wetland Park. As long as the animals are left with railway bridges and culverts to go across the railway, without affecting the territory of their activities and survival, the influence will be lighter.（先生们，听说新建铁路选线要穿过我这座房子，哈瓦佳州长对我说起过将征用这块土地，并拆掉博物馆，我对此表示了反对。希望铁路能走国家公园那边，要给动物们留出穿越铁路的桥梁与涵洞，不影响它们的活动范围与生存，这样损失会更小一些。）”

洪勇波稍加思索，说：“OK，Mr. Hani. we'll consider it carefully. But the design will ultimately be approved by the National Assembly, the Reconstruction Office and the Railway Administration.（好的，哈尼先生。我们会慎重考虑，但设计方案最终要经过国家议会和国家重建办公室、铁路局审批同意。）”

直升机再次起飞，朝着北方原始森林飞去。那里有一处施工驻点，并计划建一座碎石场，他们要进行选址和对石料材质进行鉴别。但直升机过于老旧，没有安装全球定位系统，仅凭地图和大牙的描述，在茫茫林海上空漫无边际地搜寻，不久便迷航了。机师有些着急，对着大牙吼叫：“Man, where's the landing spot?（伙计，那个降落点到底在哪儿？）”

大牙迷茫地指着机身下面，说：“I remember it is right under the forest, no problem.（我记得就在下面的森林里，没有错。）”

“Yes, it's definitely in the woods. You need to show me the exact location, or we won't find it until it's dark, understand, Man?（是的，肯定在森林里。你要给我指出明确位置，不然咱们到天黑也找不到，明白吗？伙计。）”

洪勇波和队员们焦虑地对照地图指指点点，都想锁定项目驻地的具体方位，可谁都没有把握，就问王子浩：“王经理，你能确定在哪儿吗？”

王子浩看看地图，又望望机身外，说：“森林太密，实在不好说具体在哪儿。”

洪勇波对驾驶舱喊：“Keep looking.（再继续找。）”

驾驶员双手紧握操纵杆，一脸愁容，说：“Okay, I'll keep searching. Looks like we're spending the night in the woods.（好吧，会继续搜寻的。看来，咱们

今晚要在森林里过夜了。）”

那一天，直到太阳落山，飞机也未搜寻到驻点的任何线索，驾驶员只好瞅准树木稀疏的空地降落在森林里。洪勇波及队员们借助手电筒的光亮，在密林里搭起简易宿营帐篷，并用随身携带的面包、方便面和开水充饥。手机信号断断续续，但能使用。王子浩边啃着面包边与驻点员工联系，双方确定天亮后点火为号，为直升机提供搜寻目标和依据。大牙靠在一棵古树旁，熟练地操作着枪械。洪勇波喊道："Hey，Big Teeth，don't you sleep?（嘿，大牙，你不睡觉吗?）"

大牙将子弹推上膛，说："You're tired，boss. I'll sleep by the tree all night and let you have my tent. I have a gun in my hands，so I can keep a lookout for you. There are always wild animals in the forest at night，and we'll be eaten if we are not careful.（你们累了，头儿。我靠在树上就能睡一夜，把帐篷让给你们。我手里有枪，可以为你们放哨。夜间森林里经常有野兽出没，不加小心会被他们吃掉的。）"

洪勇波和队员们睡觉时，已经是夜里十点多。一天的飞行与劳顿，把人折腾得精疲力竭。他们实在太累了，没过片刻，帐篷里就传来了鼾声。王子浩久久不能入睡，老想着驻点在哪儿，还想森林里会不会有夜明珠，爬起来把头伸出帐篷朝四周观看，一片漆黑。等困得受不了了，才一头倒在地铺上睡去。

大牙斜靠在树干上，似睡非睡地听着周围的动静。他从小在森林里长大，对黑夜中的野外环境有着极度的敏感。食物的香味和人身上的特殊气味，绝不会逃过动物灵敏的嗅觉，一定会有野兽在暗地里盯着他们。于是，他把枪抱在怀中，双眼半睁半闭地警惕着，两耳也不知不觉竖起来，仔细聆听森林里发出的任何细微声音。下半夜，大牙先是听到有东西触碰直升机发出的金属声，接着又听到一阵"咔叽咔叽"嚼咽物体的声音。他浑身一颤，警觉地坐直身子，躲在树后朝声音传来的方向望去，忽然发现一个巨大的黑影，在向洪勇波他们睡觉的帐篷移动，接着就把帐篷拍塌了，帐篷里被惊醒的人乱成一团。声音的刺激使那个黑影发出震耳欲聋的咆哮。大牙暗中看清是只黑熊，急忙倚在树干上端枪瞄准，大喊："Get down. Don't move.（你们趴下，别动。）"

喊声惊动了黑熊。眼看黑影朝大牙扑过来，他立马扣动了扳机，一阵连射，黑熊惨叫着倒在了帐篷旁边。

枪声震惊了整个森林，树梢上方“嘎吱嘎吱”飞起一群鸟。飞机驾驶员、洪勇波、王子浩及队员们全都从帐篷里爬出来，打着手电查看死去的黑熊。在命悬一线的关键时刻，他们感动于大牙的勇敢，庆幸他的警戒救了勘察队员们的性命。

经历了一夜惊魂，洪勇波、王子浩和队员们渐渐镇定下来。天亮后，他们收拾起行装，简单吃了些东西，把打死的黑熊抬上飞机继续起飞，去寻找驻点目标。大牙很得意，在飞机上不停地炫耀他的枪法。“Haha，when I was a soldier，I was a famous marksman.（哈哈，我当兵时，可是有名的神枪手。）”他晃动着手里的枪说，“No matter in the forest，the marshes，the mountains or the grasslands，follow my advices won't make big mistakes.（不论在森林、沼泽地，还是在深山里和草原上，听我的不会犯下大错。”

大牙的调侃令机舱里的气氛活跃起来。驾驶员目不转睛地盯住前方，说：“Man，you saved our lives. When we find the target，we'll celebrate for you.（伙计，你救了我们的命。等找到目标后，我们为你好好庆贺一番。）”

大牙笑着说：“Dude，it's a shame you don't have drinks on your plane，let's find the target first.（老兄，很可惜你的飞机上没有带酒，还是先找到目标再说吧。）”

飞机飞行了四十分钟，驾驶员喜出望外，指着前方喊：“Ah，gentlemen，there's smoke underneath，which must be welcoming us.（哈，先生们，下面升起了浓烟，那一定是在欢迎我们。）”

洪勇波、王子浩、大牙及队员们贴近舷窗朝下望去，看到森林上空弥漫着浓浓的青烟，个个欣喜若狂。的确，驻点员工和当地黑人，按照头天晚上与王子浩确定好的联络方式，在森林中伐木烧炭，燃起簇簇火堆，浓烟直冲云霄。直升机飞临上空，却被浓烟遮蔽了视线。驾驶员和所有人都看不清烟是从哪个位置冒上来的，更不知道放烟点的具体方位，加载了重量的直升机只能在轰鸣声中，一会儿朝东，一会儿往西，令全体勘察人员提心吊胆。

“That's awful. Why don't they make the smoke lighter?（真是可恶，就不知道把烟放小点儿吗?）”驾驶员焦急地骂道，“You see，this smoke is in a large area, not at a point. I don't know where to land.（你们看，这烟可是一大片，而不是一个点，我不知道该在哪儿降落。）”

王子浩脑海里突然闪过一个念头，扯开嗓子对洪勇波喊：“院长，我想起来了，驻点不远处有一条河，找到那条河就能找到项目驻地。”

洪勇波问：“可在丛林里怎么找到河流呢?”



说完，又转头用英语问了一遍大牙。“Fly against the sunlight to find the swamp, and we will see the river when we find the swamp.（背着太阳飞就能找到沼泽地，找到沼泽地就能看到河流，）”大牙说，“The adults used to tell us so when we went hunting in the bushes. Let's have a try.（以前，我们进丛林打猎时，大人就是这么教我们的，试试吧。）”

驾驶员调整了飞行航向，在森林上空背着太阳朝西北方向飞去。大约过了半个小时，飞机掠过森林，果真发现了大片的沼泽。“Aha, Big Teeth, your method is really useful. The swamp is in the front.（啊哈，大牙，你的方法真灵，前面就是沼泽地!）”驾驶员高兴地喊，“Gentlemen, open your eyes to see if there are any rivers.（先生们，睁大眼睛找找下面有没有河流。）”

洪勇波、王子浩、大牙和勘察队员兴奋不已，纷纷凑近舷窗鸟瞰地面，在森林与沼泽地交界处，一条河流出现了。众人齐呼：“找到了，找到了。”

王子浩指着机舱外，说：“就是下面这条河，驻点一定在这里。”

驾驶员微笑着朝后喊：“Get ready gentlemen. I've spotted a place as flat as the tarmac, and I'am going to land the plane there.（准备好，先生们，我已看好了地方，就像停机坪一样平坦，我就把飞机降落在那里。）”

直升机终于降落在了森林旁边的平地上。驻点员工和附近的村民，听到飞机在头顶盘旋的声响，冲出森林朝降落点跑来。洪勇波、王子浩等人与驻点员工会合了。驾驶员嫌黑熊分量太重，为了飞行安全，要求把它卸下来，送给驻点员工或当地村庄的黑人吃。

大牙阻止说：“No! Dude, don't you want to celebrate?（不！老兄，你不是还要为我庆贺吗?）”

驾驶员连连摇头，说：“Forget it, brother, if you want everyone to be alive, do what I say.（算了，兄弟，你要想大家都活着，就按我说的去做。）”

黑熊卸下来后，被一群围上来的当地黑人用粗大的树干抬走了。他们一边叫着号子，一边把黑熊摇来荡去。还有两个黑人青年，跟在后面边走边跳舞，庆祝眼前这份从天而降的食物。洪勇波和王子浩及设计院的专家们在大牙的引导下，小心翼翼地沿着沼泽地朝前寻找。

旱季早已把沼泽地里的水蒸干了，过去许多蓄满水的池塘现在变成了干燥的泥坑。整个沼泽地干涸得裂开了一条条大缝，湿泥也在火辣的阳光照射下，向上翻卷起一层坚硬无比的土皮，走在上面完全不必担心会被陷下去，一阵风刮来扬起一片沙尘。在被晒干的泥沼上面，裸露着几具被野狼或其他野兽掏空吃净、只剩下一幅骨架的鳄鱼尸体。洪勇波他们从这些鳄鱼尸骨前走过。不久，便看见河岸边耸立起一座石山，山根下还有一处不知何时废弃的碎石场。洪勇波、王子浩和勘察队员们停下来，要对这处场址和附近的石料材质进行一番认真研究与甄别，并对环境安全进行考察与分析。

驻点员工提醒洪勇波和王子浩，称附近居民给他们提供了鳄鱼蛋，说沼泽地里有大量鳄鱼，行动必须处处小心，正因鳄鱼的缘故，这处碎石场被弃之不用了。洪勇波有些怀疑这种说法。大牙严肃地说：“Boss，this is not a threat. There are many crocodiles in the swamp，a lot of missing people from the villages and tribes are eaten by crocodiles. Trust me，I’m no liar.（头儿，这可不是吓唬人，沼泽地里盛产鳄鱼，部落和村庄里许多失踪的人，都被鳄鱼吃掉了。请相信，我绝不是骗子。）”

洪勇波让勘察队员从山上取来一块西瓜大小的山石，查看完石质结构后，他从挎包里掏出铁锤，亲自将样石放在地上狠狠击打，山石被敲碎了。再拿起来看，发现山石硬度不够，甚至有些风化。

“走吧。”洪勇波扔掉石头拍了拍手，对队员们说，“这处碎石场被弃，不是因为沼泽里有鳄鱼，而是由于石材质量不合格，不得不放弃。咱们到其他地方再选选吧。”

空中勘察已进行了两天。洪勇波、王子浩等人有些沮丧，但仍要继续乘坐直升机对线路和碎石场进行勘察与勘测。他们在丛林中午餐，在河边洗澡，在帐篷里睡觉，生活中的一切秩序包括每个人的生物钟都被打乱了。

与他们比起来，黄山率领的另一组陆地勘测，进行得更加艰难。第五小刚、杰姆斯和部分民工及抽调来的黑人劳工，从第一天起，就一直在森林、沼泽、无人区和大山里转来转去。

铁路在山谷沟壑之间弯曲盘桓。很多地段一边是高山，一侧是悬崖，汽车开不进去，只能徒步进去测量。在几百公里的原始森林里，他们穿越一次需要十多个小时，GPS要么接收不到信号，要么信号不稳定，通信条件很差，不得不下到两侧驻点去支测杆或架设基站。这样的环境实在糟糕透顶。现在，三辆越野车正行驶在地处原始森林山区的一段下坡路上。黄山乘坐的第一辆车走在最前面，驾驶员突然感到脚下的刹车不听使唤，大喊："抓好！刹车失灵了！"

黄山和车上的勘察队员惊出一身冷汗，赶忙抓住两侧的扶手。他们看到前方几米外，路两边插满了印有骷髅头标示地雷的警示三角旗，只要汽车稍微偏离半点儿方向，立马就会车毁人亡。而此时的车速越来越快，黄山叫道："小心！控制住方向，拉手刹！"

司机头上冒着汗，但极其沉着冷静，左手牢牢把握住方向盘，右手使劲儿拉手刹，终于将车子慢慢停在了悬崖边。黄山和队员们跳下车，站在悬崖边上朝下望了一眼，抹了抹额头上的汗珠，感叹道："妈呀，太悬了！"

第五小刚和杰姆斯等人，拿着绳子从后面跑过来，拴在黄山这辆刹车失灵的车后，把它拖拽到正途上来。司机说："到前面停一下吧，你们稍做休息，我把刹车修修。"

黄山说："好吧，前方的路太窄了，车进不去，我们走进去测量。"

三辆车驶过雷区停了下来。黄山及队员们从车上拿出矿泉水，各找了个地方坐下来小憩片刻。第五小刚坐在一棵矮小的松树下，仰头连喝了几口矿泉水，忽然觉得有几滴水落在脸颊上。他抬头朝上看，猛然发现一条绿色的树蛇蜷缩在树枝上，正以四十五度角的位置直冲着他。

杰姆斯惊叫道："That's a tree snake. Get out of here.（那是树蛇，快躲开。）"

第五小刚还没来得及反应，树蛇已经朝他面部喷射出毒液。他一声尖叫，两手捂住双眼，起身跌跌撞撞躲开那个地方，到处摸索矿泉水瓶。黄山和队员们围过来，慌乱中拧开所有矿泉水来帮他冲洗眼部。好久，他的双眼才缓缓睁开，但已红肿得不成样子了。

黄山担心地问："能看清东西吗？"

第五小刚眨眨眼睛，用力朝远方和近处看了看，痛苦地说："没事，能看清。”

杰姆斯说：“Fortunately, we use the mineral water to wash your eyes in time, or your eycs would be hurt. （幸亏用矿泉水及时冲洗，不然你的两只眼睛就保不住了。）”

杰姆斯和几个黑人打死了那条树蛇，把它扔到了山下。“Everyone, be careful. （大家要多长几只眼。）”杰姆斯说，“There are all kinds of wild snakes and animals in the mountains and forcsts. It is best that we do not meet them. （山上和森林里到处是各种各样的蟒蛇和野兽，最好不要遇到它们。）”

黄山和队员们站起来，扛起测量仪器准备出发徒步前行，却突然被杰姆斯拉住，说：“Look, what's in front? It's a big wild snake. Leave it alone. （看前面是什么？那是一条大蟒蛇，别去打扰它。）”

大家定神一看，发现前方不远处，一条土黄色的巨蟒盘成一坨，正在吞噬一只被它缠死的野猪。大家吓得面如土色，纷纷退后老远，静静地看着蟒蛇张开血盆大口，慢慢将野猪吞进肚子里。蟒蛇挡住了勘察人员的去路，只好等它吃完爬走后，黄山他们再继续进山。

# 第十章

勘察队出发后，钟铁军组织安保国的劳务队和另一家土方施工队，利用从博顿公司接管下来的设备，开始对个别不用设计图纸、也不存在征地拆迁的山区路基段，先行展开了施工。一时间，挖掘机、推土机、装载机和自卸车隆隆的响声震荡着山谷与森林。张放亲自驾驶装载机，把从山体上挖下来的土石，装到由黑人驾驶的自卸车翻斗内，然后拉到不远处的弃土场填进沟壑。工地由全副武装的排雷兵和荷枪实弹的随队士兵守护着。刘柱成为一名现场调度。他站在机械前面指挥司机如何开挖和装车，小森林则乖巧地蹲在路基一侧，好奇地学看刘柱的各种动作，时不时地跑到刘柱跟前，朝张放和其他司机挥动手臂。“小森林，快躲到一边去，别耽误作业。”小森林很听话，迅速跳下路基，蹲在树下东张西望。

钟铁军和安保国坐着越野车来到工地，把车停在已经拉完槽的路基上，跳下来走近作业面，让张放和其他司机暂停一下，然后把刘柱喊过来。钟铁军问：“刘柱，如果叫你一个人去森林里当看守，会害怕吗？”

刘柱不知道他的意思，有些发蒙，就问看守什么。钟铁军说勘察队在线路两侧支起的测杆和架设的通信信号基站需要人看守，想派他去。刘柱摇头说，全线停工时，他和陈立国去看守过车站，那样的日子太无聊，还是留在现场干活吧。安保国说没有更合适的人去，基站守不住，勘测人员接收不到信号，影响线路测量与设计，问他不愿去是不是怕死。刘柱被这话激怒了，说：“全家就我一个人，怕死个球。”

钟铁军说：“知道你不怕死，也死不了，那你就去吧。”

自这天起，刘柱离开了工地，背上帐篷和干粮，带着小森林去了黄山这一组人在森林路基两侧架设基站的山上。虽然是冬季，仍然早晚温差大，白天并不冷。小森林经过刘柱的驯化，已经知道帮人干活，并且能领会他的眼神和动作。刘柱找到一块平坦的地方，把帐篷支起来，小森林就帮他把带来的物品拖进去放好。安顿完一切之后，刘柱跑到半山腰，先后查看了基站和测杆，小森林始终跑在他前头。基站外面没有任何保护装置，裸露在外头，一旦遭到破坏或者雷击受损，信号立刻会消失。刘柱这才明白派他来看守的意义和必要性。但一个人猫在山上，除了趴在帐篷里睡觉或逗小猩猩，根本无事可做，简直乏味得很，时间一久便生出厌恶。每当这时，他从不怕引来什么猛兽，不是站在山头上亮开嗓子鬼哭狼嚎般地大声喊叫，就是带着小森林走到山下森林里的小河边去击水，偶尔能看到个别黑人在森林里四处游荡。

再一日，刘柱从森林里能够透过阳光照射到的地方，竟找到一片木瓜树。他半蹲着身子，围着一棵棵树来回观察。奇怪地发现，同样的树结出的果子却同名异实。一些木瓜浑圆饱满，类似女人的乳房。而另一些粗壮修长，比茄子大，比黄瓜粗，形状恰似男人的生殖器。他看得极其入神，浑身一阵燥热，瞬间想起了汪静和卡娅。那种感觉美妙无比。于是，他先摘下两个分别尝了尝，味道没啥两样。之后，脱下上衣铺在地上，两种各摘了一些，用衣服背回了宿营地，想着回驻地时去卫生所拿给汪静和卡娅品尝。后来，刘柱见到了汪静和卡娅，还真把两种木瓜拿给她俩看。汪静羞怯地直骂他，卡娅却笑个没完。卡娅告诉他，木瓜树分公木瓜和母木瓜，男人吃了公木瓜可以壮阳，女人吃了母木瓜能够丰胸。他听后笑得肚子疼。汪静连笑带骂，直打他的后背，把他推出了卫生所。

到了晚上，山上突然刮起了大风，好在有森林做屏障掩护，不然帐篷都会被刮到天上去。刘柱担心基站被风吹倒失去信号，就打着手电，在帐篷外找了根碗口粗的木棍抓在手里，带上小森林朝半山腰爬去。没有月亮，虽然能看到森林上空的满天星斗，却分不清东西南北，四周漆黑一片，森林深处偶尔还传来几声归巢的鸟叫和野兽低沉的咆哮声。他从小胆大，不怕走夜路，甚至敢黑夜一个人去坟地里，现在又有小森林做伴，更是胆大包天。这与他打小失去父母，一个人孤单地生活有关，岁月磨炼出了他过人的胆量。

眼看马上到基站了，小森林突然发出一阵狂叫，在黑暗中敏捷地朝前面跑去。这时，刘柱望见基站旁边有几束光柱抖动，听到有拆卸金属的声音。他用手电照过去，又看不清人影，但那声音让他意识到有人在拆卸基站。基站是可以拿去卖钱的。

“谁？”刘柱边喊边往上爬，“谁在搞破坏？”

没有回音，那光柱则照在了他脸上，晃得看不清对方。小森林最先怒吼着跳起来对黑影发起进攻，黑影顺势把它踢到一边。刘柱走上前仔细瞧，两个黑人青年的身体轮廓才渐渐清晰。小森林再次跳起来攻击他们，仍被其中一个黑影踢倒在地，立时传来几声惨叫。

“住手！”刘柱怒斥道，“你们不能偷盗这里的东西！”

两个黑人手里拿着工具，继续拆卸。一个打手电筒的黑人满不在乎地说：“We are short of money and need this valuable thing. Don't meddle with us. You'd better roll aside and stay away from us.（我们家里缺钱，需要这个值钱的东西。你少管闲事，最好滚到一边去，离我们远一点儿。）”

基站被拆得七零八落，两个黑人青年弯腰从地上拿起零部件就要走。刘柱听不懂他们说的是啥，横起木棍挡住了他们去路，说：“把部件放下，不然打死你们。”

两个黑人不但不听，反而狂笑不止。小森林再次跳起来蹿到其中一个黑人背上，伸出长臂又打又咬。黑人怀里抱着被拆散的基站设备，无力还手，只“啊啊”地乱叫，慌乱中滚落到坡下。刘柱举起木棍朝另一个高个黑人打去，不料被对手抓住了。那家伙力气很大，用力将木棍夺过去，对准刘柱的头部狠狠打来。刘柱眼前一黑，栽倒在地上了。

刘柱挨了一闷棍，正好打在他的左脸上。黑人扔下木棍跑下山坡，拉起滚落的那个同伙，一起抱着设备零部件逃窜了。小森林在刘柱身旁守候了一整夜。它朝四周狂叫，听不到任何回音。天亮时分，黄山、第五小刚及测队员们发现手机信号突然中断，知道基站出了问题，赶忙联系驻点员工去检查，这才发现基站遭到破坏，被拆得一干二净。刘柱满脸是血，躺在地下。两名员工把他抬下山，用汽车将他和小森林送到了项目部卫生所。

刘柱被送到时，天已大亮，钟铁军、赵雅清、汪静和卡娅刚刚起床。钟铁军要求汪静不论想啥办法都要把他治好。汪静和另一位医护人员帮他清理伤口，进行了消毒包扎，庆幸那一闷棍没有打在他太阳穴上，否则性命难保。安保国和张放赶来后，询问夜里基站发生的情况。刘柱头昏发蒙，直想呕吐，硬撑着身子把受伤全过程给他们讲述了一遍。第二天，那两个盗贼便被警局抓去关进了监房。

卡娅对刘柱受伤感到很吃惊。等刘柱意识恢复正常时，她用不太熟练的汉语问汪静："他……会有……后遗症吗？"

汪静说头晕恶心，是轻微脑震荡造成的，需要些时日恢复。她埋怨刘柱说："你咋那么傻，明知是两个小偷，你还跟他们硬拼？"

刘柱紧闭着双眼"呜呜"地哭，说："姐，没有基站，那些勘测人员怎么办？他们会在森林里迷路。"

的确，那天夜里，黄山、第五小刚和勘测队员们刚勘测完一段路基，设备和手机突然接收不到信号了。广袤的丛林空旷寂寥，他们不敢贸然找地方宿营，只好在黑暗中摸索着前行，只凭几道微弱的车灯判断所处的位置，渐渐迷失了方向。第五小刚和杰姆斯下车，打着手电寻找地上的车辙，继续往前走。直到远处的地平线露出一条狭长的微光，看到附近部落和村庄燃起的灯火，他们才就地安营扎寨。

一路上，既没饮用水，更没有可供洗脸洗脚的水，每个人身上都脏兮兮的，浑身刺挠得难以入眠。黄山对大家说："睡吧睡吧，睡着就啥也不知道了。"

杰姆斯夜间起来撒尿，看到帐篷周围晃动着数只灯泡一样发亮的眼睛，他知道那是什么。第二天早上起来，测量工作无法继续进行，他们就地休整，等待信号恢复，但没有料到刘柱夜里被偷盗者打伤，现在正躺在卫生所病床上，基站已经不复存在。队员们把所剩无几的干粮拿出来当作早餐，眼看就要弹尽粮绝了。杰姆斯和另外两个黑人劳工在离队不远处，找来了几根细长的树枝，蹲在地上用随身携带的弯形刀具，砍削制作黑人狩猎用的标枪。标枪做成后，杰姆斯走到森林里的山坡上，弓着腰寻找那些具有毒性的野草，采回来用石块砸烂，搓揉成草浆涂抹在标枪的尖端。

"Boss，wait here. Don't go anywhere.（头儿，你们在这里等着，哪里也别去。）"杰姆斯说道，"We're going to get some food.（我们要去弄些吃的来。）"

说完，杰姆斯拿起标枪，带领那两个黑人朝森林深处走去。"Take care.

(小心!)"黄山在背后朝他们喊,"Don't get eaten by wild animals. (别被野兽吃掉。)"

杰姆斯回头笑着说:"Don't worry, the beasts will tremble when they see us. (放心吧,野兽见了我们会浑身发抖。)"

第五小刚相信杰姆斯他们会平安回来,因为用标枪狩猎是当地黑人特有的技能,就连草原之王狮子都在他们的威猛之下束手待毙。至于杰姆斯和他的同伴能捕捉到何种猎物,他也不敢断定。黄山及队员们利用上午的时间,把所有的勘测设备重新校正和调试了一遍,几次想联系驻点,但手机没有信号不能使用,急得黄山和第五小刚牢骚不断。

中午时分,太阳终于刺透繁茂的丛林枝叶,送来了阳光。他们打算吃过午饭再继续往前勘测,可所剩食物不足以填饱全体队员的肚子。黄山无奈地瞧着那些沮丧的队员们,忽然看见杰姆斯和那两个黑人用木棍抬着一头鹿回来了。鹿身上破损的伤口还在滴滴答答地流血。众人喜出望外,吼叫起来,朝杰姆斯他们伸出大拇指。

"Well done, James. (好样的,杰姆斯!)"第五小刚迎上前夸奖说,"You brought food for us and we have food for lunch now. (你们为大家弄来了食物,中午有吃的了。)"

杰姆斯和那两个黑人,把狩猎到手的鹿放在地上,说:"I saw them last night. Their eyes are clear and bright at night, and I know they won't go too far. The javelin was drugged with anesthetic and would not cause harm to people. Let's go find some dry wood and put it on a frame to roast it. (昨天夜里我就看到了它们。它们的眼睛在夜间是透亮的,我知道它们不会走太远。标枪抹了麻醉药,不会对人造成伤害。大家去找干柴吧,可以架起来把它烤熟分着吃。)"

鹿肉的味道香极了。这顿午餐令每个队员都浑身燥热,增加了无限的活力。收拾完行装和设备,他们发动车辆开始行动了。跨过森林中的一条小河,前面进入一片湿地,再往前是一座高山,原来的旧铁路就在湿地和高山的左侧。这让他们判断出自己并没有偏离线路走向。黄山的车在前,另外两辆越野车紧随其后。刚开进湿地,黄山和第五小刚乘坐的车辆便被陷住了。烂泥埋没了车轮,再怎么打方向和加油也无济于事,只甩出一溜溜的泥巴。三辆车上的人全都跳下来,站在湿泥里用力往外推,但车轮只打滑,个个都被甩了一身泥。唯一的办法就是停下。第五小刚急得满头大汗，手机没信号打不通，不得不把杰姆斯和一个民工叫到跟前，说："你们步行去驻点找人，叫辆挖掘机过来，不然弄不动。让杰姆斯给你当保镖。"而后打开地图查看，驻点离陷车点足有七公里。

民工勉强地说："好吧，需要两个小时。"

两个小时后，那个民工和杰姆斯站在挖掘机外侧的踏板上一起回来了。第五小刚让挖掘机先把黄山的那辆车拉上来，可挖掘机绕过越野车还没开到前面，也被陷住了。黄山和所有队员气得站在原地直跺脚。第五小刚又吩咐另一名民工和黑人再次去叫人。整整折腾了一天，测量工作没有丝毫进展。

第三天一早，勘察队穿越湿地后进入了山区。进山的路很窄，越野车无法开进去。黄山和第五小刚带领勘测队员们，身背全球定位仪、数码相机和手持式摄像机，沿着小路徒步爬上密林遮盖的山岭。山坡上不仅杂草丛生，还长着齐腰深的灌木，从十几米高的参天古树上向下延伸掉落的长藤萝像一张网似的挡在前面，难以辨别出路径。民工和杰姆斯走在前头，手举砍刀，砍掉前方的杂草、灌木和树藤，为后面的人扫清障碍，然后躲到两侧，让勘测队员们先行通过。他们行走得非常吃力，更不知道脚下会有怎样的隐患，人人心惊胆战。黄山、第五小刚及勘察测队员最初走在前头。走出没多远，黄山脚上的旅游鞋带松了。他蹲下身去系鞋带，把第五小刚和队员们挡在了身后。这时，原本扛着测绘仪器、跟在队员们身后的黑人劳工塔曼和多米里，偏偏绕过队员大踏步往前冲。黄山系好鞋带还没站起身，在距离队伍二十米的前方，塔曼脚下触碰到了地雷，轰然一声巨响。全体队员见前面发生了爆炸，立即就地趴下。在惊骇与恐惧中，只见塔曼的腿和胳膊被炸向空中，又重重地落到了草丛里。待硝烟散尽，黄山和第五小刚及队员们惊魂未定，慢慢地跑过去，发现塔曼血肉模糊，已经当场死去。多米里也被炸断一条腿，躺在地上凄惨地号哭。一组 GPS 设备被炸毁，山体表层也被炸出一个直径一米、深达三十厘米的大坑。勘测队员和民工们惊慌失措，其他黑人劳工朝山下跑去。

"James，James.（杰姆斯，杰姆斯!）"第五小刚用沙哑的声音喊，"Stop them and call them back.（拦住他们，叫他们回来。）"

杰姆斯快步追上黑人劳工，拉住他们，说道："Son of a bitch，come with

me，help me get Taman's body and Domily back to the village，now.（混蛋，快回去，把塔曼尸体和多米里弄回村里去，快去。）”



几个黑人极不情愿地回到了现场。黄山和第五小刚命令队员和民工先帮多米里止血，然后把他抬下了山，其他人跑进草丛里去捡拾塔曼的尸块。民工和队员们吓得魂不守舍，壮着胆子将塔曼的尸块捡到一起。杰姆斯找来一块包裹设备的白布铺在地上，把塔曼破碎的尸体包起来背在了肩上，说："Taman is our brother. Take him back to the village. His people will have a funeral for him.（塔曼是我们的兄弟，把他送回村里去吧，他的族人会为他举行葬礼。）”

勘测工作被迫停止。黄山问第五小刚怎么办，第五小刚本想通过电话向钟铁军汇报，但手机仍然打不通，说："黄总体，你带队员和黑人劳工继续往前勘测，我和杰姆斯把塔曼和多米里送回村里。"

塔曼和多米里居住的村庄，位于原始森林的边缘地带。第五小刚和杰姆斯及四五个民工，开车先把被炸成重伤的多米里送到当地医院救治，之后拉着塔曼的尸块找到他的村子。塔曼的家人见他死得如此惨烈，顿时哭声一片。一百多名族人闻讯赶来，把越野车和第五小刚及民工们堵在了用木棍围成的院子里。他们情绪十分激动，用土著语对第五小刚等人愤怒地指责与谩骂。杰姆斯说起土著语，用手比画着百般解释，第五小刚也用英语频频道歉，但那些愤慨的族人不接受他俩的说辞，扯着嗓子吵吵嚷嚷，甚至有的对民工和第五小刚挥拳相加。

不知过了多久，村外响起了警报声。"The police are here.（警察来了,）”杰姆斯说，"His people called the police.（他的族人报了警。）”

一位年轻的民工有些胆怯，催第五小刚瞅准机会抓紧逃跑，不能被警察带到警局去，但他们被塔曼的族人围着，无路可逃。警车停在了院外，两名全副武装的警察，手里拿着警棍径直走进院子里。那群族人叽叽喳喳地相互叫喊着，先把第五小刚、杰姆斯和民工推到警察面前，又拉警察看塔曼的尸体。他们用当地土著语交流，第五小刚和民工们谁都听不懂，问杰姆斯那些族人在跟警察说啥。杰姆斯回答道："His people are suing you for compensation. Of course，they're blaming me，too.（他的族人在状告你们，要求进行赔偿。当然，他们也在指责我。）”

在一片呼号声中，警察撇开塔曼的族人，走近第五小刚，问道："Chinese，are you workers to build the railway?（中国人，你们是修铁路的吗?）”

杰姆斯把话接过去，说：“Yes，they came to build the railway at the invitation of the state. （是的，他们是应国家邀请来给我们修复铁路的。）”

“That will not do. （那也不行，）”警察推开杰姆斯，指着塔曼的尸体说，“You have an undeniable responsibility for the death of this man. Come on，now come with us to the police station. （这个人被炸死，你们负有不可推卸的责任。走吧，现在跟我们去警局。）”回头又指着杰姆斯说，“And，of course，you too. （当然，还有你。）”

第五小刚、杰姆斯和民工们开着越野车，跟在警车后头去了警局。到达警局门口后，又从里边出来几名警察，把他们带进去，直接关进了一间不足十平方米的小黑屋子里等待调查。警察很长时间不理他们，到了饭点就打开门，把很糟糕的饭菜搁在门里再锁上。几个民工暗中低声抽泣，第五小刚安慰他们，说：“哭啥?！塔曼被炸死，不是咱们的错。钟经理会想办法救咱们出去。”

“Hey，son of a bitch cop，even dogs won't eat the food you send us；you can't treat us like this. （嘿，狗娘养的警察，送来的饭菜连狗都不吃，你们不能这样对待我们!）”杰姆斯耐不住性子，敲得屋门咚咚响，把脸贴在门上对外喊，“We are not prisoners；you have no right to deprive our liberty as citizens. You cannot keep us locked up. Let us go. （我们不是犯人，你们无权剥夺公民的自由，不能关我们的禁闭，快放我们出去。）”

“Please be quiet! （请你们安静!）”门外传来了警察的声音，“Do you want to be punished?（难道你们想遭受刑罚吗?）”

第五小刚和杰姆斯及民工在小黑屋里待了近二十个小时。钟铁军得知塔曼和多米里被地雷炸死和炸残的消息，是在事发四个小时以后。黄山及队员们勘测到下个区段，手机有了信号，便打电话向他通报了此事，可黄山并不知道第五小刚等人被警察带走关进了小黑屋。大牙和空中勘察小组外出没回来，钟铁军只好打电话找巴布扎将军的副官，让他帮忙打听到了第五小刚与杰姆斯的下落。钟铁军立即向路同和与戴国兴作了汇报，并通知杨琳说项目上出了点事儿，他要去救第五小刚等人。路同和与戴国兴担忧事态朝不利的方向发展，指示他想尽办法，对塔曼和多米里的家属进行补偿，将被关押的人全都弄出来。

正式复工后，集团工程建设指挥部收到了国家重建办公室拨付的第一笔工程预付款，路同和马上安排将这笔钱下拨给各项目分部，解决前期拖欠的人员工资和劳务费。钟铁军清楚财务部还有剩余资金，就让赵雅清多准备一些现金。赵雅清一听现场炸死了黑人，第五小刚等人又被警局抓走，心里很紧张，忙说保险柜里还有一百四十万人民币，问他需要带多少。钟铁军称他身上随身带有一万美元，可以先准备二十万人民币，不够再取。随即又把安保国和于长山叫到办公室，让他俩跟着去找警局。

钟铁军把钱装到车上，生怕路上遇到不测，再次调换了司机，又叫吴大友开车，拉着他和安保国、于长山，在颠簸不平的土路上绕行了很长的路程，穿过沼泽地和丛林，花了三个小时工夫才赶到当地警局。虽说是警局，规模远不如中国的一个乡镇派出所大，不过是一栋破破烂烂的L型二层小楼，蓝色的墙皮脱落得不成样子；楼顶上竖着高高的木杆，上面挂着两只大喇叭，用来向罪犯或当地群众喊话；外面用木板条围出一个偌大的院子，院内停着两辆破旧的警车，院子入口处有挎枪的保安站岗。院外有一群衣不遮体、浑身上下脏得不行的黑人，三三两两地围在一块说笑打闹。那是塔曼村里的族人，其中不乏儿童和老年妇女。他们聚集在警局外，等候对第五小刚等人的处理结果。

吴大友一人留在车上看守钱箱，钟铁军和安保国、于长山下车后，朝警局门口走去。见又来了三个中国人，塔曼的族人们指指画画嚷叫着，向钟铁军他们身上吐口水，嘴里用土著语说着不堪入耳的粗话。钟铁军提醒安保国和于长山，不要理那些黑人，免得惹上麻烦。这时，一个高个子黑人和另外三个黑人青年突然挡在了钟铁军前面，恶狠狠地说道："Are you fellow members of the gang? One of my brothers was blown to death, and another broke a leg. You should give us an explanation, understand?（你们是那伙人的同党吗？我家兄弟一个被炸死，一个被炸断一条腿，应当给我们一个说法，听清了吗?）"

安保国和于长山听不懂英语，只警惕地盯着那些人，心里做好了挨揍的准备。钟铁军顿时明白，触雷事件激怒了那俩黑人劳工的整个族群，事态非常严重并且很棘手。但他非常冷静，说："I'm sorry, I don't know the people you're talking about. We're on a military mission to work on something else.（对不起，我不认识你说的那伙人。我们是受军办委托来办其他事的。）”

四个黑人用土著语简单交流后，又说：“No way. You are all Chinese, my brother shouldn't die for nothing. You Chinese should be responsible for my brother's death.（不行。你们都是中国人，我兄弟不能白白丢命。中国人要对我兄弟的性命负责。）”

说话间，所有黑人都跑过来，把钟铁军三人围在了中间。钟铁军急中生智，说：“Yes, we are all Chinese, but if I had killed or hurt your brother, I would have offered you reasonable compensation and apologized to you, but it wasn't us.（是的，我们虽然都是中国人，但如果是我让你兄弟丢了性命或致残，一定会给予合理的赔偿并向你们道歉，可惜不是我们。）”

那群黑人听后没再说话，主动闪开让出了一条道。“In that case, go in. If you meet those people, please deliver my words.（既然如此，那你们进去吧。假如遇到那伙人，请把我的话转达到。）”

钟铁军三人走过那条夹道，感到时间很漫长。在那个蛮荒之地，他们了解有些黑人不怎么讲道理，有的容易冲动和具有暴力倾向。好在警局门口有安保人员把守，黑人不敢轻易对他们进行围攻和施暴，三个人这才顺利通过门岗的检查。警局一层大厅被中间焊接的铁栅栏截成两半，里边是警察办理登记和接受案件报警的受理办公区，外面坐着一排等候做笔录或讯问的黑人嫌犯。钟铁军把头伸进窗口，首先声明是康姆局长让他来的，向坐在里边的警察提出想见他们局长。那名警察直愣愣地望他半天，问：“Do you mean Director Combe of the National Police Bureau?（你是说国家警察局的康姆局长吗？）”

“Yes.（是的，）”钟铁军说，“It's Director Combe.（就是康姆局长。）”

那警察说：“Well, I can't afford to mess with you. You wait here, I'll report to the chief.（好吧，我惹不起你。你们就在这儿等着，我去向长官汇报。”说完起身离开前厅受理区，向后面的屋子走去。

局长蒂克塞斯是位中年人，很有派头。不一会儿，那名警察跟在他身后来到前厅，透过玻璃窗看了两眼钟铁军，问道：“What can I do for you?（你有什么事情需要我提供帮助？）”

钟铁军拿出护照和工作证，介绍完自己和安保国、于长山的身份后，把塔曼触雷死亡事件简单做了说明，然后问对方是不是有几个修铁路的中国员工和一名黑人被关在警局，想进去探望他们。蒂克塞斯局长双手摁在桌子上，面部肌肉抖动了两下，一副很为难的表情，称是有几名中国人和一名黑人关押在此，但事情比较复杂，正在调查过程中，让他进去谈。钟铁军立刻明白了他的意思，便带安保国和于长山去了蒂克塞斯局长的办公室。



蒂克塞斯局长坐回办公桌后面的椅子上，指着安保国和于长山，说："You and I should talk alone. Can they go out and give us some privacy?（你我应该单独聊聊，他们俩可以回避一下吗？）"

钟铁军命安保国和于长山到门外等候，屋里只剩下钟铁军和蒂克塞斯。"Are those people locked up your men?（被关起来的那些人是你的部下吗？）"蒂克塞斯说，"The two men in the tribe were killed and wounded, and this was a serious incident. Those men could not escape from their responsibility.（部落里的两个人一死一伤，这是个重大案件，那些人的责任跑不掉。）"

钟铁军掏出五千美金递过去，说："Yes, sir, I'm their chief. According to your country, if hurt by mine when working in the fields, no one else should be legally or criminally liable. Therefore, my men shouldn't be in police custody, and I'd like to take them back.（是的，局长先生，我是他们的头儿。按照贵国规定，凡野外作业触雷而亡的人，其他人不需要负法律和刑事责任。所以，我那些部下不应该被警局关押，我想把他们带回去。）"

蒂克塞斯局长接过美金，用右手指弹了弹，然后放进抽屉里，微笑着说道："You're correct. Every year, there are people killed by landmine, they were not murdered, and no one else was legally liable. But the people of the villages of Taman and Domily wouldn't let go. If your men weren't kept in the police station, they might be beaten to death.（你说的一点儿都不错。触雷死亡的人每年都有，他们不是被谋杀的，其他人的确不需要负法律责任，但塔曼和多米里村子里的族人不干。如果不把他们关押在警局，也许会被活活打死。）"

钟铁军告诉蒂克塞斯局长，情况完全不是这样，是两名警察硬把他们带到警局来的。蒂克塞斯清楚整个过程，之所以那样说，不过是为了给自己找个借口罢了。

钟铁军问："Can't I take them back?（不能让我带他们回去吗？）"

“No!(不!)” 蒂克塞斯说,“I can't let you take them out for a while. People of Taman and Domily's village are watching outside the police station. If I let them go, those people will hit and destroy the entire police station. It's that serious.(暂时不能让你带他们走。塔曼和多米里的族人都在警局外面盯着呢，如果把他们放了，那些族人会冲击和砸毁整个警局。事情就这么严重。)”

钟铁军又问：“Can I see them?（那能让我见见他们吗？)”

蒂克塞斯站起来，说：“Your request is reasonable. You can visit them, but don't stay too long.（你的这个要求不过分。可以见，但时间不能太长。)”

钟铁军和安保国、于长山跟在蒂克塞斯指派的一名警察后面，拐过一道弯，进了那间黑屋子。第五小刚和杰姆斯以及几个被关的民工，听到了外面开门锁的声音，以为警察又要提审他们。当屋门打开，钟铁军出现在门口时，他们激动得流了泪，挤到门口与钟铁军轻轻地拥抱。第五小刚嘴里说着许多感激的话。钟铁军说：“我现在就想带你们出去，可是死者村里的族人都在外面，警局不同意。”

那几名被关押的民工立时又绝望了。安保国和于长山安抚他们，说外面的人正在想办法，不用担心。杰姆斯愤怒地说道：“We've been locked up for more than twenty hours. It seems that the police will not let us go for some time. It's like they finally caught a prey, and they're going to take this opportunity to get all the benefits.（我们已被关了二十几个小时，看来警局不会马上放我们走。他们好比逮住了猎物，非趁机把我们掏干吃净不可。)” 他提醒钟铁军，在警局花再大工夫也白瞎，警察能找出继续关押他们的一万个理由，直到警员的腰包鼓起来才会松口。

短暂的会见结束了，屋门“砰”的一声再次被关上，小屋里一片漆黑。一个年轻的民工在呜咽，另一个开始埋怨钟铁军、第五小刚和安保国，称出去后再也不随队搞勘测，要回到队里去干活。第五小刚暗中生气，呵斥说可以不去搞勘测，但也别回施工队，那就直接回国。民工顿时嚷嚷起来。杰姆斯说：“All right, I promise. Manager Zhong will get us out of here.（好啦，我敢保证，钟经理能救咱们出去。)”

钟铁军再次来到蒂克塞斯办公室，提出能否把第五小刚、杰姆斯和民工先放出来，随时配合警局的调查。这一请求被蒂克塞斯拒绝了，他说：“I didn't have the right to let them go. I have to wait until the investigation was over. The blood of the black wasn't in vain.（我没有放他们出去的权利，必须等到调查结束，黑人的血也不是白流的。）”



钟铁军看蒂克塞斯没有放人的意思，心想只能去找巴布扎将军或康姆局长。他向蒂克塞斯客套一番后，三个人离开了警局。塔曼的族人们仍在院子外面游荡。那群人把目光集中在钟铁军身上，发现第五小刚等人没有跟着出来，认定他们确实不是同伙，没再上前阻拦。

吴大友一直坐在车里守护钱箱，等钟铁军上车，问人没出来咋办。钟铁军让安保国和于长山，租车去塔曼所在部落附近的驻点，等待善后处理谈判通知，让吴大友开车直奔国家重建办公室。

钟铁军给巴布扎将军打去了电话。将军派副官来到门口迎接。门岗及哨兵早已认识钟铁军，只不过原来的司机大牙换成了吴大友。哨兵不让进，吴大友就坐在车上等。钟铁军跟随副官上楼，副官问上次被他救出去的舒其瑞去了哪里，钟铁军说回国了。副官哈哈一笑，说：“Who are you going to ask the General to save this time?（这次你找将军又要救谁?）”

钟铁军从口袋里掏出五百美金，敏捷地从背后塞进副官的衣兜，说：“Several of my staff are being held by the local police and I need to get them out.（我的几个员工被当地警局关押，需要把他们弄出来。）”

副官摸摸口袋，将钱掖好，说：“It's easy. As long as the General speaks, I shall be at his command. We can also call on Chief Combe and Governor Khawaja to accompany you to the station.（这好办。只要将军发话，我会听候他的命令，可以叫上康姆局长、哈瓦佳州长一起陪你去见警局长官。）”

巴布扎将军很乐意与钟铁军会面。副官把钟铁军领进去时，他已走到门口伸出手迎接他，然后欣喜地说：“We meet again, Zhong. Well, why didn't Big Teeth come?（咱们又见面了，钟。嗯，大牙怎么没来?）”

钟铁军与他握了握手，随后进到里边坐在会议桌旁的椅子上，副官则站在他身后听候巴布扎的命令。钟铁军告诉他，大牙随队进行空中勘测去了，至今没回来。巴布扎点点头，说：“I've heard, two black men were killed and wounded by a mine on the way to the survey. Your men are being held by the police, right?（我已经听说了，勘测途中触雷炸死炸伤两个黑人，你的人被警局关押了，对吗?）”

“Right，General.（对的，将军。）”钟铁军说，“I' ve been to the local P. D. ' s to see Chief Tixys，and I' ve seen my staff in custody. I don' t think we should be legally and criminally responsible.（我已去当地警局见过蒂克塞斯局长，也见到了被关押的员工。我想我们不应负法律和刑事责任。）”

“Yes.（是的。）”巴布扎说，“It' s a big headache for us concerning mine clearance. More than 20 million mines and howitzers were buried during the war，causing numerous casualties. Such incidents are inevitable in the process of railway repairment and new construction. This is a legacy of war，and no one should be blamed. My main concern now is the progress of the railway project.（排雷对我们来说十分头疼。全境战时埋有两千多万颗地雷以及榴弹炮等，造成了无数死伤。在铁路修复和新建过程中，免不了还会发生此类事件。这是战争留下的后患，不能怪哪一方。我现在最关心的是铁路项目的进展。）”

钟铁军听后，从头到尾将工地上的施工情况向他作了汇报，并称随着全线勘测的顺利推进，设计方案会很快递交监理、铁路局和国家重建办公室审查。巴布扎说：“That' s good. I hope that the whole line will soon be able to form an active atmosphere of construction. So that we could accomplish the decision issued by the President that run the railway on schedule. He is watching the process of the railway construction all the time.（这很好。我希望看到全线能尽快形成大干趋势，以完成总统下达的按期通车决定，他时刻都在关注铁路的推进。）”

钟铁军向巴布扎将军表示了决心，正想跟他提第五小刚他们被关押的事，副官先开口了，说：“General，manager Zhong intends to take his staff back from the police station today. May I accompany him on your behalf?（将军，钟经理想今天把他的员工从警局带回去，我可以代表您陪他去一趟吗?）”

巴布扎看了看副官，又把目光投向钟铁军，说:“Do you need my adjutant?(需要我的副官出面吗?）”

副官朝钟铁军眨了眨眼睛，钟铁军心领神会，说：“Yes General. I don' t want to delay the progress of the railway project because of the incident. So，I wish to go to the police station with your adjutant，Director Combe，and Governor Khawaja，so that Chief Tixys would release my staff.（是的，将军。我不想因触雷

亡人事件影响铁路工程施工进展。所以，最好我陪你的副官、康姆局长和哈瓦佳州长共同去警局，让蒂克塞斯局长把我的员工放出来。）”

巴布扎走到椅子背后，双手摁在椅背上，说："Well，then，I'll have Director Combe，Governor Khawaja and the adjutant go with you. Adjutant，tell Tixys，release the Chinese staff first，and then we talk about the casualty compensation. Zhong，if you want to solve the problem，prepare enough money to make them up.（那好吧，我让康姆局长、哈瓦佳州长和副官陪你一起去。副官，你去后告诉蒂克塞斯，先把中方员工放回去，后面再谈伤亡人员的补偿。钟，你若想解决问题，就准备好足够的钞票，把应有的补偿给他们。）"

将军副官通知康姆局长、哈瓦佳州长陪钟铁军上路时，天色已晚。四辆车在夜幕里又行驶了两个多小时，到达地方警局已是深夜。塔曼和多米里的族人早已散去，院子内外空空荡荡，偶尔能看见几拨零零散散的黑人青年，幽灵似的在警局外面的马路上游逛。第五小刚等人已被关押了二十几个小时。杰姆斯和民工被锁在小黑屋里，想不到钟铁军为救他们出去，竟动用了这么大的阵势。

蒂克塞斯接到通知后，没敢下班回家。吃完饭回到办公室，把钟铁军送给他的那五千美金拿出来，很享受地数了又数，良久才装进内衣口袋，然后去小黑屋转了两圈。他猜想康姆和军办以及哈瓦佳同时出动，一定是身负重任，奉上级命令而来，更不用怀疑是来解救第五小刚和杰姆斯等人的。这让他不得不思考如何给他们一个合理的解释，便提前把值班警察叫到跟前，吩咐把小黑屋里的灯打开。第五小刚和杰姆斯及民工瞪大眼睛，正望着漆黑的屋顶，各想各的心事儿，突然被强烈的灯光刺得睁不开双眼，心头猛然一紧。杰姆斯再次敲门怒吼道："Hey，foolish men outside，do you want to kill us with the lights?（嘿，外面的傻瓜，你想用灯光照死我们吗？）"门外没有任何动静。

第五小刚让他安静，不要再喊了。杰姆斯继续说："No，they can't harass us like that.（那不行，他们不能这样骚扰我们。）"

安保人员把钟铁军和副官、康姆局长、哈瓦佳州长的车，直接放进警局院子里。车刚并排停好，蒂克塞斯从一楼大厅迎了出来，热情地邀他们走进一间会议室里坐下。来的四个人，他认识包括钟铁军在内的其中三个，唯独没与副官见过面。康姆局长介绍他是巴布扎将军派来的副官，说：“Ah, General Barbuza is the only one who can represent the President in the exercise of state reconstruction and military power.（啊，巴布扎将军是唯一能够代表总统行使国家重建和军办权力的人。）”

蒂克塞斯谦逊地对副官说：“The nation loved him as much as the President. I’m honored to have Director Combe, Governor Khawaja and you here.（全国民众像爱戴总统一样爱戴将军。您和康姆局长、哈瓦佳州长的到来，让我倍感荣幸。）”

副官指着钟铁军，问蒂克塞斯认不认识他。蒂克塞斯称钟铁军是刚认识的中国朋友。康姆说：“That’s good, Chief Tixys. We are entrusted by General Barbuza to accompany him here. They are key partners of the reconstruction office and the military, repairing and building new railways for the country. Local labor casualties caused by the mine are not their responsibility. General instructs that release them back to work on the site. The progress of the railway construction project should not be delayed. Do you understand, Chief Tixys?（很好，蒂克塞斯局长。我们受巴布扎将军的委托陪他来见你。他们是国家重建办公室和军方的重要合作伙伴，在为国家修复和新建铁路。当地劳工触雷伤亡不是他们的责任，将军指示现在把他们放回工地，绝不能耽误工程进展。能听明白吗，蒂克塞斯？）”

蒂克塞斯毕恭毕敬地朝康姆点头，说：“Taman and Domily’s people won’t let go. They almost attack the station. Police officers are holding Zhong’s staff to keep them safe and are investigating the incident.（塔曼和多米里的族人不干，差点儿冲击警局。警员关押钟的下属，是为了保证他们的安全，目前正在对事件的发生进行调查。）”

钟铁军说：“Chief Tixys, I’ll have these people cooperate with the investigation. I hope you can give them to me and let me take them back to the site.（蒂克塞斯局长，我会让这些当事人配合调查，希望你能把他们交给我，让我带他们回工地。）”

蒂克塞斯问：“Now?（现在吗？）”

副官强硬地说：“Yes, now. We have no spare time to spend on such a small matter.（对，现在。我们没有多余的时间，消磨在这样一件很小的事情上。）”

蒂克塞斯犹豫着，问道：“So if the people of the casualties come to the police and ask where the people went, what should I tell them?（那如果伤亡者的族人来警局问那些当事人去了哪儿，我该怎么回答呢？）”

康姆说：“It's easy. You just tell them people in custody were taken by the national police, huh?！（这很好办。你就答复他们的族人说，关押的那些人被国家警局带走了，嗯哼？！）”

哈瓦佳州长说：“Chief Tixys, you do as Director Combe and the adjutant say. Get someone to bring them here.（蒂克塞斯局长，你就按康姆局长和副官说的去办。快叫人把他们带到这儿来。）”

蒂克塞斯见事情实在无法拖延和搪塞，马上命值班警察去了小黑屋。警察打开屋门，朝里喊道：“You tough guys, now you can go out and get some fresh air. Enjoy the bright sunshine. Come on out with me. You're free.（你们这些厉害的家伙，现在可以出去呼吸新鲜空气，享受明媚的阳光了。快出来跟我走，你们被释放了。）”

第五小刚、杰姆斯及民工听到警察的话，喜笑颜开。他们知道，是钟铁军的不懈努力让每个人重新获得了自由。

# 第十一章

第五小刚和杰姆斯及民工，就在当晚被钟铁军从警局接了出来。他们没有回到劳务队施工现场，第二天追赶上勘测队伍，继续向前进发了。但是，事情并没有到此结束。洪勇波率领的那一组人，完成全线空中勘测后，王子浩和大牙回到了项目部。钟铁军让他俩、安保国、于长山、赵雅清、汪静共同组织善后小组，着手与塔曼和多米里的家人进行补偿谈判。

塔曼和多米里的族人，第二天果真又聚集到警局院外。有个领头的族人，还真闯去找到蒂克塞斯，询问怎么处理第五小刚等人，提出要判他们的刑。蒂克塞斯就按康姆局长的提议，说第五小刚和杰姆斯等人夜里被国家警局接走调查处理了，这才平息了族人们的情绪。

钟铁军和王子浩等人组成的善后处理小组，在去塔曼和多米里部落与村庄前，专门开会研究了一整套补偿谈判方案，并征求了路同和与戴国兴的意见。集团工程建设指挥部在涉及当地关系上从不含糊，表态全力支持，要钱给钱，要人给人，所发生的补偿费用，可以不让项目部承担，须快刀斩乱麻一次性了结，以免影响施工和队伍稳定。自爆炸事件发生后，赵雅清一直担忧，处理两个人的伤亡事件，仅凭钟铁军一个人的力量远远不够，生怕他去后受到当地人的攻击与伤害。钟铁军从未考虑过自己的危险，让她把钱准备好带上，如果能当场谈好就当场付款结清。后来又想，她和汪静是女人，去黑人部落是一种冒险行为，就劝她和汪静留在项目部随时待命。赵雅清嫌他看不起女同志，闹着要跟他去参加谈判。钟铁军说："黑人犯罪率高，你和汪静万一受到骚扰，我交不了差啊。"

赵雅清嘟着嘴说："哼！光天化日之下，黑人敢对我和汪静怎么着？没有王法了。"

钟铁军说："那些原始部落里的文明程度很低，你们何必去惹这个麻烦呢？"

"那你多注意。"赵雅清说着朝钟铁军递去一个特别的眼神，"项目全靠你，杨姐离你远，我得替她负责。"



钟铁军把头扭到一侧，说："你们要听话，在项目部等我们的消息。"

赵雅清和汪静被留在了项目部，不过仍是善后小组的成员。她去卫生所找到汪静，说钟铁军为了安全起见，不让她们去部落参与谈判，埋怨他瞧不起女人。汪静和卡娅刚给一名职工看完病，边洗手边笑着说："经理做事周到细致，就听他的吧。需要我们的时候，咱们想不去都不行。"

赵雅清突然想起了什么，问卡娅的部落与塔曼部落有没有来往。卡娅说她们部落酋长是她的叔伯爷爷，与其他部落酋长有很好的私人关系。

汪静说："Hey，Kaya，if the compensation conversation doesn't go well，can your chief grandpa come and talk with the chief of Taman's tribe？（哎，卡娅，补偿谈判如果进行得不顺利，你的酋长爷爷能跟塔曼部落里的酋长说上话吗？）"

卡娅说："Probably，I can go and ask my grandpa. He is a very kind old man.（应该能，我可以回去找我爷爷问问。他是个慈祥的老人。）"

赵雅清将卡娅的话记在了心里。看到她和汪静，赵雅清又想起了刘柱。汪静说他带着小森林回到劳务队驻地去养伤了。卡娅笑着说："Here's something，Zhao. Liu Zhu met my chief grandfather when he went to our tribe the first time.（对了，赵。刘柱第一次去我们部落，他见过我的酋长爷爷。）"

赵雅清让汪静当翻译，说："Yeah，yeah，Kaya，it's a right decision for you to work in the health facility.（好啊，好啊。卡娅，你来卫生所当助工，来对了。）"

塔曼和多米里的族人，自那天夜里离开警局，再也没见到第五小刚和杰姆斯以及那几个民工。接连几天，不见修铁路的一方派人来家里张罗后事，塔曼的父母、兄弟姐妹和老婆，在族人的共同操办下，把他的尸体抬到村外空旷的河边，架起一堆捡来的干柴把他烧了。

下葬前，部落酋长赶来了。巫师在自己的脸颊和上半身涂抹了许多白粉和红漆，头上戴着一顶用植物和动物骨头拼成的高耸的冠帽，上面插根花羽翎，下身围个裙子，手里拿只鼓，从嗓子里发出一种怪怪的腔调，边念旁人听不懂的神秘咒语边转圈跳舞。祷告仪式结束后，又端起一碗水洒向盛有塔曼遗骨的大罐，最后才由他的大儿子捧起大罐，放入族人挖好的土坑里。整个葬礼过程，始终有一群拄着细棍的妇女，在人群外跳舞唱歌，那可能是对死者最好的哀悼方式。

举行完葬礼，族人们仍未散去。他们围在一位酋长打扮的长者身边，不停地吵吵与争论。不久，族人们愤怒的吼叫声愈演愈烈。打头的是在警局外见过的那个高个黑人。他挥动着胳膊，号召其他人跟他走。有一半的族人，在情绪亢奋中朝大路走去。两个小时后，他们坐着租来的大巴车赶到了集团工程建设指挥部所在地。

钟铁军和王子浩、安保国、于长山，分别乘坐由大牙和吴大友开的两辆越野车，带着钱本想直接去塔曼和多米里的村庄，与他们的家人谈补偿。刚走一半路程，就接到了路同和打来的电话。他在电话里急促地说，塔曼的族人去了集团指挥部，把他们围得水泄不通，要求进行补偿，催钟铁军赶紧去面对面谈判。钟铁军和王子浩听到那群黑人在冲击指挥部，感到事情有点儿严重，而且变得有些复杂。于是，命大牙和吴大友调头，朝指挥部方向驶去。

大牙手握着方向盘，说："Boss, they're a small tribe. They're so poor that we will lose money if we have anything to do with them.（头儿，他们是个小部落，穷得叮当响，沾上他们就得赔钱。）"

钟铁军问死一个人需要赔多少。"Not much.（不多,）"大牙说，"No more than half a million in national A currency, about $30, 000. They also have to try luck. It is you that are stuck with them, if they go to the field and killed by the mine, no one will make the compensation, and they get nothing. It happens a lot here.（不会超过五十万A国币，大约相当于三万美元。他们也要看人，这是赶上了你们，如果自己去野外触雷炸死，没人会补偿，他们一分也拿不到，这样的情况实在太多了。）"

钟铁军说："Big Teeth, if those people don't make sense and we can't talk them into sense，can you come forward and talk to them?（大牙，万一那些族人不讲道理，跟他们谈不下来，你出面与他们周旋可以吗?）”



大牙笑了，说：“I don't have any problem talking to them. My mouth can do things. Language from my tribe is different from that of theirs，but everyone understands English.（我与他们打交道不成问题，我的嘴巴不是白长的。我的部落与他们的部落语言不同，不过英语人人都能听得懂。）”

钟铁军赶到集团指挥部时，塔曼的族人正堵在院子里。路同和与戴国兴通过翻译跟他们交涉，但那些黑人装糊涂，一拥而上把他俩围在中间，两名持枪保安见状凑上前把他们分离开，在路同和、戴国兴与黑人之间形成一道屏障。杨琳从医院来指挥部找路同和，也被阻在外面。见那么多黑人吵吵嚷嚷，有的穿着破旧的羽绒服，有的身着单衣，脚下穿着拖鞋，频频做出野蛮动作，她有点儿害怕，就悄悄退到了后面。这时，恰巧钟铁军和王子浩等人赶到，见杨琳站在那儿不动，钟铁军把她拉过来，劝她离开。

杨琳说：“这些人很野蛮，怎么跟他们谈?”

钟铁军说：“行了。不用你操这份心，快回医院去。”

杨琳担心钟铁军的安危，劝钟铁军别跟黑人冲突。王子浩说：“杨琳，你走吧，真起冲突你帮不上忙，反而添乱。”

杨琳听了钟铁军和王子浩的劝告，嘱咐他几句，扭头走了，但心里一直很乱。路同和与戴国兴见钟铁军、王子浩和安保国、于长山到来，想先把他们叫进去商量如何应对，结果被那些族人拦住了。他们在警局见过钟铁军。他的出现，让黑人感到惊讶，此时才搞清楚，原来他和被关的第五小刚几个人是同伙。

“Hey，man，you were with the guys in the station，and you lied to us.（嘿，你和被关在警局里的那几个人是一伙的，你却花言巧语欺骗了我们!）”在警局外面的那个高个黑人一把拉住钟铁军的衣领说，“My fellow brothers have been burned and buried，but it is not our fault that none of you have come forward to talk about the compensation.（我的同族兄弟已经烧完埋了，可你们没人出面来谈补偿，这不怪我们。）”

听高个黑人这么说，其他黑人一呼百应，冲钟铁军嚷叫不停。钟铁军并不害怕，有礼有节地说：“Excuse me，would you mind loosening your hand?

（对不起，请你把手松开好吗？）”

高个黑人松开手，说：“My name’s Pick, Pick Ellison. Let’s have a good talk today. I want my brother’s family to get the compensation money, that’s all. He has parents and children to raise, life for money is not worthy, but we have no choice.（我叫皮克，皮克·埃利森。咱们今天要好好谈谈，我想让我兄弟家拿到补偿的钱，就这么简单。他有父母和老婆孩子要养，用命换钱不值得，但毫无办法。）”

王子浩、吴大友、安保国、于长山和大牙，见钟铁军被围住，挤进人群将他挡在身后，让他去见路同和与戴国兴。钟铁军趁机离开人群走向办公区。高个黑人想去追他，被大牙挡住，说：“Oh, brother, I’m from the Dinka tribe, a special forces man who now serves at the railroad construction site. You’re trying to get Taman and Domily’s casualty payments instead of yelling at me, right? You can tell me what you want, and I’ll tell them, how about that?（哎，兄弟，我是丁考部落里的人，当特种兵出身，现在为铁路服务。你们的目的是拿到给塔曼和多米里的伤亡补偿钱，而不是到这里来大吵大叫，我说的应该没错吧？有什么想法你可以跟我说，我去向他们反映，这样如何？）”

高个黑人朝身后扭头看了看其他人，想了想说：“All right. I know your tribe. Our tribal chief used to visit yours. As long as you speak for my brother, we trust you.（好吧。我知道你的部落，我们部落酋长去拜访过你们的酋长。只要真心替我的兄弟说话，我们就信任你。）”

钟铁军急匆匆去会议室见路同和与戴国兴。路同和很恼火，严令指示说：“你还是把那些黑人拉到项目部或者去死者村庄谈，这样影响面会小得多，哪怕多给些补偿，快速处理干净为好。不然扩散出去，外媒会当作一个重大事件抹黑我们。”

钟铁军说，他不想把黑人拉到项目部去谈，因为来的黑人太多，对施工队和使用的当地黑人劳工影响太大。所以，他主张既然族人到了集团指挥部，先在这里谈第一轮，之后去塔曼村庄与家人见面。路同和对他大发雷霆，称没有一个分部像国际公司分部这样，惹出如此大的麻烦，在这里谈，等于集团工程建设指挥部接手了一个涉外事件，不但性质发生了变化，也让他和戴国兴参与其中，作为指挥长是向集团汇报还是不汇报？

钟铁军有些生气，把路同和怼了一顿，说汇不汇报是他与戴国兴的事，国际公司分部的任务是负责处理好善后补偿，大事化小，小事化了。路同和气得半天没说话，硬逼钟铁军先把塔曼的这群族人弄走离开指挥部。钟铁军发火道："黑人不像带出来的国内民工，叫他们去哪就去哪。项目部离指挥部六百多公里，用啥把他们拉走？在转移过程中，万一出现闪失谁来收场？再说，拉到北部项目部去谈，跟在集团指挥部谈又有何区别？现在集团指挥部是受了影响，但没扩散到下面项目上去，处于可控状态。"

俩人嚷嚷起来僵在了那里。戴国兴听后，认为钟铁军说得有道理，打圆场说："那就让他们选几个代表进来谈。钱准备好了吗？"

钟铁军说："准备好了，随车带来了。"

路同和实在没辙，指着钟铁军说："行。你小子反正跟我对着干。上次你写了检讨没处理，已经够便宜你了。这次有言在先，如果谈不好，你要负责。"

钟铁军说："可以，我家的孩子我抱走。如果我谈不下来或者是把事情闹大了，我负责到底，你们咋处理我都行。"

路同和说："那你就按戴书记的意见办。叫几个代表进来，不能一窝蜂似地嗡嗡叫。即便是谈好，也必须把钱给到死者家人手里，不能过其他人的手。"

就这样，钟铁军争取到了一个时间点。他走出会议室来到那群黑人面前，对高个子黑人说："I remember your name is Pick Ellison，right? We met outside the police yard. （我记得你叫皮克·埃利森，对吗？）"

皮克点点头，说："Yes. You can call me Pick. How would you like to talk about the compensation today?(是的。叫我皮克好了。今天你想怎么谈补偿？)"

钟铁军让皮克指定四个代表到会议室具体谈判。皮克喊了另外三个族人去，让其他人在外面等候。吴大友和安保国、于长山与两名保安，站在外面看着他们。双方代表面对面坐下来后，钟铁军主谈，王子浩补充，大牙作为调停人。A国没有对触雷死亡人员的补偿标准，钟铁军提出给死亡的塔曼补偿两万美元，多米里的补偿届时与他的家人单独协调。对面那四个黑人互相嘀咕半天，高个皮克说："I don't agree with your proposal. You're kidding a kid. Taman's compensation is at least fifty thousand dollars，of course，the more the better. Let's fix Taman's problem first. （我说你这个方案不行，你这是糊弄小孩儿。塔曼的补偿至少也得五万美元，当然越多越好，咱们现在先解决塔曼的事情。）”

钟铁军在桌下用手拉了拉大牙，意思让他说话。大牙惊讶地说：“Hey, man, what are you talking about? Taman's compensation is at least ＄50, 000? Are you crazy? What I have got is that since the end of the war, the locals who have been killed by mines had never received any compensation. You're not Taman's family, of course you can be representative, but don't overdo it. （哎，哥们儿，你说什么？塔曼补偿至少五万美元？你没搞错吧？我掌握的是，战争结束至今，那些被地雷炸死的当地人，从来没人拿到过赔偿金。你们不是塔曼的家人，虽然可以代表，但也别太过分了。）”

四个黑人又低头商量。皮克说：“We've agreed that if make a one-time payment in cash, we can reduce to ＄40, 000. Can you accept it? （我们商量好了，如果现在，哦，就在这儿，一次性付款，并且是现金，可以降到四万美金，你们可不可以接受？）”

“No! No! No! （不！不！不！）”钟铁军看出了这些人的企图，摆手拒绝说，“You're just negotiating on behalf of Taman's family, we can't pay you cash. We will wait until his family have signed a once for all compensation contract with us, and we'll pay the money directly to his wife. This is the principle. （你们只是代表塔曼的家人谈判，我们不能付给你们现金，必须等到与他的家人签完一次性补偿合同，把钱直接付给他的老婆，这是原则。）”

王子浩问：“Do you have a power of attorney signed by his family or his wife? （你们有他家人或老婆亲笔签字的委托书吗？）”

四个黑人不明白什么是委托书，眼睛睁得老大，盯着王子浩问：“What did you say? We don't know what a power of attorney is. We just want to know if we can get the compensation cash right now. （你说什么？我们不知道什么是委托书？只知道现在能不能把补偿金给我们。）”

钟铁军说：“That's not gonna work. We only make payment to his family. （那肯定不行。我们付款只对他的家人。）”

另一个黑人站了起来，说：“We're gonna get ＄40, 000 today. Without

that, we can't answer to Taman's family.（我们就想今天拿到四万美元。少了这个数，我们没法向塔曼的家人交代。）”

王子浩说：“Our bottom line is 20 grand.（我们的底线是两万。）”

皮克挥了挥手，其他三个黑人都站了起来，说：“Since the talk does not come together, there is no need to waste time and talk useless nonsense. We'll tell the chief when we get back that you didn't meet our demands.（既然谈不拢，也不必再耽误时间和讲没用的废话。我们回去会告诉酋长，你们没有达到我们的要求。）”

那些人转身要走，被大牙喊住，说：“Well, is that what your tribal chief's intention?（哎，这是你们部落酋长的意思吗?）”

四个黑人愣住了。皮克想了想说：“Whatever it is, we didn't get the money today, man.'（甭管谁的意思，我们今天没拿到钱，伙计。）”他把手伸向钟铁军，接着说，“We don't have any money in our hands. Please pay us the rent for the bus that brought the people here. If you want to talk more, you can only go to the village to find us. Without the consent of the chief, what Taman's family say does not count.（我们手里没钱，请把送族人来这里的大巴车租金付给我们。要想再谈，你们只能去村庄里找我们，并且没有酋长的同意，塔曼的家人说了也不算。）”

第一轮谈判就此草草结束。钟铁军把这些黑人来时租车的钱给了皮克，远远超出了他们实际付出去的租金。在皮克的召集下，那些族人乘车回到了村庄。钟铁军看清了他们带人来围堵集团指挥部的真正目的。路同和、戴国兴和王子浩、安保国、于长山聚集到会议室里，钟铁军说，来的人群中没有塔曼和多米里的家人。这群族人肯定是瞒天过海，想背着伤亡者的亲属，多谈些补偿金并拿到现金，自己从中捞取一些好处。所以，必须去村庄跟塔曼他们的家人谈，不能让那些居心叵测的族人钻了空子。王子浩提醒他，说：“哎，那个高个说，他们部落酋长不同意，塔曼的家人说了不算，是不是要去见酋长?”

路同和、戴国兴也认为这一点很重要。钟铁军说他想办法看如何打通酋长这一关，让酋长不要在补偿问题上发难。回项目部前，钟铁军跑去见了杨琳，把谈判的情况简单地跟她说了，让她不必担心。杨琳替他发愁，钟铁军一走，她便打电话给汪静和赵雅清，先发了一肚子牢骚，随后聊到给塔曼的补偿最终要由部落酋长敲定。赵雅清与汪静正在卫生所，聊到酋长，她即刻想起了卡娅说过的话，问汪静："卡娅呢？"

汪静说："她去劳务队看刘柱了。"

赵雅清说："嘿，这黑丫头是不是真爱上刘柱了？"

汪静苦笑着，说："她愿爱爱去，与咱们无关。"

"那我找刘柱。"

"你找他干什么呀？"

赵雅清说："当然有事，让他陪着卡娅回部落，去找她酋长爷爷。"

此时，卡娅正跟刘柱在劳务队的宿舍。除了做饭的炊事员和看门的保安，其他民工和当地劳工都上了工地。帐篷门口吊着纱帘，把嗡嗡乱叫的虻蝇蚊虫挡在了外面。刘柱头上的纱布已经解掉，小森林一见卡娅就扑到她身上，用两只长臂紧紧地搂住她。两人还没怎么说话，刘柱就接到了赵雅清打来的电话，让他和卡娅去一趟卫生所，最后还补了句说是汪静让他去的。刘柱很兴奋，拉起卡娅要走，卡娅似乎不悦，说着磕磕巴巴的汉语："我刚来，你就拉我走。"

刘柱说："汪姐叫咱俩回去，快走吧。"

刘柱和卡娅带着小森林来到卫生所，先喊了一句"汪姐"，后才喊"赵姐"。赵雅清假装吃醋，摸着小森林的头，笑着说："刘柱，到底是汪静治好了你的伤，喊姐都知道分先后了。"

刘柱"嘿嘿"乐着，问叫他和卡娅回来干啥。汪静生气说："没事就不能叫你们俩回来了？卡娅去你那里干啥？劳务队都出工了，你们两个孤男寡女，是不是有背着人的事啊？"

赵雅清在一旁偷偷笑，说："汪静，你可真多事。管她们呢。哎，卡娅，上次你不是说部落酋长是你爷爷吗？"

"是的。"

"那让刘柱陪你回去一趟找找你酋长爷爷呗。给塔曼补偿还没谈完，经理正着急呢。让酋长爷爷找找塔曼部落的酋长，补偿少一些快一点，行吗？"

卡娅很热衷做这件事，问刘柱能不能跟她回去。刘柱说反正在养伤，闲着也是闲着，可以跟她回去。酋长是她爷爷，那一定也是大牙和杰姆斯的爷爷，就问他们俩去了哪儿。赵雅清说："杰姆斯随队勘测去了，大牙跟经理正在回来的路上。等大牙回来，我跟经理说，让他带你俩一块去。"

刘柱说："汪姐，我跟卡娅回部落，那你和赵姐要帮我养几天小森林。我不能把它带回部落，不然还会被吃掉。"

大牙开车拉着刘柱和卡娅一起回到了部落。临行前，钟铁军指示王子浩和赵雅清，往车上装了些面粉和饮料带给酋长。见到酋长，大牙和刘柱先把东西卸下来，搬进茅草屋，摆在酋长面前。之后，大牙把第一轮谈判的情况复述一遍，求他出面去找找塔曼部落的酋长，在补偿方面不要设置障碍。这也是钟铁军和赵雅清专门交代的。



酋长头戴桂冠，坐在高高的椅子上，用土著语说："好吧孩子们。咱们部落搬迁到此，是受了铁路的恩惠。铁路遇到这类灾难，我有义务出面斡旋。但你们要跟我一块去，把事情向塔罗部落的酋长说清楚。"

刘柱对卡娅说："那回去让经理陪你爷爷一块去。"

卡娅冲他笑笑，把这话传给了大牙。于是，大牙让酋长定好时间，以便来车接他，由钟铁军陪着一起去塔曼部落找酋长和塔曼的家人。

临走时，年老的酋长望着刘柱，一脸皱纹舒展开了，用土著语问卡娅："我亲爱的孩子，这个中国小伙子是你的心上人吗？"

卡娅娇羞地拉住刘柱的手，用土著语说："是的，我喜欢他。我想跟他去中国。"

刘柱听不懂他们在说啥，问卡娅："酋长在跟你说我吗？"

大牙嘻嘻笑个不停，抬手拍他的肩膀，说酋长在问卡娅，刘柱什么时候跟她结婚，带她去中国。刘柱急了，甩开卡娅的手，称从来没想过跟卡娅结婚的事儿，让大牙转告酋长。

"No!（不!）"大牙说，"I can't say that for you. Once the chief agrees, you have to marry Kaya as your bride.（我不能替你传这个话。一旦酋长同意了，你就必须让卡娅当你的新娘。）"

这话只有卡娅听懂了，刘柱却没搞明白。酋长慈祥地伸出手，抚摸着卡娅头顶上卷曲的头发，说："祝福你孩子，将来你要走出部落和森林了。外面的世界更精彩，最好你和这位年轻人能坐着火车去中国。"

对于酋长这个伟大的幻想，卡娅和大牙感到惊讶与高兴。大牙拉着刘柱和卡娅从部落回项目部，路上刘柱一言不发，心中的不快写在了脸上。卡娅问他咋了，他也不说。回到卫生所，一见汪静和赵雅清就哭了。赵雅清问：

“酋长骂你了吗？”他摇头。又问卡娅：“你们吵架了？”

卡娅莫名其妙地摆手，说：“没有，我们没吵架。”

汪静问：“刘柱，既没人骂你，你们俩又没吵架，回来哭啥啊？”

小森林跳到他身上，伸出长臂去帮刘柱抹眼泪。刘柱抱住它，指着卡娅说：“酋长同意她嫁给我，可我不想娶她。”

汪静脸色骤变，问：“卡娅，你的酋长爷爷是说让你嫁给他吗？”

卡娅惊喜地说：“Yes，yes. If the chief agreed that he be my groom，he will have to marry me. This is the custom in our tribe. （是的，是的。酋长同意他做我的新郎，他就必须娶我。这是我们部落里的习俗。）”

刘柱再次大声嚷道：“卡娅，我没想过找对象，更不会跟你结婚。你还是找个黑人丈夫吧。”

卡娅不解地问为什么。刘柱称不为什么，就是觉得不合适，对黑人姑娘不感兴趣。赵雅清“咯咯”直笑，问：“哎，刘柱，那你对谁感兴趣啊？”

刘柱转悲为喜，咧着嘴说：“我喜欢汪姐，真的。汪姐，你会生我气吗？”

汪静听后又气又恨，瞪着他抬手“啪”地甩出一记耳光，骂道：“刘柱，你真不识好歹。”

卡娅用身子护住了刘柱，责怪汪静为啥打他。汪静推推搡搡也把她撵出了卫生所。赵雅清对汪静的过度反应甚感惊异，等刘柱和卡娅出去后，她问道：“汪静，刚才你是咋了？”

汪静平复一下心情，摇头说：“没咋。他胡说。”

赵雅清埋怨她不该打刘柱，认为他一个孤儿很可怜，即使胡说也完全可以一笑了之。而汪静知道自己的内心。她是复杂多变的，对刘柱流露出的言语和态度爱恨交织，甚至容不下他身边出现另一位异性。刘柱带着小森林离开卫生所回去后，她又开始有些后悔不已。

刘柱被这一巴掌打醒了。回到劳务队宿舍，坐在床边抽泣了半天。汪静在他心目中如女神般地存在，可真说出来喜欢她时，却挨了重重的一巴掌。这令他既伤心难过，又十分沮丧。摸着半边火辣辣的脸，顿时觉得所有的幻想都在这“啪”的一声响中彻底破灭了，后悔不该当着赵雅清和卡娅的面儿，直白地说出“喜欢”这个词。他越想越自卑，意识到自己充其量不过是个一穷二白、只能靠出卖体力自己养活自己的孤儿和打工仔，对自己喜欢的女人，根本容不得异想天开和有丝毫的非分之想。他下决心以后永远不再去见汪静，更不想再自寻烦恼。



晚上，钟铁军刚从工地回到办公室，赵雅清推门进来，把汪静打了刘柱一巴掌的事说给他听，原因是刘柱当面表白喜欢她。钟铁军说："有男孩子喜欢是好事，干吗打刘柱呀，你把汪静叫来。"

赵雅清跑去卫生所把汪静喊了过来。钟铁军问："汪静，听说你打了刘柱？"

"是。"汪静低着头说，"我是打了他。"

钟铁军问："为什么呀？就因为他说喜欢你对不对？"

汪静说："我才不要他喜欢呢。"

钟铁军说："你这人……男孩子喜欢谁，那是人家的权利。你可以不喜欢他，能挡住他在心里喜欢你吗？也许他是跟你开玩笑呢？"

汪静感到委屈，说："他不是开玩笑。"

赵雅清问："你怎么知道他不是开玩笑。"

汪静说："他是认真的，说过不止一次了。"

钟铁军"噢"了一声，说："这么说他还真有点动心了。你是不是觉得他是个孤儿和民工，打心里瞧不起他？"见汪静低着头不回答，又说："刘柱很单纯，说话没深没浅，但很有性格。他跟我是一个村的，你们杨姐倒是挺心疼和可怜他。以后不论他说啥，你俩都别往心里去。如果对他有好感，见面时安慰安慰他，别伤他就行。"

赵雅清和汪静异口同声说知道了。钟铁军说："他不是跟卡娅回部落去见酋长了吗？刘柱这一点还是很可取的，起码作为一个民工，懂得替项目部分忧。"

赵雅清接话说："卡娅的酋长爷爷点名要卡娅嫁给刘柱。部落酋长说话就是最高指示，谁都得听。经理，你说咋办？汪静不想让他娶卡娅。"

汪静推一下赵雅清，说："我哪说不让他娶卡娅了？"

钟铁军愣了愣说："噢，这样啊。明天我和大牙去部落接酋长，到时我问问。可刘柱不娶卡娅，凭他自身和家庭条件，在国内连个媳妇都找不上，准打一辈子光棍。"

赵雅清说："找对象哪个不讲究门当户对？"

钟铁军说："那你们俩赶快找门当户对的呀。"

赵雅清说："我和汪静不是天天在工地，就是在国外，到哪儿去找？"

钟铁军说："这不就得了。既然找不上，又不想降低身价和门槛，最后都成了剩女。找个男的总比没有好。"

汪静说："那我们也不能随便找个男的把自己嫁了吧？一辈子委屈死。"

钟铁军问："你想想，假如刘柱真喜欢你，他会给你气受吗？"

汪静说："那谁知道？"

钟铁军说："过去讲，天无一月雨，人无一世穷嘛。人再富再有钱，也买不了太阳不下山；再穷，也不一定日后没江山。找对象，要瞄准男的将来有没有发展。别看刘柱年轻，他很上进，会活出骨气来。"

赵雅清对钟铁军说的这些富有哲理的话，句句记在了心里，对他更加佩服。汪静也记住了他这些话，觉得自己的一时冲动确实伤害了刘柱。

翌日上午，钟铁军先召集王子浩、安保国、张放、于长山、赵雅清、汪静等人开会研究完谈判对策，接着找赵雅清拿上换回来的几万美金，又从食堂里拿了些牛奶装到车上，仍叫大牙开车，拉着他和王子浩沿着曲里拐弯的森林便道去了部落。大牙虽然很熟悉森林便道，但路早被施工车辆辗压得高低不平，坑坑洼洼了，所以车速很慢，颠簸得很厉害。王子浩不清楚为什么要走这条路，嘴里不停地发牢骚。钟铁军说："不走这条路走哪儿？没路可走，咱们先去大牙的部落接他们酋长。"

王子浩奇怪地问："不是去塔曼部落吗？怎么去接大牙部落的酋长？"

钟铁军说："嘿，你在国内办事知道找关系，在国外就不用找关系吗？部落酋长都是通着的，傻帽。"

王子浩顿时明白了去大牙部落的目的。"Oh，Big Teeth.（哎，大牙！）"王子浩问，"Didn't you say that the compensation for a person is about 30 grand? How dare those people in Taman's tribe wanted forty or fifty thousand yesterday?（你不是说死一个人补偿三万美金就可以吗？昨天塔曼的那些族人咋敢要四五万？）"

大牙驾驶着方向盘，说："I don't know. They might want to take advantage of it themselves. Indigenous people aren't stupid. They are cunning and some of them have no credit at all.（我不知道。他们大概想自己从中捞取好处吧。土著人并不傻，心眼多着呢，有的根本不讲信用。）”

钟铁军说：“Well，today we're going to talk directly to the chief and the families of Taman and Domily，avoiding the people of the tribe. Big Teeth，you need to ask your chief grandpa to make it clear to the chief of Taman's tribe.（哎，今天去直接与酋长和塔曼及多米里家人谈，避开那些族人。大牙，要让你酋长爷爷跟塔曼部落酋长说清楚。）”

大牙嘻嘻笑着做出一副怪模样，说：“All right. I think he'll say it and be a witness.（好吧。我想他会说的，并且会当见证者。）”

车辆到达部落时，大牙部落那位年长的酋长，格外打扮了一番，身着部落特有的民族服装，头上换了顶新的冠冕，手里拄着一根代表权力的木杖，做好准备站在村庄外等候，身后围着一帮衣衫褴褛的男女和孩子。等大牙把车停好，钟铁军和王子浩跳下车，把带来的牛奶等物品卸下来让族人搬回去，给酋长施礼，将他扶上车。大牙用土著语把钟铁军叮嘱他的话转述给了酋长听。酋长坐在行驶的车内，眼睛直视着前方，说了一大堆听不懂的土著语，只好让大牙翻译。大牙对钟铁军和王子浩说：“The chief said that he would talk to the chief of Taman's tribe to settle this thing down today. He will be a witness on the spot.（酋长说了，他会说通塔曼部落酋长，今天把事情彻底了断，并当场见证。）”

“This is great.（这样太好了！）”钟铁军欣喜地说，“Do we need to pay him?（需要给他费用吗？）”

大牙摇头，说：“Not at all. You've brought gifts to the chief.（完全不用。你已经带了东西给酋长。）”

这时，酋长开口说话了，让大牙翻译给钟铁军和王子浩，说他同意了卡娅的婚事，让刘柱买二十多头牛当彩礼，就可以把卡娅娶回家，并带回中国。王子浩对这突如其来的消息感到很愕然，问：“铁军，刘柱这小子什么时候跟卡娅订的婚呀？我咋一点都不知道。”

钟铁军说：“你问我，我问谁去？刘柱根本没跟卡娅订婚，老头是按部落习俗说的，酋长相中了刘柱。”

“那怎么还买牛当彩礼？”

“非洲很多国家的少数民族都把牛当神供，”钟铁军说，“谁家牛多，谁家就富裕。他们靠牛耕地种田。有了牛，男人就能娶上老婆，要找老婆先找牛。”

王子浩哈哈笑起来，说：“这回好了，你当叔的给刘柱去买牛吧。”

钟铁军说：“Big Teeth，you tell the chief，Liu Zhu hasn't made the decision whether to marry Kaya；he is an orphan.（大牙，你跟酋长说，刘柱没想好娶不娶卡娅，他是个孤儿。）”

大牙称他不能给酋长说这些，不然今天的谈判会泡汤，因为酋长在部落里有至高无上的权力和威望，只要他说过的话就必须兑现。“There are orphans in our tribe，too.（我们部落里也有孤儿，）”大牙说，“Liu Zhu is an orphan，if he cannot take Kaya to China，he can come to our tribe. Or he could stay after the railway project，and open a factory or do business with me.（刘柱是孤儿没什么，不能带卡娅去中国，那他可以到我们部落来，或修完铁路留下来，跟我一起办工厂、做生意。）”

对大牙的这个想法，钟铁军和王子浩认为很荒唐。刘柱不可能留在非洲，更不可能为了卡娅去部落里生活一辈子。他们这个话题不好再多聊，就闭嘴静下来，不再说话了。

在无边无际的森林和空旷的沼泽地里行车近两个小时，终于到达了塔曼所在的部落与村庄。头一天，大牙通过当地的警察，已经给塔曼部落的酋长递话，说他们丁考族部落的酋长要带客人来拜访。为了迎接客人的到来，塔曼部落酋长一早从村庄叫来不少女人，她们围在酋长独住的院子里载歌载舞。等钟铁军、王子浩和大牙下车陪酋长走进院里时，那些女人跳得更来劲了，还差点儿扑到钟铁军和王子浩身上。塔曼部落酋长身边站着两名身材高大的卫士。他们随酋长赶紧跑出来，先给大牙部落酋长施以欢迎礼，然后将他们迎进用茅草和树干搭建成的宽大蘑菇屋里。钟铁军让王子浩和大牙，也从车上卸了几箱牛奶。他们发现里边除了就地取材做成的藤条桌椅，墙上挂着一张熊皮、皮鞭和绳子，其他便空空如也。不过，桌子上还是置办了一些从森林里采摘回来的野果。即使这样，大牙仍感到远不如他的部落富有。

两个酋长坐下后，相互寒暄问候一番，开始介绍钟铁军和王子浩。因双方讲土著语，大牙始终当翻译。钟铁军和王子浩听不懂，觉得很尴尬。大牙提醒他们俩说，他的酋长爷爷说明了来意，充当说客，提出今天要谈塔曼和多米里的伤亡补偿，不让其他族人参加，提出由塔曼部落酋长带他们去见塔曼和多米里的家人。那名酋长迟疑了一下，称族人回来给他汇报了，补偿事宜应该先与代理人谈，之后再与家人见面。大牙的酋长爷爷说想省掉这个步骤，所以才带钟铁军他们来见塔曼和多米里的家人。



大牙把酋长爷爷的话翻译过来，说："Taman and Domily's family will listen to you. My children are on the railway construction site, as a chief of Dinka tribe, the reason I came out of the forest and swamp to visit you is to ask you for help. It's not just between your tribe and the railroad, it's also between our two tribes.（塔曼和多米里的家人会听你的，我的孩子们都在铁路上，作为丁考族部落酋长，我之所以走出森林和沼泽来看望你，就是恳请你帮忙。这不仅仅是你的部落与铁路之间的事，也是咱们两个部落之间的事情。）"

这话对塔曼部落酋长是个刺激。那酋长咧嘴笑了，马上答应了大牙酋长爷爷的请求。随后，吩咐卫士出去，撵走了在院子里跳舞的女人们。

补偿谈判是从这一刻正式开始。钟铁军、王子浩并没有去塔曼和多米里家，而是酋长命卫士把他们的父母和老婆叫来了。这样，大牙酋长爷爷和塔曼部落酋长都在场见证。虽然那些爱闹事的族人不敢进屋，但闻讯后都聚集在院子里。钟铁军、王子浩和大牙在人群中，看到了曾在集团工程指挥部参加谈判的那四名代表。尤其是高个子族人皮克，他身上披块兽皮，手里拿支镖枪，昂头盯着屋里的一举一动。塔曼和多米里的父母和老婆，在两位酋长面前不敢多言。钟铁军提出给塔曼和多米里分别补偿两万美元和一万美元，这对部落里的黑人来说已经是天文数字，而他们的父母和老婆嫌少。后来，塔曼的老婆出去了，高个子族人皮克马上迎上去与她嘀咕。"Such compensation is not enough.（这样的补偿不行！）"皮克在院子里用英语嚷叫道，"$20,000 can't buy a life, it has to be more.（两万美元买不了一条命，必须多给。）"

人群又开始骚动起来。大牙酋长爷爷听到这种声音很不开心，当时拉下脸来起身要走。塔曼部落酋长认为有失体统，伸手拉他坐下，指着院子里的皮克，对身旁的两名卫士说："把他绑起来拖出去，让他受够鞭刑。"

两名卫士遵照主人的命令，从墙上摘下皮鞭和绳子，跑出去将皮克摁在地上，用绳子绑起来押到了外面。其他族人见酋长发火，纷纷躲到了一边。

两个酋长和钟铁军、王子浩都不愿意看到这一幕。王子浩说："铁军，趁酋长都在，再给他们涨一涨，多给点算啦。"钟铁军扭头瞪他，说心里有数，不能张口就给三万美元。这时，皮克被两名卫士拖进院子扔在了地上，浑身被抽得皮开肉绽，躺在地上"哎哟哎哟"地号叫不停。

塔曼部落酋长本来发怒的面孔此时带着微笑，对大牙的酋长爷爷说："Honorable chief, forgive those people for being rude. Taman is dead, and his wife and children are going to survive. Domily is disabled and will not be able to take care of himself for the rest of his life. Their families want to get more money, and if they can offer more, I'll have this issue finish here. What do you think?（尊贵的酋长，恕那些族人无礼。塔曼已经死了，他的老婆孩子还要继续生存。多米里残废了，今后不能自理，需要家人终生照料。他们的家人想多得到一些钱，如果再多给一些，我做主到此为止。你看如何?）"

大牙的酋长爷爷说："Dear Mr chief, I understand yourdifficulties. You bind the bad people and punish them with flogging. You've done your best and showed me your respect. You know the state never compensated those people who were killed by mines. The Chinese people from the railway project can come to us personally and discuss about the compensation; it is cherish for us.（亲爱的酋长先生，我理解你的难处，还把不好的族人绑起来施以鞭刑。你已经很尽力，也很给我面子了。你知道所有被地雷炸死的人，国家从没给过补偿。今天铁路上的中国人能够亲自上门来谈补偿，是对我们的珍爱。）"

说完，酋长爷爷让大牙问钟铁军，可不可以再增加一些钱，如果能多给一部分，两位酋长做主，这起伤亡事件就此了结。钟铁军见时机已到，表态说："Okay. Another ten thousand dollars in compensation for Taman. Add ten thousand dollars to the compensation package for Domily. This is our best offer, what do you say?（好的。再给塔曼增加一万，补偿费共三万美元。给多米里增加一万，补偿费共两万美元。这是我们的最大限度，可以吗?）"

塔曼部落酋长转头与那些家人们商量许久。大牙翻译那个酋长的话，说："All right, that's all. All of us present are witness. This means Taman and Domily didn't lose their lives or get injuries for nothing. At the same time, it also consolidated the friendship between our two tribes.（好了，就这么多。我们在场

的人都是证明人。这等于塔曼和多米里没有白白丢掉性命和受伤。同时，也巩固了我们两个部落之间的友谊。）”

在大牙酋长爷爷撮合下，塔曼和多米里的伤亡补偿得到了圆满解决。钟铁军当场掏出五万美元，按照谈好的数额，分别给了他们的女人。临近中午，大牙酋长爷爷和钟铁军谢别了塔曼部落的酋长，刚刚挨过鞭刑的皮克站在人群外面，捂住受伤的皮肉，用仇恨的目光盯着他俩。快上车时，钟铁军和王子浩听到皮克在背后喊：“Chinese，I remember you，be careful. Don't you have money？I'm gonna take the chance to bust your skull，wait and see，boy.（中国人，我记住了你们，小心着点儿。你们不是有钱吗？我会找机会敲烂你俩的脑壳。走着瞧吧，小子。）”

# 第十二章

那天，钟铁军和王子浩了结完塔曼和多米里的补偿，心里如释重负。他们先开车把大牙酋长爷爷送回部落，临别时给他鞠了躬。酋长对自己能帮助解决此事很满意，跟他们打招呼告别，说："回去吧年轻人。再有事情需要我出面，你们尽管来部落找我。我的族人都盼着铁路早点儿通车。"

钟铁军抑制不住兴奋，让大牙开车拉他和王子浩去集团指挥部汇报，快到时顺便拐弯去了医院。杨琳正在急救室抢救一名在工地被砸伤的民工。等了好久，她才穿着白大褂、戴着口罩从急救室出来。王子浩跟她打诨开玩笑，说她把他们都忘得一干二净了，钟铁军想她也见不到人。杨琳讥笑说是钟铁军把她忘了，整天连面都见不上。随即问塔曼和多米里善后补偿处理得如何，看到那些黑人来集团指挥部围攻闹事很烦心。钟铁军告诉她已经全都处理利索，不用再提心吊胆。她吃惊地望着钟铁军，说："这么快就处理完了？还有这本事？"王子浩说比在国内处理一起伤亡事故省老钱了。钟铁军说多亏卡娅、刘柱和大牙回部落去找他们的酋长爷爷，人家帮了大忙。

杨琳问："刘柱瞎掺和啥呀？"

钟铁军拿眼瞥她，说："汪静没打电话跟你说呀？刘柱这穷小子正走桃花运呢。他跟大牙和卡娅一去部落，就被酋长相上了，非让卡娅嫁给他。但刘柱又偷偷喜欢汪静，还挨了汪静一巴掌，将来怎么收场还不知道呢。"

杨琳说："他敢喜欢汪静？缺心眼吧。人家汪静长得那么俊俏，正式职工不说，还是医生，能看上他才怪呢？"

大约见了十分钟，杨琳看钟铁军挺好，放心许多，就撵他走。夫妻之间就是这样，见面看一眼对方心里才踏实。王子浩打诨说："杨琳，你可真没人情味，咋还撵铁军啊？要不让他留下来亲热亲热，我和大牙先回去？"

杨琳抿嘴笑着打王子浩，骂他整天没正经，让他滚一边去。因为同学之间习惯了，王子浩从不在意，催杨琳有话赶紧跟钟铁军说。杨琳知道他们忙，告诉钟铁军，每隔两天会往国内家里打个电话，父母和儿子钟锋都很好，叫他不用惦记。短暂的会面，夫妻俩互相深情地望着对方，最后恋恋不舍地分开了。

钟铁军和王子浩见到路同和与戴国兴时，他俩正在会议室里，跟空中勘测回来的洪勇波和设计人员进行交流，计划等黄山这组地面勘测完成后，集中精力和人员突击设计。钟铁军和王子浩一进屋，路同和就急切地问道："补偿的事处理完了？"钟铁军说总共花五万美元彻底了清了，不会有任何后患。路同和与戴国兴甚为惊讶，没料到处理得如此之快。戴国兴拍着巴掌连说好，热情地站起来给钟铁军和王子浩让座，说："哎呀，这要换其他分部，不知道处理到什么时候呢。"

洪勇波起身与钟铁军握手，说："工地到处埋有地雷。如果不是两个黑人往前蹚，被炸死的恐怕就是黄山他们，看来走出国门是要付出代价的。"

王子浩说可不嘛，以后施工稍微不注意，就会命归西天。路同和嫌王子浩说话晦气，训斥道："大干还没开始呢，你小子不会说点吉利话啊？"顺口夸起钟铁军来，称还是他行，并承认自己错怪了他。钟铁军马上谦虚说领导没错，是自己没做好。路同和摆手更加客气，说："别。行就行，不行就不行。这事你处理好了，比啥都重要。我最瞧不上的，就是那些光会吹牛皮、说大话，啥事都办不好的啦啦队。"

此后一段时间，路同和对钟铁军的看法有所改变，常把重要的事情交给他去做。但在与设计人员共同讨论方案时，俩人再次发生了分歧。黄山和第五小刚、杰姆斯那组人马，用最短的时间，勘测完整条线路后回来了。他们从北到南跨过近千公里的原始森林、沼泽地、无人区、草原和大峡谷，还有十几公里的国家公园，经历了地雷、疾病、野兽、蚊虫叮咬的考验，也经受了气候、交通和食物匮乏、后勤保障等所有想不到的困难制约。外业勘测终于结束，黄山带领设计人员回到驻地，开始进行内业设计和设计资料的整理与完善。这是铁路设计必须做的工作。洪勇波组织所有设计人员，将路基、桥梁、线路、站场、站房、电力通信、给排水等十几个专题的勘测结果，形成了长达上百页的专项报告，向集团工程建设指挥部提出了铁路修复的基本原则。

这一天，路同和与洪勇波召集所有设计人员和各分部经理及总工，专题研究设计方案。钟铁军、王子浩、第五小刚都是参加者。黄山介绍地勘情况时，专门提到了塔曼和多米里触雷死亡和致残的不幸事件，把钟铁军快速处理善后一事好好表扬了一番。洪勇波发言时，没有过多地重复黄山的话，只发表了本人对铁路设计的主导意见，说："根据战后沿线交通运输、生活保障等恶劣条件，把工程实施划分成应急工程、提速改造和新建铁路三个阶段。工程按照先通后备的施组思路进行。"

这一点得到了路同和、戴国兴和钟铁军及各分部的认可。路同和说："这条铁路就要全部采用中国设计与施工标准，钢轨水泥、通信设备、机车车辆等全部由中国企业提供。"

洪勇波正是这样想的，说他和黄山带队出来前，院领导达成了共识，设计中会把中国标准用足用够。为了加快设计进度，他主张集团工程建设指挥部及各分部技术人员与设计人员直接在现场研究，昼夜不停地赶工。

所有现场勘测资料与数据不但通过电脑投影到屏幕上，并且与会人员人手一份纸质资料与科表。钟铁军看着投影对比纸质资料，首先提出铁路地处东非高原地区，雨季特征明显，每年降雨量均超过一千六百毫米，为防止雨水对路基的冲刷，降低洪涝灾害对铁路运营的影响，应当认真分析出水点的径流通道，合理优化排水系统，以防路基失稳滑塌，消除长期安全隐患；对铁路特殊路段、重点涵洞和大型桥梁等特殊工点以及滑坡、沼泽地等不良地质病害，强化技术方案审查。洪勇波很赞同他的看法，让与会人员多发表一些不同的意见和建议。

第五小刚说："设计还要预留动物生存空间，对原始森林、天然植被和永久湿地必须有专项方案，不然外方审查不好通过。"

这提醒了洪勇波和黄山及其他设计人员。黄山挠着头皮，说："有一个问题我们小组研究过多遍，一直吃不准。整条铁路有两百多公里的膨胀土，一百多公里的水洼地，按照国内常规做法，地基处理需要打粉喷桩和 CFG 桩。可这种机械要从国内海运过来，不仅加大成本，还会耽误工期。大家可以讨论讨论，到底采用哪种办法好。”

路同和思考着，问：“还有哪种办法呢？”

洪勇波指着钟铁军说：“钟经理，你有何高见？”

钟铁军没想到洪勇波亲自点了自己的名。他深思熟虑一番，说：“咱们能不能就地取材，加宽路基，基底换填？虽然增加了设计量，但能为施工提供便利。”



此言一出，立即引得设计人员赞不绝口。黄山带头鼓起掌来，说：“我曾想过这种方案，到了现场还要听你们施工方的。”

路同和怀疑地问：“基底换填能不能保证路基不下沉？”

洪勇波说：“钟经理的建议安全可靠，只要路基加宽，换填到位，路基不会下沉，我看设计时可以采用这一方案。”

钟铁军的建议基本得到了认可。他很高兴，又说：“我还有两三个问题不知道当讲不当讲？”洪勇波让他全讲出来。钟铁军说了声“谢谢”，然后直截了当说：“第一个问题，工期紧，现场都在等图纸，A 国这边不具备大量出图的能力，你们怎么解决？”

钟铁军的发问竟把洪勇波、黄山和设计人员问住了。这期间，洪勇波出去打了个电话，十分钟后回来了，说：“我来回答这个问题。刚才联系了，我们会借助国内后方雄厚的技术实力与储备，现场进行工点设计，国内进行标准图和通用图编制。图纸在国内打印后，利用进场人员随身携带、空运、海运、国际快递等多渠道运抵现场，保证供图。你还有什么问题？”

钟铁军稍加停顿，又问：“对今天的施组设计原则、方案和采用中国标准的设计思想，我认为非常好，不持任何异议，就应该这么做。但谁去说服外籍女总监理莎菲娅？她满脑子都是欧洲标准，能否接受咱们中国的设计标准？如果她不接受，所有的设计都要推翻重来，所有的研究也将前功尽弃。”

钟铁军的发言再一次令全场哑然，谁都没想到这个事关全线成败，又不得不面对的现实问题。莎菲娅受 A 国国家重建办公室委托，从事整条铁路的监理。她这一关过不了，再好的设计方案和中国标准等于白做。是啊，谁能去做通她的工作呢？

洪勇波感到很挠头，与黄山嘀咕一阵子，良久才说：“这样，我们用半个月时间，把整个方案翻译成外文交到莎菲娅总监手里，对设计理念、关键技术环节进行详细的解读，我相信她能够理解与接受。”

钟铁军说：“嗯，那就试试吧。”

路同和说：“铁军，到时你能不能配合设计一起做总监的工作？”

钟铁军说只要用得到他，一定随叫随到。方案讨论了一上午。最后，洪勇波才把最大的问题抛出来，说：“按照国家重建办公室的指示，铁路新建区段线位要么避让艺术殿穿越国家公园，要么绕过国家公园外侧拆除艺术殿，二者选其一。我们主张绕过国家公园穿越艺术殿。大家有什么想法？”

实际上，线位走州府所在地边上的艺术殿已是既定方案，拿出来讨论不过是例行程序而已。路同和与参会人员都赞成洪勇波的主导意见，认为线位走艺术殿不至于破坏环境，对国家公园内的野生动物也是很好的保护，只是要拆掉哈尼的那座私人博物馆。钟铁军与他们的看法完全不同。等大家安静下来，他说：“洪院长，我主张选线放在国家公园，不去碰艺术殿。”

路同和说：“铁军，我看洪院长和黄山是从总体设计角度，经过慎重研究确定的方案，你为啥偏偏要走国家公园呢？说说你的理由。”

钟铁军“嘿嘿”一笑，不再多言。戴国兴说：“铁军，今天各层级人员都在，你有什么想法说出来，供大家参考。”

黄山也催他，说：“说吧，我们会权衡利弊。”

钟铁军想了又想，说：“不信你们看，现在设计选线走艺术殿，到时还得再改过来。”

洪勇波感到莫名其妙，问：“为什么？”

钟铁军说：“我听说那个艺术殿是个美国老头建的，他不会让咱们拆掉。最关键的是，凡属于世界文化遗产，都受联合国保护。”

洪勇波不悦地说：“艺术殿的主人是个叫哈尼的美国老头。话说回来，美国人在A国土地上建艺术博物馆，那也得服从政府的重建需要吧？如果走国家公园，一旦被国际野生动物保护组织知道，不也一样还得再改回艺术殿这边来？”

路同和说：“选走艺术殿方向是对的。方案最终还要经过国家重建办公室和铁路局，甚至总统府审查嘛。洪院长，就按你们的选线思路设计。”

钟铁军在设计研讨会上出尽了风头。他提的每个问题都说到了点子上，有的令设计方无言以对。洪勇波和黄山以及路同和、戴国兴等人，对他的建议倍加重视。尽管他对铁路线位走向保留了意见，可坚信自己的判断不会出错，只是洪勇波和路同和最后一锤定音，他没再吱声而已。回项目部的路上，王子浩嫌他在会上话太多，言多必失，何必得罪领导呢。钟铁军淡然一笑，说："看啊，时间会证明一切，最后他们会重新调整线位设计。"



王子浩噘着嘴，说："这回我可不信你的。你以为自己有先见之明啊，设计院不比你有经验？出去可别瞎吹。"

钟铁军不服，说："哎，我瞎吹，到时候你就知道了。"

从会议研究算起，洪勇波和黄山的设计团队，只用两周时间，就把整个方案翻译成外文，递交给了外方总监理莎菲娅。起初，钟铁军提出的这一点，曾一度难住了洪勇波。因为非洲除了突尼斯采用了1435毫米的国际标准轨距、南非采用了1065毫米轻距以外，A国之前修建的铁路跟阿尔及利亚、津巴布韦、博茨瓦纳、安哥拉、莫桑比克等非洲国家的铁路以及坦赞铁路一样，都采用了1067毫米的窄轨轨距。这种窄轨中国台湾和日本普速铁路也采用。此外，除了西班牙采用1670毫米，芬兰采用1524毫米，俄罗斯采用1520毫米，葡萄牙采用1668毫米的宽轨以外，其他国家大多数采用的都是国际标准轨距。按照中国标准，需要把A国的窄轨变成1435毫米的标准轨。自1845年英国将1435毫米轨距作为标准后，多数国家一直采用这种轨距。火车之父斯蒂芬逊简直是个天才。他在修建英国利物浦至曼彻斯特铁路时，确定轨距过程中突发奇想，沿用了罗马战车的轮距，那是两匹马在车辕里并行的宽度。这甚至影响了后来火箭推进器的宽度，因为推进器要通过铁路运输。而A国乃至整个非洲，都没有这种标准轨距的相关技术规范，要让莎菲娅信服并采纳中国标准设计，就必须有科学翔实的技术数据作为支撑。

回到用铁皮搭建的设计驻地后，黄山很发愁，夜里不停地抽烟。洪勇波也睡不着，朝他要了支烟点着，说："老黄，你有什么招？"

黄山唉声叹气，说："这活累死人。战后A国修建铁路需要的基本数据、关键资料一无所有，要想说服老外没那么容易。"

洪勇波沉默良久，忽然兴奋地说："老黄，有了。赶紧从院里抽调二十名专家，封闭起来研究。对了，让那些参加过青藏线和坦赞铁路设计的老专家们齐上阵，参考周边国家的有关数据展开攻关，我不信弄出来的东西外方监理不认可。”

这个迫不得已临时想出的主意救了他们。两周后，莎菲娅拿到设计团队交给她的一本 A 国 1435 毫米轨距铁路设计暂行规定。当时，她刚从森林深处的铁路工地回到设在州府所在地的总监理办公室。她翻看那本厚厚的设计规定到一半时，问道：“That’s good. You’ve worked hard. What I’m saying is, why change the gauge of this railway from 1067mm to 1435mm?（这很好，你们付出了努力。我要说的是，为什么要把这条铁路的轨距由 1067 毫米改为 1435 毫米？）”

洪勇波说：“The Chinese railway implements the international standard gauge, therefore, we design according to the Chinese standard, adjusts the original gauge to the international standard.（中国铁路执行的是国际标准轨距，所以，我们是按中国标准设计的，将原有轨距调整到国际标准上来。）”

莎菲娅把资料扔在了桌子上，站起来说：“The rail gauge in my country is 1668mm, if we let you repair, will you also change the original gauge? Of course, your design isn’t just about the gauge, there’s a lot more than I thought, such as construction standards, rails, cement, communications equipment, locomotive and rolling stock, all made in China or exported from China.（我的国家的铁路轨距是 1668 毫米，如果让你们去修，你们也会改变原有的轨距吗？当然，你们的设计规划里不单单是轨距问题，还有许多超乎我想象的东西，比如施工标准、钢轨、水泥、通信设备、机车车辆等，全是中国制造与出口。）”

莎菲娅的话令洪勇波和路同和、黄山尴尬。黄山打破了这一难堪的局面，说：“Dear Director Sophia, if the rail gauge of your country needs to be adjusted to international standards, we will make the adjustment in design accordingly. As for other aspects, the Reconstruction Office authorizes us with full rights to design this railway. Therefore, we bring in the Chinese standard for the benefit of A country’s railway development.（尊敬的莎菲娅总监，如果你的国家铁路轨距需要调整到国际标准，那我们也会按此进行设计。至于其他方面，国家重建办公室赋予我们对这条铁路全部的设计权利。所以，我们将中国标准引进来，造福 A 国的铁路发展事业。）”

莎菲娅稍加沉思，说：“Well. Give me some time to review it, will you? I want to fully perform the duties of chief supervisor, and finally submit to the Reconstruction Office and the National Railway Administration for approval.（那好。给我点时间，让我审查一下好吗？我要充分履行总监理的职责，最后提交给国家重建办公室、国家铁路局批准。）”

此后，洪勇波、黄山及设计团队再也没有得到莎菲娅的回复，只能在焦虑中等待。路同和打电话给钟铁军，让他通过巴布扎将军或里斯克局长过问一下莎菲娅对设计资料有怎样的想法。作为西方国家的总监理，莎菲娅内心对引进中国标准自然产生抵触，但从A国获取了相当丰厚的巨额监理费，又不能过分地压制和排斥设计提供的规范。巴布扎对钟铁军说：“My friend, Mr. Risk, has spoken to Director Sophia on the phone, and you may go and see her, present your thoughts to her, try to persuade and change her, and turn her to support you.（我的朋友，里斯克跟莎菲娅总监通了电话，你可以去见她，把你们的想法向她陈述清楚，尽量说服和改变她，让她支持你们。）”

钟铁军对巴布扎将军表示了感谢。挂断电话后，他又打给路同和，称莎菲娅对完全的中国设计与标准心存疑虑。他将一个大胆的想法说给路同和听，可以用一两天时间，陪莎菲娅去坦赞铁路看看，让她了解感受当年中国是如何帮助非洲兄弟建设铁路的，也许能改变她的看法。

路同和与戴国兴清楚钟铁军向来别出心裁，商量让他去找莎菲娅试探问问。果不其然，莎菲娅很高兴，对钟铁军说：“Good, thank you very much for providing me with the opportunity of this trip, I will learn a lot from the Tazan railway.（好的，非常感谢你能为我提供这次旅行的机会，我会从坦赞铁路中学习到很多东西。）”

非洲国家是落地签证，路同和、洪勇波和钟铁军陪莎菲娅直飞赞比亚。没费多大劲儿，便来到了目的地。他们并非去旅游，而是想让莎菲娅真正意识到中国对非洲的贡献与真诚。站在已经陈旧不堪的车站站台上，完全可以用萧条与破败来形容，再眺望两侧长满荒草，且搭建着多处彩钢房和铁皮屋的线路，他们感叹当年三国合作创造出的辉煌成就已物是人非。尽管如此，仍能看出中国铁路大军留下的足迹。从中国预制好以后，经海运过来的混凝土轨枕上，镌刻着“中华人民共和国”的字样，说明它们是中国援助的。路同和通过钟铁军翻译介绍说，这条贯通东非和中南非的交通大干线，东起坦桑尼亚的达累斯萨拉姆，西迄赞比亚中部的卡皮里姆波希，全长1860多公里，1970年10月动工兴建，1976年7月全线完成，沿线地形复杂，线路需跨越裂谷带，跟目前承担的A国铁路差不多。

莎菲娅说："I know that Mao Zedong, China's leader, is a remarkable historical giant. He used to tell the Tanzanian President Nyerere, 'You have difficulties, we have difficulties, but your difficulties are different from ours, and we would rather not build the railway of ourselves than help you build it.'（我知道，中国的领袖毛泽东是个很了不起的历史巨人。他曾对当时的坦桑尼亚总统尼雷尔说过，'你们有困难，我们也有困难，但是你们的困难和我们的困难不同。我们宁可自己不修铁路，也要帮你们修建这条铁路'。）"

洪勇波说："Yes, Director Sophia. On July 1st, 1965, the Chinese government provided interest-free loan assistance to the Tanzanian and Zambian governments for a 30-year repayment period, which totaled £75m and £150m respectively to build the railway. In the process of technical cooperation after the construction of the project, 68 Chinese people lost their precious lives for it. By the end of 1999, nearly 3,000 experts had been sent to the project.（是的，莎菲娅总监。1965年7月1日，中国政府对坦桑尼亚和赞比亚政府提供30年还款期限的无息贷款援助，总额分别达到7500万英镑和15000万英镑，用以修建该铁路。在工程修建后的技术合作过程中，中国有68人为之献出宝贵生命。截止1999年底，中国共派出专家近3000人次。）"

莎菲娅走下车站，沿着路基往前走，不停地点头说："You guys are great. I heard about the cemeteries built for sacrificed Chinese experts on hillsides.（你们非常伟大。我听说过在山坡上为牺牲的中国专家建造的公墓。）"

钟铁军把话接过来，说："My uncle was buried in that cemetery. I want to send him some flowers.（我大伯就埋在那座公墓里，我想去给他送束鲜花。）"

"What?（什么？）"莎菲娅惊愕地说，"Your uncle was an expert on this railway?（你大伯是修建这条铁路的专家？）"

"Yes.（是的，）"钟铁军说，"He never came back to China after he come here.（他来了以后再也没能回到中国。）"

路同和走在莎菲娅一侧，介绍称沿线线路需跨越部分高山、峡谷、湍急的河流、茂密的原始森林，有的路基、桥梁和隧道地基土质为淤泥、流沙，沿线许多地区荒无人烟，野兽群居出没。全线建有 320 座桥梁，22 座隧道，兴建 93 个车站。先后派遣工程技术人员六万多人次，高峰时在现场施工的中国员工多达一万六千人，投入物资机械八十三万吨。1976 年 7 月 14 日正式移交坦赞铁路局运营管理，第二年这条铁路完成了一百二十七万吨的年货运量，年均客运约一百二十万人次，这是历史上的最高峰，当时的铁路是能盈利的。现在为 A 国修建的铁路等级，要比这条铁路高得多。

钟铁军把这些话翻译过去，莎菲娅听后说："Not bad. After the completion and opening of the Tanzan railway, it was highly regarded by President Nyerere as a great contribution to the African people. Unfortunately, train carriages are now out of use for not being mended for years. Only functional pieces are joint together to form a single passenger train. More carriages are parked in the workshop for repairs. Transport capacity is declining every year; it is gradually losing the transport market, resulting in a huge loss of revenue.（不错。坦赞铁路建成通车后，得到了尼雷尔总统的高度评价，这是对非洲人民的伟大贡献。可惜，现在列车车厢因年久失修无法使用，只能用可以使用的车厢拼凑出一趟客运列车，更多的车厢则停在车间里等待维修。运输能力年年递减，它正在逐步失去运输市场，营收处于巨亏状态。）"

洪勇波趁机说："Director Sophia, the Tanzan Railway Bureau have recently bought 10 SDD 20 diesel locomotives of 3000-horsepower from China Southern Car. The locomotives have been put into use, easing the railway's locomotive shortage. China later assisted them with 4 diesel electric locomotives and 18 passenger cars, raising the fault-free distance from 6015 km to 7098 km. Chinese-made and Chinese standards have gone to Africa since the 1970s and have never stopped. The A-country railway design submitted to you was developed by experts who have participated in the design of this railway.（莎菲娅总监，前不久坦赞铁路局向中国南车购买 10 台 3000 马力的 SDD20 型柴油内燃机车，中国已交付使用，缓解了坦赞铁路的机车荒。后来中国又援助了 4 台柴油电传机车和 18 辆客车，将无故障运行距离从 6015 公里提升至 7098 公里。这些都说明，中国制造和中国标准从七十年代起已经走向非洲，到现在从未停止过。递交给您的 A 国

铁路设计，正是由曾经参加过这条铁路设计的专家们共同研究制定的方案。”

莎菲娅听到这里，蓦然停住了脚步。这一刻，她才明白路同和、洪勇波和钟铁军为什么要陪她到赞比亚来，更被牺牲在这里的钟铁军的伯父深深地震撼。她说：“Dear gentlemen, you have made your intentions and purposes clear, and I will consider your design carefully.（亲爱的先生们，我清楚了你们的意图和目的，我会慎重考虑你们的设计方案。）”

回A国前，钟铁军三个人陪莎菲娅坐了一段开往坦桑尼亚的列车。在坦赞铁路终点站达累斯萨拉姆市西郊二十四公里处，钟铁军专门找到那座专家公墓，在附近的镇子上买了一束鲜花摆在大伯墓前，并跪下给长眠在异国他乡的亲人磕了三个头。

为了坚定莎菲娅对设计方案的信心，回到A国后，路同和又派钟铁军陪她去看北京路。钟铁军不愿去，路同和劝他说：“我外语不好，跟外国人沟通起来太费劲儿，你一个人陪她去吧。”

钟铁军硬着头皮，备好干粮和水，带莎菲娅沿着蜿蜒的山路走进高原深处。那里边有一条叫作北京路的公路，也是七十年代中国为A国修建的。到达后，他们发现另一家中国企业正在修建这条公路的延伸部分。莎菲娅不以为然，说：“Mm-hmm! It's your Chinese enterprises again. There are shadows of you Chinese in every corner of Africa. I haven't been to Beijing, but now I'm walking on a Beijing Road.（嗯哼！又是你们中国的企业。非洲的每一个角落，都能看到中国人的影子。我没去过北京，现在却走在北京路上。）”

钟铁军谦恭地说：“The purpose of my company is to show you that the Chinese standards are everywhere.（我陪你来这儿的目的，正是让总监阁下看看中国的标准无处不在。）”

莎菲娅跑下公路，走到幽深山谷的尽头，然后朝山坡爬去：“Do you mean that the standard of China's railway road has not only matured, but has also been extended to every African country?（你是说中国铁路公路的标准不但已经成熟，而且被推广到了非洲各国？）”

钟铁军说：“Yes, Director. There is no doubt that it is wise and the best choice to adopt Chinese standards in the design of new railways. I have a strong belief in this.（是的，总监。毋庸置疑，新建铁路设计采用中国标准是明智和

最佳选择，我十分坚信这一点。）”

莎菲娅满意地笑了，指着山坡上标注的字母说：“All right, Zhong. Let's stop talking about the railway design and look at this small mountain village, whose name is Larry Bella.（好吧，钟。咱们不再讨论铁路设计方案，看看这个小山村吧，它的名叫拉里贝拉。）”

“I've been here.（我来过这里，）”钟铁军指着山坡说，“Are you a Christian, Ms. Director?（你是基督教徒吗，总监阁下？）”

莎菲娅点头称是。钟铁军呵呵一笑，说：“Then we're lucky to be here. The small village is inconspicuous, but there are 11 Christian churches here, each carved from a whole rock, built from the late 12th century to the early 13th century. Larry Bella, the sixth king of the Zagwai dynasty, was a very devout Christian. After returning from his pilgrimage to the holy city of Jerusalem, he gathered more than 5, 000 skilled craftsmen all over the country and spent nearly 30 years stripping and carving out these churches of various sizes from the huge rocks in the small mountain village. The small mountain village was named after him.（那今天咱们来对了。小村子很不起眼，却保存着十一座基督教堂、每座都用整块岩石雕凿而成，建于公元十二世纪末到十三世纪初。当时的扎格维王朝第六代国王拉里贝拉，就是一位十分虔诚的基督徒。他从朝拜耶路撒冷圣城返回后，调动全国五千多名能工巧匠，用了近三十年时间，在这个小山村上下的巨大岩石上，剥离雕琢出了这些大小不等的教堂。小山村便以他的名字来命名。）”

莎菲娅对此很感兴趣，不知不觉走近了圣·乔治教堂。里面有一个立体的十字架，穿着白衣的教徒正围着它祈祷。走近时才发现，这座教堂深入地下二十多米，周围由深沟分隔，地下通道连着其他教堂并进入旁边的山村。旁边的另一座埃曼纽尔教堂被称为红墙，因为它的外面都是红色的火山岩。这些岩石被雕琢得像木材一样线条分明。通向双子教堂的石桥边上，有一条狭窄、笔直的石条，被称为天路，据说教徒沿着它走下去，可以升天。进入教堂后才发现，表面看连成一体的教堂，其实是两个结构不同的大堂，中间有地下通道相连。戈尔戈塔教堂是埋葬拉里贝拉的地方。公元 1221 年拉里贝拉国王去世后，这个建筑群包括当地的王府和周围的地区划归国家所有。后来的几个世纪，因交通不便，没有人管理，被茂密森林所包围，逐渐被人们遗忘了。

“People here are really great.（这里的人们真的很伟大！）”莎菲娅双手合十，惊叹地说，“The rock church is an African miracle created by man and nature. I pray for our common railway project.（岩石教堂是人类和自然共同创造的非洲奇迹，我要为我们共同的铁路项目建设祈祷。）”

整整一个上午又过去了。临别时，钟铁军问道：“Director，I sincerely hope you can go back to review the design plan as soon as possible，report to the Reconstruction Office and the National Railway Administration for approval. We' vealready started the construction work that doesn't concern the design draft. The entire time limit really does not wait for us.（总监阁下，真诚希望你回去能尽快审定设计方案，上报国家重建办公室和国家铁路局批复。不需要图纸区段的工地已经开工，整个工期真的不等人。）”

莎菲娅总监笑着说：“I understand your intentions. I no longer have any objection to the adoption of Chinese standards，but some design details need to be further communicated.（我理解了你们的用心。对采用中国标准，我不再持异议，只是有些设计细节需要进一步沟通。）”

钟铁军兴冲冲地回到集团工程建设指挥部，把莎菲娅最终的态度转达给了洪勇波和黄山、路同和及戴国兴，他们都很兴奋。当天晚上，路同和让食堂加了几个菜，洪勇波和黄山提来几瓶白酒，留钟铁军大喝一场，之后用车把他送到工地医院，在杨琳那里住了一宿。

第二天，洪勇波接到总监办的通知，要他们派设计人员去，与监理共同商量修改每一处设计的具体方案。连续干了几个昼夜，莎菲娅终于在设计文件上签字，报给了国家重建办公室巴布扎将军和国家铁路局里斯克局长。

巴布扎和里斯克对设计方案的审查严谨而细致，组织了一帮国内外专家，总统府派来了高级顾问，反对党闻讯也派来代表。莎菲娅、洪勇波、路同和、黄山及集团工程建设指挥部总工都应邀到会。

一见面，巴布扎便说：“The mine incident was dealt quickly and satisfactorily. Your friend Zhong Tiejun is my old friend，and he came to me. Risk and Combe were very helpful. I'm going to put mine-clearance forces ahead for the next step，reducing casualties on site.（触雷事件处理得很快很圆满。你们的钟铁军是我

的老朋友，他找了我。里斯克和康姆帮了很大忙。下一步我会让排雷部队冲在前头，减少现场伤亡。）”

路同和向巴布扎将军和里斯克局长表达了谢意，说设计方案能顺利通过莎菲娅的审查，洪勇波、钟铁军功不可没。

“Yes.（是的，）”巴布扎说，“You did a great job. Why didn't Zhong Tiejun come today?（你们的工作很出色。今天钟铁军为什么没来？）”

路同和通过翻译说：“Zhong Tiejun returned to the construction site, and he has something more important to do.（钟铁军回工地了，有更重要的任务在等着他。）”

这时，莎菲娅走过来，说：“Respectful General Barbuza, Chief Risk, thank you very much for your instant action. I wish the Chinese design will be passed in the review today, because the Chinese standard is completely acceptable. Our supervisors and the Chinese design team have tried their best.（尊敬的巴布扎将军、里斯克局长，非常感谢你们的快速行动。我希望今天审查会能通过中方的设计方案，因为中国标准是完全可以接受的。我们监理方和中方设计团队做出了最大努力。）”

里斯克局长说：“Beautiful Director Sophia, I've reviewed the plan. We will respect your design result. The focus today will be on gauge changes and line location selection.（美丽的莎菲娅总监，我看了这个方案。我们会尊重你们的设计结果。今天的焦点会集中在轨距更改和线位选择上。）”

里斯克局长的判断是准确的。审查会开始后，洪勇波首先代表中方阐述了铁路设计的理念、原则、依据和特点，尤其将既有铁路的现状和施工环境以及将会遇到的困难描述得十分详尽。因为旧线是一百年前修的，时速最快不超过五十公里至六十公里，并被战争摧毁了，需修建一条与国际铁路轨距接轨的全新干线。莎菲娅站了起来，以总监理的身份，肯定了方案的实用性和科学性，并就采用的轨距和选择线位作了论据充分的说明。

“Chinese design considerations are comprehensive and forward-looking.（中方设计考虑是全面而富有前瞻性的。）”莎菲娅说，“Instead of adopting the narrow gauge that meets only domestic rail transport, we should adopt the 1435 milli-standard gauge that is internationally accepted, and the alignment should bypass domestic parks to reduce environmental damage and wildlife impacts. Therefore, I approve the plan.（我们不能再采用那种只符合本国铁路运输的窄轨轨距，而应该采用国际通用的1435毫米标准轨距，并且线位要绕开国家公园，减少对环境的破坏和对野生动物的影响。所以，我支持了这个方案。）”

因为有反对派代表在场，巴布扎将军和里斯克局长先让专家们发表意见。那些黑人专家对这个全新的设计方案感到很振奋，纷纷表示赞赏，提出哪怕国家多花一些钱，也要把躺在地上晒太阳的旧铁路，改造建成一条先进的铁路干线。

“No，I strongly object.（这样不行，我强烈反对！）”反对派代表终于粉墨登场了，“First，we all use narrow-track railway in African countries，which can save land resources and connect national railways without replacing locomotives when leaving the country. Why should we break our original gauge and adopt Chinese standard gauge? This is a complete subversion of our country's railway business，and you are just trying to please the Chinese. Secondly，the choice of the new line to go through the art hall means that the demolition of the cultural heritage representing African human civilization will offend the American people. These two points must be changed.（第一，非洲各国都采用窄轨铁路，它能节省土地资源，并且出境时不用更换机车，就可以把各国铁路连接起来。为什么要打破我们原有的轨距而要采用中国标准轨距？这对我们国家的铁路事业是彻底的颠覆，你们是为了取悦中国而已。第二，新线位选择走艺术殿，意味着拆掉那座代表非洲人类文明的文化遗产，这将冒犯美国人。这两点必须改过来。）”

面对反对派的质疑，会场鸦雀无声。洪勇波站起来，说：“尊敬的阁下，你的质疑我们在设计过程中都考虑到了。你提出的第一点，调整轨距变窄轨为标准轨距，是铁路发展的大趋势，也是大多数国家选择的通用标准。A国新建铁路不能再走过去的老路，那将被时代所淘汰。我们的理念是让非洲其他国家向贵国看齐。总统先生认为，这条铁路对国家经济发展十分重要，从长远来看最终可减少成本。第二点，关于选线问题，我们当然还有另一套方案。从动物保护的角度，铁路穿越国家公园，势必对野生动物在大多数区域随意穿行铁轨带来难度。最近一个时期，因机动车在国家公园内来往穿梭，直接造成动物死亡的事故不胜枚举，线位走国家公园，铁路全线就要采用全封闭式防护栅栏，成本不比采用标准轨距的投入减少多少，这止是我们为什么会推出这种线位方案的理由。”

这段话通过翻译传递给了在场的每位专家，专家们骚动起来。反对派代表仍不服气，说：“Your explanation is unassailable, but what I'm emphasizing is the state's dominance of the railway. What kind of gauge does China adopt is your business. We should keep our original gauge.（你的解释可谓天衣无缝，但我强调的是国家在这条铁路上的主导权。中国采用什么样的轨距那是你们的事，我们应该保持原有的轨距不变。）”

莎菲娅强调说：“Your honor, there are no boundaries in technologies. As chief supervisor, I think the design of the Chinese side is beyond reproach. Europe is the birthplace of railways. Tunisia's railways have adopted universal international standards which suggest that Africa should be linked to the international system, which is good for your country's future railway development. Lines choice going in the direction of the art hall will avoid disaster for wildlife in national parks. Americans have always thought for the national interest. Although the owner of the art hall is American, can he not follow the interests of your country?（阁下，技术不分国界。作为总监理，我认为中方的设计无可厚非。欧洲是铁路的发源地。突尼斯铁路就采用了国际通用标准，说明非洲应该与国际并轨，这对贵国未来的铁路发展大有好处。线位选择走艺术殿方向，避免给国家公园的野生动物带来灾难。美国人向来服从国家利益。艺术殿的主人虽然是美国人，但他就不能服从贵国的利益吗?）”

莎菲娅的发言引来一片掌声。巴布扎将军暗示里斯克局长发言。他代表国家铁路官方权力机构。里斯克欠了欠身子，说：“Ladies and gentlemen, the debate today can help to improve the design. As head of the National Railway Administration, I would like to say that the war has brought a devastating blow to the existing railways, and that our people have been unable to enjoy the benefits of the railways. Look at the poor annual traffic volume, without the meter rail transformation, the annual transport capacity is unlikely to meet the growth in demand from the capital to the port of the red sea, and cannot drive the national economy to recovery. A World Bank study found that the renovation of old railways would increase the country' s annual capacity to 800 million tons. Referring to the limitations of the existing lines and their own standards, the Chinese company has proposed, according to the existing technology, that new railway construction should be carried out with the international standard gauge, and the ideal designed transportation capacity can be up to more than 30 million tons. What a great idea this is, and I agree with the Chinese proposal. (女士们先生们，今天的争论有助于设计方案的进一步完善。作为国家铁路局局长，我要说的是，战争给既有铁路造成了毁灭性的打击，我们的人民一直不能享受铁路带来的成果。看看每年可怜的运量吧，不进行改造，年运输能力绝无可能满足从首都到红海港口的运输需求增长，无法拉动国家经济走向复苏。世界银行的一项研究表明，翻新旧铁路能令国家的年运力增加到八亿吨。中国公司参考既有线路其本身标准的限制，根据现有技术，提出采用国际标准轨距进行铁路新建，远景设计年运输能力可以达到三千万吨以上，并预留双线电气化改造条件。这是多么伟大的构想，我赞成中国的方案。）”

会场又是一阵热烈的掌声。巴布扎将军很厌恶反对派的出现。此时，他掩饰不住内心的喜悦，趁热打铁，重重地敲了敲桌面，说:“Ladies and gentlemen, you have made the pros and cons of the program very clear. First of all, I believe and respect the opinion of Director Sophia, and agree to abandon the old narrow track and build a new railway. Because we have adopted the advanced railway construction technology and equipment from China, their large rail discharge plant and sleeper plant have been built, all of them will produce qualified products according to international general standards. In the meantime, I agree with the design of the line in the direction of the art hall, and Director Risk and I will go and convince the old American man. He has donated the great amount of ancient art crafts collected from Africa to the United States, rather than to our country, so there is no necessity for that house to exist. The proposal will be immediately submitted to the President and the National Assembly for approval. That' s it, gentlemen. (各位，你们对方案的利弊已经阐述得十分清楚。我首先相信并尊重莎菲娅总监的审查意见，同意摒弃原有的窄轨，打造一条全新的铁路。因为我们采用了中国先进的铁路施工技术与装备，他们的大型轨排厂和轨枕厂已经建

成，都会按照国际通用标准生产合格的产品。同时，本人同意走艺术殿方向的线位设计，我和里斯克局长会去说服那个美国老头。他把从非洲各国收集到的大量古老艺术品等文化遗产捐献给了美国，而不是我们的国家，所以那座房子已经没有存在的必要。这份方案会马上报给总统和国家议会批准实施。就这样，先生们。）”

经过一上午的讨论与争执，巴布扎将军最后肯定并接受了设计方案。洪勇波、路同和与黄山按捺不住内心的激动，散会时握住莎菲娅、巴布扎和里斯克的手久久不肯松开。这一关对整条铁路施工来说，实在太重要了。

巴布扎将军开玩笑说：“Ha ha，go back and tell Zhong Tiejun that he and your efforts are not in vain. Ask him to see Risk and me next time.（哈哈，回去转告钟铁军那小子，他和你们的努力都没有白费，下次让他来见我和里斯克。）”

莎菲娅笑着对洪勇波说：“I wonder if you are satisfied? I' ve tried my best.（不知你们是否满意？我尽力了。）”

路同和与洪勇波、黄山向巴布扎和莎菲娅打出手势：“OK!”

# 第十三章

巴布扎将军是一个极讲信用的人。他让参加会议的所有专家在设计方案讨论稿上都签了名，又以国家重建办公室和铁路局的名义，写了一份详细的报告，加盖了他和里斯克的私人印章，分别呈送给了总统和国家议会。尽管反对派发出了不同的声音，甚至利用媒体发表抨击性的文章，但未能阻止总统给国家议会下令，按照国家重建办公室和铁路局的建议予以批复。

路同和、洪勇波和黄山以及设计团队拿到批件，第一时间打电话感谢莎菲娅总监，表示加快施工图设计并保证供图。这一时期，部分区段的路基已大面积展开施工。钟铁军不敢掉以轻心，生怕再发生勘测途中的触雷事件，安排王子浩带人去野外寻找生产轨枕厂使用的沙源和碎石场生产道砟使用的石源，自己与第五小刚一直蹲守在工地。

排雷团的士兵带着探雷器把前方荒芜的杂草彻底扫了一遍，在草丛和沙土里取出隐藏的地雷和部分榴弹炮后，才让装载机、挖掘机司机开始进行土方作业。黑人劳工见到地雷撒腿就跑。排雷兵冲上前，小心翼翼地起获地雷端在手上，搁到摆放地雷的地方，要么当场引爆，要么把所有清理出来的地雷、子弹、榴弹炮等装上车，拉到僻静空旷的无人地带集中销毁，森林深处经常传来爆炸发出的巨响。进驻全线每个区段的排雷队伍已达五十多支，投入了四五千名士兵和专业人员，但并没能彻底消除隐埋在地下的地雷对施工人员造成的安全威胁。

一日，由大牙开车，钟铁军来到安保国劳务队承担的路基工地。那里的工程已经往前推进了不少，原先的骷髅头警示标志已经取消。张放和一名黑人司机各自驾驶着装载机和挖掘机，一个在前一个在后，操作着机械。伤势已好的刘柱还是像从前那样，站在路基上指挥他们。见钟铁军和安保国到来，张放和司机们从驾驶楼里伸出头来跟他打招呼。

钟铁军看见了刘柱，问："刘柱，你的小森林呢？"

刘柱跑到他跟前，前后左右到处找，指着旁边的草丛说："它在那儿呢。叔，你咋来了？"

钟铁军称到处是地雷，不放心，来看看。他扭头一瞧，发现已经长大的小森林蹲在离路基几十米远的草丛里，在用长臂抠什么，就问刘柱把它训练得怎么样了。刘柱说小森林学会好多东西，还会捡地雷呢。

"会捡地雷？"钟铁军怀疑地说，"成精了！你让它捡个给我看看。"

安保国说这一段地雷都清完了，前面都是雷净区。大牙提醒，说："Man, be careful, there's always a mine missing the clearance.（哥们儿，还要小心，常有清不干净漏网的地雷。）"

安保国不信，称地雷都埋在既有线道砟下面，路基段有漏网的，也会被装载机翻出来。这时，一辆装满红土的自卸车刚从作业面起步，只听"砰"的一声闷响，车下随即扬起一阵尘土。

钟铁军惊悚地问："炸雷了？"

司机是位中国民工，忙从驾驶楼里跳下来，和刘柱同时跑到车下看。

"炸了！"刘柱惊慌地说，"叔，是颗手雷。"

安保国问："炸后轮了？"

那名司机直起身回答："后胎掉了块皮。"

安保国扬了扬手，说："人没事就好。回去换个胎接着拉。"

自卸车轰隆隆开走了。大牙望着路基，说："Boss, hand mines are weak in firepower. If we encounter anti-tank mines, cars and people will be blown up.（头儿，手雷的威力小，遇到反坦克地雷，车和人都会被炸上天。）"

钟铁军叫安保国叮嘱大家要格外注意，又问刘柱去没去见汪静。刘柱说汪静瞧不起他，再也不想见她了。大牙说："When will you marry Kaya, Liu Zhu?（刘柱，你何时娶卡娅？）"

刘柱没听懂。钟铁军说："刘柱，大牙问你什么时候娶卡娅，你怎么不说话？"

安保国说他根本没想要娶卡娅，甭替他操这份心。钟铁军说："酋长应允了这事。刘柱，他们还想让你留在部落呢。你回国也是一个人，不行就留下吧。"

刘柱耷拉着脸，说他才不当黑人的女婿呢，黑人不能赖人。钟铁军说，那到时咋办。刘柱不听，转身使劲唤小猩猩。小森林嘎嘎嘎地叫着，双手托着只绿色的铁盘子从草丛里跑出来，直奔刘柱而来。

大牙惊叫道："Boss，get down，Little Forest has a mine in its hand.（头儿，快趴下，那家伙手里拿的是地雷。）"

"刘柱，让它把地雷扔了！"安保国匍匐在地上大惊失色，"快！"

听到喊声的一刹那，钟铁军和其他人都惊恐万状地趴在地上，唯独刘柱站着没动。小森林托举着地雷给他。这是颗足有三公斤的反坦克地雷。刘柱大惊，指着远处，说："把地雷扔掉，扔得越远越好。"

小猩猩愣了愣，它听懂了刘柱的话，双手托举着地雷走向森林深处，猛然将地雷奋力扔出去很远，身手敏捷地跳跃着迅速逃离了爆炸点。几秒钟工夫，只听得一声巨响，森林里立时升腾起一股蓝烟。坐在驾驶室里的张放和另一名司机，被震耳欲聋的爆炸声以及随之产生的巨大冲击波震得一阵眩晕。

小森林在草丛里挖出那颗反坦克地雷，不知救了多少条人命。钟铁军和安保国、张放、大牙以及工地的职工，从这天起才知道，刘柱果真将一只猩猩训练得能在草丛里辨认出地雷并将其清除。只是刚才那一幕，着实把大家吓得心惊胆战。

一周后，设计图纸陆续从国内带来，发到了各项目分部和施工点。集团公司又从国内调来部分管理人员和劳务队，沿线驻点达近百个。八百多公里管区从南到北布满了几千台各种各样的设备、几万名施工管理人员、国内来的民工、当地黑人劳务工、随队士兵，还有几十支排雷队伍。大干的序幕眼看着拉开了，可后来发现，许多地段有了图纸，但铁路用地当地政府还没能征下来，致使大桥之类的重点项目停滞不前，部分到了工地的劳务队窝工闲着。铁路附近村庄里，不乏一些精明的居民，他们过去从没见过这种浩浩荡荡的宏大阵势。有的年轻女人瞅准是个赚钱的机会，就在劳务队驻点外或路基下，找个宽敞的空地儿，用彩条布和木棍搭建个棚子，里边连张像样的桌子都没有，餐桌全用木棍支起四个角，上面盖块轻型薄板；地面也不铺水泥，高低不平裸露着黄土与坷垃，提桶水放在厨房的地上，用石头支口锅，做些简单的餐食，便开张招揽客人了。

路同和着急那些无法开工的地段和项目，就叫上戴国兴和翻译，从地处首都终点站的地方开始，一路向北对沿线进行检查。俩人乘坐越野车沿土路，用了七天时间，才穿越国家公园、草原、森林、沼泽地和无人区，一路惊险而刺激。

检查的第一站，他们又遇到去见哈瓦佳州长时那样的场面，遭遇了黑人孩子和妇女的围攻，个个伸手要钱要物。他们没理，硬穿了过去。

大街上，一伙伙的黑人青年专门抢来A国做生意的中国人，甚至用枪逼迫那些生意人把所有的物品交给他们。还有的打着卖蔗糖的幌子，用装满蔗糖草帽似的托盘挡住对方的视线，上面还在热情地对话与交流，托盘下早已伸手把中国人的手机或钱包悄悄偷走，装进了自己的口袋。等中国人发现自己被偷后为时已晚，卖蔗糖的黑人青年早已不知去向。

往北去看轨排厂的路上，他们遭到了交通警察的无故刁难。警察以违规为由非要罚他们的款，把司机的驾照拿走躲到一边玩去了。

戴国兴带着翻译和司机去找他理论。警察说："Chinese, you are very rich, and should know the rules. You have to pay if you want to leave.（中国人，你们很有钱，应当知道规矩，要想走必须留下买路钱。）"

戴国兴解释说自己是从事铁路建设的中国企业高管，而且认识军办巴布扎将军和国家警察局康姆局长。那警察并不买账，说："Who you know has nothing to do with me, I don't know them.（你们认识谁与我无关，我不认识他们。）"迫不得已，司机只能交钱索回驾照。路同和与戴国兴气得走一路骂一路。

轨排厂从国内海运来的成套自动化生产线以及各种大型机械，每台设备都价值连城，因此派了几名随队士兵看守。路同和与戴国兴花了一上午时间才检查完，在厂部食堂简单吃过午饭，正要上车继续赶路，院子里突然响起了刺耳的枪声。部分员工火速躲进了大型装备后面，还有些员工则无动于衷。等枪声再次响起时，大家才意识到危险，开始四处逃窜，各自寻找藏身之处。两名员工端着脸盆从洗澡间出来，衣服搭在肩上还没穿利索，听到枪声后，慌慌张张弓着身子，钻进了旁边的集装箱里。路同和与戴国兴尚未走到车跟前，就被厂长和总工拉着跑回了办公室。

“咋回事?”路同和莫名其妙，着急地问，“这里发生了什么?”

厂长和总工称不清楚，让他和戴国兴千万别出去。透过窗玻璃，他们看到一名士兵端着 AK47 步枪，正在追逐一名当地黑人劳工，俩人在院子里围着办公区追来追去。黑人劳工在前面跑得飞快，那名士兵明显喝多了酒，腿脚乏力追不上，便开枪射击。黑人劳工藏到某个隐蔽之处不见了踪影，士兵就挨个房间搜寻，胡乱朝里开枪，将身上配备的三个弹匣全打光了。院子里子弹横飞，几排彩钢房的门窗玻璃被打得粉碎，子弹打穿了彩钢房板，其中一颗正好击断高悬在空中的电线，还有一颗子弹扫进屋里，贴着戴国兴的小腿而过，在裤腿上打穿了两个窟窿。

在酒精作用下，那名士兵已控制不住自己，边寻找那名黑人劳工边大声喊：“Don't you dare touch my woman. I will send you to God. If you have the guts, I'll blow your head off.”路同和问翻译他骂的啥，翻译说他在骂藏起来的那名黑人是蠢猪，说那个黑人敢动他的女人，他要送那名黑人劳工去见上帝，让劳工有种出来跟他干，他要打爆那名劳工的头。

路同和说：“他是在找情敌报仇?”

翻译说：“是的。”

路同和指着门外，说：“他朝这边来了，咱们要制止他。”

那名士兵一脚踹开房门迈进来。不等他扣动扳机开枪，路同和猛然扑上去抓住士兵手中的枪管，一排子弹射向了屋顶。戴国兴和厂长、总工趁机围上来，拧住士兵的胳膊夺过他的枪。

“醒醒!”路同和把士兵摁在地上，抽了他两个耳光，“你喝多了，需要保持冷静。”

士兵仍不能自制，继续号叫道：“He's too stupid. I'm going to make him swallow a bullet and shoot him into a hornet's nest.（他蠢得不能再蠢了。我要让他吃枪子，把他打成马蜂窝。）”

戴国兴被这场突发事件吓得心惊肉跳。再往北行进时，他坐在车后提起裤腿一遍遍地看，劝路同和不要再去检查，原路返回指挥部。路同和说：“老戴，这没啥。在国外干活确实面临这种风险，咱们的职工随时随地在接受生死考验，时间一长就习惯了。”

第三天上午，越野车驶过草原，进入一望无际的无人区，好在铁路两侧修建了便道，还有驻点队伍，这让他们感觉并不孤单。在离驻点几公里的位置，一群秃鹫在天空中盘旋，不知从哪里冒出来两头雄狮挡在了越野车前面。司机吓得不敢动弹。路同和叫车停下来，不要去触惹它们。可两头狮子径直朝车跑来，各把守一侧，前腿趴在车窗玻璃上，张开大嘴朝里瞧。戴国兴惊恐地说：“快加油，咱们不能在这里等死。”

司机听从了他的指示，加油火速朝前冲去。路同和催促说：“加大油门，再开快一点儿，不能让它们追上。”

车在前面跑，两头雄狮在后面追。跑出一截，路同和与司机从反光镜中瞅见狮子被甩在了后面，就扭头去看，发现一群身披红布的黑人，手里拿着镖枪，边咕噜咕噜号叫着边朝狮子追来。狮子畏惧这些部落里的黑人，他们是猎杀大型动物的高手。狮子知道落入他们手中不会有好结果，急忙穿过铁路朝另一个方向跑去。

第四天，他们看完沿线的碎石场和轨枕厂，进入了森林和沼泽地。这已是国际分部的管区。大牙被钟铁军派去陪王子浩寻找沙源与石源，第五小刚在管区端头迎接他们，终于来到了青尼罗河岸边。既有线大桥被战火彻底摧毁，主桥塌落在水中。站在从中间断裂的桥上，第五小刚和技术人员拿着图纸给路同和与戴国兴看，比对新桥与旧桥的桥址，设计完全避开了旧桥，在下游两百米的位置重新建设。虽然眼下是枯水季节，但青尼罗河里仍翻滚着波涛，一路南下。他们来到下游新桥址处，河滩上趴着数条身躯庞大的鳄鱼。它们在晒太阳补充能量，完全无视路同和、戴国兴和第五小刚等人的存在。路同和问什么时候开工，第五小刚说正在往上调队伍和钻机，而河里的鳄鱼是个很大的威胁。它们会潜伏在水底，瞅准猎物后猛然蹿上来，死死咬住拖入水中，通过可恶的死亡翻滚，把猎物撕得七零八落。第五小刚心有余悸地说：“只有请随队士兵在工地值守，用枪，露头就打。”路同和与戴国兴想不出更好的办法，同意给他们增加防护费。

第五天，既有线旧轨仍在被拆除之中，道砟需要进行翻筛。越野车正行驶在森林深处，路同和、戴国兴叫车停下来去小便。他站在路边望去，只见路基下有一座废弃的建筑，四周拉着铁丝网。大家感到很神秘，就好奇地跑下去探究竟。破旧的房门合不严实，裂有大缝。他俩扒着门朝里瞧，只见屋里堆满了地雷、火箭弹、榴弹炮、手雷、子弹和许多不知名的爆炸装置，数量大得惊人。

正要离开时，一队士兵坐着卡车赶来了。“Guys, do you want to die?（伙计，你们不要命了吗？）”从卡车上跳下来一名军官，右手按住腰间的手枪说，“The room was full of war-time remnants of weapons and ammunition, buried in the railroad tracks and grass on both sides, and we were about to destroy them in case they bring damage to people.（屋里全是战时残留下来的武器弹药，都埋在铁路路基和两边的草丛里，我们正要销毁掉这些害人的东西。）”

第五小刚和翻译赶紧跑上前，向军官介绍了路同和与戴国兴。军官热情地与他们握手。路同和通过翻译问道：“这些都是从铁路上起获的吗？”

“Yes.（是的，）”那名军官严肃地说，“We're a demining force. These mines are cleared from the railway and the two sides, otherwise the railway cannot be built.（我们是排雷部队的。这些都是从铁路及两侧清理出来的，不然铁路无法进行建设。）”

士兵又从卡车上卸下一批地雷和炮弹，有的引信已被拆掉。“Take the junk from the car to the open space below.（把车上的这些旧货搬到下面那片空地上去！）”军官对士兵们喊完又转头说，“You may leave, as far as you can. We're about to destroy a batch of mine and howitzers, and we don't want you to get hurt.（你们走吧，走得越远越好。我们马上要销毁一批，不想你们被地雷和榴弹炮炸伤。）”

路同和、戴国兴和第五小刚跟士兵们告别后，离开了那处弹药存放点。大约过了二十分钟，他们听到身后森林里传来巨大的爆炸声，瞬间火光冲天，硝烟弥漫在森林上空，久久未能散去。看到这样的场面，路同和越发担心施工中员工的安全，问第五小刚：“工地上遇到过地雷爆炸吗？”

第五小刚说：“遇到过，前不久一颗手雷还炸坏了土方队的汽车轮胎呢。”

戴国兴说：“你们要小心小心再小心，宁可伤车伤设备，也绝不能伤人。只要人活着，一切都好办。”

第五小刚说：“是的。对了，一个叫刘柱的民工还训练了一只猩猩捡地雷呢。”

从此，路同和与戴国兴记住了刘柱这个名字。不过，他们一路最关心的是碎石场和轨枕石使用的黄沙。为了保证几百公里管区碎石、道砟和片石的供应，更要确保轨枕石生产所需的沙源，钟铁军的国际公司分部在原有两个碎石场的基础上，新开了一个碎石场，增加了两条碎石生产线，完成了二十万立方米的道砟生产任务。这是一项非常艰巨而困难的工作。李小兵被从基地和转运站调了回来，与王子浩、大牙一起寻找新的石源和沙源。一连半个月，王子浩、李小兵乘坐大牙开的皮卡车，车上拉着风枪和干粮，两个保安跟随，在森林和沼泽地里转来转去。凡有石山与河滩的地方，他们都要爬上山头或下到河滩里去探寻。

王子浩热衷于寻找石源和沙源，心里有他自己的想法。因为他始终没有忘记大牙跟他说过的夜明珠，想着说不定哪天就能在寻找石源和沙源的过程中发现这种宝贝。于是，他避开李小兵和保安，把大牙叫到一边说：“Oh, Big Teeth, this is a good chance to find the night pearl. I am relying on you. I'll sell it when I find it, and you can get half the money, what do you say?（哎，大牙，这可是寻找夜明珠的好机会，我可指望你了。找到后我把它卖掉，卖的钱分你一半，怎么样?）”

大牙向上翻着眼珠，摊开双手说：“Oh, my God, why haven't you forgotten? If I could actually find the night pearl, I would have gone to find it. Why should I tell you?（天哪，你怎么还没忘啊？要真能找到夜明珠，我早去找了，还用跟你说吗?）”

“You lied to me?（你骗我?）”

“No! No! No!（不！不！不!）”大牙认真地说，“I didn't lie. We've got this stuff here, but I don't know where it is.（我没骗你。我们这里有这玩意儿，但在什么地方我真不清楚。）”

王子浩虽然对大牙的说辞将信将疑，仍告诉他到了山上要多留心，宁可信其有，不可信其无，还嘱咐大牙不要跟李小兵说。大牙心领神会，向他保证一定严守秘密。

他们开车跑了近两百公里，最先在沼泽地里看到了一座紧靠公路的小山头，上面裸露着大量的石头，并长满茂密的灌木和杂草。大牙把皮卡车停在山脚下，王子浩吩咐李小兵和那名民工负责取样。李小兵和民工从车上抬下风枪和发电机，把保安留下看车，四个人走向了石山。王子浩说他和大牙要到山头上去。李小兵说石质肯定一样，从山脚下钻块样石带回去化验一下就能知道石源如何。王子浩坚持说："行，你取吧，我上去看看。"

大牙说："Boss, there could be a mine on it. I don't want to die.（头儿，上面可能会埋有地雷，我不想上去送死。）"

王子浩骂他胆小鬼，非拉他上山。李小兵和民工在山脚下看准一块巨石，启动发电机和风枪钻起来。王子浩手拿砍刀走在前头，边走边砍断灌木和杂草，吃力地往上爬。大牙紧跟在他后面，爬到半山腰，突然从草丛里捡起一个倒掉的骷髅头和胫骨标志，举给王子浩看："Boss, don't go up. There's a mine.（头儿，不能往上爬了，这里有地雷。）"

王子浩听后吓出一身汗，立即停住脚步，仰头朝上看个没完。这时，他忽然听到山上发出一阵"咝咝"的声音，接着看见一个碗口粗的物体在移动。那物体在阳光照射下，发出刺眼的光。

"Big Teeth. Look.（大牙，你看！）"王子浩指着山头喊，"There's something moving on it.（上面有个东西在爬行。）"

大牙定神朝山头望了一眼，转身往回跑，喊道："Run, boss, it's a python. It'll eat us.（快跑，头儿，那是蟒蛇，它会吃掉咱们的。）"

王子浩吓得不知所措，也转身往山下跑。"Follow me, don't deviate from the route.（跟着我，别偏离路线！）"大牙慌张地叫道，"Or the mines will kill you.（不然会被地雷炸死的。）"

王子浩跟在大牙身后跑下山来，拉住李小兵说："上面有蟒蛇，风枪惊动它了，赶紧走。"李小兵和民工早已用风枪取完样石，手脚麻利地收起发电机匆匆离开了。

顺着山形走势，大牙沿着山沟、河道、水渠等寻找沙源的路一直往前开。王子浩在想，这么个小山包，山头上为什么会有蟒蛇呢？就问大牙："Can you explain to me why there is a python in the mountain?（你能给我解释一下，蟒蛇为什么会在山上吗？）"

大牙笑嘻嘻地说："Pythons are normal in the mountain. You don't have to make a fuss.（蟒蛇在山上很正常，你不用大惊小怪。）"

李小兵也有点纳闷儿，问王子浩上面除了蟒蛇还会有啥。王子浩猜测山头上会不会有夜明珠，可这话不能对李小兵说，就应付了事，把话藏在肚子里，催促再去找沙源。

大牙也不清楚哪里有可用的沙子。车子路过一个村庄，王子浩花钱在村里雇了一名黑人当向导。黑人很熟悉那一带的地形，带着他们在蜿蜒的河道和长满茅草、芦苇的沼泽地里穿行，大家一路颠簸的有些饥饿，不得不拿出带来的馒头和矿泉水充饥。直到下午，找遍周边的河流，也没发现能用的沙源。黑人向导指着上游，让他们再往上走，说那里有片河沙。大牙停下车，几个人拿着工具徒步前行。果不其然，在上游不到一公里的河段，五百米长的河道铺满了金灿灿的黄沙。他们激动地跑过去，跪在沙田里用手捧起沙子看，都是中粗沙，正符合轨枕生产标准。李小兵高兴地躺在河道里，望着太阳，大声喊道："终于找到了。"随后拿出地图标注好具体里程与位置。

向导问，还需不需要再找。王子浩说，继续找。他们原路返回，又朝下游离驻点较近的沼泽驶去。眼看着要到目的地，皮卡车却陷在了泥沙里。

"You can walk on.（你们走着去吧，）"大牙怪怪地说，"I'll get the car with the security.（我和保安把车弄上来。）"

"All right.（好吧，）"王子浩说，"We go first. You wait here.（我们先去，你们在这儿等着。）"

那片沼泽是水洼地，其中一溜低洼带，水面在缓慢地流淌，里边长着高高的芦苇，根本看不到有沙的痕迹。这时，大片芦苇一阵晃动，向导拉开王子浩和李小兵，只见一条鳄鱼快速蹿进水中爬走了。向导叽里呱啦嚷着土著语，意思是叫他们不用怕，芦苇荡里有鳄鱼，但很少，鳄鱼同样怕人。王子浩和李小兵听不懂，不敢贸然行动。向导抓过铁锹，径直走进了布满淤泥的芦苇深处。李小兵挽起袖子和裤腿跟在后面，叫王子浩和民工站在原地别动，自己跟向导走进去，清掉淤泥，在一米深的土层里发现了黄沙，抓起一把沙子朝王子浩喊："这里有沙子，颗粒比较均匀，贮量很大。"

王子浩很兴奋，一个人先转到沼泽地另一侧干燥的坡路上，不顾一切冲进芦苇荡。只听"咕咚"一声，他整个人瞬间不见了踪影。

王子浩的突然失踪，开始并没有引起其他人的注意。面对这样的陌生环境，落在他后面的民工倍加小心。他来到王子浩站立的地方，朝芦苇荡里眺望，一切都已恢复平静，便以为王子浩已经到了李小兵和向导所在的沙源处。民工没再闯进芦苇荡，而是慢悠悠地沿着来的路返回到越野车旁边，跟大牙和保安一起等候王子浩他们归来。不久，向导和李小兵扛着铁锹从芦苇荡里走出来，手里还提着一袋黄沙。李小兵看王子浩不在，便问："王副经理呢？"

民工说："他去找你们了呀。"

"他什么时候找我们了？我和向导咋没见到他？"

"那他人呢？"民工慌了，指着坡路说，"他从那儿转过去的呀。"

大牙感到情况危急，边朝坡地跑边挥手叫道："Come with me. Oh, my God, don't let the crocodile eat him.（快跟我走。天哪，他可别被鳄鱼吃了。）"

李小兵、民工、向导和保安都慌忙跟随大牙跑向坡地，然后顺着被王子浩踩倒的芦苇往里找。在距坡地十多米的位置，李小兵和大牙发现一个战时挖掘的巨大陷阱。阱口塌下去不是一个窟窿，而是一片，说明以前曾经有人或动物在这里遭陷。李小兵抓住阱盖上裸露出的木棍与茅草，使劲往后扯，喊道："来，把阱盖全掀开。"

大家齐心协力揭开陷阱盖，露出了一个四米见方的陷阱。向导说，这是用来陷坦克的。总算找着王子浩了，只见他蜷缩在下面一动不动。李小兵喊："子浩，子浩，你怎么样？"

王子浩意识有些模糊。他冲进芦苇荡的那一刻，光警惕着两侧芦苇荡里的动静，却没有注意脚下，一脚踩空掉了下去。落到底部的一刹那，不知砸到了下面的什么东西，屁股撞在了一块坚硬的物体上。清醒后，借着阱盖透下来的光线，他发现自己正蹲在一堆骷髅上，屁股刚好压住一个骷髅头，顿时被吓得毛骨悚然。由于阱下光线暗淡，他看不清下面还有什么，只想到凡掉下去的人和动物都没有生还的希望。他想这下完了，瞬间浑身发冷，泪水奔涌。"我要死了！我要死了！"边号边忍受着悬空摔下带来的疼痛，魂飞魄散地站起来，对着阱口大喊救命，可是声音根本扩散不出去。后来声音沙哑了，嗓子干燥冒烟，全身也没了力气，只能听天由命，在绝望中等待。

李小兵他们掀开陷阱盖，整个陷阱底部重见天日。他和站在上面的人这时发现，陷阱里边还堆着几具动物的尸骨，上面盘着一团蛇。墙壁上留着当时被陷下去的人用砍刀掏成的脚窝，但因陷阱太深都未能逃出去。砍刀已经生锈，摆在那堆人的尸骨旁边。此时的王子浩心紧缩成一团，哆嗦着慢慢挪过去，把刀抓在手里，以防那条蛇突然发起攻击，心里暗想要活下来必须生死一搏。

面对眼前这个巨大的陷阱，大家都束手无策。没有四米多长的工具，人掉下去休想爬上来。向导说，必须先把那条蛇引开。大牙朝阱下喊："Don't move，boss. If the snake comes over，kill it with a knife. （头儿，你千万别动，蛇要过来，就用刀砍死它。）"

王子浩听到了大牙的声音，但没回答。他腿疼得站不起来，只能紧握着那把生锈的砍刀，眼睛死死盯住动物尸骨上的那条蛇。李小兵焦急万分，问民工和大牙怎样才能把王子浩救上来。向导用土著语说只有去找梯子，可离村庄太远，周围又没有可做梯子的木料，救不了。

大牙对保安说："Look at the snake and shoot it. Get rid of the threat to the boss first. （瞄准那条蛇，开枪打死它，先消除对头儿的威胁。）"

两个保安拉动枪栓将子弹推上镗。大牙夺过其中一名保安的枪，说："Let me do it. Whether it bites or not，it must be killed. （让我来，不论它咬不咬头儿，都必须干掉它。）"说完，一枪将蛇的头部打成烂泥，长长的蛇身翻滚几圈再也不动了。

危险暂时消除了，但陷阱太大，又没有工具，他们只能在上面喊，王子浩哼哼唧唧地在下面应。

李小兵掏出电话打给钟铁军和第五小刚请求增援。第五小刚当即向路同和与戴国兴报告。他们离勘沙点不到两百公里。路同和命令第五小刚通知沿线驻点开挖掘机过去救人，自己和戴国兴马上赶过来。随后又问，钟铁军去了哪儿，为什么一路没见到他人。第五小刚说，钟铁军去沿线村里征地了。戴国兴说，征地是当地政府的事儿，不抓现场跑去征地干啥呀？第五小刚说，当地政府征地速度太慢，等地征下来黄花菜都凉了。路同和嘴上没说，心里却憋着气，让司机开车去了沙源地。

王子浩是被驻点开来的挖掘机，用铁斗从四米深的陷阱里端上来的。后来这个陷阱被轨枕厂拉沙的车队填平了。王子浩感觉自己就像活在充满危险的恶魔世界里一样，恍恍惚惚的。路同和、戴国兴和第五小刚等人赶到后，让李小兵和保安护送，由大牙开皮卡车拉他返回项目部。临上车前，王子浩手里仍提着落在尸堆旁的那把刀，大牙将刀夺过来扔进芦苇丛里，说死人用过的刀活人不能拿，否则会邪魔缠身。皮卡车在坑坑洼洼的土路上颠簸了四个多小时，王子浩一路疼得直叫唤。

汪静她们早在卫生所门口等候。李小兵、大牙和卡娅将王子浩扶进 X 光室。照完片子一看，左小腿胫骨骨折错位了。杨琳电话里说，胫骨骨折不碍大事，打上石膏板静养三个月便可康复。

路同和与戴国兴、第五小刚安排完王子浩的事，继续检查国际公司分部沿线工地。路上，大家自然议论起那个巨大的陷阱。这样的陷阱在铁路沿线不知还有多少个，幸亏下面没有地雷和其他大型动物。如果触雷，或者陷阱里有巨蟒、狮子、鬣狗，王子浩准活不成了，但谁都不敢保证，没有掉进陷阱里的员工就能安然无恙。

傍晚时分，路同和与戴国兴、第五小刚来到于长山劳务队所在工地。桥梁工程图纸没到，于长山正在指挥国内来的民工和当地黑人劳工，对既有线上的道砟进行翻筛。两个高个子黑人跑上工地，纠缠说要在工地打工。于长山上下打量那俩人，似曾相识，但又不敢确认是否见过面儿，因为在他看来，黑人的长相除了身高，其他实在很难分辨清楚。

吴大友被项目部派去负责管理各队的黑人劳工。此时，他正亲自开挖掘机教黑人司机挖砟装砟。看见两个陌生黑人站在路肩上跟于长山没完没了地对话，就把挖掘机停在线路上，从驾驶室跳下来，问他们叫什么。高个黑人指着自己和另一名黑人说："My name's Pick，Pick Ellison. His name's Vaughn Terry. Our home is in the tribe over the forest.（我叫皮克，皮克·埃利森。他叫沃恩·特里。我们的家在森林那边的部落。）"

于长山问，留不留他俩人。吴大友反问，队里还需不需要黑人劳工。于长山说："需要，那就把他们留下来吧。"吴大友也觉得好像在哪里见过这两人，同样不敢肯定，就问他们能干啥。皮克指着翻砟的劳工说："We have the strength to do all the work.（我们有的是力气，这些活都可以干。）"

吴大友对于长山说："那就把他们留在你们队里吧。"转头叫来随队翻译，对皮克说："You have to follow the rules of the labor force and obey the arrangement of Captain Yu，like the other laborers，or you will have to leave here.（你们来干活要跟其他劳工一样，遵守劳务队的规矩，听从于队长的安排，

否则就得离开这里。）”

皮克和沃恩说：“We'll follow all the rules here，as long as we get paid.（我们会遵守这里的一切规矩，只要给发工资就行。）”

于长山让翻译带他们去队里办理雇用手续。皮克和沃恩刚走下路基，第五小刚就陪路同和、戴国兴来了。望着皮克和沃恩离去的身影，第五小刚问：“老于，这俩人我好像在哪儿见过。他们是来打工吗？”

于长山称是，说大桥马上要开工，现场需要劳务，自己和吴大友商量了，先带他们办雇用手续，看看表现和活路咋样。路同和说：“好，主动找上门来干劳务，倒省得去村里或镇里集中招聘了。”戴国兴提醒于长山和吴大友，一定要看黑人以前有没有劣迹，千万不要引狼入室。

路同和等人站在路基上，一辆自卸车挡在他们跟前。吴大友赶紧爬上堵在前面的挖掘机，发动机器将挖掘机开上已拆掉旧轨的路段，履带与石子碰撞发出声响。他用铁斗将旧道砟扒过来，装满后旋转回头，倒进自卸车箱里，再往前移动挖掘机时，突然机身下一声巨响，引起巨大的震动。他浑身一颤，以为是发动机发生了爆炸。其他人清清楚楚地看见挖掘机的车门被炸飞了，气浪将引擎盖抛向了空中，履带保护盖也飞出去几十米远，惊慌之下都趴在地上。吴大友跳下车，围着机械转了一圈，发现发动机在爆炸的强烈冲击下完全离位，两侧的履带被炸断，轮毂也严重变形趴窝了。

吴大友被吓得起了一身鸡皮疙瘩。路同和、戴国兴、第五小刚和于长山从地上爬起来，跟听到爆炸声围过来的职工、民工以及黑人劳务，抱住吴大友，一次次将他举起来，祝贺他逃过生死劫难。皮克和沃恩跑了回来，挤进人群拉住吴大友说：“Oh，man，God loves you. This is an anti-tank mine. You are really lucky.（哎，哥们儿，上帝真眷顾你。这是反坦克地雷，你的命够大。）”

路同和浑身战栗，但不得不故作镇定。他生气了，从人群里出来，把第五小刚叫到身边，咬牙切齿地说：“你给我找钟铁军！工地出这么大的事，他人到底去哪儿了？叫他现在就过来。”

第五小刚心里很忐忑，躲到一边给钟铁军打电话。钟铁军说：“我已经在去首都的路上，你跟路指挥说，我现在赶不过去。”

第五小刚双手捂住手机的话筒，悄声地说：“我没法跟他解释呀。”

钟铁军要求把手机递给路同和，直接跟他对话。第五小刚感到很为难，言称算了，他自己来应付。路同和等了片刻，没见第五小刚回话，问他打通没有。第五小刚说打通了，钟铁军正在开会不方便接听。

“开会？”路同和发火说，“我和戴书记都来这儿了，他给谁开会？”

说着，掏出手机直接打给了钟铁军，质问道：“钟铁军，我和戴书记来你们管区检查，你倒成了甩手掌柜，连个人影都见不到。”钟铁军解释说，自己正去首都，明天见巴布扎将军和里斯克局长，实在无法陪同领导了。

路同和问：“你知道王子浩和于长山的工地上都发生了什么吗？”

钟铁军说：“李小兵和第五小刚都向我报告了。”

路同和说：“出大事了。我问你，既有线道砟扒砟之前，请排雷部队清除过地雷没有？”

钟铁军说：“士兵在前头排完雷，机械才在后面上路基进行清砟。”

路同和压不住火，说：“那为什么反坦克地雷还炸坏了挖掘机？员工要在现场可是群死群伤，你不懂这个利害？”

戴国兴见路同和与钟铁军在电话里呛来呛去，劝他把手机挂了，说事到如今再催钟铁军赶过来毫无意义，等见面再说。路同和强忍住这口气，指着于长山和第五小刚骂道：“一个个饭桶！你们能不能多上几个捡雷的安全员，把隐蔽的地雷全翻出来？”

于长山说马上增加内部旁站人员，确保万无一失。戴国兴打起圆场，说：“行了，明天增加人吧。地雷清不干净，人员设备不准上路基。”

路同和与戴国兴回到国际公司项目部驻地，先去看望了王子浩。王子浩双眼紧闭，躺在宿舍的床上，腿上打着石膏板动弹不得，不断地回忆白天发生的一幕幕。一想到掉进陷阱的那一刻，浑身就打哆嗦。特别是屁股下的那堆白骨和被大牙打死的蛇，在他心里留下了阴影，恐怕一辈子都挥之不去。他脑海里闪现出山头上的那条蟒蛇，又令他有些激动。他幻想着那山上一定有他想要的夜明珠，不然蟒蛇咋会守候在山头上呢？于是，他暗下决心，等腿好之后，一定在某个晚上瞅个时机，到那座小山头上去仔细观察与寻找，哪怕付出生命的代价，也要把夜明珠这种奇珍异宝弄到手。路同和、戴国兴、第五小刚和汪静、赵雅清都已站在床前，他全然没有发现他们的到来。

“哎，王副经理，路指挥和戴书记来看你了。”汪静和赵雅清的喊声，把他从着魔似的痴迷幻想中惊醒。他吃力地欠了欠身子想坐起来，被戴国兴摁住，劝他别动，以免加重伤势。

王子浩一副可怜兮兮的模样，说：“谁能想到寻沙咋寻到陷阱里去了呢？”

赵雅清说：“陷阱又不是用来陷你的，掉下去能上来，比那些陷进沼泽地泥潭里丢了命的人强多了，别那么悲观。”

汪静说：“是呢，是呢。不论怎样，人只要能活着比啥都强。”

路同和安慰王子浩说，他带队既找到了石源，更找到了贮量丰富的沙源，对项目贡献不小，让他安心休养。戴国兴把于长山路基上炸雷的事儿说给他听，庆幸没有伤到人。王子浩不以为然，说大家对遭遇地雷已经习惯了，但掉进陷阱自己却是第一个，掉下去的那一瞬间，他简直快崩溃了，里边黑咕隆咚的好吓人，当时如果一屁股坐在蛇身上，那也没命了。

路同和说：“命大的想死死不了，命绝的不想死，头上落个树叶也会被砸死。看来你没给阎王爷送礼，他不收你。”

汪静说：“想开点吧。什么都不重要，活着才重要。所以，每个人都要想法好好地活着，这才对得起自己。”

回到项目部招待所房间，路同和叫第五小刚把安保国、张放和刘柱叫来，问道：“你叫刘柱？”刘柱抱着小森林，回答说是。路同和指着小猩猩说：“刘柱，你本事大了，把它训练得都能捡地雷。它真能捡吗？”

刘柱回答：“能捡。”

安保国和张放马上制止他，说：“能捡啥呀，不过是偶尔捡到一颗而已，你别在指挥长面前瞎吹。”

路同和摆手不让安保国和张放打岔，说：“那好。安保国，你让他明天带着这只猩猩去于长山劳务队，到路基上专门盯着道砟，发现地雷让它捡出来扔喽。”

这道指示令第五小刚和安保国、张放哭笑不得。回到劳务队驻地，安保国和张放把刘柱狠狠骂了一顿，说：“你说吧，这咋弄？让你带只猩猩去路基上捡地雷，这不是开玩笑吗？”

刘柱嘿嘿一笑，说：“去捡呗。小森林听我使唤，我不会让它把命搭进去。”

张放骂道：“你个浑球，指挥长让你去姓于的劳务队路基上捡地雷，不是咱们自个儿的工地。”

刘柱说：“在哪儿捡不是捡？我不敢保证小森林去了就能捡到地雷。人用肉眼都看不出来，何况它是只猩猩，捡不到总不能怪我吧？”

安保国摆手说：“行了。你哪儿也甭去，明天还是带它乖乖地上工地吧。”

安保国和张放不让刘柱带小猩猩去于长山的路基，第二天一早，就把刘柱派去了自个儿的森林区段工地。

# 第十四章

路同和自己也明白，让一只猩猩到路基上去捡地雷完全是扯淡，而对国际公司分部工地一天之内发生两起事故，却不见钟铁军到现场，他心里着实很憋气：钟铁军工作浮躁，光会做面子工程，不重视现场和安全管理。

是夜，戴国兴躺在床上，觉得让猩猩去捡地雷，确实挺可笑。第二天吃早饭时，他对路同和说：“老路，我看算了，别让刘柱带猩猩去捡地雷了。排雷部队都清不干净，靠只猩猩能顶啥用？再说，真有遗漏的地雷，猩猩见了也不一定能辨认，还得靠劳务队上人旁站。”

路同和觉得不好意思，就依了戴国兴。俩人返回集团指挥部，决定组织召开全线大干动员会，让各参建单位分部经理、书记、总工、工区长和劳务队长全部参加，规模前所未有。按说布置完工作，下达完任务，戴国兴讲完话就应该结束了，可路同和插话，把国际分部发生的事情专门单独列出来，当作反面典型又批又训，令钟铁军、第五小刚很没面子。

散会后，钟铁军带着第五小刚去找路同和与戴国兴，说事情都过去了，为啥还要在大会上讲这讲那，让其他分部都瞧不起国际公司，搞得他俩很被动。路同和称他也不想点国际公司分部的名。说着，又扳起指头，一件件地数落最近发生的事，说：“员工去大使馆上访，围攻指挥部，黑人堵门，副经理寻沙掉进陷阱受伤，地雷炸坏设备，等等，都发生在你们分部。说明你们根本没拿稳定和安全当回事儿，都是你不抓现场、不上工地和不作为造成的，点你们的名有错吗？”

第五小刚不敢吭声。钟铁军带着气说：“路指挥，出现这些问题有主观原因，更有客观因素，我比你还恼火，但绝不是我不重视现场，不去工地和不作为，而是许多事情不以我的意志为转移。工作没做好，你把我叫到办公室怎么批怎么骂都行，不应该当着那么多人的面，劈头盖脸连批带训。自出国以来，我们没有功劳还有苦劳嘛。”

路同和不屑一顾，说：“谁认你的苦劳？再说苦劳顶个屁用？在国外干项目，不能只讲过程，而应该看结果。”

钟铁军说：“你讲得对。我去见了巴布扎将军和里斯克局长，他们让我给你和戴书记带话。线位要穿越艺术殿，要求你们俩亲自出面去跟美国人谈拆迁。”

路同和大为光火，说：“州政府和国家重建办公室负责征拆，为什么要我们出面去跟美国人谈啊？岂有此理。”

钟铁军暗笑，说征拆需要施工单位亲自上手协调。如果不去，请他与戴国兴给巴布扎和里斯克回个电话。第五小刚知道他在跟路同和玩猫捉老鼠的游戏，就和钟铁军唱起双簧来，故意一唱一和地卖关子，催他快回工地，说很多事在等着他回去定呢。钟铁军说：“嗯。我把话带到了，后面不关我的事了。”

钟铁军说完，摆出要走的架势。戴国兴见状拉住他，说：“哎，铁军，路指挥批评你们没有别的意思，无非提醒以后工作不要再出差池，千万别误会。我俩嘴笨，跟美国人打交道不在行，就全权委托你去处理艺术殿的拆迁事宜，你看如何？”

钟铁军故作姿态，称自己级别不够，想拆美国人的艺术殿，只有集团指挥部出面才有可能摆平，关键是巴布扎和里斯克点名要路同和与戴国兴亲自出面，他不能当这样的替身。路同和心想，拆除艺术殿比登天还难，钟铁军是在甩锅，便拉住他和第五小刚，用讨好的口吻说：“给我站住。钟铁军，你小子气性比我还大，说你两句就想撂挑子啊？新建区段已经动工了，遇到了艺术殿这样的难题，你知道我和老戴拿不下来，巴布扎和里斯克偏偏点我俩的将，这是要出咱们的洋相啊。所以，你暂时别回工地，考虑考虑戴书记的意见，我俩授权给你，代表指挥部出面去摸摸美国人的底细，过去的事儿从此不再提了。”

钟铁军说：“你看看，我不上工地，都是因为被缠在这些事务里了，外面理不顺，工程咋能干上去？”

钟铁军和第五小刚走后，戴国兴说：“老路，以后真得注意点工作方法和策略。钟铁军的头不好剃，那不如发挥他的作用，把他的积极性调动起来。”路同和听从了戴国兴的劝告，让他盯着钟铁军跟巴布扎和里斯克去解决艺术殿的问题。

杨琳知道钟铁军在指挥部，安排完手头的工作后，当即去了路同和办公室，站在门外听到了他们俩的争辩。路同和与戴国兴把钟铁军和第五小刚送出门，发现她站在门口，就故意开玩笑逗她，说钟铁军闯了祸，还受不了批评。杨琳回答说犯了错该批得批，该训得训，她从来不护短。离开指挥部，钟铁军给第五小刚交代了几句工作，让他回了工地。之后，与杨琳一起回医院宿舍去了。杨琳也意识到最近国际公司分部确实出了一连串的事情，话里话外有稍许的埋怨。钟铁军一头扎到床上，说工作千头万绪，想不到的怪事一桩接一桩，把人都搞晕了，尤其王子浩还掉进了陷阱里，真令人觉得不可思议。杨琳嫌路同和与戴国兴将艺术殿征拆推给他，发牢骚说：“他俩都往后躲，你往前冲，万一拆不掉影响工期，责任算谁的？”

钟铁军没想这么多，告诉她不论指挥部还是分部，只要有利于工程推进，都应该上手，铁路早一天建成早一天回国。杨琳此刻理解他的心情，说了许多体贴的话安慰他。

第二天上午，路同和给巴布扎将军打去电话，称他和戴国兴都远在北部工地视察，只好派钟铁军代表他俩去见那个美国人。巴布扎将军从内心喜欢钟铁军，夸他能代表整个项目，不用派其他人来。随后，带上贴身警卫，开两辆军车拉着钟铁军和里斯克，朝国家公园外面的艺术殿方向驶去。

艺术殿所在的地方叫塔拉提卡。艺术殿左侧是蜿蜒流淌的青尼罗河，两岸长着参天古树，河边上住着不少土著居民。“Zhong, today I asked the old American man Hani to eat crocodile by the Taratica River.（钟，我今天约了美国老头哈尼去塔拉提卡河边吃鳄鱼肉，）”巴布扎说，“It was the only island where crocodile meat could be eaten and it tastes wonderful. Crocodiles cannot be hunted by anyone. It requires state approval to issue fishing certificates; without good fishing skills, hunting people will be eaten by crocodiles.（那是一个小岛，只有在那里才能吃到鳄鱼肉，味道美极了。鳄鱼可不是人人都能猎杀的，需

要国家批准颁发捕捞证。没有良好的捕捞技术，会被鳄鱼吃掉的。）”

钟铁军问道：“Is Hani invited only to have crocodile meat?（请哈尼来仅仅是吃鳄鱼肉吗?）”

里斯克说:“Of course not. Let's persuade him together in moving the art hall or demolishing it so that it will not hinder the railway to go through. For the land requisitioned along the route, the two parties agree that land requisition compensation and settlement shall be made by our local government, but due to our financial situation, it's better you prepare some fund for the shortage.（当然不是。咱们要共同说服他，将艺术殿搬走或拆掉，不能影响铁路穿越。沿线所征用的土地，双方约定由我们当地政府进行征地赔偿和解决。但由于财政短缺，你们最好也准备一部分资金。）”

钟铁军这才明白路同和与戴国兴为什么不愿介入艺术殿拆迁，原来需要准备资金，这是个不好表态的差事，心里开始骂他俩拿自己当猴耍。

“Land requisition is one of the difficult problems for railways.（征地是铁路面对的难题之一。）”巴布扎说，“Although our urban landscape reminds us of China in the 1970s, when you were in urgent need for infrastructure construction. However, in our country where land has been privatized, you will not see the scene that the walls in streets and alleys drawn with the word 'breakdown'. However, it is impossible to build a railway without demolition.（虽然我们的城市面貌会让人想起二十世纪七十年代的中国，对基础设施建设有迫切的需求，但在这个土地私有化的国家，不会看到大街小巷画满‘拆’字的场景，但是，建设铁路不可能不拆迁。）”

里斯克拿起自己的杯子喝了口水，说:“Yes, you are right. In our Country, it is customary to go to court to settle matters, from the president to the civilian population, anyone could be sued. Local courts are the busiest bureau, with crowds waiting for cases to be settled from morning till night.（是的，将军说得很对。在我们国家不论大事小事都习惯上法庭去解决，上至总统，下至平民百姓都有可能成为被告。当地法庭可算是最为忙碌的机构，每天从早到晚，排队等待案件审理的人络绎不绝。）”

钟铁军说：“I used to propose to go through the National Park rather than the art hall，because I thought the old American man might not agree with the plan. (我曾建议，宁可穿越国家公园，也不要穿越艺术殿，因为美国老头不一定同意这个方案。）”



巴布扎将军扭头奇怪地望着钟铁军，问道：“Do you think you can't convince Hani to move?（你觉得不能说服哈尼拆迁吗?）”

“I personally think so.（我个人是这么认为的。）”钟铁军说，“I might get sued if I can't deal with it properly.（搞不好就会吃官司。）”

里斯克点了点头，说：“This is possible. Fighting for every piece of land along the railway line is a battle that will last. Not long ago，the Supreme Court announced that another railway be halted. Land owners of a family sued the land bureau and railway bureau，because they did not receive notice of land requisition and compensation. Land bureau lost the first instance so some railway construction sections were suspended. The construction company was also brought to court as the third defendant，and the case is still pending.（这极有可能。铁路沿线争取每一块土地，都可谓是一场战役，并且会旷日持久。前不久，最高法院宣布叫停了另一条铁路的建设。一户土地所有者，因为没有接到征地通知和赔偿，将国土局和铁路局告上了法庭。一审国土局败诉，因而部分铁路建设暂停。施工方也被作为第三被告到法庭应诉，此案至今悬而未决。）”

中午时分，巴布扎、里斯克和钟铁军才赶到塔拉提卡小岛，上面建有一个用木棍和竹竿围成的偌大院落，面朝大河的木板房，可环顾和欣赏整个青尼罗河美丽的风光。男主人早已杀好刚捕来的鳄鱼仔，把肉炖在锅里。两名有着深褐色皮肤的当地年轻妇女在烧火做饭。鳄鱼皮亮晒在院子内的竹竿上。巴布扎将军从车上提下带来的红酒与面包。不久，头戴鸭舌帽、嘴里叼着雪茄的美国老头哈尼，坐着一辆黑色凯迪拉克轿车赶来。司机直接驶过便桥开进小岛停好，哈尼下车与巴布扎和里斯克打招呼：“Hello，General，Director Risk. It's a great pleasure to get together here with you.（你好啊，将军，里斯克局长，非常有幸在这里聚会。）”

寒暄过后，巴布扎将军倒了几杯红酒，分别递给哈尼和里斯克，接着把钟铁军介绍给他，说：“He is my best Chinese friend and will soon build the railway to your art hall. Mr. Hani，the purpose of my visit today with Mr. Risk and

Mr. Zhong is to get you to make way for the railway. Come on, let's sit down and talk.（他是我最好的中国朋友，很快会把铁路修到你的艺术殿。哈尼先生，今天我和里斯克、钟铁军来此的目的，就是想让你给铁路让道。来，咱们坐下谈谈。）”

小岛的男主人和一名年轻妇女端来了鳄鱼肉，摆在观景亭下的餐桌中央。巴布扎将军先用手抓起一块塞进嘴里嚼咽，挥手说：“A rare delicacy in the world. Let's get started, gentlemen.（世间少有的美味佳肴。动手吧，先生们。）”

在他招呼下，哈尼、里斯克和钟铁军各自动手抓起了鳄鱼肉。哈尼问道：“How do you want to talk about it, General?（想怎么谈呢？将军。）”

里斯克局长手端红酒与哈尼碰杯，说：“Mr. Hani, construction has been processing on the railway in the capital's starting direction and will soon reach to the outside of your yard. After argumentation, the best choice of the route is to go through the art hall. Of course, your art hall will be compensated according to the criteria determined by the state. Do you have any intention of relocation?（哈尼先生，首都起始方向的铁路已经开始施工，很快就会修到你的院子外面。经过论证，线路只有中穿艺术殿才是最佳选择。所以，你的艺术殿也会按国家确定的标准给予补偿。你有迁址的打算吗？）”

哈尼不以为然，喝下一杯酒，将鳄鱼肉抓在手里，说：“Dear Director Risk, I have received the land requisition notice from the Chinese company. Unfortunately, however, my art hall is protected by UNESCO on the basis of the Convention for the Protection of Intangible Cultural Heritage. I'm in favor of building a new railway in your country. The narrow-track railway built by the British and all kinds of animals running on the grasslands can be seen in my paradise-like courtyard. I also know that the narrow-track railway is out of date, and I have no intention of moving my art hall or demolishing it.（亲爱的里斯克局长，我接到了中方想要征地的通知。但是很遗憾，我的艺术殿受联合国教科文组织的保护，依据是《保护非物质文化遗产公约》。我赞成贵国修建新的铁路。在我那座世外桃源般的院子里，抬眼便可以看到英国人建造的窄轨铁路以及草原上奔跑的各种动物。我也知道窄轨铁路过时了，可让我搬离艺术殿或将它拆除掉，我没有这样的

打算。）”

钟铁军与哈尼碰完杯，问道：“Mr. Hani，if you demolish your art hall，would you like money or a different place？（哈尼先生，假如拆除你的艺术殿，你是要钱还是另选地方？）”

哈尼说：“Lovely young man，I don't have the word if. I am neither short in dollars，nor in territory；only lack of respect and admiration for the ancient cultures and civilizations of Africa. I spent all my life，my heart and my money following her. So the art hall is my life. As an American citizen，I don't think anyone can shake her.（可爱的年轻人，在我这里没有假如这个词。我不缺美金，也不缺地盘，缺的是对非洲古老文化和文明的尊重与景仰。我把毕生精力、心血和钱财都花在了对它的追随上。所以，艺术殿是我的生命。作为一名美国公民，我认为没有谁能够撼动她。）”

午餐进行得很愉快，可哈尼口气很硬。巴布扎端起酒杯与他共饮，说：“Dear Mr. Hani，you are very reasonable. But the railway is the transportation lifeline of our country，and the people of the whole country cannot leave without it. If the art hall is not demolished or removed，the railway will be abandoned halfway. Mr. Risk and I，or even the President would become sinners. The United States is a great nation，and I respect American citizens very much. If you keep your art hall，could you give us a better solution than the existing design? That's the fundamental issue you and I are going to talk about today.（亲爱的哈尼先生，你说得很有道理。但铁路是我们国家的运输生命线，全国人民离不开他。艺术殿如果不拆除或搬走，那铁路将半途而废，我和里斯克甚至总统都会成为罪人。美国是个伟大的国家，我很尊重美国公民。如果你想保留你的艺术殿，你能否给我们一个比现有设计更好的解决方案？这就是今天你我双方要谈的根本性问题。）”

哈尼摘下鸭舌帽挂在亭子廊柱上，说：“I quite understand General's intentions. I don't want you to be sinners because we are friends. But I can't remove or dismantle my art hall，so my advice for Director Risk and you is to re-select the route and move to the national park.（我十分理解将军的意图。我不想让你们成为罪人，因为咱们是朋友。但我的艺术殿不可能搬走或拆除。我给你和里

斯克局长的建议方案是，重新选择线路走向，改到国家公园那边去。）”

里斯克说：“Mr. Hani，we can't take your advice. The existing designs have been approved by the National Assembly and the President，and there is little chance of re-routing them. So，we'll talk about how much money you want.（哈尼先生，你的这个建议我们无法采纳。现有设计方案是经过国家议会和总统批准的，重新改线的可能微乎其微。因此，你想要多少钱可以开价，咱们再谈。）”

哈尼眨了眨眼，眉毛上挑，低头沉思片刻之后说：“In that case，I'll take a good consideration into it. If the art hall must be demolished，I'll make a price. But I'd like to ask the media what they think. We have always been free and open in expressions in the United States.（既然如此，那等我回去好好想想。如果一定要拆除艺术殿，那我会开一个价码。不过，我想询问一下媒体，看看他们的看法。我们美国历来奉行言论自由与公开。）”

午餐会上的鳄鱼肉吃得并不舒服。钟铁军与其说是陪巴布扎和里斯克去参与谈判，不如说他是去见证。哈尼的强硬态度，让他领略了美国人的傲慢。回工地的路上，他打电话向路同和、戴国兴汇报与哈尼见面的详细情况，把俩人惊得发了一顿感慨和牢骚，甚至发愁不知道这段铁路后面到底该如何修了。钟铁军自嘲地说：“当时，我就建议线位设计选择走国家公园那一侧，可你们这些领导和专家不听。现在遇到了美国人这个硬茬，最后不改线肯定穿不过去。”

路同和说，后面不是还要再谈嘛，看那个美国老头能不能顶得住。钟铁军唉声叹气，说：“指挥长，还是不要抱任何幻想了吧。美国人历来认为，整个世界甚至连宇宙都是他们的，人家怕过谁？哈尼拖得起，咱们工期拖不起啊。”

最后，钟铁军告诉路同和与戴国兴，下次谈判他不去参加了，建议抓紧与设计院、国家重建办、铁路局沟通，艺术殿拆迁解决不了，应该尽快改线。路同和与戴国兴听到这个消息，一连几天惶惶不安。他俩这才感到钟铁军的判断有过人之处，先向集团公司董事长夏江反馈了面临的情况，后与洪勇波、黄山进行沟通做好改线的准备，以免误了时机。洪勇波和黄山回忆起了钟铁军当初在讨论会上提过的意见，纳闷儿这小子咋就能断定美国佬不会同意拆迁，给他打电话问："钟经理，你敢保证线位穿越不了艺术殿吗？"

钟铁军说："洪院长，我不敢作这样的保证。跟巴布扎将军和里斯克局长见过哈尼后，直觉告诉我，铁路穿越那座房子几乎不可能。"

"明白了。"洪勇波说，"那我们提前做个预案。"

下午，大牙开着越野车，沿铁路两侧曲里拐弯的土路，穿过森林、沼泽、无人区回项目部。车上没带吃的。走到半路，钟铁军饿得心慌，让大牙就近找个餐馆，随便吃点东西垫垫肚子。沿途错过了许多原始部落和村庄，根本没有像样的饭店，只有那些黑人妇女在铁路两边搭建起来的所谓餐馆，脏得一塌糊涂，看着就令人恶心。大牙问，要不要进去。钟铁军说进去，有东西吃就行，总不能饿死。大牙将车停在餐馆门前，刚下车便听到屋里传来女人的惊叫，随即一位年轻姑娘惊慌失措地从里边跑出来，两个黑人青年追出来拽住她，又搂又抱。

"救我！快救我！"姑娘边挣扎边用土著语喊叫，可那两个黑人肆无忌惮地扒她的上衣。"嘿，小子！"大牙上前用土著语嚷道，"放开她，别自找麻烦。"

两个黑人很扫兴地停止了骚扰，也用土著语问道："伙计，你是谁？劝你少管闲事。"

大牙和钟铁军走过去，把那姑娘挡在身后。钟铁军指着姑娘，说："We're regulars here. You can't harass her like that.（我们是这儿的常客，你们不能这样骚扰她。）"转头问那姑娘，"Is this your restaurant? They're here for dinner?（这是你的饭馆吗？他们是来吃饭的？）"

姑娘用惊恐的眼神望着钟铁军，说："Yes. They don't pay for food, and they flirt with me.（是。他们吃了饭不给钱，还调戏我。）"

"Chinese man, she's beautiful, but she's a slut.（中国佬，她长得很漂亮，可是个骚货。）"其中一名男青年说道，"We take her to hang out. If you don't want to get into any trouble, just go away. We don't welcome you to meddle in such matters.（我们让她陪着玩玩。要想得好，你们就走开。我们不欢迎你们插手这类事情。）"

钟铁军怒视着那两个黑人，说："If you want to leave here, please pay her for the meal.（要想离开这里，请把饭钱付给她。）"

"Chinese man, if you want to fight, try it.（中国佬，要想打架就来比试

比试。）”

一个黑人青年撸起袖子，气势汹汹朝钟铁军冲过来。钟铁军推那姑娘回屋里去，然后猛然抓住黑人青年的手臂转身一个背摔，将那人撂倒在地，顺手扼住了他的手腕。那黑人疼得嗷嗷直叫，一再求饶。旁边的青年想上前去掐钟铁军的脖子，被大牙拉住领口摁住了。“Boy. There is no food for nothing, Pay or not?（小子，天下没有白吃的饭，交不交钱?）”大牙说。

两个黑人青年被钟铁军和大牙制服，交钱后灰溜溜地跑了。躲在屋里的姑娘迎出来，谢过钟铁军和大牙，用感激的目光盯着钟铁军问：“Sir, want something to eat?（先生，想吃东西吗?）”

钟铁军望着她点了点头。大牙站在门口，说:“Aha, the boys were beaten away. Baby, how about your cooking?（啊哈，那俩小子被打跑了。宝贝，你的手艺怎么样?）”

姑娘冲他和钟铁军微笑，掀开布帘转身进屋，说：“You will know about my cooking when you eat the food.（手艺怎么样，吃了才知道。）”

大牙嬉笑说：“I don't think that would be better than you are.（我想不会比你人好。）”

姑娘走进厨房，端出食物。钟铁军站在屋里四处打量，只见满地泥土，几张木板搭成的餐桌简陋至极。一个正在吃饭的黑人坐在角落里，桌子上只摆了几片烤面包。他和大牙找了个地方坐下，那姑娘拿来一个石臼，把咖啡豆倒进去之后，用一个小锤有节奏地捣来捣去，直把咖啡豆捣成了粉末，问道:“Which of the coffee do you drink?（你们喝第几道?）”

钟铁军回答不喝咖啡，只想吃东西。姑娘说她们这里的习惯，饭前必喝咖啡，一般喝三道，又问他喝哪一道。钟铁军问：“Big Teeth, shall we have coffee? I'm starving.（大牙，咱们要喝咖啡吗？我饿死了。）”

“Drink one.（喝吧。）”大牙兴奋地说，“The first is the strongest, called ‘Avor’; the second is called ‘Tona’; the third is called ‘Berica’. I suggest you take the first drink and be refreshed on the road.（第一道最浓，叫‘阿沃尔’，第二道叫‘托纳’，第三道叫‘贝瑞卡’。建议你喝第一道，路上有精神。）”

钟铁军说：“Fine, fine, first drink. Please bring the food as soon as possible.（好吧，好吧，喝第一道。快把吃的拿来。）”

姑娘把第一道咖啡煮好，倒在钟铁军和大牙面前的小杯子里，放了很多糖，转身说："You may think my restaurant is not tidy，but I have the delicious meal you want.（别嫌我的饭馆脏乱差，但有你想吃的可口饭。）"

咖啡还没喝下去，姑娘已从厨房里端来一只筐，里边盛满英杰拉。钟铁军知道那是由一种叫"苔麸"的植物颗粒磨成面粉，做成面糊后轻微发酵，然后在煎锅上烙成的一个巨大的圆形煎饼，质地柔软，充满气泡，看上去像海绵一样，味道有点酸。刘柱刚来时曾经学着做过，因为技艺不熟做得很难吃。筐里还有一种红扁豆糊，是随英杰拉食用的另外一种主要素食，扁豆煮熟加上几勺调料，让颜色变得漂亮发红，再继续煮到有一定的质感。

钟铁军又饥又饿，把筐里的东西包圆了，惊讶地问："You can make food like this?（你还会做这种美食？）"

那姑娘很自豪地笑了，说："Women in our tribe can do anything.（我们部落里的女人什么都会做。）"

钟铁军边吃边上下打量她，发现眼前的这个姑娘有着浅棕色的肌肤，身材高挑，具有宽阔的额头和挺直的鼻梁，说："Big Teeth，this girl looks pretty.（大牙，这个姑娘长得蛮漂亮。）"

大牙吃着英杰拉，说："It's about her race. Black blood，but not black. Honey，which tribe are you from?（这跟她的人种有关。既有黑人的血统，但是并不属于我们黑人人种。亲爱的，你是哪个部落的?）"

姑娘手拿一块湿布，站在桌旁擦拭上面的尘土，说："I'm a Ham.（我是哈屋族人。）"

"Ham people? Oh，my God.（哈屋族人？老天！）"大牙惊奇地说，"Your ancestors were Semites from the Arabian Peninsula in 1000 BC?（你们的祖先是公元前1000年来自阿拉伯半岛的闪米特族人?）"

"Yes.（是的，）"姑娘说，"They invaded，and mingled with the native Hams. People like me were all their descendants.（他们入侵了这里，与本土的哈屋族混合了起来，跟我一样的人都是他们的后代。）"

钟铁军狼吞虎咽，把筐里的英杰拉和红扁豆糊吃了个精光，说："Big Teeth，she's right. Historically，your country has been more closely associated with the Arabian Peninsula and the Mediterranean than with sub-Saharan African countries. It's getting dark. Let's stop talking, finish the food and get on the road.（大牙，她说得对。历史上，你们的国家与阿拉伯半岛以及地中海沿岸地区有着密切联系，远胜过撒哈拉以南的非洲国家。天马上要黑了，咱们别扯了，吃完继续上路。）"

"Okay boss. I'm done, and ready to go.（好吧头儿。我吃完了，可以走了。）"大牙边往外走边对姑娘说，"Thank you for your cooking and we'll come here next time. If I have enough money, I'll marry you.（感谢你的厨艺，下次再到你这里来吃。如果有钱，我会娶你回家。）"

那姑娘知道大牙跟她开玩笑，莞尔一笑，用中文说道："欢迎再来。"

饭钱很便宜，咖啡加英杰拉主食，仅相当于人民币十块钱，姑娘给钟铁军留下了很深的印象。"You're beautiful.（你真的很美，）"钟铁军将钱递到姑娘手中，"What's your name?（你叫什么名字?）"

"My name is Martha.（我叫玛莎，）"姑娘甜美地笑着给钟铁军找钱，"That's the money I'm supposed to give you back, you've paid too much.（这是我应该找你的钱，你付多了。）"

钟铁军接过零钱，想了想又塞给玛莎，说："Keep the change. You made us delicious food. I hope you have a chance to go to the construction site to make us authentic Yingjera food.（你做的美食非常好吃，不用找了，希望有机会你能去工地给我们做正宗的英杰拉吃。）"

玛莎十分惊喜，站在门口跟钟铁军打招呼，说："Really? Then I'll be so lucky.（真的吗?那我太幸运了。）"

离开饭馆重新上路时，太阳已经落山，天渐渐黑了下来。前面便道不通，又要绕行很远。大牙打开车灯，聚精会神紧盯着高低不平的路面。两束灯光在森林里照出一个弧度，越野车很像穿行在隧道里。拐上较宽的土路后，两边的山岭隐隐约约呈现出一种浓浓的墨色，其间夹杂着部落村庄里闪耀的点点灯火。开始很长一段路，俩人一直饶有兴趣地聊玛莎，赞美她如何漂亮，英杰拉做得多么好吃。实际上，并不是玛莎手艺有多精湛，而是他俩肚子饿得有点儿过头了，吃什么都是香的。后来，大牙聊起跟随王子浩去寻找沙源和石源过程中的奇异经历，其中谈到了夜明珠，钟铁军听后把他骂得狗血淋头，大牙只有"嘿嘿"地傻笑。行车大约四十分钟，大牙发现前方森林里晃动着星星点点的火把，还隐约听到一种嘈杂的呐喊声，立即警觉地提醒钟铁军，让他做好应对不测的准备。

汽车离火把越来越近，大牙将车速降到最低。钟铁军睁大双眼透过挡风玻璃凝视着前方，两侧火把朝路的中央聚集，然后混成一片，挡住了过路的车辆。灯光影影绰绰，两边的人手里都举着长矛和盾牌，在公路上对峙。



"Boss.（头儿,）"大牙说，"It looks like two tribes are fighting.（好像两个部落正在械斗。）"

钟铁军让大牙停车，坐在车里静静观察了一会儿。车前方两边手持武器的人群在逐渐向对方靠近。他们有人举着火把，有人用土著语喊着号子，众人踩着鼓点，准备举长矛冲入对方阵列。钟铁军想制止这场即将发生的械斗和流血。他跳下车，听到了双方震耳欲聋的怒吼。大牙见状从车上也跳了下来，想把钟铁军拉回到车里去，可钟铁军在黑暗中已朝火把闪烁的地方走去。大牙迫不得已，只好锁上车门，紧追他的脚步走进那两群人之中。

两个部落的人在黑暗中都看不清对方的面孔，但剑拔弩张，号叫声交织着嘈杂声，眼看械斗一触即发。钟铁军突然出现在双方中间，两侧的长矛同时对准了他。钟铁军成了名副其实的"众矢之的"。在火把映照下，钟铁军高高举起两臂示意双方冷静。左侧一方的头儿嚷叫道："Get out of here. Do you want to die?（滚到一边去，你不想要命了吗?）"

随即暗中有人呼应。右侧一方的头儿问道："Who are you? Why stop us?（你是谁？为什么要阻止我们?）"

钟铁军镇定地说："I am the project manager of the Chinese enterprise to build the railway here. I was just passing by and seeing that you were going to fight，I like to advise both sides should let go and become friends.（我是中国企业来修铁路的项目经理。刚好路过这里，看到你们双方要交战，所以我想奉劝双方放下长矛，变敌人为朋友吧。）"

左侧一方的头儿嚷道："No way. They're here to rob our rails and beat the people of our tribe，so we're going to revenge for our people.（不可能，他们来抢我们的钢轨，还把部落里的人打了，所以我们要替族人报仇。）"

右侧一方的头儿叫道："No. That's the rail we got from the Ham tribe. They sent someone to steal it. We must take it back，and they beat our people who went to their tribe first, so our people should not be bully beaten for nothing. We must avenge. (不。那是我们哈屋族部落弄到的钢轨，被他们派人偷走了。我们必须夺回来，他们先打了我们部落的人，所以不能让他们白白欺负，必须要报仇。）”

话音刚落，那些族人一边用长矛捣地，一边“Avenge! Avenge!（报仇！报仇！）”地呐喊。左侧一方的人也一样。双方的矛尖朝上，总算避开了站在面前的敌人。

大牙走进人群，指着钟铁军说：“I'm a local Dinka. He's a friend of our president, and you should listen to him.（我是当地丁考族人。他是我们国家总统的朋友，你们应该听他的规劝。）”

所有部落都知道这个最大的丁考族部落，又听说钟铁军是总统的朋友，嘈杂声渐渐变弱了。大牙凑近钟铁军，指着右侧一方的人说：“Boss, they're from Martha's tribe.（头儿，他们是玛莎部落里的族人。）”

钟铁军悄声说：“Whichever tribe they are from, this fight shouldn't happen. (不管他们是哪个部落，这场械斗都不能发生。）”

双方都把目光落在钟铁军身上。钟铁军指了指左侧一方，又指了指右侧一方，问道：“Where is the rail?（钢轨在哪儿？）”

哈屋族的头儿指着对方说：“They stole it.（被他们偷走了。）”

钟铁军问左侧一方的人：“Why did you steal the rail they got?（你们为什么偷他们弄到手的钢轨？）”

“No!（不！）”左侧一方的头儿说，“The people of our tribe discovered the rail first and it had been carried away by the Ham people.（是我们部落的人首先发现的，被哈屋族的人强行抬走了。）”

钟铁军机智地说：“Both of you listen now, the rail must have been removed from the railway by our Chinese staff and kept under the subgrade. Whoever finds it first or who took it first, stealing railway materials is committing crime. The President, the military office, the state railroad and the chief of the national police are all my friends. If you fight for this, I can report it to the military and police, and your tribe and chiefs will be severely punished.（你们双方听着，钢轨一定是我们中方员工从铁路上拆下来存放在路基下的。不论谁先发现，谁先抬走，盗窃铁路物资都是犯法的。总统、军办、国家铁路局和国家警局的长官都是我

的朋友。如果你们为此发生械斗，那我可以向军办和警局报案，到时你们的部落和酋长都将受到严厉的惩罚。）”

听钟铁军这么一讲，双方顿时安静下来，纷纷交头接耳叽叽喳喳议论开来。双方的头儿走近他和大牙，说钢轨很值钱，谁都想给部落换些钱回来。哈屋族部落头儿说：“Chinese friend，you tell us，how to make this faire for us? We must get back the part that belongs to us.（中国朋友，你说吧，如何还我们公平。我们必须拿回属于我们的那部分。）”

大牙说：“Do you have tools to cut rails?（你们有工具能够切割钢轨吗？）”

双方连连摇头。钟铁军说：“Stop fighting and I will let you go with it for now. I have three solutions：solution one，I am from the construction site of the railway，the rail is sent back to the site，and returned to the original owner. Solution two，the Ham who brought back the rail gets two thirds of it；you get one third and are responsible for cutting. Solution three，the Ham gets the rail，but the Ham tribe sends two cows to you. If you don't agree with either of the solutions，I report it to the National Police. What do you think?（停止械斗，暂且不追究你们双方的责任。我有三个解决办法：一是，我就是铁路的施工方，钢轨送回工地，物归原主。二是，哈屋族人先抬回来的，三分之二归他们，三分之一归你们，哈屋族负责切割。三是，钢轨全归哈屋族，但哈屋族部落要送两头牛给对方。如果不行，那就上报国家警局。你们双方看如何？）”

哈屋族一方当即举着火把，用长矛在地面上捣出欢快的节奏，伴随着节奏欢呼跳跃。左侧的一方则嘀咕商量，之后说：“Well，we accept your rule and are willing to give the rail back to them，but they have to send us two cows.（好吧，我们尊重你的裁决，愿意把钢轨还给他们，但他们必须送两头牛过来。）”

大牙小声对钟铁军说：“Boss，you scared them，and the verdict is in effect.（头儿，你吓住了他们，裁决生效了。）”说完，他招呼双方：“It's no big deal. Let's shake hands and make things up.（没什么大不了的，大家握手言和吧。）”

事情得到了圆满解决。双方放下了长矛，两个部落的头儿在夜幕中握手，终止了对峙。哈屋族的头儿死死拉住钟铁军，边施礼边说：“You made the best judge of the conflict, and both of us are satisfied. You should go back with me to meet our noble tribal chief. (你是这场冲突最好的裁判，令我们双方都满意，必须跟我回部落去见尊贵的酋长。)”

不容钟铁军争辩，几十个哈屋族人，将手中的长矛递给旁边的人，呼喊着把他抬起来举在空中，在众人簇拥下朝部落走去。

大牙开车跟在后头来到哈屋族部落。酋长是部落里最有威望的长者。钟铁军被抬进酋长独享的一座大屋，里边摆设很简单，点着两盏油灯，但有象征权力的兽皮和高高的靠背椅及用珍珠、羽翎等镶嵌而成的冠冕。酋长坐在椅子上，用一种异样的眼神和诧异的表情，望着钟铁军和他旁边的大牙，嘴里说着难以听懂的土著语。现场领头的那个黑人低着头，毕恭毕敬地给酋长介绍钟铁军，讲述他不顾个人安危，站在两个部落之间化解双方对峙，避免了一场流血冲突的过程。酋长听后很满意，很开心，笑着朝钟铁军伸出了手。钟铁军上前两步，伸手与酋长相握。酋长说道：“You are a great hero, and you have defended the interests of the tribe in a proper way, which is well worthy of the respect from my people in the tribe and me. If it hadn't been for you, someone would have died in the tribe tonight. So, you're the savior of my tribe. (你真是个了不起的英雄，用妥善的方法维护了部落里的利益，非常值得我们的尊重。如果不是你的出现，今晚部落里就会有人丧命。所以，你是我部落的救星。)”

钟铁军谦逊地说：“Respectful chief, we Chinese are devoted to being kind and peaceful with people. I wish every tribe to be good neighbors and good friends, instead of fighting and conflicts. I'd love to help the locals. (尊敬的酋长阁下，我们中国讲究与人为善，和平相处。我希望每个部落都成为好邻居和好朋友，而不应该发生争斗与冲突。我很愿意为当地居民出力。)”

酋长笑着对钟铁军频频点头，然后站起身，从背后拿出一张上等的兽皮，走过去披在他身上，并按住他的头顶，念了一些祝福语，说：“From tonight on, I will give you the title of honorary chief. Please accept my highest gift and best wishes. (从今晚起，我要授予你名誉酋长头衔，请接受我最崇高的赠予和美好的祝愿吧。)”

随着酋长的特殊赠礼，站在房子外面的黑人们抑制不住兴奋，欢呼庆贺。钟铁军对酋长的信任与好意表示了感谢，着急地说夜里要赶回铁路工地。酋长坚持让他和大牙天亮后再走，因为路上很凶险，危机重重，而且名誉酋长不能不接受部落里臣民的祝贺。大牙劝钟铁军，说："The chief's hospitality cannot be refused.（酋长的盛情是不能拒绝的。）"

钟铁军只好作罢，答应酋长第二天再走。部落里的那些男人在酋长院子外面的空场上燃起了篝火，叫来许多年轻姑娘，边喝着自己酿制的美酒，边跳舞狂欢。大牙熟习部落里的这种庆祝仪式，在姑娘们和赤裸着上身的男人们中间来回穿梭。披着兽皮的钟铁军被姑娘们拉进跳舞的行列。借着灯影，他发现了一个陌生而又似曾相识的身影，一位姑娘曼妙的身材和轻盈的舞姿深深吸引了他。不一会儿，大牙牵着那位姑娘的手来到钟铁军跟前，说："Boss, who do you think this pretty girl is?（头儿，你看这漂亮姑娘是谁?）"

钟铁军惊愕地说："Martha?（玛莎?）"

大牙摇头晃脑，说："Yes. Pretty girl, Martha.（对。漂亮姑娘玛莎。）"

此时，玛莎已经把钟铁军当成了部落里的名誉酋长，很有礼貌地向他行了屈膝礼，说道："I can't believe you've become our honorary chief so soon. Come on, dance with me.（真想不到你这么快就成为我们的名誉酋长。来，与我一起跳舞吧。）"

于是，钟铁军牵起玛莎的手，和她一起融进了如痴如醉的夜色狂欢之中。

# 第十五章

那一夜的奇遇，令钟铁军精疲力竭。狂欢结束后，他和大牙被安排睡在酋长隔壁的房子里。虽然获得了黑人部落名誉酋长的头衔，他却兴奋不起来，因为工地上的事情太多了，这让他心急如焚，难以入眠。迷迷糊糊躺到黎明时分，又想起了妻子杨琳、儿子钟锋、王子浩、刘柱、赵雅清、汪静和卡娅等人，所有人都在他脑海里过了一遍。他想打电话给第五小刚和杨琳说明自己的处境，但自进入森林后，手机再也没有信号，中断了与外界的联系。

大牙感觉到了他的不安，在黑暗中问道："Boss, aren't you satisfied? It is a terrible thing for people in the tribe to be chief. They need to undergo all kinds of tests since they are young, and even to go alone to the forest or swamp to hunt a male lion back. And with your own wisdom, you easily won this honor. It's polygamous system here. You can marry the most beautiful girl in the tribe, and you can marry several girls if you want.（头儿，你还不满意吗？部落里的人要想当酋长，从年轻时就要经受各种考验，甚至要独自去森林或沼泽地里猎杀一头雄狮，那是很可怕的事情。而你用自己的智慧，轻而易举获得了这一荣誉。这里是一夫多妻制，你可以娶部落里最美的姑娘，娶几个都行。）"

钟铁军翻了个身，说："I don't want anything. I just want to get back to work. Honorary chief is of no use to me, much less to be local despot who has no real name but to behave absurdly. It's monogamy system in China, with the most civilized moral constraints, we will be loyal to our wives all our lives.（我什么都

不想，只想赶快回到工地组织干活。名誉酋长对我来说毫无用处，我更不会当一个有名无实、荒淫无度的土皇帝。中国实行的一夫一妻制，有着最文明的道德约束，我们会一生一世忠诚于自己的妻子。）”

大牙暗中摇头，发出一声怪笑，说：“Boss，you set us a good example. But I want to bring Martha out of this tribe，can I?（头儿，你给我们树立了典范。不过，我倒想把玛莎带出这个部落，你说行吗?）”

钟铁军沉默片刻，说：“You have a good idea，which depends on Martha's personal will and the attitude of the chief.（你的想法很好，这得看玛莎个人的意愿和酋长的态度。）”

天刚蒙蒙亮，附近镇子上高悬的大喇叭里传来穆斯林诵经的声音。钟铁军和大牙起床后，本想发动车辆离开，却被头晚那个领头的黑人和一群男女截住了。他们聚集在院子里，十几个年轻姑娘很自觉地站成一排。这时，酋长拄着象征权力的金杖从大房里走出来，把钟铁军叫到众人面前，指着眼前的姑娘们用英语说道：“Since last night，you've become their most admired idol. According to the tribal tradition，you can choose anyone from among them as your wife，which is also a gift to you. If necessary，I can also equip you with personal bodyguards，who are the strongest men in the tribe，with the incredible courage to accompany you through birth and death.（从昨晚起，你是她们最崇拜的对象了。按照部落里的传统，你可以从她们中间随意挑选任何女人做妻子，这也是馈赠给你的礼物。如果需要，我还可以给你配备私人保镖，他们是部落里最强悍的男人，有着过人的勇气和胆量，能为你出生入死。）”

听到这番话，杨琳的形象立马映现在了钟铁军眼前。他犹豫很久，说：“Your honor，sir，thank you for your kindness. I have a wife and a son in China. I don't need to get a new wife. You can let them go home（尊贵的酋长阁下，非常感谢您的厚爱。我在中国有妻子和儿子，不需要挑选新的妻子，您让她们回家吧。）”

酋长的脸瞬间拉下来了，冷冷地望着院外的天空，显然不满意钟铁军的回答，觉得自己的尊严和威望受到了损害。站在前面的那个领头黑人，脸上带着怒色，说：“Do you think the girls look ugly?（你是嫌姑娘们长得丑陋吗?）”

大牙站在钟铁军对面，不停地给他使眼色。钟铁军赶紧笑着说：“All the

girls look like fairies in the heaven. They are beautiful. Because this is not allowed in my family, I cannot choose them as my new wife. （姑娘们个个长得像天上的仙女，都很漂亮。因为我的家庭不允许，所以不能挑选她们当我新的妻子。）”

领头的那个黑人又问：“Don't you want to accept the courtesy of the chief?（难道你不想接受酋长给你的礼遇吗?）”

大牙见黑人有些发怒，甚至站在院子里的黑人，有的在摸腰间的刀，直替钟铁军着急，马上冲到前面说，“No! Please don't take it in a wrong way. He is willing to accept the gift from the chief（不！请不要误会，他愿意接受酋长的馈赠。）”接着对钟铁军说：“Boss, don't take the risk, just take it. （头儿，别冒这样的风险，先接受了再说。）”

钟铁军认为这是强人所难，但又不能不尊重当地的习俗，指着大牙磕磕巴巴地说：“Sir, he's my spokesman. （酋长阁下，他是我的代言人。）”

酋长用余光瞥了瞥大牙，转怒为笑，说：“Well, that's how a honorary chief respects the tribesmen. （很好，这才是名誉酋长对部落人的尊重。）”伸手指向那群姑娘，“You come here and go with him; you're his woman from now on. （你过来，跟他走，从此你就是他的女人了。）”

众人都把目光投向了走出女人群的玛莎。她低着头，羞怯地微笑着，走到酋长和钟铁军跟前停住，与钟铁军的眼神迎面相撞。酋长威严地说：“This is Martha, the most beautiful girl in the whole tribe of our Ham. I give her to you in the name of the chief, to be your new wife. After dinner, you can take her hand and leave here to wherever you are going. （这是我们哈屋族整个部落里最美丽的姑娘玛莎。我以酋长的名义把她赐给你，做你新的妻子。吃过饭，你就可以牵着她的手离开这里，回到你要去的地方。）”

那天上午，大牙开车拉着钟铁军和玛莎离开了哈屋族部落，继续驶向了通往工地的森林土路。当手机断断续续有信号时，钟铁军想给杨琳和王子浩打电话报个信，掏出手机发现没电了。大牙的手机昨晚也已用光了电量，只好收起来塞进口袋里，等回到项目部再说。玛莎很庆幸，怎么也没想到，一顿饭竟改变了自己的命运。她坐在后座，双手扒住前座靠背，对钟铁军说：“You are not only the honorary chief of our Ham tribe, but also my husband the great chief appointed. I should serve you well. （你现在不仅是我们哈屋族部落的名誉酋长，还是大酋长指定许配给我的丈夫，我理应好好侍奉你。）”

钟铁军很郁闷，简直哭笑不得，扭着头说：“Martha, I can make an arrangement for you to work at the construction site, but I have a wife and don't need your service, understand?（玛莎，我可以安排你到工地打工，但我有妻子，不需要你侍奉，明白吗?）”

玛莎不解地问：“No! I cannot disobey the will of the chief. I don't care how many wives you have. I want to be your new wife.（不！我不能违背酋长的旨意，你有几个妻子我不在乎，我要做你新的妻子。）”

钟铁军不知道该如何跟她解释，急得捂住脸哎哟哎哟地叫唤，后来做出了一个杀头的姿势，说：“Martha, my Chinese wife is at the construction site. She will kill you and me if she knows that the chief has sent you to me as my wife. So, can I get you a good husband?（玛莎，我的中国妻子就在工地，她要知道酋长把你许配给我，会杀了你和我的。所以，我给你找个如意郎君，好吗?）”

玛莎愕然地说：“No! Why would your wife kill us? I'm not jealous of her.（不！你妻子为什么要杀我们？我没有吃她的醋。）”

“But she's jealous.（可她吃你的醋。）”

玛莎说：“Then I don't want another man to be my husband.（那我也不要找其他男人做丈夫。）”

钟铁军指着大牙，说：“What about him? He's a very capable man from the Dinka tribe.（你看他行吗？他是丁考族部落里很能干的人。）”

起初，大牙开着车一声不吭，听钟铁军要把玛莎介绍给他，扭头冲玛莎一笑，说：“Our boss has a wife, they do not allow polygamy in China.（我们头儿有妻子，中国不允许一夫多妻。）”

玛莎说这是在非洲。大牙说中国人在非洲也不能再找第二个妻子。玛莎摇头，说：“The chief's words were in vain.（那酋长的话等于白说了。）”

钟铁军猜想，一夜失踪肯定会令集团工程建设指挥部和项目部方寸大乱，也会让杨琳提心吊胆，可手机没电了，心里开始琢磨，回到项目部怎么向杨琳和大家解释玛莎的出现。

“Big Teeth.（大牙，）”钟铁军认真地说，“I'll transfer Martha to you as the honorary chief, and let her be your wife, do you agree?（我以名誉酋长的身

份，把玛莎转给你，让她做你的老婆，你同意吗？）”

大牙先冲玛莎笑了笑，问道：“Boss，I like Martha. Is that true?（头儿，我喜欢玛莎。你说的是真的吗？）”

钟铁军说：“It's true. Back in the project，you can't mention that the chief gave Martha to me，let alone let my wife know that there is such a thing.（是真的。回到项目部，你不能提酋长将玛莎赐给了我，更不能让我老婆知道有这么回事儿。）”

大牙说：“All right，chief. I can carry anything for you with such a beautiful girl.（好吧，头儿。有这么漂亮的姑娘，我什么都可以替你背。）”

钟铁军又问：“Martha，you're going to be as silent as Big Teeth. You hear me?（玛莎，你要跟大牙一样保持沉默，听清了吗？）”

玛莎白了他一眼，说：“I can keep silent，but you let him be my husband，just like you sell me as a cow.（我可以保持沉默，但你让他做我的丈夫，等于把我当牛卖了。）”

大牙接话说：“Martha，you can tell me how many cows do you want as a bride price，I will send the cattle to your house.（玛莎，你想要多少头牛当聘礼可以告诉我，我会把牛送到你家去。）”

玛莎不以为然，说：“Of course the more the better，but it depends on whether you're fit to be my husband.（当然越多越好，但要看你适不适合做我的丈夫。）”

钟铁军路上将玛莎指定给大牙，大牙很痛快地接纳玛莎为妻，心里才踏实下来，不然光凭这件事，杨琳和项目部上的所有人都会要了他的小命。

钟铁军和大牙从玛莎饭馆吃完饭进入森林后，第一个打电话给他的是杨琳。昨晚杨琳一遍遍打不通电话就急了，又分别打电话给汪静、赵雅清、王子浩和第五小刚，甚至安保国、张放及刘柱，所有人只知道他和大牙在回项目部的路上，却不清楚俩人去了哪儿。半夜仍无他们的音信，杨琳越发慌了，当即跑去指挥部找路同和与戴国兴。几乎所有人都在用打电话联系他俩，可同样打不通。路同和认定，钟铁军和大牙在回程的路上一定出了事故或遭遇了不测。杨琳听后，瞬间泪如雨下，哭成了泪人。戴国兴通知沿线驻点员工兵分几路，连夜沿森林和沼泽地每条路径朝工地方向寻找，直到天亮也没见到越野车和钟铁军、大牙的影子。王子浩腿无法动弹，坐在屋里急得乱嚷，联系过集团工程建设指挥部和驻点后，让第五小刚带队，吩咐安保国、张放、吴大友、于长山等施工队，沿森林土路反方向往回找，整整忙乎了一个通宵，仍然搜寻无果。

凌晨时分，大家回到项目部，围在一起，垂头丧气。赵雅清、汪静不时地抹着眼泪。刘柱带小森林赶来，上次的屈辱加上内心的自卑，使他不敢抬眼看汪静，远远地躲开了她。赵雅清发现刘柱有意回避汪静，悄声地对汪静说他害臊了。刘柱很是伤心，嘴里一口一个“叔！叔！”地喊着，哭得一把鼻涕一把泪，真当钟铁军死在了半路。卡娅从后面挤过来拉刘柱，伸出双臂搂住了他的肩膀。汪静在一旁瞅着，生起气来。赵雅清懂得汪静的心思，走到卡娅身边，说中国男女授受不亲，叫她当着这么多人的面不要搂搂抱抱。卡娅不得不松开刘柱。

后来，路同和乘车拉着杨琳，赶了一夜的路来到项目部，见到沉闷的场面，心都凉了。汪静、赵雅清含泪安抚着当场哭晕的杨琳。路同和与王子浩、第五小刚商量要派人去当地警局报案。天亮后，杰姆斯、皮克、沃恩等部分黑人劳工也先后赶到，堵在会议室门外头，叽叽喳喳议论钟铁军和大牙路上究竟发生了什么事儿。有的揣测说他们半路可能遭到野兽攻击丧命了，有的猜可能连车带人一起掉进了陷阱，还有的说可能被持枪抢劫的歹徒打死了，更有的说路上一定出了交通事故人车尽毁。唯独杰姆斯不说话。卡娅用土著语问他会出怎么样的事儿。杰姆斯说他相信大牙开车不会出什么问题，无非森林里手机没信号联系不上。这让杨琳和路同和、赵雅清、汪静等人得到一丝安慰。

王子浩将信将疑地问：“James，do you really think so?（杰姆斯，你真的这样认为吗?）”

杰姆斯信心十足，说：“I know my brother. They’ll be back safely.（我了解我的兄弟，他们会平安回来的。）”

皮克和沃恩不清楚他们议论的是谁，只知道是经理和一名当地黑人劳工失踪了，说：“Ah，if they were alive，they must have gone to a village or a tribe. There was nothing else in the forest.（啊，如果他们人活着，一定是去了某个村子或部落，森林里没有别的。）”

杰姆斯和皮克的判断是准确的。他们毕竟是从部落里出来的当地土著人，了解这里的习俗。这些年，大量涌进 A 国做生意的中国人，大多与官方和部落打得火热，有人也被封为酋长，娶了部落里的漂亮女人。这些都已经不足为奇。他俩是顺着这条线索思考得出的结论。

路同和及其他人都没顾得上吃早饭，杨琳哭哭啼啼地催第五小刚带人去警局报案。院子里围满了人。第五小刚让吴大友开车，正要跟安保国出门，大牙开着越野车突然闯了进来，所有人都惊讶得瞠目结舌。见钟铁军从车上下来，杨琳喊了一句："我的天哪！"哭着扑上去紧紧抱住他，又骂又打直捶他的胸脯："你昨夜去了哪儿？都以为你们出事了呢。"钟铁军把她搂在怀里，抚摸着她的头发不停地安慰。

大家跑了过来，把钟铁军围在中间，你一句我一句地问他到底出了啥事。钟铁军说半路遇到了部落火并，手机没电无法联系。大牙将车开到一边停好，领着玛莎走过来。众人吃惊地望着他俩。赵雅清指着玛莎问："经理，她是谁？"

钟铁军拉过玛莎，说："她叫玛莎，是哈屋族部落的人。"

"Ham people?（哈屋族人？）"卡娅上前打量着玛莎说，"Martha，how beautiful you are!（玛莎，你好漂亮。）"

黑人都向玛莎投来爱慕的眼光。杰姆斯问大牙："Dude，Is she your woman?（兄弟，她是你的女人吗？）"

钟铁军朝大牙和玛莎使眼色。大牙眨眨眼睛，说："Yeah，they gave it to me as my wife.（是的，是她们部落酋长赐给我做老婆的。）"

玛莎有些羞怯，眼睛直瞄钟铁军。女人的敏感，让杨琳有些迟疑，问钟铁军："她真是酋长赐给大牙做老婆的吗？"

玛莎很有礼貌地朝大家点了点头，指着钟铁军说："He's the honorary chief of our tribal chief，and I…（他是我们部落大酋长赐予的名誉酋长，我……）"

汪静和赵雅清几乎不敢相信这是真的，问道："经理，你一夜之间成了这个女孩部落的名誉酋长了？"

钟铁军难堪地笑着，没有回答。杨琳警觉地问他昨晚到底去了哪儿。他这才把昨夜路上的奇遇讲给大家听。大牙作证，杨琳和大伙也就信了他的陈述。

路同和说："你接受了名誉酋长称号，把玛莎带出来，能给她安排什么活干？项目部不能养闲人。”

大牙挤到前面，说：“Martha can cook local meals，and especially Yingjera food. She could work in the canteen to improve our food quality.（玛莎会做一手当地的饭菜，英杰拉做得特别好吃，可以在食堂打工，改善员工的伙食。）”

“是的。”钟铁军说，“可以让玛莎在食堂帮忙，为职工做可口的当地菜。”

皮克和沃恩发现回来的是钟铁军和大牙，怕被认出来就在人群外想往后躲。钟铁军和大牙抬眼看到了他俩，拨开众人走过去，问：“Pick Ellison? You came to work on the site?（皮克·埃利森？你也来工地打工吗？）”

听到钟铁军的叫声，路同和、第五小刚、安保国、于长山、吴大友和大牙这才想起皮克和沃恩原来是触雷伤亡事件中塔曼与多米里的族人，曾带头去集团工程建设指挥部和当地警局闹事，在酋长院里挨了一顿毒打。皮克和沃恩有些胆怯，说：“Yes，we come to work on the railroad，and we'll work hard.（是的，我们来铁路工地打工，会好好干的。）”

第五小刚喊：“于队长、大友，是你们两个同意接收他们的？”

于长山和吴大友回答说，是他俩同意后才办的雇用手续。路同和走近皮克，通过翻译说：“I remember you. Since you come to work，you have to change from the past，and do not make trouble on the construction site.（我记住你了，既然来打工，你要痛改前非，不要在工地上闹事。）”

皮克连连点头，表示会遵守工地的纪律和规矩，服从吴大友的管理。为躲避钟铁军和认识他的人，皮克带着沃恩在院子里东瞧西逛瞎转悠，把每个房间看了个遍。尤其在赵雅清办公室外停留的时间最长，像贼似的边跟沃恩嘀咕，边透过窗户朝里探头观看好一阵子，并从钟铁军办公室数起，记下了赵雅清那间办公室是第几间房。之后，俩人悄悄地离开了项目部。

一场虚惊之后，人都散去。路同和一个人在回集团指挥部的路上，顺道看了一遍沿线的工地。杨琳在项目部逗留了一天。王子浩腿上还绑着石膏板，杨琳专门检查了一下他的伤势，让他继续养伤。赵雅清和卡娅领着玛莎去食堂当了一名帮厨女工，安排她跟卡娅住一间宿舍。大牙真的把玛莎当成了自己的女人，对她关怀备至，可杨琳心里一直犯嘀咕。到了晚上，玛莎特意在钟铁军的门口站了一小会儿，伸头朝屋里望了几回，好像在找钟铁军。

这引起了杨琳和赵雅清的注意。杨琳心里很不舒服。睡下后，逼着钟铁军说实话，为什么偏要把玛莎带到项目部来打工。钟铁军仍然一口咬定是酋长赐给大牙做妻子的。从自家男人嘴里套不出啥来，杨琳只好忍了。第二天临走前，她喊上隔壁的赵雅清去食堂找到玛莎，不料卡娅也在。

杨琳对她说："Martha, we welcome you to work here. I'm the manager's wife. You need to stay away from him, okay?（玛莎，我们欢迎你来打工。我是经理的老婆，你要离他远一点，好吗？）"

玛莎感到不可理喻，说："He didn't want me, and didn't want me to be his wife. He gave me to Big Teeth.（他不要我，没想让我做他的老婆，他把我赐给了大牙。）"

"Why would he give you to Big Teeth?（他凭什么把你赐给大牙？）"

"Because he's the honorary chief of our tribe, and he has the power. I have to listen to him.（因为他是我们部落的名誉酋长，他有这样的权力，我得听他的。）"

卡娅插话说："Martha, Big Teeth and James are all my cousins. Our tribal chief also gave me to Liu Zhu, and I love him. I hope you love my cousin, too.（玛莎，大牙和杰姆斯都是我的堂哥。我们部落酋长还把我许配给了刘柱呢，我爱他。希望你也爱我的堂哥。）"

卡娅的话严重地刺激了汪静。她呛白卡娅，说："Kaya, I'd like you and Liu Zhu to get married soon.（卡娅，我情愿你和刘柱早点儿结婚。）"

"But he doesn't want to marry me. What should I do?（可是他不想娶我，你说我怎么办？）"

杨琳回到工地医院后，心里像扎了根刺。她虽然相信丈夫的忠诚和良好的品德，但有时想起玛莎来就非常堵心，对钟铁军和大牙那一夜在玛莎所在的部落里留宿感到不是滋味。

玛莎初来乍到，语言不通，除了卡娅其他人都不熟悉，空闲时只能去找她。卡娅问她对选大牙做丈夫是否满意。玛莎称部落酋长实际上是让她做钟铁军的妻子，但钟铁军有老婆，不得不把她指定给大牙，卡娅被这话惊得瞪大了眼睛。卡娅说："Why didn't you tell his wife the truth?（你为什么不跟他的妻子说出实情？）"

玛莎说："No! I want to defend his reputation as the honorary chief.（不！我要维护他作为名誉酋长的威望。）"

为了证实玛莎这话的真实性，在大牙来看玛莎时，卡娅把他叫到一边，问道："Martha said the chief gave her to Zhong, not you.（玛莎说酋长把她许配给了钟，而不是你。）"

大牙毫不在乎，说："Yes. The chief gave Martha to Zhong as a present, and I was a witness. But Zhong had a wife, and I like Martha. Zhong gave her to me, makes us a couple, and I think this is great.（是的。酋长把玛莎作为礼物送给钟，我是见证人。可钟有妻子，而我喜欢玛莎，钟把她转给我。他成全了我们，这样很好。）"

晚上，卡娅去劳务队看刘柱，安保国和张放都在。卡娅把玛莎的事说给他们听。安保国和张放一开始很愕然，等反应过来，赶紧严肃地让卡娅闭嘴，不能对任何人提起此事，并且嘱咐刘柱任何时候都不得外传。刘柱倍感意外，说："好荒唐。我叔不会要玛莎，因为有我婶。"

从此，安保国、张放和刘柱掌握了玛莎原来是酋长指定给钟铁军做老婆的秘密，但他们都把这个不为人知的秘密藏在了心里，无论如何不让杨琳知道，以免天下大乱。然而，大牙在不经意间将这个秘密透给了王子浩和赵雅清。

大牙来看玛莎那天，钟铁军去了工地，王子浩正拄着拐在财务室门口与赵雅清说话，看见大牙与玛莎从食堂里走出来，就把两人喊到跟前。玛莎浅棕色的肌肤，洁白的牙齿，比例适当的五官，眼珠还是蓝色的，加上一头飘逸的长发，确实像一颗黑珍珠，漂亮得让人很容易产生幻想。玛莎羞涩地低头回眸一笑。大牙牵着她的手，先询问王子浩的伤势，说："Boss, how's your leg doing? I hope you get better soon.（头儿，你的腿恢复得如何了？我盼着你赶快好起来。）"

王子浩说："Yeah, I'm anxious. When the leg becomes well, I want to go to that hill again to see if the python had climbed away. We need stones from the mountain for the gravel field.（是啊，我很着急。腿好之后，还想再去那个小山头上看看蟒蛇爬走没有。碎石场需要山上的石料。）"

大牙停顿片刻，说："Ah, boss, are you crazy? There won't be a night

pearl on that hill.（啊，头儿，你疯了吗？那小山上不会有夜明珠的。）”

赵雅清对夜明珠很好奇，问：“什么夜明珠？谁会相信这鬼话，到哪儿去找？”王子浩说赵雅清不懂，没再与她说话，转头对玛莎说：“Marsha, you' remaking really good Yingjera food, which improves our food level.（玛莎，你做的英杰拉非常好吃，这可改善了我们的口味。）”

玛莎笑着说：“You like to eat Yingjera food, like we like to eat Chinese food. They are all superior food.（你们爱吃英杰拉，跟我们爱吃中餐一样，都是上等的美食。）”

王子浩羡慕地说：“Big Teeth, Martha is your wife, and you're blessed.（大牙，玛莎做你妻子，你有福了。）”

大牙深情地望着玛莎，满意地说：“Yes, sir. She is beautiful, and I did not expect to have such a blessing. At first she was designated by the chief to be the wife of manager Zhong, it was Zhong who gave her to me.（是的，头儿，她是美人。我没想到会有这样的福分，起初她被酋长指定给钟经理当妻子，是他把她让给我的。）”

王子浩和赵雅清顿然一惊。赵雅清蹙眉问：“What? Martha, the chief assigned you to the manager?（啥？玛莎，酋长把你指定给了经理？）”

玛莎低下了头。大牙抢着说：“Well, don't ask Martha. I didn't lie, and that night the chief handed her over to the manager and asked him to bring Martha out.（呃，不用问玛莎。我没有撒谎，就在那天晚上，酋长把她交给了经理，让他把玛莎带出来。）”

王子浩暗自嫉妒钟铁军有如此艳遇，心想这将成为钟铁军一生都难以掩盖和抹不去的“污点”。此时的赵雅清则对玛莎产生了莫名其妙的抵触感，甚至用一种仇恨的目光死死地瞪着她，心想杨琳对玛莎的警告完全是正确的。面对这个漂亮的黑人姑娘，钟铁军很有可能经不起诱惑，做出那种令人不齿的出格事来。于是，气哼哼地转身进屋了。王子浩纳闷赵雅清生的是哪门子气，喊她几声也没搭理，赶紧把玛莎撵回了食堂。然后，对大牙说：“This is the end of Martha's business. You know it and I know it. You can't tell anyone else anymore, okay?（玛莎的事到此为止，天知地知你知我知即可，不能再对任何人讲，明白吗？）”

大牙恍然大悟，说：“Okay，chief. Martha won’t bring you any trouble（好的，头儿。玛莎不会给你们找麻烦的。）”

赵雅清一个人在屋里，心神不宁，坐了半天。她在替杨琳难过的同时，也为自己感到悲哀，突然恨起钟铁军和玛莎来。在这场不明不白的情感纠葛中，她到底扮演一个什么角色，自己都搞不清楚，甚至变得有些糊涂了。自从来到A国以后，项目经理最离不开的就是财务部长与会计。工作中，每天的如影随形，密切接触，让赵雅清对钟铁军产生了一种心理上的依赖。虽然有杨琳这堵防火墙，但最初下级对上级和领导的尊重与服从，不知不觉间演变成了一个女人对男人的倾慕与关爱。萌发这样的念头，她在心里暗暗骂过自己。为了维护杨琳的感情，她下决心从根上铲除掉非分之想，不让它发芽。可是，钟铁军和玛莎之间有状况这件事，给她的心灵带来了前所未有的冲击。情急之下，杨琳也被她抛到了脑后，似乎钟铁军成了她的全部，气愤、嫉妒、爱、恨，各种情感突然迸发，纠结在一起。她拿起电话准备打给杨琳，把事情的原委讲给她听。转念一想，又怕事情闹大惹出乱子，便关上门去卫生所了。

汪静刚给一个得了疟疾的职工输完液，从病房里出来，见到赵雅清脸上没有一丝笑容，问她有什么事。赵雅清思前想后，支支吾吾没有回答。汪静越发感到不对劲儿。经不住再三追问，赵雅清一五一十地把大牙的话重述给她听。汪静顿时蒙住了，说：“我说杨姐咋那么敏感呢，真有这样的事啊。”

“是啊，谁能想到一夜失踪扯上了玛莎。”

汪静问：“你气不过什么呀？难道对经理动了心思？”

赵雅清死不承认，假装生气，勉强笑着举手打她，称替杨琳打抱不平，实在不行就把玛莎辞掉。汪静说：“辞掉玛莎也得经过钟经理同意才行啊。他被部落赐了个名誉酋长的封号，说不定将来会给施工带来方便呢。大不了，不让玛莎接近经理就是了。”而后，一再叮嘱赵雅清要严守秘密，绝不可以叫杨琳知道。

赵雅清沉默良久，说：“我替杨姐忍不下这口气。”

汪静说：“不能忍也得忍，这可不是一般的小事。万一闹得满城风雨，最后杨姐跟经理闹离婚，谁能担得起这个责任呀？”

赵雅清听了汪静的话，压下了心中的不快与怒火。再见到玛莎时，她和汪静都冷眼相待。玛莎不懂中国女人的心理，仍然一如既往地照顾她们的饮食，跟从前没什么两样。

秘密就这样走漏了，钟铁军还被蒙在鼓里。一天晚上，他从工地回到项目部时，刘柱带着小森林在院子里等候，卡娅陪着他聊天。钟铁军办公室钥匙有一把保管在赵雅清手里，每次进办公室都由她打开房门。这次也不例外。钟铁军站在赵雅清身后，问刘柱来干什么。刘柱啥也不说，打发走卡娅，跟进屋里去。知道他有事，钟铁军让赵雅清回自己的办公室后说："刘柱，有啥事儿，你说吧。"

刘柱吊起嗓子，带着一副哭腔，说："叔啊，你可不能不要我婶和我兄弟，这要叫我爷爷奶奶知道了，那还不得气死呀。求你了，叔。"

钟铁军听着很刺耳，骂他："你个熊玩意儿，说的啥意思？"

刘柱说："你是装糊涂啊，叔。都听说了，玛莎是酋长指定给你当老婆的，我婶离得远不知道。你千万不能跟她离婚啊，我还指望我婶回国帮我找媳妇呢。"

钟铁军瞬间头都大了，全身汗毛倒立，严肃地说："你小子真能胡说！告诉我，谁在传这些是非？"

刘柱认真地说："叔啊，求你别问谁说的了。我来告诉你，我婶是天下难找的好媳妇，你可不能甩了她找玛莎啊。"

钟铁军气得对刘柱一顿臭骂，让他别信这些乱七八糟的传闻，尤其不能对任何人提这件事，边喊着"滚！"边推他出去。赵雅清在隔壁隐隐约约听到了他们的对话，心里不由得恨起玛莎来，钟铁军突然在门外喊："雅清，你过来。"

赵雅清心事重重地进了办公室。钟铁军问："刘柱这王八羔子说工地上都传我跟玛莎的事，你听说了吗？"

赵雅清直勾勾地看着他，但不说话。"你为什么这样看着我？"钟铁军诧异地说，"你也相信吗？"

"你觉得把玛莎带回来合适吗？"赵雅清生气地说，"你以为那天晚上你做了件很了不起的事，阻止了部落械斗，成了英雄，获得了名誉酋长称号，可你去玛莎部落里留宿，没想想对得起杨姐吗？"

钟铁军既惊讶又气恼，想争辩却被赵雅清质问得哑口无言，愣了好久，说："哎，我可没做什么对不起你杨姐的事。"

赵雅清怒视着他，说："还没做对不起杨姐的事。酋长都把玛莎许给你当妻子了，这怎么解释？"

钟铁军瞬间急了，问谁说的。赵雅清不说，称就恨他这种花心男人，吃着碗里的看着锅里的，还想开洋荤。说完，甩脸子转身出去了。

钟铁军被这个莫名其妙的传言弄得狼狈不堪，气得咬牙切齿，当即打电话把大牙和玛莎叫到办公室。钟铁军问他俩谁把此事传出去的。大牙自知在安保国、张放和刘柱面前说漏了嘴，死活不敢承认，吞吞吐吐地摇头称没有。

玛莎说："Your wife came to me in the canteen to keep me away from you. I didn't say you were going to marry me, nor did I say the chief gave me to you. I got a good job, I'm responsible for you.（你的妻子来食堂找过我，让我离你远一点儿，我没说你要娶我，也没说酋长把我许配给你。我有了份不错的工作，要对你负责。）"

钟铁军没能打探出风声是如何泄露的，只好说："You can leave now. Remember, if anyone ever tells me that Martha was going to be my wife, both of you're going back to your tribe.（你们走吧。请你俩记住，如果再有人传玛莎曾经要给我做妻子，你俩就回到自己的部落去。）"

"That won't work.（那不行！）"玛莎指着大牙说，"I agreed to be his wife in the future by following your will. I am your subject, you cannot abandon me.（我是遵守了你的旨意，才同意将来给他做妻子。我是你的臣民，你不能抛弃我。）"

打那以后很多天，钟铁军都处在焦虑、惶恐和郁闷之中，给杨琳打电话也不敢大声出气。他相信这件事还没传到她耳朵里，如果杨琳知道，早跑来找他算账了。但是，巴布扎却不知从哪个渠道得知了这个消息，打电话给钟铁军，说："Haha, Zhong, you are really legendary. It is not easy to be an honorary chief of a tribe. I hope you can play a positive role in land requisition and demolition, so as to speed up railway construction.（哈哈，钟，你真的很传奇，能成为部落的名誉酋长实在不简单。我希望你能在征地拆迁中发挥推动作用，这样才会加快铁路施工速度。）"

这些话把钟铁军说得心惊胆战，幸亏没提玛莎的事儿，不然他会无地自容。巴布扎提醒他，铁路施工已进入大干阶段，需要加强各方面的安保，加快征地拆迁，要他务必亲自上手，不能光靠当地政府，那样会耽误大事。钟铁军问哈尼的艺术殿征拆谈得如何。巴布扎说："The eccentric Yankee was as domineering as his country. Lu and Dai from the railway construction headquarter of your group company, are not capable of taking him down. Risk and I don't know what to do next.（那个古怪难缠的美国佬像他的国家一样盛气凌人。你们集团工程建设指挥部的戴和路，根本没能力拿下他，我和里斯克不知道下一步该怎么办。）"

钟铁军说："General, I think we can have another negotiation with Hani. If the art hall cannot be demolished, we should revise the design and move the line to the National Park. There is only wildlife protection issue, and it does not involve land requisition demolition. You and Risk should make the decision as soon as possible.（将军，我认为可以再与哈尼进行一次谈判。要是艺术殿实在拆不掉，那就赶紧修改设计方案，把线位挪到国家公园那边去。那里除了野生动物保护，不涉及征地拆迁，您和里斯克应该尽快决定。）"

巴布扎说："Your suggestion is good. The railway should not be suspended by the art hall problem. But I need to report to the President.（这个建议很好。铁路不可能因为艺术殿停滞不前。不过，我需要向总统报告。）"

最后，巴布扎告诉钟铁军，马上到雨季了，总统府通知，青尼罗河大桥开工时，要举行一个盛大的开工仪式，已经告诉了路同和与戴国兴，要求他们协助当地政府，抓紧把大桥用地征下来。

于长山劳务队负责青尼罗河大桥和沿线站房的施工，钻机和搅拌站设备绕行上千公里才拉到两岸，因当地村庄里的居民不让政府征地，只能横七竖八地躺在草丛和乱木之间。即便如此，仍受到了当地居民的百般阻挠。钟铁军让于长山安排队伍先做部分临建试试，还派去一队人马和装载机、挖掘机，把大桥两侧的草丛和树木铲平了，又让李小兵从物流基地把彩钢房运送过来。

第三天，里斯克局长、莎菲娅总监和哈瓦佳州长，由路同和、戴国兴陪着来到森林深处察看大桥工地。大牙开车拉着钟铁军、第五小刚和于长山颠簸几个小时匆忙赶到现场，发现桥头两侧丛林里搭起了帐篷，个别临建已经安装好，部分民工正带着一群黑人劳工干活。哈瓦佳对里斯克说，虽然眼前已搞临建，但与村民尚未达成用地协议，村民提出的许多条件有些难以答应，所以征地拆迁一直没能彻底解决。路同和说，由于征地问题的牵绊，自铁路签订合同正式开工以来，全线十几个区段，有许多不能正常施工，从首都车站起始点到市区路段推进很艰难，一周之内曾发生多起征地纠纷。

里斯克频频摇头，称总统要参加这座桥的开工仪式，因此要千方百计地把土地征下来，让路同和、戴国兴和钟铁军想办法配合与协助，问他们有没有问题。路同和与戴国兴心里没底，转头问钟铁军有没有方案。于长山抢先说，已经跟州府土地局的官员一起，与村庄里的居民多次接触，双方无法达成一致，村民要向法庭起诉。里斯克问州政府是否成了被告。哈瓦佳州长称不但政府被起诉，施工单位也受到牵连。钟铁军感到很挠头，说："Well, we're not comfortable with the local legal environment.（嗯，我们对当地法律环境很不适应。）"

莎菲娅总监说："Whether you can adapt or not, the construction unit must also participate in the land requisition, otherwise the bridge construction is difficult to start.（不管适应与否，施工单位也必须参与到土地征用中去，否则大桥难以开工。）"

里斯克和哈瓦佳、莎菲娅、路同和等人正在现场商量如何推进征地，从桥的南岸森林深处，突然传来一阵嘈杂声。数十名当地黑人村民手持弯刀，吵吵嚷嚷地从大桥跑到现场，先是夺下了民工和黑人劳工的工具，然后站成人墙阻碍施工。

有黑人挥动着胳膊，愤怒地喊道："Abominable Chinese, you collude with the government to destroy our land property on the ground in the name of building railway, please stop the illegal behavior on our land.（可恶的中国人，你们与政府勾结，借修建铁路为由，破坏我们的土地财产，请停止在我们的土地上从事违法行为。）"

面对这群当地村民，路同和、戴国兴、钟铁军和民工们束手无策，只能眼巴巴地看着他们示威。另一个黑人村民站在人墙里吼叫："Governor Khawaja, we vote for you and the government, but you don't think for us. Just quit your job.（哈瓦佳州长，我们把选票投给你和政府，可你并不替我们着想，赶快辞职吧。）”

听到这种挑衅的语言，哈瓦佳州长脸上十分不悦，想上前与村民争辩。钟铁军拉住他，暗示他和里斯克局长、莎菲娅总监先走，说：“Don't talk to them. You go ahead，we'll handle it.（不要理他们，你们先撤吧，我们来处理。）”

里斯克局长重重拍了一下钟铁军的手，说：“Well，you're a brain worker，and I'm sure you can handle it.（好吧。你是个用脑子开展工作的人，相信你能摆平。）”

说完，里斯克三人在路同和、戴国兴、钟铁军的护送下钻进越野车，在那群黑人村民的嘲笑与谩骂声中离开了大桥工地。

# 第十六章

钟铁军送走路同和与戴国兴后，带着于长山和第五小刚径直朝站成人墙的村民走去，民工和黑人劳工紧紧跟在他们身后。钟铁军毫无畏惧，问道："Are you landowners?（你们是土地所有人吗?）"

那些黑人起哄大叫："The land here belongs to us, and we are the masters of the land.（这里的土地归我们所有，我们是土地的主人。）"

"You have no right to expropriate our land for free.（你们没有权力无偿征用我们的土地。）"

第五小刚、于长山和大牙拉着钟铁军，一边叮嘱他不要给黑人村民承诺什么，一边强硬地催促民工继续施工。钟铁军示意停下，提醒他们对这些黑人要软硬兼施，不能不理他们，地征不下来，总统无法来参加开工仪式。他问村民："What do you want? Work? Food? Or money?(你们想要什么？工作？食物？还是钱?)"

那些村民有的嚷着要钱，有的嚷着要工作，还有的说："Of course, it's better to give us more food to fill our stomachs.（当然，另外多给些食物更好，可以填饱我们的肚子。）"

钟铁军打着手势，说："No problem. I promise you everything you want will be in your hands. Now let's get the work started, okay?（没问题，我保证你们想要的一切都能给到你们手里，现在先让我们开工，好吧?）"

一个村民气势汹汹地冲到钟铁军面前，说："No. we have to get what we want, then you can get to work.（那不行。要想开工，我们必须拿到想要的东西。）”

大牙拉开钟铁军，走到那村民面前，问道：“Hey，man，I' m from the Dinka tribe. Which tribe are you from? Is it Ham?（嘿，兄弟，我是丁考族部落里的人。你们的部落是哪个族？难道是哈屋族吗？）”

村民说：“We' re not Hams. The Hams stole the rails we found the other day, and one night we nearly fought with them. They sent us two cows in the end.（我们不是哈屋族人。前些天哈屋族的人偷去了我们发现的钢轨，有一天夜里差点儿跟他们火并，最后他们赔了我们部落两头牛。）”

大牙与钟铁军互相看了一眼，哈哈大笑起来。大牙又问：“Did you take part in the confrontation with the Ham people that night?（火并那天晚上，你参加了与哈屋族人的对峙吗？）”

那村民稍愣一下，说道：“My brother was in. The battle between our tribe and the Ham stopped by a passing Chinese. He was fair，awarded two-thirds of the rails to the Hams and let them pay us two cows.（我的兄弟参加了。我们部落与哈屋族的火并，被一名路过的中国人化解了。他是公平的，把钢轨的三分之二判给了哈屋族，让他们给我们赔了两头牛。）”

钟铁军问：“Did you return the rails to the Ham tribe?（你们把钢轨还给哈屋族部落了吗？）”

那村民感到很蹊跷，与其他村民叽里呱啦说了好久，才说将钢轨还给了哈屋族人。接着问道：“What? Chinese，why do you and this Dinka brother care about this?（怎么？中国人，你和这位丁考族兄弟为什么关心这件事？）”

钟铁军镇定地说：“Friend，I' m the Chinese who stopped your two tribes from fighting that night，and I made the judgment for you.（朋友，我就是那天晚上阻止你们两个部落火并的那名中国人，钢轨是我帮你们裁定的。）”

那群村民十分惊讶，接着纷纷散开，站成的人墙也撤了。另一个村民说：“You' ve reconciled our two tribes to put down the weapons，and we' d like to repay you.（你使我们两个部落放下长矛与猎枪，达成了和解，我们很想报答你。）”

于长山趁机向他们介绍了钟铁军的身份。大牙指着钟铁军说：“No! Zhong is not only the project manager of the railway，but is now honorary chief of the Ham tribe. You are not Hams, but you should also respect the chief' s personal dialogue with you, who is helping you solve the problem. （不！钟不光是这条铁路的项目经理，现在还是哈屋族部落的名誉酋长。你们虽然不是哈屋族人，但也应该尊重名誉酋长与你们的对话，他在帮你们解决问题。）”

那群村民顷刻间对钟铁军肃然起敬了，连连朝他点头施礼。钟铁军趁机说：“I' ll get the contract tomorrow, and I hope you all sign it, will you?（明天我把合同拿来，希望你们每个人都在上面签上字，可以吗？）”

村民们又吼叫起来，说：“You are fair and trustworthy, and we believe in your promise. Now you can work first; tomorrow we sign the contract. （你做事公平守信，我们相信你的承诺。现在你们可以先施工，明天我们再在合同上签字。）”

尽管征地需要花钱，但钟铁军采取的这种温柔而简单的解决方法，在大部分情况下都能奏效，毕竟那些村民太穷了。人群散去，施工开展，钟铁军立即拨通了里斯克局长与哈瓦佳州长的手机，并向路同和、戴国兴和莎菲娅报告说征用土地当天得到了彻底解决，马上会与当地村民签订补偿合同。此时，里斯克和哈瓦佳正在巴布扎将军办公室，对钟铁军好一顿夸奖，对他的这种本事百思不得其解。巴布扎更是欣赏钟铁军的才干，说：“Hehe, you don' t know, he also has a title, honorary chief of the Ham tribe. Fine, I' ll call him. （呵呵，你们不知道，钟还有个头衔，哈屋族部落的名誉酋长。好吧，我给他打电话。）”

钟铁军接到巴布扎打来的电话时，刚好和远在物流基地的李小兵通完电话，他让李小兵按照原先项目的开工典礼方案，做一个开工仪式所需的工程物资计划，备齐各种材料，租好运输车辆，跟张放共同把国内来的司机和当地司机集中起来，组成一个十几人的车队，把物资拉到青尼罗河大桥工地。巴布扎亲切地说：“Ha, Zhong, Risk and Khawaja are all here. They and I admire your capability at work and appreciate your level and style. Given your extraordinary ability presented in the land expropriation, I' d like you to have the last negotiation with Hani, what do you think?（哈，钟，里斯克与哈瓦佳都在我这里。我和他俩对你的工作非常肯定，更欣赏你的水平与风格。鉴于你在征地中表现出的超强能力，我想还是由你来参加跟哈尼的最后一次谈判，你看如何？）”

钟铁军略加思忖，说：“Thank you, General. I' m going to watch the White

Nile Bridge site for the opening ceremony to welcome you and the President. The art hall issue, as I have suggested to you early, I think it's better that Lu Tonghe and Dai Guoxing take part in the final negotiations. They represent the railway construction headquarter of the group company. （谢谢将军。我要盯着青尼罗河大桥工地，准备开工仪式，迎接您和总统的到来。艺术殿问题，我早向您建议过，最后的谈判还是由路同和与戴国兴参加为好，他们代表整个集团工程建设指挥部。）”

手机里传来了里斯克的声音：“Zhong, General trusts you, and it takes wisdom to deal with Hani. You're the right person. （钟，这是将军对你的信任，对付哈尼需要智慧。你是最合适的人选。）”

钟铁军走到河边，眺望着滚滚流淌的青尼罗河河水，说：“Director Risk, if I'm going to the talks with Hani. Who's going to watch the opening ceremony of the bridge? I want it to be foolproof. （里斯克局长，我去参加跟哈尼的谈判，谁来盯大桥的开工仪式呢？我想做到万无一失。）”

“I totally understand. （我完全理解，）”又是巴布扎的声音，“All right, Zhong, it's your duty. You focus on the ceremony. Lu and Dai will make the negotiation, but I'm sure they are not able to solve the Hani's art hall problem. （好吧，钟，职责所在，那你就专心搞好仪式，可以让路和戴来参加，但我敢说他们俩解决不了哈尼艺术殿的问题。）”

钟铁军之所以找理由没有答应去参加与哈尼的谈判，是因为他早已预料到艺术殿征拆会以失败告终。同时，巴布扎直接点名让他去，路同和与戴国兴也许会对他产生误会。回绝巴布扎的邀请，既可以腾出精力强化现场管理，解决征地，加快推进速度，又能回避艺术殿这样的拆迁难题。他清楚美国佬是很难搞定的，万一去参加谈判，又达不到拆迁的目的，最后必然会落一身埋怨，背负所有的责任。做任何事情之前，把利弊考虑清楚，这是钟铁军的聪明之处。

整个旱季过去了。铁路从南到北，几千台机械设备彻夜轰鸣，几万名职工与当地劳工一刻不曾停歇，能施工的区段和挖填方不太高的路基，已形成了明显的轮廓。北部的路基从森林里延伸出来，扩展到了一望无际的广阔草原。轨排和轨枕厂自动化生产线生产出来的线上材料，整齐划一地堆满了原本空旷的厂区。沿线所设的每个加工生产点，都有大批的职工、民工和外籍劳务工在昼夜奋战。这种景象是当地部落和村民们从未见到过的。他们对中国人的智慧、勤劳与吃苦精神赞叹无比。

一天晚上，钟铁军回到项目部时，刚好碰到之前回国治病的陈立国，他身体恢复健康后，又回到了项目部。负责物流基地的李小兵亲自开车把他从机场接出来，招待他吃了顿晚饭，然后安排司机开车把他送回了工地。陈立国路上先给杨琳打电话报了个信儿，将国内老家钟铁军父母和儿子钟锋的情况说给她听。杨琳像亲人般地嘱咐他，到了工地一定要讲究卫生，千万不能再让埃及血吸虫钻进膀胱里筑巢，如果有事就去找钟铁军。陈立国感到很温暖。

赵雅清没有像往常那样出来给钟铁军开门。钟铁军扭头看了看赵雅清屋里，里边亮着灯，人不在。再看，才发现她和汪静都在王子浩办公室。汪静在帮王子浩拆腿上的石膏板。钟铁军走到王子浩门口故意“嗯”了两声，只有王子浩问了一句，赵雅清和汪静俩人都没拿正眼瞧他。钟铁军知道她们心里的症结在哪里，便问王子浩的腿恢复得如何。王子浩试着站起来，踮着脚，很小心地在屋里走了两步，仍疼得龇牙咧嘴。汪静扶他坐下，说明天再给他照个 X 光片看看。赵雅清什么话都没说，拉着汪静躲了出去。王子浩扬了扬下巴，说：“你把她俩得罪了。”

钟铁军说：“我没得罪她们呀，是她俩想多了。”

王子浩盯着他诡异地笑。钟铁军问他笑啥？他说：“没笑啥，你回屋去吧。”

钟铁军打开自己的屋门，想了想，走到门口喊赵雅清，说月底集团工程建设指挥部搞完了验工计价拨款，青尼罗河大桥开工典礼需要用钱，问她计价款到账没有。赵雅清明知他是没话找话，坐在椅子上动都没动，爱答不理，说查完银行账再告诉他。钟铁军走进去，说：“雅清，你对我有意见可以提，但不能用这种工作态度对待我。”

赵雅清很冷淡，说：“杨姐都不管你的事，更轮不到我管你，我对你没任何意见。”

钟铁军不知道该怎么跟她解释，转身往外走，让她明天查完账说一声。赵雅清追出来，说：“你让玛莎代替我当部长算了。”

钟铁军停在门口，说："你说啥呢？玛莎哪能代替你管钱？她懂啥啊？"

"看她爱你的样子，谁不清楚？"

"哎，雅清！"钟铁军说，"你咋乱说呢？她怎么会爱上我？"

俩人因玛莎再一次发生了争执，正你一句我一句地互相怼着，两束车灯的光柱照进了院子里。背枪的保安走出门岗，将一辆越野车截在门口。不一会儿，陈立国提着行李箱走来向钟铁军报到，赵雅清进屋沏了杯水端到他面前，然后退了出去，钟铁军这才解围。俩人拉一段家常后，钟铁军用自己的车，连夜将他送到了安保国和张放的劳务队驻地。

第二天吃过早饭，卡娅协助汪静给王子浩照片子。玛莎来到了卫生所。她没地方可去，与其他职工语言沟通困难，有什么事情只能找卡娅说。院子里还有几个生病的职工在等待看病。卡娅在 X 光室，等了片刻，汪静手拿胶片，卡娅扶着王子浩走出来。汪静说他的胫骨没有长好，因走动过多发生了错位，又用绷带把他的小腿紧紧地绑上了。

玛莎对卡娅说："My grandfather used to take me to collect herbs in the jungle. We help the tribal people cure many kinds of injuries, including fractures. Even the sorcerer's magic medicine was collected by grandpa and me. The flowers and trees in the mountains and jungles were very bright. Of course the best are at the banks of the White Nile.（以前，我爷爷经常带我去丛林里采药，帮部落里的族人治好过很多各种各样的伤病，包括骨折。连巫师用的神药都是爷爷和我采来的。山上和丛林里的花果树木非常有灵气。当然青尼罗河岸边的药效果最好。）"

卡娅说："Well, I've learned to collect herbs, too. Can you promise to help Manager Wang cure the injury?（呀，我也学过采集草药。你能保证帮王经理治好伤吗？）"

玛莎说："I can try.（我可以试试。）"

汪静虽然相信非洲部落里的人治病有一套完整的体系，但仍疑惑地望着玛莎，说："Is the herb you take right for the leg injury?（你采的药治这种腿伤能管用吗？）"

玛莎说："I made herbal medicine into ointment and applied it to him for a few days. This is what grandpa taught me.（我把草药做成药膏帮他涂上，用几天，

很快就好。这是爷爷教我的。）”

汪静问道：“你能给我说说认识哪些草药吗？”

玛莎莞尔一笑，扳着指头一样样数起来，说：“In the jungle there are water centipedes，jasmine flowers，liver vegetables，wild pueraria and white perilla，as well as mountain sesame，white flower grass，hoof grass，golden flower grass，ghost needle grass，sea taro，reed root，leopard flower and honeysuckle，purslane，ground peach blossom，egg flower，thorn amaranth，canna，duck plantar grass，iron thread grass，guava，caving bowl，lindernia，wild peony，dragon sunflower and emerald cloud grass，etc. These can heal many kinds of diseases.（丛林里有水蜈蚣、茉莉花、狗肝菜、葛麻姆和白苏，还有山芝麻、白花草、一点红、金花草、鬼针草、海芋、芦根、射干和金银花，马齿苋、地桃花、鸡蛋花、刺苋菜、美人蕉、鸭跖草、铁线草、番石榴、积雪草、母草、野牡丹、龙葵及翠云草，等等，可以治很多病。）”

汪静惊讶地张大了嘴巴，说：“Yoh，Martha，I didn't expect you to know so many herbs. Since you can collect herbs to cure people，why not open a local private clinic，but to work here?（哟，玛莎，没想到你认识这么多草药。既然你能采药给人治病，为什么不在当地开个私人诊所，而要到这里来打工?）”

玛莎说：“I have no money at home，and when I earn money，I will open a private clinic with my husband.（我家里没有钱，等挣了钱就和我的丈夫去开私人诊所。）”

汪静虽然对玛莎的说法将信将疑，还是答应派卡娅抽空陪她去。说话间，天上飘来一块阴云，下完一阵雨就放晴了。钟铁军和第五小刚来到工地黑人劳工集合点。那是森林深处的一所露天院子，地上湿漉漉的，用立着的木棍插成一道院墙，外面停了一排皮卡车。吴大友正在给雇来的黑人劳工分配工作。他英语说得实在不好，只能用手比画着，对那些手拿铁锹和其他工具的劳工喊：“You，you，and you；go，go，go.（你们，你们，还有你们；快去，快去，快去。）”或者干脆将中英文混合起来说：“You go to the bridge，you go to the earth bag，you go to the rail row，and you go to the gravel.（你去大桥，你去土包，你去轨排，你去碎石。）”

黑人根本听不懂什么是土包，什么是轨排，什么又是碎石。实际上，吴大友所说的土包是指安保国劳务队承担的路基挖方地段和轨排厂及碎石场。这些令人哭笑不得的说法，让黑人劳工们感到十分费解。

皮克拄着铁镐站出来说："Boss, where the hell are you telling us to go? Please be clear.（工长，你到底叫我们去哪儿？请说清楚点儿。）"

吴大友很不耐烦地抬起手，行云流水般地比画着，说："Blue Nile, bridge site, do you understand?（青尼罗河，大桥工地，听懂了吗？）"

听到青尼罗河几个字眼，皮克和沃恩那组人才搞明白。"All right, let's go.（好吧，咱们走！）"皮克扛起工具挥手说，"The car is over there. Follow me to the car.（车在那边，跟我去上那辆车。）"

杰姆斯挥手招呼另一组劳工说："Let's go, guys. Let's go to the North prairie. Captain An needs us at the subgrade site.（走吧，伙计们，咱们去北部草原，安队长的路基工地需要咱们这些人。）"

皮卡车拉着一组组的黑人劳工离去后，钟铁军走到吴大友跟前，让他好好练练英语，别说黑人听不懂，连他和第五小刚都听得稀里糊涂。吴大友不好意思地笑笑，说英语不是一两天能学会的，单词太多记不住，与黑人交流很困难，随后问钟铁军有何吩咐。钟铁军想后说，派李小兵和张放组成一个车队往工地拉材料和钢轨，怕他们路上应付不了遇到的各种障碍，想叫他加入车队。吴大友二话没说，很痛快地答应下来。

李小兵接到钟铁军向北部工地运送物资的通知后，盘算着拉运开工典礼所需的物资，外加到港滞留的钢轨，至少需要十五辆大型卡车。现在，各分部都已开始往工地拉运钢轨。国际公司分部拥有的车辆全部集中起来还缺几辆。不得已，李小兵与一家当地汽车租赁公司联系，想租用他们的车辆。他带翻译去谈，业务主管是名当地黑人，问一趟需要跑多少公里。李小兵说单趟一千五百公里。对方频频摇头，说："It's too far, the road is tough and the wear and tear is too severe. If you want to rent it, it's \$20, 000 per car. Don't waste my time if you cannot afford it.（太远了，路况很糟糕，磨损太大。如果想租，那每辆车租金两万美元，不行就别耽误我的时间。）"

李小兵说："Twenty grand for a car? You got be kidding!（一辆车两万美元？没搞错吧，伙计！）"

"My price is not high, if it is too expensive, you can go elsewhere to have a try.（我的开价不高，如果嫌贵，那你到别的地方去租吧。）”



黑人主管边说边往外推他。李小兵了解租车行业大多都是这样的行情，赖着那名黑人软磨硬泡，说：“All right，man，I got to bargain. How about fifteen thousand dollars a car? I pay cash.（好吧，伙计，我得讲讲价。一万五千美元一辆，这样可以吗？我付现款。）”

那黑人有点动心，眨巴着眼皮，说：“I am suffering losses at this price. But since you are transporting railroad materials，I can make this work for you with no profits. You can cave four cars，no more.（这个价格我吃亏，但看你拉运的是铁路物资，我不挣钱租给你四辆，再没有多余的车了。）”

吴大友和张放各开一辆重型卡车，带十一辆运输车和另外三个司机，用一个礼拜的时间，在森林、沼泽地、无人区以及草原绕行上千公里，才赶到物流基地所在地。上路前，吴大友和张放想到了路途中会遇到的各种状况，给每辆车自备了煤油炉，食堂准备了十几份干粮、咸菜和成箱的矿泉水，又让玛莎做了许多英杰拉分配到每个司机手里。嘱咐他们要多备一部从国内带来只能打电话的廉价手机应付抢劫，不至于被抢后没有工具联络。快到达首都时，张放开始与李小兵联系，直接开车把备用司机送到租赁公司，将那四辆运输车开了回来。

物流基地和码头上的员工在雨中忙碌了一天，才将开工典礼需要的物资和钢轨装完车固定好。李小兵、吴大友和张放把所有司机召集到一起，研究雨季行车线路。来时的弹坑路上，挤满了拉运水泥和钢轨的车辆，所有路段基本都被压翻了浆，有的空车还陷在泥坑里，速度提不起来。而回去是重车，那些路根本没法走，需要绕行很远，只有选择新“G”字形线路朝北方去。张放指着地图直摇头，说：“唉！大家看到路上了吗？每隔二十公里路边就停着一台装载机，那是集团指挥部要求各分部专门等在那里用来施救陷车的。”

吴大友收起地图，说：“是的。雨季沼泽地把项目部和施工队隔断了，员工得病出不来，医生和药品送不进去，只能用装载机往里送医、送药。大家在路上要小心，前后照应着点儿。”

车队出发的时间是第二天一早。李小兵让吴大友走头车，张放走中间，他来殿后，说：“这段路到项目驻点有七百公里。中间的便道可能多年没有使用，也可能长满了树木无法通行，走着看吧。”

吴大友和张放都争着负责殿后，因为殿后最危险。李小兵说：“别争了。头车也危险，车队就靠你带路。”

李小兵、吴大友和张放睡到半夜，听见窗外又淅淅沥沥地下起大雨。天亮车队启程出发时，整个路面泥水横流，但他们不能再等，十五辆载满物资和钢轨的大型运输车，冒雨沿土路一路向北驶去。路太烂，坑坑洼洼，时速不到三十公里，中午才到达州府郊外的一处开阔地，停车小憩。

几棵孤独的大树，用高高的树冠为聚集在下面的过路车队遮挡了风雨。吴大友把车停好，跳下来招呼后面的司机。在这片开阔地上，早已停满许多拉运物资材料的车辆。张放和李小兵打听出那是其他分部的车队。司机们各自从车上提下来之前备好的干粮、咸菜和矿泉水，中国人找中国人，黑人司机找黑人司机，东一堆西一堆，边吃边互攀老乡，自然聊起车队有几辆车，路上遇到过抢劫没有，是否被警察查扣过等话题。

司机们休息一个多小时刚要启程，一辆交通救援警车开到这片休息场旁边的公路上停下了，从车上卸下一排带刺的路卡，横在了公路中间。两名警察走过来，对着另一群司机边拍肚子边毫不客气地蹲下身，抓起摆在地上的饮料大口地喝个没完，说：“Oh，guys，we haven't had any food yet. Do you have anything good for us to eat?（哦，老兄们，我们还没吃饭呢。你们这里有什么好吃的，拿出来让我们尝尝？）”

那群司机扭头不愿拿，警察站在他们身后，指着路卡说：“Well，if you don't have anything to eat，you can give us some money. You cannot let us serve you hungry. If you don't have any money either，you cannot go anywhere. We'll be here with you until it's dark.（好吧，没吃的有钱也行，总不能让我俩饿着肚子为你们服务吧。如果钱也没有，那你们谁也别想走，我俩在这儿陪你们到天黑。）”

李小兵的车队司机见警察来，慌忙收起吃的钻进了驾驶室，发动车辆后静静地等待警察挪开路卡，两名警察却不紧不慢地与蹲在地上的那群司机纠缠不休。吴大友与李小兵、张放以及其他分部的司机商量，看样子必须给他们提供吃的，不然谁都无法离开这里。吴大友让张放到车上取来一份英杰拉和两瓶矿泉水，递到警察面前。警察见到食物喜笑颜开，边吃边伸出大拇指夸赞。

李小兵说："My motorcade is leaving. Would you please move the roadblock first?（我的车队要动身了，请先把路卡挪开行吗？）"

一名警察点头应着，说："You can go，welcome to come here next time. I would like to serve you. （你们可以走，欢迎下次再来这里，我愿意为你们服务。）"

路卡被挪开了，李小兵的车队趁机离开了那片开阔地。后面其他车队有没有被放行，他们不清楚，但能猜到会很麻烦。一到雨季，从施工队驻点到工地，百八公里的路程，在坎坷不平的便道上，工人要坐三个小时的车才能到达。车队不论行驶在森林、沼泽地、草原还是丘陵地带，为了安全起见，一般都会将车开进沿线驻点，不过那样非常耽误时间。很多时候，太阳落山后走到哪儿算哪儿，就地停靠在路边，在车上休息，翌日起早再赶路。

雨渐渐停了，可阴沉的天空使夜晚降临得更快。吴大友的车走在最前头，在流淌着满地泥水的便道上艰难地前行，天黑之前驶进了丘陵地带，开着大灯又往前跑出一截。后来，他看到路边有条小河，就把车停在了那里。后面的车辆依次靠边停好，大家跳下车围过来，用手电筒照着地图找到了他们所在的位置。再算里程，整整一天跑了不到两百公里。

"今晚只能在车上宿营。"李小兵说，"把煤油炉拿下来吧，大家想吃啥自个儿煮，下面河里有水。"

大部分中国司机都从车上取下了炉子和铁锅，跑下河滩盛满水后，又清洗了干巴巴的脸膛和湿热的身子，然后围在一块平地上点火煮饭。车队里的黑人司机都很懒，他们不想生火做饭，只吃带来的英杰拉，还开心地议论玛莎、卡娅、汪静和赵雅清。在他们眼里，玛莎并不是最漂亮的姑娘，最漂亮的是汪静和赵雅清。李小兵和张放、吴大友及中国司机没有心思议论女人，他们在为难熬的夜晚担心焦虑，不知道夜里会发生什么，因为车不进驻点会非常危险。

深夜到来后，司机们钻进驾驶室和衣而睡。张放挨车检查，见每一辆车门都已锁好，他才回到自己停在车队中间的那辆车上休息。前半夜很平静，没发生任何不好的事情，只听到远处时而传来野兽的吼叫声。凌晨三点，张放睡得正香，突然有手电光亮照进驾驶室，紧接着有人敲车门。他迷迷怔怔地伸头往外瞧，只见车外三个蒙面黑人用手电筒照着手里的枪和刀，瞬间头发根都竖起来了。

“Open the door.（快开门!）”其中一个黑人喊，“We'll shoot if you don't open the door.（不开门我们就开枪了。）”

张放心里扑通扑通跳得厉害，想喊又怕惹恼劫匪，不得已只好打开车门。三个黑人爬上来，猛地将他扑倒，用刀和枪在他脸上来回比画。“Come on，take out all the valuables.（快，把值钱的东西都掏出来。）”

张放的脸被摁在车座上，双手被拧到后边，这让他有种窒息的感觉。其中一个劫匪翻遍驾驶室，先把吃的提在手里，又翻其他东西。张放没有反抗，因为劫匪手里有枪和刀。后来，劫匪松开了他的手，但仍抓住他的领口，逼他掏钱物。张放故意磨蹭，其中一个黑人立马用刀尖抵住他的脸，说：“Chinese，don't try to deceive us. Don't you hand over the valuable things，you want your partner to collect your bodies tonight?（中国人，别想骗我们，不交出值钱的东西，今晚想叫你的同伙为你收尸吗?）”

张放从口袋里掏出一部备用手机递过去，劫匪并不满足，再次逼他掏钱。他只好将口袋里为数不多的现钞掏出来。黑人用中文单词问他还有没有。张放摇头称没有值钱的东西了。劫匪从驾驶室里抓过对讲机看了看，商量后才罢手。

吴大友被尿憋醒，跳下车来小便，扭头发现张放车里有光亮晃动，警惕地朝后面走去。三个劫匪提着吃的和搜刮到手的钱财跳下车。吴大友看清三个黑影往车队后头跑去，知道张放遭遇了抢劫，张口大喊：“有匪徒抢劫，大家快起来呀。”

三个劫匪听见喊声，边跑边朝后面乱射了一梭子弹，打在车体上，擦出一串火花。司机们被吴大友的喊声和响起的枪声惊醒。李小兵和司机拿着手电筒先跳下车，边喊着大家起来打劫匪，边朝车队后头追去，而劫匪早已跑得无影无踪。

“别追了，他们手里有枪。”吴大友把大家叫回来后，走近张放的车。车上的东西被洗劫一空，连煮饭的煤油炉都被抢走了。张放浑身不停地战栗，半天说不出话来。吴大友问：“手机也都被抢走了吗?”

张放稍加镇静，从坐垫底下掏出另一部手机，说：“这部是智能的，被抢的那部只能打电话。”

李小兵安抚着他，与吴大友商议半天，喊道：“大家别睡了，现在启程上路。”

天没亮，车队开着大灯，朝森林和沼泽地方向驶去。

各项目分部的车队在长途运输过程中，几乎都有半路被抢的可怕经历。



在他们看来，这已是家常便饭了。

路同和着急青尼罗河大桥的开工仪式，一大早就喊上综合部、工程部两位部长随行，由黑人司机贝蒂开车，沿便道一路朝北向工地驶去。

非洲的天空变幻莫测，忽而大雨滂沱，忽而又晴空万里。全线虽然是丘陵、沼泽、森林和草原地带，环境比较艰苦，地势却总体平坦，没有太多的重难点工程，施工难度不大，只是一些高填方和挖方地段。路同和坐在车内，沿便道顺路经过工地，便能掌握现场组织和劳力设备情况以及桥涵路基等施工进度。再往前走，到了丘陵地带，一座石山挡住了去路，那上面的路基拉沟正在爆破。越野车在泥泞中打滑爬不上去，路同和命司机绕过山下的村庄前往，一群黑人男女村民站在路边破烂不堪的茅草屋外，指指点点地驻足观看。

爬上石山，路同和让司机把车停在路基下，带着两位部长徒步走到作业面。几台挖掘机、装载机和自卸车在同时装运炸掉的石头。戴着安全帽站在山坡上抱着风枪打眼、装药的中方员工和黑人劳工见他们到来，立即停止了作业。工程部长告诉路同和，这是路桥公司分部的管区，丘陵需要大拉沟，以挖作填，因石质不合格，爆破炸出来的石头无法用来打道砟，只能弃掉或者填到路基下。这时，工长跑过来，很礼貌地向路同和与两位部长介绍施工情况。路同和边走边看，感觉爆破拉沟底部宽度不够，说：“这段拉沟一定欠挖，还要二次爆破，算过需要增加多少成本吗?”

工长含含糊糊，弯腰看着路基宽度，回答道：“是的，爆破效果不理想，可能需要二次爆破。”

工程部长拉着脸，明确指出这是打眼深度和装药量不够造成的，强调要一次到位。工长把现场员工和黑人劳工叫过来，狠狠训了一通，骂他们干活不长脑子。路同和提醒他说话要注意，这不是在国内可以随便开玩笑，在这里骂黑人会有人说你搞种族歧视，性质不同。那工长立即向他做检讨，埋怨炸药供应不上，问能不能提前挖好坑，让排雷队的士兵把搜寻出来的地雷、炮弹和弹药拉到这里来集中销毁，顺便把路基拉沟炸出来，这样省了炸药。路同和说，那是危险的活儿，造成群死群伤咋办？特别是村庄里的黑人小孩，经常跑来工地站在山头上看热闹，万一炸死个人麻烦就大了。工长说，他们和士兵一起警戒。工程部长说可以试试，除非将引信拆掉，但要看排雷分队愿不愿意。

路同和掏出手机，当即与排雷部队长官联系，答复当然是不可能，因为运输太危险，地雷一碰就炸，稍不小心就会酿成大祸。路同和对中方工长说，还是要自己想办法，如果炸药供不上，他可以协调国家爆破专业委员会或国家警局康姆局长，让他们保证供应。他强调说，路基石方爆破宁可超挖，不能欠挖。又问他们工地生活怎么解决。工长指着身后的帐篷说，他们早上出来带了煤油炉和干粮，中午在工地自己煮饭吃，晚上来车接他们回驻点。路同和没再说话，拍了拍工长的肩膀长叹一声，说："好兄弟，为了国家的荣誉，大家都拼了。"

路同和带着两位部长来到青尼罗河大桥工地，已是傍晚时分。越野车行驶在森林土路上，车后突然同向驶来一辆摩托车，一名黑人小伙驾驶，另一名黑人抱着他的腰骑在后面。等越野车与摩托车并行时，驾驶摩托车的小伙对司机挑衅说："Dude, how about we have an off-road race? My motorbike outpaces yours.（伙计，咱们来个越野赛怎么样？我的摩托指定超过你。）"

说完，猛然加大油门开到路中央，在车前忽快忽慢地逞能。贝蒂不屑一顾，笑着加快了车速，摩托车故意挡在前面不跑。贝蒂伸出头喊："Hey, kid, if you want to run, just speed up, or just move away aside.（哎，小子，要跑你就加快，不跑就滚到边上去。）"

路同和提醒贝蒂不要跟摩托车斗气。贝蒂说："No. These guys are looking for trouble.（不行！这帮家伙故意找碴儿。）"

说话间，越野车从侧面冲到了摩托车前面。骑在摩托车后面的黑人小伙不服，说："Haha, you're fucking fierce, see how I make you smell my ass in the back.（哈哈，你他妈还真猛，看老子怎么让你在后面闻我的臭屁。）"

摩托车再一次冲到越野车前面，并朝后叫嚣着要起威风。贝蒂来气了，顾不上天黑视线差，再次加大油门超越了摩托，然后猛踩刹车，只听车后

"咚"地传来撞击声。摩托车撞了上来，两名黑人被甩了出去，重重地落在越野车两侧坚硬的路面上。

钟铁军让大牙开车去前方的路口迎接路同和。等了好久没见车来，就打电话与综合部部长联络，方知出了事故。赶到出事地点时，那两名生死未卜的黑人青年已被附近村里的人送去医院。一群当地黑人包围了越野车，把贝蒂从驾驶座上拉下来一路追打，直至将他打翻在路边的水沟里。路同和与两位部长下车后，也被愤怒的黑人团团围住，步步紧逼。有的吼叫着挥动拳头朝他们冲过来，场面混乱，几度失控。有个黑人青年顺手拔走了车钥匙，还用手里的尖刀扎破了轮胎。

"Don't go so easily.（你们别想这么轻易走。）"

大牙把车停在远处观望片刻，说："The car of Commander Lu hit the local blacks and they were surrounded.（路指挥的车撞了当地黑人，他们被围住了。）"

"We're going to save them.（咱俩要去救他们,）"钟铁军说，"Big Teeth, you get off first or we both get off?(大牙，你先下去还是咱俩都下去?)"

大牙显得很犹豫，说："Boss, it's not easy even for a cop in this situation, any favoritism will get us in trouble.（头儿，这种场合即便警察来了也难以摆平，任何偏袒的言行都会惹祸上身。）"

"So we're not getting off there and help Commander Lu to get out of the trouble?（那咱们就不下去帮路指挥解围了吗?）"

大牙服从了钟铁军，俩人跳下车一起朝人群走去。他俩发现黑人分成了两拨，一拨人怒吼着，挥动拳头，蠢蠢欲动，威胁说："The Chinese have made a big mistake. We are going to beat them up and never let go easily.（中国人犯下了大错，要狠揍他们一顿，绝不能轻饶。）"另一拨人则对吼叫的那伙人说："Hey, the car is driven by our local people. It has nothing to do with the Chinese. Don't get on to the Chinese.（哎，车是咱们当地人开的，与中国人无关，不要对中国人动手。）"

两拨人互相吵闹着，谁也不服谁，竟产生肢体冲突，追逐扭打在了一块。钟铁军挤入人群，把路同和与两位部长拉出来。大牙对看热闹的黑人说："Let's go back. Don't mess up here.（大家回去吧，不要在这里添乱。）"

部分黑人听了大牙的劝说纷纷离去。挨打的贝蒂浑身是泥，流着泪从水沟里爬上来，走到车旁掀开后备厢取出千斤顶和备胎，蹲下身去更换被扎破的轮胎。大牙在一旁帮忙，说："Dude，you're causing trouble to Commander Lu. You take my car and get Commander Lu out of here. I'll clean up this car.（兄弟，你可给路指挥带来了麻烦。你开我那辆车拉路指挥他们走吧，我来收拾这辆车。）"

贝蒂胆怯地说："No. I don't drive that car，they hate me. You take them first，and I'll fix this car.（不。我不开那辆车，他们恨我。你拉他们先走吧，我把这辆车修好。）"

事故处理到很晚。路同和被钟铁军和大牙解救离开了事故现场。回青尼罗河大桥工地附近驻点的路上，他和两名部长气得直咬牙，恨不得把贝蒂吊起来毒打一顿，方解心中的怨气。

# 第十七章

钟铁军陪路同和与两位部长回到驻点招待所时，已是深夜。在工区食堂简单吃了点东西后，路同和气鼓鼓地回到房间，想起被黑人追赶喊打的那一幕，心里觉得窝囊与惊怵，发狠要开了贝蒂。越野车换完轮胎开回到驻点后，贝蒂胆战心惊地来向他道歉。见到贝蒂路同和背过身去，说："那两个人非死即伤，经济损失你肯定赔不起，算我选你开车选错了，明天你离开指挥部回部落吧。"

综合部长把这话翻译给贝蒂听，贝蒂当场跪在路同和面前，哭着说："I don't want to go back to the tribe, let alone lose this job. Please spare me this time, I will abide by the traffic regulations, and never tease again.（我不想回部落去，更不能丢掉这份工作，求你饶过我这一回吧，我一定好好遵守交通法规，再不斗气。）"

路同和生气，坚决不干，说："不能再留你当司机了，不然我们几个人的小命都要搭在你手里。"

钟铁军和两位部长劝到最后，拿出了一个折中的方案，让贝蒂留在大桥工地跟随劳务队干活保住饭碗，另选一名中国司机到指挥部开车。

第二天上午，贝蒂被安排进了于长山的劳务队，与皮克和沃恩等黑人一起，在大桥工地将从很远的山区拉来的石头，用一捆捆的铁丝网套住，装上手推车推到河堤下，扔进水中去填筑围堰。皮克把一捆石头推下水，说："Betty, did they punish you physically?（贝蒂，他们对你进行体罚了吗?）"

贝蒂说："No!（没有!）"

“Yeah. Then you work with me. In the future, we can do great jobs and make a lot of money. （嗯。那你跟着我干吧，将来咱们干票大的，可以有很多钱。）”

贝蒂不知所云，愣愣地望着他。沃恩拍拍他的肩，说：“Hey, Betty, Pick is the boss here, trust him in his promise. Pick has a good plan, and you just need to follow us. （嘿，贝蒂，皮克是这儿的老大，相信他的承诺。皮克有很好的规划，你要追随我们。）”

贝蒂点着头，说：“As long as I can earn money, I would love to. （只要能挣到钱，我愿意。）”

皮克神秘地说：“Great, Betty. It will be useful from today on if you take the time to get a few shovels, baskets and ropes. （很好，贝蒂。你抽时间去弄几把小铲子、筐和绳子，日后会有用处。）”贝蒂不假思索，只管照着皮克和沃恩说的去做。

钟铁军陪路同和与两位部长来到工地，看见海运来的几台国产钻机已高高竖立在两岸。南岸已经平整出的宽阔场地，准备用来举行开工典礼仪式，只差一些必需材料尚在运送途中。路同和心中的气一直未消，转遍森林里空旷的场地，说：“真他妈怪了，早就举行过开工典礼了，为什么这座大桥还要举行典礼？他们对这种仪式是不是有瘾？”

钟铁军回答道：“这个国家就是这样，一处开工就要举行一次典礼。”

他们围着现场转，看完整个场地后，又站在青尼罗河岸上朝下观望。工程部长说，现在雨季马上到了，水中墩必须赶快进行桩基施工，不能等河水涨起来再干。于长山站在他们身后汇报称，劳力和设备都准备齐了，不管典礼仪式何时举行，都会昼夜不停地赶工，先把围堰打起来，做好钻孔平台，将钻机吊下去开钻。搅拌站已经建好，钢护筒和钢筋笼也在加工。路同和要求钟铁军和于长山注意泥浆排放，想办法抽到岸上，不能直接排到河中造成污染。

正说着，上空传来一阵直升机的马达声。声音越来越近，越来越响。眨眼工夫，一架军用直升机出现在青尼罗河上空，而后在现场附近开始低空盘旋，最终降落在了不远处的一块空地上。

大牙惊喜地喊道：“Boss, General must be here. Let's go and meet him. （头儿，一定是将军来了，快过去迎接他吧。）”

钟铁军称巴布扎将军是来视察工地的，喊着路同和与两位部长一起朝直升机跑去。机舱门打开，走下来的果真是巴布扎、康姆、里斯克和女总监莎菲娅。巴布扎笑呵呵地走过来，与钟铁军、大牙和路同和热情握手，说："Ha，I can't believe you're all at the scene. I think the opening ceremony will be grand and magnificent.（哈，想不到你们都在现场，我想开工仪式将是盛大而隆重的。）"

钟铁军汇报说，场地都平整好了，只差搭建主席台的各种材料，因为道路难走且绕行太远，从首都出发好几天了还在路上。里斯克说："We're just checking the preparation situation and going back to the presidential palace to finally fix a specific commencement date.（我们就是来看现场准备情况，回去与总统府最后商定具体开工典礼时间。）"

路同和说，再给五天时间可以完成所有的准备。巴布扎说："Great. Then you have five days，because the material transportation is difficult.（很好。那给你们五天，因为材料运输困难。）"

钟铁军说："OK，General. I promise to finish it as scheduled.（好的，将军。我保证在规定的时间内完成。）"

莎菲娅问道："Zhong，you solved the land requisition problem after we left last time. Is there any more problems for the villagers here?（钟，上次我们走后你就解决了土地征用，这里的村民还有什么问题吗?）"

"No.（没有，）"钟铁军说，"We reached to an agreement that day and the two sides signed a land requisition contract the next day. Everything is under control.（当天我就与他们达成了协议，第二天双方签订了征地合同，一切都在掌控之中。）"

康姆笑着说："My task is to check the security environment，and then special forces，demining and security forces will come. They will bring police dogs to search every corner to ensure the personal safety of senior government officials present on the spot.（我的任务是来检查安全保卫，随后特种部队、排雷部队和安保部队都会来，还会带警犬过来搜遍每一个角落，确保亲临现场政府高官的人身安全。）"他巡视着森林四周又说，"Now it seems that everything is in good condition here. You have made efforts，as long as the local residents do not make troubles, there will be no problems in security situations.（现在看来这里一切很好，你们付出了努力，只要到时当地居民不出来闹事，安保就没问题。）”

钟铁军说：“In the name of the honorary chief of the Ham tribe, I assure you that the security at the scene will be foolproof.（康姆局长，我以哈屋族部落名誉酋长的身份向您保证，现场安保会万无一失。）”

莎菲娅开玩笑说：“I just heard from General on the plane that you became an honorary chief. Are you going to marry a Ham wife?（我在飞机上刚听将军说你成了名誉酋长，你还打算娶一位哈屋族妻子吗?）”

众人听后哄堂大笑。巴布扎拍拍钟铁军的肩膀，说：“Zhong, you can choose to marry wives from the tribe here, but I don't think you will, because you are loyal. Do you think so, Lu?（钟，在我们这里，你可以从部落里选择娶多位妻子，但我想你不会，因为你很忠诚。你说是吗，路?）”

路同和接过话，说：“His wife is very beautiful. She is the hospital director at our construction site, very talented in medical skills.（他的妻子很美丽，是我们工地医院的院长，医术很高明。）”

里斯克感到十分惊讶：“Hospital director? There are so many diseases here, local people who can get such a noble position must be rich. Zhong, your wife is amazing.（医院院长？我们这儿的疾病太多，当地人谁能获取这么高尚的职位，那她一定是富翁。钟，你的夫人很了不起。）”

钟铁军说：“In addition to treating sick workers on the construction site, my wife is also willing to treat people of your country. She established joint relief mechanisms with local hospitals frequently, reducing the suffering of patients in villages that lack medical care.（我妻子除了在工地上救治生病的员工，也很愿意为贵国民众服务。她与当地医院建立了联合救助机制，减少了那些缺医少药的村庄病人的痛苦。）”

在场的人无不对钟铁军刮目相看。巴布扎、里斯克、康姆和莎菲娅在钟铁军、路同和陪同下检查完仪式现场后，走向河岸，看到河中正在填筑的围堰。康姆提示说：“Zhong, tell the personnel at the scene, Nero crocodiles are cold-blooded, look out that they may hide underwater, taking chances to attack the construction staff. This is a key point in security.（钟，告诉现场人员，尼罗鳄非常冷血，小心它们隐匿在水下，乘机攻击施工人员。这也是安保的一个重点。）”

钟铁军点头以示回应。巴布扎说：“Looking at the Blue Nile，I remember the civil war and the foreign war. Big Teeth，you say，how many enemies in this river have become the food that crocodiles fight for?（看到青尼罗河，我就想起了内战和对外战争。大牙，你说吧，在这条河里有多少敌人成了鳄鱼拼抢的食物。）”

大牙得意地笑着，说：“I remember that day，a row of enemies went across the river，half of the soldiers were bitten by crocodiles and dragged down the water. They were instantly torn into pieces and swallowed into the stomach of the crocodiles. The muddy river immediately turned red.（我记得那个白天，一个排的敌人渡河，有一半士兵被鳄鱼群咬住拖下水，瞬间被撕裂成碎块吞进肚里，浑浊的河水立马变成了红色。）”

“Yes.（是的。）”巴布扎将军说，“Therefore，I hope that during the construction of the bridge，no employees will fall down nor provoke those crocodiles who climb ashore to bask in the sun to replenish their energy.（所以，我希望大桥施工期间，不要有一个员工掉下去，或无故招惹那些爬上岸来晒太阳补充能量的尼罗鳄。）”

临走，巴布扎对路同和说：“Lu，Hani's art hall problem has not been settled yet，you and Dai are going to participate in the final round of negotiations. I have reported to the President the difficulties encountered in the existing planning line，if that Yankee does not agree to the demolition proposal，you will need to modify the line design as soon.（路，哈尼的艺术殿征拆尚未解决，你和戴要去参加最后一轮谈判。我已向总统报告现有规划线位遇到的困难。如果那个美国佬不同意拆迁，你方还需要抓紧修改线位设计方案。）”

路同和答应了巴布扎将军的要求，称会全力配合。里斯克和莎菲娅一再叮嘱路同和与钟铁军尽快将物资材料运到现场，不要再拖延开工典礼时间。直升机快速转动螺旋桨，起飞后转眼消失在了森林上空。路同和板着脸，催促钟铁军马上联系车队，看李小兵他们走到哪儿了。材料运不到现场，什么事儿也干不成。

张放半夜被劫后，车队即刻启程，披星戴月，跨越沼泽地和无人区，在无边无际的森林里又耽误了一天。本以为这条绕行的森林之路车少好走，谁知不仅年久失修，还都是沙性土壤，表面虽然有几十厘米的腐殖土，下面却是沙土，即使在旱季行车速度也会受到影响。

耸入云霄的古树和藤蔓缠绕的灌木，遮盖了蜿蜒崎岖的路面。因为没有卫星定位，吴大友只能将地图摊开摆在副驾驶座上，按照地图标注的路线，驾驶着载有数吨重钢轨的头车，跑在车队的最前面。三个小时行驶不到六十公里，把司机们磨得没有了脾气。一棵倒掉的大树，足有三十多米长，不偏不倚横在前面挡住了去路。吴大友把车停好，先用对讲机通报了路况，然后跳下来，走到大树跟前一瞧，吓得掉头就跑。后面跟上来的司机问怎么了，他大汗淋漓，气喘吁吁地说："那棵大树上趴着条五米多长、碗口粗的蟒蛇，太吓人了。"

几个胆大的黑人司机，走近大树看了看，满嘴嘀咕着土著语，跑到森林寻找树干去了。一名黑人嬉笑着说："The python is no problem. We will catch it or drive it away，but the tree is too big to move away.（蟒蛇好办，我们会捉到它或将它赶走，但树太大了，没办法挪开。）"

李小兵和张放跑过来，让那几个黑人司机先想办法赶走蟒蛇，再解决移开大树的问题。黑人司机从森林里抱来了两根早已枯死的超长树干，用力折断上面的树枝，将吴大友和李小兵以及张放等中方司机支开，慢慢靠近大树，用树干挑弄蟒蛇的头和身子。他们的举动激怒了蟒蛇。只见蟒蛇昂起头做好攻击姿势，以极限速度一下子咬住了其中半截树干。另一名黑人趁机举起树干猛地砸向蟒蛇的颈部，蟒蛇立即缩回去，再次蠕动身子想要发起第二轮攻击。

"Haha，come on.（哈哈，来吧!）"被蟒蛇咬住长杆的那名黑人司机，迅速抽回长杆举向空中，"Today，let's see who is the conqueror. We haven't tasted snake meat for a long time. We are going to cook you into snake soup.（今天，咱们看看到底谁能征服谁，我们很久没吃蛇肉了。小心把你煮成蛇汤。）"

两根树干同时砸向了蟒蛇的颈部和身子。蟒蛇再次发起攻击，黑人边用树干抵住它的头部，边快速闪开躲到一侧。几个回合下来，蟒蛇无法制服眼中的猎物，伸着长颈从大树上爬下来，钻进了森林。几个黑人司机举着树干去追，被李小兵和吴大友喊了回来。

李小兵、吴大友和张放招呼司机们走到大树前，按大树的长度均匀地分布好站位，弯腰扒着树身和粗壮的树杈，喊着号子把力气用在一个点上，试图把它挪开，但使出吃奶的劲儿大树仍纹丝不动。张放拍拍手上的泥巴，说："抬不动，算了吧，把车上的千斤顶拿来。"

司机们按照他的吩咐跑回车上，将千斤顶提过来。树身贴地，下面没有更大的间隙，只有中间一截能塞进五具千斤顶。固定好位置后，李小兵叫大家同时加压。由于地面接触体积太小，千斤顶迅速被压到了沙层里，仍然没能撬动树身。车上有满车的钢轨，十几个人抬不动，即便是能抬动也无法用钢轨把沉重的大树移走，这令大家十分沮丧。吴大友掏出手机想联系驻点或那些停在老路上等待救援陷车的装载机，可森林里没有信号，气得他差点儿把手机摔了。

"就地休息吃午饭吧。"吴大友说着朝车辆走去。一名黑人司机主动提出步行去最近的村庄找人，或借一辆摩托车，到森林外面去叫装载机。这或许是唯一的办法。李小兵说森林里野兽出没，问他有没有胆量和把握。那名司机称自己想办法，他又叫了另一名黑人司机做伴，两人提着从车里找出的工具离开了车队。

司机们从车上卸下煤油炉与干粮，开始扎堆做饭。张放被洗劫一空，车上什么也没有。英杰拉各车都已吃完了，其他食物也所剩无几。李小兵和吴大友把自己仅有的食物分给张放。几个饭量较大的黑人司机，车上也没了能果腹的干粮，顺手抢了张放面前的食物。饥肠辘辘的张放很恼火，起身抬脚将黑人踹倒在地。其他几个黑人立马又叫又喊，摆出一副打架的阵势，恼怒地冲到张放跟前。其他中方司机见状也都起身，站在张放一侧。

冲突一触即发。李小兵上前拉起倒地的黑人，说："Man, you shouldn't have taken Zhang Fang's food. He was robbed on the way, but you wasn't.（伙计，你不该抢张放的食物，他路上遭到了抢劫，而你没有。）"

那黑人说："I don't have enough to eat, or I'll quit, and you'll find someone to drive the car back.（我肚子吃不饱。要不然我不干了，你们找人把车开回去吧。）"

吴大友知道黑人借题发挥想撂挑子，就把自己的食物递给张放，说：

"给，你吃我这份，别与他们争了。"转头通过李小兵翻译给黑人说："Man, you can't take advantage of us, let alone threaten us. If you quit now, you won't get a penny for the work these days, and you'll leave the site forever, losing the job. Think about it.（伙计，你不能乘人之危，更不能要挟我们。如果你现在不干也可以，那前几天的工钱你别想拿到一分钱，并且从此你要永远离开工地，丢掉这份工作，你自己看着办。）"

黑人司机相互瞅着，不再说话。抢食物的黑人又把食物递过来还给张放。吴大友用手挡住他，让李小兵告诉他，说："Come on, man, you take the food. We'll keep moving on after we move the tree away.（行了，伙计，你吃吧，树挪开后咱们上路。）"

吴大友把食物全部给了张放和黑人，自己没有吃。"我不饿，"他说，"你们抓紧吃。"

李小兵把车上所有的东西也提了过来，问黑人司机："Anyone else wants it? Take it.（谁还要？都拿去。）"

黑人们冲他点头，但没人再去拿他手中的食物。张放将食物匀出一小块儿递给吴大友，说："咱们现在已经山穷水尽了，必须尽快走出森林回到工地，否则会被困死在这里。"

五个小时过去了。刚吃完饭收拾好东西，一辆装载机开了过来，踏板上站着外出的两名黑人司机。装载机司机是铁路沿线驻点的一名员工。大家看他到来，个个激动不已。"你们怎么走这条路？"司机从驾驶室里伸出头来说，"那条老路是不好走，但毕竟有车，出了事儿好照应。这条路又远又偏，如果不是他俩找到我们，都不知道有个车队在这里。"

李小兵跑到前面引导装载机，喊道："那条老路压翻浆了，重车实在没法跑，这里好歹能通行，只是路基不够好。"

装载机很快将大树推到了路边，清除了前进的障碍。吴大友看了看地图，距离工地还有一百多公里，估计还要跑五六个小时。丛林里热气蒸腾，闷热得实在令人难受。司机个个汗流浃背，不得不落下窗玻璃，让气流从驾驶室穿过，那样更加凉快一些。这给森林里成群的蚊蠓提供了机会，瞬间钻进来扑到脸上，拍一巴掌满手是血。前来救援的那名司机，将装载机开到路边让车队过去，告诉最后押车的李小兵说，他回去会通知沿线救援值班的装载机司机，随时关注他们的动向。

车队放松了紧张的情绪，一路朝北驶去。经过一个很小的原始部落后，路上终于可以看到几个稀疏的人影了，这大大减轻了司机们的心理负担。可是，这种情形并没有持续太久。仅行驶几十公里，又进入了森林深处最艰难的路段，路面出现一洼洼大雨过后的积水。前面九辆车蹚着泥沼开过去了，由中方司机驾驶的第十辆车的车轮，则深深地陷在了泥沼里，把后面的车堵在了路上。

“喂，我陷车了，后面别跟这么紧。”司机抓起对讲机喊完，扔在副驾驶座上，之后用力将方向盘打来打去，试图摆脱困境。车轮在泥潭里打滑，泛红的泥水四处飞溅。他跳下车，弓着身子朝车下看了看之后，爬进驾驶室，加大油门先前进后倒车，车轮搅动的泥浆在车头前面翻卷，糊住了整个挡风玻璃。吴大友停好车，在对讲机里喊：“大家都下车，去帮帮后面那一辆。”

李小兵、张放等人停下车，用衣服把整个身子捂得严严实实，生怕遭到蚊蠓的攻击。那名陷车司机愁眉苦脸直叹气，跳下来观察着车下情况。这段路是长达百米的烂泥坑，车身上泥点斑驳，车子趴在泥水里一动不动。他问道：“为什么你们都过去了，就陷住了我的车呢？”

李小兵蹲在地下瞧车轮，说：“前面的重车把路压坏了，后面的车当然要遭殃。来吧，大家一起动手试试。”

司机再次爬进驾驶室发动了引擎。吴大友、李小兵和张放及其他司机站在两侧，手扒着车厢，在发动机阵阵轰鸣中使劲儿推车，车轮下的泥水甩在每个人的衣服和脸上，瞬间所有人都成了看不清面孔的泥猴，然而四个车轮仍在空转。张放叫司机们从车上拿来铁锹，在路面上挖出一条壕沟，将泥水排进森林里。再看时，才发现车的四轮悬空，底盘大梁托在了车辙中间隆起的泥堆上，用铁锹掏掉泥土，再试仍不能开出泥潭。一直忙碌到天黑，始终没能推动那辆车，陷车实在太糟糕了。此时，已能听到野兽在森林里发出的号叫声。面对这种状况，李小兵等人束手无策。吴大友拿来地图查看，救援车就在十多公里外，手机没有信号，仍然无法取得联系。

“Well.（哎!）”李小兵喊先前那两个走出过森林的黑人司机，“Dude，can you walk to get a rescue truck?（伙计，你们还能再步行去叫救援车来吗?）”

“No，boss.（不行，头儿!）”一名黑人司机说，“It's dark，we can't walk

anymore. There are too many beasts here. （天黑了，我们不能再走路去，这里的野兽太多了。）”

吴大友着急地说：“What then? Are we just waiting here? （那怎么办？我们就在这里干等着吗？）”

李小兵沉思半天，让吴大友和张放带前头九辆车先走，如果见到救援车或能打通电话，就让停在老路值班的装载机到这个路段来找他们。吴大友和张放别无选择，嘱咐李小兵和后面五个司机保护好自身安全，耐心等待救援车的到来。前面的九辆车亮着大灯开走了，李小兵和其他司机聚集在一起，把车上所有的食物吃了个精光，接着在恐惧和寂寞中等待。饥饿、困乏和疲劳过度，使他们绝望无比。他们中间有位中国司机是个小伙子，泥水和汗水令他稚嫩的脸颊湿漉漉的，边吃东西边扭头掉起眼泪来。李小兵问，咋了。他抽泣着说：“我好想家。干吗跑到国外来受这份洋罪？”大家七嘴八舌跟他开玩笑，想方设法安慰他。黑夜给了野兽出没的机会。李小兵命令大家早点回到车上去，大部分司机就在车里迷迷糊糊睡着了。

吴大友与张放带着九辆重型卡车，一直沿着坎坷不平的土路往前开。森林里分不清东西南北，只懂得前后左右。快到一个岔路口时，有车辆从另一条路上驶过，车灯前晃动着靠路边行走的人影。吴大友开头车，第一个拐上那条大路，却被站在路边的一个黑影挡停了。

“Well. （哎！）”那个黑影站在车下喊，“Can I take your car back to the barracks?（能让我搭你的车回军营吗？）”

吴大友将头伸出去，仔细打量那个黑影。那人穿着一身军装，腰里还挎着一把手枪，好像是一名军人。吴大友只能用手比画着问他是不是要去前方。黑人似懂非懂地频频点头，指着前面回答：“Yes. （是的。）”

吴大友不敢让发动机熄火，顺手抓起对讲机，问后面的司机能不能让人半路搭车。不等对讲机里回复，那个黑影已经拉开外侧的车门蹿了上来。

“Let's go. （走吧,）”那名官员说，“I'll get off just ahead. （我到前面就下。）”

吴大友有点儿紧张，边看着前方的路面，边警惕地用余光瞅着上来的黑人，心里琢磨如果遇到麻烦该如何对付。那人似乎看出了他的担忧，开玩笑说：“You don't have to worry. I'm a soldier, not a robber, and won't rob you for things.

（你不用担心，我是军人，不是劫匪，不会抢你的东西。）”

吴大友微笑着点点头。对方扭头看看车后，问：“The rail in your car is very valuable. Is it used for the railway construction?（你们车上拉的钢轨很值钱，是修铁路的吗？）”

吴大友不知道对方说什么，只好犹豫着回答：“Yes.（是的。）”

那人摇着头又说：“Some of my comrades were sent to the railway construction site as soldiers，which is very interesting work. I did make the register，but it wasn't my turn.（我的战友有的被派去铁路工地当了随队士兵，那是很有意思的工作。我也报了名，但没轮到我去。）”

吴大友英语不熟练，只管听着，车里的气氛一下子变得轻松起来。行驶到森林一座山前，山坡上出现了一片低矮的房子，门前有士兵站岗。那黑人军官让车停下，推开车门，一条腿已经伸出去踩在踏板上，又转过身来伸出两根手指，做出夹烟的手势，问：“Do you have cigarettes? It would be better if you give me a pack. I'm addicted.（你有香烟吗？最好能给我一包，我有烟瘾。）”

吴大友看懂了他的意思，用英语夹杂着汉语，摇头说：“No，我没有。”

黑人军官很不高兴，下车后用力把车门甩上。吴大友松开脚下的离合器，刚朝前开几步，就听到车后传来几声枪响。一颗子弹穿透右前方风挡玻璃飞了出去，另外两颗子弹打在车厢上面的钢轨上，迸出一串火花。他浑身一颤，加大油门飞速疾驰，抓起对讲机喊：“各车注意，后面那个军人要烟我没给，他就开枪了，你们把车窗玻璃全都升起来。”张放及后面的司机听到呼叫，谁都不敢掉以轻心，在紧张的气氛中，以最大速度冲过了营区。

遭遇陷车的几名司机，闷在车里迷迷糊糊不知睡了多久，蓦然听到李小兵的喊声：“前面来车了，大家都下来。”

司机们振奋了精神，纷纷从驾驶室里跳下车。陷入泥沼里的那辆车对面，射来两束大灯，由远而近，渐渐朝这边靠拢。李小兵和那名中方司机如见到了救星，站在车前路中央挥动双臂示意停车。等车辆停在几十米开外的对面后，他俩才看清那是一辆军用卡车，几个挎枪的士兵站在车厢里。

“Hey，friend.（嘿，朋友，）”一名军官从驾驶室里探出头来问道，“Why are you in the way? Is the car stuck?（你们为什么挡路？是陷车了吗？）”

李小兵把后面的黑人司机叫过来当翻译，回答说：“Yes. The car is stuck in the mud，we have been trapped for quite a while. Can you help us pull the car out?（是的。车陷在了泥沼里。我们被困大半天了，您能不能帮我们把车拉上来。）”

那名军官跳下驾驶室，招呼车厢里的士兵下车，边自言自语埋怨糟糕透顶的烂路，边走到陷车旁边看。“Well，you’re a Chinese railroad builder, right?（呃，你们是修铁路的中国企业吧?）”军官说道，“The rail can be only used in the railway and construction materials be used on the site.（只有铁路才用得到钢轨，工地才使用建筑材料。）”

李小兵客气地说车盘拖底了，问能否麻烦他们用钢索拉出泥沼。那名军官走回军车前用手连敲车门，说：“Get down，help the Chinese friends pull out the car. Bring the wire rope quickly. Find some more wood to cushion under the wheel. Go!（下来，帮中国朋友把车拖上来，快把钢丝绳拿来。再去找些木材来垫在车轮下面，快去。）”

士兵们从车厢里扔下了钢丝绳，抬到陷车前面，然后打着手电跑进了森林。李小兵和其他几名司机协力将钢丝绳一头套在陷车大梁上，另一头挂在掉头后的军车铁钩上。等士兵们抱来断裂的枯木塞到车轮底下后，两个司机一前一后点火启动了发动机。军官和李小兵、司机们浑身是泥，站在旁边望着两辆同时启动的汽车。在机器阵阵沉闷声中，钢丝绳越拉越紧，拖着陷车渐渐往前移动，枯木在车轮下翻滚着，发出咯吱咯吱的响声。军官有节奏地挥手喊道：“Step on the accelerator，fine，and move on.（再加油，好，前进。）”

陷车终于在军用卡车的拖拽下缓缓驶出了泥沼。李小兵和司机们向军官与士兵表达了一番感激之情。正要告别，森林里忽然传来一阵狮子和黑熊的号叫。军官熟悉这些猛兽的声音，侧耳听了听，从士兵手里夺过半自动步枪，推子弹上膛，对准号叫声发出的方向扣动了扳机，几声清脆的枪响震荡了寂静的森林。军官将枪扔给士兵，对李小兵说：“Don’t be afraid. With these gun shots，the beasts dare not come near you again. Wish you Chinese friends all the way well.（不用怕。有了这几声枪响，野兽就不敢再靠近你们了。祝中国朋友们一路顺利。）”

剩下的六辆车连夜重新上路了。司机们更加小心，谁都不想再在这条车辆和行人极少的森林路面上陷入绝境。李小兵殿后，过一会儿就会抓起对讲机与前面的司机保持联系，让大家借助灯光观察后面车辆跟随的距离。大约比较顺利地跑了两个小时。突然，李小兵从反光镜里看到，后面追来一辆大车，紧跟着他的车，不停地按喇叭催他加速。尾随一段路之后，趁森林一片平坦的地形，超车插在了他与前车的中间。路很窄，再想超车极其困难。李小兵只好跟在那辆车后头慢悠悠地跑。前车从反光镜里看到有灯光跟随而来，误以为是殿后的车辆。李小兵曾用对讲机喊过两次话，时间一长，前面的司机也分不清哪辆是他的车，哪辆是插队进来的车了。进入前面森林最糟糕的路段时，因为没有信号，对讲机只发出吱吱啦啦的噪音，前后谁也听不到谁的对话，车队在沉寂中缓慢地爬行。

后来，李小兵驾驶的车底盘下发出一声炸响，车辆当即失去了动力。看着车队远去，他心急如焚，不得不将车停下，打着手电钻进车底检查状况。底盘完好无损，他意识到是变速箱的毛病，赶紧爬回车里，发动机器、挂挡，果真听到齿轮磕磕碰碰互相咬合不到一起的声音。车趴窝不能动了，车队已渐行渐远，前方根本看不到一丝光亮。拿起对讲机与消失的车队联系，喊了多遍没人回答，手机也无信号。惊慌中，他爬进驾驶室按出长串急促的喇叭以示求救，但并没有得到任何回音。环顾四周一片漆黑，阴森可怕，一种莫名的恐惧感油然而生，急得他大汗淋漓。现在一人孤立无援，一切要靠自救。李小兵不顾危险，钻到车下打开变速箱，试图排除故障，可他不是内行，即使发现了车的毛病所在，也没有零配件。李小兵一筹莫展，欲哭无泪。他想徒步走出森林或去找附近的部落，不过理智告诉他那样更危险。森林里各个角落晃动着一双双亮光，时不时传来狼群的号叫。他放弃了努力与想法，爬上车等待救援。

雨季的丛林，湿热难耐。为躲避野兽和蚊虫的叮咬，李小兵只好躲在闷热的驾驶室里。各种野兽与动物的叫声此起彼伏。他扭头朝车下瞥了一眼，发现十几只野狼闪动着发光的眼睛，围着车转来转去，边号叫边昂头看驾驶室，吓得他赶紧锁好车门，升起车窗。

不知什么时候，夜间的天空聚集起团团阴云，森林上空划过道道闪电，不时传来阵阵霹雳声。随着接二连三的电闪雷鸣，一个巨雷穿透森林的枝叶劈了下来，顷刻间大雨如注，雨点砸在车顶和玻璃上噼里啪啦地乱响。李小兵躺在驾驶室的座位上，外面饥饿的动物在不停地吼叫，并且不断地撞击车体。车上不但没了备用干粮，连自备的饮用水也已喝得一干二净，之前吃过的食物彻底消化了。没过多久，他感觉自己开始有些虚脱，口干舌燥，嘴唇出现干裂，渐渐地产生了各种各样的幻觉。

经过一路的千辛万苦，吴大友和张放率领车队的头九辆车，终于到达大桥工地和铁路沿线钢轨临时存放点。冲过军营往前行驶了几公里，拐上大小车辆行走的老路时，吴大友遇到了停在沿线值班的装载机。他把后面陷车的位置与联系方式告诉了司机，装载机当时便轰隆隆开过去救援，在森林里看见后面的陷车迎面而来。那名陷车司机坐在车上往后瞧，发现车后有五组大灯照过来，就对装载机司机说所有车辆都跟上来了，劝他掉头往回走。殊不知，最后那组车灯不是李小兵驾驶的运输车，而是插队进来的车辆。等夜里到达目的地卸车时，吴大友问李小兵的尾车哪去了，陷车司机数到最后不见那辆车，急忙打电话联络，可手机打不通。张放说："准出事了，沿原路连夜往回返吧。"

当时，钟铁军和第五小刚都在大桥工地。汪静和另一名医生也来了，她们是为工开典礼进行医疗保障的。吴大友和张放把情况向钟铁军做了汇报。钟铁军马上紧张起来，指派汪静、一名随队士兵和现场修理工，分别带上急救药品及汽车配件，乘坐大牙开的越野车，跟随吴大友及张放的车队往回赶。天亮时分，他们在森林里找到了李小兵和那辆车。车前有十多只森林狼趴在地上。在离李小兵的车辆不到一百米时，大牙停好车，让随队士兵开枪将森林狼赶走。士兵下车后站在车门旁边，举起 AK47 步枪朝森林狼卧趴的地方连放两枪，那些狼迅速起身，钻进了森林。

李小兵在迷乱的幻觉中，隐隐约约听到了刺耳的枪声。他不知道前方又出现了怎样的情况，挣扎着想从座位上爬起来，但心脏扑通扑通跳得极快，浑身没有半点力气，只好静静等待，无畏地面对生死。大牙将车开到离他最近的地方停下，随队士兵下车警戒。吴大友、张放和修理工，拉开车门迅速爬上去，不断喊李小兵的名字，将他从驾驶室里抬下来。脚踏地面的那一刻，他栽倒在了泥地上昏死过去。

李小兵醒来时，已经躺在了项目部卫生所的病房里。经过汪静一天的救治，他的身体逐渐恢复了正常。王子浩踮着脚跟赵雅清一起跑来看他，李小兵将一路遇到的惊险与艰难讲给王子浩俩人听。他们发出一连串惊叹。王子浩说："在国外干活，保命重要。"

赵雅清说："可不是嘛，谁也说不清什么时候，在什么地方，发生什么样的事儿，就像你掉进陷阱一样，根本意想不到，说没命就没命。"

汪静拿来药递给李小兵，说："幸亏你没下车，只要脚一沾地，那些森林狼就会扑上去把你撕得粉碎。"

"可吓死我了！"李小兵一口把药吞下去，"我清楚狼在下面，心想听天由命吧，好在你们赶来了。"

李小兵问起王子浩的腿咋还没好。汪静说他的小腿胫骨错位，还需要养。王子浩问玛莎有没有去采药，汪静说昨天刚派卡娅陪玛莎去。李小兵不知道玛莎是谁，王子浩说："你们路上吃的英杰拉就是玛莎做的。她是个黑美人，等她采药回来你就能见到。"

按照钟铁军的吩咐，李小兵在卫生所又多调养了一天，才回到物流基地，继续组织向工地运输物资材料，始终没见到玛莎。

在李小兵车辆抛锚的那天晚上，卡娅带玛莎回了一趟自己的部落去看望家中父母。当然，卡娅的目的是带她去见大牙的母亲。他父亲早去世了。大牙母亲见玛莎来，很是欢欣，把家中仅有的食物拿出来，招待她和卡娅吃了顿饭。大牙家穷得跟玛莎家差不多。玛莎并不嫌弃。卡娅把玛莎叫到自己家中住了一夜。

第二天，卡娅从酋长爷爷那里要了些蛇药，以防在森林里遭遇毒蛇咬伤。然后，两人手拿用来轰赶野兽的镖枪，各背一只用树皮织成的篓筐，结伴去了她们熟知的森林和青尼罗河河谷。穿行在热带雨林中，玛莎边走边注意长在山坡上、树上或灌木丛中的花花草草。凡是她认为可以做药的植物，都被折断摘下来塞进篓筐里。卡娅告诉玛莎，她做的英杰拉非常受中国员工的欢迎，那些员工都认为她很漂亮。玛莎很自信地笑笑，与卡娅聊起钟铁军和大牙来。她感觉到杨琳、赵雅清和汪静对她的敌意，说她现在只想成为大牙的妻子，将来两个人不再回部落，要去首都做生意赚钱。卡娅心里想着刘柱，称自己就想跟刘柱回中国。

玛莎说："It's certainly good to go to China，but you need to get the consent of doctor Wang's. （能去中国当然不错，但你需要那名汪医生同意。）”

卡娅很愕然，问：“Why her consent?（为什么要经过她的同意？）”

玛莎神秘地说：“Don't you see that Dr. Wang's in love with your lover, sweetheart?（你没看出汪医生对你的意中人有爱恋吗？）”

“I know that. （这个我知道，）”卡娅说，“But she didn't want to marry that young man named Liu. （可她并不想嫁给姓刘的小伙子。）”

在爱情选择上，卡娅尚不如玛莎明智。她对刘柱的感情期盼，可以说是盲目且带有幻想的，因为她不知道刘柱的家境，只是向往中国的富裕以及中国人的诚实、勤劳与温柔。玛莎明白钟铁军不会娶自己做妻子。尽管她对钟铁军一见钟情，但不如面对现实更好。

快近中午的时候，俩人沿着青尼罗河南岸来到大桥工地附近。她们看到上百号民工和当地黑人，在忙碌着搭建开工典礼的舞台，旁边停着数辆大型机械。民工和劳工们见她俩从工地走过，一束束目光投射到俩人身上。首先看到玛莎的是皮克、贝蒂和沃恩。大牙不在大桥工地现场。正在指挥吊装材料的钟铁军见到她们，迅速走过去，问她们来这儿干啥。卡娅说，汪静派她和玛莎来采药帮王子浩敷伤。玛莎深情地望着钟铁军，有礼有节地喊了句“酋长”，没有说其他的话。钟铁军嘱咐她俩多加注意，采完药马上回项目部。

玛莎和卡娅冲钟铁军点点头，沿着河岸继续往森林深处走。当俩人离开工地绕过一道弯时，从大树后蹿出三个人来。她们看清是皮克、贝蒂和沃恩，三个人借上厕所的名义尾随了两个姑娘。卡娅警惕地问他们想干什么。皮克诡异地笑着走近玛莎，说：“Beauty, you are so beautiful. From the first time I saw you, I knew you were the woman who would be my wife. I'm going to be rich soon. （美人，你好漂亮。从见你第一眼起，我就认准你是给我做老婆的那个女人，我很快就有钱了。）”

玛莎想躲开他，被沃恩和贝蒂拦住了。玛莎愤怒地说：“I already gave myself to my husband. （我已经把自己许给了我的未婚夫。）”

“Ha, who's your husband? （哈，谁是你的未婚夫？）”沃恩戏谑说，“Why we never met him?（我们怎么从没见到？）”

卡娅把玛莎挡在身后，说：“My cousin Big Teeth, the guy who drives for

the manager.（我堂哥大牙，就是给经理开车的那个人。）”

“Get out of here! Stinky woman. I don't like ugly woman like you.（滚开！臭女人。我看不上你这个丑八怪!）”皮克用力将卡娅推到一边，直扑玛莎，说：“I know that Big Teeth, so what? The woman I'm seeing should sleep with me.（是那个大牙又怎么样？我看上的女人理应跟我睡上一觉。）”

玛莎惊恐地推开皮克，随即用镖枪对准他，骂道：“Get out of here, or I'll let you taste this poisoned dart.（走开，不然我会让你吃这带毒的镖尖。）”

皮克不以为然地眨眼笑着，说：“Come on, beauty, I'll die under your dart gun.（来吧，美人，我愿意死在你的镖枪下。）”说完，他猛然夺过玛莎手里的镖枪扔到远处，趁机紧紧地抱住了她：“Maybe you have tasted countless men, but I dare say I am the best of all. You may try today.（也许你尝过无数个男人，但我敢说我才是男人中最棒的，今天让你试试。）”

玛莎在皮克怀里拼命地挣扎与呐喊。卡娅用镖枪一直对准贝蒂和沃恩，他们不敢靠近眼前这个手中持有武器的女人。皮克喊：“Betty, Vaughn, try your best to get that bitch down.（贝蒂，沃恩，使出你们的绝招制服这个婊子。）”

贝蒂和沃恩不敢上前，卡娅边骂边掉转镖枪对准皮克，怒吼道：“Get off Martha! You dirty stinky men. Believe it or not, I will impale your heads.（放开玛莎！你们这些不要脸的臭男人，信不信我敢刺穿你的脑袋?）”

皮克斜眼瞅着卡娅，从她的眼神里看到了女人的愤怒。最终，他松开了玛莎，冲卡娅挤眉弄眼地笑，说：“Well, you've ruined my business. I really want to make an appointment with your cousin. I'll break his neck.（好吧，你坏了我的好事。我真想跟你的堂哥来一次约架，我会拧断他的脖子。）”

玛莎抽身勇敢地站在皮克面前，抬手一巴掌重重地扇在了他粗糙的脸上。

# 第十八章

玛莎和卡娅采完药，当天下午就搭乘工地上的一辆皮卡车回到了项目部。她俩并没有提及被皮克欺负的事儿。玛莎将采集来的那些药材，经过淘洗捣成糊状，又找汪静要来医用器具，放在锅里蒸了一个时辰，取出之后涂到一长条纱布上，敷在王子浩受伤的胫骨部位，用绷带加以固定。王子浩顿时感到小腿忽凉忽热，阵阵刺痒，过去那种较重的疼痛感蓦然消失了。

玛莎欣慰地说："Apply the herbs for seven days and you will be cured thoroughly. You can get back to what you were before. Try not to move around.（连敷七天就能彻底治愈，可以恢复到从前的样子，尽量少走动。）"

汪静怀疑地问："Is this thing that amazing?（有这么神奇吗？）"

卡娅说："Please believe in Martha, the herbs picked by her are the best. A lot of fractures and injuries have been cured by these herbs.（请相信玛莎，她采的药是最好的，用这些药治好了不少骨折和跌打损伤的人。）"

第二天换药时，王子浩和汪静聊起她们采药途中有没有遇到凶险，卡娅才将俩人在森林里遭到皮克三人侮辱的经过说出来。王子浩和汪静都怒了，当即拨通了钟铁军的电话。钟铁军在大桥工地典礼搭建现场，正忙得不可开交，王子浩话没说完，他就哼哼哈哈应付两句挂断了电话。刚巧，刘柱和杰姆斯到项目部找赵雅清借钱买材料，卡娅把他俩堵在院子里，说："Martha and I were bullied by Pick, Vaughn and Betty. Pick wanted to rape Martha but didn't succeed. He is a bastard. You should avenge for Martha and me.（我和玛莎被皮克、沃恩、贝蒂欺负了，皮克想要强奸玛莎没有得逞。那是个该死的男人，你们应该替我和玛莎出这口气。）”

刘柱有些摸不着头脑，问哪个皮克。汪静抬眼白他，说：“于长山劳务队的当地劳工，他是个浑蛋。”

刘柱臊红着脸瞅汪静，说：“那个人不归我们队里管啊。”

王子浩说：“玛莎和卡娅是为我去采药受的欺负。甭管归哪个队管，都应该教训教训那几个家伙，不然他们见了玛莎、卡娅、汪静和雅清都起歪心咋办？”

杰姆斯知道玛莎将成为大牙的妻子，对兄弟的事情自然上心，问道：“Martha，do you need me to take someone to beat that asshole?（玛莎，你需要我带人去揍那个浑球吗？）”

卡娅气急地说：“James，grand chief and chief of his tribe are good friends，and he shouldn't have done that.（杰姆斯，酋长爷爷跟他部落的酋长是好朋友，他不该这么做。）”

刘柱咬着牙说去收拾皮克，让他长点记性。赵雅清叫他不要掺和黑人之间的事，不然与当地关系不好处，留给杰姆斯他们去解决。刘柱说，那卡娅不是白跟他说了吗？汪静问他是不是真打算把卡娅带回国？刘柱回答说，从来没想过，自己一个孤儿没人能瞧得上。汪静叮嘱他听赵雅清的，中方员工不能跟黑人劳工发生矛盾。

玛莎羞涩地说：“James，forget it. We're not gonna get any closer to Pick and people around him.（杰姆斯，算了。我们以后不会再接近皮克那帮人。）”

杰姆斯说：“Big Teeth and I will take care of this. You just do your work，cure Manager Wang's leg injury and get him back on the battlefield.（这件事交给我和大牙来处理。你们安心工作，把王经理的腿伤治好，让他重新上战场。）”

事情就这样传开了。当天晚上，杰姆斯喊了几个部落来的黑人，乘车去了于长山劳务队驻地，跟随队士兵打完招呼，把皮克、沃恩和贝蒂叫到了院外。“Dude，what's up?（伙计，有什么事吗？）”皮克理直气壮地说，“We just got back from the bridge site and haven't eaten yet.（我们刚从大桥工地回来，还没吃饭呢。）”

杰姆斯说：“Pick，I know you and Vaughn. You bullied two girls in the forest over the Blue Nile Bridge site. Do you know who those girls are?（皮克，我认识你和沃恩。你们在青尼罗河大桥工地那边的森林里欺负了两个女孩，你们知道那俩女孩是谁吗?）”

沃恩站在暗处问道：“Dude, who are you?（老兄，你是谁?）”

杰姆斯说：“You don't need to know who I am. Now let's talk about your bullying of the girls.（你不用我问是谁。现在咱们来说说你们欺负那俩女孩的事儿。）”

皮克嘻嘻哈哈地说：“I don't understand what you're talking about. We didn't bully any girls. Actually, we work at the construction site all day.（我听不懂你讲的是哪个。我们没有欺负什么女孩。真的，我们整天都在工地干活。）”

“If you don't admit it, then fine.（既然你们不承认，那好吧，）”杰姆斯愤怒地说，“Let me tell you.（让我来告诉你。）”

杰姆斯说着挥拳打去，皮克踉跄着后退了好几步。沃恩和贝蒂见状胆怯地躲到了一边，被其他几个黑人从后面拦腰抱住。“And you two.（还有你们俩。）”杰姆斯骂道，“Son of a bitch, Vaughn, dare to bully our Dinka girl, you are really audacious.（狗娘养的沃恩，敢欺负我丁考族的姑娘，我看你们是吃了豹子胆。）”

一阵拳脚过后，皮克三个人开始痛苦的哀号。杰姆斯说：“Remember that Kaya is my cousin, another pretty girl, Martha, is my cousin Big Teeth's fiancee. They all have a good job in the project department. If you bully any of them or the women on the site again, I'll send you to God.（你们给我记住，那个卡娅是我的堂妹。另一个漂亮姑娘，是我堂弟大牙的未婚妻玛莎。她们在项目部有一份很好的工作。如果你们以后再敢欺负她俩和工地上的女人，我就送你们去见上帝。）”

虽然皮克、沃恩和贝蒂挨了一顿揍，但此事并没完结。杰姆斯去桥队找皮克和沃恩的时候，大桥工地开工典礼仪式现场已准备完毕，大牙拉着钟铁军刚回到项目部。汪静、赵雅清和王子浩挤进办公室，将此事详细地叙述了一遍，钟铁军极为吃惊。大牙气得火冒三丈，当即把卡娅和玛莎喊出来，问：“It's Pick and Vaughn?（是皮克和沃恩吗?）”

卡娅说：“Yes, and Betty. Pick wants to rape Martha.（是的。还有那个贝

蒂。皮克想强奸玛莎。）”

大牙将玛莎拉到胸前，抚摸着她的长发，说：“Never mind，baby，I’ll avenge for you.（不要紧，宝贝，我会去替你报仇。）”

第二天，漫天云彩遮挡了烈日，青尼罗河上微风徐徐，森林里的温度舒适可人，是个难得的好天气。大桥开工典礼仪式如期举行。一大早，康姆局长和地方警局蒂克塞斯局长带来许多维持秩序的警察、警犬和安保人员，如临大敌般地先把每一个角落和森林里五百米以内的一草一木仔细进行了搜查。巴布扎将军的副官又带来了特种部队、排雷专业队与随队士兵。他们各就各位，占据每一处有利地形，提前做好了防务准备，生怕遭遇恐怖袭击或民众闹事。数架巡逻直升机在森林上空不停地盘旋，青尼罗河上也游弋着军警驾驶的快艇。现场到处都是身穿专业制服、手持狙击步枪的军人。多家国家级媒体还开来了实况卫星转播车。

这天，项目部及各驻点、施工队的员工及黑人劳工都提前到达现场列队。难以计数的当地群众身穿节日盛装从四面八方赶来，森林里陷入一片狂欢。仪式现场竖起一台台高高的钻机、装载机、挖掘机。巨大的气球在森林上空飘摆。主席台后面的背景墙上喷绘了一座跨河大桥，横穿了整个幕布。路同和、戴国兴、钟铁军、第五小刚、王子浩、赵雅清几乎同时赶到。因为参加仪式的人员，大多是A国的高官政要，杨琳和医护人员将工地医院的救护车开来现场应急，汪静加入了现场医护小组的行列。皮克和沃恩、贝蒂也身着统一的工装，站在黑人劳工队伍里。他们不敢正眼瞧站在前面的钟铁军、大牙和相邻队伍中的杰姆斯、安保国和于长山以及刘柱。而大牙和杰姆斯、钟铁军早已盯着他们，眼里充满了仇恨并带有杀气。

杨琳身穿白大褂站在队列旁边，看见头戴安全帽、颠前跑后忙碌不停的钟铁军，既心疼又激动。此时，他正向路同和、戴国兴汇报施工进展和安保情况。汪静和赵雅清陪她走过去，引来一群人爱慕的眼神。钟铁军见到她，只冲她略微一笑，说：“我今天可没时间陪你。”

路同和怪他不会说话，骂他笨，咋的也要哄哄老婆嘛。汪静说：“是啊，杨姐好不容易跟你凑到一块儿，连句热情的话都没有，就一工作狂。”赵雅清不知何故，瞅着钟铁军，下意识地眨了眨眼低下头去。钟铁军清楚那种眼神代表着什么。杨琳拿眼瞪他，说：“行。只要见你一面就心满意足了。”

嘱咐他说，雨季到来了，各种传染病越来越多，要注意身体。这种场合夫妻能有一次短暂的相会，已经十分难得。

杨琳没来得及过问更多，只担心漂亮的玛莎对钟铁军施以围猎和纠缠。赵雅清看出了她的心思，让杨琳尽管放心，直言钟铁军不敢，她和汪静不允许玛莎与他接触。这当口，几架直升机轰鸣而来，降落在青尼罗河南岸一片空地上。高大的总统率政府总理和各部部长、巴布扎将军、里斯克局长以及哈瓦佳、莎菲娅与其他有头有脸的人物下了飞机，朝仪式现场走来。顿时，人群中欢声雷动，响起雷鸣般的掌声。外围的那些当地黑人男女跳起了欢快的舞蹈。巴布扎在路同和引导下来到展板前停住，向众贵宾介绍了大桥的基本情况、工期安排甚至施工工艺，引得政要一阵阵喝彩。总统说，这座大桥事关铁路的通行，可战争炸毁了原有的旧桥，必须争分夺秒修起来，打通两岸的阻隔。离开展板时，总统随口问，谁是这段工程的负责人。巴布扎将钟铁军拉到跟前说："It is him, a capable and intelligent young man.（就是他，一个能干且有智慧的年轻人。）"

总统握住钟铁军的手，说："Well done. When this railway is opened to traffic, I would like to ask the Chinese government to grant you a credit and recommend your enterprises to undertake more infrastructure projects in my country.（好样的。这条铁路通车时，我要让中国政府为你们记上一功，并推荐你的企业承接我国更多的基建项目。）"

钟铁军激动地说："Thanks for your coming, Mr. President; we'll finish the work on schedule.（感谢总统先生的光临，我们会按期完成施工任务。）"

总理亲切地问钟铁军叫什么。里斯克说出了他的名字，并解释说他名字就如同他的企业一样，是中国铁路的主力军。

总统的右臂一直搭在钟铁军的肩上，拉他停在主席台前，说："I appreciate the integrity of the Chinese people. Come on, I'm taking a photo with you at the bank of Blue Nile.（我很欣赏中国人的诚信。来吧，我要在青尼罗河岸边与你合影留念。）"

路同和与戴国兴一直跟在总统、总理和钟铁军身后。总统对钟铁军的夸奖，使俩人的脸面有些挂不住，但在众多高官面前，只能佯装笑脸。总统提出合影时，巴布扎和里斯克才将他俩推到前面。钟铁军迅速让开，给路同和与戴国兴腾出位置站在总统左右两侧。总统并不乐意，仍把他拉到身旁。戴国兴见此情景马上与总统拉开距离，将路同和拽到了总统的另一侧。

开工仪式持续了近一个小时。由巴布扎主持开工仪式后，路同和上台介绍了工程概况，总理代表政府致辞。最后，总统宣布大桥正式开工。这基本是基建项目仪式的规范程序，没有什么稀奇。关键是结束后，总统和总理给巴布扎和里斯克下了一道命令，要求尽快解决艺术殿的拆迁问题，保证线位尘埃落定。巴布扎送他们上飞机前打了包票，说已联系哈尼进行最后一轮谈判。路同和与戴国兴、钟铁军跟在后面，巴布扎似乎很无奈，问钟铁军："Hani has postponed the negotiations. Are you really not in?（哈尼将谈判时间往后延了，你真的不参加了吗?）"

钟铁军用眼角瞄路同和与戴国兴，说："I'm the division manager, and it's better to be led by Commander Lu and Secretary Dai.（我是分部经理，由路指挥和戴书记出面更好。）"

里斯克提示路同和，说将军可能是忘了，实际上钟铁军已同意到时参加。路同和甚感为难，硬着头皮说去。等直升机飞离，现场所有员工散去，路同和耷拉着脑袋往回走。钟铁军猜到他心里肯定不舒服，就问他咋了。路同和仰脸朝上，说："没咋。我和戴书记觉得，你来接替我当这个指挥长更合适。"

钟铁军早已料到会出现这种局面，说："路指挥，你这是说的啥话，论级别、能力和资历，哪一样我都没法跟你比。这个集团大指挥长的位置非你莫属，我可没那个野心。"

戴国兴讽刺地说："天下之事皆有可能。没有野心不等于没有想法，你在这里干，我俩都会失业。"

钟铁军有点儿恼火，问："二位领导，是不是不想让我干这个分部经理了?"

路同和阴阳怪气地说："我俩可没这个权力。在总统、巴布扎将军、里斯克局长眼里，铁路修通全是你一人的功劳。唉！你够风光的了，我俩比不了。"

钟铁军质问道："路指挥，我没做错什么呀?两位领导何必跟我说这些呢?"

戴国兴说:“行了,钟铁军。全线八百多公里铁路,上了几个公司,给你的目标是走在全线的前列,不能成为铺轨的拦路虎。今天开工典礼仪式后,这座大桥要昼夜不停地抢进度。”

“河里围堰早打起来了,钻机正钻空,还怎么再加班?你们想压死我呀?”

“别说压死你。”路同和说,“我和戴书记天天被压得喘不过气来,压力山大呀。”没等仪式现场收拾完,路同和与戴国兴钻进车里回了指挥部。

钟铁军憋了一肚子火,望着消失在土路上的越野车,气得把安全帽摔在地上,喊于长山:“你把皮克、沃恩和那个新来的贝蒂叫到我这里来。”

于长山不敢抗命,跑到河中围堰下面去找皮克三人,但不见人影。再一打听,员工称他们刚才还在,准是偷奸耍滑跑进森林歇着去了。皮克知道调戏玛莎的事,大牙不会就此罢手,在大牙和钟铁军离开大桥工地前,准备偷偷跑进森林躲起来。其实大牙一直盯着他们,他假装与随队的士兵聊天。于长山报告说皮克三人不在现场,钟铁军就喊大牙开车回项目部,但左右找遍也没发现大牙的影子。大牙此时盯住了皮克三个人的踪迹,看见他们钻进了森林,朝聊天的那名随队士兵借来一支半自动步枪,随后循着皮克三个人的身影追过去。皮克和沃恩没有想到大牙手中有枪,躲在大树后面瞅着他。

“Come out, coward.(出来,胆小鬼!)”大牙在森林里边搜寻边喊,“Pick? Vaughn? Betty? If you three have the guts, come and play with me for real. I'm going to smash your cocks.(皮克?沃恩?贝蒂?你们三个有胆就跟老子玩真的,我要打烂你们三个。)”

森林里突然传来一声枪响。钟铁军等人都被惊呆了,回过神来火速朝枪响的地方跑去。

皮克、沃恩和贝蒂三个人双手高举,跪在大牙面前。大牙端着半自动步枪瞄准了他们。“Pick, are you in heat like a coyote?(皮克,你像森林公狼一样在发情吗?)”大牙骂道,“You tried to rape my girl. You're a real pain in the ass. I'm having a funeral for you today.(想要强奸我的女人,你的歹毒可真遭人讨厌,我今天要为你们举行葬礼。)”

面对乌黑的枪口,皮克三人双膝跪地,吓得瑟瑟发抖,连连求饶。

“Speak.(说吧,)”大牙逼问道,“Whose idea was it to bully my cousin

and my wife?（对我的堂妹和妻子图谋不轨，是谁的主意?）”

贝蒂浑身哆嗦，双手举过头顶，哀求说他没想过对玛莎和卡娅动手动脚，都是皮克的主意。沃恩也指向皮克。皮克则把矛头指向沃恩与贝蒂。又一声枪响，大牙发狠说：“Oh，where's your gall? You make excuses and blame for each other，and I will help you make your wishes come true.（你们的胆跑哪去了？你们还在互相推诿，那我就成全你们。）”

皮克发现大牙真的端枪向他瞄准，说：“Brother，please forgive me for my fault，and I will never think about your girl again.（兄弟，请你宽恕我的过错，从此以后我不会再打你女人的主意。）”

“Boy.（小子！）”大牙厉声骂道，“Don't you remember being beaten severely in the tribe? Taman and Domily don't deserve to die. It's you who are the fucking beast deserve to die. Ask yourself in conscience，how much you've contributed to the project after you came to the railway site?（你不记得在部落里遭毒打了吗？塔曼和多米里不该死，该死的是你这样的畜生。问问你的良心，来到铁路工地后你为工程出了多少力。）”

皮克假装跪在地上向大牙道歉，瞅准机会猛扑向大牙，企图去夺他的步枪。大牙顺势将皮克推了个跟头，忍无可忍，举枪刚要射，被赶来的钟铁军和于长山喊停了：“Big Teeth，put down the gun.（大牙，放下枪。）”钟铁军疾速跑过去，将大牙手中的枪管托举向上，枪弹走火射向了天空。

这场争斗差点儿闹出人命。那支步枪被随队士兵收走后，大牙对皮克拳脚相加，将他打了个半死。沃恩和贝蒂脸色蜡黄，跪在地上久久不起。钟铁军命令于长山当天把工资开给皮克、沃恩和贝蒂三人，让他们离开工地。“From now on，you three are no longer hired for the bridge project.（从现在起，你们三人不再是桥队的雇工了。）”钟铁军说，“It's our mercy to spare your lives. After leaving，it is best you never return to the railway construction site.（饶你们一命已经是开恩，走了以后最好永远不要再回到铁路工地了。）”

皮克三人当天被开除了。他们回到队里领了一周的工资，离开了工地。为了生计，他们并没有闲着，而是想出了更奇特、也更罪恶的捞钱办法。

大牙不理解钟铁军的决定，问为什么轻易放过皮克他们。钟铁军怒吼道：“You know what you were doing? It was more than stupid to shoot Pick for

Martha. If Pick is killed, not only will you go to jail, but also cause me great trouble, you psycho. (知道你刚才在做什么吗? 为了玛莎竟敢对皮克开枪, 简直蠢到了极点。皮克若被打死, 不但你要去坐牢, 还会给我带来巨大麻烦, 神经病。)”

大牙眨巴着眼睛看他, 钟铁军不理, 径直走向越野车。大牙紧追上来, 说: “The guy was trying to rape Martha, and she and Kaya were greatly insulted, which was a very disgrace incident to us Dinka. The Ham chief first made Martha your wife and she is now my fiancee. I must avenge for her to kill Pick. (那个家伙要强奸玛莎, 她和卡娅受到了极大侮辱, 这对我们丁考族来说, 是一件非常不光彩的事儿。哈屋族酋长最早将玛莎许给你做妻子, 现在是我的未婚妻。我必须替她报仇, 杀了那个皮克。)”

钟铁军向大牙要过车钥匙, 愤怒地说: “I don't want Martha. You can marry her. If you get out of the railroad site, you can kill Pick for a hundred times, and that's none of my business. (我不稀罕玛莎, 你娶她做妻子好了。离开铁路工地, 你去杀皮克, 哪怕死一百回, 也与我无关。)”

大牙不解地说: “You have to admit you're ruthless, boss. You are the honorary chief of Martha's tribe, she is your fellow people, why don't you protect her? Then why did you take her out of the tribe? This is not responsible for her. (你得承认你很无情, 头儿。你是玛莎部落的名誉酋长, 她是你的臣民, 你为什么不保护她? 那你当初把她带出部落干什么? 这是对她不负责。)”

钟铁军怒不可遏, 钻进驾驶室狠狠地关上车门, 说: “My responsibility is not for Martha alone, but for all the Chinese staff who come here for work, and for the railway project of your country. If you want to stay in the project, try to get rid of your bad habits. Don't think that you can kill people with a gun since you used to be a soldier. (我的责任不是对玛莎一个人负责, 而是要对来这儿的全体中国员工负责, 对你们国家的铁路项目负责。如果你想继续留在项目上工作, 那就想法改掉你的臭毛病, 别以为自己当过兵, 就可以动不动借枪去杀人。)”

大牙被丢在工地上, 钟铁军自己驾车拉着第五小刚回到项目部。赵雅清和王子浩见他气呼呼地回来, 感到很诧异, 就问咋了。钟铁军脱下被汗水浸透的上衣扔在床上, 称大牙差点闯下大祸, 让他承受了巨大压力。赵雅清此时有些心疼钟铁军了。王子浩抬起糊着药泥的小腿给钟铁军看，夸玛莎采的药还真管用，腿消了肿，受伤部位也感觉不到疼痛，可以正常上工地了。玛莎这么好的姑娘，险遭皮克强奸，大牙替她报仇也不为过。

赵雅清不爱听，嘲笑说："你觉得玛莎好，那你娶她呀。"

王子浩说："哎，玛莎再好也是大牙的女人，我凭啥娶一个黑姑娘？"

钟铁军说王子浩腿好了就让他去碎石场盯班。路基有的区段已经成型，后面马上分段上道砟，生产出来还需要运输，必须有人盯牢。王子浩很痛快，满口答应说去。对他来说，这正是他最想干和最有机会的一项工作。钟铁军催赵雅清去喊玛莎。赵雅清嘟嘴愣是不去，拿杨琳来堵他，不让他有事没事找玛莎。钟铁军看了看她，没再言语。

如果不是钟铁军授封玛莎部落的名誉酋长，将玛莎带到项目部，杨琳也就不会那么在意地防着钟铁军和玛莎。尽管她相信钟铁军与玛莎之间不会有什么特殊关系，可心里硌硬玛莎的出现。仪式结束后，她本来想与钟铁军话别，不料钟铁军去森林里追大牙了，加上医院病房里躺着不少得了疟疾、血吸虫、霍乱等不同传染病和受了伤的员工，杨琳没能跟他打招呼，就带救护车离开大桥现场往回赶。路同和与戴国兴回到集团指挥部后，杨琳查完病房，带一名护士过来给他俩打疫苗，问他们仪式结束后见到钟铁军没有。路同和"嗯"了一声，用酸溜溜的口吻，很嫉妒地跟杨琳说了一大堆关于钟铁军备受总统、总理和巴布扎将军青睐与欣赏的话。戴国兴也在一边帮腔，称开工仪式上所有风头都被钟铁军抢光了。杨琳有些生气，说："你们不知道我家那口子傻啊？他再怎么拼命地干，最后的功劳还不都是你们俩的？"

路同和说："杨琳，你可真能得了便宜卖乖。好瓜被你家那口子吃完了，我和老戴只能吃他剩下的。他不去参加哈尼的艺术殿拆迁谈判，巴布扎将军却点了我的名，我去又顶什么用？"

杨琳拿眼瞥他，说："指挥长，我可没有得便宜卖乖。对外拆迁本应集团工程建设指挥部牵头，钟铁军一个小分部经理算什么呀？你们俩不愿弄的事情让他去，他能踢腾得开吗？"

戴国兴打圆场说："也是。哈尼那个美国佬不是好剃的头，首都市郊路段拆迁太难，干不成活，艺术殿寸步不让，真搞不清该何去何从。"

杨琳偷偷笑着，拔出扎进路同和胳膊肌肉里的针头，说："听国家重建办公室和国家铁路局的呗。总统和巴布扎将军咋定，咱就咋干，这有什么难的。”

路同和讥笑说：“杨琳，如果真如你说得这么轻巧，这条铁路早修完了。现在国内发运来的工程材料和物资达几十亿元，其中一部分压在码头和物流基地。南段受艺术殿和土地征拆影响开不了工，仓库都快没地方搁了。算算上来的人员窝工，再合计合计这些物资的资金占用费，每天损失多少钱？这些钱从哪里来？还不是咱们要自掏腰包或用工程利润去补贴？”

路同和的分析与担忧不无道理，国外工程的风险无处不在，远不是想象的那么简单。他想，国家重建办公室既然要与哈尼进行谈判，尽量赶早不赶迟。于是，他主动打电话给巴布扎将军，询问谈判的具体时间。巴布扎说：“We' ve arranged a meeting at ten o' clock tomorrow morning at the old man Hani' s art hall. Where will you wait for Director Risk and Governor Khawaja and me?（已约好了，明天上午十点去哈尼那个老头的艺术殿见面谈，你到哪儿等我和里斯克局长、哈瓦佳州长？）”

路同和思来想去，总觉得一人去参加这种涉及土地与美国人拥有的房屋产权谈判欠妥。当然，他并不是胆怯，而是想如何才能在技术与设计方案方面抢占制高点，有理由说服那个哈尼。与戴国兴商量后，决定通知设计院洪勇波和黄山陪他一同前往。第二天一早，他们分别带上翻译、图纸与方案，从集团指挥部和设计驻点出发，提前赶到艺术殿会合。到达时，艺术殿的大门还没开，前面宽阔的空场上，已停了一排越野车，说明已经有旅客进入艺术殿。趁巴布扎与里斯克尚未到来的间隙，他们停好车，在艺术殿外面溜达闲逛，顺便察看那里的地形与环境。这里的自然景色非常优美，不远处便是国家公园为防止野生动物窜逃拉起来的铁丝网。站在艺术殿的屋顶上，用望远镜可以看见各种各样野生动物的活动轨迹。对铁路来说，受曲线半径要求的限制，线位穿越哈尼自认为价值连城的艺术殿是最佳选择，因为左右两侧都难以错开。

这时，大门突然打开了。看管艺术殿的那个黑人侍从，陪着哈尼和一群脖子上挎着相机及摄影器材的年轻人走了出来。哈尼发现了路同和、洪勇波和黄山以及翻译，猜想他们一定是跟巴布扎一起来谈判的中国人，随口吩咐那名黑人侍从陪那群年轻人回到艺术殿里去。

哈尼嘴里叼着雪茄，问道：“Are you waiting for General Barbuza?（你们是等巴布扎将军的吗?）”

路同和与洪勇波点头称是，分别介绍完各自的身份后，从车上取来了图纸。哈尼说：“I know what you're here for. Before General Barbuza arrives, what I want to say is, why do you Chinese companies want to make the railway line design across my art hall but not anywhere else?（我知道你们来的目的。在巴布扎将军到来之前，我想说的是，你们中国企业为什么要将铁路线位设计从我的艺术殿穿越过去，而不走别的地方?）”

哈尼的这个提问，完全在路同和与洪勇波的预料之中。路同和与洪勇波互看了一眼。洪勇波说：“哈尼先生，我是这条铁路线设计的主管。既然你提这样的问题，那我得给你讲一讲有关铁路的技术问题。你知道，在每一条铁路建设之前，都必须进行深入细致的调查研究和勘测设计，并从若干个可供比较的方案中选出一个最优方案，比如客货运量预测，铁路在路网、综合交通运输体系及社会经济发展中的作用，线路起始点及线路走向对其运能的影响，主要技术标准及主要工程内容，对主要工程、相关工程、外部环境包括邻近或穿越特殊环境功能区、土地利用、协作条件，建设工期、投资预估算及资金筹措，对各种保护区、集中噪声敏感区和社会环境带来的利弊与可能性，等等。选线质量的高低直接关系到项目的工程量、投资、建设难度甚至运营维护，包括政治、经济、国防、地方规划、环境敏感点、地形条件、重大不良地质、水文等。在规划选线、地质选线、环保选线、安全选线方面，根据这一带的影响因素，经过我们实地勘察，当不同原则出现冲突时，应抓住主要制约因素确定原则，做到综合最优。您苦心经营了多年的艺术殿，恰恰处在选线的最优位置上。所以，我们选择了线位从这里穿越过去。从技术角度讲，这没什么可质疑的。”

哈尼听完翻译的话一时语塞了，良久才说：“Well, I don't need to listen to your boring lectures. Your line selection caused me trouble. You know, demolition is about an American citizen, not a third-rate country. My country protects the interests of every citizen far away from America. Our president is the greatest president in the world, and he will not stand idly by.（呃，我不需要听你这些枯燥乏味的说教。你们的选线给我带来了麻烦。你们要知道，拆迁所面对

的是一个美国公民，而不是三流国家的民众。我的国家保护所有远离美国本土的每一个公民的利益。我们的总统是世界上最伟大的总统，他不会袖手旁观。）”

路同和通过翻译用讥讽的口吻说：“Yes, Mr. Hani. In your country, the crazy can be president. But we will take considerations of the public opinion in our country.（是的，哈尼先生。在你们国家，疯子都可以当总统。而我们的国家会尊崇民意。）”

哈尼不高兴地望着路同和，说：“Chinese, would you like to talk about the politics when General Barbuza is not here? Well, let me tell you, you put up a Chinese plan on this railway, input Chinese standards, use Chinese equipment, technology and management. I will not accept your plan for the line design, let alone your capital and technology output.（中国人，你想趁巴布扎不在讨论政治吗？那好，我告诉你，你们在这条铁路上拿出了中国方案，输入中国标准，使用中国设备、技术与管理，我无法接受你们设定的线位方案，更不会接受你们的资本与技术输出。）”

路同和针锋相对，通过翻译说：“Mr. Hani, we Chinese have our own solutions and technical standards in railway, high-speed rail construction and many other areas. We do not want to make any output to anyone, but focus on benefit sharing and common development.（哈尼先生，在铁路与高铁建设以及很多领域，中国有自己的解决方案和技术标准。我们不想输出给谁，而是利益共享，共同发展。）”

黄山气愤地插话说：“Even if we output technology and standards, just in pursuit of the world's great harmony, the bell of peace will ring louder, unlike you, just output war, violence, killing, and resource plundering of the world's nations.（即使我们输出技术与标准，也是为了追求天下之大同，将和谐的钟声敲得更响。而不像你们只输出战争、暴力、杀戮，和对世界各国欲壑难填的资源进行掠夺。）”

哈尼扔掉雪茄，瞠目结舌地望着路同和、洪勇波和黄山。他没想到三名中国人竟以这种方式跟自己对话，本想发怒又不愿失去体面，就缓和一下氛围，说：“Ah, you cannot join hands with A nations to cut my wool. I can move as long as you can afford my offer. Don't say how great you are to build this railway. At the beginning of the twentieth century, when the total railway mileage of the world reached 1.1 million kilometers, my country owned 30 percent of the total in the world. So, what is it if the railway is not built or not going through the art hall? (呵，你们不能与A国并肩携手来薅我的羊毛。我的开价只要你们能付得起，我就可以搬迁。不要说你们修建这条铁路多么伟大。二十世纪之初，全世界铁路总里程达到一百一十万公里的时候，我的国家拥有的铁路总数，占到了全世界总和的百分之三十。那么，不修这条铁路或不从我的艺术殿穿过，又有什么呢?)”

路同和通过翻译说：“Mr. Hani, you need to understand a concept. For a long time, it was not us, it was you, who had fleece on others. If you're offering us or General Barbuza an exorbitant demolition fee, isn't it cutting our wool? As for whether to build the railway, there is no need for us to discuss it. When General Barbuza arrives, you can talk to him and Director Risk. (哈尼先生，你要搞清楚一个概念。长期以来，在别人身上薅羊毛的不是我们，恰恰是你们。如果你给我们或巴布扎将军开出的是天价拆迁费，不是薅我们的羊毛又是什么?至于这条铁路修与不修，咱们双方没有探讨的必要，等巴布扎将军到来之后，你可以找他和里斯克局长谈。)”

哈尼被路同和、洪勇波、黄山怼得脸色铁青，气急败坏地伸出大拇指，打出朝下的手势，说：“China and the Chinese, you are weak to the bottom; no one looks up to you. (中国和中国人，弱爆了，没人瞧得起你们。)”

哈尼这句话惹恼了连翻译在内的路同和几个人。他们怒视着这个傲慢无理的美国佬。路同和挡在他面前，指着他说：“Hani, have you seen The collapse of the American Empire by John Galton of Norway? Don't try to ride on the people of the world again. Yankees like you will not end well. (哈尼，你看过挪威的约翰·加尔通的《美帝国的崩溃》一书吗?别想再骑在世界人民头上作威作福，像你这样的美国佬不会有好下场。)”

哈尼怒不可遏，说：“Chinese, you shouldn't insult me as an American old man. (中国人，你不应该侮辱一个美国老人。)”

路同和冷笑着让翻译转达：“You can insult me, but you are never allowed

to insult my country.（你可以侮辱我，但绝不允许你侮辱我的国家。）”

洪勇波和黄山及翻译愤愤不平，很想揍哈尼，将他打趴在地，冷静后还是强压住了怒火。路同和提出不参加与艺术殿的谈判了，转身要走。就在这时，巴布扎将军和里斯克、哈瓦佳一同赶来了。将军本来很高兴组织与哈尼的谈判，指望艺术殿的问题能得到解决，却见路同和、洪勇波、黄山及翻译要上车离开，马上喊道："Lu, why are you leaving? Please make it clear. Hani, is there a conflict between you two?（路，你们为什么要走？请说明白。哈尼，难道你们双方发生了冲突？）”

哈尼走上前，分别与巴布扎将军、里斯克局长、哈瓦佳州长及当地土地局的官员握手，说："I don't welcome the Chinese to attend the meeting. They are rude.（我不欢迎中国人参加。他们缺乏教养。）”

里斯克局长惊讶地问道："Is it because of the art hall demolition compensation?（是因为艺术殿的拆迁补偿吗？）”

路同和、洪勇波、黄山回到巴布扎身边，说："Not exactly. Hani insulted our country savagely.（不全是。哈尼蛮横无理地侮辱我们的国家。）”

场面骤然陷入了尴尬。巴布扎将军劝道："All right, Hani. It is normal for the two sides to disagree on some issues and views. Don't mind what the other party has fault or not. We should start from the overall situation to talk about the art hall business, and this is the theme of the talk today.（好了，哈尼。有些问题和观点，双方发生分歧是正常的。不要介意对方有什么过错，应从大局出发来谈艺术殿的事情，这才是今天会谈的主题。）”

哈尼无奈地说："All right, General. Then come in with me and I'll surprise you.（好吧，将军。那跟我进屋里去，我会给你们一个惊喜的。）”

路同和、洪勇波、黄山接受了巴布扎将军的提议，不再过于纠结与哈尼的对峙与争执。里斯克和哈瓦佳招呼他们跟在后面，迈进了哈尼艺术殿的大门。双方终于坐到了谈判桌前。

# 第十九章

这是个令巴布扎、里斯克和哈瓦佳极其不爽的日子。巴布扎一行人被领进一间特殊布置的接待室。双方坐下来后，哈尼摆出一副盛气凌人的架势，不等巴布扎和里斯克、哈瓦佳开口，就先发制人："General, my opinion has been communicated to you since the first meeting. No matter how long, I will not change. I have run the art hall for decades. For me, it is not only wealth with significant weight, but also an art hall of your country. It plays an important role in the field of ancient African cultural protection. So, I sincerely hope you can listen to my suggestion and change the railway design plan.（将军，我的意见从第一次见面就已经传达给你们。不论过多久，我都不会改变。我经营了几十年的艺术殿，不仅对我个人是一笔不小的财富，更是贵国的一座艺术圣殿，在非洲古老文化保护领域举足轻重。所以，真诚希望你们能够听进去我的建议，改变铁路规划设计方案。）"

巴布扎边听边思考对策，对里斯克不停地眨眼睛，暗示让他先发言。里斯克很有礼貌地说："Mr. Hani, we are entrusted by the President and the National Assembly to discuss the topic with you today. As you know, the railway works at the north of the National Park have already begun, and some sections of the subgrade have been formed, and ballast and rail will soon be laid. The only line not fixed is the section through your art hall. Today, the officials of the land bureau are all there. I wonder if I can give you a land, you can choose the location, and offer you some compensation, so that you could build a new art hall. Then the advance of the railway will not be delayed because of you, what do you think?（哈尼

先生，我们是受总统和国家议会的委托，来跟你商谈今天的话题。你知道，国家公园以北的铁路工程早已展开施工，有的区段路基已经成型，不久就会铺设道砟和钢轨。唯一线位没确定的区段，便是您的这座艺术殿。今天土地局的官员都在，我想能否给您划拨一处土地，地址任你挑选，并给你一定的补偿，再新建一座艺术殿。这样一来，铁路的推进不至于耽误在您这里，您看如何？）”

哈尼阴沉着脸，抓起一支雪茄，打开专用火机，对准雪茄一头喷着蓝色的火焰，点着后说：“I've thought about your suggestion, Director Risk, but moving is a disaster for my collection of works of art crafts, not to mention that the art hall have drawn attention from the official tracking and attention from UNESCO and the World Cultural Heritage Conservation Association. Therefore, relocation is not the best option.（里斯克局长，你的方案我考虑过，但搬家对我收藏的众多艺术品来说是一场灾难，更何况艺术殿已引起联合国教科文组织和世界文化遗产保护协会的官方跟踪与关注。所以，搬迁方案不是最佳选择。）”

哈瓦佳问道：“Mr. Hani, what's the best option you're talking about, besides crossing your art hall? The railroad can't fly through the sky with wings?（哈尼先生，你所说的最佳选择，除了穿越你的艺术殿，还有哪一种呢？铁路总不能插上翅膀从天上飞过去吧？）”

哈尼斜眼瞧着哈瓦佳，说：“Mr. Governor, you're ridiculous. Instead of making the railway fly with wings in the sky, I asked you to change the line, or to bypass my art hall from the periphery, or to go to the other side of the National Park.（尊敬的州长先生，你说得很荒唐。我没让你们给铁路插上翅膀从天上走，而是请求你们改线，或者避开我的艺术殿从外围绕行，或者到国家公园那一侧去建新的铁路线路。）”

洪勇波通过翻译说：“Hani, you're looking for a railway line to avoid the art hall? But from the point of view in survey, it will increase the length of the line, and will increase investment funds. And the operation after the opening will also cause interference to local people, so it will not work.（哈尼，你是想要铁路线位避让艺术殿。但从勘察情况看，那样会增加线路长度，并会增大投资，通车后的运营行车也会对当地民众造成干扰，所以行不通。）”

哈尼冷漠地说：“It’s none of my business. Anyway, I don’t agree to go through the art hall or to move.（那不关我的事，总之我不同意穿越艺术殿，或者让我搬迁。）”

谈判没有任何进展，里斯克、哈瓦佳、路同和、洪勇波、黄山以及当地土地局的官员，虽然分别发表了意见，可哈尼不为所动，坚持要求改变线位设计。这时，那群挎着照相机和摄影器材的年轻人，忽然出现在接待室的门口。伴随相机快门的声音，闪光灯不停地闪烁。巴布扎和里斯克及哈瓦佳顿感意外。巴布扎生气地问：“Hani, why are these media reporters here? We’re negotiating, and we can’t make it public.（哈尼，为什么叫这些媒体记者来？咱们这是双方协商，不能让媒体对外公布。）”



哈尼很得意地笑了，说：“Media friends are here to visit the art hall. They’re my best help. If you think my opinion is excessive, you can get the press to denounce me.（媒体朋友是来参观艺术殿的。他们是我最好的帮手。如果你们认为我的意见过分，那可以让媒体对我进行声讨。）”

巴布扎板着脸拨打了个电话，两名持枪贴身警卫当场闯进来，将记者轰出了接待室。巴布扎指着哈尼说：“Hani, are you trying to put pressure on the President, the National Assembly and me with the media? My country has offered your country and you the greatest degree of openness and preferential treatment, and you, as a foreigner living on our territory, do not respect my country and the railway business development, showing that you are an immoral old man.（哈尼，你是想用媒体给总统、国家议会和我施压吗？我的国家对你的国家和你，已经给予了最大的开放程度和优惠，而你作为在我国领土上居住的外国人，这样不尊重我的国家和铁路发展事业，足以说明你是个不讲道义的老头儿。）”

哈尼争辩说：“General Barbuza, the reason we have for the relocation of the art hall is that you designed the railway line without my prior consent. As a citizen of the United States, I have the right to make my due claim. I also believe that the President and your Parliament will respect my proposal. I don’t want to confront your government, especially your excellency. In order to reduce our differences, I can accept a plan of compensation.（巴布扎将军，咱们双方在艺术殿搬迁方面的分歧起因，是你们事先没有征得我的同意就设计了铁路线位。作为美国公

民，我有权利提出应有的诉求。我也相信总统和贵国议会一定会尊重我的提议。我并不想与贵国政府尤其是您将军阁下对着干。为了减少咱们双方的分歧，我可以接受出钱补偿的方案。）”

里斯克问道：“Hani，since you don't agree to move and the railway has to cross the art hall，how much do you want?（哈尼，既然你不同意搬迁，而铁路又不得不穿越艺术殿，你想要多少钱呢？）”

哈尼伸出两根手指头晃了晃，阴笑着说：“Two billion dollars. If you can afford，I'll agree to move，what do you say?（二十亿美元。满足这个数，我就同意搬走，怎么样？）”

巴布扎和在场的人无不倍感震惊，互相瞅着，但谁都不敢答复哈尼的这一过分要求。哈尼之所以提出这个天文数字，是他摸准了A国和中方的脉门，认定谁都不会出这个天价。所以，铁路穿越艺术殿的设计方案自然会重新考虑，艺术殿也不用再搬迁或拆除。在他眼里，不战而胜的办法是最有效和最省时省力的快捷途径。

巴布扎强压怒火，愤懑地说：“Hani，the goods freight from the capital to the northern port mainly rely on the road transportation，and it will usually take five days. In the rainy season when roads are vulnerable to be washed and damaged by the rain，it will take more than a week for the transportation. After the opening and operation of the railway，the transportation period will be shortened to about ten hours，and the cost is reduced by 30 percent，which provides us with a new choice for transportation with safety，convenience，high volume and low cost. Therefore，the railway crossing your art hall is inevitable，please do not require for such a high price.（哈尼，现在从首都到北部港口的货运主要依靠公路，运输时间为五天，逢雨季道路易被雨水冲毁，运输时间要延至一周以上。铁路开通运营后，运输时间缩短至十个小时左右，运输成本降低了百分三十，给我国提供了一种安全、便捷、高运量、低成本的运输新选择。所以，铁路穿越你的艺术殿是必然的，请不要提这样的天价要求。）”

哈尼仍无动于衷，不屑一顾地说：“No way. It's $2 billion. The number will not change.（不行。二十亿美元这个数不能动。）”

巴布扎一脸怒色站了起来，用冷峻的目光盯着哈尼，说：“Hani，I'm

not afraid that you're ruthless and greedy. The railway will not stagnate because of your malicious extortion. If it obstructs the construction of the project, I will personally bring the soldiers to raze your broken yard to the ground and make it disappear. Or ask the tourism department to seal off the tour route to the art hall. I will also order the soldiers to throw you into the Blue Nile to feed the crocodile then. （哈尼，我不怕你心狠手辣，贪得无厌。铁路不会因你的恶意敲诈而停滞。如果影响了项目建设，我会亲自带士兵来将你这座破院子夷为平地，让它荡然无存。或者让旅游部封掉来艺术殿的旅游线路。到时，我也会命令士兵把你扔进青尼罗河里去喂鳄鱼。）"



哈尼说："All right, General Barbuza. Americans are not afraid of the threatens. If your government dare to do so, I dare to sue you to UNESCO and the World Heritage Conservation Association, and we can confront in court then. I'll also send an email to the president of my country, asking for the command to send the stationed troops in Africa here. We'll see. （好吧，巴布扎将军。美国人从来不吃恐吓这一套。如果贵国政府敢这么做，我就敢向联合国教科文组织和世界文化遗产保护协会起诉你们，到那时咱们双方可以对簿公堂。我还会发邮件给我的国家总统，请求驻非洲司令部出兵这里，不信走着瞧。）"

巴布扎指着哈尼怒斥道："Let your troops come, Hani, and I'll make the foreign robbers and invaders come with no going back. While remember what I said, I'm sure the president and the army of your country won't start the war with us because of you, who is such a bad old man. You overestimate yourself. （让你们的军队来吧，哈尼。我会让外来强盗和侵略者有来无回。不过，请记住我说的话，我敢肯定你们国家的总统和军队，不会因为你一个糟老头子的事儿与我们开战，你太高估自己了。）"

里斯克愤怒地说："Hani, you are a thief of African cultural heritage, and my country does not welcome you as the so-called protector of antiquities. Please hurry and roll back to your country while you can still move your feet; do not stay on our territory. （哈尼，你是非洲文化遗产的盗贼，我的国家不欢迎你这样所谓的古文物保护者。请在你还能挪动脚步的时候，抓紧滚回你的国家去，别赖在我们的领土上。）"

哈尼不以为然，说："Ha ha ha，General Barbuza，Chief Risk，no matter how angry you are，I stick to my proposal. Do not think about moving a brick of my art hall without ＄2 billion. You should watch the paper tomorrow.（哈哈哈，巴布扎将军、里斯克局长，不论你们怎样发火，我还是那句话，给不够二十亿美元，别想动艺术殿一砖一瓦。明天你们注意看报纸吧。）"

"艺术殿之战"的困难程度超过所有人的想象，最后一轮谈判以失败告终。巴布扎、里斯克、哈瓦佳以及路同和、洪勇波、黄山等人，被哈尼近乎讹诈的要求气晕了。走出艺术殿的大门，巴布扎将军命所有参加谈判的人员，跟他到国家重建办公室去，他要组织研究如何应对哈尼提出的霸王条款以及线位到底该怎样确定。汽车刚刚启动，巴布扎便打电话给钟铁军，说："Zhong，your judgment was correct，and the negotiations with Hani were defeated. I would now like to organize a study of new programs to report to the President and the National Assembly. I hope you can come and I'll send the adjutant to pick you up by helicopter right away. Please tell the adjutant where you are.（钟，当初你的判断是正确的，与哈尼的谈判失败了。现在，我要组织大家研究新的方案，以便向总统和国家议会报告。希望你能来参加，我马上派副官乘直升机去接你，请把你所在的位置告诉副官。）"

钟铁军此时正头戴安全帽，在安保国劳务队承担的草原路基段工地上检查施工。两名随队士兵在现场为施工队提供保护。排雷部队清理出来的许多地雷、火箭弹、弹药和榴弹炮堆在路基旁边，由持枪的安保人员看守，不许任何人接近。刘柱紧跟在推土机后面，专门观察翻起来的泥土和沙石，检查有没有被排雷队伍遗漏的地雷。小森林则在路基沙石堆上跳来跳去。钟铁军告诉安保国，在确保安全的前提下，加快推进路基桥涵施工，使路基成型达到上砟铺轨程度。

杰姆斯带领一帮黑人劳工，在距土方作业面一两公里的成型路段做护坡。那些黑人倒不怕吃苦。两个人拿着铁锹围成一圈人工拌水泥，拌好后装进几只铁斗内，三五个人推着水泥铁斗奋力送上斜坡。另有几群人手抬肩扛，将成堆的片石从路基下抬上去。不过，那些黑人在砌筑护坡骨架时，显得笨手笨脚，需要中国工长手把手地教他们用线拉直，不然砌筑出来的边坡骨架就会歪歪扭扭。看到这种情形，杰姆斯恼羞成怒地张口骂道："Hey，you dorks, slow and unattractive, stupid like a cow. Don't you know how to learn from the foreman? See how the master teach you. （嘿，你们这些傻瓜，干活又慢又不漂亮，笨得像头母牛，就不知道好好向工长学习吗？看看师傅是怎么教你们的。）"

大牙被钟铁军狠狠教训一顿，丢在青尼罗河开工典礼现场，晚上搭车回到项目部后，去见玛莎和卡娅，将他朝皮克开枪的事儿讲给她俩听。俩人极为惊愕。玛莎深情地说："You can't kill Pick for me. If you kill him, you will pay your life for it; it's not worth it. （你不能为了我杀皮克。打死他，你也要赔上一条命，实在不值得。）"

大牙执拗地说："Pick the bastard, not only insulted the manager and you Ham, but also insulted us Dinka. Because Zhong is the honorary chief of the Ham tribe, and you will be my wife in the future, what he did was an offense to the Dinka. I cannot spare him easily. （皮克这个混蛋，既侮辱了经理和你们哈屋族，也侮辱了我们丁考族，因为钟是哈屋族部落的名誉酋长，你是我未来的妻子。皮克是对丁考族的冒犯，我不能轻饶他。）"

卡娅拉住大牙的胳膊，说："The manager left you at the scene and drove back by himself, indicating that he was angry. If you cherish this job, you should give him a reasonable explanation. （经理把你丢在现场自己开车回来，说明他很生气。如果你珍惜这个工作岗位，应该给他一个合理的解释。）"

大牙愁眉苦脸地说："I dare not go to the manager, what do you say I should do? (我不敢去见经理，你们说我该怎么办？) "

玛莎劝道："Let James accompany you tomorrow; the manager won't make this a big deal with you. （明天有空让杰姆斯陪你去，经理不会跟你计较的。）"

卡娅说："Martha, you go with James, anyway, the manager is the honorary chief of your tribe, and he will make it easy because of you. （玛莎，你和杰姆斯一起陪他去，经理毕竟是你们部落的名誉酋长，他会给你面子的。）"

杰姆斯站在路基上骂那些黑人的当口，大牙和玛莎不知何时出现在边坡下面的草丛里。看见玛莎的部分黑人，停下手中的活扭头盯着她看，交头接耳地议论嬉戏。大牙挥手喊："James, James, come down. （杰姆斯，杰姆斯，你下来。）"

杰姆斯看见他俩，稍微一愣，高兴地跑下路基，说："Ha，brother，I'm glad to see you，but I didn't expect you to bring Martha to the construction site.（哈，兄弟，见到你很高兴，没想到你能带玛莎来工地。）"

三个人互相打着招呼。大牙告诉杰姆斯，因皮克之事很令钟铁军烦心，去见经理又胆怯，想叫他陪着去。杰姆斯说："Ah，it's Pick who made trouble with your business，and the other night，I took someone to hit him. Fortunately you didn't shoot him in the head，or you and Martha wouldn't be here today.（啊，是皮克那个浑球坏了你的事儿。那天夜里，我带人去打了他。幸亏你没开枪崩了他，不然今天在这儿就见不到你和玛莎了。）"杰姆斯指着作业面，又说，"Come on，the manager is there. Let me take you to him.（走吧，经理在那儿，我带你们去见他。）"

杰姆斯、大牙和玛莎来到土方作业面时，钟铁军刚接完巴布扎将军的电话正要离开。见他们走过来，停住了脚步，问："Martha，what are you doing here? James，why don't you go to the superintendent and come here?（玛莎，你来工地干啥？杰姆斯，你为什么不去好好监工跑到这儿来?）"

大牙低着头，说："Boss，I'm sorry that my recklessness makes you angry. My impulse is to preserve the honor and your dignity of the Ham and the status of the Dinka in all tribes. That's why I asked the soldiers to borrow a gun to go against Pick. I wish you could forgive me.（头儿，很对不起，我的莽撞令您生气。我的冲动，是为了维护哈屋族的荣誉和您的尊严，也是为了维护丁考族在所有部落中的地位。所以，我才找士兵借枪对付皮克。我请求得到您的原谅。）"

钟铁军瞥了他一眼，没有吭声。杰姆斯说："Manager，you are our most venerated man，and my brother is loyal to you and loves Martha deeply. Big Teeth is willing to serve you with determination；he cannot lose this beloved job. The wrong things he did that could not be forgiven. I'd like to be punished for him. Now，on behalf of the entire tribe and the chief，I ask you to keep him.（经理，你是我们最崇敬的人，我的兄弟对您很忠心，也深爱着玛莎。大牙愿意在您身边死心塌地地为您服务，不能让他失去这份心爱的工作。如果他有什么错不能被饶恕，我宁愿替他代过。现在我代表整个部落和酋长请求您继续收留他。）"

钟铁军的心猛然被杰姆斯说软了。望着杰姆斯真诚的样子，他和站在旁边的安保国，感到这对同甘共苦兄弟的忠诚很难得。安保国说："大牙能悔过，又是个多面手。杰姆斯这么认真，别赶他走了，咱们也缺人手。"

钟铁军点点头，说："James，I'm moved by your attitude. But Big Teeth，I want to ask you，can you get rid of the bad habit of fighting with guns and knives in the future?（杰姆斯，你的态度打动了我。不过，大牙，我问你，以后能不能改掉动枪动刀的臭毛病?）"

大牙谦卑地双手合十，说："Yes，I can，manager. But I'm not gonna be soft when I meet the bad guys who kill and rob.（能改掉，经理。但遇到那些杀人越货的坏蛋，我可不会手软。）"

钟铁军呵呵笑着，冷冷地说："Big Teeth，so to speak，you still have the intention to kill.（大牙，这么说，你还是有杀人的心。）"

玛莎拉过大牙，对钟铁军说："No! No! He doesn't. Dear chief，as a Ham，I ask you to keep my fiancé working here，and he can get rid of all his bad habits，and he is a good man if you do not indulge him.（不！不！他不会有。尊敬的酋长，我以哈屋族人的身份，请求您把我的未婚夫继续留下工作，他能改掉一切毛病。只要您不放纵他，他是个好人。）"

钟铁军清楚大牙表达的不是故意去杀人的意思，而是对那些打家劫舍的抢匪盗贼之类的坏人不会袖手旁观。玛莎祈求的眼神，从内心里说服了钟铁军。他说："Martha，I know you're a good girl，and the pride of the Ham people. You cured Wang Zihao's leg injury，and now you speak for Big Teeth. I can see the brightness of your kind heart. Fine，Big Teeth，in the face of Martha and James，I can keep you.（玛莎，我知道你是个好姑娘，更是哈屋族人的骄傲。你替王子浩治好腿伤，现在又来替大牙说情，可见你心地多么善良。好吧，大牙，看在玛莎和杰姆斯的面儿上，我继续收留你。）"

听到这句话，大牙和杰姆斯激动了。玛莎心潮澎湃，上前一步与钟铁军行贴面礼，紧贴在他耳边，说："I love you，chief.（我爱你，酋长。）"此时的大牙竟热泪盈眶，跪在地上给钟铁军磕头，被安保国拉起来后，先是紧紧抱住钟铁军，后又跟玛莎、杰姆斯相拥在一块。

钟铁军冲大牙笑着说："Big Teeth，if you don't hate me for abandoning you the other day，continue to drive for me. General Barbuza will send a helicopter to pick me up later.（大牙，如果不记恨我那天丢下你，就继续为我开车，等会儿巴布扎派来直升机接我去他那儿。）”

大牙兴奋地说：“Ah，to the General，will you take me?（啊，去将军那里，能带我去吗?）”

“No way!（不行!）”钟铁军说，“The General and I are going to discuss important things，you and Liu Zhu stay here to watch the construction site; make sure our staff don't get killed or injured by the mines.（将军要找我商量重要的事情，你还是和刘柱守在这里看好工地，别让地雷炸死炸伤咱们的员工。）”

开装载机的张放和刘柱看到了路基下的这一幕。张放倒完装载机碴斗里的土石，停在路基上，手把着方向盘探出半个身子，问刘柱：“玛莎来了，卡娅咋没跟她一道来?”

刘柱扭头朝路基下看去，说：“玛莎是陪大牙来求我叔的。我要是求我叔，卡娅也会陪我来。”

张放问他怎么不敢提让汪静陪着来。刘柱转身走上沙石堆，称汪静看不上自己，他这辈子都不想了。此时，小森林正蹲在沙石堆上摆弄两个圆圆的物体。“小森林，那是地雷，放下，快躲开。”刘柱惊叫着抓起一根长树枝，小心翼翼地要靠近，被小森林跳起来踹倒在路基下。接着听到一声巨响，地雷将沙石堆炸出一个大坑，空中飞沙走石，把刚开离沙石堆的装载机玻璃震了个粉碎。

这声巨响震惊了工地上所有的人，他们撂下工具纷纷朝这边跑来。钟铁军、安保国、大牙、玛莎、杰姆斯听到爆炸声，下意识地趴倒在地，等响声过后爬到路基上仔细查看，只见小森林血肉四溅，那个大坑里只留下一摊鲜红的血。

“小森林！小森林……”刘柱爬上沙石堆，一边嗷嗷吼叫着，一边捡拾小森林破碎的皮肉，蹲在路基上泣不成声。“我的小森林，你咋死了呢?”

钟铁军和其他人目睹了这场惨烈的场景，心里一阵战栗。安保国、张放、大牙和杰姆斯分别跑上路基，也去收捡小森林的尸骸。堆在一起后，安保国说：“刘柱，小森林替你死了，咱们把它厚葬吧。”

刘柱流着泪说：“它是我在世的亲人。它死了，我也不想活了。”

钟铁军拉起刘柱，说：“起来吧。如果不是小森林一脚把你踹到路基下，被炸上天的是你。”接着钟铁军大声喊道，“地雷还有遗漏的，每一路段多加人手。杰姆斯，包括你手下做护坡的班组，一定要看清地雷。”

安保国朝张放扬了扬手，让他发动装载机继续干活。钟铁军吩咐安保国和刘柱，找地方把小森林埋了。几个员工扛着铁锹，在路基旁边一棵大树下，挖了个很深的坑。大牙和杰姆斯将小森林被炸碎的尸块提下来。刘柱脱掉身上的衣服铺在坑底，赤裸着上身，尽量将不成型的尸块拼成整体摆在衣服上。他跪在坑边痛哭流涕，双手被鲜血浸染得通红，捧起一把把湿热的泥土，撒在令人心碎的尸骨上，在埋葬小森林的地方，培起了一个圆圆的坟包。

这场地雷爆炸事故，因为没有死人，所以没再对外公布，但给施工人员的心理造成了很大负担，留下了无法抹去的阴影。一个小时后，现场恢复了先前的平静。大牙和刘柱更加认真地盯着每一车沙石，翻看里边有没有遗漏的爆炸物。这时，空中由远而近，传来轰轰隆隆震耳欲聋的马达声。一架直升机快速飞到头顶上空，降落在一片宽阔的草地上。

“来接你了。”安保国说，“你走吧，我在这儿盯着。”

巴布扎将军的副官全副武装，跳下飞机走了过来，高兴地说：“Zhong, we meet again, General asked me to pick you up.（钟，咱们又见面了，将军让我来接你。）”

钟铁军说他刚处理完一起地雷爆炸事件。副官并没感到吃惊，摇头说：“Yes. Mine clearance teams can not completely clear hidden mines, so they must remain vigilant.（是的。排雷队伍并不能完全清除隐藏的地雷，所以必须保持高度警惕。）”

钟铁军朝站在路基上的大牙招了招手，大牙马上跑过来与副官寒暄。“Ha, Big Teeth?（哈，大牙？）”副官说，“I haven’t seen you go to see General for a long time, but today I can only pick up your boss.（好久没见你去看将军了，但今天我只能接你的头儿过去。）”

大牙举手敬了个礼，说：“All right, sir, I miss General. Please take my greetings to him and tell him that I will visit him when it is convenient.（好吧，长官，我很想念将军。他日理万机，请你把我的问候带到，告诉将军有空我会去看他。）”

钟铁军乘直升机到达国家重建办公室时，巴布扎、里斯克、哈瓦佳和路同和、洪勇波、黄山，在会议室里已经等了两个多小时。他们一直围绕哈尼提出的过分条件展开讨论。巴布扎气得暴跳如雷，忽而用手指重重地叩击桌面，忽而从椅子上站起来转到路同和他们身后，嘴里不停地骂哈尼是不讲道理的美国佬。见副官陪着钟铁军进来，他才转怒为笑。巴布扎将军温和地说："Zhong，I'm glad that you come. Sit down. While ，what was the reason that you suggested the railway line should not go to the art hall? Please tell me.（钟，你来了就好，坐下吧。当初，你建议铁路线位不走艺术殿的理由是什么？请说出来听听。）"

钟铁军发现桌子上摆着设计图纸，所有人的目光都落在他身上，路同和、洪勇波和黄山坐在会议桌前，一脸严肃。钟铁军心里暗想到底该不该发表这种意见。里斯克似乎看出了他的心思，说："Come on，Zhong，we need to re-examine the problem and come up with a new plan to report to the President.（说吧，钟，线位问题需要我们重新研究，拿出新的方案向总统汇报。）"

钟铁军试探着问路同和与洪勇波是否可以说。路同和俩人回答说，可以谈谈想法。钟铁军说："General，at that time I suggested that the line be designed to go to the national park because the owner of the art hall was American. America's interests abroad cannot be threatened by other countries or individuals. The Americans do not hesitate to use national power to intervene and threaten those who harm the interests of Americans abroad. Their so-called greatness is actually associated with scoundrels and hooligans，so they have always been mercenary. If the art hall had to be moved，Hani would be sure to ask for a lot.（将军，当时我建议线位设计走国家公园那边，是因为艺术殿的主人是美国人。美国在国外的利益是不容别国和他人构成威胁的。谁损害到美国人在海外的利益，他们会不惜动用国家力量进行干预和威胁。他们所谓的伟大，实际是与耍无赖和流氓联系在一起的。他们历来唯利是图。如果艺术殿迫不得已搬迁，哈尼一定会狠狠地敲诈一笔。）"

其他人都静静地听着。里斯克点头赞许，说："You're right. Zhong，we know this aspect very well about Americans. Their nation's history is the history with blood and tears of the Indians. What if，for railway construction，Hani's art hall were forced to be removed or demolished? We could make a deduction（你说

的没错。钟，我们很了解美国人这一点。他们的发家史就是印第安人的血泪史。假如为了铁路建设，强令哈尼的艺术殿搬走或拆掉，那又会怎么样呢？咱们可以来一个推演。）”

路同和通过翻译说：“The art hall was Hani's possession, but he was built on the land of Country A. If the house were forced removed, the old man also dare not really fight with the country. He might make some noise to draw the attention of the public for the matter.（艺术殿虽是哈尼的私产，但它建在A国土地上。强行硬拆，这老头儿也不敢真正与国家对抗，大不了呼吁呼吁了事。）”

巴布扎连连摆手，说：“No! The law of the state does not allow forced demolition. Hani has something said in advance, although the United States government will not send troops to intervene, but he will sue our country, causing trouble to the president and the government.（不！国家的法律不允许强拆。哈尼有话在先，虽然美国政府不会出兵干预，但他会起诉我们的国家，给总统和政府带来麻烦。）”

“Yes.（是的，）”钟铁军说，“Hani will first use the tools of public opinion to make the situation good for him, and to put pressure on the president and the government. A complaint will then be lodged with UNESCO. In that case, why not change the railway line to the side of the sparsely populated National Park? There will be no demolition.（哈尼首先会利用舆论为他造势，给总统和政府施压。接下来会向联合国教科文组织申诉。既然如此，何不把铁路线位改到地广人稀的国家公园那一侧呢？那边不需要拆迁。）”

洪勇波一筹莫展，说：“If the line is moved to the side of the national park, although it will not involve demolition, but wildlife protection will bring new problems. If the national park service doesn't agree, our design will be in vein. So, I don't advocate changing the line.（线位挪至国家公园那一侧，虽然不涉及拆迁，可野生动物保护又会出现新的问题。万一国家公园管理局不同意，等于咱们的设计白费。所以，我不主张改线。）”

钟铁军说：“The solution to wildlife conservation is much easier than dismantling Hani's art hall, at least our Chinese design will not be accused by the Yankees.（解决野生动物保护，远比拆除哈尼的艺术殿容易得多，最起码咱们

中方的设计不会被美国佬抓住把柄。）”

黄山频频点头，提醒洪勇波和路同和，说钟铁军讲得有道理，前面已经做了改线预案，不如将方案提出来。

这时，哈瓦佳说：“If the general intends to change the line to the national park，it should not be too difficult for the National Reconstruction Office，the Railway Bureau and the state government to come forward together to negotiate with the Park Administration.（如果将军有意把线位改至国家公园，届时国家重建办、铁路局和州政府共同出面找公园管理局，应该没有太大难度。）”

巴布扎说：“No！The first plan is to follow the design of the art hall. If the President and the National Assembly disagree，then we consider changing the line to go to the National Park.（不！第一方案还是按设计走艺术殿。如果总统和国家议会不同意，再考虑变更线位走国家公园。）”

钟铁军说：“General，I suggest that the president be persuaded to take the national park instead of being entangled in Hani’s art hall，and the delayed construction period is already very tight.（将军，我建议说服总统改线走国家公园更好，不再被哈尼因艺术殿问题所纠缠，被耽误的工期已经非常紧张。）”

巴布扎双手抵住下巴，稍加思忖说：“All right. Zhong，I’ll try. Lu，Hong，if you have a line design draft to go to the park，I will report to the president.（好吧。钟，那我试试。路、洪，你们如果有走公园的线位设计方案可以给我，我会去向总统汇报。）”

当天晚上，洪勇波将穿越国家公园的线位设计方案提交给了巴布扎将军。送走路同和、洪勇波和黄山，巴布扎把钟铁军单独留下来，让钟铁军陪他和里斯克、哈瓦佳一起喝咖啡，了解青尼罗河大桥和其他铁路区段的施工进展情况。钟铁军把工程进展说了一遍，告诉他们现场排雷很艰难，隐藏的地雷、火箭弹、榴弹炮、手雷等爆炸物，时刻威胁着施工人员的生命安全，除此之外各种传染病也威胁着员工们的身体健康。

里斯克端着咖啡抿了一口，说：“Demining work is going on every day；workers cannot easily discover the missing mine. Keep in touch with the demining force. As for infectious diseases，like Ebola，AIDS，the new crown virus，they cannot be prevented，and the level and conditions of local hospital medical equipment, are far less than your site hospital, but they will do whatever they can to make it convenient for the construction site.（排雷工作天天在进行，遗漏的地雷员工们不能轻易触碰，应该随时与排雷部队保持联系。至于传染病，犹如埃博拉、艾滋病，防不胜防，当地医院的医疗设备、水平与条件远不如你们的工地医院，但我们会尽可能地为工地提供方便。）”

哈瓦佳询问眼下需不需要州政府为铁路施工提供必要的服务。钟铁军谢过哈瓦佳，称项目部会想办法克服遇到的一切困难，只是随着工程推进速度加快，资金需求量越来越大，必须保证工程款及时拨付。巴布扎站起来，说阿拉伯银行提供的优惠贷款如数到位，不会因资金问题影响施工，现在发愁的是南段线位如何确定。“Fucking Americans.（该死的美国人!）”巴布扎又骂起哈尼来，“It's the Americans who mess up with the world. Whoever make deal with them would suffer.(是美国佬搅乱了世界。谁与他们打交道，他们坑谁。)”

那天晚上，巴布扎没让直升机送钟铁军回工地。第二天上午，他带着钟铁军和里斯克一起去了总统府。经过一道道安检，进入总统办公室后尚未坐下，总统就将几种不同版本的报纸，甩在了巴布扎和里斯克面前，说：“Look, my dear General, Director Risk, this is what the major media reports on Hani's art hall, the old American man is crazy.（看吧，我亲爱的将军、里斯克局长，这是今天各大媒体对哈尼的艺术殿所做的报道。那个美国老头是疯子。）”

钟铁军从旁边瞅了报纸上的标题，看到其中有《在关门前快去看看艺术殿》《营救艺术殿》《国家遗产项目地艺术殿将因铁路建设被拆除》等，简直铺天盖地。巴布扎气得面如土色，眼里喷射着怒火，将报纸扔到一边，说：“Mr. President, we had many rounds of negotiations, but Hani, as an American, did not agree to the relocation and made a claim for sky-high prices.（总统先生，我们进行过多轮谈判，但哈尼仗着美国人的身份不同意搬迁，提出了天价索赔。）”

总统仰头靠在高大的靠背椅子上，面无表情，冷静地问：“How much did the American ask for?（那个美国人提出要多少钱?）”

“$2 billion（二十亿美元。）”

“$2 billion?（二十亿美元?）”总统的身子猛地前倾，显然被这个天文数字吓到了，“He's blackmailing our country.（他在讹诈我们的国家。）”

“Yes. （是的，）” 里斯克说，“This involves the dignity of the State. So, no matter how he extorted, the national railway line still has to go across the art hall. （这涉及国家的尊严。所以，不管他怎么敲诈，国家的铁路线位还是要穿越艺术殿。）”

总统沉思良久，问道：“Barbuza, aren't you going to change the line planning? （巴布扎，你也不准备改变铁路线位规划吗？）”

巴布扎示意钟铁军将规划设计图铺在总统办公桌上，说：“Risk and I intended to carry out the original design plan, but the Chinese team also prepared another set of design plans to go across the national park. （我和里斯克本意是执行原规划设计方案，但中方也准备了另一套穿越国家公园的规划设计方案。）” 又指着钟铁军说，“The reason we brought Zhong to see you today is for his original design of crossing the national park. （今天之所以带钟来见您，是因为当初他提出的就是穿越国家公园的设计方案。）”

总统望着钟铁军，说：“Young man, you think in advance. （年轻人，你想到了我的前面。）”

钟铁军彬彬有礼地起身向总统点头，说：“Mr. President, I am taking the easiest way to solve the most difficult problem. General brought these two options, the final decision is yours. （总统先生，我是用最简单的方法解决最困难的事情，将军带来的这两种方案，最终由您决定。）”

巴布扎和里斯克进一步向总统阐述了他们的意见和想法，为体现国家意志，希望坚持线位穿越艺术殿的方案。总统没吭声，最后说：“Barbuza, Risk, let me think about it. I'll let you know what you're going to do when I make the decision. （巴布扎、里斯克，你们容我仔细考虑考虑。等我想好了，我会通知道你们最终采取哪种方案的。）”

受到总统的接见，钟铁军感到很荣幸，但他不敢让路同和、洪勇波和黄山知道自己跟随巴布扎和里斯克去了总统府。直升机飞行千里，把他送回项目部的时候，天色已经渐渐暗了下来。

## 第二十章

一周后，巴布扎接到了总统亲自打来的电话。由于难以承受社会舆论带来的压力，总统决定放弃哈尼的天价索赔和原设计方案，要求国家重建办公室、铁路局和中方，重新规划设计铁路线位穿越国家公园的新方案。这意味着三方在艺术殿拆迁上所做出的努力付诸东流，以修改线路而告败。

巴布扎和里斯克分别向路同和、戴国兴、洪勇波和黄山下达了变更线位设计方案的通知。中方并不奇怪，本来已经做好了最坏的打算。巴布扎和里斯克既被动窘困，又生气尴尬。总统既然做出了这样重大的决策，他们只有执行命令的份儿，不容有半点儿懈怠。

哈尼当天听说了这一消息。他很高兴，根本不把A国的意志当回事儿，认为这是美利坚合众国在与东方大国博弈中取得的一次胜利。他叼着雪茄站在艺术殿院子里，欣赏着这座在他看来任何东西都难以替代的艺术圣殿，贪婪的眼睛里露出一丝扬扬得意的快感，自言自语道："I' m not short of money, but whoever wants to shake the art palace that American citizens have worked to build, has to pay. It belongs not only to me Hani, but to my country.（我不缺钱，但想动摇美国公民花心血建造的艺术殿堂，不论是谁都必须付出代价。它不仅仅属于我哈尼，更属于我的国家。）"

哈尼在A国生活了三十多年，始终有一种美国人独具的优越感。这种优越建立在对其他国家和民众的霸凌上，以至于对非洲某些国家的总统政要都不放在眼里。他想展示自己作为一名美国公民的胜利与自豪。于是，自己驾驶着那辆从美国本土空运来的卡迪拉克防弹车，去了国家重建办公室。令他没想到的是，站岗的士兵把他的高级防弹车挡在了门外。哈尼掏出护照，任凭再怎么解释自己是美国公民，那些荷枪实弹的黑人士兵都视而不见，气得他七窍生烟，与士兵大声嚷嚷。枪杆子不是吃素的。愤怒的士兵立马将枪口抵在他的胸膛上。不得已，他只好将车停在门外，要求士兵去向巴布扎将军通报情况。士兵爱答不理，说他们只执行勤务，不负责通报，让哈尼本人与巴布扎先取得联系方可进入。哈尼打了几遍电话，没人接听，其实是巴布扎不想接他的电话，更不愿意见他。后来，副官从楼里出来了，走到门岗前，说："I'm sorry，Mr. Hani. General is out. You'll make an appointment with him and come the other day.（对不起，哈尼先生，将军外出了，你先跟将军预约好，改日再来吧。）"

哈尼猜到巴布扎肯定是生气不见他，就开车回了艺术殿。巴布扎晾了他半个月，哈尼跑了几趟都白费腿脚。直到有一天，他提前赶到门岗，躲在车里观察半天，终于在门口拦住了正要进入大楼的巴布扎。将军见是哈尼，不冷不热地说："Ah，Hani，you old man，you're killing me. When you don't get my invitation，you come upstairs with me.（啊，哈尼，你这个老头儿，可把我坑苦了。没收到我的邀请，你就找上门来，那跟我上楼吧。）"

哈尼来到巴布扎的办公室，勤务兵端来一杯咖啡放在他面前。巴布扎坐在椅子上，讥讽说："Hani，you asked for the sky-high demolition fee，the Chinese and I cannot meet your super appetite，so you keep the art hall to enjoy it. I know you're using this to push us back and change the line design. It's fine，we can make the railway go across the national park，but do you want to keep the art hall for another 30 years? By then you will be more than a hundred years old，and I'm afraid you won't be able to live for another thirty years.（哈尼，你要的天价拆迁费，我和中方无法满足你的胃口，所以你留着艺术殿自己欣赏吧。我知道，你是用这种手段逼迫我们重新改变线位设计。没关系，我们可以让铁路穿越国家公园，但你还想再让艺术殿保持三十年吗？到那时你就一百多岁了，我想你恐怕活不了三十年了。）"

哈尼极为窘迫，眨了眨眼睛，直称是来感谢巴布扎和总统的。巴布扎回绝了他的谢意，笑称按中国的话讲，他给人的感觉好像是黄鼠狼给鸡拜年没安好心。哈尼无趣地说："Ah，General，I didn't expect you to be so hostile to me. What I want to say is that the railway line giving way to my art hall is a great contribution to your country. As an American citizen, I never do work ineffectively. This is the American principle of doing business. （啊，将军，没想到您对我有这么大的敌意。我要说的是，铁路避让艺术殿，是对贵国的一大贡献。作为美国公民，我从不做无效的工作，这就是美国人做事的原则。）”

巴布扎鄙视地说：“Yes，Hani. Your style of doing business has always been exclusive at the expense of others. This is exploitation and fraud. But you have to understand that the railway making a detour around the art hall is not being afraid of you Hani，but to protect our own interests. In this way，you can find someone more suitable or willing to pay the ＄2 billion high price，so as not to delay your money earning plan on our land. （是的，哈尼。你们的做事风格，历来是靠牺牲他人的利益，这是剥削与欺诈。但你要明白，铁路选择避让艺术殿，并不是怕你哈尼，而是为了维护我们自身的利益。这样，二十亿美元的天价，你就可以找到更合适或者更愿意付钱的金主，以免耽误你在我们的土地上挣钱。）”

哈尼扬扬得意地说：“General，I’m proud that I won over the preservation of the art hall. （将军，我引以为自豪的是，在保护艺术殿这件事上，我胜利了。）”

巴布扎摆摆手，说：“No！Hani，you failed. Because you lost your ＄2 billion chance. And we and the Chinese side open up a better way in a difficult situation. Therefore，I think you can only enjoy happiness with others，and behave as a tyrant，but never be able to share trouble，especially when at a critical moment，you lack the basic humanity as human beings. When working with you，I have to be careful of the traps you set everywhere. Trust crisis is your biggest failure. （不！哈尼，你失败了。因为你丢掉了获得二十亿美元的机会。而我们与中方在艰难的情况下，走出了一条更好的路。所以，我认为你们与他人只可以同享福，而不可以共患难，甚至在关键时刻，缺乏作为人类应有的人性。与你打交道，我不得不小心你处处设下的陷阱，信任危机是你最大的失败。）”

哈尼挨了当头一棒，被巴布扎打蒙了，傲气全无。这次拜访，他没能占到多少便宜。走时，巴布扎都没欠一下肥大的屁股，只命卫兵送哈尼下楼。

七老八十的哈尼，自己驾车往回走，生了一路气。在一个没有架设红绿灯的十字路口，他与左侧驶来的一辆大车交叉相撞，生死未卜。

铁路穿越国家公园的消息不胫而走，再次引起不小的轰动。两天后，巴布扎又召集里斯克、哈瓦佳、康姆、国家公园管理局的官员、本国铁路方面的专家和路同和、洪勇波、黄山以及钟铁军，专门研究穿越国家公园的线位规划设计。此时，除了南部端头以外的铁路主体工程，整条铁路已完成总体工程量的百分之六十，甚至有的区段已达到上砟条件，重新设计穿越国家公园的线位成了当务之急。专家与中方人员正在会议室里讨论得热火朝天，忽然一群媒体记者拥了进来，又是拍照又是摄影，把会场搅得一团糟。几名持枪士兵跑进来，拉成人墙严厉地往外赶那些记者，说："Please get out of here. It's not a news conference.（请你们快离开，这里不是新闻招待会。）"

记者们嚷嚷着，大声疾呼要言论自由，质问士兵铁路要穿越国家公园，为什么不允许媒体采访。争执就这样发生了。里斯克问巴布扎要不要休会，将军说可以让那些记者进来，问完问题让他们滚蛋，然后继续开会。他命令士兵不要再阻拦，士兵这才放记者进入会场。巴布扎怒形于色，说道："Railway experts are here, and you can ask any question if you have any problem. Please leave after the questions; we have a meeting.（铁路专家都在这里，你们有什么疑问可以提出来，问完请离开，我们还要开会。）"

一名《地球》杂志社的年轻女记者发问道："Environmentalists in your country will launch a plan to install tracking collars for elephants to track how the 15000 ordinary African elephants will cross railways in the future, which will help researchers learn more about the destructive power of railways. I'd like to know what is the impact of railways on wildlife conservation?（贵国环保人士将启动实施一项计划，给大象安装追踪项圈，追踪一万五千头普通非洲象未来如何穿越铁路，这将帮助研究者更深刻地了解铁路的破坏力。请问铁路对野生动物保护会产生多大的影响?）"

巴布扎指着国家公园的官员说："You can answer this question.（这个问题由你们来回答。）"

那名官员说："Your honor. I think the Chinese designers will make a more accurate answer.（将军阁下，还是让中方设计人员回答更准确。）"

巴布扎示意路同和与洪勇波接招。路同和低声对洪勇波说："洪院长，你说吧，要天衣无缝。"

洪勇波看了看图纸，站起来说："Railway crossing the national park is a helpless and inevitable move. The park covers an area of about 20,000 square kilometers, from the northeast to the southwest of the park is about up to 240 kilometers, the railway line cannot be completely avoided. And the existing road divides the park into two sections, and the railway passes through the park parallel to Road A, avoiding the secondary damage to the park. Crossing the national park is the only option after both the options of bypassing and the mid-piercing the art hall are difficult to achieve.（铁路穿越国家公园实属无奈和必然之举。公园占地约两万平方公里，公园东北至西南最长达两百四十多公里，铁路线位无法做到完全绕避。而且，既有公路将公园一分为二，铁路穿越公园与公路并行，避免了对公园的二次破坏。穿过国家公园，是在绕避和中穿艺术殿两个方案均难以实现的条件下，唯一的可选方案。）"

又一名记者问道："Sir, would you please reply how to provide enough living space for wildlife in the park?（先生，请您回答如何为公园内的野生动物提供足够的生存空间?）"

洪勇波镇定地说道："In order to protect the normal migration of animals, we have re-examined the cases of train collision with wild animals that occurred in the past five years of the existing lines, and counted the crossing points of animals, the location and number of animal passageways reserved by the railway, and set up guidance facilities to guide animals to pass across the lines safely. Separate fences are set up on both sides of the line to avoid animals crawling through and reduce the probability of collision between animals and trains. Culvert animal channels are set up in the depressions to facilitate drinking water for animals such as zebras, so as to minimize the impact on the range and space of various animal activities.（为保护动物正常迁徙，我方参考既有线路在前五年间发生的列车碰撞野生动物事故案例，重新进行了勘察，并统计了动物的过境点、铁路会预留的动物通道位置与数量，同时设置引导设施，引导动物安全穿过线路。线路两侧设置隔离栅栏，以避免动物爬行通过，减少动物与列车相撞的概率。在洼处设置涵洞式

动物通道，方便斑马等动物饮水，等等，这样，会将铁路对各种动物活动范围与空间的影响降到最低限度。）”

一名中年男记者举手提问，说道：“What do you think of the argument that this is the Great Wall of China across the National Park？（有人议论，称这是一条穿越国家公园的中国长城，对此你有什么看法？）”

路同和通过钟铁军回答道：“The railway in the National Park is only 13 kilometers long，the affected area of the park is less than 1% of its total area，how can it be built like the Great Wall of China，blocking thousands of troops？（国家公园内的铁路只有十多公里长，影响的范围不足公园总面积的百分之一，怎么可能建得像中国的长城，可以阻挡千军万马？）”

“Even though.（即便如此，）”记者继续发难，“For those who love parks，it is like laying a railway across the pyramids of Cairo，which is not necessary at all.（对于热爱公园的人来说，这就像铺设了一条穿过开罗金字塔的铁路一样，建设这条铁路根本没有必要。）”

记者在强调铁路对国家公园的破坏，会场一时沉默了，不知道该如何回答这个提问。巴布扎说：“Risk，you answer them.（里斯克，你回答他们。）”

里斯克轻松地说道：“Reporter friends，as to this statement，because of the standard restrictions of the railway itself，according to the existing technology，the year of transport capacity of narrow rail after expansion is still unable to meet the transport demand growth from our country to the port of Red Sea Mongolia. And for the new standard rail railway，the prospective design of the annual transport capacity can be increased by six times，and set aside two-line electrification transformation conditions. From the point of view of animal protection，wild animals can walk through most of the park areas at will，because the railway line will adopt a completely closed protective fence，and there is no damage to the park.（记者朋友们，对于这种说法，因铁路本身标准的限制，根据现有技术，窄轨扩能后年运输能力仍无法满足我们国家至红蒙港口运输需求的增长。新建标准轨铁路，远景设计年运输能力可提高六倍，并预留双线电气化改造条件。从动物保护的角度，野生动物可以在大多数区域随意穿行，因为铁路全线将采用全封闭式防护栅栏，不存在对公园的破坏。）”

国家公园的官员站起来张口补充道："I can tell you responsibly that the animals in the park will slowly adapt to the new railway. Please set your mind at rest for this point.（我可以负责任地告诉大家，公园中的动物会慢慢适应新建的铁路，这一点请你们完全放心。）"

记者们稍停了片刻。路同和通过翻译补充说："Friends, I would like to remind you that this railway is the road of friendship and cooperation between China and your country. We overcome the difficulties of lacking of oxygen on plateau, lacking of supplies and other difficulties with the heroic feelings of fighting heaven and earth. We build up road across mountains, and build bridges over water. Since we start the project, your country has suffered great drought, but assistance of food and supplies from our country are block logged at the ports due to the insufficient road capacity, which proves the importance and necessity of road construction. And the most important thing is when the south section of the railway, which experts are discussing today, will start to work. If the plan for this section is uncertain, the construction of the entire railway will be delayed.（朋友们，我要提醒各位的是，这条铁路是中方与贵国的友谊之路、合作之路。我们克服高原缺氧、物资匮乏等困难，以战天斗地的豪迈情怀逢山开路，遇水架桥。自上场以来，贵国遭遇大旱，我们国家援助的粮食和物资，却因公路运力不足积压于港口。这足以证明修建这条铁路的重要性和必要性。最关键的是，今天专家们讨论的是南段铁路何时开始建设。这一段方案确定不下来，整条铁路开通无从谈起。）"

巴布扎笑着鼓起掌来，说："All right, journalists, I admire your opinion and professionalism. All the questions you concerned have been answered. On behalf of the National Reconstruction Office, I tell you that this railway is the road to the development and prosperity of the country. After the completion of the railway, the passenger and cargo transportation time will be shortened to ten hours, the logistics cost will be greatly reduced, and the transportation safety will be significantly improved. In addition, China and our country will cooperate in the construction of a number of industrial parks along the railway line and build railway economic corridors, which will soon form a favorable pattern of railway and industrial linkage development and mutual promotion. Please start from the national strategy, and call for the speeding up of railway construction.（好吧，各位记者，你们的舆论监督和职业精神令我钦佩。你们所关心的问题都已回答完毕。我代表国家重建办公室告诉大家，这条铁路是国家的发展之路、繁荣之路。铁路建成后，客货运输时间将缩短至十小时，物流成本大大降低，运输安全性显著提高。此外，中国与我国将在铁路沿线合作建设若干工业园区，打造铁路经济走廊，会很快形成铁路与产业联动发展、相互促进的有利格局。我希望你们能从国家利益出发，为加快铁路建设速度呼吁呐喊吧。）"

记者们退出会议室后，巴布扎无奈地摇晃着脑袋，苦笑着说："Haha, Risk, Khawaja, look at these damn media, like flies buzzing around and picking bones in eggs, and we can do nothing to them. Hong, Lu, thanks to your perfect answer. I don't think there will be any negative reports in tomorrow's newspaper.（哈哈，里斯克、哈瓦佳，你们看看这些该死的媒体，就像苍蝇一般嗡嗡乱叫，鸡蛋里挑骨头，真拿他们没办法。洪、路，幸亏你们回答得很完美，我想明天的报纸不会有什么负面报道。）"

研讨会正式将铁路穿越国家公园方案确定下来了。会议临近结束，巴布扎请康姆通报一件重要的事情。康姆手里拿着一份资料，说："Today, the leaders of Chinese enterprises are all here, and I would like to explain to you that the social security situation in the recent period to attract your great attention.（今天，中方企业领导人员都在，我要向你们说明的是，最近一个时期以来的社会治安情况，希望引起你们的高度重视。）"

康姆通报说，全国警局开展了一场旨在打击和维护交通秩序的零容忍行动，共捣毁了近二十个犯罪团伙，逮捕了六百多名犯罪嫌疑人，扣留了三百辆摩托车，全国共从民间收缴十六万件各类口径的枪支武器。这些犯罪嫌疑人大多是多起犯罪案件的作案者，如强奸、谋杀、入室抢劫、公路抢劫、手机盗窃等。随着A国社会治安形势的持续恶化，针对中方企业和人员的恶性绑架、抢劫事件不断增多，每天都在三起以上，并伴有人员伤亡。

"An employee from a Chinese company in the capital was robbed by local motorcycle bandits when returning from the bank, $100,000 just withdrawn from the bank was robbed.（首都某中资企业人员，从银行回驻地时，遭当地摩托车

匪徒抢劫，刚取回的十万美元被洗劫一空!）”康姆扔掉资料说，“Another Chinese-funded office building was robbed by six bandits who falsely claimed to be policemen inspecting, and lost was $50,000 in financial terms. One night not long ago, the construction site of a Chinese-funded enterprise was shot by 12 armed men, many workers were seriously injured. Therefore, I would like to take this opportunity to remind you that the railway project site be guarded carefully against such incidents. While we will also make more efforts to fight against all kinds of criminal offences and do our best to provide you with a safe environment.（另一中资企业办公楼，遭到六名谎称警察检查的匪徒抢劫，被抢财物折合达五万美元。前不久一天深夜，某一中资企业施工驻地，遭到十二名武装分子开枪扫射，多人受重伤。所以，趁此机会，我提醒你们铁路项目工地要严加防范，避免此类事件的发生。不过，我们也会加大对各类刑事犯罪的打击力度，尽最大努力为你们提供安全的环境。）”

路同和与洪勇波、黄山表示会加强工地的日常管理与防范。会议结束后，路同和喊上洪勇波、黄山和钟铁军，一起乘车回到集团工程建设指挥部，戴国兴和其他设计人员已在那里等候。路同和问洪勇波重新设计，需要指挥部做哪些配合工作。洪勇波称最大的问题是人手不够和出图困难，只能采取以前的办法，现场设计，国内出图，日夜赶工。路同和把目光转移到了钟铁军身上，问他当初为什么不坚持自己的意见。钟铁军说：“我的想法你们不采纳，我得听你们领导的呀。”

路同和不耐烦，说：“去去去。线路规划与设计需要科学态度，与是不是领导有啥关系。”

眼瞧着俩人又要嚷嚷起来，洪勇波打断他们，说：“哎哎哎，过去的事咱不提好不好？算我判断失误，眼下立足新的方案重新规划设计。”

碰头会议时间很短，路同和反复强调了设计与各施工驻点要加强安全保卫。确定完交图日期，洪勇波、黄山带着其他现场设计人员回驻点去了。钟铁军要走，路同和问他去哪儿，他说与杨琳分别了很久，想去工地医院看她一眼。路同和说：“你去吧，见完后你跟我去一趟哈瓦佳州长那里，路桥公司分部有一处拆迁谈不下来，需要找州政府协调。”

钟铁军说：“不是我国际分部的事，干吗叫我跟着去？”

戴国兴说："不论困难属于哪个分部，都是企业和指挥部的事。你跟哈瓦佳州长最熟，路指挥带你去是对你的信任，以大局为重吧。"

钟铁军不好推辞，顺口答应了路同和。来到医院不见杨琳，医护人员说现场一名员工因患痢疾脱水昏迷，她带护士乘装载机去了丛林里的工地。钟铁军站在医院值班室里与杨琳通电话，说路同和让他跟着去州政府，这次又无法见面了，让她自己多保重。杨琳的声音有些凄婉，更多的是遗憾，说："那你去吧，我得把员工弄回医院抢救，不然他会死在工地上。"

杨琳将那名生病的员工，从工地拉回医院已是深夜。她没能见到钟铁军。因康姆局长对社会治安状况进行了通报，路同和外出有些担心。去州政府前，他叫上翻译和一名保安押车护送。钟铁军乘坐的是国际公司项目分部的车，只不过驾驶员这次不是大牙，是原来跟他开车的司机。保安押车，给路同和增添了许多胆量，没等钟铁军的车跟上，就先行出发了。天已渐渐黑下来。哈瓦佳称，他和州土地局的官员在办公室等候路同和。路同和催司机加油猛跑，把钟铁军远远甩在了后面。行驶到半路，司机被紧随其后的一辆车照射到反光镜里的灯光晃得刺眼，误以为是钟铁军追上来了。没过多久，那辆车加速冲到了前面，然后刹车停在了路中央，司机被迫停车。

保安透过前车窗玻璃，看到四个蒙面人，其中两个人端着枪，朝他们的车跑来。保安提醒说："Get your car and rush over there，they're robbers.（快发动车闯过去，他们是劫匪。）"

说着，保安拉开车门跳下去，躲在车后做掩护，举枪向跑来的蒙面人射击。蒙面人迅速闪开，悄悄从左右两侧包抄过来。随着几声枪响，保安倒在了血泊中。

路同和与翻译、司机清楚，这是遇到了武装抢劫，一时有些不知所措。他们在慌乱中跳下车，想躲进路边的灌木丛。劫匪冲上来把他们团团围住，抬脚猛踹已经死去的保安尸体。蒙面人挥动着枪支，先搜走他们的手机，然后嚷道："Get up，Chinese，get in our car.（起来，中国人，上我们那辆车。）"

司机稍微迟疑了一下，蒙面劫匪举起枪托砸向了他的脑袋，瞬间鲜血直流。"Boy，you wanna die? We'll shoot you if you don't get in the car.（小子，想死吗？再不上车毙了你们。）"

路同和三个人被劫匪用黑布蒙住眼睛拽上前面那辆皮卡车，颠簸一路，不知被拉到了什么地方。等被拽下车，推进一间破烂不堪的屋子后，才被摘去黑布。他们大致看清，这是一处早被废弃的屋子，用木棍和茅草、牛粪糊成的墙壁四面透光。门是木条做成的，关上时吱吱嘎嘎作响。四个蒙面持枪劫匪，一个在门口把守，另外三个站在屋外嘀咕。翻译是个刚毕业的年轻大学生，从没经历过这样的绑架，吓得哇哇直哭，问："指挥长，我们会不会被撕票?"

路同和颤抖着声音说："不知道，这要看他们的耐心和价码。"

司机反倒沉着，说："指挥长，不能答应他们的要求。"

翻译说："不答应，咱们仨都得死。"

几个黑影堵在门口，边喊话边走了进来："Hey，Chinese，if you want to live，let your people send us 40 million A national dollars. We cannot wait until dawn；we do not have that patience. Which one of you will make the call?（哎，中国人，你们想要活命的话，就让你手下的人送四千万A国币来，不能等到天亮，我们可没那个耐心。你们谁来打电话?）"

"四千万?"司机震惊地问，"折合人民币多少钱?"

路同和说："两百多万。"

另一个黑人喊："I ask again. Which one of you will make the call? Our gun was just wiped with the oil.（再问一遍，你们谁来打电话?我们的枪膛刚刚擦过油。）"

戴国兴接到了路同和打来的电话，对他们遭到劫匪绑架感到极为震惊。他听出路同和说话的声音既紧张又恐惧，问："保安呢?"

路同和说："共四个劫匪，保安被劫匪打死了。他们提出要四千万A国币赎金，不能给他们。"

戴国兴心急火燎，又问钟铁军为什么没跟他们一起去。路同和告诉他，钟铁军没有跟上车落在了后头。戴国兴急出一身汗，让他们尽量想办法与劫匪周旋，指挥部马上想办法筹款施救。

路同和三个人被绑架的消息，立即传到了身在国内的董事长夏江那里，也传到了工地各分部。巴布扎、里斯克和哈瓦佳及康姆同样得到了信息。里斯克要求巴布扎派军队进行搜索。巴布扎说："No，Risk，Lu and his staff will be torn up if we do it that way. We can only pay money for hostages.（不行，里斯克，那样做的话路和他的员工会被撕票，只能用金钱去换人质。）”康姆要求警局做好营救人质的准备。

钟铁军晚一步没跟上路同和的车，不过离前面的车并不太远。当听到前方响起枪声时，他敏锐地意识到路同和他们遭遇了不测。赶到路同和停在路中央的那车辆跟前，他和司机跳下车，借着灯光发现了横卧在地上惨死的保安的尸体。越野车上空无一人，路同和三人不知去向，只瞧见前面有辆疾速开走的车。钟铁军霎时间绷紧了神经，认准路同和他们遭遇了绑架。情急之下，他从地上捡起随队保安的那支枪，又扒下保安身上的弹匣，火速钻进了车里。

“快追那辆车！他们一定在那辆车上。”钟铁军指着前面的尾灯说。

司机满头大汗，加大油门朝武装分子的车辆追去。跑出一段路程后，劫匪的车拐下公路主干道，沿一条很窄的路驶进了山林。钟铁军让司机关掉车灯，跟在那辆车后。他回忆着在阿富汗操练过的开枪步骤，先卸下弹匣，看了看里面的子弹，又试着拉动枪栓，将子弹推上膛。

司机说：“经理，你一个人不能去跟劫匪拼，他们手里都有枪。”

钟铁军一声不吭，双手抱着那支枪，两眼盯着前面的车。当劫匪的车停在那间小屋旁边时，他也让司机熄了火，“把车退回一公里以外的位置，下车自己找个安全的地方等我。不管发生什么，你都不要靠近。”钟铁军抱着枪跳下车后对司机说。

司机央求道：“经理，你真的不能一个人去。劫匪不但会杀了你，也会杀了他们三个人。”

钟铁军没有听从司机的劝阻，端着那支枪蹑手蹑脚地钻进了山林。

面对这个突如其来的暴力事件，各个分部都给戴国兴打来了电话，附近的分部驻点先后提着钱赶到戴国兴办公室，商量如何施救。杨琳和工地医院的医护人员，听说路同和跟司机、翻译被绑架，钟铁军也没有下落，急得直落泪，担心他们都出事了。戴国兴拨打钟铁军手机，没人接听，当机立断找来财务主管，加上分部提来的钱凑够了四千万 A 国币。

时间一分一秒地过去，劫匪在等待赎金。此时，康姆局长联系上了钟铁军，确定了绑匪的具体位置，派出的警察部队已经朝山林这边聚集。四名绑匪迟迟等不来有关赎金的消息，打着手电气急败坏地闯进黑屋里，先举起枪托砸向路同和的头，然后把手机递给他，用枪逼着他与外界联系。

一个蒙面人恶狠狠地说："Get in touch with your people. We don't have that much time to dawdle with you, and ask your men to send the money. Otherwise, let them come here and collect your bodies.（快联系！我们可没那么多时间跟你们磨蹭，让你的人把钱送来。不然，就让他们来这儿替你们收尸。）"

路同和一只手捂住流血的头部，另一只手接过手机再次拨通戴国兴电话，惶恐地把他们三个人的处境透露给了戴国兴。戴国兴称钱准备好了，问到哪儿交货。路同和就用微信给他发送了位置信息。

路同和发送微信时被两名持枪劫匪看到了，他们举枪射向屋顶，子弹穿透顶篷飞了出去，又举枪砸在他身上："Asshole! You want the police to catch us? Then why don't we bang you first?（混蛋！你想让警察来抓我们吗？那不如我们先崩了你。）"

翻译摆手示意，说："The money is ready, our people ask where to make the delivery?（钱已经准备好了，我们的人问在哪儿交货？）"

四个黑人的眼睛里露出狰狞而欣喜的目光，用土著语商量了片刻，指着路同和用英语说："Tell him, have their men send the money to the intersection outside the mountain forest, where I wait for them. Come on, you'll pick up the money with me. They'll stay here and keep the phone in touch. If they don't do as we planned, I'll call back and kill the three men.（告诉他，让他们的人把钱送到山林外面的路口，我在那儿等着。走，你跟我去接钱，他们留在这儿看守，随时保持电话联系。如果对方不守约，我会打电话回来，就地杀了他们。）"

戴国兴安排一名分部司机开车，请了两名全副武装的随队士兵护卫，将四千万A国币装上车，匆忙朝约定的山林外路口驶去。

劫匪的车在山林路上与钟铁军的越野车会合，蒙面黑人停车下来，狐疑地用手电对着驾驶室里照来照去，发现没人，转到车前再看车牌，是当地牌照，环顾四周没发现任何动静，这才上车离去。

留下看守的两人关上屋门，站在门口抽起烟来。他们根本没有料到，刚才所发生的一切，被端着枪躲在屋后的钟铁军和司机听得一清二楚。

原来，钟铁军下车后，小心翼翼地在灌木丛里前行，终于接近了那间关押路同和三个人的小屋。他趴在后面观察动静，司机悄悄赶来卧在了他旁边。钟铁军压低嗓音问："不让你来，你咋还来？"

司机悄声说："我来给你当帮手，你不能孤军奋战。"

两人在屋后与路同和三个人只隔着一层木棍墙，糊在上面的牛粪与茅草早已经脱落。钟铁军透过缝隙看到了靠在墙边的黑影，就悄悄地把手伸进缝里去拉那人的衣服。路同和被吓得浑身一颤。钟铁军趴在地上，把脸贴近墙根，悄声说："我是钟铁军，来救你们。把劫匪引到屋里来。"

路同和暗中轻声向翻译和司机传达了这个令人吃惊的消息，大声叫道："嘿，我肚子疼，要上厕所。"

两个黑人看守听到喊声，拉开屋门打着手电进来，骂道："What are you doing? Want to die?（你要干吗？想找死吗？）"

翻译赶忙解释："He has a stomachache and wants to go to the bathroom.（他肚子疼，想上厕所。）"

劫匪举枪在路同和眼前晃动了两下，说："No way. You must learn to endure. We'll get the money and you'll shit.（不行。你们要学会忍耐。我们拿到钱你再去拉屎吧。）"

钟铁军借着光亮看见了持枪的那个劫匪。他趴在屋后的灌木丛里，透过木棍之间的缝隙，暗中瞄准那个黑人，猛力扣动了扳机，一声枪响，持枪劫匪应声倒地。另一个劫匪惊慌失措，胡乱吼叫着，弯腰去捡被同伙丢在地上的枪支，并顺手抓起手电筒朝屋外照射。钟铁军借着手电光亮趁机瞄准，再次打出一颗子弹，直接射中了第二个劫匪的脑袋。路同和三个人被鲜血和脑浆溅了一身，吓瘫在地上，不敢动弹。钟铁军和司机从屋后转到前面，进屋将劫匪的枪支捡到手。

"快走！离开这里！"来不及说半句客气话，钟铁军和司机拉起路同和三个人，快速逃离了那间黑暗的屋子，地上只留下了两具劫匪的尸体。

# 第二十一章

路同和没有想到钟铁军如此勇敢。他和司机的头都被劫匪用枪托砸破了，鲜血黏在头顶和脸上，凝结成了干巴巴的血块，已经感觉不到疼痛。钟铁军坐在副驾驶上，借助灯光目不转睛地盯着前方，生怕另外两个劫匪迎面驶来朝他们开枪射击。他的左右胳肢窝下各夹着一支枪的枪托，枪管架在前面的工具箱上，顶住了挡风玻璃，万一劫匪从对面过来，只要扣动扳机，即可射杀他们。路同和三个人挤在越野车的后座，还没到公路路口，就听到那边响起了枪声。

戴兴国收到路同和通过微信发送的位置信息后，马上转给了巴布扎将军和里斯克局长。巴布扎又将绑架地点发送给康姆局长，告诉他交钱地点就在山林外的路口。康姆指挥调动警力分头朝路口集中，下达了严格的命令，只要劫匪不缴械投降，就格杀勿论，并将这一情况通知了中国驻 A 国大使馆。两名劫匪一想到钱马上到手，光顾着高兴了，虽然听见了钟铁军打出的两声枪响，但是认为是同伙发怒射杀了其中两名人质，不曾想到留下看守的两名同伙已经毙命。当他们到达路口时，路的两侧早已埋伏好了严阵以待的警察与特种兵。军车和警车停在远处，车顶和车前忽闪忽闪亮着警灯。

戴国兴带车来到路口停好，看到军警车辆心里踏实许多。他和翻译将满满两大箱钱提下车，站在车旁观察动静，跟车护送的两名随队士兵躲在车后做好了迎头痛击的准备。一支烟的工夫，山林小路上出现了两束灯光，劫匪的车渐渐驶近路口，缓缓停下。那名劫匪头儿端着枪从车里下来，走到路口左右瞭望，发现了停在路上的警车和军车，猜到一定是中方报警引来了警察和部队。他举枪瞄准戴国兴，大声呵斥道：“Why the fuck did you call the police? I just want money; I don't want to fight the police and the army.（你他妈的为什么要报警？老子要钱，不想与警察和部队干架。）”

戴国兴指了指地上的钱箱，通过翻译喊：“All the money is here, bring our men over here.（钱都在这里，把我们的人放过来。）”

“No more money.（钱不要了！）”绑匪举起枪歇斯底里地骂道，“You all die.（你们都去死吧！）”

大喇叭里传来了警察的喊话：“We're cops. I hope you stop the crime. You don't have a way out of here. Give yourself up.（我们是警察，希望你们停止犯罪行为。你们无路可逃，快缴枪投降吧。）”

“Ha ha ha ha ha ha ha, we surrender? Go to hell.（哈哈哈，让我们投降？见鬼去吧。）”

劫匪狂笑着，举枪朝喊话的方向一阵乱枪扫射。顿时，从公路两侧以及戴国兴的越野车后，响起了密集的枪声，特种部队和警察同时向绑匪开火射击。绑匪中弹后歪斜着身子倒下，子弹飞出枪膛偏离目标射向了夜空。另一名绑匪见势不妙想驾车逃跑，在双方交火中慌慌张张撞在路边一棵大树上当场身亡了。

钟铁军的车拉着路同和三人驶到路口时，公路上已经围满众多士兵与警察。康姆局长和使馆人员也乘车赶到了那里。路同和被司机扶下车，戴国兴、翻译等人马上跑过来紧紧搂住他们的肩膀。见到大使馆人员，钟铁军、路同和、戴国兴等人很激动，眼里噙满了泪水，感受到了强大的祖国在为他们做后盾，在异国他乡这比什么都重要。

康姆与钟铁军和其他中方人员寒暄着。士兵们抬着两名被乱枪射死的绑匪尸体，扔进了军车车厢里。钟铁军将从牺牲的保安身边捡回的那支枪搁在车里，提着从绑匪那里捡来的枪走到康姆面前，说：“Chief Combe, I killed two other security robbers. These are their guns. I give them to you. If I have criminal responsibility for killing the robbers, you can take me away and have me sentenced, and I will abide by the laws of your country.（康姆局长，另外两名负责看守的劫匪被我打死了，这是他们的枪，我交给您。如果因为我杀了劫匪需要负刑事责任，您可以把我带走判刑，我会尊重贵国的法律。）”

康姆接过钟铁军上交的枪械，递给身后一名警察，拍拍钟铁军的肩膀，说道："Ah，you're a hero. The laws of our country never sanction those who kill outlaws solely out of self-defense，because they are innocent. Besides，no one saw you kill two robbers.（啊，你是大英雄。我们国家的法律，从不制裁那些完全出于自卫而杀死歹徒的人，因为他们是无罪的。再说，没人看到你杀死那两个劫匪。）"他故意转身问在场的士兵和警察，"Did anyone of you see this guy kill the robbers?（你们有谁亲眼看到这个人杀了劫匪吗?）"

"No. He didn't kill anyone.（没有。他没有杀人。）"

康姆笑呵呵地摊开两只手，说："Zhong，I'm right. Nobody saw you shoot the robbers. You don't have to admit it. It was the robbers who killed themselves.（钟，我说得对。大家都没有看到你枪杀劫匪，你没必要承认。是劫匪该死，他们作孽自杀了。）"

钟铁军以生命为代价去冒险，保住了路同和三个人的命和四千万 A 国币，顿时成了中外员工们无不仰慕的英雄。路同和三个人没有回到集团工程建设指挥部，而是由戴国兴和钟铁军护送直接去了工地医院。杨琳带领护士在门口迎接，见到钟铁军的一刹那，她抑制不住情感，扑到他怀里呜呜地哭了。钟铁军反而笑着说："我这不活着回来了嘛！快去给路指挥包扎，他和司机的脑袋快被劫匪打烂了。"

杨琳"嗯"了一声，抹掉眼泪转身走进病房。在碘伏和酒精的刺激下，路同和跟那个司机疼得龇牙咧嘴，但都坚强地忍着。病房里挤满了从工地赶来看望他们的员工。路同和说："杨琳，我们三个要感谢铁军，如果不是他和司机冒着生命危险救我们出来，恐怕再也见不到你们了。"

戴国兴好奇地问钟铁军什么时候学会的打枪，竟能干掉两个绑匪，钟铁军只"嘿嘿"地笑。杨琳一边给路同和包扎头上的伤口，一边说："他还不是在阿富汗学会的玩枪弄炮，没想到在这里派上了用场。"

路同和心存感激，说："我真应该给你们两口子下跪，我的命是铁军帮我捡回来的。"

钟铁军摇头，说："你是指挥长，给我下什么跪？我要是被绑，你和戴书记同样会舍命救我。现在，我已不是第一次出国那会儿的胆小鬼了，不会再当逃兵。"

包扎完伤口，杨琳给路同和与翻译用了些消肿止疼和抑制眩晕的药，安排他俩晚上住在病房进行医学观察，把其他人都轰了出去。给值班护士交代完夜间注意事项，杨琳拉着钟铁军回了宿舍。她转身将门关上，伸手去脱钟铁军脏兮兮的衣服，才看到他浑身上下被灌木划伤留下的一道道血印。她帮钟铁军简单处理了一下伤口。杨琳侧卧在钟铁军胸前，说："你拿枪去追绑匪，没想过我和孩子吗？"

钟铁军明白她在担心，说："当时真没想，就想怎么把路指挥三个人救回来。"

"你不知道绑匪手里有枪啊？"

"知道。我手里也有枪啊。"

"绑匪是四个人，而你是一个人。"

"还有司机跟着我呢。"

杨琳埋怨说："可吓死我了。跟你做夫妻，这辈子让人担惊受怕。"

钟铁军开玩笑地说："你不跟我当也行，那我再重新找一个。"

杨琳腾地坐起来，指着他问："你说，是不是在项目上找了？难道你真跟玛莎相好了吗？"

钟铁军见杨琳认真起来，觉得这个玩笑开的不是时候，哄她说："哎呀，我说着逗你玩的，何必当真呢。我怎么会跟玛莎一个黑姑娘相好？她是大牙的未婚妻。玛莎再漂亮也比不上你啊，又美丽又温柔，孩子都这么大了，你还不相信我？"

杨琳敲打了钟铁军一夜。第二天上午送钟铁军离开前，还在提醒他要与玛莎保持距离。

钟铁军与路同和、戴国兴作了短暂告别，匆匆上路往项目部赶。留下来的那支枪搁在后座上。司机问怎么处理，钟铁军转身从后面把枪抓到手，来回拉动几下枪栓，说："留着，没准哪天还有用处。"让司机把枪藏在后备厢里，随车携带。

到达项目部时，随队士兵和第五小刚、赵雅清、安保国、汪静、吴大友、卡娅、玛莎、张放、刘柱和其他施工队赶来的队长，像迎接英雄一般站成两排夹道欢迎钟铁军。那阵势很令他吃惊与欣慰。尤其是赵雅清的眼睛里透出一种与众不同的目光，仿佛可以穿透他整个人。钟铁军挥手让大家解散，赵雅清等人围上来。刘柱拉住他的胳膊，说："叔，咱们有的是人，你干吗一个人去跟绑匪拼呀。"

安保国一巴掌拍在刘柱脑袋上，说："净说废话，咱们是有人，可来得及吗？到一边去。"

卡娅从人群里把刘柱拽出来，用中文说："刘柱，你叔受到了惊吓，别再惊扰他。"

汪静一直瞅着刘柱和卡娅，凑到俩人跟前说："刘柱，你不能听她的，经理有胆有识，才没被吓着呢。"

刘柱不理汪静，扭身躲开了。汪静说："刘柱，你真生我气了？"

刘柱说："我都不敢喊你姐了，因为我是个农民工，不配跟你套近乎。"

卡娅走近刘柱，瞥着汪静说："汪医生，你伤害了他。"

汪静内心有些内疚，又容不得卡娅斥责自己，说："卡娅，我哪儿伤他了？是你天天喊着要嫁给他，你才伤害了他呢。"

卡娅反驳道："是的。我爱他的单纯和真诚，我不会伤害他的。"

其他人簇拥着钟铁军进了他的办公室，汪静、卡娅和刘柱三个人还站在院子里掰扯。赵雅清见他们站着不动，就喊汪静。汪静这才甩开卡娅和刘柱走进屋去。玛莎想靠近钟铁军，被赵雅清故意挡在了身后。钟铁军问："Martha，where's Big Teeth？（玛莎，大牙去哪儿了？）"

玛莎深情地望着他，说："He went out to the quarry with manager Wang.（他跟王经理去碎石场了。）"

赵雅清很忌妒，翻着眼皮瞪钟铁军，小声说："我知道大牙他们去哪儿了，你为什么不问我？"

汪静站在后面偷偷笑。钟铁军赶走了其他人，玛莎也跟着出去了，屋里只剩下赵雅清和汪静两个人。钟铁军问："王子浩跟大牙出去前跟你说了？"

"说了！"赵雅清表情很不悦，"我们都担心你呢。万一出事我们该怎么办？"

"担心啥呀？"钟铁军说，"我会打枪。咋跟你杨姐一样一万个不放心呢？"

汪静说："经理，雅清心里想着你，我都忌妒了。"

她们问起事情经过，钟铁军轻描淡写地说："很简单啊，叭叭几枪就完事了。"

赵雅清和汪静听愣了，说：“你真杀了他们？”

钟铁军说：“绑匪还杀了局指挥部的保安呢。不干掉他们，怎么救出路指挥？康姆局长说，法律对自卫方不追究刑责，我不需要坐牢。”

“绑匪死在你手里，见到尸体你不害怕？”

“害怕什么呀。屋里黑，没看见他们被打死的样子。”

汪静离开后，赵雅清两眼盯着钟铁军嗔怪说，反正他不能出啥事儿，不光为了杨琳，也为了她和整个项目。第六感告诉钟铁军，赵雅清对自己一往情深。但像对待玛莎那样，他不能接受这种带有崇敬与仰慕的暧昧，就说：“雅清，我懂你在说什么。如果说玛莎来后，你在替杨琳做挡风墙的话，现在你就是一股强劲的风，穿透了自己垒起来的那堵墙。我说得对吗？”

赵雅清害羞，死不承认，说：“随你怎么想。我就是我，不是任何人。在国外天天跟你打交道，我再没有别的亲人。”

赵雅清为钟铁军沏好茶，抱着他脱下来的那身脏衣服走了出去。钟铁军望着她的背影，心里感到阵阵温暖，眼前浮现出杨琳似水的柔情。他喊道：“哎，雅清。马上要给施工队计价付款了，你去银行多取些钱回来，”

赵雅清在隔壁“嗯嗯”地应声，没有露面。

钟铁军安排完此事，顺手拨通了王子浩的手机，却没有信号，打不通。

王子浩的小腿胫骨彻底好了。他去食堂找到玛莎，要给玛莎一些费用。虽然玛莎很缺钱，可她不要。最后，王子浩扔下两百元当地币，走到院子里，让大牙开车拉他去了碎石场。他们在森林里开了近三个小时才到达那里。

碎石场到处堆着从山上开采来尚未破碎的巨石。震耳的风枪声和碎石机发出的隆隆响声，震荡着森林与空旷的沼泽。员工们头上戴顶帆布帽子，脏污的口罩遮住了半拉脸，耳朵两边耷拉着防尘布，整个面部布满一层薄灰，只有两只眼睛在闪动。

王子浩和大牙看见，场里生产出来的道砟堆积成山，装载机还在端着满斗石砟吃力地往上爬。他知道路基还没有达到上砟条件，道砟生产一刻也不能停，只好往高处堆。场长是位年轻的中方员工，想陪王子浩去石源地看开采现场被拒绝了。王子浩知道那个小山包，大牙跟着去就可以。他的想法只有大牙最清楚。

上车后，王子浩落下车窗玻璃，右胳膊搭在车门上，将头伸到车窗外面，问碎石场有没有住的地方。场长说有几间用彩钢房搭建的招待所，晚上可以回来住。王子浩跟场长说定晚上住这儿。

大牙发动越野车驶出场区，行驶在弯曲颠簸的土路上，扬起漫天尘土。他双手把着方向盘，说："Boss，this road is broken by the car that transports stones. Do you still want to look for the night pearl？（头儿，这路被拉石头的车轧坏了，你还想去寻找夜明珠吗？）"

王子浩说："If there are night pearls，we can go and have a look for convenience. Can you tell？（如果有的话顺便找找，你能辨认出来吗？）"

大牙嬉笑说："I used to see that thing，but I'm not a connoisseur. I'm a half-cock. The original stone of the night pearl is no difference from the ordinary stones，it cannot be seen in the sun during the day. Whether it shines or not can only be recognized at night. But I don't know if the python is still on the top of the mountain.（我见过那玩意儿，可我不是鉴赏家，算是个半吊子。夜明珠的原石跟普通石头没什么两样，白天在阳光下看不出来，只有到晚上才可以看出它是不是能发光，不知道蟒蛇还在不在山顶上。）"

王子浩很自信，称蟒蛇肯定被开山放炮吓跑了，撺掇大牙一定要帮他找到那个夜里可以发光的宝贝，寻个懂行的藏家卖了。为了得到一颗这样的东西，王子浩养伤那段时间，花不少工夫对夜明珠进行了一番研究，知道那玩意吸收了天地之精华，是世界上若干杰出古老文明中，同时存在的一个自然、历史和文化之谜。古往今来，还衍生出了许多的神话故事，是少有的不分国界、领域，人人都想拥有的珍爱之物。各个国家、民族、宗教都将它视作珍宝。特别是自有皇权时代开始，更被各国皇室收罗为顶级国宝私藏，因为在贵族人的眼中，它是穿越时空的宝物，是寄托美好希冀的载体和追逐财富的象征，更是千百年来收藏家们孜孜以求而难以擒获的奇珍异宝。他了解到，夜明珠也分多种，其中最著名的是慈禧死后含在嘴里的那一颗，价值连城，但不知下落。其次是朗斯·代尔陨石夜明珠，那是从天上掉下来的，经过了大气层的燃烧，收藏在美国国家博物馆里。当然，其他种类还有萤石夜明珠、冰洲石夜明珠、稀有元素夜明珠、翡翠夜明珠、钻石夜明珠，等等，形状各异，大小不一。这些宝物内含矿物质。矿物内的电子在外界能量刺激下，会由低能状态进入高能状态。当外界能量刺激停止时，电子又由高能状态转入低能状态。在这个转变过程中，白大难以看到它的光芒，到了夜晚便在黑暗中自然发出由绿到白的荧光。

王子浩认为，如果能在东非高原原始森林和大沼泽里发现并寻到，那必定是天然的，也是来国外从事铁路施工的意外收获。他对大牙说："It will bring us great wealth. I can give you 30% of the money, then you don't have to work hard at the construction site. You can take Martha away and enjoy the beautiful life.（它会给咱们带来巨额财富。我可以分你三成的钱，你就不用在工地卖力打工了，带上玛莎远走高飞去享受美好的生活吧。）"

大牙讥笑他，说："Boss, it's all yours. I won't take a penny. The point is if you can find it. I think you're daydreaming.（头儿，卖的钱全归你，我一分也不要。关键是能不能找到，我看你是在白日做梦。）"

大牙将车停在了山脚下。采石场里还停着几辆负责运输石料的卡车和装载机，风枪声从山根底下传来。那里已经被挖掘成一个巨大的石坑，山上葱郁的树木依然生机盎然。几个正在进行石源开采作业的中方和当地黑人员工，看见王子浩和大牙下车走过来，停下手中的风枪与他们打招呼。

"啊，伙计们，辛苦了！"王子浩头戴安全帽，双手叉腰站在采石坑前，望着被炮炸成的石壁说，"看来石质不错，说明我们当初石质调查和勘察选对了地方。加油干吧。"

那些员工频频向他点头。王子浩又问员工在山上有没有发现别的东西。员工们摇头称，看到过几回蟒蛇爬行，其他野生动物都被吓跑了。

"很好！"王子浩说，"你们干活吧，要多加小心。我到山上去转转，看看有没有更适合加工的石料。"

王子浩叫上大牙，避开了插有骷髅头标识、埋有地雷的路径，沿着上山的小路往上爬。大牙首先想到要抓根木棍，防止野生动物突然窜出来对他们发起攻击。茂密的灌木丛和荒芜的野草，遮挡了两个人的身体，草丛里偶尔会传来轻微的响动。大牙警觉地用木棍去敲打身边的株株灌木，这样会吓跑那些动物。爬到上次看见蟒蛇的位置，王子浩停住脚步，气喘吁吁地站在半山腰上，朝四周观望，再也没有发现蟒蛇的影子，心猛然间凉了。按大牙说的夜明珠通常由蟒蛇守护，想来山顶上肯定不会有他梦寐以求的宝物。

大牙喊道："Boss, the python is gone. Let's go down the hill.（头儿，蟒蛇跑了，咱们也下山吧。）"

"No!（不!）"王子浩执拗地说，"Now that we have climbed up the mountain, let's go up and have a look. At least we can stand on the hill and enjoy the scenery.（既然爬上来了，咱们就上去看看，哪怕站在山头上观赏一下风光也好。）"

大牙无奈，跟在王子浩身后一路爬到山顶。接近正午的太阳十分毒辣，超强的紫外线把人晒得有些刺疼。山头上光秃秃的，裸露着一块块大小各异的白色鼓石，其间几棵歪头松撑起一片阴凉。王子浩好奇地走近每块石头，蹲下身去左瞧右看，还捡起小的石块去击打。

"Big Teeth.（大牙,）"王子浩用汗透的衣服遮挡住阳光，借着暗影辨认，"Look at these stones. Which one is the night pearl?（你看看这些石头，哪块是夜明珠。）"

大牙蹲在他身边，一块块仔细地看完，摇头说："Boss, none of these stones look like a night pearl. The shell of a night pearl is wrapped in a layer of film, but these stones have no films.（头儿，这些石头都不像。夜明珠原石外壳裹有一层皮，可这些没有。）"

王子浩很沮丧，在山头上边走边瞧。后来，在一块巨石旁边，他发现一块体积如足球大小而且不太规则的鼓石，外表裹着一层土黄色麻麻点点的包膜，与查过的图片资料相似度很高。他有些激动，弯下腰去抱，因为太沉又抱不动，就把大牙喊过来。俩人脱下上衣盖在石头上遮住阳光，跪在地上将头伸进衣服里使劲瞧，可怎么也看不出石头发光。

大牙说："Come on, boss, let's go down the hill. There's nothing you're looking for here.（别开玩笑了，头儿，咱们还是下山吧。这里没有你想要找的东西。）"

王子浩不死心，让大牙帮他将那块鼓石抱到最高处的大石头上面，直冲着太阳。直觉告诉他，那块石头很像能发光的夜明珠原石。他说："Let it bask in the sun. Let's take a look what the hell it is.（让它晒晒太阳吧。看看它到底是啥玩意儿。）"

王子浩一步三回头，恋恋不舍地下山赶回了碎石场。吃完午饭，他和大牙开车向南赶往青尼罗河大桥工地，沿线的路基已基本成型达到了标高。大桥水中墩施工轰轰烈烈。于长山亲自蹲在现场组织，孔径一米五、长五六十米的钢筋笼被吊车的伸缩悬臂吊在空中，由浑身沾满泥水的员工扶着，顺利地下到紧靠岸边的孔桩里。其他桩基础，已经有头戴安全帽、手持风枪的员工，站在低于水面的混凝土平台上开始破桩头。于长山跑上来迎接王子浩，向他汇报大桥施工进展情况，告诉他再有一个月大部分墩身可以露出水面，这样就不怕河里涨水了。王子浩没有心思听他啰唆更多，简单问了问需要解决哪些问题，工料机配置够不够之类的话，没再多说。他心里只想着山顶上的那块石头。

晚上，大牙开车拉着王子浩赶回碎石场。在招待所刚住下来，忽然雷声大作，一道道闪电划破了夜空。眨眼工夫，大雨倾盆而下，硕大的雨点砸在房顶和窗户上“吧嗒吧嗒”直响，雨水顺着玻璃窗往下流。这时，手机响了。是钟铁军打来的，问他和大牙是不是在回项目部的路上，走到哪儿了。王子浩说从大桥工地回来还没往回返，住在了碎石场招待所，明天才能赶回项目部。王子浩问起钟铁军消灭绑匪的事儿，称自己和大牙很替他担心。钟铁军没多言，让他抓紧回来，研究路基上砟工作部署。

王子浩感到时间紧张，实在放心不下山上的那块石头。他想不管晴天还是阴雨天，夜明珠晚上都是要发光的，必须在这个夜晚对那块石头做个判断，可雨不停歇，电闪雷鸣。他难以入眠，敲醒睡在隔壁房间的大牙，又找来雨衣和手电筒，俩人冒雨开车去了那座小山。

大牙提醒王子浩，说：“Boss，is that stone so important? Climb up the hill at this time，and I have no guns in my hand. We will both be killed in case of an attack by a python or other animals，（头儿，那块石头这么重要吗？这时候上山，我手里可没有枪，万一遭到蟒蛇或其他动物攻击，咱俩都要把命搭进去。）”

王子浩说：“Big Teeth，don’t you want to make money? If that stone is a natural night pearl，this is a good chance to earn a lot of money，you should believe me.（大牙，你是不是不想挣钱？如果那块石头是天然夜明珠，这就是挣大钱的好机会，你应该相信我。）”

“I do trust you. Boss，money is important but we have to be alive first. I think it’s too dangerous to go up the hill in the dark.（我信任你。头儿，挣钱必须先

保命，我觉得天黑上山太危险。）”

“I walk ahead of you; I die first. I have to see for myself if the stone shines or not to prove whether it's a night pearl.（我走在你前头，要死我先死。我要亲眼看看那块石头发不发光，才能证实它是不是夜明珠。）”

大牙没再多说，把车开到山脚下停好，穿上雨衣跳下车来，从旁边泥地里捡起一根长棍握在手中。开采石材的员工回到了驻地，山的周围一片沉寂，只有天空中划过的闪电和传来的隆隆雷声以及扑面而来的大雨。他打着手电紧跟着王子浩，沿白天走过的路径小心翼翼地往山上爬去。快到山头时，王子浩滑倒摔在了灌木丛里，而两只眼睛一直盯着山顶最高处。大牙赶紧上前将他扶起来，顾不得雨衣沾满泥水，又朝山上爬去。

在距山顶鼓石三十米远的地方，王子浩定神一看，发现山头上闪烁着一团耀眼的光亮。那莹莹的光芒纯洁无瑕，白光中夹带着淡淡的绿色，在阴云密布的黑暗之下，把整个山头照得如同白昼。

“Big Teeth.（大牙！）”王子浩激动地指着山顶说，“Look, the stone is glowing, it's the real night pearl, and we're going to be rich.（快看，那块石头在发光，它是真正的夜明珠，我们要发财了。）”

大牙顺着他手指的方向望去，那块白天搁在巨型鼓石上面的石头，果真闪耀着绿莹莹的光。“Aha, yes, boss.（啊哈，是的，头儿！）”大牙也激动地喊，“The stone is glowing.（那块石头是在发光。）”

俩人同时用手电筒照向那块原石。碰到外来光源，那石头的光立马弱了许多，它把光吸收进了内部。王子浩清楚，夜明珠自然发光是原石内部能量形成的自然光晕，吸收的外来光源越多，自发的光亮就越强。正在得意之时，大牙忽然拉住了他，说：“Boss, get out of here.（头儿，快离开这里。）”

王子浩没明白他说的是什么意思，硬要跑过去抱那块发光的原石。“No, boss.（不行，头儿！）”大牙使劲往后拉他，“The python has come back, it is lying on the big stone, guarding the night pearl.（蟒蛇回来了，它就盘在那块大石头上守护着夜明珠呢，快下山。）”

王子浩顿时惊骇万分，赶忙收住脚，用手电照向鼓石，发现一条五六米长碗口粗的巨蟒，用整个身子将发光的原石盘绕在中间。凭借敏锐的嗅觉，它发现了王子浩和大牙的到来，直立起来的头部远远地冲着他们。

“The python is really back. （蟒蛇真的回来了!）” 王子浩骂道，“Big Teeth, how can we kill it? We have to hold the night pearl down the hill. You don't have to worry about food or clothes all your rest life. （大牙，怎样才能干掉它？咱得把夜明珠抱下山。得到它这辈子不愁吃穿了。）”

一道刺眼的闪电划过天际，朝山头劈了下来，吓得王子浩和大牙浑身战栗。大牙自顾不暇，一边疾步沿原路朝山下走，一边大叫道：“I don't have the guts to kill pythons. It is the patron saint of treasures. If you don't leave, you'll be the food in the python's belly. （我没胆量干掉蟒蛇。它是宝物的守护神。你再不离开，就会成为蟒蛇肚子里的食物。）”

王子浩再一次用手电筒照射山顶那块原石，暗影中那条巨蟒已经开始慢慢地朝下移动。他感到害怕，又气又急，不敢再往前挪动半步，最后转身沿原路跑下山去。离开那里时，回头看，那块原石仍在最高处闪闪发光。

王子浩终于用这次行动，证明了夜明珠的存在和大牙的诚实，也证实了自己非凡的判断力。他仇恨蟒蛇的出现，对没能抱回那颗原石感到遗憾。第二天回项目部的路上，王子浩让大牙严守这个秘密，不能让任何知道山头上有这样一个宝贝。大牙答应了他，与王子浩达成一致，俩人不论谁得到那颗夜明珠，卖了钱都必须给对方一半。大牙称那颗夜明珠，至少在山顶上搁置了几千年或上万年，之所以没被人发现和抱走，是因为没人懂得它是什么，更没人敢在那种恶劣的环境中，雨夜爬上山去探寻究竟。他直夸王子浩好胆量。王子浩念念不忘那块原石在夜间发出的那种具有诱惑力的光，称一定想尽办法赶走蟒蛇或打死它，把那块不可多得的石头弄到手。

王子浩说：“Big Teeth, how to get a gun or a few mines to kill a python? You can't let that valuable stone be picked up by others, and I can emigrate after selling it. （大牙，想法子弄支枪或搞几颗地雷来把蟒蛇弄死。不能让那块值钱的石头被别人捡走。卖了钱我就可以办移民了。）”

大牙虽然与王子浩对此事形成了默契，但钟铁军还是知道了这个秘密。大牙对那块发亮的原石并没有太强烈的占有欲，也没想过指望那块石头发大财，是王子浩的好奇心和求财心切，把他拉了进来。大牙清楚，战乱时期一个外国商人动用部队士兵，在一座山头上打死了守护的蟒蛇，得到了一颗夜明珠。没出一个月，那个商人坐飞机去美国从事夜明珠交易时，突然坠机身亡丢掉了性命。有人说是那条有灵性的蟒蛇召唤了他，还有人说夜明珠给那名商人带来了厄运，命中不带的财别去苛求。对此类事情，大牙心里倒有些忌讳。所以，回到项目部见玛莎时，大牙便将这个消息告诉了她。玛莎很惊奇，问："Honey，how can you believe in these things?（亲爱的，你怎么能相信这些东西?）"

大牙说："It is true，Martha. Manager Wang and I climbed to the top of the mountain at night and saw it with our own eyes. But it was guarded by a python.（是真的，玛莎。我和王经理夜里爬上山顶亲眼看到的，不过有巨蟒守护着。）"

项目部人员吃完午饭，玛莎去卫生所找卡娅。赵雅清要去银行取钱，过来跟汪静打招呼，让她帮忙看着点财务室。玛莎将夜明珠的事透露给了卡娅。卡娅不信，说："They didn't go to the construction site? How did they find the night pearl?（他们不是去工地了吗，怎么去找夜明珠了?）"

玛莎摇头称不清楚。汪静和赵雅清听得耳朵竖起来，问玛莎谁跟她讲的这件事。玛莎说大牙亲口说的。赵雅清立即跑回办公区，报告给了钟铁军。

"他们找夜明珠去了?"钟铁军愕然地骂道，"真他妈混蛋，工地都忙成啥样了，还有闲心去找那破玩意儿，找他们算账"。

钟铁军把第五小刚、王子浩和大牙叫进会议室，两眼瞪着他们，问道："昨夜你们俩睡得咋样?"

王子浩听出钟铁军话里有话，反问道："哎，铁军，你咋这么问呢?那边下大雨，我们在碎石场招待所里睡得很好啊。"

钟铁军说："是吗?到山上去找夜明珠还是很惬意的嘛。"

王子浩顿时哑然，扭头看大牙。大牙莫名其妙，摊开两只手，说："I didn't tell anyone.（我可没跟任何人说。）"

王子浩气急败坏，指着大牙发怒道："Was that what I said?（难道是我说的吗?）"

钟铁军嘲笑道："行了，王子浩。不管谁说的，你俩自己说，到底有没有这回事吧。"

王子浩无地自容，光说去山上看石材开采，就是不提寻找夜明珠的事儿。钟铁军指着大牙说："You know，if you don't tell the truth，I will fire you.（你想好，如果不说实话，我还是要辞退你。）"

眼看要丢工作，大牙硬着头皮把夜里上山寻找夜明珠的全过程和盘托出。王子浩气得大骂：“OK，Big Teeth，you sold me. If I can't get that night pearl，you will pay me the money of the pearl.（行，大牙，你出卖我！如果那颗夜明珠弄不到手，你要赔我钱。）”

钟铁军打断他，将手中的水杯用力放在桌子上，说：“王子浩，看看你像什么样子！身为项目副经理，不好好抓现场，腿好了跑去找夜明珠，让现场员工知道了，你在这个项目还咋混？”

王子浩急了眼，发火道：“钟铁军，我不当这个副经理行不行？我跑了两天现场，一没耽误工作，二没去偷去抢，到山上转转碰巧发现了那玩意儿，又没拿回来，难道我错了吗？”

钟铁军说：“错了！你早想着要去找夜明珠。你跟我说说，那破玩意儿可以帮你升官，还是能帮你发财？”

王子浩争辩道：“可以卖钱。一颗夜明珠卖的钱，比你们两口子干一辈子挣得都多。”

钟铁军指着门外说：“好，那你别干项目副经理了，去找你的夜明珠吧。”

王子浩“哼”了一声，将手里的本子甩在桌子上，说：“你不让我干，我还不稀罕这个破副经理的位置呢。不像你钟铁军，捞了个名誉酋长的头衔，明明答应酋长让玛莎做你老婆，为了自己的前程却甩锅给大牙，你以为大家不知道哇。”

钟铁军气得浑身哆嗦，说不出话来，指着门外，吼道：“王子浩，你……给我滚出去！”

第五小刚见钟铁军和王子浩之间翻脸了，十分尴尬，不知该拉谁劝谁，急忙圆场叫俩人都消消气，从工作大局出发考虑，不能将矛盾传到下面去。

大牙听不懂王子浩说了什么话，令钟铁军如此大动肝火，只听出他们提到了玛莎的名字。他摊开两手，苦笑着摇头，说：“Boss，do you think it's funny to have a fight? If I，uh，do whatever I want，I don't know why you mentioned my fiancée Martha?（头儿，你们是不是觉得吵架很有意思？要是我，啊，想干什么就去干什么，不知道你们为什么要提到我未婚妻玛莎？）”

钟铁军怒斥道：“Shut your fucking mouth. You have brought great trouble to the project department, and then you go out with Wang Zihao for no good reason, now go back to your tribe.（闭上你的臭嘴。你没少给项目部添麻烦，再跟王子浩出去乱跑，就滚回你的部落去。）”

争吵声惊动了汪静、玛莎、卡娅和项目部其他员工。她们躲在会议室门外偷听，搞清了其中的原委。大牙被钟铁军骂出屋来，碰到站在门口的三个姑娘。玛莎拉他和卡娅去了食堂，说：“Don't look for the night pearl any more. Don't upset the manager.（以后你不要去找什么夜明珠了，不能惹经理不高兴。）”

“Wang Zihao told me it would sell for a lot.（王子浩告诉我那玩意儿能卖大价钱。）”

卡娅说：“Then let him sell it. Don't touch it. The manager gives us jobs, and we just have to do our jobs with our wages.（那让他去卖好了，你别去碰那东西。经理给咱们提供就业岗位，开着工资，咱们只需要干好各自的工作。）”

汪静转身离开了。大牙和玛莎、卡娅听到她在打电话：“夜明珠能卖钱？哼，骗鬼呢。你回来劝劝他吧。”

没过两分钟，钟铁军的电话突然响了，是赵雅清打进来的。她在电话里说：“你别跟他吵了，多丢人啊。再说路基要上砟了，赶紧把工作安排下去吧。”钟铁军果真听了赵雅清劝，收起东西走出了会议室。

赵雅清去银行是吴大友开车拉她去的。项目上取钱往往需要保密，不敢轻易叫随队士兵押车，赵雅清便叫了武警出身的吴大友开车。沿着森林便道开了几个小时的路程，才到达州府所在地的一家银行，项目部在那里开了账户。赵雅清心里很不踏实，一直想钟铁军会不会与王子浩发生争吵。果不其然，汪静把会议室里发生的一幕告诉了她。

街上很乱，银行门前摩托车扎堆，三五成群的黑人在那里说笑打闹，把进银行的人都堵住了。吴大友担心出意外，将车停在离银行很近的地方，锁好车陪赵雅清进去。身后那群黑人青年，目不转睛地盯着他们。等赵雅清提着装满现金的挎包出来，吴大友转到另一侧去开车门的时候，忽然驶来一辆摩托，上面坐着两个黑人青年。不等赵雅清反应过来，骑在摩托车后面的那个黑人，伸手掠过她手中的挎包飞速驶去。

“有人抢钱！”赵雅清扯开嗓子大声呼叫着去追那辆摩托，“把包还给我！”

吴大友听到赵雅清急促的喊声，跳上车正要去追摩托车，却被迎面驶来的几辆摩托车挡住了去路。他拼命按喇叭，坐在摩托上的黑人仍置之不理。明知他们是抢匪的同伙，吴大友又拿不出证据，只能眼巴巴望着摩托车消失在大街上拥挤的人群里。

赵雅清伤心地蹲在地上，双手掩面而泣，愤恨地骂道："该死的小偷，你们让我怎么办？"钱已经无法追回，吴大友只好掉头回来，把车停在她身边，拉起她，两只愤怒的眼睛久久盯着眼前那条罪恶的街道。

钟铁军接到赵雅清哭诉的电话，大吃一惊："啥？钱被抢了？"

"经理，十万美金没了！"赵雅清在电话里哭泣着说，"我想去死。"

"吴大友呢？"

吴大友接过赵雅清的手机，说："经理，我和赵部长就在银行门口，钱被抢了，不能怪她。街上到处是小偷和抢匪，我去追没追上，要怪就怪我吧。"

钟铁军本来跟王子浩生了一肚子气，又听到这样的坏消息，非常气恼，觉得这一天诸事不顺，"啪"地将茶杯摔了个粉碎，骂道："敢明着抢钱！这是逼我开杀戒呀！"

# 第二十二章

赵雅清两手空空从银行回来，痛哭了一路。光天化日之下，十万美金瞬间被抢走，她实在无法向钟铁军和项目部全体员工交代。好在吴大友在场可以帮她做证，她这才略感一丝宽慰。

自上场以来，各项目分部都发生过类似遭抢事件。但这次赵雅清手里被歹徒抢走的钱，是数额最大的，加上路同和、翻译和司机刚被绑架，引起了从上到下各级员工的强烈反应，大多感到十分惶恐。过了几天，翻译头部伤势康复了，怕把命丢在A国，就向路同和与戴国兴提出辞职，不管他们再怎么加薪挽留也不起作用，径自离开工地回国了。

路同和逃过一次劫杀，好些天如生活在梦魇中。几十年来，他毕竟经历了各种各样的事情，心理承受能力强于那些尚未经世的年轻人。他想自己是指挥长，不能在员工面前显示出软弱的一面。第二天，他头上还包着纱布，脸还有些浮肿，就组织召集各项目分部副经理参加安全保卫会，将被绑架的过程与细节讲给大家听，尤其重点表扬了钟铁军勇敢与绑匪搏斗救他们出来的事迹，同时通报了康姆局长对武装分子犯罪的态度，提请各分部严加防范。没过几天，又发生了赵雅清取完钱被抢事件，简直把他和戴国兴气晕了。路同和骂道："这帮孙子穷凶极恶，该杀！"

钟铁军和王子浩虽然吵了一架，但毕竟是同学。接到指挥部的通知，王子浩来到钟铁军门口，也没喊他的名字，故意"嗯嗯"两声，说去参加集团公司工程指挥部召开的安全保卫会。钟铁军原本背对他坐，突然转过身拿眼瞪他，说："你见到杨琳，别胡说八道！"

王子浩当然懂他说的是啥意思。两人互不服气，瞪了对方一眼分开了。王子浩坐在会场，听路同和那么一讲，才知道钟铁军那一夜创造了惊天动地的传奇，内心不免有些惭愧。杨琳听说他和钟铁军发生争吵，只能在电话里数落自家老公，不能对王子浩横加指责。等王子浩从局指挥部开完会来医院开药时，杨琳才半开玩笑半认真地说："王子浩，你一个项目副经理怎么跟小孩似的，不好好抓现场，去找夜明珠，也不想想自己有没有那么大的福分，还跟俺家钟铁军吵上了，你好意思啊？"

王子浩一脸羞臊，说："你个老娘们儿知道啥，我是上山偶然发现的。"

杨琳伸手打他，说："嘿，王子浩，你敢骂我？"

王子浩嘿嘿笑着躲开她，说："真的，那玩意很值钱，大牙清楚夜明珠的价值。"

杨琳说："去去去。你那点心思谁不清楚，想钱想疯了。我告诉你，以后在工作中你不能跟我家老公顶牛儿，我怕你吃亏。你杀过人吗？"

王子浩说："我可没那个胆量。怎么，他还敢杀了我啊？"

杨琳抿嘴笑着说："他不敢杀你，但杀了两个绑匪，我听着就害怕。"

王子浩夸钟铁军，说他的确很牛，能有那样的胆量去跟绑匪拼，又说他俩是老同学，不会成为死对头。临走时，他无意冒出一句话，提醒杨琳防着点玛莎。杨琳说，让赵雅清随时看着呢。王子浩诡异地笑着朝她挤眼。这让杨琳很不舒服，问道："雅清不听我的吗？"

王子浩说："肯定听。她取钱出现了失误，谁知道铁军怎么处理这件事。"

吴大友和赵雅清回到项目部时，王子浩开完会还没回来，第五小刚又上了工地。赵雅清见到钟铁军，伤心得哭成了泪人。吴大友站在旁边直骂那些抢匪。汪静和卡娅、玛莎赶来安慰赵雅清。她听不进去劝，倚在门边抽泣。钟铁军催她们都回去，让赵雅清一个人静静。等她们和吴大友都走开，只剩下钟铁军和赵雅清两个人时，钟铁军从桌子上抽出一张纸巾递给她，劝她回屋。赵雅清觉得更委屈了，扑在钟铁军怀里伤心大哭。钟铁军怕被外面的人看到，赶紧走到门口关上门，转身搂住她，安抚说："虽然造成了损失，但这件事不怪你，换别人照样被抢。"

听到这话，赵雅清感到钟铁军对她是理解的，仰头望着他，说："你说我该怎么办？"

钟铁军抹去她脸上的泪，说：“钱被抢是公开的事情，公司也会按照特殊情况进行处理。”

赵雅清被感动了，心中涌起一种说不清的情感。钟铁军听到了她急促的呼吸，闻到了从她秀发和身上散发出来的香气。钟铁军想着杨琳，只轻轻拍了拍赵雅清的肩，让她回办公室去了。

中午吃饭前，院子里来了一群人，是安保国、张放、刘柱、大牙、杰姆斯和于长山以及部分中方及当地员工。他们簇拥在钟铁军和赵雅清办公室门口，随队士兵和保安端着枪站在外围。他们个个义愤填膺，要组成义务护送队，护送赵雅清去银行取钱。赵雅清站在屋里，看到此情景感动得要死，不住地点头谢大家。钟铁军走到门口，叫安保国和张放回劳务队去。刘柱上前对钟铁军说：“叔啊，黑人抢的是我们的血汗钱，换成人民币七八十万呢，我要打十年工才能挣这么多。我一个人无牵无挂，可以跟他们去拼。即使死了，也不用公家赔偿，你就答应吧。”

钟铁军说：“刘柱，你让我答应什么？雅清和大友是没碰上有枪的，抢匪手里若有枪，你们去多少人都是白白送死。”

安保国拉开刘柱，指着大牙和杰姆斯，说可以安排他俩做护卫队员，抢匪不敢轻易抢黑人的东西。杰姆斯猜出了安保国在说什么，拍着胸脯挺身而出，说：“Yes, Captain An is right. We can escort Zhao to the bank in the future. I'm going to beat those guys up.（是的，安队长说得对。以后我们可以护送赵去银行，我会揍扁那帮家伙。）”

大牙趁机说：“Boss, are you still mad at me? I'm a willing worker, and none of them is better suited to guard you than I am. You know I can use all kinds of weapons. Anyway, we're not gonna let the guys on the street do what they want anymore.（头儿，你还在生我的气吗？我可是个愿意出力的人，他们没谁比我更适合当护卫。你知道我会使用各种武器。总之，以后再也不能让街上的那伙人得逞了。）”

钟铁军冲着大牙淡淡一笑，说：“Come on, Big Teeth. You and James will be on this assignment. You're trustworthy.（行吧，大牙。以后这个任务就交给你和杰姆斯。你们是值得信任的。）”

说完，钟铁军让司机从车里取出那支私下留好的枪，拉动了两下枪栓。

大牙和安保国、张放等人既惊讶又好奇。刘柱上前去摸那支枪，说："叔啊，你教我打枪吧。我带着这支枪护送赵部长，黑人就认㞞了。"

大牙推开他，也去抢那支枪，说："Boss, this is a German semi-automatic rifle. It's good. You leave it in my custody, and I can wipe out the bad guys.（头儿，这是德国产的半自动步枪，很好使。你把它交给我保管吧，随时可以消灭那些狗日的坏人。）"

钟铁军把枪收起来交给了司机，对大牙、杰姆斯和安保国说："这支枪我来保管，到了关键时候，我会用它对付坏人。"

随后，钟铁军冲着赵雅清屋里喊了几句，让她谢谢安保国等人，以便让他们回去吃饭。赵雅清很听话，从屋里走出来，脸上少了些阴郁，却不知道该说什么，就朝大伙深深地鞠了一躬。安保国、于长山等人离开后，大牙和杰姆斯去了项目部食堂。腰里扎着围裙的玛莎，一直站在食堂门口朝这边看，并跟大牙招手。大牙和杰姆斯走到她面前时，她问："So many people of the labor force team have come, are they here to ask the honorary chief for money?（劳务队那么多人来，是找名誉酋长要钱吗？）"

"No!（不！）"杰姆斯说，"They are here to form a voluntary escort team to protect Zhao's safety.（是想组成义务护送队保护赵的安全。）"

玛莎莞尔一笑，说："You should help her. If I have so much money and is robbed, I will certainly go mad.（应该帮助她。如果我有那么多钱被抢走，一定会发疯的。）"

大牙摇头说："Martha, you're my fiancée, and about to be part of the Dinka tribe, I won't let you be robbed.（玛莎，你是我的未婚妻，即将成为丁考族部落的一员，我不会让你被人抢的。）"

杰姆斯说："Yes, members of the Dinka tribe will not be bullied by outsiders. Remember Pick? I taught him a lesson with my people; I had to make him remember.（是的，丁考族部落成员不能够被外族欺负。记得那个皮克吗？我带人教训了他，得让他长记性。）"

玛莎说："Those people are outlaws. They can do anything. Recently, Kaya and I often heard that the site was robbed, they are really crazy.（那些人是亡命徒，什么事都干得出来。最近，我和卡娅经常听说工地遭抢。实在太疯狂了。）"

大牙拉起玛莎的手，说："Martha，my love，I can't come here to be with you every day，you and Kaya need to take good care of yourselves. When the railway is completed and opened to traffic，I will personally put on your wedding dress，take your hand into the church，in the priest's prayer ，to celebrate the peace and happiness we enjoy under the protection of the Chinese side，so that you become my bride.（玛莎，我的爱人。我不能天天来陪你，你和卡娅好好保重吧。等铁路修完通车，我会亲手给你披上婚纱，牵着你的手走进教堂，在牧师的祷告声中，庆祝咱们在中方庇护下享受到的安详与快乐，让你成为我的新娘。）"

玛莎望着大牙羞怯地笑起来，说："James，look at your brother. He's so reckless that I can do nothing but marry him.（杰姆斯，看看你这位兄弟，他竟这样毫不顾忌，看来我不嫁给他都不行了。）"

杰姆斯哈哈笑着，说："Just marry my brother. If you don't，I'll take the Dinka people to the chief of your tribe and get you back.（就坚定嫁给我兄弟的信心吧。你若不嫁，我会带着丁考族部落的人，去找你们部落的大酋长，把你抢回来。）"

在这之后，铁路工地发生了更多令人意想不到的事情。线位确定以后，洪勇波、黄山和设计团队，用最短的时间将图纸赶出来，交给了南段的项目分部及施工队。整个雨季，全线五万多中方和当地员工，披着雨衣大干施工。青尼罗河大桥的桥墩已出水面，高高地耸立在湍急的河水之中。从南到北，不论是站房、线路还是沿线设立的轨排、轨枕厂和碎石场，每一区段路基以及安装有众多大型设备的生产厂区，到处人山人海。森林里、沼泽地、无人区和草原上的便道上，挤满了拉运各种物资材料的大小车辆。拉运来的片石、道砟和轨料，成堆成片放在路基边坡下。持枪巡逻的随队士兵和安保人员随处可见。康姆和巴布扎知道，越是施工高峰期，对工程资金的需求量越大，发生各种突发事件的概率也越高。

雨季将要过去时，处在北端森林与草原管区的安保国和张放劳务队，在全线率先实现了第一个上砟铺轨。王子浩被钟铁军狠狠训了一顿后，反而比以前更卖力了。他和从国内回来的陈立国，负责从两百公里外的碎石场，将生产出来的道砟拉运到现场路基上。第五小刚负责整个现场技术。安保国将中方一百多名民工和三百多名当地劳务，分布到两个区段，由张放带领其中一组。黑人劳工分别派大牙和杰姆斯负责管理。刘柱留在了草原上安保国这组铺轨队。

每次上工地，刘柱都提前走，去小森林的坟包看一眼，有时还带些吃的摆在坟前，静静地在那里坐一会儿，念叨说："小森林，你救了我的命。我如果也死了，就埋在这里与你做伴。"

说到这些，刘柱会伤感地落泪。安保国、张放听后骂他胡说。卡娅则埋怨他不该对着一个土包，讲那些不吉利的话，因为草原上的神灵会听到。刘柱并不在乎，说道："死亡并没有什么可怕，可怕是人的心死了，怎么都救不回来。"

卡娅问他的心死了吗？刘柱称死了一半。卡娅猜出他说的一半是汪静，因为在心里，他对汪静彻底不再抱任何幻想。卡娅问另一半呢？刘柱扭头望着她说："另一半没死，但不想让它跳动。"

刘柱没有多少文化。汪静对他的讽刺与打击，让他一度感到绝望，所有的幻想瞬间破灭了。冷酷的现实告诉他，不该想的东西别去想，想多了反而成为累赘，给自己造成负担。

一百多公里的路基两边，是茂密的森林与丘陵，留给人员和机械的作业面很小。安保国和张放经过计算，每个作业面不能少于几百人。人工铺轨是重体力劳动，劳力投入众多，施工很密集，人海战术的场面自然很热烈，常常把附近村庄前来观看的黑人男女老幼惊得目瞪口呆。最初，王子浩和陈立国指挥车队将道砟拉上路基，撂在路基下的轨枕和钢轨，由中方和当地劳工喊着号子抬上来。没抬几根，员工们必须蹲在地上稍加歇息，效率实在太低。沉重的轨料使员工们体力透支，安全质量也得不到保障。再铺轨时，安保国和张放改变了工作方式，重型自卸车卸完砟，先由装载机将成堆的石砟推平，再由带工的中方技术员指导黑人劳工手持铁锹和钢叉，按照测定的标高一段段找平，把多余的道砟铲到路肩上。散轨和抬钢轨这些重体力活，由机械辅助完成。装载机和挖掘机开上铺满道砟的路基，轧得石砟咯吱咯吱作响，把轨枕一斗斗从路基下端上来散开，挖掘机紧随其后用钢丝绳拴住一头，将一根根钢轨往前拖，摆得沿线到处都是。后面，两台挖掘机同步作业，起吊、就位、拨轨再移位，一气呵成。人工铺轨队伍所做的仅仅是对接、安装螺栓等。

钟铁军和第五小刚按施组下达给劳务队的任务，每天铺轨要保持一点六公里，每月不少于五十公里。改为机械铺轨后，每天铺轨进度达到了三公里，一个月能创造出一百五十公里的铺轨速度。这让里斯克局长和莎菲娅总监感到十分满意。路同和与戴国兴商量后，专门对钟铁军的分部给予奖励。为保持这种铺轨进度，钟铁军指示安保国和后来开始铺轨的于长山劳务队，每四十公里设一处生活点，以此为中心向两侧推开。森林和沼泽地里没有信号，钟铁军就让第五小刚和王子浩给各作业点配备卫星电话，推行卫星上网，在网上从事工程调度、发布信息和协调各方。随着时间的推移，一条钢铁长龙，渐渐开始横卧在密林深处、辽阔无垠的沼泽地以及一望无际的草原上。

国家重建办公室每天都会接到路同和亲笔签发的工程进展简报。巴布扎、里斯克、莎菲娅对全线的进展了如指掌。这一天，巴布扎看完简报心情极好，决定带里斯克、莎菲娅和康姆，乘直升机去北部工地看铺轨路段。令他始料不及的是，森林边缘沼泽地里一段两百米长的路基，基底换填正面临考验。下面全是松软的淤泥，比勘察设计时确定的换填量要深三米。开始时，安保国安排好几台挖掘机往下挖，可挖到设计的基底标高时仍然陷车，拉运淤泥的自卸车全都被陷住，就连挖掘机的履带，也被深深地陷入淤泥里。去救援的挖掘机和装载机同样被陷在里边，好像掉入了无底深渊。路同和与戴国兴头天接到巴布扎等官员要看工地的通知，当即出发乘车直奔国际公司分部的铺轨现场。到达后却没见钟铁军和王子浩等人的影子，因为他们全赶去基底换填现场了。在现场指挥换填的是第五小刚和张放、吴大友。他们面对这样的地质束手无策，向钟铁军报告后，拨通了洪勇波和黄山的卫星电话，通报现场出现了与设计不符的状况。

沼泽地水位比较高，基底积满混浊的黑水，几台挖掘机和自卸车陷在了下面的泥沼里，泥水差不多快漫过了车身，不知从哪里涌出来的泥水还在咕咚咕咚往上冒，已经无法再进行换填作业。司机们只好跳下车，在员工们的帮助下爬上岸来。钟铁军和洪勇波、黄山及设计人员几乎同时赶到现场，看到这种情形很发愁，蹲在路基上研究半天，决定先将积水抽干，往下面填筑片石或石子。钟铁军拨通李小兵的卫星电话，叫他从物流基地赶紧调运抽水机，并通知王子浩组织车辆往基底换填路段拉片石和石砟。王子浩当时在碎石场。他知道换填段一定出了问题，就告诉所有已经上路和正在装车的运输车，把碎石都送往换填施工区。

基底换填段的机械越陷越深，几乎看不到车顶了。一台挖掘机上百万，安保国和张放心情很沉重，担心那些设备遭到损坏。钟铁军联系一百公里外的轨排厂和轨枕厂，紧急调动厂里的大型吊车，想办法将深陷其中的机械全部吊上来。吴大友看出了钟铁军、安保国的焦虑，自告奋勇要下到满是泥水的基底去试试，看能否重新发动挖掘机。张放挽起裤腿，说："下面危险，我去。"

岸上围满了干活的员工，人人都喊着"危险"。张放不听，不容吴大友争辩，走下基底边坡跳进了泥水中，费力地朝着挖掘机游去。钟铁军和洪勇波、黄山、安保国看到，张放成了一个泥人。他扑打着混浊的泥汤，终于游到了挖掘机的位置。从冒出水面的头可以猜出他站在了挖掘机的踏板上。由于泥水的压力，他再怎么用力仍打不开挖掘机驾驶室的车门。于是，又游到被陷的自卸车一侧，车门同样打不开。张放在泥水里喊："打不开车门。"

安保国喊："张放，你快上来，等吊车到了再说。"

张放放弃了，浑身湿漉漉地重新回到岸上，说："设备没救了。"

现场停滞了两个多小时，轨排和轨枕厂的四台吊车终于到了，可路基上没有停靠吊车的平台。钟铁军指示用装载机在两侧各填筑两个吊车作业面，方便双方同时起吊。这时，路同和打来电话，称他和戴国兴已经到达铺轨现场。钟铁军知道巴布扎要来，就安排第五小刚和张放、吴大友留在换填段，他和安保国去迎接巴布扎。

路同和与戴国兴站在铺好的线路上，看到每一个区段都热火朝天，员工们挥汗如雨。他们掩饰不住喜悦和激动，全然不知换填段正在发生一场危机。路同和把项目分部和安保国劳务队好好夸奖一番，当场要给予重奖。工程建设最高指挥官的到来，给了那些疲惫不堪的员工极大鼓舞。他们铆足劲头，将铺轨技能展现给路同和、戴国兴和钟铁军看，替项目分部挣足了面子。刘柱站在路基上远远地瞧着路同和，问安保国："那个就是被我叔从绑匪手里救出来的指挥长吗？"安保国回答称是，催他去干活。刘柱嘴里应着不动。安保国踢了他一脚，说："咋，你也想去当英雄啊？"

刘柱说："我倒想跟坏人干一仗，可没赶上机会。"

路基上开过来铺轨机械，隆隆的噪声淹没了安保国和刘柱的对话。路同和当着戴国兴和安保国的面儿，称他是被钟铁军救出来的，伤是杨琳治好的，很想感谢他们两口子，问钟铁军有什么要求。钟铁军摇头，请路同和不用客气，只说赵雅清取钱被抢，项目部资金紧张，要他再多拨一些工程款。路同和当场答应了他的请求，掏出卫星电话打给了指挥部的会计，让会计取出现金后，直接给赵雅清送过来，避免再遭到抢劫。

自绑架事件之后，路同和处处都在替钟铁军着想。当然，另一个原因是国际公司分部第一个实现铺轨，给全线带了个好头。不大会儿，巴布扎将军和里斯克、莎菲娅、康姆乘直升机飞来，降落在了草原上。地方警局的蒂克塞斯局长也闻讯赶来陪同，还带了一队保安，对现场进行了封闭式警戒。巴布扎等人走下飞机，戴着遮阳帽和墨镜爬上路基，先与钟铁军、路同和和戴国兴握手，问道："Ah，Lu，you were shocked. Are you okay?（啊，路，你受到了惊吓，伤势好了吗？）"

路同和让钟铁军翻译，说："Thank you，General. With the concern of you and Chief Combe，I'm in perfect condition.（谢谢将军。在您和康姆局长的关心下，我的伤势已经完全好了。）"

"You have to thank Combe and Zhong，for destroying the kidnappers without concerning their personal safety.（你要感谢康姆和钟，是他们不顾个人安危消灭了绑匪。）"

巴布扎伸出两只长臂分别搂住钟铁军和路同和的肩，说："Your cooperation was seamless，especially the fight with the kidnappers. The president knew about it. Chief Combe and Tixys are here today. Please believe that the security environment will improve. What do you say? Combe，Tixys?（你们配合得天衣无缝，特别是与绑匪的搏斗很精彩，总统也知道了这件事。康姆局长和蒂克塞斯今天都来了，请相信社会治安环境会得到改善的。你们说是吗？康姆、蒂克塞斯？）"

康姆回应说："Yes，General，we are making more efforts to fight against all kinds of crimes. Chief Tixys，it is unfortunate and regrettable that there have been a series of robberies on your territory，in which Zhong's accountant was robbed of \$100，000 in the street.（是的，将军。我们正在加大对各类犯罪的打击力

度。蒂克塞斯局长，在你管辖的地盘上，接连发生多起抢劫犯罪事件，其中钟的会计当街被抢了十万美金，这很不幸，非常遗憾。）”

蒂克塞斯惭愧地低下头，说：“Chief Combe，I want to apologize to you and General. Actually，criminals are rampant around the state capital because they are too poor and illiterate to find any jobs. But our local police department will not tolerate them to continue，and will severely punish the criminals and make them pay the price of personal freedom.（康姆局长，我要向你和将军表示歉意。确实，州府一带犯罪分子十分猖獗，因为那些人太穷了，又没有文化，找不到任何工作。但是，我们地方警局不会容忍他们继续下去，对犯罪分子会加以严惩，让他们付出代价。）”

巴布扎走在铺好的线路上，心情似乎有点儿激动，但神情庄重，说：“Tixys，you see，this railroad that our country has been trying to build for years but failed has been worked out in such a short time by Zhong and Lu's team. If you can't provide them with the security they need，you're not doing your job well.（蒂克塞斯，你看这条我们国家多年想修建而没能建成的铁路，被钟和路的队伍用这么短时间干出来了，你如果不能为他们提供应有的安全保护，说明你这个局长不够称职。）”

蒂克塞斯脸色很难看，说：“General，I will try to improve my work and improve the efficiency of fighting crime.（将军，我会努力改进我的工作，提高打击犯罪的效率。）”

钟铁军赶紧替蒂克塞斯解围，说：“General，Chief Tixys has provided a lot of convenience for railway construction，and we will work with local police to strengthen our own protection.（将军，蒂克塞斯局长已经为铁路施工提供了很多便利，我们会配合地方警局，加强自身保护的。）”

“Zhong，I believe what you said. Director Sophia，how's the line going?（钟，我相信你说的话。莎菲娅总监，你看这线路铺得怎么样?）”巴布扎指着轨枕和钢轨说，“These railway rail materials are all made in China，I think it is very good and will greatly improve our railway operation level.（这些铁路轨料全是中国制造，我认为很好，将大大改善我国铁路的运营水平。）”

莎菲娅肩上挎个小包，手里拿着本子和笔，边走边看，说：“General，

please trust my on-site supervision engineer, they cooperate well with the Chinese side, and the lines laid are qualified.（将军，请相信我的现场监理工程师，他们与中方配合得很好，铺出来的线路是合格的。）”



巴布扎点头笑了，说：“Risk, you are the head of the National Railway Administration, this railway will be recorded in history and become a great achievement in the presidency of the president. Do you have any further requirements for the Chinese side?（里斯克，你是国家铁路局局长，这条铁路将载入史册，成为总统任期内的一项伟大成就。你对中方还有什么要求吗?）”

里斯克说：“Nothing more, General. All of their staff did their best, and they even sacrificed their lives for our railway construction, and the whole nation should thank them.（没有，将军。他们全体员工尽了力，甚至为了我们的铁路建设牺牲了性命，全国民众应该感谢他们。）”

一个头戴安全帽的黑人员工，踏着轨枕迎面跑来，警戒的随队士兵和保安都为他让开了道。钟铁军说：“General. Big Teeth came to see you.（将军，大牙过来看您了。）”

巴布扎急步迎上去，哈哈笑着说：“Ah, Big Teeth, how are you?（啊，大牙，你还好吗?）”

大牙一身泥土，满脸是汗，来到巴布扎等人面前停住了脚步，拘束地说：“General, I miss you. I finally meet you at the construction site.（将军，我很想您。终于在工地见到您了。）”

巴布扎握住大牙的手，把他介绍给莎菲娅和蒂克塞斯说：“Beautiful lady Sophia, he used to be my soldier.（美丽的莎菲娅女士，他曾经是我的兵。）”转头问大牙在工地上干什么。

钟铁军说：“He is now the foreman of the local labor.（他现在是管理当地劳工的工头。）”

大牙向巴布扎报告，他手下管理着一百多名黑人，对那些不听话和不好好干活的劳工，会采用部队管理方式，让他们多学技术和铁路施工技能，既然来挣钱就得出够力气。莎菲娅好奇地盯着他，问道：“Can you get salary every month?（每个月都能拿到工资吗?）”

大牙说：“Yes. The boss never defaulted on our wages. But recently, the accountant went to the bank to get money and was robbed.（能。头儿从来不拖欠我们的工资。不过，最近会计去银行取的钱被抢了。）”

“Yes, bad luck. Chief Tixys will strengthen the management of public security.（是的，很不幸。蒂克塞斯局长将加强社会治安的管理,）”康姆接着跟大牙开起玩笑来，“You can find a girlfriend when you get paid.（领到工资你可以去找女朋友了。）”

大牙腼腆地说：“My girlfriend is in the project department, who is a beautiful Ham girl, I like her very much.（我的女朋友就在项目部，是个漂亮的哈屋族美人，我很中意她。）”

巴布扎说：“I heard that. Zhong is the honorary chief of your girlfriend's tribe. He takes care of you and sends you a beautiful woman. Hey, Big Teeth, a few days ago, when Zhong was chasing the kidnappers and went to the bank to withdraw money with the accountants, why didn't you play your part?（我听说了。钟是你女朋友部落的名誉酋长，他很照顾你，送给你一个美女。哎，大牙，前些天钟追击绑匪，会计去银行取钱，为什么没有发挥你的作用?）”

大牙解释道：“I went to the quarry, General. The manager can use the gun. He learned it in Afghanistan. I don't have to follow him; he can kill the bad guys.（我去碎石场了，将军。经理会使用枪，他是在阿富汗学会的。不用我跟着，他也能干掉坏人。）”

说话之间，钟铁军躲到路基旁边接完第五小刚打来的电话，脸色立马变得阴沉起来，向路同和与戴国兴报告说路基换填段出了事故，让他们继续陪同巴布扎等人检查工地，他要和安保国赶去现场。巴布扎看出了钟铁军慌张的神色，问怎么回事儿，钟铁军只好说出实情。巴布扎等人听后，决定一起赶过去。

装满片石和道砟的运输车，一辆接一辆停在换填段路基下的森林便道上。四辆重型吊车已将陷在基底的挖掘机和自卸车吊了上来。调运来的抽水机在隆隆隆地抽水作业，黑泥汤直接灌进了旁边的森林里。拴在吴大友腰里的长绳尚未解去，一身泥水让人难以辨别出他的模样。张放直挺挺地躺在地上，浑身是泥水。赶来的汪静和医护人员跪在地上，在使劲按他的胸部，满头大汗为他做人工呼吸，可张放就是醒不过来。王子浩、第五小刚、洪勇波、黄山以及设计人员和中外员工，把张放、吴大友和汪静围在了中间。巴布扎一行人赶来时，人群闪开了一条道。汪静和医护人员放弃了抢救，见到钟铁军“哇”的一声哭了，抽泣着说：“经理，张放抢救不过来了。”

钟铁军近乎吼叫：“怎么回事儿？咋会成这个样子？”

吴大友抹掉眼中的泪水，说：“我们两个扎猛子下去套缆绳，他被基底翻起的泥浆和塌落的边墙压在了下面……”

钟铁军冲着第五小刚叫道：“没安排人拉住他的绳子吗？”

第五小刚称当时就拉了，但拉不动。等吊车将挖掘机和自卸车吊上来，吴大友又冒着生命危险跳下去救张放，在泥水中折腾很久才把他拽上来，可张放已经停止了呼吸。

“我的天哪！”钟铁军不相信这是真的，两眼泪流不止，跪在张放身边双手用力按他的胸部。“张放，你醒醒，你不能死在这里。你要跟我回国，舅妈他们都在等着你回去。张放……张放……”

钟铁军声嘶力竭，哭声久久回荡在森林里。汪静跪在钟铁军身边，哭泣着轻轻地拉他，说：“经理，撒手吧，救不过来了。”

安保国浑身瘫软，跪下去仰面大哭：“张放，你为什么要离开我们？啊……”

第五小刚、王子浩、吴大友以及现场那些中外员工，沉痛地肃立在张放遗体周围，森林里的风鸣化作一片呜咽与哭声。巴布扎、里斯克、莎菲娅、康姆以及蒂克塞斯，面对这样的场面，用右手在胸前画十字，嘴里默念着：“God, may the will be done on earth, as in heaven, to deliver us from evil. Please bless the railway staff.（上帝啊，愿你的旨意行在地上，如同行在天上，救我们脱离凶恶。请你一定保佑铁路上的员工们。）”

巴布扎身经百战，在战场见过很多死人，不过大多是敌人的尸体。在铁路工地亲眼见到中方人员因公死亡，还是头一次。他和里斯克局长、莎菲娅总监、康姆局长很清楚，在这条铁路建设中，已不止牺牲了张放一个人。其他分部也有一些员工贡献出了自己年轻的生命。有的是染怪病而死，有的死在森林沼泽路段的交通事故中，有的被毒蛇咬伤而亡，更有个别员工死在了暴徒的枪口之下。

巴布扎等人感到无比悲痛，站成一排，对着张放的遗体深深地鞠躬，表示对死者的尊敬和惋惜。之后，巴布扎拉起钟铁军，说："Zhong，get up. A man cannot be reborn in death，and may he ascend to heaven. The people of our country will always remember him and all the heroes who died for the railway.（钟，起来吧。人死不能复生，但愿他能升入天堂。我们国家的民众会永远记住他和所有为铁路牺牲的英雄。）"

路同和与戴国兴走近张放的尸体，弯腰为他擦拭去脸上的泥水，然后通过翻译对巴布扎和里斯克说："General，Director Risk，can we choose a hill next to the railway to build a martyrs' cemetery for the employees who died in your country? Because we don't know what unfortunate events will happen before the project is opened to traffic.（将军、里斯克局长，能允许我们为这些死在异国他乡的员工，在铁路旁边选一处山丘，建造一座烈士陵园吗？因为我们不知道项目通车前，还会发生怎样的不幸事件。）"

巴布扎问里斯克该怎样回答这个问题。里斯克说："General，we should pay tribute to the Chinese staff. Can you report to Mr. President asking him to approve the construction of a martyrs Cemetery for Chinese employees before the completion of the railway?（将军，我们应该向中方员工致敬。您可否向总统先生报告，请求他批准在这条铁路完工前，为中方牺牲的员工建造一座烈士陵园？）"

莎菲娅总监含泪说："General，in the name of the National Reconstruction Office，you should write a complete report to the President to ensure that these Chinese employees who pay the cost of martyrs' cemetery their lives for the railway construction have a place to rest.（将军，您应该以国家重建办公室的名义，向总统写一份完整的报告，保证这些为铁路建设付出生命代价的中方员工有个安息之所。）"

和平年代看到中方员工死亡，极大地震撼了巴布扎。他说："Okay，Lu，Zhong，I promise you to build a martyrs' cemetery for these employees，and I will persuade the president to give them the title of national hero and martyr.（好吧，路、钟，我答应你们为这些员工建一座烈士陵园，我会说服总统授予他们国家英雄和烈士称号。）"

中方的这个请求，很快得到了总统的批准。路同和、戴国兴派人在铁路沿线踏勘了一座山头，由洪勇波、黄山及设计人员，利用业余时间绘制出规划和设计方案，从各分部抽调了部分机械与员工，着手建造烈士陵园。

当天，张放的遗体被运回了施工队，安保国为他搭建了一座简易的灵堂，中方员工连续几天，夜间轮留给他守灵。刘柱见到抬回来的尸体，顿时勾起了他对小森林被炸死那一刻的回忆，趴在张放身上悲痛欲绝，觉得世上最亲近的人都离他而去了。这对一个孤儿来说，实在有些残忍。心灵遭受的打击，让他感到更加孤独。



杨琳带着医护人员奔波了八个小时赶来，看到张放直挺挺地躺在停尸床上，再也抑制不住悲痛的情绪，扑在钟铁军怀里呜呜地哭。陪她来的汪静、赵雅清和卡娅、玛莎，悲痛万分，痛哭流涕。这时，杨琳才放下了对玛莎所有的戒备，因为玛莎对逝者表现出了无限的善良，那种真诚感动了她。

吃过晚饭，钟铁军召集大家开会，研究到底如何处理张放的后事与补偿。他要亲自与张放父母沟通，是把张放的骨灰送回国内，还是就地安葬在建设中的烈士陵园里。安保国称他可以安排劳务队的人，把张放的骨灰送回老家入土为安。刘柱主动提出抱着骨灰盒回国。杨琳说张放父母年迈体弱来不了国外，送回去更令他们伤心，不如把他埋在烈士陵园里，将遗物带回国做个衣冠冢，把钱给老人汇过去。

钟铁军电话打到国内，一说张放出事故丢了命，张放父母当即哭得死去活来，直至昏厥。沟通了两天，老人终于同意将张放的骨灰就地安葬。附近的村镇没有火葬场，又不能按照部落风俗那样把张放的遗体架在干柴堆上火葬，只好派安保国、吴大友、大牙和刘柱，用皮卡车拉到州府所在地的火葬场去火化。

张放的尸体临抬上车前，钟铁军和杨琳、汪静含泪给他化了妆，从行李箱里找出平常换洗的衣服给他穿好。他的两只眼睛一直睁着，眼珠子也往外凸着，鼓胀得很吓人。大家都知道他死不瞑目，是在惦记亲人和祖国。看着那双暴凸的眼睛，大伙更加悲恸，同乡们都痛哭失声了。安保国擦掉眼泪，上前用手在张放脸上划拉一把，才将他的眼皮合上。

玛莎和卡娅端来一碗清水，按部落仪式，用根树枝蘸着，洒向张放的遗体，嘴里不停地念着只有土著人才能听懂的送别语。

拉张放遗体的皮卡车缓缓启动。黑人劳工们追着皮卡车，跳起了送别亡者的舞蹈，唱着祈福的歌。

钟铁军吩咐司机说：“把那支枪拿来。”

司机跑到车上从后备厢里找出那支枪，递到钟铁军手里。钟铁军拉动两下枪栓，推子弹上膛，冲着空中扣动了扳机，一梭子弹打出去，击落了森林古树上的片片青叶。他在用枪声为张放送别，悲愤地大喊：“张放，愿你一路走好！”随着这句喊叫，森林里回荡起众人阵阵悲怆的呼声。

几天以后，建在半山腰的烈士陵园里多了一座新坟，墓碑上刻着“中国铁路员工张放之墓”一行黑色的大字。钟铁军、路同和、安保国、杨琳以及参加葬礼的全体员工站在雨中，默默致哀。一条条长长的雨线顺着墓碑流下来，滋润了山川与大地。

# 第二十三章

张放的突然牺牲，使项目部和劳务队以及中方员工受到极大震动。张放是自己的表弟，带他出国却发生了这样的不幸，钟铁军很自责，深感回国后无颜去见舅舅和舅妈，好几天情绪不佳，精神状态很差。杨琳担心他压力过大毁了身体，回工地医院时，专门交代赵雅清和汪静替她多照顾着点儿钟铁军，再也没提玛莎的事。赵雅清心里不停地翻腾，钟铁军在她心中的位置和分量不比杨琳轻。所以，她的心情很复杂，只“嗯嗯”地点头，尽量掩饰自己慌乱的神情，不敢正眼瞧杨琳。汪静大方地拉住杨琳的手，请她放心，表示一定和赵雅清照顾好钟铁军的工作与生活。等杨琳走后，汪静回到赵雅清屋里，问道：“雅清，你刚才怎么了？为啥不敢抬头看杨姐？”

赵雅清故作镇定，说：“没有啊。我一直在看杨姐呢。”

“反正眼神不对，像有鬼似的。”汪静神秘地说，“哎，爱上经理了吧？”

赵雅清脸腾地红了，说：“你别乱说！这要在项目上传开，我咋在这儿工作？”

汪静转身往外走，说：“替杨姐照顾经理的事就交给你了，你看着办吧，别让杨姐不放心。”

杨琳作出的这些安排，钟铁军全然不知。他关注的是施工进展和劳务队以及民工的稳定，经常会去安保国、于长山和其他劳务队里走走，了解掌握民工的情绪与动态。安保国劳务队的损失最大，国内来的民工最不稳，令他十分头疼。晚上收工后没人的时候，安保国常闷在房间里默默地流泪。他不仅为失去一位同乡、兄弟、合作伙伴伤感失落，更感受到了背井离乡走出国门的艰难。有一次，刘柱和陈立国闯进办公室，看到他在偷偷地哭，劝他不要泄气，因为从国内跟着出来的民工全指望他。安保国边抹眼泪边“嗯嗯”地应着，说现在最难的是没有一个得力助手，遇到事连个商量的人都没有。

刘柱问：“你看我和立国哥谁能当副队长？我俩帮你。”

陈立国推刘柱，说：“保国，让刘柱当吧，我辅助你们。”

刘柱则推陈立国，说：“保国哥，还是你当好。你年纪比我大，能管住得民工。有些民工不受管。”

安保国说：“刘柱说得在理。立国，你当吧，帮帮我。这么长的施工管区，我一人跑不过来，你把现场管住。”

陈立国说：“刘柱，咱俩看守车站时闹过别扭，我当副队长你可不能让外人看咱们的笑话。”

刘柱朝陈立国一挤眼，说：“你把我看成什么人了？我不会跟你扯淡。你和保国哥怎么说我就怎么干，出国前在村里咱是一家人。出国到了这里，就更没得说。”

自这天起，安保国指定陈立国当劳务队副队长，维持正常施工秩序。他做的第一件事是盯换填段，把挖开的基底泥水抽干，与王子浩、第五小刚和吴大友一起，将运输车拉来的片石和石砟卸进基坑，一层层压实后，再往里填山皮土，前后用了一周时间，才将换填段处理完毕。站在垫好的路基上，陈立国和王子浩感叹生命的脆弱，原来生死只是眨眼之间的事，谁也没想到这么一个换填基底竟夺走了张放的命。

张放和“小森林”的意外离世，让刘柱把生死看得越来越淡。他觉得一个人活在这个世界上很孤独，很无奈，实在没有多大意思。所以，空闲时经常跑进森林里，面对参天古树，要么大声吼叫，发泄心中的郁闷，要么放声大哭。哭够了，又起身茫然地往回走。一天中午，大牙和杰姆斯在森林里碰见刘柱，问他为什么哭。他说想家，可家里没一个人，那个家又有啥好想的呢。

大牙咧着嘴，说：“Liu Zhu，don't lie to me and James. You're an orphan, and you don't have parents and siblings. Why don't you go to find Kaya?（刘柱，你不要骗我和杰姆斯了。你是孤儿，是没父母和兄弟姐妹的，你干吗不去找卡娅？）”

杰姆斯也说："Yes，Liu Zhu. If you feel lonely and upset，go to the health center and find Kaya. She will accept you，and we support her.（是的，刘柱。你要觉得一个人孤独，心里难受就去卫生所找卡娅。她会接受你的，我们支持她。）"



刘柱懂得他们的好意，但又不想去。大牙说："Come on，man. Why do you think this is embarrassed? Go to meet Martha and Kaya，and you could talk to them. They'll comfort you and make you feel better.（快去吧，兄弟。这有什么不好意思的呢？你见了玛莎和卡娅，心中有啥不快可以跟她们讲。她们会安慰你，让你安下心来的。）"

终于在一天傍晚，刘柱独自一人去了卫生所。汪静和卡娅戴着口罩，在为几名劳务队的员工开药治伤，见他来了示意他到隔壁等。大约过了一刻钟，汪静摘掉口罩先进来，问他是来找自己还是找卡娅。不等刘柱回答，卡娅跟着进来，说："刘柱，你还好吗？"

刘柱六神无主地朝她点点头。汪静问："你来找卡娅想说什么？"

刘柱愣了愣，说："我好恐惧和压抑。我知道不配喊你姐，但还是想来见你。"

汪静说："你不是来见卡娅的？"

"也是，也不是。主要想见你。"

汪静说："Kaya. He came to see you. You can talk to him.（卡娅。他来见你，有话你跟他说吧。）"

卡娅感到很莫名其妙，问："No. Dr. Wang，he didn't say he was here to see me.（不。汪医生，他没说来见我。）"

刘柱忧心忡忡地说："卡娅，我想问你，假如我也像张放那样死了，你会为我流泪吗？"

汪静把刘柱的话翻译过去，卡娅听后很是惊讶，说："Liu Zhu，why do you ask such a question?（刘柱，你为什么要问这样的事情？）"

刘柱说："不为什么。我就想，人死比灯灭都快，好多事儿来不及说出口就离开了这个世界，生命太短暂了。"

卡娅很不高兴，说："May I not answer your question?（我可以不回答你这个问题吗？）"

刘柱听后趴在桌子上呜呜地哭了。汪静拉住他说：“刘柱，你不能想这些乱七八糟的东西。你心里要难受，可以跟姐说，我答应你喊我姐好吗？”

刘柱抬起头，望着汪静，说：“汪姐，我以为这一辈子，你再也不许我叫你姐了，可我身后和家里没一个人。我一直想，假如我在工地上也发生意外，我会跟张放埋在一起，可谁会为我送葬呢？”

汪静抬手扇了刘柱一巴掌，说：“不许你胡说！”良久，又伤感地上前拉近他，说：“刘柱，你患了非洲综合征。从国内来很不容易，我很心疼你。你脑子里想啥我清楚。姐不能对你说什么，可不允许你老记着张放的事，更不能胡思乱想。你应该坚强起来，像个男子汉。只可当英雄，不可当烈士。姐告诉你，要勇敢地活着，铁路通车后跟大伙一起回国，知道吗？”

刘柱含泪望着汪静，连喊了几声“姐”。汪静让卡娅去拿两片镇静药。卡娅取来药片，倒了杯水端到刘柱面前，说：“Liu Zhu，take it. It hurts me to see you like this. Dr. Wang and I will take care of you whenever you feel uncomfortable（刘柱，吃了吧。看到你这样子，我很难受。以后哪儿不舒服你随时来，我和汪医生会照顾你的。）”

刘柱吃下镇静药后，汪静让卡娅把他送回劳务队驻地。那一夜，他睡得很安稳，做了许多古怪且支离破碎的梦。第二天早晨醒来，却什么也不记得了，发现安保国、陈立国和大牙、杰姆斯及卡娅都站在他床边，就坐起来问怎么了。

安保国说：“没怎么，你说了一夜梦话，差点儿梦游。”

卡娅端粥让他喝。他愣愣地看着卡娅。大牙说：“Liu Zhu，you asked Kaya and Dr. Wang a lot of questions last night. We don't allow the living to ask about the dead. Drink the porridge，it will dispel the evil barrier in your heart.（刘柱，你昨晚问了卡娅和汪医生许多不该问的问题。我们部落里不允许活着的人问死人的事儿。把粥喝下去吧，它会驱散你心中的魔障。）”

钟铁军后来才听说刘柱心理出现了某种障碍。处理完张放的后事不久，“五一”国际劳动节到了。项目部在院内篮球场上组织了一场文艺晚会，赵雅清和汪静身着漂亮的衣服担任主持人，项目上的管理人员和各施工队的中外方员工，都准备了一些节目，引来不少村庄里的黑人跑来观看，随队士兵和保安不得不持枪站在外围加强警戒。

晚会开始后，王子浩和第五小刚戴着安全帽，跳了一支现代舞，张牙舞爪快飘到天上去了，把现场的民工和黑人看得如痴如醉。临下场，还做了一个动作造型，把安全帽抛向了空中，引得现场一阵狂叫。轮到安保国劳务队演出时，安保国自己从人群里站起来，穿着上工地时的那身工服，径直走到场地中间，直直地挺立在那里。少顷，喇叭里突然响起《冰山上的来客》的音乐，他扯开嗓子，竟唱了一曲《怀念战友》。那旋律震撼着全场，尤其那句“……当我永别了战友的时候/好像那雪崩飞奔万丈/啊/亲爱的战友/我再不能看到你雄伟的身影/和蔼的脸庞/啊/亲爱的战友/你也再不能听我弹琴/听我歌唱/……”的歌词，把所有黑人都听愣了。谁都不清楚安保国什么时候学会的这支歌，它让全体中方员工想起了张放。

赵雅清和汪静拿着话筒走进场地中央时，轻轻抹了抹眼角的泪水，但俩人很快进入了角色，宣布玛莎和卡娅将演唱《非洲时刻》。为了这次演出，玛莎和卡娅精心打扮一番，微笑着牵手走进场内，弯腰向观众鞠躬。在昏暗的灯光照射下，她俩的眼睛一个瞄向坐在对面的钟铁军，一个瞄向坐在安保国身边的刘柱。大牙和杰姆斯则坐在旁边的非洲鼓上，帮她们调试音响播放曲目。

音乐响起时，只听美丽的玛莎和卡娅唱道：

“Waka Waka-Shakira? You’re a good soldier Choosing your battles（你是一个最棒的战士选择你的战场）/Pick yourself up And dust yourself off And back in the saddle（振作起来，掸净灰尘，披肩上阵）/You’re on the front-line Everyone’s watching（你已在前线，大家都在注视着你）/You know it’s serious We’re getting closer This isn’t over（危急时刻，我们团结一心，还没有结束）/The pressure is on You feel it（你能感觉到困难就在眼前）/But you’ve got it all Believe it（坚信我们能抵挡这一切）/When you fall get up Oh oh And if you fall get up Eh eh（跌倒就爬起来，勇往直前）/Zsamina mina Zangalewa Cuz this is Africa（醒来吧，闪耀吧，因为这是在非洲）/Zsamina mina eh eh Waka waka eh eh（来吧！来吧！去做吧！去做吧！）/Zsamina mina zangalewa This time for Africa（等待吧！来吧！这是非洲时刻）/Listen to your god This is our motto/（听从神的安排，这是我们的誓言）/Your time to shine Dont wait in line Y vamos por Todo（属于你的光辉时刻，不要等待）/People are raising Their Expectations（群情激扬，他们的期待）/Go on and feed them Go on and feed them No hesitations（会得到满足，这好似属于你的瞬间，不要犹豫）/Today's your day I feel it（就是今天，我能感觉到）/You paved the way Believe it（是你铺平了前进的道路）/If you get down Get up Oh oh. When you get down Get up eh eh.（跌倒就爬起来，勇往直前）/Zsamina mina Zangalewa Cuz this is Africa（醒来吧，闪耀吧，因为这是在非洲）/Zsamina mina eh eh Waka waka eh eh（来吧！来吧！去做吧！去做吧！）/Zsamina mina zangalewa Zsamina mina zangalewa Anawa aa（等待吧！来吧！这就是要做的事！）Zsamina mina eh eh Waka waka eh eh（来吧！来吧！去做吧！去做吧！）/……Zsamina mina zangalewa This time for Africa！（等待吧！来吧！这是非洲时刻！）”

高扬的音乐激发了黑人的天性。大牙和杰姆斯各提一只非洲鼓，跟一群兴奋无比的当地黑人劳工闯进场内，加入了歌唱的队伍。这种欢快的氛围，让所有人暂时忘却了痛苦。玛莎和卡娅笑着跑向人群，想将钟铁军和刘柱拉上场去跳舞，赵雅清转眼瞅见了，要去阻止她，被汪静一把拉住，说：“雅清，这种场合你不能去。”

赵雅清站在那里，脸气得铁青，死死瞪着钟铁军。钟铁军并没注意到赵雅清的眼神。那些人在操场上载歌载舞，近乎狂欢，把气氛推向了高潮。歌舞结束，黑人们都回到了自己的位置，钟铁军和刘柱留在了场地中间。钟铁军环顾四周，说：“我提议，欢迎刘柱给大家来一个节目。”

刘柱很胆怯。汪静拿着话筒走了过来，鼓励他说：“刘柱，你想唱什么就唱什么，别让大家失望。”

赵雅清走进场后，偷偷瞪着钟铁军。在场的人把注意力都集中在刘柱身上，但钟铁军感受到了她异样的目光。

刘柱冷场很久。卡娅、大牙和杰姆斯憋不住了，直喊：“Liu Zhu，sing a song. We want to enjoy your song and music.（刘柱，唱一个吧，我们要享受你的歌声与音乐。）”

刘柱有些慌，问汪静：“汪姐，我唱得不好听。”

汪静说：“随便唱，快！”

说完，汪静拉着赵雅清和钟铁军走下场去。刘柱面对场下一圈人，心跳得厉害。猛然间一扬手，对场外喊道：“好吧，给我放那首《再见》。”

汪静经常听这首歌。当音乐响起时，观众们听到刘柱用不太标准的嗓音唱道："我怕我没有机会/跟你说一声再见/因为也许/就再也见不到你/明天我要离开/熟悉的地方和你/要分离我眼泪就掉下去/我会牢牢记住你的脸/我会珍惜你给的思念/这些日子在我心中/永远都不会抹去。我不能答应你/我是否会再回来/我不回头/不回头地走下去/我不回头/不回头地走下去……"

这首情意绵绵又十分伤感的歌，打动了场下许多人。刘柱边唱边流泪，到最后竟不能自已。玛莎和卡娅听不全歌词大意，只感到曲调很委婉，具有强烈的冲击力，可又说不出好在哪儿。汪静、赵雅清、钟铁军和所有中方员工都懂得歌词的含义，像是刘柱要永远离他们而去似的，一股淡淡的忧伤不免袭上每个人的心头。赵雅清俯在汪静耳边，说："哎，这家伙怎么唱这么首歌，怪晦气的。"

汪静说："等会儿我问问他。"

晚会结束散场后，汪静叫住刘柱，问道："刘柱，你为什么要唱这首歌?"刘柱说："姐，我不会唱别的。我喜欢这首歌。"

"你是想表达要跟我和大家再见的意思吗?"

"我不知道。"

散场后，赵雅清找到玛莎，板着脸说："Martha, you're not doing the right thing tonight. You shouldn't have pulled the manager out to dance. He's the leader. (玛莎，你今晚做得很不恰当，不该把经理拉上场跳舞，他是领导。)"

玛莎很吃惊，说："The manager is the honorary chief of our tribe. When our tribe revels, we usually invite the chief to play and cheer. I didn't do anything wrong. (经理是我们部落的名誉酋长。我们部落狂欢时，通常邀请酋长上场助威，我没有做错什么。)"

赵雅清稍加沉默，说："Remember, Martha, working here, you have to stay away from the manager. His wife cares about your getting close to her husband. (记住，玛莎，在这里打工，你要懂得远离经理。他妻子很在意你靠近她的丈夫。)"

玛莎无奈地摇摇头，说："I know that. Her wife warned me of that. I already have a fiancé and wouldn't take what others love. You don't have to be jealous. (这个我知道。她老婆警告过我。我已经有未婚夫，不会夺人所爱。你们没

必要吃我的醋。）”

赵雅清憋着气回到办公区，直接闯进钟铁军办公室。钟铁军问有啥事，她也不说，倚在桌边斜眼看他，把钟铁军看毛了。钟铁军问道：“咋了，雅清？”

赵雅清嘟着嘴，说：“你不该被玛莎拉上场去跟那些黑人跳舞，你忘记了自己的身份了吧？”

钟铁军说：“没有啊，我还是我。是在替你杨姐看着我吧？我不会做出格的事，你天天在我跟前，还不知道吗？”

赵雅清温情地笑了，说：“知道你不敢，但就是不想让玛莎靠近你。”

钟铁军笑着问：“她会吃了我吗？”

赵雅清说：“我和杨姐怕你吃了她。玛莎确实很漂亮，别说杨姐防着她，连我都嫉妒。万一你经不住美色诱惑，一时晕了头，咋办？”

钟铁军开起玩笑来，说：“美色处处有，你也算一个啊。我要把持不住，不早把你吃了？你说是不是？”

赵雅清的脸马上红了，羞涩地抬手轻轻捶了他一下，说：“让你吃，你不敢吃啊。”

钟铁军见话题有些走偏，赶紧改嘴，问她路同和答应拨的款和取出来的现金送来没有。赵雅清说，集团工程建设指挥部的会计，当天取出上百万现金，亲自开车送来交给了她，放在保险柜里。说完，钟铁军打发她回到了自己房间。

那天晚上，安保国刚要回劳务队驻点去，被王子浩叫住了。俩人走在院子外面的小路上。王子浩要跟他商量个事儿。安保国问啥事。王子浩说，你忘啦，出国前咱谈过的事啊。

安保国好一会才想起来，说：“噢，你是想从我这里弄点钱出来，是吗？”

王子浩咂咂嘴，说：“是呀。最近家里遇到点事儿，你帮我走几十万块钱出来，验工计价时多给你计点价，不会欠你。”

安保国犹豫地说：“那跟经理说不？”

“不能说。哪能让他知道这事？”

安保国问什么时候要。王子浩说，越快越好，最晚到月底项目部给各施工队拨款时取出来。安保国答应了王子浩的要求，说他来准备，咬住计价时不能亏了他。王子浩很鬼，大言不惭地说，哪能呢，在国外干活都不容易，到时候能多计就多计，这么大项目随便虚计点工程量，就把钱补回来了。安保国看他是管现场的副经理，当初又是他帮着把整支队伍带出来，俩人便达成了口头协议，钟铁军始终被蒙在鼓里。

两天后，承担南段施工任务的路桥项目分部，十几座涵洞征地拆迁受阻，那里正是哈屋族部落的地盘。路桥分部经理愁得一筹莫展。路同和说："去找找钟铁军啊，请他出个面，他是那个部落的名誉酋长。"

路桥分部经理说，钟铁军是国际公司分部经理，怎么会管路桥分部的事儿呢。他求路同和与戴国兴找钟铁军说情。路同和打电话给钟铁军，称南段整体进展滞后于北段，路桥分部征拆极其困难，哈屋族黑人阻力很大，请他这个名誉酋长出面协调。钟铁军思考后，答应去看看。他给王子浩和第五小刚交代完工作，打电话问刘柱："刘柱，你愿不愿意跟我当个跑腿？带你出去见见世面，免得整天郁闷得要死。"

刘柱很惊喜，说："叔啊，我早就想跟你出去长长见识，可你老是不带着我。你跟保国哥打个招呼吧，不然我还得去工地盯班。"

安保国接到钟铁军的电话，很痛快地答应放刘柱走，说他天天要死要活的，没准儿出去一趟就好了，而且刚巧正要派人去局指挥部取材料，那就让他去吧。刘柱找安保国领受任务，身上揣了张领取材料的单子，然后屁颠屁颠地跑去见钟铁军。赵雅清和汪静都在他屋里，汪静肩上还挎着个包。他进屋喊了声"汪姐"，问她背个包干啥。汪静说："搭经理的顺路车去工地医院领药呀。你来干吗？"

刘柱说："也搭我叔的车去指挥部。"

钟铁军若有所思，说："嗯，解决哈屋族的事，应该叫上玛莎。"

赵雅清立马警觉起来，说："不能叫她，杨姐会生气的。"

汪静偷偷笑了，贴近赵雅清耳边说："不是杨琳生气，是你自己在生气。"赵雅清咬着嘴唇，抬手打她。钟铁军瞅瞅赵雅清和汪静，会意一笑，转身出屋上车了。

越野车缓慢地行驶在坑坑洼洼的森林便道上，拉运各种物资的大小车辆来往穿梭。钟铁军坐在前面，汪静和刘柱并排坐在后头。一路上，刘柱的嘴像只八哥似的说个不停，从卡娅、玛莎说到杨琳，又说到赵雅清，最后聊起了张放。汪静不停地开玩笑损他，嫌他情绪不定。他不但不恼，反而感受到了汪静对他的好。后来，刘柱想起了钟铁军收藏起来的那支枪，问能不能拿给他看看。钟铁军说他早看过了，还看干啥。刘柱嘿嘿地傻乐，称想学打枪，遇到坏人不会打枪那是等死。

汪静说："你要舞刀弄枪就下车，可别在我身边摆弄那玩意儿，会死人的。"

司机说与张放遗体告别时子弹打光了，扔在后备厢里，没法停车取。刘柱沮丧地说那就算了。赶到集团工程建设指挥部时，已是傍晚时分。见他们来，路同和、戴国兴、路桥公司分部经理和杨琳很热情。刘柱下车后，对着杨琳"婶！婶！"地呼叫。钟铁军冲杨琳傻笑。汪静挽住杨琳的胳膊走进食堂包间，一桌简简单单的中国菜已经摆好。路桥公司分部经理打开一瓶从国内带来的白酒，给路同和、戴国兴和钟铁军倒满，问刘柱："你喝不喝？"

杨琳说："他是小孩，不让他喝酒。"

刘柱嘴上说不喝，心里早馋得直流口水。路同和提议碰完杯后，顺便把路桥公司分部征地拆迁遇到的困难点了出来，夸钟铁军在青尼罗河大桥征地中发挥了名誉酋长的威力，这次还得帮帮路桥分部。席间，路桥分部经理把详细情况讲给钟铁军听。钟铁军端着酒杯始终不开口。

戴国兴将酒杯搁在桌子上，说："铁军，这条线许多难题都是你解决的，路桥分部遇到困难，你不能见死不救啊。"

杨琳捅了一下钟铁军，催他表态。刘柱抢话说："叔啊，真应该叫玛莎来，让她带着咱们的人去找她们部落里的酋长。"

汪静瞧见杨琳脸色马上变得难看，就绷着嘴唇在桌子底下踢刘柱。刘柱没有反应过来。汪静说："哦，玛莎来了也不顶用。刘柱，领导说话你别插嘴好不好？"

刘柱懵懵懂懂，傻了吧唧地眨眼看杨琳。杨琳酸酸地说："刘柱说得是，应该叫玛莎去找她们部落酋长。"

路同和说："还用玛莎找酋长吗？铁军就是名誉酋长，他出面同样好使。铁军，你明天去现场看看，耽误的工夫让路桥分部补给你。"

酒过三巡，钟铁军脸有些红，浑身燥热，边往嘴里夹菜边说去看看再说，不敢保证自己出面就能劝服那些黑人。土地属于私有，他们动不动就上法庭打官司。为这话，路桥分部经理连喝了三大杯。

因国内来往人员频繁，驻点之间相距太远，每个扎营的地方都专门建有招待所。当晚，钟铁军跟杨琳回医院宿舍去住了，那种相思之苦，在夫妻俩相拥的一瞬间烟消云散。刘柱和司机在医院招待所里同住一个房子，汪静住在隔壁。刘柱睡不着，让司机把枪取来给他看看。不大一会儿，司机拿着枪进来扔给他，嘱咐他别瞎动，弄坏可没得用了。刘柱光着膀子，不停地拉动枪栓，睁一只眼闭一只眼举枪朝外瞄准，一副十分过瘾的样子，然后提着枪拉开门跑了出去。

喝了不少酒，钟铁军呼呼大睡。杨琳担心病房里的病人出现紧急情况，久久不能入眠。忽然，她听见有人敲窗户，黑着灯问："谁呀？"

刘柱站在窗下，回答："婶，我叔睡了吗？"

"他睡着了。你有事吗？"

"噢，睡着那算了。我拿到那支枪了，想让我叔教教我打枪。"

"夜里教你打什么枪啊，快去睡吧。"

司机跟着刘柱后面跑来，见他站到杨琳宿舍窗户下面，边骂边拉他回房间，一把将枪夺过来，埋怨道："我看你就是个傻子。经理两口子刚睡下，你去打扰人家干吗，真不懂事。"

刘柱傻笑，说："你又不会打枪。"

司机说："我是不会打枪，那你也不能晚上去找经理教你打枪啊。"

刘柱说："万一夜里来了武装分子咋办？"

司机说："那也轮不到你死。"

争论一番，两人躺下关灯渐渐睡去。刘柱睡得很不踏实，做了许多梦。他梦见张放两脚悬空立在森林顶部朝他招手，问："刘柱，你在那边怎么样？"

刘柱仰视着空中，说："不咋样。张放，你走了我很孤独，你能带我去个更好的地方吗？"

张放笑笑，说："那好吧。"

只见张放伸手对他轻轻一勾，刘柱便飞到了森林上空，扭头俯视着下面，看到了那条正在修建中的铁路。从森林里闯来一伙持枪的武装分子，枪口朝上冲他和张放射击。刘柱喊："张放，那伙人要杀咱们。"

张放说："该发生的必然会发生，跟我走吧。"说完，张放拽着他腾云驾雾飞升了天际，苍穹下呈现出一道彩虹。

不知过了多久，也不清楚已是凌晨几点，刘柱被这个奇怪的梦吓得浑身颤抖，"妈呀！"一声喊叫坐起来，头上冒着虚汗。他的异常举动惊醒了旁边的司机，拉开灯下床走过去摇他。刘柱两眼发怔，称梦见张放带他上天了。司机说梦是反的，叫他躺下接着睡。刘柱自言自语道："该发生的必然会发生。"

躺下再也睡不着了，刘柱一直想那个梦是咋回事。不久，他听到屋外传来枪响，并且枪声一阵紧似一阵。医院各房间的灯都亮了。有人跑出病房和宿舍，站在外头惊慌失措地大声嚷叫。刘柱、司机和汪静都被吓醒了。他们穿上衣服跑出房间时，钟铁军和杨琳已被一群医护人员围住。枪声越来越近。值班的持枪保安跑来，喊道："Go for cover. Armed men are fighting. Villagers are running this way.（快去隐蔽，武装分子在交火，村民朝这边跑来了。）"

钟铁军问："What's going on? Where are the militants from?（怎么回事？是哪里的武装分子？）"

保安一只手抓着枪，挥动另一只手，说："Anti-government forces, not ordinary looters. Hide quickly; keep alive comes first.（是反政府武装，不是一般的抢劫分子。快躲起来，保命重要。）"

钟铁军号召围过来的人想办法逃生。杨琳叮嘱汪静别乱跑，让她跟上钟铁军和刘柱、司机，自己掉头跑去了病房。黑暗中，附近村落里的黑人哭叫连天，有的妇女抱着孩子，有的搀扶着老人，冲破保安设立的岗哨拥进了医院病区。保安朝天上放了两枪，仍未能阻止黑人的涌入。钟铁军凭在国外多年的经验和在马里的亲身经历，知道武装分子一旦冲进营地，躲在屋里不是被劫持成为人质，就是被乱枪打死。所以，他喊道："别到屋里去，混在黑人中间离开这里。"

刘柱想到了那支枪，对司机喊："快去把那支枪拿来交给我叔。"

杨琳跑去病房，顾不得个人安危，安抚着病人和值班的医护人员，让他们躲在房间里不要出屋。她已不知道什么是胆怯，一个人站在院子里观察情况。此时，枪声大作，已能听到子弹"嗖嗖"地从耳旁飞过。她看见一大群黑人大呼小叫从医院侧面慌乱地跑过去，心想这下完了，可能再也见不到儿子钟锋和钟铁军以及远隔千山万水的父母了。

钟铁军放心不下杨琳，安排刘柱和司机带汪静混进逃难的人群中朝院外跑去。刘柱从司机手中夺过那支枪，没来得及递给钟铁军。枪里没有子弹。汪静被吓哭了，始终拉住刘柱的手，跌跌撞撞地随黑人往外跑，鞋也掉了一只。刚离开医院宿舍区和招待所，身后又传来密集的枪声，保安开始与十几名武装分子交火，眨眼间倒在了血泊中。刘柱拽住汪静的手，边跑边说："保安身上有子弹，我去把子弹捡回来。"

司机拉住他，说："别去找死。不是一种枪型，子弹取回来也没用，快跑吧。"

汪静没有这种生死攸关的经历。黑人们慌慌张张，拉着老人和哭叫的孩子朝前跑。她被刘柱和司机夹在中间，神经绷紧，早已失去了方向感，抽泣着问："咱们这是往哪儿跑啊？"

刘柱说："别问了，姐。跑哪算哪，黑人在前面呢。"

那群黑人犹如流亡大军，拥挤在幽暗的土路上。跑出两三公里后，有的趁黑转身拐进了庄稼地，有的跳进干涸的壕沟，钻进下面的一座过路涵洞里，躲避武装分子的枪炮和子弹。刘柱和司机掩护着汪静，随黑人挤了进去。

天亮时分，交火仍未停息。钟铁军在病房区找到了杨琳。她与住院的员工集中在一间房子里。那些病人心惊胆战。有两个年轻员工在哭哭啼啼。杨琳安抚慰他们，说："别怕，武装分子没来这儿。"

钟铁军站在杨琳身后。她拉着钟铁军从病房里出来，说："铁军，我好害怕。"钟铁军一言不发，将她搂在怀里，轻轻拍打着她的后背。几束车灯照进住院部的院子。路同和、戴国兴、路桥分部经理和其他人，在保安护送下赶了过来，神情非常紧张。杨琳流着泪说医院的保安被武装分子开枪打死了。路同和与戴国兴很震惊，派了几个男员工跑去替保安收尸，催他们夫妻俩离开这里。杨琳指着身后的病房，说："指挥长，病人都在，我哪儿也不去，死也要跟他们死在一块。"

路同和点头，说："杨琳，你真让我肃然起敬。那我们在这里一起保护大家。"

武装分子乘坐的皮卡车，停在了离医院两公里的地方。他们嘴里喊着圣战的口号，故意制造屠杀和杀戮，给政府施加压力。他们借铁路项目穿越国家公园发泄对政府的不满，煽动民间情绪。在东方渐渐豁亮的微光中，那伙人看到了藏在庄稼地和涵洞里的人群，站在路边端枪对准桥下猛烈扫射。挤在最外面的一排黑人倒下了，躲在里边的人哭号着往里钻。刘柱挡在汪静和司机的外面，心急如焚地叫道："姐，快，快往里边挤。"

刘柱仍提着那支枪，边喊边用力往涵洞另一头推汪静。激烈的枪声再次响起时，几颗子弹打在涵洞边墙的堆体石头上，迸出一串火花。接着，又一排子弹打来，紧挨着刘柱的黑人妇女和孩子一头栽倒在地死去，可枪声并没有停止。

"快趴下！"刘柱狂吼着扔掉那支枪，猛然将汪静扑倒在地，整个身子成了一座掩体，死死压住了汪静。几分钟后，枪声停止了，夜空宁静得出奇。司机看到土路上一溜车灯疾速远去，武装分子乘车逃离了。涵洞里的其他黑人爬过刘柱、司机和汪静，扑向死去的亲人，伏在几具尸体上号啕大哭。汪静躺在涵洞水泥底板上不敢动弹。她的手在刘柱身上摸到一片湿乎乎的黏液，抬头看时发现是鲜血。

逃难的黑人们陆续爬出涵洞。几个黑人把遭袭击死亡的黑人尸体抬出去，横在路中央。此刻，哭声阵阵，哀鸿遍野。司机爬起来喊道："汪静、刘柱，快起来，武装分子跑了。"他捡起那支枪后去拉刘柱，而刘柱仍趴在汪静身上，声音很微弱，说："姐，我……"

汪静流泪喊道："刘柱中弹了，快扶他起来。"

汪静翻身跪在涵洞底板上，声泪俱下。司机惊疑地撂下枪，喊着刘柱的名字，将他抱起来，撕开沾满血迹的衣服，发现其中一颗子弹击穿了他的肩胛骨，另有两颗子弹，一颗打进了他的左肋，一颗打中了他的腰部，鲜红的血还在从弹孔中往外冒。

"刘柱！"汪静凄楚地抽泣着，把刘柱的衣服撕成布条，去塞冒血的弹孔，"你不能死，姐救你。"

司机满身泥巴背着刘柱，双手伸到后面，用那支枪托住他的屁股，生怕他滑落下来。汪静跟在后面，边用手捂住刘柱受伤的腰部边呼叫他的名字。刘柱面色苍白，双眼紧闭，脑袋耷拉在司机的肩膀上，嘴里吐着鲜血。

汪静声音颤抖，说："刘柱，你要坚持住，姐带你去医院。"

保安的尸体被当地警局赶来的警车拉走了。路同和、戴国兴、钟铁军、杨琳和聚集在医院的项目部员工、病人及医护人员，正庆幸这次没有遭到袭击，但马上发现刘柱、汪静、司机和个别人员不见了。路同和吩咐大家分头去找，钟铁军说，他们跟村庄里的黑人跑了。于是，几拨人冲出医院，跑去寻找。钟铁军让杨琳看护好病人与医护人员，来不及说更多，就跟路同和、戴国兴和路桥分部经理，一起冲向院外的道路。



跑出去寻人的几拨员工迎面回来了。他们从司机背上接过刘柱，背着他急促地朝医院狂奔而来，司机和汪静一身血迹跟在两侧。路同和、戴国兴、钟铁军和杨琳看到这群人，惊愕不已。

“杨姐，经理!”汪静哭着冲进医院，“刘柱中弹昏迷了，快救救他!”

杨琳情急之下，对医护人员喊：“快去抬担架，准备急救!”

路同和、钟铁军等人拥上前，扶着背刘柱的员工跑向急救室。杨琳和医护人员慌忙穿上白大褂，戴上手术手套和口罩，铺好手术台布，将刘柱接进去，把其他人挡在了外面。

刘柱躺在手术台上，意识已经模糊不清。恍惚之间，他的灵魂飞出肉体，看到自己跟张放飘浮在空中，汪静伏在他身旁默默地流泪。后来，他苏醒过来，感到自己浑身伤痕累累，到处在流血与疼痛。他透过模糊的视线隐隐约约看到，从白色的帽檐下和口罩之间，杨琳和汪静露出的眼睛流着泪，连声呼唤他的名字。他坚强地笑了。没过几分钟，呼吸突然变得急促起来，嘴里吐出一大摊血，他觉得自己的生命走到了尽头。他伸出已经软弱无力的手拉住汪静，轻轻地说：“婶、姐，我……不行了……”

汪静“哇”地放声大哭。杨琳抚摸着刘柱的脸，说：“刘柱，你要挺住，会好起来的。”

刘柱痛苦地微笑着，说：“姐，为了你死，我愿意。我要跟张放埋在一起。你能……亲我一下吗?”

全体医护人员愣在了手术台旁。汪静将刘柱沾满血的手放回胸前，含泪摘下口罩，慢慢地低下头去，颤抖的柔唇吻住他的嘴。刘柱感受到了她的温度与香气，听到她的声音极其悲怆：“刘柱，你别死，我要你活着……”刘柱呼出一口长气，微笑着离开了这个世界。

“刘柱，刘柱，你醒醒……”

刘柱又飘浮在空中，看到汪静最先拼命摇晃他的身子，随后趴在他身上悲痛地哭号。“你救了我。我不想让你死，你为什么要离开我们？……”

急救室的房门打开了。路同和、戴国兴、钟铁军等人拥进去，看到刘柱直挺挺地躺在手术台上，医护人员含泪往他身上盖了一块白布。汪静望着手术台泣不成声。路同和、戴国兴和钟铁军头都炸了，问：“刘柱不行了？”

杨琳满脸泪水，呜呜地哭着说：“他失血过多，走了。”

钟铁军再也控制不住满腔悲切，仰面朝天，悲愤地呐喊：“老天啊，为什么会这样？”

钟铁军、汪静和安保国爬上救护车，将刘柱的遗体拉到了远在州府的火化场。大牙开车拉着卡娅、杰姆斯跟在后面。遗体被抬下来的时候，卡娅悲痛万分地扑上去，拽着运尸车不让走，揭开盖尸布摸着刘柱的脸，说：“Liu Zhu，honey，why did you leave me? Wake up，wake up. I'm going back to China with you.（刘柱，亲爱的，你为什么要舍下我离开？你醒醒，醒醒啊，我要跟你回中国。）”

卡娅的呼喊已经唤不醒这个逝去的鲜活生命。汪静看着眼前这一幕，心都碎了，上前拉住卡娅，说：“He died to cover me.（他是为了掩护我而死的……）”

卡娅含泪敌视着汪静，说：“You killed him. He's the one I love.（你让他丢了性命。他是我爱的那个人……）”

大牙走近运尸车，将白布重新盖在刘柱身上，抹掉眼中的泪，说：“Chinese brother，by fate，everyone dies. Death is the end，and after that，no amount of prayer will give you the salvation you refuse in life.（中国兄弟，按着命定，人人都有一死。死亡是末了，在这之后，再多的祈祷也不能让你获得生命中所拒绝的救恩。）”

杰姆斯拉开卡娅，劝道：“Kaya，let him go. His noble actions will bring him to heaven. The glory God has given him great honor which will illuminate our way forward.（卡娅，让他走吧。他崇高的行为，会让他升入天堂。上帝授予他的无上荣耀，将照亮我们前进的路。）”

安保国痛哭流涕，说：“出国前刘柱说过，他国内没有亲人，死后就埋在这里，守护着铁路。”

还是在雷电轰鸣的雨天，还是在那座新落成的烈士陵园，王子浩、第五小刚、于长山、陈立国、吴大友、赵雅清、玛莎等人从北部工地赶到了那里。安保国抱着刘柱的骨灰盒从山下走来，钟铁军、路同和、戴国兴、杨琳、汪静、卡娅、大牙和杰姆斯跟在后面。举行完葬礼，钟铁军和安保国亲手把刘柱的骨灰放进了用青石修建的墓穴，旁边正是张放的墓碑。

# 第二十四章

刘柱和张放一样，没能看到铁路通车的盛大景象。他们的墓碑伫立在高高的山岗上，无声地注视着这条已经开始铺轨的钢铁长龙。

汪静很长时间都抹不去那天夜间发生的事，刘柱身上布满弹孔、遍体鳞伤的惨状历历在目。每每这时，她都会躲到没人的地方偷偷流泪。有几次赵雅清看到了，安抚她说："汪静，你还想着刘柱？"

汪静边哭边点头，说："嗯！我忘不掉他。虽然他是个孤儿，可他活得像个男人，而我却不止一次伤害了他。"

赵雅清轻轻拥着汪静，说："在他临死前，你把初吻给了他，他会原谅你的。"

汪静说："可我的吻没能拯救他的生命。"

在后来的日子里，汪静让赵雅清陪着去过两次烈士陵园。第一次去，在山上碰到了钟铁军、安保国和陈立国。她俩理解，他们和刘柱都是一个村的街坊、邻居和兄弟爷们儿。从山上下来，他们与汪静和赵雅清擦肩而过。钟铁军一脸严肃，停住了沉重的脚步，扭头瞟了俩人一眼，什么也没说就下山了。第二次去，又在刘柱和张放墓前，碰到了大牙、卡娅和玛莎。她们买了花簇摆在两座墓碑前。旁边的墓碑前站着一些其他分部的员工。

大牙认真地说："Dear Dr. Wang，Minister Zhao，we have just returned from the tribe. Kaya asked the chief grandfather and the priest to release the soul of Liu Zhu and Zhang Fang; they have gone to heaven.（尊敬的汪医生、赵部长，我们刚从部落回来，卡娅请酋长爷爷和牧师为刘柱、张放进行了灵魂超度，他

们已经升入了天国。）”

赵雅清说："The way forward is full of danger and death. Liu Zhu and Zhang Fang paved the way to the front with blood and life, and they could never go back to China again. We hope that all the local people will be kind to their souls and remember their spirit.（前进的道路充满了险境与死亡。刘柱和张放用鲜血和生命铺平了通往前方的路，他们永远不可能再回到中国去，我们希望所有当地人都能善待他们的灵魂，记住他们的精神。）"



玛莎挽住流泪的卡娅，说："Dr. Wang, Kaya is very painful and lost; her loved one left her. I think you feel the same, too. I hope you're not sad.（汪医生，卡娅很痛苦，也很失落，所爱的人离她而去了。我想你也一样，但愿你不要忧伤。）"

汪静拉住卡娅的手，说："Kaya, I know you love him, and I love him, too. But we love him differently. Because he blocked the bullet for me and gave me a chance to live, so I kissed him before he died, I took him as a relative and brother, can you understand?（卡娅，我知道你爱他，我也爱他，不过咱们爱的含义不同。因为他为我挡了子弹，给了我活命的机会，所以他死前我吻了他。我是把他当作亲人和弟弟，你能理解吗?）"

卡娅说："I understand, Dr. Wang. You are our big sister, but now you and I have lost him because of the chaos and cruelty of the world, so I am very sad.（我理解，汪医生。你是我们的大姐姐，但现在你我都因为世间的混乱与残酷而失去了他，所以我很悲伤。）"

赵雅清挽住汪静的手臂，说："Kaya, Wang Jing concealed her true feelings, her heart is also in love with Liu Zhu. She just does not want to prick your heart.（卡娅，汪静隐瞒了她的真实感情，她内心也是爱刘柱的，只是不想刺痛你的心。）"

大牙听后摇头，说："It is normal for a man to be loved by several women at the same time, indicating that he is excellent and willing to sacrifice everything for others. But reality tells us that living is better than anything.（一个男人同时被几个女人爱很正常，说明他是优秀的，舍得为他人牺牲一切。但现实告诉我们，活着比什么都好。）"

武装分子策划的这场袭击，惊动了国家最高权力机构和国家安全委员会以及军办，他们公开发表声明进行了强烈谴责。总统给巴布扎将军下令，动用军队全歼境内的反叛武装，加强对铁路队伍的保护，并责令康姆局长严厉打击一切犯罪活动。

不久，主流媒体和国家电视台发布消息说，那伙武装分子全部被歼灭，还播放和刊登了攻打武装分子的实时画面与充满血腥的尸体图片。全国民众为之欢呼雀跃。巴布扎代表总统发表了电视讲话，进一步强调修建铁路的重要性。路同和与钟铁军从挂在集团工程指挥部会议室墙上的电视中，看到了巴布扎身穿军装的形象。他慷慨激昂地说："The people of the whole country, for the sake of justice, truth and the independence and unity of the country, under the guidance of God, we fought bloody for decades, won great victories, and fought for independence and peace. But our enemies still exist. We have to strike back at them hard to protect the lives, interests and property of the general public and Chinese employees, and we will never tolerate the tyrannous actions of the armed militants. In order to speed up the railway construction, Chinese employees pay the price of their lives. They are respectable and worthy of respect. We will not allow the mob to undermine the friendship and cooperation that has been established with the great powers of the East, we will unswervingly follow the ' Belt and Road ' plan, and work with China to make our contribution to the construction of a community of human destiny. This requires us to cherish this opportunity to defend our ideas and actions, and may those people and Chinese employees who lost their lives in the attack rest in peace.（全国民众们，为了正义、真理和国家的独立与统一，在上帝开示下，我们浴血奋战了几十年，赢得了伟大的胜利，争取了独立与和平。但是，我们的敌人仍然存在。他们以极端手段制造屠杀，对手无寸铁的百姓和我们良好的合作伙伴中方企业员工进行攻击，我们不得不狠狠地打击他们，以保护广大民众和中方员工的生命、利益和财产安全，绝不容忍武装分子横行霸道。为了加快铁路建设，中方员工付出了生命的代价，他们是可敬和值得尊重的。我们不会容许暴徒破坏已经跟东方大国建立起来的友谊与合作，会坚定不移地沿着'一带一路'建设走下去，与中方一道为构建人类命运共同体作出我们的贡献。这需要我们倍加珍惜这个机会，保卫

我们的理念与行动，愿那些在袭击中丧生的民众和中方员工安息……）”

路同和与钟铁军被巴布扎的讲话深深地打动。钟铁军当场拨通了巴布扎的电话，说：“General，we are greatly encouraged by the fact that I listened carefully to what you have just said，which will give us a strong spiritual impetus to build the railway.（将军，我和路指挥仔细聆听了您刚才的讲话，这将为建好铁路注入强大的精神动力，我们倍受鼓舞。）”

巴布扎在电话里呵呵笑着，说：“How are you，Zhong? The president and I expressed condolences for the attack on Chinese employees. I think this should not affect the process of railway construction. Especially now，railway construction has reached to a critical period，the military office will send more soldiers to strengthen the protection of railway staff，the president hopes to open to traffic as soon as possible. What do you need me to do can be put forward at any time. I will carry out comprehensive coordination.（你好吗，钟？总统和我对中方员工遭遇的袭击表示慰问。我想，这不应该影响铁路施工的进程。尤其是现在，铁路建设到了关键时期，军办将派更多的士兵加强对铁路员工的保护，总统希望尽快通车。你有什么需要我做的工作可以随时提出来，我进行全面的协调。）”

路同和通过翻译表达了他们的意思，说：“General，our road and bridge division encountered the difficulty of land requisition and demolition，that is the land of the Ham indigenous people’s. Manager Zhong goes to coordinate first. If the coordination does not work，I will report to you and Director Risk，and this needs to be resolved as soon as possible.（将军，我们的路桥分部遇到征地拆迁的困难，那是哈屋族土著人的土地，钟经理先出面协调。如果协调不动，再向您和里斯克局长报告，尽快解决。）”

巴布扎说：“Zhong is the honorary chief of that tribe. I believe that he has the ability to deal with the problem. I asked Risk and Governor Khawaja to inform the Land Administration to assist you，and I hope you will not be brought to the court by the landowners.（钟是那个部落的名誉酋长，相信他有能力处理这个问题。我让里斯克和哈瓦佳州长通知土地管理局协助你们，但愿不要被土地所有者告上法庭。）”

没过一个小时，哈瓦佳以及当地土地局的官员，便与钟铁军与路同和取得了联系。他们由路桥公司分部经理带路，直奔铁路工地。在森林与沼泽地相接处，几公里的路基一片空白。工地两头设备林立，机械轰鸣，路基、桥涵和高大的站房与站台，已经高高耸立，线路也已开始上砟铺轨，中间地带却丝毫未见动土。三五成群的当地黑人手拿镖枪，站在挖成阻挡路基施工的壕沟外侧前后张望。见钟铁军他们和当地土地管理局的官员到来，村民们边嬉笑边起哄，围了过来。有村民喊："You didn't agree to our terms; you can't expropriate land, please leave here quickly.（你们没有答应我们的条件，不能征用土地，请快离开这里吧。）"

路同和指着钟铁军，通过土地局的官员对村民喊道："He's the honorary chief of your tribe, please show your respect.（他是你们部落的名誉酋长，请给他应有的尊重。）"

一个青年黑人哈哈大笑，说："Our tribe won't let the Chinese become honorary chiefs, don't lie to us, get out of here.（我们部落不会让中国人当名誉酋长，别骗我们了，快滚开吧。）"

钟铁军没有与那些村民争执，从那段空白地带回到路基上，询问了当地村庄的具体情况。路桥公司分部经理称，土地所有者提出的补偿方案太离奇，除了补钱、盖新房子外，还要保证送他们的孩子到中国去读书。钟铁军称，自己有个想法，由路桥分部出钱为村庄建一所学校，尽一定的社会责任，惠及当地村民，取得国家和部落的支持，这样征地拆迁会迎刃而解。如果同意这个方案，他马上带玛莎去找部落酋长。路同和、路桥公司分部经理称赞这是个好主意，同时提出可以在铁路两侧为当地村民打井解决吃水问题，并修补那些被压坏的村庄道路。

钟铁军打电话向里斯克局长说明了这一方案。里斯克高兴地说："Zhong, thank you for this kind of affirmative action to the local village, I support your action. If the local people stop the construction again, the state government will take all means, such as the law equipment, to punish their stupid action.（钟，感谢你们对当地村庄能有这样的扶持行动，我支持你们的行动。如果当地民众再阻挡施工，州政府会采取法律等一切手段，惩治他们过分的愚蠢行为。）"

路同和当天通知设计院洪勇波，让设计人员连夜加班，在铁路里程六百公里处，赶出了一份关于学校的设计图纸。总建筑面积三百平方米，设置了三个教室和两个教师办公室，同时可容纳一百六十名学生上课，还设计了发电机房、厕所等配套工程。这将是在当地村落难以见到的现代化设施。钟铁军看完图纸后，让大牙开车把玛莎送来，又往车上装了许多食物和礼品，带路同和、路桥公司分部经理一起去了哈屋族部落。

两名头上戴着羽翎、腰间扎根麻绳、手持长矛的健壮护卫，将钟铁军等人迎进了酋长单独居住的那处院落。酋长手持金杖、坐在铺有兽皮的高靠椅子上，甚为欣喜。玛莎单腿跪地，低头向酋长施礼后，用土著语说："敬爱的酋长大人，好久没回来拜见您了。你授封的名誉酋长钟，在铁路工地给我提供了一份非常好的工作机会。现在，他和他的上司来拜访您，请求为铁路解决一些困难。"

酋长微笑着从椅子上站起来，走下三级台阶，朝钟铁军伸出了掌握着整个部落命运和权力的大手，说道："Dear brother, I'm glad you came. Because last time you came at night, the time was tight, and there was no ceremonial officer to dress you in chieftain's costume, nor did I hand you a certificate and scepter to symbolize the power of the chieftain, but I personally announced that you were the chieftain, the real leader. Please come and sit by my side.（亲爱的兄弟，您能来我很高兴。因为上次您来是在夜里，时间很紧迫，授封时没有礼仪官为您穿上酋长服装，也没有亲手授予您象征酋长权力的证书和权杖，但是我亲口宣布了，您就是酋长，是真正的工程领袖。请到我身边来坐吧。）"

钟铁军同样向酋长施以礼节，并介绍了路同和、路桥分部经理和大牙。酋长分别与他们握手后，指着大牙说："Friends of the Dinka tribe, it was a pleasure to meet you last time.（丁考族的朋友，上次你来过，我们的见面很愉快。）"

大牙频频点头，谢过酋长，拉着玛莎躲到路同和、路桥公司分部经理身旁。路同和向酋长说明来意，把村民因征地拆迁阻挡施工的前后过程，村落里居民的要求，以及为村落无偿建学校、打井、修路的计划详细说了一遍。酋长不动声色，坐在那里静静地听着，慢慢地，他的表情开始出现变化。钟铁军将图纸摊开，摆到酋长面前，给他具体讲解学校的布局、设计与建造。酋长脸上露出了笑容，说："Great, brother. This is a great contribution to the children of the subjects in my tribe to learn knowledge. The villagers will be grateful for you.（很好，兄弟。这有益于我部落里的臣民子女学习知识，这是个伟大贡献。村民们会感谢你们的。）”

“Mr. Chief.（酋长先生，）”钟铁军趁机说，“The current railway construction encountered a lot of resistance，I hope you can come forward to persuade those villagers. We will offer reasonable compensation，but if your requirement is too much，I'm afraid we will pass. We can use my free construction work in exchange for their support.（当前铁路施工遇到很大阻力，我希望您能出面说服那些村民，该补偿的我们会补偿，但过分的要求我们无法做到。希望我们的无偿援建可以换取他们的支持。）”

酋长朝站在两侧的护卫挥手，把他们叫到跟前，说了一大堆土著语，又用英语对路同和与钟铁军说：“All right，friend，we agree to do as you propose. I've arranged for you to come with me，and I'm going to see the people in the tribe myself and make them give up their original ideas. Today，in the name of me and honorary chief Zhong，I invite you to taste the flavor from nature. Martha，go and tell the servants to prepare lunch for the most distinguished guests.（好吧，朋友，咱们达成了一致，就按你们的提议办。我已经做了安排，你们确定好时间跟我去，我要亲自到村落里见那些臣民，我有权让他们会放弃原来的想法。就这么决定了。今天，我要以我和名誉酋长钟的名义，请你们品尝来自大自然的风味。玛莎，你去告诉我的那些仆人，让她们准备午餐，招待最尊贵的客人。）”

原本很复杂的事情，眨眼之间就变得非常简单。酋长的决定，令路同和、钟铁军和路桥公司分部经理松了口气。玛莎向酋长施礼后，深情地瞥了一眼钟铁军和大牙，微笑着转身走出了殿堂。午餐端上来的全是野味，有用火烤熟的整只野猪、羚羊、鳄鱼等。这恐怕是部落招待客人的最高礼遇了。酋长和大牙吃得很香。路同和、钟铁军和路桥分部经理却对全肉类的招待感到有些不适应，

酒足饭饱之后，酋长从屋里拿出一根权杖、一顶帽子和一身白色的酋长服递给钟铁军，说：“Brother，if you go to those villages，put on this suit and hold this scepter，and the villagers will bow down and act according to your will when they see it.（兄弟，如果你去那些村落，就穿上这套服装，拿着这根权杖，那些村民见到，就会俯首称臣，按照你的意志去办事。）”

钟铁军接过权杖和服装，向酋长表达了谢意，说：“May I go to the village

to see the people without this dress?（我可以不穿这身打扮，只拿这根权杖去村落里见那些民众吗?）”

酋长摇头说：“No，man. They will only treat you as an ordinary Chinese，or even think you are a thief who stole the scepter from me，and then everything will go wrong.（不行，兄弟。他们只会把你当作一名普通的中国人对待，甚至认为你是小偷，从我这里窃取了权杖，到那时一切会变得很糟糕。）”而后转头吩咐护卫，“Go get Martha.（去把玛莎叫来。）”

一名护卫从外面把玛莎叫进殿堂。“Martha，（玛莎,）”酋长指着钟铁军说，“When it is convenient，go to accompany my acclaimed honorary chief to the village to find the village chief，and to determine the school address. I will be there to pray at the commencement of the ceremony. What do you say，my child?（你陪我授封的名誉酋长去村落找村长，将学校地址确定下来，开工典礼时我会到场进行祈祷。好吗？我的孩子。）”

玛莎低头跪在殿堂里，不敢看酋长，却微微眨着美丽的眼睛看着钟铁军，说：“All right，I'll send your message.（好的，到时我会传达您的旨意。）”

第二天，钟铁军穿着那身白色的酋长服、戴上酋长帽，拿着那根权杖，跟路同和、路桥分部经理和当地土地管理局的官员一起，在玛莎陪同下走进了土地所有者所在的几个村落。见酋长来了，吓得村里那些黑人躲在茅草屋里不敢出来。每路过一户人家，村民们都低下头向钟铁军鞠躬。他们被一名村长邀到家中，其他村长毕恭毕敬地坐在钟铁军和路同和对面。玛莎介绍钟铁军是部落酋长亲自授封的名誉酋长，要为附近村落建设一座学校，酋长让各村把最好的地块贡献出来。村长们心花怒放，叽叽喳喳地议论开来，都称村里有建学校用的土地，争先恐后叫钟铁军到他们村里去。钟铁军不好推辞，让各村村长带路，跟路同和、路桥分部经理和玛莎，用一上午时间转遍了几个村子，最终在一个邻近路口的村落停下，选中地块后，当场放线确定了学校位置。

学校设计为条形基础，砖混结构，正负零以下使用实心混凝土砌砖块，正负零以上使用空心砖混凝土砌块，建筑采用彩钢房屋面。第二天，部分材料便运抵现场，三天以后开始动工。哈瓦佳州长、当地教育局、土地局官员和酋长亲自赶来参加。附近村落里的居民簇拥着跑来，把仪式现场围得水泄不通。一些妇女和年轻的女孩跳起了欢快的舞蹈。酋长让各村村长把铁路需要征用土地的那些居民都叫来了。钟铁军身穿那身白色酋长服，手持权杖，跟路同和、路桥分部经理、哈瓦佳州长和当地政府官员站在主席台上。那些曾在空白地带阻挡施工的黑人，见钟铁军真是酋长，无不惊诧万分。等哈瓦佳州长、当地教育局官员和路同和发表完致辞，酋长拄着权杖，拉钟铁军走到前面，扫视着村民，说："My children, this is the honorary chief of our tribe, who is the Chinese engineering hero engaged in railway construction. The schools opened today are a good example of the honorary chief and Chinese friends, as well as the government, which are working for the benefit of future generations. We must learn to be grateful and leave our well-being to future generations. Therefore, I advise and order you that all people who need to expropriate land for railway construction should give up your own self-interest and carry out the proposal according to the national standards and the compensation scheme given by the Chinese side. You cannot ask too much, which will bring yourself bad luck, and God will not forgive you. Give up, children. I don't want you to be severely punished for the country, for the survival of the tribe, but also for your family and your own life.（我的孩子们，这位是咱们部落授封的名誉酋长。他是中方从事铁路建设的工程英雄。名誉酋长和中方朋友以及政府，在为咱们的子孙后代造福，今天开建的学校便是很好的例证。咱们要学会感恩，把福祉留给后人。所以，我奉劝并命令你们，凡是那些因铁路建设需要征用土地的臣民，你们要放弃自己的私利，按照国家标准和中方给予的补偿方案执行，不可以提出过分要求，否则就是在为你自己造业，上帝不会宽恕你们的罪过。放弃吧，孩子们，我不想让你受到严厉的惩罚。为了国家，为了部落的生存，更为了你的家人和自己的今生。）"

村民们被酋长的谆谆教诲震动了，扭头看向那些土地私有者。钟铁军挥动一下权杖，说："Dear and beloved villagers, in the name of honorary chief, I call on you to follow their will and support railway construction. Your village is surrounded by primitive forest of hundreds of kilometers, where transportation is inconvenient, and economy is in backwardness. Therefore, my Chinese enterprises and I, are to offer you sincere help, to open a road to the hall of knowledge for the

Ham children. I hope you do not embarrass me and my enterprise in the railway land expropriation, because the railway will certainly bring you more benefits, make every villager to perceive and understand the outside world, and enjoy a new life. (至亲至爱的村民们，我以名誉酋长的名义，号召你们听从酋长的旨意，支持铁路建设吧。你们的村落，周边方圆数百公里都是原始森林，交通不便，经济落后。所以，我和我所在的中国企业，给予你们真诚的帮助，为哈屋族的孩子们开辟了一条通往知识殿堂的路。希望你们在铁路征用土地中不要再为难我和我的企业，铁路通车必将给你们带来更多的实惠，让每一个村民去感知和认识外面的世界，享受新的生活。）”

人群里响起一阵热烈的掌声。有黑人狂呼着酋长的尊称，跑向酋长和钟铁军谦卑地施礼。那场面感动了路同和、路桥分部经理、玛莎和哈瓦佳以及当地的政府官员。当天下午，哈屋族的土地所有者接受了路桥分部提出的补偿方案，那段路基的征地问题得到了圆满解决。

临别时，酋长把玛莎叫到身边，叮嘱钟铁军说：“Friendly brother, you will treat Martha as her own relative and give her a happy life. （友好的兄弟，你要把玛莎当作自己的亲人，给她一种快乐的生活。）”

钟铁军将大牙喊过来，说：“Sir, I need to explain to you, because it's not allowed by Chinese law and customs, I gave Martha to the brother of the Dinka tribe, Big Teeth, who will become Martha's future husband. Martha, would you?（酋长阁下，我需要跟您做个解释，因为中国法律和风俗不允许，我将玛莎赐给了这位丁考族的兄弟大牙，他将成为玛莎未来的丈夫。玛莎，你愿意吗?）”

玛莎和大牙都称愿意。酋长犹豫了一下说：“All right, I'll follow the honorary chief's decision, bless you! You have to be kind to my child, Martha, and in the future, you will be one of us Ham. （好吧，我遵从名誉酋长的决定，祝福你们！你要善待我的孩子玛莎，将来你要成为我哈屋族的一员。）”

大牙欣然接受，说：“Your honor, I won't let you down. （尊敬的酋长阁下，我不会让您失望的。）”

中国公司的助学行动，有力地推动了铁路的施工进展。一天，学校施工已经封顶，总监理莎菲娅驱车前来检查工地，发现搁置很久没有动作的那段路基，几乎在一夜之间轰轰隆隆展开了，脸上绽放出灿烂的笑容，问路同和使用了什么样的魔法，让当地村民改变了先前的态度和立场。路同和与戴国兴没有正面回答她，开车带她来到了学校工地，指着即将建成的校舍，通过翻译说：“The idea of Zhong Tiejun bought time for the railway construction. We donated the school free of charge, and the chief came forward to dissuade the black people from excessive bargaining.（钟铁军出的这个主意，为铁路施工争取了时间。我们无偿捐赠了这所学校，酋长出面劝阻了那些黑人过分的讨价还价。）”

莎菲娅甚为惊讶，说：“Are you talking about Manager Zhong? His special status has earned China many honors, and General Barbuza appreciates him all the time.（你说的是那个钟经理吗？他的特殊身份使中方获得了很多荣誉，巴布扎将军一直很欣赏他。）”

莎菲娅说得一点都不错。巴布扎闻悉捐赠学校后，建议总统以国家名义向中国政府通报，对中方公司提出嘉奖并授予他们友谊勋章。总统说：“Barbuza, we should do this. All that China has done is a contribution to mankind.（巴布扎，我们应该这么做，中方所做的一切，是对人类的贡献。）”

巴布扎说：“Yes, your excellency. Especially the project manager you met, Zhong, has also been awarded honorary chief by the local Ham tribe, which can witness the close and good relations between the people from the two nations.（是的，总统阁下。尤其您接见过的那位姓钟的项目经理，还被当地哈屋族部落授予了名誉酋长称号，这可以见证两国民众亲密无间的良好关系。）”

总统从椅子上站起来，走近背后竖立着的A国国旗，拉起国旗的一角，说：“Barbuza, in view of the efforts and great sacrifices made by Chinese employees in the process of railway construction units, I think the major infrastructure projects in the future of the country will be put to China for implementation. What do you think?（巴布扎，鉴于中方员工在铁路建设过程中付出的努力和巨大牺牲，我想国家未来的重大基础设施项目，都交由中方来实施，你看如何？）”

巴布扎说：“Mr. President, this is a great decision. You choose to cooperate with the most reliable and trusted China, we will not fall into the trap. Your insight to look forward makes me admire.（总统先生，这是个伟大的决策。您选择与最可靠和最信得过的中国合作，我们不会掉入陷阱。您高瞻远瞩的眼光令我

钦佩。）”

莎菲娅来检查的当天下午，大牙开车拉着钟铁军和玛莎回到北部项目，从森林里拐上路基顺道检查工地。站在青尼罗河岸边，钟铁军看到大桥已巍然屹立在大河上。炮台车将预制好的箱梁，跨越森林、泥沼、无人区艰难地运送到工地。于长山正在指挥吊车进行吊装作业。再往北行进，查看张放出事的那段路基时，一种淡淡的忧伤袭上钟铁军的心头。他想起了长眠在山岗上的张放和刘柱。回项目部的路上，钟铁军忽然想到那支枪，当即交给大牙一项任务，让他去找随队士兵或保安，私下弄些与那支枪匹配的子弹来。玛莎问为什么要去弄子弹，有了子弹就可以杀人。

钟铁军说：“Martha, you want to be like Liu Zhu, waiting to be killed by armed men? We don't kill people, but we can't take care of bad people.（玛莎，你也想跟刘柱那样，等着被武装分子来杀吗？咱们不杀人，但不能不防备坏人。）”

玛莎说：“No! No one wants to die.（不！没有人愿意等死。）”

大牙握着方向盘，说：“Then you can't just have a gun. And with a bullet, the gun works. Boss, let me finish the task.（那就不能光有枪。有了子弹，枪才能发挥作用。头儿，这个任务我去完成。）”

“Well, then you're gonna get hundreds of bullets, even if it costs money.（好吧，那你就去弄几百发子弹来，哪怕花点钱也值！）”钟铁军说着看了看手表，已是下午三点，“Run another few dozen kilometers, we will get to the project site. Come on, Big Teeth.（再跑几十公里就到项目部驻地了。加油，大牙。）”

森林便道颠簸坎坷，拉运物资的重型车辆来往穿梭，会车时差点儿侧滑到路边的森林里去。大牙紧皱眉头叫苦连天，说：“Boss, this is killing people, but I don't want any trouble ahead.（头儿，这破路快把人颠死了，但愿前面不要遇到什么麻烦。）”

麻烦偏偏在这时候出现了。从森林之路拐上铁路便道后，他们发现军方新派来的士兵在沿线巡逻，线路虽然已经完成铺轨，但路基下还堆放着许多剩余的轨枕、钢轨、扣件、道砟等各种工程物资。行驶不到三公里，前方便道上聚集着两名军人和两名警察。吴大友和几个员工站在士兵与警察外围。

钟铁军示意停车，让玛莎在车上等候，他自己带大牙走了过去。一名当地黑人蜷缩在地上，旁边停着一辆装满工程物资的三轮车。那名全副武装的警察，站在两名军人与倒地黑人的中间，情绪很激动，喋喋不休地发着牢骚。

钟铁军将吴大友叫到身边，问怎么回事。吴大友说："噢，躺在地上的那名黑人偷咱们的材料，被巡逻士兵抓住了，但军人没有法律赋予的处置权，就把当地警局的警察喊来。那名警察中午喝了酒，来后一直骂骂咧咧，与士兵发生了争吵。"

大牙奇怪地问："Why didn't he bring the thief back to the station and lock him up?（他干吗不把小偷带回警局关起来?）"

吴大友说："大牙，别问我。我不知道你们黑人怎样处置这类事件。"

警察借着酒劲儿，指着其中一名年轻士兵的鼻子说："Boy, I don't think you're a qualified soldier, like a bucket. Shit, you know what you're doing? You're helping the Chinese to get to us local people. How much do you get from the Chinese? Be honest, you stupid pig!（小子，我看你不是一个合格的士兵，跟饭桶差不多。妈的，你知道自己在做什么吗？你在帮助中国人整咱们当地人，你到底拿了中国人多少好处费？老实交代吧，蠢猪!）"

那名士兵争辩说："I'm on the army's order to take care of the railway construction site. Whoever steals the material, or destroys the railway construction, we will catch him. Our soldiers didn't get a dime from the Chinese. You're more stupid than a pig, you don't do your job, and the country has raised you up into a loser.（我是奉军队命令看护铁路工地。谁偷材料，谁破坏铁路建设我们就抓谁。我们军人没拿中国人的一毛好处费。你这个比蠢猪还蠢的家伙根本不履职，国家白养了你这样的废物。）"

警察气急败坏地瞪着士兵，手摸向了腰间的枪匣，骂道："You dare scold me? I'm not a vegetarian. Anyway, I won't take him back to the police station; put him in a dark room. He's my countryman.（你敢骂我？老子不是吃素的。总之，我不会带他回警局，把他关进小黑屋。他是我的同胞。）"

钟铁军走进去，将士兵与警察分开，质问道："Can the police stand by while they see the bad guys?（警察见了坏人可以袖手旁观吗?）"

那名警察斜愣着眼睛看钟铁军，骂道："Fuck off, Chinese. I've had

enough of you colluding with the army to bully our locals.（滚开，中国人。你们跟军队串通一气，专门欺负我们当地人，我受够了。）”



大牙和吴大友以及几名民工上前，把钟铁军挡在身后。大牙说：“If you're a cop，you should bring the thief to justice，but you're indulging in crime.（你是警察，就应该将小偷绳之以法，可你在纵容犯罪。）”

那名警察抓起警棍在大牙眼前晃了晃，骂道：“Shut your mouth，don't you believe that I will knock off all your teeth？（闭上你的臭嘴，信不信我打得你满地找牙？）”

另一名士兵拨开大牙，走到警察面前，说：“If you don't take the thief back to the police for punishment，we'll report you to the military and the state police.（你如果不把小偷带回警局实施处罚，我们就向军办和国家警局举报你。）”

警察瞪大眼睛盯着士兵，恶狠狠地说：“Report me？Wherever the fuck do you want to report，I don't care.（举报我？你愿意往哪儿举报就往哪儿举报，老子不吃这一套。）”

士兵义愤填膺，骂道：“Asshole. Then you wait，I'll call the supreme officer and report you now.（混蛋。那你等着，我现在就打电话向最高长官举报你。）”

警察气愤地转过身去，随即用手枪对准了士兵，骂道：“Shit，report me. Go hell.（妈的，敢举报我，去死吧。）”

随着一声枪响，那名士兵应声倒地。另一名士兵和钟铁军、大牙、吴大友及几名民工，震惊中把开枪的警察按倒在地，夺下了他的手枪。巡逻的士兵们听到枪响快速跑来，对着警察拳打脚踢，好一顿收拾。他的同伙则跑到外围向警局报告现场发生的冲突。

巡逻的士兵将开枪的警察和小偷绑在路基下的大树上，不停地朝他们的脸上吐唾沫，还不时扇耳光，打得那俩人嗷嗷直哭。天快黑的时候，蒂克塞斯局长带一队警察来提人，发现在场的钟铁军和大牙，问道：“Oh，Manager Zhong，did you see what happened at the scene？（噢，钟经理，你们亲眼看到了现场发生的一切吗？）”

钟铁军回答道：“Yes，Chief Tixys. This is my section. Your men shot and killed the soldier. He didn't do his job as a cop.（是的，蒂克塞斯局长。这里是我管辖的路段。你的部下开枪杀害了那名士兵。他的确没有尽到警察的

职责。）”

蒂克塞斯紧绷着嘴唇，良久才说：“All right，Zhong，I'll take them back.（好吧，钟，我把人带回去处理。）”接着，他走近巡逻的那队士兵说，“Hey，friend，I'm the chief of the local police department. Allow me to bring this troublesome fellow back to the police station，and I will punish him severely.（哎，朋友，我是本地警局的蒂克塞斯局长。请允许我把这个惹事的家伙带回警局，我要对他严加处罚。）”

那队军人怒气冲天，指着倒在血泊中的士兵尸体，说：“No way！Your men shot and killed our comrades，and we'll cut him into pieces，and we'll never spare him.（不行！你的部下开枪打死了我们的战友，我们要把他千刀万剐，绝不会轻饶他。）”

蒂克塞斯摆摆手，说：“This will not work. You're soldiers，but it's on my turf，and I have to take that man back.（这样行不通。你们虽为军人，但这是在我的地盘上，必须让我把那个人带回去。）”说着，朝跟来的警察挥手示意说，“Go get the gang down and take him with the thief.（去把那家伙解下来，连同小偷一起带走。）”

那队军人急红了眼，立马站成一排，端起AK47步枪，推子弹上膛后对准了蒂克塞斯和在场的警察。军警双方顿时剑拔弩张。蒂克塞斯见情况危急，当即通过卫星电话调动警力。一个多小时后，大批荷枪实弹的警察赶到了事发地段。巡逻的士兵也向沿线发出了紧急状况呼叫，足足有一个排的兵力从路基两头赶到了现场。军警双方再次发生了对峙。

## 第二十五章

钟铁军、吴大友和民工们，有生以来第一次见到军队与警察对峙的情景。双方短兵相接互不相让，形势越来越紧张。一个长官模样的军人，持枪扬手对士兵们喊："Bring the damn perpetrator. I' ll watch who dare to take him away.（把那该死的肇事者押过来，看谁敢把他带走!）"

几名士兵解开树上的绳子，将那名警察的双手拧到后头，押到站成一排的士兵们面前，将他推倒在地。军官抬脚踩住他的后背，用枪口瞄准脚下，朝蒂克塞斯喊："If you want to take him，take his body.（你要想把他带走，那就带走他的尸体吧。）"

警察们将枪口对准士兵，拉动了枪栓。有警察吼叫："Hey，you want to die together? You have guns，and we have guns，too. Who goes to see God first when the gun is shot，only God knows.（哎，你们想同归于尽吗？你们手里有枪，我们也有枪。枪一响谁先去见上帝，只有上帝知道。）"

军官气呼呼地瞪着站在对面的警察，打了一枪，子弹射在脚下肇事警察身旁的泥土里，叫道："Then let' s try and see.（那咱们就比试比试。）"

一名身强力壮的军人走过来，弯下腰伸手将肇事警察抓举过头顶，猛地摔在地上，骂道："Shit，go hell.（妈的，去死吧!）"

肇事警察满脸是血，痛苦地惨叫。军人把斜挎在肩膀上的枪摘下来，眼看要对着警察射击。钟铁军一个箭步冲上前抓住了他手中的枪管，只听一阵连射扫向了空中。

钟铁军制止说："Please calm down，please calm down. I' m the project manager here. There cannot be gun fighting between you two parties. Please put your guns down. Chief Tixys, please ask all the police to put their guns down, now!（请冷静，请冷静。我是这里的项目经理。你们双方不能发生交火，请大家放下枪。蒂克塞斯局长，请让所有警察放下枪，快！）”

蒂克塞斯和警察们严阵以待，盯着怒气冲冲的士兵们说：“I can ask my men to put down the gun, but they must hand that policeman over.（我可以叫我的人放下枪，但必须把那名警察放过来。）”

钟铁军没能说动双方。军警们就那样虎视眈眈地相互对峙着。钟铁军大声喊：“Big Teeth, call General Barbuza and Chief Combe! I will speak to them myself.（大牙，快拨通巴布扎将军和康姆局长的电话，我要亲自与他们对话。）”

军警双方听钟铁军要直接与最高长官通话，都吃惊地瞪着他。大牙拿着电话走过来，说：“Boss, General Barbuza is on the phone.（头儿，接通了巴布扎将军。）”

钟铁军接过电话，说：“General Barbuza, this is Zhong Tiejun. Now there is a military and police confrontation on the railway site and it is possible that they will fight immediately because the police shot and killed a soldier. The situation is very urgent, would you please order the army to withdraw first, and inform Chief Combe to withdraw the police as well?（巴布扎将军，我是钟铁军。一名警察开枪杀死了一名士兵，军队和警察因此互相对峙，马上就要打起来了。情况十分紧急。您能先让军队撤离，然后通知康姆局长也让警察撤离吗？）

钟铁军故意打开免提让军警双方听。巴布扎极为震惊，说：“What? How could such a mess happen?（什么？怎么会发生这样混乱的事情？）”

钟铁军说：“Yes, General, unfortunately, the two sides are now deadlocked. Please order the troops to evacuate immediately.（是的，将军。很不幸，现在双方僵持不下，请命令军队火速撤离。）”

钟铁军挂断电话后几分钟，那名军队长官和蒂克塞斯局长的电话几乎同时响了。他俩转过身去接完电话后，蒂克塞斯对警察们挥手喊道：“Chief Combe gave an order that he asked everyone to put down their guns and withdraw.（康姆局长下达了命令，按我说的去做，放下枪，后撤。）”

军队长官也对士兵们喊道："Take the team，execute the orders of the military office，drop the gun and pull back. Give them the damn guy and the thief.（执行军办的命令，收队。放过他们，把这个该死的家伙和小偷交给他们去处理。）"

夜幕降临后，军警对峙事件才得以平息。那名挨打受伤的警察被抬上警车拉走了，小偷也被带回了警局。士兵们将同胞的尸体拉回军营，国家给予了赔偿。康姆局长责令对那名肇事警察进行严厉惩罚，把他关进了大牢。



就在那天晚上，大牙找到那名军官，说："Hey，buddy，I used to be General Barbuza's bodyguard，and I fought in the war with him. I work on the construction site now.（哎，战友，我曾经是巴布扎将军的侍卫官，跟他上过战场。现在工地上工作。）"

军官很客气地握住他的手，说："I can see that，man. You know the Chinese manager very well with the General and Chief Combe. Is there anything I can do?（看得出来，伙计。你与中方经理跟将军和康姆局长很熟。有什么需要我做的事情吗?）"

大牙比画着，说："General gave me an AK47 rifle to take care of the manager and property on the site，but the bullets ran out. I want you to give me some bullets，could you?（将军赠送我一支 AK47 步枪，让我负责保卫经理和工地的财产，但子弹用光了。想请你赏我一些子弹，可以吗?）"

长官愣了愣，问他需要多少。大牙说越多越好，至少两百发。军官指着旁边的士兵，说："Well，take off the string of bullets you hang on your body and give it to this comrade. Be quick，don't waste my time.（哎，把你挂在身上的这串子弹摘下来，赠送给这位战友。快，别磨磨蹭蹭，耽误我的时间。）"

大牙从军官手里得了两百发子弹。他和钟铁军回到项目部，赵雅清、第五小刚、汪静、卡娅和王子浩已在院子里等候。大牙从车上取来那支枪，将子弹压上膛正准备朝夜空瞄准，被钟铁军一把夺下。王子浩问咋去了这么多天。钟铁军从头到尾讲给他们听。赵雅清问："玛莎咋也跟着去了部落?"

钟铁军怀抱酋长服，称一起去找了玛莎的部落酋长，解决了路桥分部征地拆迁的问题，刚才路上遇到军警对峙，解决完才回来，大牙一直跟着呢。

进屋后，钟铁军将那支枪放在床头边上。汪静摊开酋长服，又抓过权杖看来看去，不知道怎么回事儿。玛莎说，那是部落酋长授予钟铁军的酋长服和权杖。江静好奇地说："哟，经理，你真成酋长了？穿上给我们看看。"

钟铁军不穿，把酋长服接过来扔在床上，抓起权杖说："这倒挺管用。谁不听话，我就用这根权杖打谁的板子。"

晚饭后，钟铁军连夜召开工程例会，听取各施工队的工程进展。由第五小刚布置了全线上砟铺轨、旧线改造、桥涵和站房施工进度安排。安保国、于长山以及其他施工队分别汇报了现场组织情况和所需要解决的问题。赵雅清、汪静都去参加了。卡娅和玛莎晚上无事，先与站岗的保安闲聊了一会儿，两人就牵手走向院后的小路。在距办公区后面十米远的一个高台下，有一片新挖掘出来堆起的新土，卡娅踏上松软的土堆踩来踩去。玛莎叫道："Kaya, are you not afraid of death? Don't step on it. It looks like there is a hole down there. There must be wild animals. They'll hurt you.（卡娅，你不怕死吗？别去踩。下面好像是个洞，一定藏着野生动物，它会伤害你的。）"

卡娅从土堆上跳下来，果真找到了一个不大的洞口，能够钻进一个人去，里边挡着一块石头。玛莎说："Come on, Kaya. There's no treasure there. It's dark. Let's go back.（走吧，卡娅。那里没有宝贝。天黑了，咱们回去吧。）"

卡娅和玛莎并没在意那个黑洞，回去后对谁都没说。俩人都认为，那个洞除了动物栖身，还能做什么呢？工程例会开到很晚，参会人员有的已经睁不开眼睛，钟铁军累得也撑不住了。散会后，赵雅清进屋给钟铁军冲了杯牛奶端给他，汇报说马上要对施工队计价拨款，保险柜里的现金不够给民工和当地劳工发工资，要么去取，要么直接从银行支票转账。

赵雅清说："现在一到夜里我就害怕。那次遭抢后，我整天提心吊胆，你说咋办呢？"

钟铁军说："不用怕。你看，我的房间在你右边，王子浩在你左边。蚊子在你屋里飞都能听见，有丝毫动静我们会马上起来。"

赵雅清暗中凝视着钟铁军，说："我要害怕就过来找你，只有你能保护我。"

钟铁军知道她要说啥，对她笑笑，劝她回屋休息。赵雅清走到门口，又转过身嘱咐他把枪放好，枪里有子弹，别走火伤着自己。

临睡前，王子浩端盆洗脚水，站在门口泼到院子里，发现钟铁军房间里亮着灯，就走过去问还有啥事儿。钟铁军正整理床铺，回答说没事了，叫他去睡，明天盯着路基换枕和整道。不一会儿，各个房间陆续关了灯。

那一夜，钟铁军睡得很踏实。赵雅清躺在隔壁房间床上，都能听到他轻微的呼噜声。她想，钟铁军太累了，别说跑工地，光坐车在森林便道上行驶六七个小时，就能把人颠散架。她越想越心疼起他来，辗转反侧很久才睡着。王子浩睡得更香。他认为院子里有保安站岗，小偷和坏人不敢闯进来，项目部算是个比较安全的地方。可他万万没料到的是，玛莎和卡娅在屋后发现的那个洞，半夜三更被人揭去了石板，三个鬼鬼祟祟的黑影钻进了洞内。

下半夜，王子浩房间门内的地板被挑开一个大洞，三个黑影从洞里爬了上来。王子浩睡得像死猪一般，全然不知。直到蒙面人打着手电在屋里翻箱倒柜，他才翻身，被刺眼的手电光亮惊醒。他拉开灯坐起来，紧张地问："Who are you?（你们是谁?）"

三个人都蒙着面，其中一个个头很高，手里端着枪，对准王子浩，威胁道："Don't make a sound. Behave well, or you will lose your life.（不许出声。老实点儿，不然别想保住你的命。）"

另一个蒙面人手里抓着绳子，问道："Come on, where's the safe? We want money.（快说，保险柜在哪儿？我们要钱。）"

王子浩穿着裤衩，上身光着膀子，将双手举过头顶，说："I don't have a safe in this room, and I don't have any money, you must have made a mistake.（我这屋没有保险柜，更没有钱，你们弄错了。）"

三个蒙面人面面相觑。端枪的高个儿蒙面人指使另外两个蒙面人将王子浩拽下床，用绳子捆住他的双手，命他蹲下。高个儿蒙面人说："Come on, kid, where the hell is the safe?（说吧，小子，保险柜到底在哪里?）"

王子浩愤怒地注视着盗贼，一声不吭。高个儿盗贼举起枪托砸向他的脑袋，鲜血即刻顺着脸庞流下来。他用双手捂住头，强忍疼痛想扑向盗贼。高个儿盗贼用枪口顶在他胸前："Say it, or I'll kill you.（说吧，再不说要你的命。）"

王子浩犹豫良久，终于示意在隔壁房间。三个蒙面黑人拉他出屋，来到赵雅清门口，让王子浩敲门。

"谁呀?"

"开门，雅清。"

赵雅清拉开灯穿上衣服，下床打开房门。高个儿蒙面黑人冲进去，先用枪抵住了她的胸口，吓得她“啊”的一声惊叫。另外两个蒙面黑人跑进去，四处寻找保险柜。其中一个蒙面人喊：“Here's the safe. The line of our tunnel went wrong and we ran into that room.（保险柜在这儿。咱们的洞子挖偏了，跑进了刚才那个房间。）”

钟铁军被隔壁赵雅清充满恐惧的叫声惊醒了。他腾地坐起来，静静地听了一会儿，感到事态不对，顾不得穿上衣服就跳下床，从床边抓起那支枪冲到屋外。赵雅清房间的门开着。钟铁军躲在门外一瞧，只见王子浩和她都蹲在地上，双手举过头顶，赵雅清呜呜地抽泣着。他再也按捺不住自己，挺身而出直立在了盗贼面前。高个儿蒙面黑人忽然看见钟铁军端枪站在门口，立即怒吼着拽住赵雅清的长发，把她从地上拉起来，用枪管抵住她的后腰，冲钟铁军说：“Put your gun down, or I'll kill them both.（放下枪，不然他俩会死得很惨。）”

赵雅清流着泪，坚强地说：“别管我，你开枪，开枪呀。”

钟铁军望着被劫持为人质的赵雅清和王子浩，毅然把枪扔在了地上，说：“You can take the safe and let them out.（你们可以把保险柜抬走，把他俩放出来。）”

一个黑人跑到门外，把钟铁军扔在地上的那支枪捡到手，又回到屋里。高个儿蒙面黑人用枪指着赵雅清，说：“No! If you don't want them dead, make her open the safe.（不！你若不想让他俩死，就让她打开保险柜。）”

“我打不开！”赵雅清坚决地喊，“我没有密码。”

另一个蒙面黑人抬手一巴掌抽向赵雅清的脸庞，打得她一个踉跄蹲在了地上。高个儿黑人对另外两个同伙喊道：“Hey, man, find something to break the lock in the safe, we just need money.（嘿，伙计，找东西把保险柜的锁砸开，我们只要钱。）”

两个蒙面黑人找遍屋里也没发现锤子之类的铁器。钟铁军折身返回自己房间，从门后抓起一把铁锤又折回到赵雅清门口。王子浩喊：“不能把锤子给他们。铁军，你去叫保安。”

“我喊保安，他们会开枪的！”钟铁军将锤子扔进屋里，“Get those two out of here.（把那俩人放出来。）”

两个蒙面黑人端枪对着钟铁军和王子浩、赵雅清，另一个黑人捡起铁锤用力砸向保险柜密码锁。蒙面高个儿黑人说："We can't let them out, we have to get the money first.（不能放他们出去，必须等我们拿到钱。）"

金属撞击的声音震荡着夜空，惊动了项目部起夜的一名职工。那职工边朝赵雅清房间走来边大声问："哎，赵部长，财务室发生了什么事儿？"

钟铁军说："快去喊保安，有盗贼入室抢劫。"

三个黑人听不懂中国话，仍然不停地敲击保险柜。钟铁军心生一计，说："Stop it. I know the key of safe. Let me open it for you.（别砸了，我知道保险柜的密码，我替你们打开。）"

三个蒙面黑人嘀咕后，喊道："Fine, you can come in. But if you lie to us, you all have to die.（好吧，你可以进来。但要骗我们，你们都得死。）"

钟铁军小心翼翼地走进房间，来到保险柜旁边蹲下。他假装知道密码，把脸贴在保险柜上，不停地转动密码锁，两只眼睛却瞅着高个儿和另一名黑人手中的枪，不停地给王子浩和赵雅清递眼色。这时，值班的保安端着枪出现在门口，高个黑人掉转枪口朝门外扣动了扳机，几声枪响，保安应声倒地。另一个持枪黑人扣动扳机，却因为枪的保险没打开，子弹始终没有飞出去。

枪声打破了项目部的宁静，院子里乱成一团。汪静、卡娅、玛莎以及第五小刚等人不知道发生了什么事，纷纷冲到院子里狂喊："抓盗贼。大家快起来抓盗贼！"

三个盗贼听到此起彼伏的呼喊声，惊慌失措。一个黑人急慌地喊："We have to give up the money. Let's run.（钱不要了，咱们跑吧。）"说着，冲出房间消失在了夜幕里。另一名持枪黑人说："We can't get the money. Let's go.（钱抢不成了，快逃命吧。）"说完，扔下枪跟着跑了出去。屋里只剩下手里端枪的高个儿黑人。钟铁军瞅准机会，猛地起身向他撞去，死死抓住了黑人手里的枪，将枪管托向空中，几颗子弹穿透了房顶。钟铁军喊道："雅清，快往外跑。"

钟铁军与高个儿蒙面黑人扭打在一起。王子浩站起来用头撞向那名盗贼。赵雅清趁混乱之际爬到门外，大喊："来人哪，经理在跟盗贼搏斗。"

高个儿黑人听到喊声，慌慌张张松开手中的枪，快步冲出屋子朝院外跑去。钟铁军抓起地上那支枪追出来。借着灯影，举枪瞄准了那个即将消失的黑影，一颗子弹打在高个儿黑人的肩上，接着又一枪命中了他的右腿，黑影栽倒在院外的土路上。大家冲出去，跟在钟铁军身后继续追赶先前溜掉的另外两名黑人。在看到他们身影的一刹那，钟铁军放了两枪，那两个黑影顿时趴在地上举起了双手。

安保国、陈立国和大牙、杰姆斯最先接到了玛莎和卡娅的电话，听到枪响后，立刻召集民工和当地黑人劳工乘车奔向项目部。在盗贼倒地的地方，与项目部的职工一起将三个蒙面黑人逮住，狠狠揍了一顿，之后才押到项目部会议室。王子浩和赵雅清边骂边上前猛抽他们耳光，打得三名盗贼连声求饶。钟铁军说："把他们脸上的布扯下来。"

安保国上前将三个人脸上的黑布拽下。钟铁军、大牙和玛莎极为吃惊，几乎同时叫道："皮克？沃恩？贝蒂？"

玛莎蹲下身，抬手狠狠地扇了皮克一记耳光，骂道："Pick，why don't you three die？（皮克，你们三个为什么不去死？）"

沃恩和贝蒂的双手被绑在后头，低头站在墙根下，浑身瑟瑟发抖。受伤的皮克蜷缩在地上，捂住腿部还在流血的伤口，哭号着满地打滚。钟铁军气得咬牙切齿，一脚踢向皮克，连续抽打沃恩和贝蒂。最后，用枪抵住皮克的脸，骂道："Damn it，you turtle bastard，are you trying to get back at me？（他妈的，乌龟王八蛋，你们来报复老子是不是？）"

钟铁军骂完，又用枪口分别抵向沃恩和贝蒂，把俩人的脸都顶变形了。因怕枪走火，他先前已卸下了弹匣，在用枪对准沃恩的那一刻，扣动了扳机，吓得沃恩双眼紧闭，叫唤了一声。钟铁军从口袋里掏出一叠钱分成两半，先用枪顶住沃恩的嘴，后又顶住贝蒂，将钱卷成一团塞进他们嘴里，骂道："Don't you want money？Eat it. If you don't eat it，I'll kill you dogs.（你们不是要钱吗？给我吃下去。不吃下去，我就要你们的狗命。）"

屋里的职工都大声喊道："对。不能饶了他们，打死这帮狗东西。"

沃恩和贝蒂咧嘴哭求饶命。钟铁军将弹匣推上后，拉动枪栓，说："You two bastard need to fucking eat it. If you don't eat it，I'll blow your heads off. Do it!（你俩他妈的快吃，不吃下去让你们的脑袋开花。快给我吃！）"

沃恩和贝蒂流下了忏悔的眼泪，硬嚼着把塞进嘴里的钱吞了下去，噎得直翻白眼。钟铁军转身站在皮克面前，气恼地一脚狠狠踢在他腿部的伤口上，鲜血再次喷涌而出，皮克疼得大喊大叫。钟铁军骂道：“Pick，you fucking killed the security guard，you know it? You have to pay for his life.（皮克，你他妈的打死了保安，知道吗？你要为他偿命。）”说着，用枪直接抵住皮克的另一条腿，扣动了扳机，皮克瞬间昏死过去。

第五小刚怕闹出人命，拉了拉钟铁军，提出让汪静和卡娅及医护人员给皮克包扎止血，别让他死在这里。钟铁军提着枪，坐在凳子上瞧着三个人，喊：“汪静，给这个该死的家伙止血，留他条狗命。”

汪静扭过头去，回答：“我不包，死了活该。”

卡娅和其他医护人员按钟铁军的命令，用绷带扎住皮克流血的腿和肩。留下大牙和安保国、杰姆斯持枪看守，一直关到天亮。大牙再次拿起枪对准皮克，说：“Pick，you should feel lucky that I didn't kill you in the forest last time. Today you're in my hands again. I'll take your life.（皮克，上次在森林里我没能杀掉你，算你幸运。今天你又落到我的手里，我想要你的命。）”

皮克躺在地上，咬牙哈哈大笑，说：“Just kill me，shoot me. I want to die. I don't want to suffer from this pain anymore.（你杀了我吧，快开枪。我想死，不想再受这种折磨。）”

杰姆斯走近皮克，用枪顶住皮克，说：“Fine，let me do it. I'm going to beat you into a nest and avenge for Martha.（好吧，让我来。我要把你打成马蜂窝，为玛莎报仇。）”

安保国上前拉开杰姆斯和大牙，通过翻译说：“You two stop，you can't make him die，wait for the manager to handle them.（你们俩住手，不能让他一死了之，让经理来处理他们。）”

第五小刚带领项目部其他员工，替保安收完尸，通知了安保公司和蒂克塞斯局长。尸体随后被安保公司来车拉走了，同时收走了保安的那支枪。蒂克塞斯带一队警察赶来，要把皮克三个人押走。钟铁军婉拒说：“Keep Pick，and I'll take him back to the tribe.（把皮克留下，我要把他拉回部落去处理。）”

蒂克塞斯说：“All right，Manager Zhong，it's so unfortunate that something like this happened. I hope you don't report this to Chief Combe. Thank you very much for your support.（好吧。钟经理，发生这样的事情非常不幸，请多谅解。希望不要再把这件事报告给康姆局长，十分感谢您的支持。）”

钟铁军答应了蒂克塞斯的请求。沃恩和贝蒂被警局押走后，钟铁军召集王子浩、第五小刚、大牙、赵雅清、汪静、卡娅和玛莎开会商议，让第五小刚安排人将挖向王子浩房间的洞及外面的洞口全部封闭。钟铁军提出把皮克带到塔曼和多米里他们的部落去见酋长。卡娅要去找她的酋长爷爷跟着去。钟铁军说不用酋长爷爷出面，可以提是酋长爷爷让来的，自己以哈屋族名誉酋长的身份，亲自去见皮克所在部落的酋长，工地上组织施工由王子浩和第五小刚全权负责。

等其他人走后，钟铁军和王子浩、赵雅清稍微休息了一会儿。赵雅清没有回自己的房间，而是关上了钟铁军的房门，含泪扑进他的怀里，深情地吻他。钟铁军想推开她，她紧紧地抱着不松开，说：“你救了我。我不求嫁给你，也不要任何名分，因为我爱你。我愿意为你付出一切。”

钟铁军抹去她眼角的泪水，说：“雅清，我知道你心里想着我，但我不能愧对你杨姐。咱们都要好好地活着，成为一生一世的朋友，好吗?”

赵雅清顺势把钟铁军压倒在床上，不停地吻着他，说：“我知道这样做亏欠杨姐，但我要报答你。”

赵雅清说完，站在床前脱去了身上的衣服，雪白紧致、美妙诱人的胴体完全裸露在钟铁军面前。钟铁军闻到了她的体香，但他克制住了自己，将赵雅清推开，抓起衣服裹在她身上，说：“快穿上。我不能这样做，更不想耽误你的青春。听我的!”

钟铁军的意志战胜了欲望。他帮赵雅清穿上衣服，把她送回房间。赵雅清更感到他是个正人君子，内心已经不是佩服，而是崇拜了。

吃过饭，钟铁军命吴大友、大牙、杰姆斯、卡娅把皮克抬上车。出发前，他穿上了崭新的酋长服，戴上酋长帽，拿着权杖，让大牙带上皮克射杀保安用的那支枪。吴大友和大牙分别开着越野车和皮卡，在森林和沼泽地便道上行驶了三个多小时。皮克躺在皮卡车厢里，一路颠簸，伤口流了许多血，疼得鬼哭狼嚎般地吼叫。

到达塔曼和多米里所在的村落后，两辆汽车直接开到了酋长独处的院子外面。皮克没有被抬下车，由吴大友和杰姆斯留在外面看守。钟铁军和大牙提着那支枪，带卡娅走进了酋长的那所院子。部落酋长的两名护卫，见来了身穿制服的外族酋长，立即谦卑地把他们迎进去。部落酋长走出殿堂来到院子里，跟钟铁军互相问候。俩人曾经见过面，酋长有很深的印象，问钟铁军为什么要穿这身服装。大牙指着钟铁军，说："He settled disputes and battles between the Ham and another tribe and was a hero of railway construction，so he was named honorary chief by the Ham chief.（他解决了哈屋族与另一部落的纠纷与火并，并且是铁路工程建设的英雄，所以被哈屋族大酋长授封为名誉酋长。）"

酋长始终微笑着，握住钟铁军的手说："You can get the recognition of the indigenous tribe，which means you must have contributed a lot to the tribe. You are a great noble person，and I admire you.（你能得到土著部落的认可，可见你为部落作出的贡献，真是个了不起的高尚之人，令我佩服。）"

说着，邀钟铁军踏入殿堂，并排坐在高高的椅子上，仆人随即端上来三道咖啡。酋长请他们品味，而后问丁考族酋长为什么没有来。卡娅躬身施礼，说："Dear chief，the chief of the Dinka tribe is my grandfather，and he asked us to accompany the Ham to come to you. There is a matter that we need you to judge.（尊敬的酋长，丁考族部落酋长是我的爷爷，他让我们陪哈屋族名誉酋长来找你，有一事需要您来裁定。）"

酋长自豪地说："Ah，so it is. Your grand chief is my old friend for many years，and the friendship between our two tribes is everlasting. I miss him.（啊，原来是这样。你酋长爷爷是我多年的老友，我们两个部落的友谊天长地久，我很想念他。）"接着问道，"The issue about Taman and Domily was settled in a perfect way. What else should I decide?（塔曼和多米里的伤亡之事处理得很圆满，还有什么事需要我来裁定呢?）"

钟铁军抿了一口咖啡，搁在面前的藤几上，吩咐大牙把枪拿给酋长看。大牙双手托举着那支枪递到酋长面前。酋长很疑惑地望着枪，说："Is this a gift for me?（这是赠送给我的吗?）"

钟铁军摇头，说："No! Your honor，this is a gun with sins. Last night，with this gun，a thief killed a security guard stationed by the security company on the railway site. They hijacked the deputy manager，the Minister of Finance and me. We almost died under the gun, and the thief was caught by us. The criminal Pick Ellison is from your tribe. He and two other thieves dug holes into our financial room to steal money from the safe. Pick was also shot and wounded, we brought him to you. I'd like to know how you deal with him according to tribal rules?（不！尊敬的酋长，这是一支罪恶的枪。昨天夜里，盗贼使用这支枪，打死了安保公司派驻铁路工地的一名保安，并且劫持了我和副经理及财务部长。我们三个差点儿死于这支枪，结果盗贼被我们抓获了。这个犯罪者是你部落里的皮克·埃利森。他和另外两个盗贼挖地洞钻进了我们的财务室，要盗窃保险柜里的钱。皮克遭受枪击负伤，我们把他拉来见您。不知按部落规则，您要如何处置他？）”

酋长脸色很凝重，说：“You mean the same Pick Ellison that got whipped last time?（你是说上次那个挨了鞭刑的皮克·埃利森？）”

大牙揭发说：“Correct, chief, he also molested and tried to rape my fiancée Martha. Of course, one of the criminals Vaughn who stole with him last night is also from your tribe. He has been taken away by the police and put in jail.（一点不错，酋长阁下。他还调戏并要强奸我的未婚妻玛莎。当然，昨晚跟他一起行盗的犯罪同伙，还有你部落里的臣民沃恩，已经被警局带走关进了牢房。）”

酋长气愤地用权杖用力敲击着地面，骂道：“To kill, molest and rape the fiancée of the Dinka brothers will be sentenced with the punishment that the whole family be killed. I think he has lived enough.（杀人、调戏强奸丁考族兄弟的未婚妻，是要遭灭族之灾的。我看他活够了。）”

酋长抓起那支枪看了看，扔在藤几上，对着门口喊了几声。两名护卫毕恭毕敬地跑进来，听完酋长下达的旨意，转身出了院子。村落里看热闹的人挤在汽车周围，看皮克痛哭流涕的样子，捂嘴直笑。两名护卫来到皮卡车旁，让杰姆斯和吴大友将皮克抬下来。四个人有的拽腿，有的抓住胳膊，把皮克拖进殿堂，扔在地上。皮克伤口流血不止，疼得满头大汗，叫嚷着请求酋长饶命。酋长拄着权杖站起来走下台阶，来到皮克身边一权杖打下去，说：“You are an animal that falls from heaven to earth, and all that you have done is sinful. Don't you know that the Dinka people have saved our tribe from the death, and have given grace to our tribe's subjects? Since you kill, God cannot save you. God only forgives and helps those who do the good. （你是个从天上坠落到人间的畜生，你所做的一切都是在造孽。难道你不知道丁考族曾经救我们部落于生死，对部落里的所有臣民有过恩典吗？既然你杀人，上帝也不能救你，他只宽恕和帮助那些乐善好施的人。）”



皮克躺在地上，双手捂住伤口哀号不止。他想爬到钟铁军和酋长面前请求原谅，但两条腿无法动弹，哭喊道：“ Your Honor，Chief，please save my life，and I will repent for the rest of my life. I was also shot by him in the leg. （酋长大人，留我一命，我用余生进行悔改。我的腿是被他用枪打伤的。）”

钟铁军说：“Yes，sir，he’s right. We took the gun to defend ourselves and fight back，or my men and I would have gone dead like that security guard. （是的，酋长阁下，他说的没错。我们夺过枪进行了自卫与还击，不然我和我的部下早已像那名保安一样魂飞天外了。）”

酋长又用权杖捣地，对钟铁军说道：“I believe you，Mr. Chief. Pick，everything happens for a reason，and your sins will only be borne by yourself. Now，I declare in the name of the chief to our whole community that we should throw him into the river to feed the crocodile without the consent of his family. （酋长先生，我相信你说的。皮克，有因就有果，你的罪过只能你自己来承负。来人，我以酋长的名义向全族群宣告，把他扔到河里去喂鳄鱼吧，无须征得他家人的同意。）”

皮克知道自己的生命将到此结束，彻底绝望了，歇斯底里地狂吼：“Chief，I don’t want to die. Please spare me. （酋长，我不想死，请您开恩放过我。）”

酋长表情严肃地对钟铁军说：“Come on，friend. I’m going to watch him eaten by the crocodile and have his evil soul go hell. （走吧，朋友。我要亲眼看着他被鳄鱼吃掉，让他罪恶的灵魂坠入地狱。）”

皮克被护卫和大牙、杰姆斯抬出院子扔进了车厢。两辆车一前一后，钟铁军和酋长坐在前面的车上，拐过几道弯驶向村落外的大路，后面跟来一大群村民。皮克沿途哭天喊地。大约跑了十几分钟，车子来到一条河流岸边停住了。酋长挥舞着权杖，命令护卫把皮克从车上抬到河边，猛力一甩扔进河中。皮克在水中哭叫着苦苦挣扎，两只手时不时伸出水面。没过多久，鳄鱼快速游来，在河面上翻起一片水涡。随着皮克的惨叫声，河水瞬间被染成了血红色，再也看不到皮克的影子了。

一切不该犯下的罪行，都受到了最严厉的惩罚。皮克被鳄鱼分尸吞进了肚子里。虽然场面十分血腥和惨烈，但要相信，人世间该遭受的天谴，一个都不会放过。

与酋长告别后，钟铁军脱去酋长服，换上工装离开了部落。快到工地时，他指示司机用皮卡车将卡娅送回卫生所，让大牙、杰姆斯和吴大友跟他去工地。这时，路同和的电话打了进来，称他和洪勇波、总监理莎菲娅、里斯克局长已经到达北部旧线换轨区段，要对线路做适当调整，让他马上赶过去研究方案。

这是一道命令。王子浩当天没能上工地。他的头部被皮克砸伤，汪静帮他包扎后要求静养两天。钟铁军带着满身疲倦赶到换轨区段时，第五小刚、安保国、陈立国等人，正陪同头戴安全帽的里斯克、莎菲娅与路同和检查刚刚换完轨的线路。见钟铁军带吴大友、大牙和杰姆斯从后面跟上来，里斯克、莎菲娅停住了脚步，转过身来与他握手。里斯克说："Zhong, unfortunately, there was such a gun theft casualties last night. Director Sophia and I can only express our condolences and regret to you. （钟，很不幸，昨夜发生了这样的持枪盗窃伤亡事件，我和莎菲娅总监只能向你们表示慰问，深感遗憾。）"

钟铁军说："Chinese enterprises are in the same social environment, we are trying to protect ourselves. （中方企业都处在同样的社会环境里，我们在努力保护好自己。）"

莎菲娅问："I know it will hit the working enthusiasm of the staff. However, the site was not affected by the theft. What punishment did the leading thief get? （我知道这样会打击员工的工作热情。不过，现场并没有受到这次盗窃事件的影响。那个带头的盗贼受到了怎样的惩罚？）"

大牙笑着说："Ha ha ha, judged by their tribal chief to throw him into the river to feed the crocodile, rewarding him with a very special method for dying. （哈哈，被他们部落酋长裁定丢进河里喂了鳄鱼，赐了他一个很新鲜的死法。）"

"Huh? My God! （啊？我的天哪！）"莎菲娅惊叫道，"That's cruel. （那太残忍了。）"

路同和说："He killed the security guard, injured our staff, put us at great risk and he deserved it.（他杀了保安，打伤了我们的员工，让我们承受了巨大的风险，死有余辜。）”

里斯克站在路基边望着前方的线路，称事情已经过去，提议大家研究这段换轨后的旧线路。莎菲娅让洪勇波摊开图纸与现场比对，三公里的区段新换了四千五百根素枕，但线路轨距小，曲线不圆顺，标高不符合要求，钢轨接头错牙超标。



莎菲娅说：“Look. The alignment is really not in place, the connection plate, splint and buckle plate bolt are all not in effect. The deficiency situation is serious, which greatly affects driving safety in the future. I think we need to adjust the gauge; the plain pillow should be changed to oil pillow. Director Risk, Dean Hong, and Commander Lu, what do you think?（你们看，线形确实不到位，连接板、夹板和扣板螺栓失效，缺失严重，这些都将严重影响未来的行车安全。我认为需要调整曲线，素枕应该换成油枕。里斯克局长、洪院长、路指挥，你们觉得如何？）”

里斯克说：“Ms. Sophia, you're the director, and we follow everything you say.（莎菲娅女士，你是总监，一切照你说的办。）”

钟铁军瞅着弯曲的线路发愁，说：“Director Sophia, Director Risk, let's put adjusting the curve aside first, just changing the plain pillow into oil pillow has exceeded the maximum construction load. It is difficult and time-consuming to replace the studs, and it will cost a lot more to refine the whole process of changing track, changing pillow, square pillow and joint tooth treatment, adjusting gauge, leveling ballast, ramming and repairing. Is there any other better plan?（莎菲娅总监，里斯克局长，光调整曲线，光素枕换油枕就已超出了最大施工负荷。更换素枕起道钉很艰难，耗时耗力，还要细化换轨、换枕、方枕和接头错牙处理，轨距调整，匀碴、起道捣鼓、拨道整修等全部流程，将增加许多成本。我们想知道，还有没有其他更好的方案？）”

莎菲娅摇头，说：“No! Manager Zhong, there is no other choice. I believe you have the ability to complete this project task. If we don't make the adjustment, it will be a big mistake.（不！钟经理，没有别的选择。我相信你有能力完成这个项目任务。如果不进行调整，将是我们的重大失误。）”

路同和问钟铁军需要多少劳力。第五小刚凑上前说，根据施工组安排，三公里换枕调距、拨道整道等，至少需要上六个班组，每个班组不能少于八名到十名技术工人，三百名当地劳务，一个月才能完成。安保国称，自己的劳务队当地劳工不足，除非将于长山劳务队的劳工调过来。钟铁军让他们都不要再说了，回项目部具体安排施组计划，该调剂的劳务从全管区调集。他向里斯克和莎菲娅表态说："All right, Director Sophia, Director Risk. I'll organize and finish the mission myself.（好吧，莎菲娅总监、里斯克局长，这个任务我亲自组织来完成。）"

路同和担心地问钟铁军，别光表态，到底有没有把握。钟铁军说自己从未食言过，反问他是不是不相信。路同和将信将疑地瞧着他，笑了笑，不再说话。

# 第二十六章

钟铁军回到项目部已是晚上，他先拐进王子浩屋里看了看，又站在赵雅清门口朝里喊了两嗓子。赵雅清急匆匆跑出来帮他开门，发现吴大友抱着酋长服、提着权杖跟在他身后。进屋后，赵雅清对头天夜里发生的一幕心有余悸。吴大友告诉她，皮克被扔进河里喂了鳄鱼。她非常解恨，骂这种人该千刀万剐，天打雷劈，接着向钟铁军报告说，安保公司新派来两名保安，加强了项目部的戒备。正说着，蒂克塞斯局长打来电话，问钟铁军从部落回来没有，马上派人来把皮克押回警局归案。钟铁军说已经回到项目部，不用再麻烦警局了，部落酋长赐皮克死刑扔进了河里。蒂克塞斯一点儿都不觉得惊奇，反而说："I' m sorry. Let' s forget about him, and we don' t have to go any further, let alone interfere in the decisions of tribal chiefs.（很遗憾。他的事就算了结啦，我们不用再去费那番功夫，更无权干涉部落酋长做出的决定。）"

钟铁军电话刚刚挂掉，赵雅清的电话又响了。是杨琳打来的，问钟铁军电话为什么老占线。赵雅清说他正与当地警局通话，就把电话递给钟铁军，称是杨琳的，让他快接。钟铁军接过电话"喂"了两声，听杨琳在电话那头说赵雅清和王子浩不仅受到惊吓还受伤了，叫他自己保重。赵雅清站在旁边，钟铁军接电话时心里扑通扑通跳，只说了声"知道了"。

杨琳接着说："一听说项目部发生了这样的事，我心里就不踏实。离得这么远，我不在你身边，你可要处处小心，不能有半点闪失。"钟铁军静静地听着。两人相隔千里，平时通电话，除了聊工作，最多聊聊孩子与父母，再说说工地上发生的那些好事与坏事，就撂下电话去各忙各的。

赵雅清的内心更是躁动不安。在钟铁军与杨琳通电话的过程中，她一直倚在桌旁，听他们说什么。愧疚感油然而生，可她又控制不住自己对钟铁军的那份感情。她给钟铁军冲了杯咖啡端到面前，试探性地问："杨姐没问我什么事吧？"钟铁军笑笑说没有，告诉她晚饭后要召开工程例会安排换轨调距施工任务。赵雅清嘟着嘴说："你不要命了？昨晚一夜没睡，今天睡觉，明天再开不行啊？"

赵雅清俨然表现出像杨琳对自家男人的那种特殊关爱。钟铁军说自己被那帮人折腾得根本没有困意，还是趁早开吧。赵雅清深情地说："杨姐指望你，我也指望你。你要有个三长两短，整个项目部就完了。"

钟铁军没有听赵雅清的劝阻。刚吃过晚饭，便让第五小刚通知全体人员和各劳务队连夜开会研究施工组和劳力设备安排，还特意叫来了大牙和杰姆斯。王子浩头上包着纱布，与第五小刚分别介绍了任务及区段划分，而后钟铁军要求对每个作业班组，按天编排施工计划，制定《施工目标定期考评办法》，每半月评选出三个优胜施工片区和劳务队。安保国举手示意，问："经理，我们队劳工不够咋办？"

钟铁军抬手指于长山，让他把队里的当地劳工调一百四十人过来，单独核算。于长山略加思索后说："可以调，但这帮黑人每月发工资后自动消失一周甚至更长时间，对施工进度很不利。"

钟铁军一挥手，说："那我不管，你去想办法留住他们。"

于长山说："可愁死人了。我和保国也没有什么高招，不像在国内施工，民工让干就干，说加班就加班。"

钟铁军问吴大友和大牙能不能管住当地劳工。大牙说："Boss, you lend me that gun, and I'll take care of it.（头儿，你把那支枪借给我用，这事我来管。）"

钟铁军说："Okay. Big Teeth, if the local black people get paid and run, you will be responsible.（行。大牙，如果他们领了工资就跑，这事我找你。）"

大牙笑了，说："All right, boss. I will shoot anyone who dares to run.（好吧，头儿。谁敢跑，我会开枪的。）"

在换枕调距施工的一个月中，时常阴云密布，电闪雷鸣，狂风夹杂着骤雨随时而来。三公里区段的路基上，中外员工身披雨衣，头戴红色安全帽，在机声隆隆中，人挨人肩靠肩地换枕、拨轨和调距。钟铁军把李小兵从物流基地叫回来，跟王子浩和第五小刚轮流带班。他本人也每天去各区段督战。安保国、于长山和劳务队的副队长以及吴大友、杰姆斯，都被编进了班组。所有工序平行作业，有条不紊。大牙和随队士兵则在每个区段巡逻，背着那支枪转来转去。



施工到中间阶段，刚好劳务队发工资，几个黑人数完钱要离开工地回家见老婆，刚巧撞上了大牙。大牙端枪对准那些人，说："Boy，don't try to run. When you finish your work，you can go and meet girls. This is not your home，you cannot come and leave as you wish，understand?（小子，别想跑，干完活再去会女人吧，这儿不是你们家，想来就来，想走就走，听清了吗?）"

那几个黑人以为大牙是在吓唬他们，嬉笑着说："Dude，we're suffocating. We'll come back after we go home and sleep with our wives.（兄弟，我们快憋死了，回去跟老婆睡完觉就回来。）"

大牙挥动着枪说："No，man. I also need a woman. But the work here is tight，it's not allowed，just live with it. Given enough time，your wife will give you more children at a time.（不行，伙计。我也需要女人，但这里的活紧，不允许，憋着吧。憋久了，你老婆一次会给你生更多的孩子。）"

一个中年黑人说："We're going home to see our wives. It's not against the law. You don't have to point us with the gun，let alone shoot us.（我们要回家看老婆，没有犯法，你不能拿枪对着我们，更不能向我们开枪。）"

大牙频频摇头，说："No! I'm serious. It's my rule. I'll shoot anyone that gets paid to take the job and run away. You can try if you don't believe.（不！我是认真的，这是我立下的规矩。谁领了工资把活撂下跑掉，我就会对谁开枪，不信你们可以试试。）"

另一个黑人嘻嘻哈哈笑着喊："Come on guys，don't listen to him. He's not our foreman. There's no reason to stop us from going home to see our wives.（走吧，伙计们，别听他胡扯。他不是咱们的工头，没有理由阻止咱们回家看老婆。）"

在那个人的煽动下，几个黑人对大牙的话置之不理，径直朝工地外面走去。

“Stop！（站住！）”大牙拉动了枪栓，“If you don’t go back to the roadbed，I’ll shoot.（再不回到路基上去，我就要开枪了。）”

“Let’s go，dare you shoot us.（开吧，看你敢打死我们。）”

一声枪响，顿时把那几个要回家的劳工镇住了。大牙又喊：“Dude，how dare I？Get back to work.（老兄，看我敢不敢？快给我回工地！）”

在大牙威慑之下，几个黑人乖乖地扭头往回走。大牙说：“As I said，no one is allowed to leave this place until the job is done. It is better that you know what the right thing you need to do. I don’t want your family to come here to collect bodies.（我说过，活干不完，谁也不准离开这里。你们知道回头就好，我不想让你们的家人来这里收尸。）

一个月后，里斯克局长、莎菲娅总监与路同和再次来到换轨工地视察，他们被眼前的景象惊呆了。四千多根素枕全部换成了油枕，整齐划一地排布在钢轨下。弯曲的线路圆顺了许多，轨距调整得完美无缺，钢轨错牙也消失了。莎菲娅仰面哈哈大笑，安全帽从前额掉到了脑后。她喊住钟铁军说：“Zhong，you really impressed me. I didn’t believe it when you said the job should be finished in a month. Now it’s reality. Ah，the railway is not far away. Salute to you.（钟，你真让我刮目相看。当时你说一个月完成，我不信，现在竟然变成了现实。啊，铁路通车的日子为期不远了，我要向你们致敬。）”

里斯克跟莎菲娅开起玩笑，说：“Director Sophia，Zhong needs not only your praise，but also you to take him back to your country to build the railway. He will show his talents and capability.（莎菲娅总监，钟不仅需要你的夸奖，更需要你把他带回你的国家去修铁路，让他大展身手。）”

莎菲娅惊喜地说：“Well，if I’m in charge of the national railway，I’ll dig him into our company. Commander Lu，do you agree to release him to me？（好啊，假如国家铁路我说了算的话，一定把他挖到我们公司来。路指挥，你同意把他放给我吗？）”

路同和笑着通过翻译说，可以，不过，钟铁军的价值要比哈尼的艺术殿高两个亿，也就是二十二亿美元。莎菲娅惊得睁大了眼睛，说：“No！No！I can’t afford to pay this much money；you just keep him as your treasure.（不！不！我可付不起这么多钱，还是你留着他当宝贝用吧。）”

又一个雨季过去了。这已是铁路建设项目展开施工的第二年。东非高原上的天空变得纯净而高远，白云时常飘浮在低空里，森林、沼泽开始变得干燥起来。铁路南端的国家公园地段，自线位设计确定以后，昼夜不停地加班加点，进度已经可以比肩北部草原至港口段。这意味着整条铁路轨面以上部分的施工，南北并驾齐驱，不会影响全线通车。站在高高的山峦上或爬上森林古树的顶端，望着从南到北眨眼之间形成的八百多公里线路，翻山越岭，横铺在辽阔的高原上，铁路附近村落里的黑人们无不欢欣鼓舞。

巴布扎将军曾率领一个由总统府、国家重建办、军办、国家铁路局、交通部等各部部长、反对党代表以及州政府官员参加的大型观摩团，去铁路工地参观如火如荼的壮观施工场景。路过那座埋葬着多位中方员工的烈士陵园时，他让司机将越野车停在山下，号召所有官员下车，仰望山上的座座墓碑，说："Silence, gentlemen. These Chinese employees have contributed their lives to build the railway and will never return to their hometown. People of the whole country should pray for them.（默哀吧，各位。这些中方员工为建设这条铁路献出了生命，永远回不了他们的家乡，全国民众理应为他们祈祷。）"

那些官员肃立在山脚下，有的甚至流下了眼泪。他们到达地处原始森林与无人区的施工现场后，真正被成千上万名中外员工忘我工作的精神感动了。迈进大型轨排厂的厂区大门，林立的各种大型装备和现代化的生产手段，令所有官员受到深深的震撼，无不惊叹与赞扬。两天时间走了不到三分之一的路段，已经让观摩团成员倍感劳顿。他们只好来到路桥公司分部会议室，视频连线承担北部施工任务的国际公司项目分部。钟铁军出现在视频画面中，汇报了铁路进展情况，并播放了北端铁路施工的实时画面。

巴布扎将军对着摄像头，指着视频中的钟铁军，说："This is Zhong Tiejun, the project manager at the north end who has experienced many life-and-death trials, and he is also the honorary chief of the Ham. He had an argument with old American Hani on the line. Hey, Zhong, we're proud of you for the organization and operation of the north end railway.（这位就是北部工地那个经历过多次生死考验的项目经理钟铁军，他还是哈屋族的名誉酋长。就线位问题，与美国老头哈尼进行过争论。哎，钟，看到了你组织实施的北端铁路，我们以你

为骄傲。）”

巴布扎在视频中告诉钟铁军，因路途太远，观摩团不再往北走，这次参观会向总统汇报，确定最后的通车时间。

观摩结束后，总统立即听取了总统府高级顾问、巴布扎、里斯克、莎菲娅的情况汇报，对铁路进展表示满意和赞赏，提出可以选在圣诞节前全线通车，问巴布扎和里斯克有没有把握。里斯克说，雨季过后还有半年时间才是圣诞，全线铺轨基本结束，从中国进口的内燃机车已经准备上线试运营，只是车站站台、站房和部分附属工程还在施工，现场整道、调试，应该能够达到全线开通的条件。巴布扎说："Your Excellency President, the timing of open to traffic is up to your schedule. The Chinese organization and construction capacity will meet our requirements. They have always been for the sake of customers, China is an altruistic country.（总统阁下，何时通车看您的行程安排，中方的组织和施工能力会满足我方的要求。他们从来都为客户着想，中国是一个利他主义的国家。）"

总统高兴地说："I know this very well. The virtues of the country can be seen from the Tanzan Railway, which was built by the Chinese. I have maintained good personal and political relations with Chinese leaders. I'm glad that they have an excellent heritage.（我非常清楚这一点。从当年中国援建的坦赞铁路，就可以看出这个国家的美德。我与中国领导人一直保持着良好的个人和政党关系。他们有着优秀的历史传统，对此我感到很庆幸。）"

通车时间当天就确定下来了。总统命令总统府牵头邀请中国和邻国政府领导人前来参加通车仪式，由国家重建办公室和国家铁路局负责整条铁路的施工和通车仪式准备。最后，总统对莎菲娅说："Beautiful Ms. Sophia, you have been working hard on the entire railway, with strict supervision to ensure the quality and process of railway construction. Before opening to traffic, you should supervise every detail of the project and make the railway be a witness to our tripartite friendship.（美丽的莎菲娅女士，整条铁路你们付出了艰苦的劳动，严格的监理保证了铁路的施工质量与进程。通车前，你们要把每个工程细节监督到位，让铁路成为咱们三方友谊的一个见证。）"

莎菲娅受宠若惊，站起来向总统施礼，说："Your Excellency President,

we will perform the duties of supervision as required by you to raise the quality and progress of the project to a brand new stage. I also look forward to the railway opening as soon as possible so that I can go back home for a holiday and get together with my husband and children.（尊敬的总统阁下，我们会按您的要求，履行监理的职责，把工程质量和进度水平提高到一个崭新阶段。我也盼着铁路尽快通车，这样我可以回国度假，与我的丈夫和孩子团聚了。）”



总统幽默地说：“You can bring your husband，children and family here. I can grant you and your family special green cards，and join our nationality. You can take the train that is under your supervision and built by the Chinese to take a tour throughout the East African Plateau free of charge.（你把丈夫、孩子和家人接到这里来吧。我可以为你和你的家人特批绿卡，加入我们的国籍，免费乘坐你监理和中方施工的铁路列车，周游整个东非高原。）”

屋里的人全都笑了。让她全家移民到 A 国，当然是不可能的。但莎菲娅有了一种伟大的成就感，因为她的足迹和所有中方员工一样，遍布了这片红色的热土。

在这之后的许多天，莎菲娅在工地见到了巨大的轨排机，沿着尚未铺就的路基，将拼装好的轨排落在上完道砟的路基上。几百名中外员工跟在后头进行对接、焊轨、整道作业。路同和接到国家重建办公室关于铁路通车的通知安排后，立即召开全线各参建分部经理、书记、总工、工区长参加的动员大会，要求在最后时刻全力以赴展开冲刺。在此期间，个别职工虽然休假探亲回到了国内，但大部分员工放弃了两个春节与家人团聚的机会。杨琳和钟铁军更是如此。杨琳回国探过亲，看过儿子和父母。可她责任在肩，此后始终坚持在国外的工地上。钟铁军去参加会议，仅去医院与她见了一面。杨琳眼睛里喷射着热辣的火花，很希望他留下来陪自己。钟铁军懂得她的心，可不得不转身离去。

钟铁军回北部工地途中，让大牙开车专门拐到路桥公司分部捐建的那所学校看了看。哈屋族部落的黑人们涌出来，跟在他身后一起走向学校。老师们把一百多名当地村落里的孩子们，从明亮的教室里叫出来站成几列，边齐呼“酋长”，边鼓掌欢迎。钟铁军和大牙行走在孩子们中间，感到无比的荣耀。校长是位黑人妇女，激动地说：“Sir，it is you who have given these children light, future and good vision, and your merit will always be engraved in our hearts.（酋长阁下，是您给了我们这些孩子光明、前途与未来，您的功德将永远铭刻在我们的心里。）”

大牙说：“Ah, it is not only this school that should be engraved, but the railway that runs through the north and south, which will bring us the infinite welfare of the local people.（啊，应当铭刻的不光是这所学校，还有贯穿南北的铁路，它将给我们当地人带来无穷的福祉。）”

钟铁军问校长：“Oh, are you still short of teachers here?（哦，你们这里还缺老师吗?）”

校长高兴地说：“If you have good teachers, of course we need them.（如果你有好的师资，我们当然需要。）”

再次上路后，大牙边开车边问：“Boss, why did you ask the principal if there was a shortage of teachers?（头儿，你刚才为什么要问校长学校缺不缺老师?）”

钟铁军说：“Big Teeth, teacher is the engineer of human soul, do you want Martha to be a teacher in that school?（大牙，教师是人类的灵魂工程师，你想不想让玛莎去那所学校当老师?）”

大牙摇头，说：“I never thought about it. I just want to take her as my wife. When the railway is completed, I will take her to find a job, and we will have ten children.（没想过。我只想娶她为妻。铁路建成后，我带她谋一份赚钱的职业，然后生十个孩子。）”

钟铁军说：“All right, Big Teeth, Martha is a good girl, this life you can only be good to her alone. So many children will be your burden.（好吧，大牙，玛莎是个好女孩，这一生你只能对她一个人好。要那么多孩子，会成为你们的负担。）”

大牙说：“No! We are people growing up in the forest, with forests, grasslands, and the water of the Blue Nile. So having more children is the wealth of our families and tribes.（不！我们是在森林里长大的民族，拥有森林、草原，更有青尼罗河的河水滋养。所以，生更多的孩子才是我们家庭和部落的财富。）”

钟铁军笑笑，说：“Then you'll have it, you are always energetic.（那你们就生吧，反正你有使不完的牛劲儿。）”

钟铁军回到项目部，连夜组织劳务施工队进行了部署和施工动员，下达了通车前的计划目标，颁布了一系列奖惩措施。安保国劳务队承担的最北端铺轨还有部分剩余量，而于长山劳务队承担的机务段综合楼施工才刚刚开始。钟铁军把突击站房施工作为首要任务。

一天夜间，钟铁军带第五小刚去综合楼工地夜查，吴大友在催当地黑人劳工加班赶工。于长山带领混凝土工班从站台到站台面，再到机务段综合楼基础、梁柱、顶板，夜以继日浇筑了数千立方米混凝土。见钟铁军到来，立即陪他爬到十几米高的站舍三层花架。钟铁军看他有些站立不稳，问他干了多少个小时。于长山抹把布满灰尘的脸，说："快三十小时了。"

第五小刚说："下去休息，不然会被累垮的。"

于长山坚持说快通车了，综合楼还没抢出来，很着急。钟铁军站在花架上，看完整个顶板施工，打着手电慢慢往下走，指示第五小刚留下，帮着劳务队盯死现场，让于长山下去好好休息。

那天晚上，项目部对劳务队进行验工计价拨款后，趁钟铁军不在，安保国按王子浩的要求，从银行卡里取出现金，找个破兜包好提着去了他办公室，说："一共三十万，你数数，看够不够。"

王子浩咧嘴说："数啥数，你还会骗我啊。行了，就这样吧，我在计价里多给你计出来。"

安保国摆手，说："不急不急，最后给我找平就行。"稍停又问他干啥用。王子浩起初说家中有事，后来憋不住便对安保国说，他想试着办个 A 国身份。安保国听后一愣，说："你不想回国了？"

王子浩说："回啊。现在有双重国籍的人多了去了，有个身份来去自由。"

王子浩千叮咛万嘱咐，叫安保国不能对任何人提起此事。安保国这才明白，为什么他这么急着要钱，又为何这般神秘。他从心里开始骂王子浩心术不正，后悔把钱给他。可钱已送出去，不好张口往回要，便说："王经理，我只能帮你搞这一次钱，下次我可帮不了你。"

王子浩把钱收起来，说："用钱的地方挺多，后面你别管了，我自已想办法。"

王子浩始终没有忘记那个怪诞的想法。自钟铁军那次骂过他后，他有一段时间没往那座生产石砟的小山上跑。直到铺轨后期，才让吴大友开车拉着他，夜里偷偷去过两次那座小山。他一个人爬到山顶，全然不顾盘踞的蟒蛇，躲在草丛里仔细观察那块发光的石头，心里盘算着如何找到买家，把它卖掉换成现钞。

一日，王子浩和大牙正在安保国劳务队承担的北部铺轨区段督导施工，一辆凯迪拉克大越野车停在距路基不到一公里的草原上。远远望去，一个头戴遮阳帽、一身美国西部牛仔打扮的老头，端支猎枪从车上下来，对准前方正在吃草的羚羊放了一枪。羚羊当场倒地毙命。年轻的黑人随从跑过去把羚羊背了回来。员工们停下了手里的活计，扭头看向那老头和黑人。过了一会儿，那辆大越野车冒着黑烟朝工地开过来。

黑人随从拎出羚羊，那老头跳下车，扛着猎枪喊："Hey，guys. My shooting is perfect. Take the antelope and cook it. This is good meat. （哎，工友们。我的枪法准极了，把这只羚羊拿去煮了吃吧，它的肉可是上等的。）"

中方员工没人上前去接那只死羚羊。最后，大牙跑去将羚羊接过来，说："Yes，sir，antelope is delicious and superior meat. It makes people energetic. Where are you from，please?（是的，先生。羚羊是好吃的上等肉，吃完令人活力四射。请问您从哪里来?）"

老头是个白人，望着铁路工地说："My name is Hani，the owner of the art hall，have you heard of the famous art hall? That is my creation and invention. All the property there is mine. （我叫哈尼，艺术殿的主人，听说过著名的艺术殿吗？那就是我的创造与发明。那里的所有财产都是我的。）"

"Hani?（哈尼?）"王子浩轻声地说，"Big Teeth，I heard about him from Zhong，he's the American. （大牙，听钟经理说过，他就是那个美国人。）"

大牙说："Oh，you are Mr. Hani. We've heard of the art hall. You're famous. For your art hall，the railway line has been changed to the national park side，right?（噢，您是哈尼先生。我们听说过艺术殿，您可是大名鼎鼎。为了您的艺术殿，铁路线位都改到了国家公园那一侧了，对吧?）"

哈尼很傲慢地点点头，重重地咳嗽了两声，然后伸出左手摸摸额头，说："It seems that you know the art hall as well as I know this railway. I just came back from my country，the United States of America，and I didn't expect the railway to be built so fast. （看来，你们了解艺术殿就像我了解这条铁路一样，知己知彼。我

刚从我的国家美利坚合众国回来，没想到铁路建设得这么快。）”

哈尼说着又咳嗽起来，直至咳弯了腰。王子浩问道：“Mr. Hani，do you have a cold?（哈尼先生，您感冒了吗?）”

黑人随从递来一瓶泉水，哈尼喝两口止住了咳嗽，直起腰说：“Yes，I had a cold before I left the United States，and my condition got a little worse. I was going to visit the railway that will be completed，but not today. I have a fever and need to return to my art hall.（是的，我离开美国前就已感冒，病情有点儿加剧。我本来想参观一下你们这条即将建成的铁路，可今天不行，我有点儿发烧，需要返回我的艺术殿。）”

王子浩直白地问道：“I hear that you collect art crafts，may I ask you something?（哈尼，听说您收藏艺术品，我可以请教您一件事情吗?）”

哈尼把猎枪递给随从，问什么事。王子浩把他拉到一边，称自己手里有一颗天然夜明珠，问他收不收藏，能出多少钱。哈尼说：“Ah，the night pearl is precious. I used to see Lance Del stone night pearl at the national museum；that is priceless. The night pearl in your hand，if it is natural，will be valuable. Can you show me?（啊，夜明珠很珍贵。我在美国国家博物见过朗斯·代尔石夜明珠，那是无价之宝。你手里的夜明珠，如果是天然的，那会价值连城。你能拿给我看看吗?）”

王子浩说：“Thank you，Mr. Hani. Now I can't show you the night pearl，I must wait until someone gives me a good price before I can take it out.（谢谢您，哈尼先生。现在我还不能将夜明珠拿给您看，必须等到有人给我出好价，我才可以拿出来。）”

两人聊得很投机。哈尼又问起夜明珠的大小尺寸，王子浩用手比画着说给他听，称是没有加工过的天然原石。哈尼饶有兴趣地说：“Well，I can offer you $3 million，and when you get the stone，I'll check it out with the diamond company，and then we can agree on the exact price.（好吧，我可以给你开价三百万美元，等你把原石拿来，我找钻石公司鉴定后，再商定具体价格。）”

偶遇哈尼，让王子浩深感幸运，觉得是天赐良机，发财的希望不期而遇。三百万美元犹如天上掉馅饼，是他做梦也难以料到的，可以解决自己的一切问题。大越野车驶离后，大牙走近王子浩，问他跟哈尼谈的啥。他只笑不答。当天晚上，他以上工地的名义，再次叫上吴大友去了那座小山，确认发光的石头是不是还在。当看到在夜幕下闪闪发光的原石时，他兴奋得差点儿跳起来，回到碎石场琢磨着如何才能将蟒蛇赶走，把那块宝石弄到手卖给哈尼。

自此以后好多天，王子浩每次上工地都心神不宁，满脑子都是蟒蛇与那块搅乱他心绪的石头，组织和督导铺轨施工也心不在焉，精神都变得有些恍惚了。赵雅清首先发现他的情绪有些不对劲，对汪静说："哎，王副经理咋回事儿？两眼经常发呆，是不是被皮克一枪托打傻了？"

汪静眨巴着眼睛说："我咋没发现？傻了吗？"

两个人跑去找钟铁军，说那天晚上盗贼抢劫给王子浩留下了后遗症，人都傻了。钟铁军将信将疑，问何以见得。她俩就把王子浩的异常表现，神乎其神地讲给他听，好像跟真的一样。钟铁军说："汪静，要不要给他吃点药？"

汪静很听话，钻进王子浩屋里，问他最近是不是哪儿不舒服，需不需要开点药吃。王子浩说："吃什么药啊，我又没病。"

"那你整天目光呆滞，若没病就是心里有啥事儿。"

王子浩拉着长腔，说："你们当医生的巴不得别人天天生病闹灾。我既没病，也没事儿，把药留给其他人吃吧。"

王子浩整整想了好几个晚上，终于想出了一个好主意。第二天上工地后，他把大牙拉到一边，问："Big Teeth，can you borrow the manager's gun?（大牙，你能不能把经理那支枪借来用？）"

"Borrow a gun?（借枪？）"大牙惊讶地说，"Can you at least give me a reason?（你起码得给我一个理由吧？）"

王子浩只好神秘兮兮地对大牙讲那颗夜明珠的事儿，说借到枪就可以把蟒蛇赶走，将夜明珠取到手卖给哈尼，然后两人分钱。大牙瞪大两只眼睛，说："Are you trying to kill a python? That's not an easy thing. What if we get eaten by the python?（你是想干掉蟒蛇吗？那可不是一件容易的事，万一被蟒蛇吃掉怎么办？）"

王子浩说："So do you want to be rich or not?（那你想不想发财？）"

"Yes.（想啊。）"大牙说，"I have no reason to refuse money. But it's better if you ask the manager to borrow the gun. （我可跟钱没仇。不过，要找经理借枪，还是你跟他说更好。）”

“All right. （好吧，）” 王子浩说，“I can borrow it, but you'll have to protect me, or you won't share the money with me. （我可以去借，但你要跟在后面保护我，不然你别想分钱。）”

大牙说：“As long as you borrow the gun, I can go with you or teach you how to shoot, but I need to get my share of money. （只要你把枪借来，我可以跟你去，也可以教你打枪，但钱不能少了我那份儿。）”

王子浩利用深夜去工地督导施工的机会，故意找钟铁军说遭到了野生动物的攻击。钟铁军问啥样的野兽，他含糊其词，称跟大牙离开工地时，草原上一群闪动的亮光冲他们跑来，从号叫声判断，可能是狼群。钟铁军相信了他的说法，叮嘱以后夜间施工要加强防范。王子浩试探性地问道：“你那支枪能借我用用吗?”

“有随队士兵跟着，你要枪干什么呀?”

“随队士兵往往脱岗，夜间遇到危险，连士兵的人影都见不到。”

钟铁军同意把枪借给王子浩，吩咐司机把那支枪和剩余的子弹，从越野车后备厢里拿来交给了王子浩，说：“大牙会用枪。你要摆弄不好，会擦枪走火打死人的。”

王子浩向钟铁军作出保证，一定让大牙保管枪和子弹。王子浩拿到枪，如获至宝，当夜把大牙叫来，把枪装了拆，拆了装。大牙不厌其烦地教他怎样装子弹上膛，怎样瞄准，如何打开保险。没用多久，王子浩基本学会了打枪的技巧和方法。

第二天下午，他和大牙找了个理由，从安保国队里借辆皮卡车，匆匆朝碎石场附近的那座小山进发了。

王子浩一直在山下等到太阳落山，先捡了根很长的木棍抓在手里，让大牙取来那支枪，压子弹上膛，交代他上山后先把蟒蛇赶走，如遭到攻击就开枪射杀。大牙说：“All right, I'll cover, and you go and get the stone. （好吧，我做掩护，你去抱那块原石。）”

王子浩打着手电走在前面，用木棍横扫着齐腰深的草丛，倍加小心地往山上爬去。大牙端着枪跟在身后，聆听着山上的动静。快到山顶时，两只野猪从草丛里蹿出来，把俩人吓得汗毛倒立。爬到山上，王子浩和大牙先躲在距离那块原石二十多米的鼓石后面，静静地观察山顶的最高处，黑夜里一束锃亮的光直射天穹，甚至都能照清盘踞在它周围的蟒蛇。王子浩按捺不住心中的喜悦，用手电筒朝山顶照去，蓦然不见了蟒蛇的影子。

“Hey，Big Teeth，the python ran away. It was afraid of us.（嗨，大牙。蟒蛇跑了，它怕我们。）”

王子浩狂叫着从鼓石后面站起来，大牙却更加警觉。突然，在他俩的手电筒光柱前，蟒蛇的头部竖起一米多高直冲着他们。大牙一声尖叫，边往后躲边开枪，子弹射中了蟒蛇的头部。王子浩在惊吓中，慌乱地后退着滚下山去。

大牙晃了晃脑袋，尽量使自己保持镇定。蟒蛇没再扬头攻击，大牙从鼓石后头转到前面，用手电照了照蟒蛇的尸体，头部完全被子弹击穿打烂了，直挺挺地平铺在山顶上。他走近后拽起蟒蛇，朝山下喊：“Boss，the python is eight meters long. I killed it. Go and get the stone.（头儿，这条蟒蛇足有六米，被我打死了，快去抱那块原石。）”

王子浩被一棵灌木挡住，没有滚落山崖。听到大牙的喊声，他不顾全身疼痛，站起来再次朝山上爬去。

“Go and get the stone.（快去把原石抱下来！）”大牙扔下死去的蟒蛇说，“No more pythons. Go on，I’ll guard for you.（不会再有蟒蛇了。快去吧，我替你警卫。）”

王子浩扔掉手中的木棍，走近山顶最高的那块巨石，伸手搬起了闪亮的原石，莹莹的光亮在他怀中忽闪。他和大牙都没注意到那块巨石的后面，突然蹿出另一条蟒蛇，一口咬住了王子浩的脖子，整个蛇身迅速将他缠住。王子浩死死抱住那块原石倒在地上大声惨叫。大牙借着手电光亮想举枪射击，可蟒蛇与王子浩缠绕在一起，又怕伤到他。很快，王子浩喘息的声音越来越弱，几乎奄奄一息了。他发出的最后喊声是：“大牙，救我，快开……枪救我……”

大牙用手电照着地上的蟒蛇和被缠绕住的王子浩，举枪射击，一连几发子弹都没打中蟒蛇的头部。见无法施救，只好慌慌张张朝山下跑去，驾车逃离了那座小山。王子浩死在了蟒蛇口中，连同那块原石一并被蟒蛇吞进了肚子里。

那一夜，北部区段工地，安保国劳务队正在加班加点进行夜间施工。钟铁军和第五小刚去工地检查，发现现场没有王子浩和大牙的身影，以为他们去了于长山劳务队。拨通于长山的电话，才知道他们俩没有在那边，气得钟铁军要找王子浩算账。大牙深知闯了大祸，一路悔恨交加。半夜回到项目部，哭丧着脸敲开了钟铁军的房门，把枪往门边一搁，报告说王子浩出事了。钟铁军问他们俩去了哪儿，出了啥事。大牙扑通跪在了他面前，说王子浩去找夜明珠被蟒蛇吃掉了。

这件事轰动了整个项目部和集团工程建设指挥部。天亮时，路同和、戴国兴带上杨琳，钟铁军携带着那支枪，率第五小刚、安保国、杰姆斯和汪静，由大牙带路赶到那座石山上。他们看到了那条死去的蟒蛇。吞掉王子浩的另一条蟒蛇，因腹部负担沉重无法爬行，身上被大牙用枪击中留下许多弹痕并流着血，见有人来还翘起硕大的脑袋发出攻击威胁。蛇身隆起一个大包，里边明显是王子浩的尸体。杨琳和汪静被眼前的一幕惊呆了，赶紧躲到钟铁军身后。钟铁军举起枪，对准蟒蛇的脑袋连开数枪，当场打爆了蟒蛇的头。杰姆斯手里握着一把锋利的砍刀，上前将蟒蛇脑袋砍了下来，与大牙合力用刀剥开了蟒蛇的肚皮，把王子浩的尸体扒出来。尸体在蟒蛇胃酸的腐蚀下已经开始腐烂，其状惨不忍睹。而他的双手仍紧紧抱着那块原石，至死也没有松开他心爱的宝贝。

王子浩历来认为，人为财死，鸟为食亡，天经地义，却没有想到自己死得这么悲惨。家里人得知这个不幸的消息后，既没从国内来人，也没要求钟铁军派人把他的骨灰送回去，而是同意就地挖坑把他埋了。他的尸体被拉回北部工地后，按照当地习俗，让民工们去森林里捡了一些干柴，在路基下架起一堆柴火，浇上汽油点火烧了，最后也分不清哪些是骨灰，哪些是柴灰，殓在一块儿装入卡娅找来的一只陶罐里，在森林里的一个土包旁边，挖了个深坑把它埋了。没人提出让王子浩跟张放、刘柱并列葬在烈士陵园里。

那块夺命原石从山上拉下来后，一直保存在钟铁军办公室。安保国来见钟铁军，赵雅清在场。看到罪恶的原石，他才提起王子浩跟他要了三十万人民币办理移民的事儿。钟铁军和赵雅清气得快要疯掉了，骂道：“唉！死有余辜，轻于鸿毛。中铁在海外有个别想发大财的人，都不走正道。这些人，咋就不懂得命比钱重要啊？人死了，一切都灰飞烟灭，这又何苦呢？”

安保国重重地拍了拍原石，问道：“这块原石能不能卖掉换回钱来？”

钟铁军瞅着那块石头，目光转向了搁在门后头的大铁锤。

# 第二十七章

王子浩在海外工地上，因寻找夜明珠和办理移民而丧失性命，成为全系统和集团公司的一大新闻，非但没有引起大家的同情，反而遭到领导、职工、朋友、同学的唾骂。作为一名央企员工，都为他感到悲哀甚至丢人。钟铁军承受了巨大的舆论压力。路同和、戴国兴和钟铁军，因负有领导与管理责任，分别受到追责处理，一人挨了一个党纪和政纪处分。

路同和与戴国兴很郁闷，两人从工地回来，在食堂里喝了几杯小酒。借着酒劲儿，路同和打电话对钟铁军说："铁军啊，过去我对你有看法，是因为第一次出国你当逃兵，我受连累挨了处分，影响我几年进步，但你救了我的命，咱啥也不说了。可王子浩这兔崽子去干这种没影的事儿，咱们三个都受到牵连，你不觉得很窝囊吗？"

钟铁军从桌子上的烟盒里抽出一支烟点着，说："路指挥，真对不起。谁能想到他这么财迷心窍，连我都敢坑啊。"

路同和哀叹一声，说："我和戴书记年龄过线了，不可能再提拔，可你不一样，年富力强。通车后，我还准备推荐你再升一级呢，挨这么个处分，全耽误了。"

钟铁军对此并没有太在意，苦笑着说："我没想过提拔的事儿，这次又让你背个处分，我真的很不落忍。"

杨琳对王子浩恨得咬牙切齿，一面骂他不仁不义，一面又可怜他丢了身家性命，怕钟铁军想不开，打电话安慰他，说："铁军，人要作死谁也阻挡不住。挨个处分就挨个处分吧。我不指望你升多大的官，就希望你好好的。"

钟铁军知道杨琳心疼自己，劝她不用担心，称会正确看待和理解。在一旁的赵雅清问他怎么处理这件事。钟铁军说必须把大牙开掉。

巴布扎、里斯克、康姆以及哈瓦佳都先后打电话询问此事。钟铁军称王子浩是在去工地的路上遭遇了不测，根本不敢对外声称是去寻找夜明珠被蟒蛇吞掉的。巴布扎说："Zhong, I know you're sad, but don't keep it from me. I know exactly what happened. Such an unfortunate incident occurred at the moment that the railway was about to open, Big Teeth played a supporting role in it. Let him go back to his own tribe. I cannot spare him, let alone make it difficult for you.（钟，我知道你很难过，但不用再瞒我了。我非常清楚事情的前后经过。在铁路即将通车之际，出了这样的不幸事件，大牙起了辅助性的作用，让他回到自己部落去吧。我不能再替他开罪，更不想再为难你。）"

钟铁军说："General, Big Teeth is a very good guy. Deep in my heart I don't want him to leave, but this matter is very influential, and I have to do as you said.（将军，大牙是个很不错的家伙，心里很舍不得他离开，可这件事影响甚大，我不能不按你的意思去做。）"

第二天吃过早饭，钟铁军把项目部的全体人员、汪静、安保国、陈立国和杰姆斯、大牙、玛莎、卡娅叫到院子里，先从屋里搬出那块原石，又找来那把大铁锤，说："今天，我要当着大家的面把这块石头砸了。咱们到国外来是干铁路的，不是来捡石头的。这块石头给我们带来了耻辱。谁想学王子浩，也可以撂下工作不干，去深山老林里去捡宝贝，再被野兽或蟒蛇吃掉，别想着我会再去帮他收尸。"

人群里先是一阵沉默。少顷，大牙吼叫道："Boss, this rock can't be smashed. Hani's willing to pay $3 million.（头儿，这块原石不能砸，哈尼愿意出三百万美元买。）"

众人立即嚷嚷开来："三百万美元？那不能砸。"

钟铁军撂下举在半空的锤子，问："Big Teeth, what are you talking about? Hani is willing to pay $3 million for this stone?（大牙，你说什么？哈尼肯花三百万美元买这块石头？）"

大牙说："Yes. Wang Zihao had a deal with Hani on this for $3 million.（是的。王子浩事先跟哈尼谈好的价钱，三百万美元。）"

钟铁军怒道："Three million dollars, are your lives just worth $3 million? If it wasn't for the $3 million, Wang Zihao wouldn't have been swallowed by a python. How can you believe a Yankee? He's only going to mess with us. Which one of the politicians and businessmen in that country is not full of lies? Which one of them doesn't mess up with the whole world for their own good?（三百万美元。你俩的命就值三百万美元吗？不是这三百万美元，王子浩还不至于被蟒蛇吞掉呢。你们怎么可以信一个美国佬的话？他只会坑死咱们。那个国家的政客与商人，哪个不是满嘴谎言？哪个不是为了自身利益而搅乱整个世界？）"

有人喊："经理，把它卖给那个美国人吧，可以补充咱们的工程资金。"

"闭嘴！"钟铁军呵斥道，"你们以为一个美国佬会出三百万美元买这块石头？太天真了。这块石头只会给我们带来厄运。王子浩就是被三百万美元的开价与谎言所迷惑和欺骗的。丢掉幻想吧！"

安保国说："经理，把它带回国捐给国家吧。"

钟铁军摇头，说："不。这是A国的资源和宝藏，我们不能占为己有。所以，我必须砸了它。"

说着，钟铁军举起铁锤接连砸向那块原石。瞬间，石头四分五裂，在阳光下闪着纯净的光。可他并不解气，一次次用铁锤将碎裂的石块砸成粉状，用双脚踢散一地。

"现在，我宣布一件事——从即日起，大牙被辞退了。"钟铁军撂下铁锤说，"Big Teeth, you can go back to your own tribe, and you are no longer needed here. This is also General Barbuza's order.（大牙，你可以回到自己的部落去，这里已经不再需要你。这也是巴布扎将军的命令。）"

大牙、杰姆斯、卡娅和玛莎被这个突如其来的决定震惊了。他们没有想到钟铁军会做出这样的决定。

"No!（不！）No!（不！）"玛莎和卡娅冲钟铁军喊道，"God bless us, please do not fire Big Teeth, please give him the opportunity to continue to work.（上帝保佑，请不要开除大牙，给他继续工作的机会吧。）"

大牙更不敢相信这是真的，扑通跪在钟铁军面前，拽住他的衣角痛哭流涕，哀求道："Boss, I don't want to leave you, don't want to lose this job, please be kind and keep me.（头儿，我不想离开你，不想丢掉这份工作，请你开恩，把我留下吧。）”

钟铁军转过身去，说：“Get up，Big Teeth. You let me down. You deserve a punishment for what you have done. I can't keep you working here.（站起来，大牙，你很让我失望。你犯过的错理应受到惩罚，我不能留你继续在这里工作。）”

大牙哭道：“Why should I leave? I don't want to get out of here.（为什么要我离开？我不想离开这里。）”

看到这种场面，杰姆斯、卡娅、玛莎走出人群，面向钟铁军并排跪在大牙旁边。杰姆斯苦求说：“Manager，please keep my brother here. He'll change.（经理，把我兄弟留下吧，他会改过自新的。）”

钟铁军没有接受杰姆斯和卡娅、玛莎的求情，坚持将大牙辞退了。员工们散去后，大牙始终待在钟铁军门外哭哭啼啼。玛莎从食堂走来，路过赵雅清门口时，被赵雅清一眼瞥见。她看到玛莎与大牙在门口说了几句后，玛莎走进了钟铁军的办公室。赵雅清就站在办公室墙边，把耳朵贴在墙上，静静地聆听玛莎与钟铁军的对话。

“Honorable chief.（尊敬的酋长，）”玛莎屈腿跪地，施完大礼说，“I agreed to be fiancee of Big Teeth following your order. Please forgive him. He made a mistake，but cannot lose his job，or he will have nothing left. Please have mercy on him.（我是遵照您的旨意同意做大牙的未婚妻，求求您放过他吧。他有错，但不能失去工作，那意味着他将一无所有，请可怜可怜他。）”

钟铁军伸手拉她起来，说：“Martha，I understand your mood and know that you are deeply in love with Big Teeth. But the effect of the incident was so bad that his fault was unforgivable. I can't let the entire staff down because I'm too tolerant of him. So，I can't meet your request.（玛莎，我理解你的心情，知道你深深地爱上了大牙。可这件事产生的影响坏极了，他所犯的过错是不可原谅的。我不能因为过度宽容他，让整个队伍感到失望。所以，我无法答应你的要求。）”

玛莎眼含热泪望着钟铁军，说：“I love him，and I love you，because you are the chief of our tribe. You fired him，what should I do?（我爱他，也爱你，因为你是我们部落的酋长。你辞退了他，我该怎么办？）”

钟铁军说：“Martha，I think you have two choices in the future. One is that the railway is about to open to traffic，and now we are recruiting train attendants for training. You and Kaya can go to the interview and become official employees of the railway bureau. The other, you can work as a teacher in the school which the road and bridge branch donated to Ham village. I have talked with the principal, and it is your choice now.（玛莎，我想将来你有两条路可以走，一条路是铁路即将通车，现在正在招收列车服务员进行培训，你和卡娅可以去参加面试，成为铁路局的正式员工。另一条路，你可以去路桥公司分部捐赠给哈屋族村落里的那所学校当教师，我已经跟校长说好，就看你的选择了。）”

玛莎两眼闪着晶莹的泪光，说：“Thank you, my dear chief. If I can choose, I'd like to be a conductor. But now I want to solve the problem of my fiance. If I was recruited as a railway employee and he didn't have a proper career, then our future life would be difficult. So, may I ask you to keep him, would you?（谢谢您，我亲爱的酋长。如果让我选择，我会去当列车员。但现在我想解决未婚夫的问题。如果我被招录为铁路员工，而他没有一份正当职业，那我们将来的生活会很困难。所以，再次请求留下他，好吗?）”

“Martha.（玛莎!）”赵雅清忽然从门外走进来，言语中透着一股酸酸的味道，“You love your chief, I know. He also designed a future and a way out for you. I hope you leave here to apply for a conductor, and do not make it difficult for the manager. Now that the decision is to get your fiance back to the tribe, you cannot ask the manager to do something he cannot, understand?（你很爱酋长，我清楚。他也为你设计好了前途与出路，希望你离开这里去应聘列车员，不要再为难经理。既然决定让你的未婚夫回部落去，就不能再对经理纠缠不休，知道吗?）”

玛莎点着头，很不情愿地走出了钟铁军的办公室。钟铁军认为赵雅清对玛莎过于冷漠，而且说话比较尖刻，沉下脸说：“雅清，玛莎是个很好的女孩。她很善良，你不应该那样盛气凌人地跟她说话。”

赵雅清毫不在乎地盯着他，说：“我不想看到你和她没完没了地唠叨大牙的事。谁接近你，我就会防备谁，这是女人的天性。”

玛莎感受到了赵雅清的敌意，出屋后拉着大牙去了食堂。大牙始终没有从悲伤中缓解过来，说：“Martha, I'm about to lose my job, but I don't want to lose you. Is there any way to save me?（玛莎，我就要失去工作了，可我不想失去你。还有什么办法拯救我吗?)”

玛莎很生气，说:“Honey, I love you so much. But why don't you restrain your behavior? Your fault is that you have indulged in the depravity and destruction of an absurd and evil man, and you are not allowed to do such a thing, whether you are part of the Dinka tribe or my Ham tribe.（亲爱的，我很爱你。可你为什么不约束自己的行为？你的过错，在于纵容了一个荒诞不经的邪恶之人走向堕落与毁灭，不论是你所在的丁考族部落，还是我所在的哈屋族部落，你去做这样的事都是不允许的。)”

大牙解释道:“Martha, I went with Wang to earn more money, and to make you live a better life. That night pearl was smashed. But whoever met such a good thing would have such an idea. Am I wrong?（玛莎，我是为了挣到更多的钱才跟王去的，也是为了让你过上更好的生活。那颗夜明珠被砸碎了，谁碰到这样的好事，谁都会有这样的想法。我错了吗?)”

玛莎摇头说:“You can think that you're right, but reality tells you what's right and what's wrong. For you, I went to the chief, and I tried. But you lost your job wouldn't change my love for you. Get out of here first, and get back to find a job that you get paid. My future will be with you all your life, okay?（你可以认为自己没错，但现实告诉了你什么是对什么是错。为了你，我去求了酋长，已经尽力了。不过，即使你失去工作，也没有改变我对你的爱。先离开这里吧，回去再找份能够领到薪水的工作。我的未来将伴你一生，好吗?)”

大牙清楚，离开铁路工地已不可避免，更不可挽回，就领着玛莎跑到钟铁军和赵雅清门口，含泪跟他们道别。走出项目部的院子，杰姆斯和卡娅赶来了。“Go back first, man.（先回去吧，兄弟!)”杰姆斯拍拍大牙的肩膀说，“I'll wait for you to come back if you have a chance.（以后有机会你再回来，我会等着你的。)”

那天，杰姆斯和玛莎、卡娅把大牙送出好远。大牙背着行李，沿路基一直往前走，看着热火朝天的工地和那些朝夕相处的工友，他落泪了。走上森林便道时，杰姆斯、卡娅和玛莎停住脚步朝他不停地挥手。玛莎喊:“Go back to the tribe, and don't forget her. Remember to come back.（回到部落你要想着这里，记得要回来。)”

大牙悲怆地站在她们对面，左手朝后拽住肩上的行李，挥动右手喊："I' ll be back. Martha，please wait for me.（我会回来的。玛莎，请你等着我。）"

大牙带着悔恨之情当天回到了部落，重新回归了从前原始的山林生活。他一个人悻悻地跑到很远的基督教堂去忏悔，接着去见了酋长。酋长爷爷问："My child，what crime have you committed? Why would they fire you?（我的孩子，你犯了什么罪？他们为何要辞退你？）"

大牙双膝跪地，低着头，说："In order to get more money and wealth，I connived a man to go to the mountains to snatch the treature guarded by the python，and he was swallowed up by the python. I shot the python and I live.（至高无上的酋长爷爷，为了获得更多的金钱与财富，我纵容一个人去山上抢夺蟒蛇守护的宝贝，他被蟒蛇吞噬了，我用枪打死了蟒蛇活了下来。）"

酋长说："Ah，I see. The python is very spiritual. It is the patron saint of forests and swamps. The cause of all this is that you and the person being swallowed are too greedy. You cannot blame anyone for being dismissed. Go and make amends，son.（啊，原来如此。蟒蛇富有极高的灵性，它是森林和沼泽的守护神。这一切的起因，缘于你和那个被吞噬的人太过贪婪。你被辞退怪不得别人，快去赎罪吧，孩子。）"

大牙回到简陋不堪的家中，向年迈的母亲提起酋长的教导。母亲蹲在铁锅旁做着毫无营养的粗淡饭食，说："Go on，kid. The best way to atone for your sins is to do things silently for those Chinese who accepted you. Kaya and the people in your heart are still there.（去吧，孩子。你去赎罪的最好方式，是为当初接纳你的那些中国人默默地去做些事情。那里还有卡娅和你的心上人。）"

大牙痛苦地流泪，说："Mother，I hear what you and grand chief say. I can' t live without the railway. I want to do something meaningful for them.（母亲，我听您和酋长爷爷的话。我已经离不开铁路，要为他们做些有意义的事儿。）"

自此，大牙背着干粮，每天来到铁路工地旁边，跟随队士兵一起转悠看护工地，对跑来工地偷材料的当地人，毫不客气地穷追猛打。每每这时，他会说："Boy，as long as I' m here，no one can steal the material，because I' m part of the railroad.（小子，只要我在这里，谁也别想把材料偷走，因为我也是铁路的一员。）”

随队士兵们认识大牙，以为他仍然是安保国劳务队的劳工，说：“Hey, brother, why don't you work with the Chinese employees but come alone to watch us?（哎，兄弟，你干吗不与中方员工一起工作？而自己一个人来我们这儿当看守？）”

大牙笑着说：“They sent me to cooperate with you. It's a good thing. Just give me some food for lunch.（他们派我来配合你们，这是一桩好事情，只要管我一顿午饭吃就行了。）”

一天傍晚，大牙想去项目部找玛莎和卡娅，思前想后没敢去，蹲在驻点院子外与随队士兵聊天。几名中方员工从封闭的院子里出来，到路基上去散步，三个当地青年上前骚扰，并用当地语言辱骂那几名员工。大牙和随队士兵拔腿追去，直至追到远处的村落，将三个黑人青年押回了驻点，一阵拳打脚踢。

大牙问：“Say, why insult the Chinese brothers?（说吧，为什么要辱骂中方兄弟？）”

三个黑人青年蜷缩在地上浑身打哆嗦，悔恨地说：“We're joking with the Chinese, and we won't do this again.（我们是跟中国人开玩笑，以后再也不开这种玩笑了。）”

大牙骂道：“Okay, let's make a joke, too. You're running around and fucking around, doing nothing, thinking that everyone else will feed you as gods, but I and the soldiers will only treat you as pigs. Next time you dare to harass the Chinese employees, I'll send you to see God.（好吧，咱们也来开个玩笑。你们他妈的到处流窜，无所事事，以为别人都会拿你们当神灵供养，可我和士兵只会把你们当猪。下次再敢骚扰中方员工，我会割断你们的喉咙。）”

又一日，随队士兵说接到安保国劳务队报告，驻地丢了许多东西。大牙决定留下来抓小偷。随队士兵说：“Dude, you're coming with us to catch those bad guys who steal?（伙计，你也要跟我们一起蹲守抓那帮偷东西的坏人吗？）”

大牙说：“Yes. I am an employee in their team, and the thief must be arrested for the safety of the Chinese railway staff.（是的。我是他们队里的员工，为了中方铁路员工的安全，必须把小偷抓起来。）”

大牙和随队士兵持枪彻夜蹲守了两天。终于，他们发现，溜进劳务队驻地偷窃的竟是个附近村里跑来的小孩。大牙从士兵手里夺过枪，毫不犹豫地举枪警示。听到枪声，安保国和吴大友带着翻译跑出来，发现跟士兵一起蹲守的是大牙。两人极为惊讶，问："Big teeth? Why are you here?（大牙？你怎么在这儿？）"

士兵们说："Are you asking this guy? He's been on patrol with us for a long time.（你们是问这位老兄吗？他跟我们一起巡逻已经很长时间了。）"

安保国又让翻译问："The thief was a kid. Why shoot?（偷东西的是个孩子，干吗还要开枪？）"

大牙一本正经地说："There is no differences in ages for criminals, and it is my responsibility to protect railway property.（犯罪没有大小，保护铁路财产是我的责任。）"

钟铁军是在这次事件中，才知道大牙回到部落后又返回来了，跟随队士兵活动在铁路两侧，成为一名义务护路工。他让安保国去找大牙，可大牙已经回到了森林深处的部落家中。

大牙再次来工地见杰姆斯，问玛莎和卡娅在不在项目部。杰姆斯说："Chinese locomotives arrived and Martha and Kaya had left the project department for the capital yesterday. They went to take the exam for becoming a train attendant, and manager Zhong found them a good way out.（中国的机车到了，玛莎和卡娅昨天已离开项目部去了首都。她们去报考列车服务员了，钟经理给她们找了个很好的出路。）"

大牙着急地问："How can I see Martha?（我怎么才能见到玛莎呢？）"

杰姆斯说："Martha and Kaya are going to be trained by the Chinese side, and next time you can only go to the capital to see Martha, or when the train passes here, you go to the station to see her.（玛莎和卡娅要接受中方的培训，下次你只能去首都见玛莎，或者当火车从这里驶过时，你到车站去见她。）"

大牙心里很凉，同时又由衷地替玛莎和卡娅高兴。他对杰姆斯说："James, I have to go home. If you see Manager Zhong, please send him my greet, and tell him that I miss him.（杰姆斯，我得回家去了。你若见到钟经理，请代我问候他，就说我想他。）"

杰姆斯送了大牙一段路程。天黑下来后，森林的树梢上栖满了乌鸦和飞鸟。大牙手里抓着根棍子，一个人行走在森林便道上，边走边流下了眼泪。他想，何时才能见到玛莎呢？她今后的生活又会怎么样呢？此时的大牙，犹如一只迷途的羔羊，茫然不知所措。

钟铁军与集团公司海外铁路运营部联系，将玛莎和卡娅送去应聘列车服务员了。当然，她俩都能被录取。杨琳在对应聘人员进行体检时，见到了玛莎和卡娅，告诉她们钟铁军想了不少办法，推荐她俩来当列车员，这样的机会对当地人来说很难得。卡娅说："Yes. We appreciate you and the manager, the railway brings us the gospel.（是的。我们很感激你和经理，铁路给我们带来了福音。）"

杨琳谦让一番后问起汪静、赵雅清和大牙来。玛莎语气中带着愧意，说夜明珠被钟铁军砸烂了，大牙被开除丢了工作，来前未能见到他。杨琳安慰她先办完录用手续搞好培训，回头再去见大牙。玛莎央求杨琳，请她跟钟铁军说说，把大牙再叫回工地工作。杨琳答应试试，埋怨大牙不该跟王子浩去做冒险的事。卡娅说："Yes, he feels regret now. Martha and I can't share his worries.（是的。他现在很后悔，我和玛莎无法替他分担忧愁。）"

"Martha.（玛莎，）"杨琳突然问道，"I know you love Big Teeth. Can you tell me did you love your honorary chief too?（我知道你爱大牙。能不能告诉我，你也爱过名誉酋长吗?）"

玛莎很尴尬，不知如何回答，只缓缓地摇了摇头，说："No! I respect the chief. I never loved him. I'm loyal to my fiancé.（不！我尊敬酋长，从来没爱过他，我只忠诚于我的未婚夫。）"

"But Zhao Yaqing told me you loved him, didn't you?（可赵雅清跟我说你很爱他，是吗?）"杨琳逼问道，"Did your tribal chief give you to my husband?（你们部落酋长是不是把你许给了我的丈夫?）"

玛莎仍然否认，说："No! The chief never gave me to your husband, who was a man loyal to you, and Kaya could prove it for me.（不！酋长从来没有把我许给你丈夫。他是个忠诚于你的男人。卡娅可以帮我证明一切。）"

卡娅接过话说："Yes, madam. Martha is my cousin's fiancee. How can she love someone else's husband? We Dinka tribe have strict rules on marriage.（是

的，夫人。玛莎是我堂哥的未婚妻，她怎么可以爱别人的丈夫呢？我们丁考族部落对婚姻是有严格戒律的。）”



杨琳终于消除了长期以来存留在心里的顾虑，相信玛莎和卡娅说的话是真的。赵雅清对钟铁军安排玛莎和卡娅去当列车员稍有不悦，问钟铁军：“你是出于对玛莎的感情吗？”

钟铁军说：“想哪去了？铁路通车竣工后，玛莎和卡娅也将失业。有这样的机会，何不推荐她们去应聘？毕竟在咱们这里服务了这么久。她们需要帮助，给她们一条生路，也可以显示咱们中国人的仁义与宽厚，何乐而不为呢？”

赵雅清说：“她们去当列车员也好。一个漂亮的非洲姑娘，整天在你面前晃悠，让人心里不舒服，只是拆散了那个大牙。”

“你是让我再招大牙回来吗？”

“用得到就招，用不到就不招，你定呗。”

从内心说，钟铁军有些舍不得开除大牙。他认为这个黑人小伙能帮忙摆平好多事，自来到工地后，一心一意扑在工作上，算是个难得的助手与朋友。可王子浩事件发生后，又不能不把他辞退掉。私下里，钟铁军还念及玛莎的情分，这让他感到很煎熬，甚至带有一丝内疚。赵雅清这么一提醒，反而坚定了他等待机会再把大牙招回工地的决心。至于何时能见到大牙，则另当别论了。

通车在即，已经铺好的整条铁路线上，各区段和各工点补砟整道、焊轨等各工序交叉施工作业，紧张而忙碌，员工们风餐露宿。各施工队让师傅将饭菜送到工地，员工们利用很短的时间填饱肚子，抹一把汗水继续干活。

王子浩出事后，钟铁军把李小兵调回项目部，担任现场管理的副经理。一天中午，他俩和第五小刚头戴安全帽，肩上背着挎包，脚踏轨枕，迈着碎步行走在线路上，当地一辆救护车驶来停在了路基下的便道上。汪静和一名医护人员身着白大褂，戴着口罩，跟大牙一起跳下车来。钟铁军看到大牙，吃了一惊，说：“Big Teeth，want to come back?（大牙，还想回来吗?）”

“I miss you so much，boss.（我十分想念您，头儿!）”大牙说，“I want to come back. But today I have to accompany Dr. Wang back to the tribe，where we have some villagers dead，the local hospital failed to save them.（我想回来。可

今天我必须陪汪医生回部落，我们那里死了一些村民，当地医院没能救活他们。）”

钟铁军问那些村民得的什么病。大牙称是怪病，牧师回到部落不久，村落里有些人就病倒死去了。那个牧师和酋长爷爷也在高烧昏迷中离开了人世。当地医生怀疑是过去曾经在全世界范围内造成大流行的可怕病毒卷土重来，但体现在每个病人身上的症状又不完全一样，这使医生们更加发蒙，弄不清楚病因，只知道是一种传染性很强的疾病。所以，请江静去部落瞧瞧。钟铁军意识到又一波瘟神降临了，催汪静抓紧去看。

“See you later，boss.（回来见，头儿！）”大牙钻进车里喊，“I hope my tribe and the villagers will not suffer from illness.（但愿我的部落和村民不会遭受病魔的侵害。）”

这个消息很快传遍了工地。尤其那些当地黑人员工，听说其他部落也有村民得了同样的病症，在咳嗽、呼吸困难、高烧、腹泻急性发作中死亡，个个吓得瑟瑟发抖。

“Damn plague！Here comes the damn plague！（该死的瘟疫来了！该死的瘟疫来了！）”他们无心工作，三五成群地在工地上边吼叫边奔跑。昔日人满为患的工地，转眼跑掉了一半黑人劳工。

傍晚时分，汪静和那名医护人员回到了项目部，脸色很不好，见到钟铁军时甚至有些惊悸。她们不仅去了部落，还去了当地医院，协助当地医生救治躺在病床上的村民。那些病人极其无助与绝望，看中方医生到来，把一切希望都寄托在了他们身上。钟铁军问她怎么样。汪静说：“从没见过这种病，从发病到死亡时间有一定的潜伏期，并且具有较强的传染性，病人都在恐惧和痛苦中死去。”

“谁把这种病带进了部落与村庄？”

“牧师去了一个叫哈尼的美国人那里，回到部落传教时当场晕厥，一周后就有数名村民发病。”

“哈尼？”钟铁军无不惊讶地说，“艺术殿的哈尼？那个害死王子浩、阻挠铁路线位设计的美国佬哈尼？”

汪静摇头，说：“我不清楚。”

汪静当晚将去部落和医院的情况报告给了杨琳，称这个病有可能会在非洲大面积传播。杨琳当即安排了几人组成的医疗小组，带上预防传染和抗病毒的药物及消毒水，连夜朝北部工地赶去。她向路同和、戴国兴建议，各项目分部卫生所必须增建隔离病房。这个建议得到了集团工程建设指挥部和各项目分部的积极响应。



到了第三天，于长山劳务队传出有几名黑人劳工也得了此病。因驻点离卫生所有很长的路程，汪静和医疗小组成员紧急把他们送往了附近的当地医院。里边不断有全身防护的医务人员抬着尸体出来，后面跟着悲痛欲绝的死者家人。从这时起，工地上的员工开始变得人心惶惶。医疗小组的到来，缓解了员工们的心理压力。他们认准工地医院有办法和手段保证大家的生命安全。

这场突如其来的瘟疫，立即引起了A国疾控中心和政府的高度重视与密切关注。杨琳打电话给钟铁军，询问工地上的情况。钟铁军让她去国家疾控中心，将这个传染病的病因弄清楚，看看到底是什么鬼东西，工地上怎么预防。在铁路施工的关键时刻，绝不能让员工染病。不然，指日可待的通车目标将会泡汤。

钟铁军打电话找到里斯克和巴布扎将军的副官，让他们联系国家疾控中心，告诉对方杨琳将去了解疫情和病毒情况。杨琳带一名翻译乘车赶到首都，受到了疾控中心的热情接待。

“There's staff on the railway site that gets ill.（铁路工地有员工发病,）”杨琳通过翻译说道，“I wonder what kind of virus it is? Where does it come from? How we should prevent it?（我想知道这是一种什么样的病毒？病源发自哪里？我们该如何预防。）”

疾控中心官员是位黑人女士，戴一副深色眼镜，陪杨琳边往里走边说：“The source of the virus is unknown and the virus is being sequenced.（目前尚不清楚病毒的来源，正在对病毒进行测序。）”

一周后，杨琳从报纸和电视新闻里获悉，这是一种世纪病毒，正在全世界迅速蔓延。非洲虽然是瘟疫的重灾区之一，但病源并不在非洲，而是首发于一个被戏称为乌合之众的国家。

杨琳从疾控中心拿到的第一手资料显示，与其他分离的病毒所观察到的情况相反，它并不是由一个巨大的颗粒和一个复杂的基因组所代表，而是同时携带了大量以前未被描述过的基因。研究人员说，病毒属于首次发现的新谱系，是一种具有令人困惑的起源和系统发育的邪恶病毒，基因组非常独特，百分之九十的基因从未被描述过，根本无法识别，构成了所谓的孤儿基因（ORFans）。这种神秘的病毒拥有近乎完整的孤儿基因组，无疑挑战了DNA病毒的分类。在病毒中无法找到任何可识别序列或其他典型的病毒基因。根据目前用于病毒检测的宏基因组学方案，这种病毒甚至不会被识别为一种病毒因子。更令人担忧的是，构成这种病毒颗粒的未知蛋白质数量打开了另一个世界的大门。它反映了病毒世界中存在巨大变异性，以及这个世界充满了人类知之甚少，甚至一无所知的潜在病毒基因组，根本没有治疗所用的特效药物。

真的好可怕！杨琳被这一检测结果吓着了，心里假设着当地民众感染这种病毒后无药可救的凄惨情景：医院里人满为患，一具具尸体停满了每个角落，如同人间地狱；铁路工地人人自危，效率低下，工程无进度，恐惧、担心、忧虑充斥着每一支队伍。顷刻之间，她惊出了一身冷汗。

回到集团工程建设指挥部，杨琳急迫地向路同和、戴国兴作了汇报，并向国内通报了工地的疫情，请求向国外工地紧急调运防疫所需的各种医疗物资进行支援。夏江得到情况报告，第一时间强令国外工程协调机构，立即采购口罩、防护服、护目镜、呼吸机和药品，包机空运到A国，确保工地不发生大的疫情。必要时采取严格的隔离措施，防止扩散，保证人员的安全，绝不能耽误铁路施工与通车。

路同和与戴国兴接到了同样的指示，当即召开紧急会议，通知各分部领导和工地医院、卫生所及设在施工队的医疗室医护人员全部参加，讲清了这场新的疫情带来的危害和对铁路项目施工产生的影响，要求各区段和驻点立即行动，在防疫小组指导下展开疫情应对。

杨琳从流行病学的角度，向与会人员专门介绍了疫情的发展趋势和病毒测序的复杂性。与会人员有些恐慌。路同和看出了大家的紧张情绪，安抚说："国内已调运来医疗物资，增派了医生。大家不必惊慌。咱们要内紧外松，对员工们不要声张，但不能掉以轻心。工地医院的医护人员要积极加入当地的抗疫队伍，尽最大努力协助当地医院救助民众，阻断疫情传播和向工地蔓延。"

散会后，杨琳将工地医院的医护人员分成多个小组，分派到各个驻点和区段指导抗疫。钟铁军和其他项目经理纷纷向她表态，全力配合医疗小组加强本项目部和施工队的防疫。

丁考族部落酋长爷爷和牧师的病亡，引起了全部落的恐慌与不满。杰姆斯担心家人的安全，戴着口罩跑回了部落。他和大牙知道牧师是从哈尼那里回来后染病，又传给酋长爷爷和族群成员的。他满腔仇恨，呼号着带领众多族群成员走出森林去找哈尼算账。沿途遇到了其他部落的民众。他们一呼百应，开着各种车辆，跟随在丁考族的队伍里，奔向哈尼的住所。

那些人将哈尼围堵在了去州府的路上。大家把他从车里拽下来，有的要打他，被大牙拦住了。哈尼见过大牙，从人群里一眼认出他来。他咳嗽几声后说："Big Teeth, why are you looking for me? （大牙，你们为什么要来找我？）"

其他人叫嚷个不停。大牙愤恨地说："Hani, the priest came to you and gets sick. After he went back to our tribe, he infected to our people in the tribe. He and the chief died of infectious diseases. You are responsible for the spread of the disease and the numerous deaths and injuries among members of other communities. （哈尼，牧师来你这里染了病，回去传给了我们的部落，他和酋长都死在了传染病上。这个病四处扩散，其他族群成员死伤无数，你应该对此负责。）"

哈尼仍在大声咳嗽，边眨眼睛边说："I didn't infect anyone. The virus does not distinguish between you and me, and the virus has no national boundaries. No one can understand when to land or where to land. So, you shouldn't blame me. （我没有传给谁。病毒不分你我他，没有国界，什么时候登陆，在哪儿登陆没人能搞明白。所以，你们不该指责我。）"

杰姆斯高呼："You brought the virus back. You should go back to your country, lock yourself in your home, and why accept a visit from the priest. （是你带回了病毒。你应该回到你的国家去，锁在家里自我隔离，为什么还要接受牧师的到访？）"

哈尼有嘴难辩，边咳嗽边瞪着那些黑人，说："Look, I'm probably sick now. I also think the priest gave me the disease. Who of you can explain this scientific question to me? （你们看，现在我自己可能都染了病。我还认为是牧师把

病传染给了我。这样的科学问题，你们谁能给我解释清楚？）”

人群中有人吼道：“No, Yankee, you're the one who came to our country. You are so shameless that you are not responsible for what you did. You need to compensate each one of our families. Our people cannot die in vain. We can't pay so much.（那不行，美国佬，是你来到了我们的国家。你这样甩锅太无耻，需要给我们每个家庭进行赔偿，我们的族人不能白死，不能付出如此大的代价。）”

“Yes! It's not someone else who should pay for us, it's you Yankee. Including the fact that you brought HIV to Africa, you should pay compensation to all the people of Africa. What I ask is not much at all.（对！应该赔偿我们的不是别人，而是你这个美国佬。包括你们当年把艾滋病病毒带来非洲，应该给全非洲人民赔偿。我的要求一点儿都不过分。）”

杰姆斯指着哈尼，说：“Yeah, man. AIDS was found in Los Angeles, USA, in the spring of 1981. At that time, a hospital in Los Angeles admitted a patient with peculiar symptoms; the patient had a severe mold infection in the throat. The inflammation caused by the infection did not spread to the respiratory tract as usual, but to the esophagus, which was almost completely blocked. The patient gradually lost weight, the drugs used have no effects, and finally the patient died. You should acknowledge the fact that AIDS was brought to Africa and spread. Now this disease is similar to the AIDS of that year, you passed on to other countries.（是的，伙计。艾滋病被发现的地点是美国洛杉矶，时间是一九八一年春天。当时，洛杉矶的一家医院收进一名症状奇特的患者，病人咽喉部有严重的霉菌感染，感染产生的炎症不像通常那样向呼吸道蔓延，而是向食道发展，食道几乎完全堵塞了，患者逐渐消瘦，体重显著减轻，所用药物均无效果，最后那个病人死了。后来，病毒被带到了非洲并蔓延扩散。你应该承认这个事实。现在这个病和当年的病差不多，你们传给了其他国家。）”

哈尼无力招架大牙、杰姆斯和黑人们的指责，喘息着躲在车旁拨通了巴布扎的电话，说：“General, I am now being blamed and attacked by the local people, led by Big Teeth and another local people. Now, as an American citizen, I ask you to protect me.（将军，我现在遭到当地人的无端指责与攻击，领头的是大牙和另一名当地人。现在，我以一个美国公民的身份，请求您出面对

我加以保护。）”

电话那头传来巴布扎的声音："Big Teeth? How could he be there? You take on the speaker, and let him speak to me. （大牙？他怎么会在现场？你打开免提，让他听我说话。）”

哈尼打开免提，只听巴布扎在电话里说道："Big Teeth? This is Barbuza. It's unfortunate to hear that Hani has been surrounded by you and the people you brought. Listen to me, no matter what happens, you can't do harm to Hani, an American citizen who has lived in our country for a long time. If you still think I'm your superior and chief, please take everyone out of here, you hear me? （大牙吗？我是巴布扎。听说哈尼被你和带来的人围堵了。听我说，无论发生什么情况，你们都不能对哈尼造成伤害，他是长期居住在我们国家的美国公民。如果你还认为我是你的上级和长官，请你把所有人带离这里。听到了吗，大牙？）”

大牙距离手机很远，大声嚷道："Well, general, I'm glad to hear your voice. You will always be the person I worship, and I will always execute your instructions and orders. （好吧，将军，真高兴能听到您的声音。您永远是我崇拜的人，我会永远执行您的指示和命令。）”

大牙听完电话，跟杰姆斯商量后，对人群喊："All right, guys. I got an order from the chief to let this Yankee go today. Besides, he's sick. If you don't want to be infected, stay away from him and go back to the tribe. （好了，伙计们。我接到了长官的命令，今天先放过这个美国佬。再说，他已经染病。如果不想被他传染的话，那就离他远一点，先回部落去吧。）”

群情激愤的黑人们，在大牙的号召下渐渐平静下来。哈尼终于在极度的惶恐不安中逃过一劫。

# 第二十八章

钟铁军很担心杨琳，因为她身处抗疫第一线。他去医院找杨琳，想告诉她接触病人时一定要保护好自己。他可不想让她染病。这当口，杨琳正戴着口罩、身穿防护服，组织给各医疗小组分发防护用品，安排医护人员去准备高压氧舱，调试上场时从国内带来的两台呼吸机。她从屋里走出来对钟铁军说，肯定会做好防护，谁也不想中招被传染，但愿大家都能平安渡过这场凶猛的疫情。钟铁军是来跟她道别回工地的，两人都用口罩捂着口鼻，只深情地凝望了一下对方的眼睛。此时，一辆破旧的皮卡车开进来停在急诊室门口，几个黑人嘴和鼻子上捂着围巾，从车厢里抬下两名染病的男女。杨琳急匆匆跑去叫来全身防护的医护人员，将两人接进了急救室。

“你没穿防护服，快走吧，离开这里!”杨琳走到急救室门口冲钟铁军喊，“记住，让汪静到各队去检查，有员工生病，把他们隔离起来。”

钟铁军频频点头朝她挥手。正要离开医院，一辆车身上印着外文的救护车开进医院，停在了他身旁。路同和赶来了，戴着口罩冲钟铁军喊道：“铁军，杨琳呢?”

钟铁军说：“她正抢救当地群众。”

路同和说：“哈瓦佳州长通知我，哈尼染病了，要到我们这里来治疗，把他抬进去。”

钟铁军从急救室将杨琳喊出来。杨琳惊奇地问：“哈尼?那个害死王子浩的哈尼吗?怎么会把他送到这里来?”

路同和说：“这个美国佬听说工地医院医疗条件好过地方，点名要找中国医生帮他治病。”

杨琳甩脸子，说：“美国人最忘恩负义了，我可不想给他治，让他回美国去治吧。我们还要救治当地群众呢。”

路同和示意先将哈尼收下，医护人员将哈尼从救护车抬下来，放在轮式担架上，鼻孔里插着吸氧管，用恐惧的眼神看见了钟铁军，仍念念不忘夜明珠，有气无力地问：“Zhong，I'll pay three million dollars for the night pearl from your man Wang. Did he get it?（钟，我出三百万美元买你手下姓王的那颗夜明珠，他搞到手了吗?）”

钟铁军鄙视地笑笑，说：“Hani，you're dying. What do you want the night pearl for?（哈尼，你都快死了，还要那颗夜明珠干什么?）”

哈尼有气无力地说：“It's a natural afterglow material with silicate content, and I bought it to bring it back to the United States，contribute to my country. The technicians can use it for advanced equipment and manufacture products.（那是一种含有硅酸盐的天然无机长余辉材料，我买了它可以带回美国，贡献给我的国家，让科技人员用于先进的装备制造产品。）”

杨琳让钟铁军问哈尼：“Do you want to live or the night pearl?（你要命还是要夜明珠?）”

哈尼拼命地喘息着，说：“Don't ask me that. I want both.（别这么问我。两样我都要。）”

钟铁军讥讽说：“Hani，it's a pity that I broke what you wanted，and no one else will get it.（哈尼，可惜我把你要的东西砸碎了，不会再有人得到它。）”

哈尼不解地盯着钟铁军，说：“That is a rare treasure in the world，and you actually smashed it. What a shame.（那是世间难得的宝贝，你竟把它毁掉了，真的很可惜。）”

路同和挥手喊：“贪得无厌，可恶无比的美国佬，把他抬进病房去。”

一个月后，疫情猛然暴发，迅速蔓延。许多部落和村庄的民众接二连三传来染病和死亡的消息。员工们站在高高的路基上，看到附近村落里的黑人不时抬着尸体走进森林深处，由挖掘机挖出大坑，将用白布捆绑好的数具尸体，丢进坑内填土掩埋了。

就在这个阶段，世卫组织向全世界宣布，疯狂肆虐的病毒是人类的敌人，快速蔓延的疫情严重威胁各国人民的生命安全，并将给世界经济造成巨大破坏与冲击。

哈尼当天住进了高压氧舱。他心里当然清楚，是他把病毒带到了非洲。去草原打猎时出现的轻微咳嗽，让他一直认为自己得了一般的流感，完全没料到病毒如此凶险。大牙和杰姆斯带人围堵他之后没几天，哈尼病情开始恶化。牧师去他那里传教时被传染，又将病毒带回了丁考族部落，致使这种传染病在整个部落和附近的村庄流行蔓延开来。

两天后，运送国内医疗物资的包机抵达了A国。杨琳给哈尼施以最好的抗病毒药物，使他的病情有所缓解。钟铁军回到工地后，汪静突然间开始发烧。项目部的员工都清楚她接触了当地感染者。医疗小组把她隔离在一间单独的病房里，用上了从国内新运来的呼吸机与药物。随即派大量人员对项目部和各施工队驻点进行内外消毒。凡上工地的中外员工必须戴口罩。保安和随队士兵加强了项目部、工地和驻点的人员管制，非铁路员工一律不得闯入。一时间，工地和各驻点成了禁区。

汪静呼吸很困难，医疗小组不得不给她使用呼吸机。她用笔写下纸条，不让杨琳和其他人给远在国内的家人打电话，更不能透露染病，怕父母替她担心，一个人默默地承受着来自瘟疫的死亡威胁。钟铁军和赵雅清面戴口罩、身穿防护服去卫生所看她，只能站在隔离病房外面朝里瞅。看着她痛苦的样子，赵雅清偷偷地流下了眼泪，自言自语道："这可怎么办？"

钟铁军要求医护人员，无论想什么办法也要把汪静抢救过来，这也是杨琳的指示。

汪静躺在病床上侧脸瞧见了钟铁军和赵雅清。医护人员看到她眼角淌下泪水，听她用微弱的声音说："我可能回不到中国，见不到父母了。"

医护人员安慰汪静，称一切都会好起来。可她有些绝望，说："把工地员工隔离好，别让他们感染上这种病……我只有一个请求，如果我死了，把我埋在烈士陵园里，与刘柱和张放的墓挨在一起，能天天看到火车从下面路过，好吗？"

医护人员的泪水浸满了护目镜，哽咽着答应了她的请求。钟铁军和赵雅清离开卫生所回到办公室，赵雅清倚在桌旁大哭，给杨琳打电话，说："杨姐，你派人来救救汪静吧，要不把她转到工地医院去，咱们工地不能再有人失去生命了。”

杨琳当时正在当地医院，与黑人医生们一起救助染病的黑人群众。她先是同意派医生到北部工地去救汪静，后来决定还是把汪静接回工地医院来治疗。杨琳打电话给钟铁军，让钟铁军联系军方直升机，去把汪静接过来。巴布扎将军接到钟铁军的求援电话，毫不犹豫地说：“Okay，Zhong，I'll have the adjutant arrange a helicopter to pick up the doctor.（好的。钟，我立即让副官安排直升机去接那名医生。）”



直升机飞来后，直接降落在项目部外面宽阔的草坪上。钟铁军和赵雅清目送医护人员将汪静抬上飞机，派了两名医生一路陪护。汪静带着呼吸机，躺在封闭的机舱里。当直升机飞临森林上空时，她侧脸看了看窗外，蓝蓝的天空和飘浮的白云映入眼帘，美丽的景象竟然使她忘记自己正在遭受病魔的攻击，似乎看到了生还的希望。她无论如何也没有想到，离开卫生所后的几天，好几名中外员工接连在病毒折磨下死去，整个工地处于一片萧瑟和万分悲痛之中。征得死者家人同意后，钟铁军、第五小刚、安保国、于长山、李小兵、吴大友，为死去的员工送葬，将那些尸体就地埋在了路基边的森林里。从这时起，施工队食堂出台了严格的限制措施，一日三餐每人盛出盒饭，分散跑院子里去吃。晚上睡觉，也把过去六人一屋的大铺，改成两人一间。许多黑人员工干脆挪到室外露天宿营。

面对死亡，中外员工并没有被吓倒。他们戴着口罩，坚持天天上工地，做通车前的最后冲刺。那一日，钟铁军正在线路上检查施工，一个戴着口罩的中年人开车来到工地，在路基下恰巧碰见了安保国，向他打听钟铁军在哪儿。安保国努力回忆着这个戴着口罩的人是谁，似曾相识，但又想不起在哪儿见过，就问他：“你认识钟铁军？”

那人说：“认识。他曾经救过我的命。”

安保国很奇怪，心想这是打哪儿来的，还被钟铁军救过命。于是，他如实告诉那人，钟铁军在前面的工地上。钟铁军见到那个人时，顿时愣住了，待对方摘下口罩，他惊喜万分，叫道：“舒总？怎么是你？你从哪儿来？”

舒其瑞微笑着，说他刚从国内回来，听说工地上发生了疫情，便来找他，将从国内带来的一些医疗物资捐赠给工地。两人走下路基来到一棵大树下。钟铁军问：“你不在博顿公司了吗？”

舒其瑞说："早离开了。你把我救出来后，我回到国内就辞职单干了，做医疗设备贸易，专门跑非洲市场。中国的药品和设备在非洲很受欢迎。"

钟铁军把安保国、李小兵、第五小刚等人喊了过来。说起当初在物流基地与博顿公司的博弈与对峙，就像开了一场玩笑，人人禁不住哈哈大笑。现在，一切归于平静。钟铁军那次对舒其瑞的勇敢施救，使原来的对手成了朋友。舒其瑞没有忘记钟铁军的救命之恩。如今，工地到了最艰难的时刻，他当然要以自己的行动来报恩。钟铁军说："既然你准备了医疗物资和器械，就送到工地医院去吧，我爱人在那里当院长。"

第二天，舒其瑞带着几名员工亲自护送，从首都开来两辆大车，将医疗用品送到了工地医院。路同和、戴国兴见到舒其瑞惊讶地说："哎呀，真想不到啊，舒总，博顿公司还想着我们。"

舒其瑞赶紧摇头，说："我早就不是博顿公司的人了，我只代表自己的公司向你们捐赠。"

杨琳穿一身防护服，从当地医院专程赶回来接收了这批物资，做完登记先存入库房。送走舒其瑞，路同和让她马上分配给各施工驻点，杨琳却说："指挥长，我想先把这批物资捐赠给当地医院。那里缺医少药，医疗系统几乎崩溃，病人太可怜了。"说着，她忽然晕眩，差点摔倒在地，幸亏被路同和与在场的医护人员扶住。"你咋了？院长。"

杨琳摇摇头，说："没事，有点累。"

路同和与戴国兴催促道："快扶她去休息。"

杨琳没有回到宿舍，而是穿着防护服走进了哈尼的病房。哈尼在医护人员的精心治疗下，与死神擦肩而过，捡了一条命。他的病情已经大为好转，摘掉了呼吸机，嘴上戴着口罩，气色已在渐渐恢复。见杨琳进来，他欠了欠身子，不停地朝杨琳点头致谢，说："I would like to thank the great Chinese doctors. You have tried to save me this old American man. In my country, I also do not necessarily get such good treatment, I love China!（我要感谢伟大的中国医生，你们想尽办法拯救了我这个美国老头。在我的国家，我也不一定能得到如此好的治疗，我爱中国！）"

杨琳拖着疲倦的身子冲他微笑，打出胜利的手势。汪静戴着呼吸机，见杨琳来到隔离病房，两眼流下了泪水，问道："杨姐，我不行了吗？"

杨琳安慰说："别瞎想。你要坚定活着的信念，一定能好起来。"

看到汪静痛苦的模样，杨琳给医护人员交代完治疗事项，扭头从病房出来，躲进自己办公室呜呜地哭了。

疫情越来越严重。安保国施工队的几名中外员工，在工地上正干着活，事先也没有任何征兆，只说了一句发烧难受，即刻心脏骤停，来不及抢救便倒地而亡。其他员工克服恐惧，眼含热泪把他们抬下路基，埋葬在了森林里。

这一天，大牙面戴口罩开辆旧皮卡车，车厢里装着几大桶药汤，拉着玛莎和卡娅来到工地，对安保国喊："Captain An，James，let the boys come over and drink the soup，which Martha made from the herbs collected from the mountains and forests. It has the effect of preventing this crazy virus.（安队长，杰姆斯，让伙计们过来喝药汤，这可是玛莎从山林里采来的草药熬成的，对预防这个疯狂的病毒有作用。）"

听到大牙的喊声，员工们放下手中的工具，纷纷跑下路基围拢过来。玛莎和卡娅抱着一摞陶碗，打开大桶盛到碗中，分发给员工们。每个人内心存有恐惧感，不管药汤起不起作用，都希望能喝上一顿。钟铁军和第五小刚、李小兵、安保国也走近皮卡车，喝到了玛莎熬制的汤药。玛莎戴着口罩，两只美丽的眼睛深情地望着钟铁军微笑。

钟铁军问："Martha，Kaya and you didn't take the training?（玛莎，你和卡娅没去接受培训吗?）"

卡娅继续盛着汤药，说："The training is in process，but we both asked for a leave to to come back to help the staff here. Martha also went to the site hospital，to send medicine soup to Wang Jing. She drank the medicine soup and thought the effect was good（正在培训，但我们俩请了假，必须回来帮助这里的员工。玛莎还去工地医院给汪静送了药汤，让她喝了。汪静感到效果很好。）"

第五小刚问玛莎："Have you studied the Chinese traditional medicine?（你学过我们中国的中医?）"

玛莎戴着口罩笑笑，说："No! Chinese traditional medicine is amazing，but I learned from Grandpa. What I learnt is not contradictory with Chinese traditional medicine，and the plateau herbs are also amazing.（不！中国的中医很神奇，

可我是从爷爷那里学来的，与中国的中医并不矛盾，高原上的草药也很神奇。）”

大牙忙碌着为员工们端汤药，说：“Yes. Wang Zihao's leg injury was cured by my fiancee with the herbs she collected. There is no doubt in this.（是的。王子浩的腿伤就是我未婚妻采集草药治好的，这一点不用怀疑。）”

钟铁军喝下了汤药，将碗递给玛莎，说：“Martha，you and Kaya go back to take the training. The epidemic will not finish soon. You cannot miss the job opportunities.（玛莎，你和卡娅回去继续接受培训吧，疫情不是一天能结束的，别错过就业机会。）”

玛莎又打开另一桶药汤，摇头说：“No！First let me use the skills to serve here，if the railway cannot be finished，and the train cannot travel on the line，Kaya and I still have no work to do.（不！先让我用掌握的技能服务这里，铁路修不完，火车也无法在线路上行驶，我和卡娅照样没有工作可干。）”

钟铁军没再强求说服玛莎，更加欣赏大牙了，问道：“Big Teeth，do you want to come back to work?（大牙，你想归队吗?）”

大牙喜出望外，说：“Boss，I'd love to come back，but you're not taking me anymore. Ah，whether you and Captain An want me or not，I will serve here because you have made too many sacrifices for my country. That's from my heart，boss.（头儿，我太想回来了，只是你不再接收我。啊，不论你和安队长要不要我，我都将为这里服务，因为你们为我的国家做出了太多的牺牲。这是我的心里话，头儿。）”

安保国拉下捂在嘴上的口罩，通过随队翻译说：“Brother，come back. Still do your old job，watch these local staff. We work together.（兄弟，回来吧。还是干你的老本行，看好这些当地员工，咱们共同努力。）”

大牙和玛莎、卡娅满脸喜悦望着钟铁军、安保国等人，大牙伸开双臂，想上前去拥抱钟铁军和安保国，意识到拥抱会互相传染，便停住脚步说：“I'm so happy，boss. I'm willing to give everything for our friendship，this fucking plague，I'm sure we can beat it.（我真高兴，头儿。我愿意为咱们的友谊付出一切，这他妈的鬼疫情，我相信一定能够战胜它。）”

大牙如期归队了。黑人劳工们戴着口罩，分散在森林里，仍然那么快乐地为他跳舞唱歌。玛莎和卡娅在项目部停留到傍晚，赵雅清对她俩热情许多，让食堂为她们准备了可口的饭菜。临别时，钟铁军说："If you don't go back to the training for the time being，go to the site hospital and see what you can do for Wang Jing and Dean Yang. I hope Wang Jing can return safely.（如果你们暂时不回去参加培训，就去工地医院，看看能帮汪静和杨院长做点什么，但愿汪静能平安归来。）"

玛莎凝望着钟铁军，说："We will pray for her. I believe that she can come through this difficult time. I do not want to watch her die.（我们会为她祈祷，相信她能渡过这一艰难的时刻。我不想看着她死去。）"

当夜，大牙开车将玛莎和卡娅送回了部落。第二天，俩人带上草药搭车去了工地医院。杨琳去参加当地医院的病人救治了。她们没有见到她。经医护人员同意，玛莎煎好汤药后，俩人穿好防护服，由护士陪着走进汪静的病房，再次将汤药端给她，用根细管一头插到碗里，一头让汪静含在嘴边，让她喝了下去。她的呼吸已不那么急促，见到卡娅和玛莎很亲切。卡娅竟流泪了，说："Dr. Wang，I don't want you lie here. If you want to get back to the clinic quickly，I still want to work for you. You must get better.（汪医生，我不希望你躺在这里。你要快点儿回到卫生所，我仍想为你当助工，你必须好起来。）"

汪静喝完药汤戴上口罩，缓慢地说："Thank you，Kaya. You and Martha are going to be train attendants，so even if I go back to the clinic，you will not work for me. When we leave here and go back to China，you'll change your destiny completely.（谢谢你，卡娅。我即使回到卫生所，你也不能再给我当助工，你和玛莎要去当列车服务员，等我们离开这里回到中国，你们便彻底改变了自己的命运。）"

就在这天，中国向 A 国派来了援外医疗专家团。中医专家带来了中医药方和草药。舒其瑞找到 A 国卫生部官员，以医疗器械合格供应商的名义，加入了接机的队伍。他率先拿到了药方和部分配好的中草药，给钟铁军打完电话，当即跑去集团工程建设指挥部找到路同和。工地医院的医生接过药方和那些珍贵的中草药，直接将玛莎喊去，通过翻译对她说："Martha，do you know these herbs from China?（玛莎，你认识这些从中国带来的草药吗?）"

玛莎翻看着那些草药，赞叹不已，分辨出许多种草药，还讲出了草药的名字。

“These herbs are antiviral.（这些草药能抗病毒！）”玛莎掩饰不住内心的激动，“My grandfather taught me when he was alive. It was so rare.（我爷爷活着的时候教过我，真是太难得了。）”

“Can you boil these herbs into an herbal soup?（你能将这些草药熬成药汤吗？）”

玛莎很自信，说：“I’ll make these herbs ready for you.（我会把这些草药熬好提供给你们的。）”

玛莎和卡娅连夜将那些中草药熬制好，贮存在一个保温桶里，用于临床病人服用。

那天晚饭后，钟铁军感到很疲劳，偶尔伴有咳嗽，以为是头天没有休息好劳累过度，根本没意识到自己会出现不良状况。赵雅清戴着口罩，看出他没了往日的活力与精神，问他咋了。钟铁军顺势躺在床上，让她帮忙盖好被子。赵雅清感到不对劲，伸手摸向他的额头，又摸摸自己，将两人的体温做比较，隐隐约约觉得他在发低烧，于是，慌慌张张跑去叫来医疗小组成员，先帮钟铁军测体温、看嗓子，又抽血化验，并让医护人员取来西药给他服上。从医生不安定的眼神中，赵雅清觉出情势不妙，就问钟铁军要不要住院。钟铁军摆摆手，说工地上的活儿一大堆，哪有时间住院啊。半夜，赵雅清听到隔壁传来一阵紧似一阵的咳嗽声，赶忙从床上爬起来，戴好口罩，推门闯进钟铁军屋里，帮他倒水试体温。在低烧中，钟铁军度过了一个难熬的长夜。

那一夜，注定充满不幸与悲伤。医疗小组成员立即将钟铁军的症状报告给了路同和、戴国兴和杨琳。杨琳正在病房里，带领医护人员们救治送到医院来的当地群众。自从工地医院和各项目分部驻点卫生所扩建出专门的隔离病区后，与当地政府和医院建立起了联防联控机制。当地医院不论是医疗规模、卫生条件、设施设备、医疗物资贮备，还是医护力量与专业水平，都无法与中方铁路工地医院相比。然而，村落里被传染送医的民众却越来越多，远远超出了医院的接纳能力。还有不少黑人医护人员也被感染，精神几近崩溃。所以，那些住不进当地医院的群众，都用救护车或被亲属们用自制的担架，送到了工地医院的隔离病区。不几日，隔离区人满为患，病房住不进去，当地黑人顺势躺在过道里，或在院子里搭起简易床等待救治。无论生死，他们都对中方医院和医疗救护抱有极大的信任。很快，医疗物资消耗殆尽。

看着那些染病的黑人，在悲惨的哭嚎声中一个个死去，杨琳心里不仅充满了怜悯与同情，更难以遏制来自灵魂深处的痛苦。当听说钟铁军发烧染病的那一瞬间，她不敢相信会发生那样的事，拿起电话打给钟铁军，接听人却是赵雅清，电话里传来了她悲恸的哭声。

“喂，雅清，铁军怎么了?!”

“经理病了，在发低烧，还不停地咳嗽。他可能被传染了。”

赵雅清说话的同时，杨琳也在不停地咳嗽。“我的天呐！这，不可能，绝不可能!”杨琳的声音有些颤抖，“快把他送到工地医院来。”

钟铁军被传染的消息不胫而走。第五小刚、李小兵、安保国、于长山、陈立国和大牙、杰姆斯等中外员工，先后赶到项目部，个个忧虑万分。在医疗小组成员的劝阻下，他们不敢靠近钟铁军。安保国和大牙比任何人都着急。赵雅清冒着被传染的危险，身穿防护服从屋里出来，与第五小刚和李小兵、安保国商量，看谁开车把钟铁军送到工地医院去。

大牙凑上前说：“No! It's too far to drive. I'll contact General Barbuza and ask him to send a helicopter to pick him up.（不！路途太远，不能开车去，我来联系巴布扎将军，让他派直升机来把头儿接走。）”

巴布扎接到大牙求援电话的那一刻，无比震惊，说：“You mean Zhong was infected?（你是说钟被传染了吗?）”

大牙说：“Yes, General. He's in urgent need of a helicopter.（是的，将军。急需直升机把他接去就医。）”

“Oh, my God.（上帝呀!）”巴布扎在电话里骂骂咧咧，“Damn it. I'll send a helicopter right away, and I'll notify the national CDC to get Zhong to the Capital Hospital, and he must get the best treatment.（活见鬼！我马上派直升机过去，并且会通知国家疾控中心，把钟接到首都医院，他必须接受最好的治疗。）”

杨琳没有等到钟铁军的到来。直升机降落在项目部外面的空场后，医疗小组成员用担架将钟铁军从屋里抬出来，第五小刚、李小兵、安保国和大牙等人，只能站在远处目送他离开。赵雅清提出要随直升机一起去首都，被拦下了。她和安保国分别打电话告诉杨琳，称军办派直升机把钟铁军接去了首都医院。杨琳心急火燎地想去首都亲自守护丈夫，转念又想那么多等待救治的病人在眼巴巴地指望着她，一旦离开，那些病人就会失去生的希望，医护人员也就没了主心骨。她心里充满了矛盾，默默为钟铁军祈祷，对自己说不能走。

玛莎和卡娅抬着盛满汤药的木桶走进来，看见她擦拭掉了眼泪，问道："Aren't you taking care of the manager?（你不去照料经理吗?）"

杨琳摇头，说："They need me more here. Go，go and send the soup to the patients.（这里更需要我。快去把汤药发给病人。）"

路同和与戴国兴得到钟铁军染病的消息，立即向国内发了传真电报。夏江指示不惜一切代价，必须把他抢救过来。经巴布扎协调，他俩赶到首都医院后，由里斯克陪同走进医护站，在那里正巧碰到了舒其瑞。几个人换上全套防护服，由中国援外专家团成员带进隔离监护病房。钟铁军斜躺在病床上，旁边挂着吊瓶正在输液，鼻孔里插着吸氧管，嘴巴张得很大，看上去十分难受。见来人是里斯克、路同和、戴国兴和舒其瑞，钟铁军有些激动，断断续续地问工地怎么样，杨琳会不会被感染。路同和不让他再想着工地，只叮嘱安心把病治好。里斯克说："Zhong，you live is the most important thing. Affected by the epidemic，the railway cannot be opened on schedule，the president and the public will understand.（钟，你活下来才是最重要的。受疫情影响，铁路不能按期通车，总统和民众都会理解。）"

钟铁军说："No! Must pass…（不！必须通……）"

舒其瑞说："铁军，路指挥、戴书记都在，为了铁路通车，也为了工地上员工的生命安全，我决定再给工地医院捐赠一百万元的医疗物资、器械和药品。"

钟铁军心里明白，舒其瑞的慷慨举动和行为，既是对他的报答，也是对A国抗疫的有力支援。

离开监护室后，戴国兴向中国专家询问钟铁军的病情到底如何。专家说经过会诊，已经采取了非常措施，把该用的手段全用上了，希望他能康复。

舒其瑞说只要能把他救过来，花多少钱他来承担。其实，钟铁军最终能否从医院里走出来，谁都没有把握。

路同和纳闷地问：“舒总，疫情这么严重，那些在国外的华人华侨都赶着回国，你为什么不回去？”

舒其瑞摘下防护服，真诚地说道：“我不想给国家添乱。疫情对我从事医疗行业贸易，恰恰是个机会。再说，你们这些央企员工身处险境，却舍命为国家而战，我有什么理由跑回国内呢？”

这句看似轻松的话，却重有千斤，深深打动了路同和与戴国兴。他俩紧紧握住他的手，啥话也没说。第二天，舒其瑞又将捐赠的一百万元医疗物资，送到了工地医院。

自从钟铁军和汪静被直升机接走后，赵雅清感到了前所未有的孤独。她虽然时常偷偷流泪，但仍然坚守在项目部。心想钟铁军不在，她有责任配合好第五小刚和李小兵的工作，甚至每天都跟第五小刚他们共同商量工地上的安排，操心各施工队的劳力组织。这一天，她实在承受不住精神压力，向第五小刚提出想代表项目部去首都和工地医院看望钟铁军、杨琳与汪静。第五小刚作为项目部临时负责人，很痛快地答应了她，担心一人外出不安全，叫安保国派大牙开越野车拉她前往。第五小刚说：“Big Teeth，I hand you Minister Zhao，if she has any problems on the road，you’ll be responsible.（大牙，我把赵部长交给你，如果她路上出啥问题，我就找你算账。）”

大牙向他保证，说：“I’ll protect her. I go with her，not only to see the boss and Wang Jing，but also to see Martha and Kaya. I think I can do something for them.（我会保护好她的。我陪她去，不但可以看望头儿和汪静，还可以见到玛莎和卡娅。我想应该能够帮他们做点什么。）”

大牙开车拉着赵雅清驶出了工地。从森林到沼泽地，只要有村落的地方，沿途都出现了抬着尸体掩埋的可怕场景。还有许多用围巾捂住嘴巴的民众，拖家带口四处奔逃。赵雅清被那些惊悚的场面吓慌了，问道：“Big Teeth，do you think we can get through this disaster?（大牙，你说咱们能躲过这场灾难吗？）”

大牙手握方向盘，说：“I don’t know. For God’s sake，I think we can overcome this evil virus attack.（我不知道。看在上帝的分上，我想我们能战胜这邪恶的病毒。）”

中午时分，越野车路过烈士陵园。赵雅清和大牙扭头瞧见了埋在半山腰上的一座座墓碑。“Big Teeth.（大牙，）”赵雅清指着山坡说，“You see, Zhang Fang and Liu Zhu are there.（你看，张放和刘柱在上面。）”

大牙停下车，长长地按响了喇叭。赵雅清知道，大牙是在以这种方式向张放和刘柱致意。“Ah, my two Chinese brothers.（啊，我的两位中国兄弟！）”大牙叹口气说，“They died in such a great way that they don't need more praise. They will bless the livings in heaven.（他们死得太伟大了，不需要更多的赞美。他们会在天堂保佑世上活着的人。）”

“I only wish them to bless the manager and Wang Jing.（我只愿他们保佑经理和汪静。）”

“Yes.（是的，）”大牙感动地说，“I know you love them both. Love is the only antidote to all the diseases in the world. It can awaken the soul of a man.（我知道你深爱他们俩。爱是世上所有病症唯一的解药，能够唤醒人类的灵魂。）”

天黑下来以后，大牙和赵雅清才赶到工地医院。玛莎和卡娅戴着口罩迎了出来，对她们的到来感到很意外。“Many people are dead.（许多人都死了，）”玛莎含泪站在大牙对面说，“It's tragic. We can't save them. What do you say we can do?（太悲惨了。我们没能力救活他们，你说该怎么办？）”

大牙心情很沉痛，说：“Martha, you did your best. People who died can't get back to life. Use your energy to those who live. Don't cry for death.（玛莎，你们尽力了。人死不能复生，把精力用到那些活着的人身上去，别为死亡而流泪。）”

赵雅清没有见到杨琳。卡娅找到值班医生，为她和大牙换上了全套防护服准备去看汪静。走在医院院子里，瞅见那些躺在露天病床上的患者，个个都在痛苦地惨叫，眨眼间又有人死去，这让她浑身战栗。

“People are dying everywhere.（到处都有人死去，）”卡娅悲伤地说，“We're sad.（我们很难过。）”

汪静病情基本稳定下来，戴着口罩躺在病床上。赵雅清、大牙、玛莎和卡娅进来时，她看不清防护服后面的面孔，以为是医护人员，直到赵雅清喊出她的名字，她才恍然大悟。

“汪静。”赵雅清亲切地说，“我是雅清，项目部派我和大牙来看你。”

“雅清？大牙？……”汪静激动地惊叫着，竟哭出声来，“大家都好吗？”

赵雅清忧愁地说："好。可经理染病，被接到首都医院去治疗了。"

"啊？"汪静很震惊，"经理得了这个病？那杨姐知道吗？"

卡娅说："Yes. But she didn't take care of her husband.（知道。可她没去照顾丈夫。）"

那一夜，杨琳从隔离区出来，只与赵雅清和大牙匆匆见了一面，又回到病房去了。那里有从工地上送来的病人。赵雅清、大牙、玛莎和卡娅看不出她对钟铁军有丝毫的担心。其实，杨琳表面上很平静，内心却深受煎熬，她在用一颗坚强的心支撑着自己。到了半夜，住在招待所里的赵雅清、大牙、玛莎和卡娅，被院子里传来的嘈杂声惊醒。她们弄不清外面发生了什么。大牙穿好衣服，戴好口罩跑出去，发现医护人员慌慌张张聚集到了病房外面的院子里。他走上前，看见杨琳闭着双眼躺在担架上。大牙着急地问："What happened to the manager's wife?（经理夫人怎么了？）"

有人说："She fainted in the ward and had a fever.（她晕倒在病房里了，浑身发烧。）"接着对其他人喊，"快，把院长抬到房间里去。"

杨琳在接连不断地咳嗽。大牙心里咯噔一下，跑回招待所房间，叫道："The manager's wife fell ill. Martha，Kaya，get up.（经理夫人病倒了。玛莎、卡娅，你们快起来。）"

赵雅清听到喊声，腾地从床上爬起来，眼里涌满泪水，自语道："天啊，这是咋了？到底还让人活不？"

杨琳被抬进了单独的隔离病房。副院长亲自带领医护人员为她进行检测。结果震惊了所有人。"院长染病了。""院长被感染了。"顷刻之间，就听到几个年轻的女医护人员相拥而泣。

不幸的消息再次搅扰了黑暗而纷乱的夜。各项目分部当时便得知了杨琳病倒的噩耗。员工们彻夜难眠，憎恨这可恶的病毒。第五小刚、李小兵和安保国、于长山以及杰姆斯等中外员工，顶着星光分散在驻地院子里为钟铁军和杨琳祈祷。赵雅清、大牙、玛莎和卡娅被阻隔在病房外。她们束手无策，只能眼睁睁地望着慌乱中的医护人员进进出出。赵雅清此时再也抑制不住自己的情绪，哭道："这可怎么办？经理和杨姐都病倒了。"

路同和、戴国兴得知这个消息后，立即报告了国内，马上驱车来到工地医院隔离病房。他们想进去看杨琳，同样被劝阻在门外。"那个没好，这个又病了!”路同和发愁说,“这个家不知会成什么样子。”

在这个漫漫长夜里,路同和向巴布扎将军和里斯克局长通报了情况,并与中国援外专家团取得了联系。他们决定不给钟铁军透露杨琳的任何情况。专家带着抗病毒药物当夜赶到医院,对杨琳进行了会诊。路同和、戴国兴和赵雅清一致要求把杨琳也转到首都医院去治疗,可杨琳的病情突然间急剧恶化,心脏出现骤停现象,已经不能再对她实施移动,只能就地治疗。没过多久,杨琳呼吸急促,医护人员使用剩下的唯一一台呼吸机辅助她呼吸。

“救救她吧!”赵雅清边哭边拉住专家的手说,“她不能死,我不想让她死。”

天亮后,巴布扎将军、里斯克局长和哈瓦佳州长乘车赶到了医院。随后,中国驻A国使馆人员和援外医疗专家团团长也赶来了。他们身穿防护服走进病房,发现杨琳已经深度昏迷,当场进行了抢救。站在外面等待的每一个人,无比揪心地企盼着奇迹的出现。

“You have to be transferred, life or death.(无论生死都必须转院!)”

医疗团团长对巴布扎说,“Transfer her to the Capital Hospital.(转到首都医院去。)”

巴布扎掏出手机拨通了副官,吼叫道:“Send in the helicopter, we're going to transfer Zhong's wife to the capital hospital for rescue. We must save her.(快派直升机过来,我们要把钟的妻子转到首都医院去抢救,必须救活她。)”

杨琳虽然处于昏迷状态,可她清楚自己并不是这一天才染病倒下的。早在去协助当地医院救治那些染病的黑人时,她已出现咳嗽、低烧、呼吸急促,只是没有朝被传染这方面考虑而已。她将自己做了更加严密的保护,防止传染其他人。钟铁军得病住院,对她是个天大的打击,她终于再也坚持不住了。

直升机飞来后,杨琳戴着呼吸机被抬出病房时已不省人事。赵雅清、大牙和玛莎、卡娅以及全院的医护人员,默默地望着起飞的直升机流泪。使馆人员代表祖国安慰着大家,提醒路同和及全体人员保护好自己,同时不要丧失信心,如果缺少医用物资,使馆负责调运,努力保证国外员工们的生命安全。

大约过了半个小时,直升机突然轰鸣着飞了回来,仍停在原来院外头的空场上。机舱门打开后，跟随护理的几名医护人员号啕大哭，将杨琳抬下了飞机。路同和、戴国兴、赵雅清、巴布扎、里斯克、莎菲娅以及大牙、玛莎、卡娅等所有人涌上前去，看到了杨琳身上盖着一块白布。

“院长病逝了！”

“杨姐——”

“院长——”

赵雅清和医护人员走近担架，望着白布覆盖下的杨琳泣不成声。天地落泪，人间悲哭。撕心裂肺的哭喊声，长久地回荡在整个森林与高原上空，但已经唤不醒永远沉睡的杨琳了。

# 第二十九章

使馆人员和巴布扎将军、里斯克局长、哈瓦佳州长，从医护人员手中接过担架，亲自将杨琳的遗体抬进了停尸间。钟铁军一直未与杨琳见面，都不清楚对方的生死。为便于处理后事，路同和、戴国兴与医院领导商议后，决定将杨琳的遗体保存在冷藏箱里，等钟铁军出院后，让他和杨琳的父母及孩子，看她最后一眼，不再留下更多的遗憾。

杨琳的遗体被推进太平间的一刹那，所有在场的人员都流下了泪水，就连那些躺在院子里的当地病人与看护他们的亲属，也斜着脑袋扭头看过来。有的向苍天祈祷，有的为杨琳哭泣，不仅为失去杨琳，更为在这场疫情中失去了生命的无数众生。巴布扎、里斯克、哈瓦佳、使馆人员和路同和、戴国兴等中外员工，身上穿着厚厚的防护服，戴着护目镜。大牙、玛莎和卡娅看到，护目镜后面的每一双眼睛都盈满了泪光。威武刚强的巴布扎将军，在战场上从没流过泪，此时几度哽咽，对使馆人员和里斯克说："I'm so sad that I can't calm down. Yang is a true hero who has dedicated her life to local people and the railway workers. If she's buried in a martyrs' cemetery, I want the president to give both her and her husband a national hero's medal.（我十分难过，心情无法平静。杨为救治当地民众和铁路员工奉献了生命，她是真正的英雄。如果她埋葬在烈士陵园里，我要让总统为她和她的丈夫，各授予一枚国家英雄勋章。）"

使馆人员擦了擦眼角，说："Thank you, General. Our embassy will also report to the top of the country to recognize the martyrs of those employees who have lost their lives in promoting railway construction and deepening friendship between the two countries. （谢谢您，将军。我们使馆也会向国内高层报告，追认这些为推进铁路建设、加深两国友谊献出宝贵生命的员工为烈士。）”

此时，大牙、玛莎、卡娅就站在巴布扎身后默默地流泪。赵雅清哭得更为伤心。她知道，杨琳的去世对钟铁军来说犹如晴天霹雳，比天塌下来还糟糕，可他还被蒙在鼓里。这种生离死别，身在异国他乡简直不可接受，可有什么办法呢？大牙走到巴布扎面前，说："General，I'm Big Teeth. （将军，我是大牙。）”

巴布扎定神望着他点了点头，说："Oh，Big Teeth? Unfortunately，we met here. Are you from the northern construction site? （哦，大牙。很不幸，在这儿见面了。你从北部工地来吗?）”

"Yes，general. Hey，Martha，Kaya，Minister Zhao，come here，this is the General. （是的，将军。哎，玛莎、卡娅、赵部长，你们过来，这是将军!）”大牙将她们喊过来说，"We were sent here to see Zhong and his wife，but she died⋯ （我们是被派来看钟和他夫人的，可夫人死了……）”

大牙话没说完，眼泪就夺眶而出。巴布扎将军沉重地说："Zhong is still in the capital hospital for treatment，and he does not know the death of his wife. I do not know how to tell him. （钟还在首都医院接受治疗，他还不知道夫人去世，不知道该如何跟他讲。）”

"General. （将军，）”赵雅清含泪祈求道，"Can you arrange for me to see Manager Zhong? I want to meet him. （能安排我去看看钟经理吗？我想见他一面。）”

巴布扎尚未回答，使馆人员说："他还在隔离治疗。那里的环境太危险，暂时不能安排大家去会面，请理解。”

赵雅清哭了，心如刀绞，拉住玛莎和卡娅，说："他该怎么办？他该怎么办呀?”

一辆凯迪拉克开进了医院的院子。车停好后，一名黑人小伙戴着口罩走了过来。巴布扎将军一眼认出了他，问："You're the driver of old Hani. You're here to pick him up? （你是哈尼老头的司机，是来这儿接他吗?）”

黑人小伙点头，说：" Hani's out today. I'm here to pick him up. （哈尼今

天出院，我来接他。）”

几名护士和哈尼出现在了隔离病区出口，嘴上戴着只大口罩。大牙转头惊叫道：“Hani？（哈尼?）”

哈尼完全无视那些染病躺在院子里的当地民众，径直来到人群面前，认出了巴布扎和里斯克，说：“Ah，General Barbuza，Chief Risk，I’m lucky to see you here. After a life-and-death disaster，I survived and recovered，thank God.（啊，巴布扎将军、里斯克局长，很幸运能在这里见到你们。经过一场生死劫难，我熬过来康复了，感谢上帝。）”

“Thank God?（感谢上帝?）”大牙冲到哈尼跟前指责道，“You evil Yankee with the virus，you should go to see God. You know how many people you killed? E-ven Dean Yang died of the virus infection.（你这个带来病毒的邪恶美国佬，应该去见上帝。知道你害死了多少人吗？连杨院长都死在了病毒感染之中。）”

哈尼大惊失色，说：“What did you say? Is the Dean dead? Oh，my God.（你说什么？院长死了？老天。）”

“Yes，Hani.（是的，哈尼，）”巴布扎说。“The United States failed to save you，and it was Dean Yang from China who cured you of your illness. You’re out，but she’s in the morgue. Is that fair?（美国没能拯救你，是中国的杨院长治好了你的病。你出院了，可她进了太平间，你说这公平吗?）”

哈尼惭愧地低下了头，掉落了几滴眼泪，说：“China has saved me. I owe her a statement and an apology. Let me pray for her.（中国拯救了我，对我有恩，我欠她一个说法与道歉，让我为她祈祷吧。）”

巴布扎、里斯克和哈瓦佳及使馆人员走后，路同和、戴国兴把医院领导叫进会议室，商量如何处理杨琳的后事。赵雅清、大牙、玛莎和卡娅也挤了进去。路同和提出要将杨琳去世的消息告诉钟铁军，戴国兴不同意他的观点，说这时候告诉钟铁军等于往他伤口上撒盐，建议钟铁军出院后再跟他解释。两种意见有人赞成，有人反对。路同和进退维谷，坚持说：“如果瞒着铁军，等他出院才知道杨琳以身殉职了，那我要受一辈子埋怨。我的意见，还是要提前告诉他这件事，让他做好思想准备。”

“路指挥，”赵雅清突然站起来说，“难道人家两口子死一个还不够吗?”

路同和被赵雅清质问得有些恼火，又不能发怒，稍加停顿后说：“现在不通知他，等出院后再说，到时怎么向铁军交代?”

赵雅清控制不住自己的情绪，说：“现在跟他说杨姐离开了我们，是要他的命，谁能承受得了这种打击?”

屋里的人沉默了。路同和看看赵雅清，就让其他人发表意见。大牙说：“Conductor Lu，Zhong is already very miserable，please show him some love and sympathy.（路指挥，钟已经很惨了，请给他点儿爱和同情吧。）”



路同和气得把水杯砸在桌子上，“哼”了一声，让戴国兴拿主意。戴国兴沉思良久，说暂时不给钟铁军透露杨琳的情况，等出院后再向他说明原因，先通知双方家人来 A 国，理由是杨琳和钟铁军都没时间回国休假和探亲。

随着疫情的蔓延与扩散，A 国下达了全国封锁令，人员不许再流动。警察还开枪打死了几个村落里不听劝阻，依然我行我素到处闲逛流窜的当地青年。整个铁路工地被迫停工。除随队士兵和保安留守工地、看家护院外，所有员工都接到上级指示，待在驻点自我隔离。有些员工整天无所事事，受不了封闭，闲得很难受，浑身较劲儿，想外出溜达，走到院子门口，都被戴着口罩的持枪保安轰了回来。

“All right，stay in the house.（好了，待在屋里别出来!）”保安每天不知要说多少遍同样的话，“This is the only effective way to overcome the epidemic. The virus does not look at the face of anyone. No matter who you are，the virus will not hesitate to attack you. You have only one chance for your life；there will be no more afterlife. It's better to survive，man.（这是战胜疫情的唯一有效办法。病毒不看谁的面子，也不管你是谁，会毫不客气地展开袭击。生命只有一次，失去了不会再有来生。还是保命吧，哥们儿。）”

杨琳染病去世的消息传回国内，在集团上下引起不小的震动。职工们抑制不住心中的愤懑，在诅咒疫情的同时，都为杨琳舍下年幼的儿子钟锋撒手人寰而伤心落泪。夏江决定率参建子公司主管和善后小组，带上医疗物资亲赴 A 国，前去慰问看望一线职工，指导项目抗疫。他专门交代陪同钟铁军父母、儿子钟锋和杨琳家人的工会干部，一定要封闭杨琳去世的消息。包机飞行二十多个小时，全程没人对钟铁军和杨琳父母透露半点不好的信息，只热情地笑对他们，但他们脸上的笑容似乎有些痛苦，也很勉强。老人们根本不会想到出了这么大的事情，还把钟锋揽在怀里，嘴里念叨着马上见到爸爸妈妈了，这让钟锋高兴得在机舱里手舞足蹈。

飞机抵达A国首都国际机场时，第五小刚和李小兵、安保国、于长山、陈立国、吴大友，已经从北部工地赶来，跟戴国兴、赵雅清一道去机场，将四位老人和钟锋接到集团工程建设指挥部招待所住下，但迟迟等不来钟铁军和杨琳。戴国兴、第五小刚和医院领导只好睁着眼睛说瞎话，谎称钟铁军和杨琳去当地村落帮黑人防疫治病了。老人将信将疑，越听越觉得蹊跷。随着戴国兴和医护人员的逐步开导与规劝，又瞅见赵雅清躲到一旁偷偷流泪，他们心里产生了一种不祥之兆，就追问到底出了啥事儿。戴国兴被追问得实在无法回答，与第五小刚、李小兵、安保国等人互换眼色后，才说钟铁军染病住院，杨琳染病去世了。顿时，四个老人和钟锋抱头哭成一团，两位母亲当场昏厥过去。

按照夏江出发前的指示，路同和把大牙喊来，事先联系了巴布扎将军、里斯克局长和驻外使馆，由三方共同出面协调医院去看钟铁军。夏江下了飞机，风尘仆仆地乘车赶去首都医院。巴布扎、里斯克和使馆人员已提前在那里等候。他们换好防护服、戴上护目镜，由中国援外医疗专家和当地医护人员陪同走进隔离病房。面戴口罩、仰卧在病床上的钟铁军显然有些激动。为避免传染，他们没有相互握手。钟铁军未曾想到夏江从国内飞来看他。夏江说，全集团的人都在关心着他和国外工地上的所有员工，称赞他和员工们为企业走向海外做出的牺牲与贡献，这一伟大壮举将载入企业史册。巴布扎和里斯克、使馆人员都对他大加赞赏，可始终没有提到杨琳。

钟铁军奇怪地问："路指挥，我老婆为什么没来？"

路同和犹豫着，说："哦，杨琳在医院抢救病人，没来得及喊她。"

钟铁军说："我每次打电话给她，都是赵雅清接听。我老婆怎么总把电话交给雅清呢？"

大牙接过话茬，指着夏江说："Boss, your parents, your parents in law and your children, have come to see you and Dean Yang on this officer's charter flight. Madame is too busy, so she can only put the mobile phone in Zhao's. Zhao and I came to see you. （头儿，你父母和夫人父母、孩子，专程搭乘这位长官的包机来看你和杨院长了。夫人太忙，所以只能把手机放在赵那里。赵跟我

是来看你的。）”

钟铁军激动地说：“董事长，我父母和她父母及儿子跟你一起来了？太好了，我要出院。”

夏江安慰钟铁军不要着急，必须听医院的安排，确保检测结果一切正常，彻底康复。



离开病房后，中国专家介绍说，钟铁军的病情恢复得很好，基本达到出院条件。巴布扎问道：“Zhong is getting out of the hospital. How should we explain to him about his wife?（钟出院，他夫人的事情如何跟他解释？）”

夏江与路同和不知道该怎样回答，只一声叹息。汪静在钟铁军和杨琳父母到来的第二天办理了出院手续。她被医护人员和赵雅清、卡娅、玛莎接出来时，钟铁军和杨琳父母及儿子刚去太平间看过杨琳的遗体。她的双眼睁着，脸庞有些扭曲。那是与死神搏斗留下的痕迹。她被病毒折磨致死，双方老人知道她在等待亲人的到来。母亲悲痛欲绝地哭喊着，伸手为她掩上了双目。医护人员拉她们离开太平间后，大人在哭，孩子也在哭。钟锋“妈妈，你不要丢下我走，我要妈妈。妈妈，你回来……”的哭喊声让人心碎。赵雅清、玛莎和卡娅禁不住也失声痛哭。

“雅清，你们哭啥啊？”汪静感到莫名其妙，“那四个老人和那个孩子是谁？”

赵雅清抽泣着说：“他们是经理、杨姐的父母和儿子。杨姐走啦！”

汪静蹙着眉头，猛摇赵雅清的胳膊，惊愕地问：“你说什么？杨姐染病去世了？”

卡娅点头说：“Yes. The dean got sick and left us（是的。院长染病离开了我们。）”

汪静不敢相信自己的耳朵，不停地摇晃着脑袋，声音近乎狂叫：“不！不可能。这不是真的……为什么没人告诉我？……为什么？”

在医护人员带领下，汪静、赵雅清、玛莎和卡娅戴着口罩，含泪去了太平间。拉开冷藏柜和装尸袋，看见杨琳面容苍白的一瞬间，她们的心一阵紧缩，嘴唇在不停地颤抖，泪流满面，呜咽声起。那悲惨的一幕，成了她们与杨琳最后的永别。

夏江自踏上A国的土地以来，沉痛与阴郁的心情前所未有。看望钟铁军回来，他先去工地医院慰问了那些住院的员工。作为企业一把手，即使冒再大的风险，他都必须走进病房。这会令员工倍受鼓舞，增强他们的信心与勇气。处在最基层的员工和民工，他们没有更多要求，在困难与死亡面前，领导几句感人肺腑的话语，或是一个肯定的微笑、点头和赞许，都会让他们心生感激，勇敢地去冲锋陷阵，甚至为完成任务献出生命都在所不惜。之后，夏江又穿过医院充斥着悲愁的院子，去太平间瞻仰了杨琳的遗容。看到杨琳憔悴的面容，夏江默默地流下了眼泪。

回到工程指挥部驻地，夏江首先听取了路同和、戴国兴的工作情况汇报。如果不是疫情，工程出现这种被动的局面，他一定会痛批他们一顿。但抗疫是一场没有硝烟的特殊战斗，人命关天，何况他们远离祖国呢？所以，他对指挥部的全体人员给予了表扬，肯定他们做出的巨大努力与牺牲，鼓励前方人员对未来要充满信心。最后，夏江提出了明确的目标，即妥善处理好杨琳和那些在这场疫情中去世员工的后事，把保证现场职工的生命安全放在首位，保存施工实力。一旦解除封锁令，工地立即复工复产，以最快速度发起冲刺，把疫情耽误的时间抢回来，圆满实现通车目标。

四个老人和钟锋住在指挥部招待所里，等待钟铁军归来。那是一段异常煎熬的日子，真是度日如年。赵雅清、汪静、大牙、玛莎和从国内来的陪同人员，每天都能听到从招待所房间里传来的哭声。赵雅清面戴口罩抽泣着，问汪静："你说经理以后咋办呀？孩子太可怜了。"

汪静说："你想过跟经理的未来吗？"

赵雅清六神无主，摇头又点头。

汪静说："如果你们之间有爱，以后就嫁给他吧。"

赵雅清没有正面回答汪静，心里暗暗下决心，如果钟铁军愿意，一定嫁给他。因为他和杨琳，一个为他人献出了生命，一个救了自己的命。她不想让一个心中有爱的男人过孤独的日子，更怜惜那个失去母亲的孩子。

令赵雅清没想到的是，玛莎来到她的房间说："Minister Zhao，do you like our chief？（赵部长，你惦记我们的酋长吗？）"

赵雅清感到奇怪，问道："I like him. Martha，do you like him，too？（我惦记他。玛莎，你也惦记他吗？）"

玛莎神情恍惚，说："I like the chief，but I won't marry him. I'll marry my fiance. I am very sad about what happened to the chief and the dean, and hope that the chief will have a good ending in the future. （我惦记酋长，但不会嫁给他，我会嫁给我的未婚夫。我为酋长和院长的遭遇感到很悲伤，希望酋长将来能有个好的归宿。）”

赵雅清沉默良久，说："Martha, love can't be shared. I will help you realize this wish. When we finish the railway and leave your country, I will accompany him to another country to continue the railway career, because Africa and we are the community of destiny. The chief and I will follow this road and go straight ahead. （玛莎，爱是不能分享的。我会帮你实现这个愿望。等我们修完铁路离开你的国家，我还会陪他去别的国家继续修铁路，因为非洲和我们是命运共同体。我和酋长会沿着这条路一直往前走。）”

玛莎怔怔地望着她，说："Let's wait for the chief to return. （那让我们一起等酋长回来。）"

第二天，首都医院通知钟铁军可以出院了。夏江安排路同和与戴国兴亲自去接他。第五小刚、李小兵、安保国都想去，被路同和制止住了。大牙却偷偷开车拉上赵雅清、玛莎和卡娅，提前出发朝首都医院驶去。路同和与戴国兴赶到时，赵雅清她们已怀抱鲜花站在隔离病区外等候。良久，巴布扎将军及副官、里斯克和使馆工作人员，以及中国援外医疗专家，陪同钟铁军从病区走来。他戴着口罩，露出来的面部有些发暗，那是遭病毒侵袭后留下的印记。赵雅清和玛莎第一个看到他和巴布扎的身影，他也望见了她们。那种与世隔绝的思念，让双方都激动不已。赵雅清抱着鲜花跑在最前头，来到钟铁军跟前时，竟说不出半句话来，只呜咽着将鲜花递到他怀里。钟铁军两眼有泪，问道："雅清……杨琳为什么没来？"

所有人都被这句话问住了，低下头没人作答。赵雅清、玛莎和卡娅则扭头哭了起来。钟铁军惊问："杨琳怎么了？"

路同和与戴国兴赶忙解释，称杨琳在驻地陪同父母和孩子，所以没来。巴布扎将军立即打断他们的话，说："Zhong, go back with them. Your chairman and parents are waiting for you. （钟，跟他们回去吧。你们的董事长和父母在等着你。）"

钟铁军怀着急切的心情，被路同和、戴国兴、赵雅清等人接回了工程建设指挥部驻地。夏江和第五小刚、李小兵、安保国以及其他分部的经理们，站在院子里迎接他。尚未说话，他就听到招待所里传来的哭声，接着看见汪静、陈立国领着钟锋朝他走来。他不顾一切跑过去，蹲下身紧紧搂住钟锋：“儿子，爸爸想死你了。”

钟锋僵直地站在他面前，放声大哭：“爸爸，我要妈妈……”

“你妈妈呢？”钟铁军诧异地问，“她在哪儿？”

钟锋转身指指医院，说：“妈妈躺在那个房间里，不要我们了。”

汪静和赵雅清最先抱头痛哭，其他人也都默默低下头去。“杨琳怎么了？”钟铁军声嘶力竭地喊道，“杨琳！我要见杨琳！”

钟铁军没有先去招待所看父母，而是将钟锋交给陈立国和汪静，在路同和与第五小刚、赵雅清等人的陪伴下，穿上防护服，戴上护目镜，火速跑去了医院太平间。医护人员打开冷藏柜揭开白布时，钟铁军如五雷轰顶，仰面大哭。

“杨琳……”钟铁军狂吼着扑在杨琳身上，“杨琳，你怎么会这样？为什么要舍下我和儿子？啊……”

时间停止在了这一刻。钟铁军就那样俯在停尸床边，抱着杨琳的尸体呜呜地哭诉。无论第五小刚和赵雅清以及医护人员怎么拉他，钟铁军都不起来，最后只好强行把他与杨琳分开拖出太平间。

钟铁军几近崩溃。他回到招待所紧紧搂着儿子，双膝跪在四个老人面前，泪流满面，长跪不起。在钟铁军的主张下，家人商量不带杨琳的骨灰回国，把她葬在烈士陵园里。

杨琳去世的消息惊动了总统和国家各部委以及当地部落。下葬那天，中国援外医疗专家团代表、使官人员，巴布扎及副官、里斯克、哈瓦佳和当地政府官员，夏江、工程建设指挥部、各项目分部领导，全赶到了陵园。当地村落里的群众，哈屋族酋长，那所援建学校的师生，丁考族的新酋长以及皮克部落的酋长，也都纷纷朝陵园涌来。康姆和蒂克塞斯还调来了当地警察维持秩序。钟锋头上扎着白布，怀里抱着杨琳的遗像，与抱着骨灰盒的钟铁军走在前头。赵雅清、汪静、玛莎、卡娅、安保国等人走在他左右。夏江和路同和、戴国兴、洪勇波、黄山等人跟在后面。

骨灰放进墓穴后，哈屋族酋长让请来的牧师为杨琳做了祷告。巴布扎将军宣布，经总统批准，杨琳和那些为铁路建设献出宝贵生命的亡者，被授予国家英雄勋章，说：“Dean Yang Lin is the messenger of mankind and the gospel of the local people. Her soul will never disappear, like the ancient trees in the original forest, evergreen. With the sound of railway sirens, her outstanding reputation will be ringing through the East African Plateau, as a witness to the friendship between the two countries.（杨琳院长是人类的使者，是当地民众的福音。她的灵魂永不消失，犹如原始森林里的参天古树，亘古不灭。她至高无上的名誉，也将伴随着拉响的铁路汽笛，响彻东非高原，成为两国友谊的见证。）”

舒其瑞没有赶上葬礼，他来晚了。跑上山后，他肃立在杨琳墓前，低头鞠躬很久没有直起腰来。大家看到他两眼流着泪。第五小刚拽他起来。他拉住钟铁军的手，说：“铁军，一定要坚强。为了儿子和所有跟你出来的员工，你不能倒下。”钟铁军记住了他的话，珍藏了这份情谊。

杨琳埋在张放和刘柱的墓旁边。葬礼结束，巴布扎、里斯克等所有来宾离开烈士陵园后，夏江带领全体干部职工走遍陵园，伫立在每一座墓碑前深深地鞠躬。汪静、卡娅、赵雅清、安保国、第五小刚、李小兵等人，站在张放和刘柱的墓碑前久久不肯离去。汪静、卡娅和安保国等人还蹲下身去，亲手擦去了浮在刘柱和张放墓碑上的尘土。

“唉！有奋斗就会有牺牲。”夏江站在山脚仰望着陵园感慨万千，“可这是异国他乡，他们永远也回不到祖国了。我想哭。”

是的，杨琳和牺牲的那些员工，再也回不到故乡了。他们只能长眠在异国的土地上。处理完杨琳的后事，钟铁军和杨琳的双方父母带着失去至亲的满腔悲凉，在集团善后小组成员陪同下，搭乘夏江的包机回到了国内，却把钟锋留了下来。玛莎和卡娅回运营部继续接受培训去了。大牙随钟铁军则回到了北段铁路工地。

钟铁军不想再像从前那样骨肉分离。一人带着儿子，与项目部员工们一起生活。他为钟锋联系好了当地学校。大牙、杰姆斯、吴大友和第五小刚、李小兵以及项目部的其他员工，都成了孩子的保护神，谁有空谁就看护他，尽量给他更多的关爱。当然，更多的时候，赵雅清和汪静是他的日常保姆。她俩教他学习，照顾他的生活起居。晚上父子俩睡一张床。有几次，赵雅清半夜听到隔壁传来钟锋的哭喊声，嚷着要妈妈。她爬起来，走近办公桌前敲两下墙，然后朝隔壁喊："钟锋，别哭了，不然妈妈不安心。"钟锋听到她的声音，便不再哭泣。时间一久，钟锋把赵雅清当成了亲人。

一次，当着汪静的面儿，钟锋盯着赵雅清问："阿姨，我能喊你一声妈妈吗？我想妈妈。"说着，钟锋的眼泪又滚落下来。

赵雅清和汪静一阵心酸。汪静对赵雅清说："雅清，别让孩子伤心，答应他吧。没结婚你就有了儿子，也是件好事。"

赵雅清帮钟锋抹去泪水，说："嗯。阿姨给你当妈妈，想叫什么就叫什么。"

自此，钟锋时常在没人的时候称呼赵雅清"妈妈"。赵雅清也会当着钟铁军的面儿，将他搂在怀里，用自己的爱温暖他幼小且深受重创的心灵。钟铁军把这些都看在眼里，问："雅清，不能让我儿子喊你妈妈。你还年轻，以后不好找对象嫁人。"

赵雅清白他一眼，说："你想叫我嫁谁？"

钟铁军说："找个没负担的大学生嫁了吧。"

赵雅清很生气，拉过钟锋，说："我谁也不嫁。来，儿子，妈妈教你写作业。"

钟铁军心里一直忘不掉杨琳。有时，他感到很孤独，就一个人跑到院子外头去溜达，边走边流泪。他不想让任何人看到自己的不幸与痛苦。

疫情又持续了两个多月。稍微缓解后，国家下达了解封令。从南到北，八百多公里的铁路工地，眨眼之间，又涌来几万名戴着口罩的中外员工，出现了众多的铁路养护设备，按照最后关门工期，对剩余工程发起了最后冲刺。钟铁军、第五小刚、李小兵和项目部的全体人员分段包干督导，安保国、于长山和所有劳务队日夜不停，加班加点。当地黑人劳工在大牙、杰姆斯和吴大友的管理下，使出吃奶的力气整道、拨轨，赶抢站房、站台的设施安装和附属工程。不几日，阻挡行人和野生动物穿入和跨越的防护栅栏，很快立在了路基两侧。一条崭新的铁路干线呈现在了东非高原上。每天，来回行驶的轨道车和补砟的老 K 车，拉响汽笛从线路上驶过时，村落里的民众，总是奔涌而来，目睹列车的风采。

在一个风和日丽的上午，国家铁路局里斯克局长发来电报，通知路同和与钟铁军，运管人员培训已结束，中方对他们进行了严格的业务考试，具备了接管列车运营的能力。中方制造出口的机车，将于三天后首次上线试运营，接受技术团队的检验。总统特使、巴布扎、里斯克、哈瓦佳、莎菲娅、各大部委的部长以及当地政府官员，都将乘车体验这一历史性的时刻，并最终确定开通时间和总统登车地点。这是个振奋人心的消息。

路同和布置各项目分部对沿线两侧进行大扫除，清掉所有施工垃圾，保持工地的良好环境。特别是对地处青尼罗河以北森林地段新建的现代化车站，路同和要求钟铁军集中人力开展清洁与整治。于是，从铁路线上到路基便道，每个区段都上满了中外员工。安保国、于长山组织的中方员工主要从事技术工作，当地黑人劳工发挥他们的体力优势。吴大友、大牙和杰姆斯将那些身强力壮的黑人兄弟，调教得服服帖帖。大牙边在路基上检查边喊："Come on，guys. The train is arriving soon，opening a channel of contact between the closed original tribes. Well，everybody's blessed.（有多大力气都使出来吧，伙计们。火车马上开过来了，这打通了封闭的原始部落对外联络通道。啊，大家都有福了。）"

黑人们戴着口罩，仍笑逐颜开，将路基下那些乱七八糟的脏物铲成堆，然后装上汽车拉走。一组劳工将剩余的钢轨归集到一起，等待拉料车到来运走。

钟铁军把钟锋交代给赵雅清，带第五小刚和李小兵去了外表涂有红色漆料的车站。那里有许多员工正在清洁，内外一尘不染。巡视完候车大厅来到广场，他总觉得少了点什么。"这里缺少几块展板，抓紧让人去做。"钟铁军说，"巴布扎将军和政府要员到来后，没地方向他们介绍情况。"

标有中英两种文字的展板送到了车站。第三天，火车从南部始发，于下午四点如期开过来，停靠在了那座车站里。总统特使和巴布扎及政府要员下车走进候车大厅。踩在坚实的水泥地上，抚摸着崭新的候车椅，几位部长脸上露出不可思议的神情，连连发问："Is this true? This is completely beyond my imagination. I can't believe in such a miracle.（这是真的吗？完全超出了我的想象，我不敢相信这样的奇迹。）"

里斯克局长说："Mr. Minister，all this is true. You're not dreaming.（部长先生，这一切都是真的，你不是在做梦。）"

部长伸出大拇指对路同和与钟铁军说："Yes. The president picked the right partner. Chinese enterprise，great!（是的。总统选对了合作伙伴。中国企业，

了不起！）”

巴布扎陪同总统特使走出候车大厅，饶有兴趣地转遍整座车站。他的两只眼睛炯炯有神。巴布扎把路同和与钟铁军喊到身边介绍给他。特使与他俩握完手，指着站房外墙说：“The president doesn't like red, and the color we like is pink, could you please change it?（总统不喜欢红色，我们喜欢的颜色是粉红色，请把它换过来好吗？）”

巴布扎说：“Zhong, change it. We must act in accordance with the wishes of the people and the President. Mr. Special Envoy, are you sure the president is boarding from here?（钟，把它换过来吧。我们的一切行为都要符合国民和总统的意愿。特使先生，能确定总统从这儿登车吗？）”

特使点头说：“The station is fine. It's more than two hundred kilometers from the northern border, and it is the proper place for the president and his wife boarded here to return to the capital.（这座车站很好，距北部边界两百多公里，就让总统和夫人在这里登车返回首都。）”

路同和当场答应将车站外墙颜色更换成粉红色。钟铁军找到李小兵，让他返回首都物流基地，紧急采购粉红色涂料，用最短的时间将整座车站改头换面。离开时，巴布扎说：“Zhong, you can't be in the grief of losing your wife for a long time. It's a kind of torture. I wish you could get out of the shadow soon. If there is anything I can do, I will spare no effort to provide service to you.（钟，你不能长期处在失去妻子的悲痛之中。那是一种折磨，盼望你早日走出阴影。如果有什么需要帮助的，我会不遗余力为你提供服务。）”

钟铁军很感激，说：“General, you've done a lot for me, and I can't make you any more trouble.（将军，你已经为我付出了很多，我不能再麻烦你。）”

巴布扎说：“No! As a friend and brother, what I have done are what I should have done. I know a Ham girl Martha who loves you. She's beautiful. Now she's a train attendant. I saw her in the train. The railway is open to traffic. If you want to think about the future, you can take her as your wife, and I can host the ceremony for you.（不！作为朋友加兄弟，以前那些都是我应该做的。我知道有个哈屋族姑娘玛莎很爱你。她很漂亮，现在成了列车服务员，刚才我在车上见到了她。铁路通车了，如果你想考虑将来的话，可以娶她为妻，我可以帮你们

证婚。）”

钟铁军摇头说：“No！General，I haven't considered the future. Martha is the fiancee of Big Teeth，and I want them to be married.（不！将军。我还没有考虑将来。玛莎是大牙的未婚妻，我希望他们结为夫妻。）”

巴布扎说：“You have a noble personality，Zhong. You can think for Big Teeth，which makes me move. But no matter how，you cannot live alone for a long time，because life is brutal.（你有很高尚的人格，钟。你能为大牙着想，让我感动，但无论怎样，你都不能一个人长期孤独地活着，因为生活是很残酷的。）”

利用官员下车视察车站的短暂机会，玛莎和卡娅在站台上见到了大牙和杰姆斯。她俩一身粉红色的铁路制服，脖颈上围块丝巾，头上戴顶大檐帽，看上去十分耀眼靓丽。大牙几乎惊呆了，说：“Ah，dear Martha，you are a fairy from heaven，and I dare not look into your eyes.（啊，亲爱的玛莎，你真是天上下来的仙女，我都不敢看你的眼睛了。）”

卡娅兴高采烈，说：“Our work is going well，and it'll get better and better.（我们的工作很顺心，会越来越漂亮。）”

杰姆斯说：“Yeah，my dear cousin，I hope you and Martha can help me find a conductor to be my wife.（好啊，我亲爱的堂妹。但愿你和玛莎能帮我找一位列车员当妻子。）”

玛莎微笑着，说：“Big Teeth，I have a stable job，and now I want to get married. When do you want to get married?（大牙，我有了稳定的工作，现在想嫁人了。你想何时结婚?）”

大牙嘻嘻笑着，说：“If you don't think I'm poor，I want to marry you now.（如果你不嫌我穷的话，我现在就想把你娶到手。）”

玛莎羞涩地说：“I do，Big Teeth. Then when it's officially opened，we'll go back to your and my tribes to get married.（我答应你，大牙。那等正式通车以后，我们回到你和我的部落去结婚。）”

在东非高原灿烂的阳光照耀下，通车的日子来临了。夏江和上级领导飞临A国参加通车仪式。这天上午，新型列车披红挂彩停靠在北部的那座车站，中外员工们统一着装，头戴安全帽，早早来到广场列队，等候那胜利的时刻。国家部委，当地州政府机关公职人员，各宗教及民族团体，学生，丁考族、哈屋族部落的酋长与普通民众，都身穿艳丽的服装涌向车站的站前广场，用欢快的舞蹈和悠扬的歌声表达对铁路通车的激动心情。场面宏大而热烈，把整个北部森林与高原都彻底熏染了。许多民众成群结队地跑到火车跟前，伸手去抚摸久违了的车头，准备见证发车的精彩瞬间。

夏江和上级领导在车站陪同提前到来的地方官员。路同和与钟铁军被夏江特意叫了过去。上级领导和当地官员听说了钟铁军遭遇的变故，很遗憾地表达了惋惜之情。

领导问："孩子留在这边了？"

"嗯！"钟铁军说，"不想让儿子离开我，那样我放心不下。"

领导心里很酸楚，频频点头发出一串感叹，夸赞这些不计个人得失的铁路员工是共和国的脊梁。领导关心地说："通车后你带孩子赶快回国吧，不能再四处漂泊了。"

钟铁军说："只要孩子上学能解决，我在哪儿都一样。如果集团揽到新的海外项目，我愿意继续留在国外。"

赵雅清和汪静带着钟锋站在离领导和官员不远的地方。钟锋看到热闹非凡的场景，脸上绽放出笑容，跑近钟铁军，问："爸爸，火车什么时候开过来呀？"

夏江和上级领导看见了钟锋，抚摸着他的头，问他跟爸爸一起习不习惯。钟锋说："习惯。可不习惯跟黑孩子一块上学。"

领导们哈哈笑了起来。钟铁军说："快去找你阿姨。"

赵雅清和汪静走过来，将钟锋拉到了一边。上级领导望着她俩，说："铁军，如果内部有合适的，你可以选择一个，我和老夏为你做媒。"

里斯克局长和莎菲娅总监理走过来，跟上级领导和夏江寒暄后，说："Chinese enterprises are great. They have overcome many difficulties in construction of this railway. The opening to traffic today will be recorded in the glorious history of cooperation between the two countries.（中国企业很伟大。这条铁路建设历尽艰辛，今天的通车将载入两国合作的光辉史册。）"

夏江说："We are willing to contribute to the railway development in your country. I hope to connect the Chinese railway to the world.（我们愿意为贵国铁路发

展作出贡献。我希望能通过铁路把中国与世界连起来。）”

莎菲娅总监说：“Now that China is integrated with the world, this is an irresistible fact, because Chinese manufacturing and Chinese standards are winning the worldwide recognition.（现在中国已经与世界融为一体，这是不可阻挡的事实，因为中国制造和中国标准正在赢得全世界的认可。）”

官员们互相交流之际，广场上那些载歌载舞的民众从未停歇。不久，一架军用直升机飞来，降落在了广场外的空地上。总统携夫人、特使、巴布扎将军、几位部长走下舷梯，几万名民众立即响起一片欢呼声。在康姆局长、蒂克塞斯以及特种部队的严密保护下，总统及夫人来到站房前，与上级领导和夏江亲切握手。忽然，总统指着钟铁军说：“This is your hero. His wife died for healing the people of our country, and I grant her with the National Hero.（这位是你们的英雄。他的夫人为医治我们国家的民众牺牲了，我授予了她国家英雄勋章。）”

夏江通过翻译说：“Yes. Mr. President, General Barbuza announced your award decision, and we will always remember all this.（是的。总统先生，巴布扎将军宣布了你的授勋决定，我们会永远记住这一切。）”

在巴布扎的引导下，总统来到展板前，听取了路同和关于整条铁路施工的情况汇报。他很满意，当着众多官员的面儿，说道：“The opening of the railway today is a victory for the people of the whole country. I have fulfilled my promise to the general public, and I should thank the brave and responsible Chinese contractors for your hard work, which has made our expectations come true. In view of your great contribution to railway construction, I recommend you to participate more in the infrastructure construction of our country in my personal name.（今天铁路通车，这是全国人民的胜利。我兑现了给广大民众的承诺，应该感谢勇敢而负责任的中方承包商，是你们的辛勤劳动，使大家的期望变成了现实。鉴于你们为铁路建设作出的巨大贡献，我以个人的名义推荐你们更多地参加我国的基础设施建设。）”

总统含蓄地表明了他个人的态度。夏江和上级领导立即做出积极反应，表示乐意为该国的经济社会发展继续加强合作。总统及夫人正要率领高官们穿过候车大厅走向站台时，哈尼胸前挂着出入证，突然出现在了总统和巴布扎面前，说:“Your Excellency, congratulations on the opening of your railway. This huge project is attracting worldwide attention. You see, it's good news for both sides that the railway line can still be built without going through my art hall, which make we all keep what we want.（总统阁下，祝贺贵国铁路通车。这项浩大的工程引世人瞩目。您看，线路避开了我的艺术殿照样能建成，两样都得以保全，这对双方是个利好的消息。）”

巴布扎和警卫挡开了哈尼，说:“Yeah, Hani, the earth moves away from America, and the sun rises every day. Without your art hall, our train would still drive. What you should do now is to go to the martyrs' cemetery and say a thank you and an apology to Mrs. Zhong, who is sleeping on the mountain, and makes a ninety-degree bow to her.（是的，哈尼。地球不论离开哪个国家都会照样转动，太阳会照样天天升起。不走你的艺术殿，我们的火车也同样照开不误。你现在应该做的，是去烈士陵园，向长眠在山上的钟夫人说一声感谢，给她行一个九十度的鞠躬礼。）”

哈尼颜面尽失，尴尬地站在原地一声未吭，望着总统及众人走向了站台。高官们对他投来讽刺和轻蔑的目光。

火车行驶到烈士陵园山脚下时，拉响的汽笛声久久回荡在山谷、丛林和高原上。

通车之后，中方施工队和人员逐渐撤离该国。从南到北，森林、沼泽、无人区和草原上曾经的繁忙与嘈杂也随之消失。不几日，众多机械设备被拖车拉走再也没有回来。大型搅拌站、轨排轨枕厂、碎石场和驻点，全部人去楼空，突然有几分萧瑟。路同和、戴国兴、第五小刚、李小兵、安保国、陈立国、于长山、吴大友和汪静等中方员工，回国前分期分批组织去了烈士陵园，专门祭奠杨琳、张放、刘柱和其他永远留在异国他乡的烈士们。他们下山时，眼里都含着泪水，钻进车厢后还恋恋不舍地朝山上挥手:“永别了工友们。我们走了，愿你们安息。”

赵雅清和钟铁军是最后离开项目部的。钟铁军从越野车后备厢里拿出那支枪背在肩上，赵雅清领着钟锋爬上了那座埋葬着杨琳、张放和刘柱的小山。站在杨琳、张放和刘柱墓碑前，钟铁军和赵雅清泪流满面。钟锋呼唤“妈妈”的叫喊声响彻高原。这时，天上忽然飘来一块云彩，覆盖了几座坟茔。

“杨琳，”钟铁军哽咽着说，“我要带着儿子离开这里了。我会照顾好老人，为他们养老送终。现在，我把枪里的子弹全部打完，算为你和张放、刘柱鸣枪致意。”

钟铁军从身上摘下那支枪，拉动枪栓推子弹上膛，朝着空中一阵连射，直到子弹打光，枪管里冒出股股青烟。

赵雅清听得心里很难受，弯腰擦拭掉杨琳墓碑上的灰尘，说：“杨姐，我们走后不知道何时能再来看你，但愿你不孤独。我会跟经理共同把钟锋养大成人。”

钟铁军和赵雅清拉着钟锋含泪告别了墓地，下山后发现许多当地黑人把他们的越野车围得水泄不通。大牙、杰姆斯、玛莎、卡娅，几个部落的酋长与村民，还有捐建学校的老师，全都赶来了，有的还怀抱着当地的特产和工艺品。这令钟铁军很感动。他向众人施礼鞠躬。酋长们还礼后，将那些特产和工艺品递到他手里，说：“Take it. This is the heart of our East African plateau indigenous people. You take it back to China，and we will always remember you.（拿着吧。这是我们东非高原土著人的心意，你带回中国，我们会永远记着你。）”

钟铁军感恩那些朴素的黑人。他从身上摘下枪，递给大牙，说：“Big Teeth，I leave this gun to you，but it can only be used to promote the good and punish the evil.（大牙，我把这支枪留给你，但只能用于扬善惩恶。）”

大牙接过枪，流下了热泪，说：“Boss，I wish you could stay for my wedding with Martha. You go back to China，it’s like I lost a family. When can you come back?（头儿，真希望你能留下来参加我和玛莎的婚礼。你回中国，我好比少了个亲人。你何时能回来呢?）”

是啊，何时才能回来呢？没有人知道。玛莎和卡娅将钟锋搂在怀里，亲吻他好久。而后，玛莎贴近赵雅清的耳畔，说：“The chief gave me a new life. I have been loving him silently in the heart. From now on，I will hand him to you，please take care of him and his children. I will thank you all my life.（酋长给了我新的生活和人生。我一直在心里默默地爱着他。从今以后，我把他拜托给你，请照顾好他和他的孩子，我会感谢你一辈子。）”

赵雅清吃惊地听着，没有说话。这时，她才真正明白，玛莎内心是真的爱着钟铁军。告别那些黑人后，钟铁军自己驾驶越野车一路狂奔。俩人从左右两侧反光镜里看到，后面那些送行的黑人，有的追着车跑，有的朝车辆挥手呐喊。她心灵受到了强烈的震撼，瞬间开始怀念这个地方，有点儿恋恋不舍了。

钟铁军拉着赵雅清和钟锋一路向前，但没有去机场。经过一天的行程，他们穿过了 A 国的边境，朝埃塞俄比亚境内驶去。赵雅清问："你拉着我们去哪里?"

钟铁军驾驶着方向盘，说："下个地方到了阿克苏姆，那里有埃塞俄比亚政府从意大利运回来的方尖碑，现在成了'方尖碑公园'，是当地年轻人拍婚纱照最喜爱去的地方。"

赵雅清问："再往前还有什么?"

钟铁军说："从'方尖碑公园'出发，走不了多远就到锡安山圣玛丽亚教堂。那里有一座能容纳上千人礼拜的圆形教堂，还有阿克苏姆国王埃扎那建造的全埃塞俄比亚第一家教堂遗址。在那座圆形教堂里，神职人员会从锦缎包裹中拿出一本《圣经》向游人展示。这本书已经有五百多年历史，内容全部绘写在羊皮上，一页'纸'就是一整张小羊皮。用手摸上去坚硬冰凉，翻动起来会发出声响。《圣经》中使用的文字是盖埃兹语，人们用它来翻译基督教经典。至今各大教堂的神职人员仍然需要掌握这种语言，它是古代埃塞俄比亚相当突出的文化标志。"

赵雅清搂着钟锋的肩又问："你是想去找约柜吗?"

钟铁军说："是的。出国前我想好了，我要去寻找一次约柜，舒其瑞在那儿等着咱们呢。那里边保存着上帝和以色列人所立的契约，就是'摩西十诫律'。它是犹太教和基督教共同的圣物。约柜的来历和埃塞俄比亚的国家起源有关。《旧约全书·列王纪》中说，公元前十世纪，以色列王国在所罗门王的统治下国富民强。这让阿克苏姆的示巴女王非常倾慕。她带着香料、宝石和黄金前去拜会所罗门王，与他发生了关系，在回程的路上女王生下了儿子孟尼利克。他长大后，回以色列看望所罗门王。所罗门王本想送他一个复制品的约柜，但中间被人调包了，这件圣物就流传到了埃塞俄比亚。所以，我想去看看。"

“那我随你去。”赵雅清说，“不管能不能见到约柜，我都愿意陪你走完这一段路程。”

“是的。”钟铁军说，“现在的世界缺乏契约精神。上帝应该给人类立个规矩。尤其那些关乎人类命运的大事，不能让各个种族割裂开来。不论过去、现在，还是将来，中国走的路，正给人类探索一条天下大同之路。我们还会回来，沿着通往世界各国的祥和道路一直走下去。”

赵雅清高兴地说：“我赞成，那咱们继续朝前走。”

越野车沿着一望无际的公路疾速奔跑，两侧的丛林和绿色的山丘，在窗外一掠而过，闪现出一道美丽的风景。

**图书在版编目（CIP）数据**

国门之外 / 孟广顺著. —北京：中国工人出版社，2020.8
ISBN 978-7-5008-7466-9

Ⅰ. ①国… Ⅱ. ①孟… Ⅲ. ①长篇小说—中国—当代
Ⅳ. ①I247.5

中国版本图书馆CIP数据核字（2020）第152143号

国门之外

| | |
|---|---|
| **出 版 人** | 王娇萍 |
| **责任编辑** | 安 静 |
| **责任印制** | 栾征宇 |
| **出版发行** | 中国工人出版社 |
| **地　　址** | 北京市东城区鼓楼外大街45号　邮编：100120 |
| **网　　址** | http://www.wp-china.com |
| **电　　话** | （010）62005043（总编室）（010）62005039（印制管理中心）<br>（010）62382916（工会与劳动关系分社） |
| **发行热线** | （010）62005996　82029051 |
| **经　　销** | 各地书店 |
| **印　　刷** | 北京美图印务有限公司 |
| **开　　本** | 710毫米×1000毫米　1/16 |
| **印　　张** | 30.75 |
| **字　　数** | 510千字 |
| **版　　次** | 2020年9月第1版　2021年10月第5次印刷 |
| **定　　价** | 69.00元 |